KB105459

감각인가 환각인가

― 김진수 평론집 ―

감각인가 환각인가

초판 1 쇄 인쇄   2018년 12월   7일
초판 2 쇄 발행   2019년   5월 15일
지은이   김진수
펴낸이   김진수
펴낸곳   사문난적

출판등록   2008년 2월 29일 제313-2008-00041호
주소   경기도 성남시 분당구 판교로 210번길 14
전화, 팩스   031-707-5344

ISBN   978-89-94122-48-9   03800

* 이 책은 서울문화재단 '2017년 문학창작집 발간지원사업'의 지원을 받아 발간되었습니다.

감각인가 환각인가

— 김진수 평론집 —

사문난적

차례

2 욕망과 부재의 글쓰기

머리말

   세계가 불명확하여 곤혹스럽거나 삶이 누추하여 난감한 것은, 그것들 모두가 애초에 내 것이 아니었다는 사실에서 연유함을 나이 마흔이 넘어서야, 겨우, 깨닫는다. 세계는 나를 위해 존재하는 것이 아니었고, 이 삶의 주인 또한 내가 아니었던 것이다! 자각은 섬광의 칼날처럼 분명하지만, 그것을 수긍하는 마음은 칼날에 벤 상처만큼이나 처절하다.

   언어가 불투명하여 곤혹스럽거나 존재가 비루하여 난감한 것은, 그것들 모두가 애초부터 내 것이 아니었다는 사실에 뿌리 내리고 있음을 나이 쉰이 되어서야, 가까스로, 깨닫는다. 언어는 내 말 속에 깃들지 않았고, 존재 또한 내 정신의 영역에 속하지 않았던 것이다! 나야말로 오히려 언어에 속해 있으며 존재의 한 그림자에 불과함을 수긍하는 마음은 또 어쩔 수 없이 통렬하다.

   세계도, 그것을 포획할 언어도, 삶도, 그것을 영위할 존재도 그 모든 것이 내 것이 아니었지만, 이 쓰리고 아픈 상처와 고통만큼은 온전히 내 것일 수밖에 없다는 사실이, 그렇다면, 하나의 위안이라고 해야 할 것인가? '참을 수 없는 것을 참는 것, 견딜 수 없는 것을 견디는 것, 그것이 삶'이라는 말씀이 있는 것으로 알고 있다. 이 지상의 주민으로 거주하고 있는 한, 나는 그 말씀을 계속 기억할 것이다. 물론, 좋은 날과 기쁜 일들이 없지는 않았다. 아니, 그러한 날과 일들이 훨씬 더 많았다고 말하는 편이 옳을지도 모르겠다. 그러니, 나는 지금 분명 엄살을 떨고 있는 것이리라.

다소 뜬금없이 들릴 수도 있는 책의 제목에 대해 한 말씀 드리지 않을 수 없겠다. 〈침묵을 노래하는 악기〉라는 제목을 갖는, 한 시인의 시 세계를 탐사하는 오래된 글에서 이미 썼던 다음과 같은 언급을 인용하는 것으로 말씀의 실마리로 삼기로 한다.

그 어원학적 운명으로 인해 흔히 오해되고 있듯이, 시인은 악기Lyra 연주자에 불과한 것이 아니다. 사실상 시인의 목소리야말로 바로 악기 그 자체 혹은 그 악기의 공명판이라고 해야 한다. 왜냐하면 악기는 시인의 몸과 분리되어 있는 것이 아니라 그 몸의 연장이자 일부이기 때문이다. 그렇다면 그 자체가 악기인 시인의 몸을 연주하는 자, 즉 시인이라는 공명판을 통해 노래하는 자는 누구인가? 시인의 노래가 시인에게 속한 것이 아니라면 그 노래는 도대체 누구의 노래란 말인가? 단적으로 말하자면, 그 노래는 바로 시 자체, 즉 그 근원도 역사도 알 수 없는 존재와 세계의 풍경 자체라고 할 수 있다. 시인이 시를 노래하는 것이 아니라, 역으로, 시가 시인의 몸을 빌려 스스로를 노래한다는 뜻이리라. 시인은 다만 자신의 몸을 시의 노래를 위한 악기로 내어준 자에 불과하다는 것이다.

문학과 시에 대한 나의 관점과 태도는 아무래도 그 이상도 이하도 아닐 듯하다. 하지만 시인이라는 악기를 통해서 스스로를 드러내는 저 시의 노래는, 그것을 듣는 자의 입장에서 말하자면, '침묵의 소리'일 수밖에 없어 보인다. 내게는 시의 노래가 이 지상의 언어에 속해 있는 것으로 보이지 않기 때문이다. 그것은 언어를 넘어선 언어, 혹은 소리 이전의 소리일 것이다. 그렇기에 그 노래는 눈으로 보거나 귀로는 들을 수 없는, 오로지 우리가 '마음'이라거나 '영혼'이라고 지칭하는 그런 것으로만 느끼고 향유할 수 있는 소리이다. 그것은 어쩌면 우리의 '감각'과 '환각'의 경계를 넘나들면서 들려오는 것처럼 내게는 느껴진다. 이 같은, 언어로는 포획할 수 없는 저 난감한 사태를 지시하기 위해 나는 자신이 제대로 감당할 수도 없는 '부재의 현존'이니 '불가능성의 가능성'이니 하는 무겁기 짝이 없는 형이상학적 개념들을 세 치 혀의 무기로 삼았던 터이다. 그러나 진실은, 만약 그런 것이 존재한다면, 입증되거나 반박될 수 있는 그런 종류의 것이 아니리라. 누가 시의 노래를 증명하거나 반증할 수 있단 말인가?

첫 평론집을 낸 지 어느덧 두 번째 십 년이 다가온다. 그러므로 "곧 두 번째 책을 준비하겠다"는 그 책의 서문에서 한 당신과의 약속 혹은 내 스스로의 다짐은 거짓이었거나 아니면 '곧'이라는 시간이 한 없이 길게 늘어졌던 셈이겠다. 거짓은 허용될 수 없는 것이고, 게으름은 용서받을 수 없는 짓이며, 더욱이 변명은 앞의 잘못에다 또 하나의 잘못을 더하는 일일 뿐이다. 남는 것은, 결국, 내 정신의 초라함과 부끄러움의 확인이다. 그러나 기꺼이 나는 이 초라함과 부끄러움을, 더할 수 없는 감사의 마음으로, 다시 당신에게 바친다. 그것만이 아마도 그나마 내가 당신에게 바칠 수 있는 정직과 용기의 전부일 것이기 때문에.

당신은, 존경하는 많은 문학적 스승과 동료 후배와 독자들, 사랑하는 가족과 친구와 이웃들, 그리고 이 불투명한 세계와 삶을 지금 여기에서 같이 숨 쉬고 있는 모든 이들이다. 여기에서는 각별히 《포에지》를 주간하셨던 황현산 선생님과 《문학·판》의 편집인이셨던 이인성 선생님께 감사의 말씀을 올린다. 그리고 변함없이 내 정신의 큰 스승인 박상륭 선생님에게도 거듭 존경의 마음을 바친다. 그 분들은 사람됨으로나 문학적 소양으로나 형편없이 부족한 자에게 늘 아낌없는 격려와 한없는 사랑을 보내주셨다(그런데 지난 해 박상륭 선생님이, 그리고 올해 황현산 선생님이 세상을 버리셨다). 내 상처와 고통은 그 분들로 인해 빛을 얻었으며, 그 빛을 통해서야 그것들은 비로소 하나의 작은 사랑으로나마 정련될 수 있었다. 그러니 내가 어찌 이 상처와 고통을 마냥 피할 수 있겠는가?

사랑하는 당신, 문학이자 어머니인!

1

문학의 감각과
환각

표현 불가능한
표상들의 운명
— 근대적 사유의 지평과 한계

1.

근대적 사유의 발생론적 기원의 자리에서 보자면, 이성적 존재
로서의 주체 즉 자아의 자기 정립은 세계로부터의 분리를 자신의
존재론적-필연적 전제로 삼고 있는 것처럼 보인다. 이 말은, 자아
의 자기 정립이 단순히 세계와의 분리 이후의 사후적 침전물이라
는 사실을 의미할 뿐만 아니라 또한 세계와의 분리 그 자체가 바
로 자아라는 관념의 결과물이라는 사실을 뜻한다. 따라서 이 같은
사유하는 자아로서의 근대적 주체의 탄생과 더불어, 자아와 분리
될 수 없이 한 몸으로 존재했던 세계는 이제 한낱 인식하는 자아
의 대상 세계로 전락할 수밖에 없는 운명을 감당하기에 이른다. 그
리고 이 전락한 대상 세계에 붙여진 이름이 자연/죽음, 육체/감각,
무의식/욕망 등의 근대적 '이성의 타자'의 영역을 구성하고 있음
은 익히 잘 알려져 있는 사실이다. 결국 자아에 의한 세계의 이러
한 분리는 자아와 세계 모두를 반쪽짜리 진실만 소유하는 불구로

만들어놓는 결과를 초래하게 된다. 존재론적 사건의 역사에서 우주적 '빅뱅'에 해당될 이 같은 자아의 자기 정립이라는 근대적 주체 관념의 탄생으로부터 자연세계의 대상성과 정신세계의 주체성은 이제 완벽하게 분리된 것으로, 혹은 분리될 수 있는 것으로 상정된다. 그러나 모든 기원의 관념은 또한 종말의 관념을 자체 내에 포함하는 법. 이러한 분리 속에서 근대적 인간의 탄생이 곧 근대적 인간의 죽음을 상상하게 만드는 것도 그러한 이유와 무관하지 않을 성싶다. 근대의 종언, 인간의 종언, 혹은 역사의 종언 같은 수사학은 이러한 근대적 사유의 기원에 놓인 주체의 탄생이라는 존재론적 사건의 논리적 – 필연적 귀결일 수도 있다.

근대적 인간 의식의 진화는 그러나 그 비극적인 결과로서 자아라는 자기 정립의 의식의 출처였던 자연이나 육체, 혹은 무의식의 세계를 망각하고 부정하기에 이른다. 이 같은 사태를 우리는 '대상성이 부재하는 대상' 혹은 '대상의 대상성의 부재'라 불러도 좋으리라. 왜냐하면 사유하는 이성적 주체의 대상으로만 전락 혹은 축소된 세계는 그 자체로는 자신의 본질을 소유할 수 없는, 따라서 실체 없는 부정성Negativität으로만 현상 혹은 표상될 수 있을 뿐이기 때문이다. 간단히 말하자면, 의식 속에서 대상의 대상성은 부정된다는 뜻이겠다. 자신의 본질, 즉 대상성을 지닌 대상의 존재란 비의식적이며 그 자체로 존재의 충만 상태인 존재의 일반적 양식으로서의 즉자존재An-sich-Sein의 상태라고 할 수 있다. 이러한 본질을 소유한 세계의 존재는 '다만 거기에 있는 존재' 혹은 '그것Es'이라고 말할 수밖에 없는 존재 상태일 터이다. 그러나 사유를 자기 존재의 본질로 삼은 근대적 인간 의식은 이 대상 세계 일반(대상성)을 부재하는 것으로밖에는 표상할 수 없다. 왜냐하면 의식하는 자아가 맞닥뜨리게 되는 대상 세계의 존재는 이미 의식을 마주하고 선 세계 혹은 오로지 의식에 대해서만 존재하는 세계로 환원된 것이기 때문이다. 달리 말하자면, 의식의 대상으로서의 세계는 자신의 비의식적 존재의 충만 상태가 파괴된 세계, 즉 대상성이 부재하는 대상일 뿐이라는 뜻이다. 그리하여 즉자존재의 세계는 이제 그것의 본질 혹은 실체를 상실한 채 인간의 반쪽짜리 불구의 의식과의 관련성 속에서만 가까스로 자신의 존재를 허용받기에 이른다. 이 같은 사태를 근대적 인간 의식에 의한 세계상실의 체험이라고 말할 수도 있다.

보다 더 심각하고도 근원적인 문제는 근대적 의식의 내부에서도 이 같은 세계상실의 체험과 동일한 자기상실의 과정이 되풀이된다는 사실에 있다. 말하자면 세계와의 분리를 자신의 존재론적 기원으로 삼은 근대적 주체의 관념이 결국에는 자신의 실체, 즉 주체성마저 상실하게 되는 역설이 발생한다는 것이다. 애초 주체는 대상성이 부재하는 대상에 맞서 있는 존재를 자신의 실체로 착각한다. 사실상 근대적 주체의 관념은 이러한 오인의 구조 속에서 생겨난 것이라고도 말할 수 있다. 그러나 대상성이 부재하는 대상 속에서 이 의식하는 주체가 만나게 되는 존재는 오로지 자기 자신의 얼굴, 즉 대자존재Für-sich-Sein의 상태일 뿐이다. 자기의식으로서의 대자존재란 존재의 충만 상태의 결여 혹은 존재에 대한 갈망에 지나지 않기 때문이다. 그리하여 대상성이 부재하는 대상의 설정을 통해 주체로서 겨우 존재하게 된 이 대자존재는 불행하게도 또한 자신의 존재 근거이자 실체, 즉 주체성마저 상실하게 되는 결말에 이르게 되는 것이다. 왜냐하면 대상성이 부재하는 대상과 마주하고 선 주체는 자신을 다만 대상에 구속된 존재, 즉 대상에 의한 부정성으로만 규정할 수 있을 뿐이기 때문이다. 결국 근대적 의식은 대상의 대상성의 부재를 통해 자신의 존재 근거이자 출처인 세계를 비워버림과 동시에 자신 역시 상실하게 되는 결과를 초래하는 것이다. 이처럼 근대적 의식에 의한 세계상실의 체험은 인간 정신의 내부에서도 동일한 방식으로 작동되면서 정신은 '자연으로서의 자신의 본성'을 상실하게 된다[1]. 이러한 사태를 '주체의 주체성의 상실'이라고 부르기로 하자.

　대상성이 부재하는 대상과 주체성이 상실된 주체로의 귀결이야말로 근대적 의식을 특징짓는 가장 비극적인 사안이 된다. 대상성의 부재와 주체성의 상실로 규정되는 이 같은 근대적 주체의 관념은 결국 '인간이란 무엇인가'라는 자기동일성Self-Identity의 문제를 당면한 것으로 제기할 듯싶다. 잠시《존재와 무》의 저자의 어법을 빌려 말하기로 하자. 즉 존재의 부정이 무이고 무가 부정의 근원이라면, 즉자존재의 부정이며 의식인 이 대자존재의 상태, 즉 근대적 주체의 관념이야말로 세계 안에 무를 끌어들인다고 말이다. J. P. 사르트르는 이미 "인간이 자신에게 대하여 특유한 무가 되는 근원적 행위를 우리는 마땅히 절대적 내재성, 즉 순간적 코기토Cogito의 순수한 주관성 안에서 발견해야 한다"고 말한 바 있다.

---

1) 이 같은 논지를 보충하기 위해 필자의 졸문 '부재하는 실재의 표상과 인유의 방법들'(《파라 21》, 2004년 겨울, 제8호, 45-58쪽)에서 다음 문장들을 보충하기로 하자. "라틴어 natura에서 유래하는 서양어nature의 우리말 번역이 자연(自然)인데, 이 서양어는 또한 우리 안에 존재하고 있는 자연, 즉 본성(本性)을 뜻하기도 한다는 점을 상기하기로 하자. 말하자면 인간이라는 존재/정신은 그 안에 정신과 자연 모두를 구비하고 있다는 뜻일 터이다. 우리는 이 정신 안에 있는 정신을 의식이라고, 또한 이 정신 안에 있는 자연을 본능 혹은 무의식이라고 할 수 있다. 따라서 정신과 자연의 분리는 곧 '나'/의식과 '내 안의 나'/무의식의 분리라는 뜻을 의미론적 차원에서 공유할 수 있다. 결국 세계의 실재성의 상실이라는 현대적 체험은 또한 '나'라는 주체로부터 '내 안의 나'를 타자로서 분리시켜버렸음을 의미하게 된다. 이리하여 세계의 실재성의 부재란 또한 주체의 자기 분열을 의미하는 것 이외의 다른 것일 수가 없게 된다. 보다 정확히 말하자면, 현대인들이 겪는 '실재성의 부재'의 체험은 곧 '정신분열증'의 체험과 다르지 않다는 것이다"(56쪽).

그는 의식인 인간은 무이지만 우리가 실제로 가지는 경험, 즉 쾌락과 고통은 즉자존재라고 생각한다. 그러나 그러한 경험을 우리가 의식의 대상으로 삼자마자 그것은 무가 되고 만다는 것이다. 즉자존재인 경험을 무로 돌린 이 같은 대자존재를 우리는 '불행한 의식'이라고 말해야 하리라. 이처럼 근대적 의식에 의한 자아와 세계의 분리는 종국적으로 인간의 자기동일성의 의식을 그 뿌리에서부터 흔들어 놓는다고 말할 수 있다. 즉자존재와 대자존재의 분리는 대상의 대상성의 부재와 주체의 주체성의 상실이라는 사태를 초래할 뿐만 아니라, 종국에는 이 같은 인간의 정체성의 혼란을 야기한다는 뜻이다. 근대적 사유의 지평 너머에서 보자면, 인간이란 그 자체로 자기동일성을 갖는 것이 아니라 그러한 정체성은 사후적으로 창조되거나 발명되어야 할 어떤 것임에 틀림없다.

2.

오늘날 우리 시[2]의 과제는 이 같은 근대적 의식의 출현으로부터 야기된, 종국에는 인간의 정체성의 혼란이라는 핵심적인 문제로 귀결되는 몇몇 측면들에 대한 나름의 저항과 비판 혹은 그 대안

---

2) 이 글에서 문제가 되는 것은 시가 아니라 시인들이므로 여기에서 시란 이 시인들에 대한 제유로서 이해되어야 하며, 또한 흔히 '미래파'라는 이름으로 지칭되는 이 문제의 시인들은 잠정적으로 '젊은 그들'이라는 환유로 지칭될 것이다. 젊은 그들은 사전에 공모한 어떠한 문학적 프로그램도 없이 거의 하나의 시적 운동이나 유파를 형성한 것으로 보일 만큼 어떤 공통된 문제의식을 지니고 있는 것처럼 보인다. 이러한 문제의식의 산포들로서 떠올릴 수 있는 젊은 그들에는 강정, 김경주, 김근, 김록, 김민정, 김언, 김이듬, 김행숙, 박상수, 박진성, 박판식, 신해욱, 안현미, 유형진, 이기인, 이민하, 이영주, 이장욱, 조연호, 진수미, 진은영, 황병승 등의 이름들이 있다. 물론 이 목록은 훨씬 더 확대되거나 아니면 축소될 수도 있는 대단히 유동적인 것이다. 이 이름들을 단순히 젊은 그들로 지칭할 수밖에 없는 이유도 바로 이러한 유동성을 염두에 둔 것이며, 또한 앞서 언급된 '어떤 공통된 문제의식' 속에서도 이들이 갖는 다양하고도 복합적인 편차를 배제하지 않으려 하기 때문이다. 따라서 이 글에서 사용되는 젊은 그들이라는 용어는 '다채로운 차이의 가능한 연합'(김수이, 〈시, 서정이 진화(進化/鎭火)하는 현장〉, 《문예중앙》2006년 여름, 114호. 13쪽) 정도로 이해되길 바란다.

의 모색에 있는 것처럼 보인다. 시란 무엇보다도 인간이라는 종의 자기 정체성의 확보를 위한 정신적 - 실천적 고투의 장으로 내게는 이해되기 때문이다. 다시 한 번《존재와 무》의 저자의 용어법을 빌려 말하자면, 시란 의식이 존재를 포획하려는 '실존적 기투' 그 이상도 이하도 아니라는 뜻이겠다. 사르트르는 이 기투를 "인간의 의식인 대자존재가 그 존재 양식을 선택하는 것을 뜻하며 어떤 미래의 목적을 노리는 행동을 통하여 표현된다"고 설명했다. 물론 이 실존주의자가 말하는 존재 양식의 선택은 전적으로 미래를 향해 개방되어 있으므로, 자기 정체성의 확보를 위한 인간의 실존적 기투란 정신에 의한 새로운 존재의 창조 혹은 대자존재로서의 주체의 자기갱신과 변모의 노력 이외에 다른 어떤 것일 수 없음은 자명할 터이다. 그러므로 시란 아직 존재하지 않는 어떤 것에 대한 예감 혹은 거기에 붙여진 이름이라고 해야 하리라. 그것은 어쩌면 죽음이거나 침묵의 말 혹은 신생이나 부활의 언어라고 해야 하는 것은 아닐지도 모르겠다.

2-1.

근대적 의식의 한 지평으로서 대상성이 부재하는 대상의 세계를 사는 젊은 그들의 시적 전략은 이러한 대상의 대상성 확보, 즉 자아에 의해 분리된 세계의 실재성의 회복과 복원에 있는 것처럼 보인다. 그리고 이 같은 세계의 실재성의 포획은 무엇보다도 육체적 차원의 감각의 문법을 통해 성취될 수밖에 없음은 분명하다. 왜냐하면 대상의 대상성 혹은 세계의 실재성은 근대적 인간의 의식이 닿을 수 있는 영역이 아니기 때문이다. 세계의 실재성은 근대적 의식에 대해서는 오로지 불가지의 것으로만 남겨져 있을 뿐이다. 따라서 저 세계의 실재성의 회복은 결국 육체적 감각의 차원으로만 포획 혹은 해명될 수 있는 것이어야 한다. "신체야말로 동시에 대상이고 주체"(들뢰즈)라는 언급이 이 같은 차원을 분명히 하고 있다면, "우리가 대상에 의해서 촉발되는 한에서 대상이 인간의 표상능력에 미치는 결과가 감각"(칸트)이라는 언급에서도 감각은 대상과의 직접적 관련성으로부터 그다지 분리되어 있지 않은 것처럼 보인다. 심지어 일체의 모든 것을 절대정신의 표현으로 간주하는 절대적 관념론자에게조차도 감각은 대상 세계와 분리되지 않을 뿐만 아니라 오히려 대상의 대상성 그 자체를 현시하는 것처럼 간주되고 있는 터이긴 하다. 《정신현상학》의 '감성적 확신'의 장은 다음과 같이 말하고 있다. "감성적 확신은 가장 참다운 인식으로 보일 수 있으니, 왜냐하면 이것은 아직도 대상으로부터 그중의 어떤 부분도 제외시키지 않았을 뿐 아니라 오직 있는 그대로의 완전한 모습을 지닌 대상을 눈앞에 두고 있기 때문이다"(헤겔). 따라서 우리는 이 육체적 감각을 대상의 대상성 혹은 즉자존재의 심연에 뿌리를 둔 어떤 원초적인 것으로 상정해야만 한다. 물론 근대적 의식에게는 이 같은 심연이 결코 알려져 있을 수 없는 것이므로, 그것은 의식에게는 오로지 있을 수 없는 것 혹은 불가능한 것으로 보일 수밖에 없으리라. 그러나 감각은 이 불가능한 것을 가능하게 해주는 것처럼 보인다. 결국 세계의 실재성의 회복은 싱싱한 육체적 감각의 회복과 다르지 않은 셈이다.

2-2.

그러나 육체적 감각 역시 인간의 의식과 마찬가지로 습관화와 상투화의 운명에서 자유롭지 않다는 것 또한 사실이다. 감각의 논리와 문법이 이 상투화의 운명에 대항하고자 했을 때, 현대시의 작업실 한 편에서는 이 같은 감각의 확장가능성, 보다 정확히 말하자면 '감각의 착란'이 실험대 위에 올려졌음을 기억해야 한다. 이 작업실에서 감각은 착란을 통해 자신이 포획한 세계의 실재성의 누수를 상투화의 위험으로부터 방어할 임무를 수행해야만 했다. 바로 이 지점에서 그것은 대상의 대상성 혹은 세계의 실재성과의 관련성보다는 무의식과 욕망의 흔적을 드러내는 상실된 주체의 주제성과의 관련성에 더 많이 의존하지 않을 수 없게 된다. 왜냐하면 감각의 착란이란 결국 환각/환상 이외의 다른 양태로는 존재할 수 없고, 또 환각이란 대상의 (수동적) 현상이 아니라 주체의 (능동적) 표상의 문제이기 때문이다. 이리하여 감각의 확장으로서의 환각은 결국 세계로부터 분리된 자아를 세계와의 직접적인 관련성 속에서 드러내는 계기를 마련한다. 보다 정확히 말하자면, 환각으로 제유되는 꿈이나 환상 혹은 성적 충동이나 신화적 상상력 같은 무의식적 욕망의 차원을 통해 근대적 의식이 상실한 주체의 주체성이 포획될 수도 있다는 것이다. 대상의 대상성 혹은 세계의 실재성이 근대적 의식이 닿을 수 있는 영역이 아닌 것과 꼭 마찬가지로, 주체의 주체성 역시 근대적 의식이 닿을 수 있는 영역이 아니기 때문이다. 그렇기 때문에 또한 부재하는 세계의 실재성의 포획이 무엇보다도 육체적 차원의 감각의 문법을 통해 성취될 수밖에 없듯이, 상실된 주체의 주체성의 회복 역시 이 같은 무의식적 차원의 욕망의 시학을 통해 성취될 수밖에 없는 것이리라. 사실상 이러한 무의식적 차원의 욕망의 시학은 상실된 주체성의 시대를 사는 젊은 그들이 가장 정교하게 공을 들이고 있는 시적 대응 전략이라고 할 수 있다. "그 자체로 직접 존재에 바탕을 두고 있는"(사르트르) 욕망은 대자존재에게 있어서 존재의 결핍에 대한 알리바이로 작동하기 때문이다. 무의식적 욕망의 복원이 상실된 주체성의 회복인 까닭이 거기에 있을 것이다.

2-3.

근대적 주체의 관념으로부터 촉발된 주체의 주체성의 상실이 인간이라는 종의 정체성의 혼란을 야기할 것임은 필연적인 귀결이다. 왜냐하면 근대적 사유는 대자존재로서의 인간의 의식을 무로, 다시 말하면 실체 없는 것으로 비워버렸기 때문이다. 인간의 정체성을 의식 속에서 규정하려는 근대적 주체의 관념은 인간의 현존재를 본질로 간주할 수 없다는 점을 분명히 하고 있는 것이다. 이 같은 정체성의 혼란의 세기를 사는 젊은 그들의 시적 대응 전략은 차원과 층위가 다른 이질적인 표상들의 충돌과 접합을 통한 혼종성의 생산에 있는 것처럼 보인다. 이질적인 표상들의 카니발적인 충돌과 혼합을 통해 흔히 남성과 여성, 노인과 어린이, 자본가와 노동자는 무차별적인 혼종의 상태로 뒤섞인다. 심지어 식물과 동물, 기계와 인간, 괴수와 사이보그의 결합은 젊은 그들의 시 세계에서 드문 예가 아니다. 여기에서 혼종성이란 단일한 의식에 토대를 둔 근대적 주체 관념의 전일성에 대한 비판이자 하나의 대안적 모델로 자리할 수 있을 것이다. 그리고 이 혼종성이 직조해내는 어떤 정서적 특질을 우리는 엽기와 그로테스크로 명명할 수 있을 터인데, 그렇다면 그로테스크는 존재론적 혼종성의 미학이라고나 할 수 있을 것이다(젊은 그들의 시에 자주 등장하는 블랙유머는 이 같은 이질적인 상황이 접합된 그로테스크 미학의 한 하위 범주라고 할 수 있다). 이처럼 그로테스크의 미학은 근대적 의식으로부터 초래된 인간의 정체성의 혼란을 반영한 것이자 곧 새로운 정체성의 창조를 위한 젊은 그들의 시적 대응 전략이라고 해야 한다. 왜냐하면 그로테스크의 미학에서 존재는 그저 미완성의 상태로 부단한 변형과 생성의 과정 속에 놓이기 때문이다. 사실상 그로테스크 미학의 의의야말로 바로 이러한 존재의 생성과 변모의 과정 그 자체에 있는 셈이다. 결국 인간의 정체성의 진정한 회복은 인간 정신의 내부에 깃든 이질적인 존재의 차원과 층들을 아우르지 않을 수 없는 것이리라.

　사실상 젊은 그들이 시적 전략으로 삼고 있는 육체적 차원의 감각의 문법과 무의식적 차원의 욕망의 시학, 그리고 존재론적 혼종성에 기반을 둔 그로테스크의 미학은 서로 분리될 수 없는 하나의 긴밀한 연관관계 속에 자리한다고 말하는 편이 옳다. 젊은 그들의 시 세계에 있어서 감각의 문법은 한편으로는 욕망의 시학을 구성하는 발단인 동시에 또 다른 한편으로는 그 결과이기도 하기 때문이다. 이와 꼭 마찬가지로 그로테스크의 미학과 욕망의 시학도 동일한 관계에 있다고 할 수 있다. 결국 대상의 대상성의 부재와 주체의 주체성의 상실, 그리고 인간의 정체성의 혼란은 서로가 서로의 원인이자 결과인 셈이다. 그것들을 분리하여 젊은 그들의 시적 전략을 범주화할 수 있다고 믿는 것은 아마도 오류이기가 쉬울 것이다. 그러므로 앞서 언급한 그러한 전략들은 범주들이 아니라 차라리 동일한 하나의 사태에 뿌리를 둔 다양한 양태들이라고 해야겠다. 중요한 것은 이러한 양태들이 서로 뒤섞이며 만들어내는 시의 이질적인 시공간성 그 자체, 달리 말하자면 새로운 존재의 창조와 존재의 변모를 수행하고 있는 사건 그 자체여야 할 터이다.

3.

젊은 그들의 시 세계가 그려내는 이러한 몇몇 양태들은 결국 근대적 주체의 관념이 '표상할 수는 있지만 표현할 수는 없는' 어떤 불가능한 지점을 드러내고 있다고 말할 수 있다. 보다 정확히 말하자면, 근대적 의식으로서는 표현 불가능한 표상들을 시가 어떻게 언어로서 구현할 수 있는가 하는 문제를 제기한다는 것이다. 부재하는 대상의 대상성 혹은 세계의 실재성은 어떻게 언어로서 포획될 수 있는가, 또 상실된 주체의 주체성은 어떻게 언어로서 회복될 수 있는가, 그리고 인간의 정체성의 혼란은 어떻게 언어로서 질서화될 수 있는가 하는 아포리아에 젊은 그들의 공통된 문제의식이 존재한다는 뜻이겠다. 부재와 상실과 혼란이라는 부정적인 어사들로 출현하는 이 표현 불가능한 사태들이 어떻게 시의 언어 속에 온전히 자리할 수 있는가 하는 문제야말로 젊은 그들의 당면한 시적 과제임은 물론이거니와 사실상 보들레르 이래 현대시의 화두였음은 두 말을 요하지 않는 것처럼 보인다. 이 화두에 대한 하나의 가능한 답변으로 제시된 젊은 그들의 시적 전략이 바로 앞서 언급된 감각의 문법과 욕망의 시학 및 그로테스크의 미학이라고 할 수 있다.

그리하여 젊은 그들의 시 세계에 던져지는 일각의 의혹의 눈초리도 바로 이러한 점과 관련하여 이해될 수 있을 듯하다. 왜냐하면 그 의혹들의 주된 공통분모는 젊은 그들의 시적 언어가 '어려워서 해독불가능하다'는 것, 다시 말해 독자와의 의사소통이라거나 주체와 타자 사이의 소통을 불가능하게 한다는 것이기 때문이다. 그것은 대부분 젊은 그들의 시적 전략이 목표로 하는 지점과 그 비판의 맥락을 충분히 이해하지 못한 데서 나온 것처럼 보인다. 물론 이런 종류의 비판은 젊은 그들의 시적 전략과는 전혀 무관한 것일 뿐만 아니라 또한 시 그 자체의 관점에서 볼 때도 아무런 유효성도 지니지 못한 것이다[3]. 사실상 젊은 그들의 시적 전략이야말로, 이미 앞서 살펴보았듯이, 주체라는 근대적 의식의 영역에서 배제되거나 억압된 타자의 영역, 즉 자연이나 육체 혹은 무의식과의 소통 혹은 그것들의 회복을 목표로 하고 있는 것이기 때문이다. 그러므로 젊은 그들의 육체적 감각의 문법과 무의식적 욕망의 시학, 그리고 존재론적 혼종성에 기반한 그로테스크의 미학은 타자들과의 소통을 거부하기는커녕 오히려 보다 더 잘 소통하기 위한 방편이라는 점이 분명해진다. 아니, 차라리 젊은 그들의 시적 언어는 근대적 사유의 지평 너머에서 자기 존재의 변모와 갱신을 꿈꾸는, 그리고 그러한 변모를 기꺼이 수행하고 감당하려는 언어라고 말하는 편이 옳을지도 모른다. 이 점과 관련하여 나는 다음과 같은 경청할 만한 말씀을 기억하고 있다. "존재의 변모와 함께 오는 언어가 결함을 지닌 것이 아니라면 '나는 다른 것이 된다'고 말하는 시인은 없을 것이다. 이 점에서 그 언어가 존재 그 자체의 표현수단으로서도, 외부와의 소통수단으로서도 드러낼 수밖에 없는 왜곡과 결함은 그 언어의 본질이다".[4]

---

3) 그러한 비판이 가능하기 위해서는 시의 언어가 어떤 사물이나 내용, 즉 의미를 전달하는 기호라고 보아야 한다. 그러나 시에서 언어가 발휘하는 기능은 기호일 뿐만 아니라 개체적 존재인 작품을 만드는 활동, 즉 존재를 창조하는 활동 그 자체라고 할 수 있다. 달리 말해서, 시의 언어는 새로운 존재의 창조이자 그것의 반향이며 존재의 변모를 가져오는 마술적인 노래라는 것이다. 결국 시의 언어는 존재를 창조한다는 것이리라. 그것은 기호와 기호로서 표현된 것의 통일성에 기초를 두고 있는 것이 아니라 오히려 그것들의 분리에 의지하고 있으며, 그리고 이러한 분리야말로 시적 언어의 고유한 생을 기초한다. 시는 개념을 통하여 표현되는 부분을 제거하는 것이며, 개념화의 고통을 무릅써야 하는 데 대한 언어의 원한이기도 하다. 그러므로 시는 잃어버린 것을 구출하려는 의지이며, 존재의 깊이를 확보하려는 노력이라고 말해야 한다. 그런 의미에서 시는 의미하는 것이 아니라 존재하는 언어들이다. 말의 지시성 바깥에서 말을 통한 존재 자체를, 존재의 변모 자체를 보여주기 위한 것, 바로 그것이 시이기 때문이다.
4) 황현산, 〈김록의 실패담〉, 《파라 21》, 2004년 겨울, 제8호, 93쪽.

그러니, "젊은 그들은 누구인가"라고 물어서는 안 된다. 젊은 그들은 자기 존재의 변모와 갱신을 겪고 있는 나, 혹은 이미 '다른 것이 된 나'이기 때문이다. 그렇다면 정작 물어야 할 것은 변모를 겪기 이전의 나는 누구이고 또 겪고 난 이후 다른 것이 된 나는 또한 누구인가라는 질문이어야 하며, 그리하여 궁극에는 이러한 변모를 가능케 하는 시란 도대체 무엇인가라는 질문이어야 한다. 왜냐하면 젊은 그들을 통해 시는 여전히 생성 중에 있는 그 어떤 것으로 보이기 때문이다. 그리고 이러한 질문 속에는 근대적 사유의 지평에서 가장 핵심적인, 그러나 또한 논란의 여지가 많은 인간이라는 종의 정체성에 대한 비판적 숙고가 똬리 틀고 있는 것이다. 그 정체성은 시와 더불어 여전히 생성 중에 있는, 미래를 향해 열려져 있는 질문의 형식으로 존재한다.

부재하는 실재의 표상과
인유의 방법들
— 우리 시의 언어적 탐색과 실험의 측면

1.

서구 고전주의 미학의 체계를 완성한 헤겔이 '낭만적 예술'을 규정하면서 "예술은 내용이나 형식에 있어서 정신의 진정한 관심을 의식하게 하는 최고의 절대적인 방식이 결코 되지 못한다"고 단언했을 때, 이 변증법적 관념론자가 진실로 표적으로 삼았던 것은 고전적 예술 이후에 등장한 '낭만적' 예술이 아니라 근대라는 역사적 상황 아래 놓인 '예술' 자체의 운명과 존재방식이었다는 점은 이미 널리 알려져 있는 사실이다. 그의 역사철학적 체계 자체를 준거점으로 삼는 한, 예술의 운명에 대한 이러한 판단은 의심의 여지없이 헤겔의 탁월한 변증법적 논리학의 승리를 웅변해주는 것처럼 보인다. 그리고 이 승리의 나팔 속에서 "추상적으로 존재하고 있던 정신과 자연의 대립과 모순을 해소하고 통일한" 고전적 예술미의 이상은 인류사에서 영원히 추방되어버린다. 그리하여 현대 예술은 "생동성을 잃고 현실 속에서 필연성을 주장하지 못한 채 우리의 표상 속에 놓이게" 됨으로써 저 과거의 '상실된 낙원'의 알리바이로서만 존재하게 된다. 물론 여기에서 이 상실된 낙원이란 어사는 정신과 자연의 유기적 통일성이 깨진, 말하자면 이러한 통일성의 상징으로서 신이나 이념 혹은 말씀Logos이나 중심이 사라져버린 세계 상황을 의미할 것이다. 어쩌면 '예술의 종언'을 고지하고 있는 듯한 이 장엄한 묵시록적 예언은, 그러나 역설적으로, 낭만주의 이후 현대 예술의 과제에 빛을 던지는 실마리가 되었다. 왜냐하면 현대 예술이란 저 상실된 낙원을 대신하여 새로운 '인공낙원'을 신이 부재하는 이 누추한 지상에 세우는 것을 과제로 삼고 있기 때문이다. 그렇다면 새롭게 세워질 이 지상의 인공낙원이 정신과 자연, 자아와 세계, 의식과 무의식의 모순과 단절을 철저하게 자신의 인식론적 근거로 삼아 그것을 새로운 존재론적 지반으로 놓게 될 것이라는 점은 자명한 사실이 된다.

사실상 현대시의 존재론적 지반은 이러한 단절과 분열의 의식에서 촉발된, 이제는 더 이상 회복할 수 없는 저 상실된 낙원과 부재하는 실재의 표상에 대한 인유의 방법론적 고안에 있다고 할 수 있다. 보들레르 이후의 상징주의로부터 초현실주의 및 표현주의에 공통적으로 내재해 있는 현대적 정신의 초상은 그 존립의 지반에서 이미 이러한 상실감을 내면화하고 있으며, 역으로 이 상실의 의식이야말로 바로 현대시의 자기 정체성을 보증하는 유일한 징표가 된다. 현대시의 근본 과제는, 일찍이 낭만주의가 예술에 부과한 것이기도 했던 저 상실된 낙원, 즉 표상으로는 가능하지만 표현으로는 불가능한 어떤 부재하는 실재성의 표현이라는 과제에 대한 대답의 과정 속에 있는 것처럼 보인다. 현대는 자신의 시대를 더 이상 하나의 유일한 진리의 초석 위에 세울 수 없는 상실감의 시대이며, 어떤 단일한 중심과 질서에 의해 세계를 설명할 수 없는 '복잡성의 시대'인 것이다. "복잡성에 대한 느낌은 모던이스트 작가의 근본적인 인식"(포크너P. Faulkner, 《모던이즘》, 황동규 역, 서울대학교출판부, 1980)이라는 주장은 바로 이러한 맥락에서 이해될 수 있다. 그리하여 세계는 실재성을 상실했다는 불안한 자각이 현대라는 주제의 새로움을 결정하게 되고, 표현 불가능한 저 부재하는 실재성의 인유를 자신의 시적 방법론의 과제로 삼는다. 중심이 상실된 세계의 '현대인'을 내변하는 카프카를 엄두에 두고 쓴 한 글에서 하이데거는 다음과 같은 음울한 어조로 현대의 가장 분명한 징표로써 '신의 부재'를 고지했던 터이다.

> 세계의 밤은 그 어둠을 널리 펴고 있다. 이 세계의 시대는 신의 부재에 의해, '신의 결락'에 의해 규정되어 있다. 신의 결락이란 이제는 어떠한 신도 인간과 사물을 가시적으로, 일의적으로 스스로에게로 집결시키지 않고, 이러한 집결에서 세계 역사와 그 속의 인간의 머무름을 안배하지도 않는다는 것을 의미한다. 그러나 신의 결락에는 보다 악한 사태가 고지되어 있다. 즉 신들이나 신이 도망했을 뿐만 아니라 신성의 광채가 세계의 역사에서 소멸되어 버린 것이다. 세계의 밤의 시대라는 것은 아주 빈약한 시대인 것이다. 왜냐하면 이 시대는 더욱 더 빈약하게 되어가고 있기 때문이다. 이 시대는 이미 신의 결락을 더 이상 신의 결락으로 알아차리지 못할 정도로 빈약하게 되었다.
>
> — 하이데거, 《숲속의 길Holzwege》

카프카의 싸움은 바로 이 신과 중심이 부재하는 시대와 실재성이 상실된 세계에 대한 싸움이었고, 그리고 이 싸움이야말로 바로 현대시의 가혹한 존재 조건이자 운명이 되었다. 또한 하이데거가 정확하게 표현하고 있듯이, 신의 부재에 대한 상실감 자체보다도 더 심각한 것은 바로 이 '신의 결락'을 결락으로서 감지하지 못하는 시대의 무감각이다. 현대의 시인들에게 독자들에게 낭패감을 불러일으키게 할 만큼 신기하고 충격적인 언어 표현을 강요한 것도 바로 이러한 자각에서 연유한 것이다. 이 상실감과 무감각을 일깨우기 위해서 현대의 시인들에게 달리 어떤 방법이 가능하겠는가? 그렇기에 현대주의자들의 실험실에서 만들어진 언어의 세공품들은 언어가 근본적으로 법칙이라는 언어의 본질을 외면하면서, 언어를 인공낙원의 문을 여는 열쇠로 사용하려는 노력을 보여주는 것이다. 이러한 맥락의 뿌리에 보들레르의 '아라베스크'와 랭보의 '언어의 연금술' 및 말라르메의 '순수시'가 자리할 터이다. 말라르메는 이 순수시를 정의하기를 "언어를 단절한 것, 즉 음악, 신비적 현실, 신비주의, 기도"라고 이미 말했던 것이다.

2.

비록 역설적인 조합이긴 하지만, 이 '상실감'과 '무감각'에 대한 각성이야말로 내게는 우리 시의 지난 80년대를 주조하는 근원적 지평이 되었던 것으로 보인다. 80년대라는 '시의 시대'를 개화시킨 원년에 나온 한 시인의 기념비적인 시집에는 이미 시대에 만연한 이 상실감과 무감각이 "모두가 병들었는데 아무도 아프지 않았다"(이성복))고 적시되어 있는 터이다. 그것은 병과 통증 사이의 단절과 거리, 말하자면 세계의 실재와 실재하는 세계의 부재감 사이에 가로놓인 심연을 말해준다. 이러한 정신과 자연, 의식과 무의식, 주체/언어와 세계 사이의 건널 수 없는 장벽은 '현존하는 세계의 부재성'이라는 사태 혹은 '부재하는 세계의 실재성'이라는 표상을 제기한다. "나는 말할 수 없음으로 양식을 파괴한다, 나는 파괴를 양식화한다"(황지우)는 유명한 명제는 바로 이처럼 '말할 수 없는' 저 부재하는 세계의 실재성에 대한 용인으로부터만 이해될 수 있는 것이다. 그러나 비록 주체와 세계, 정신과 자연 사이에 건널 수 없는 심연이 놓였다 하더라도, 80년대의 우리 시에는 이러한 단절을 넘어선 세계의 실재와 정신의 이념에 대한 믿음이 비교적 온전한 형태로 남아있었다고 할 수 있다. 그리고 이러한 믿음이야말로 80년대의 시로 하여금 내사회적 공격성의 칼날을 서둘 수 없게 하였던 것으로 보인다. 왜냐하면 이들에게는 이러한 상실감과 무감각에 대한 각성의 '촉구'라는 일정한 목적의식이 있었기 때문이다. 그 점은, 독자들에게 이미 익숙한 분류법을 빌려 말하자면, '민중시'와 '해체시' 모두에게 공통된 것이었다. 말하자면 80년대의 시에는 공통적으로 해체하고 새로 세워야 할 중심/적이 분명한 것으로 보였다는 것이다. 80년대 시가 이 부재하는 실재성의 표상을 인유하는 시적 방법론의 고안에까지 이르지 못한 것은 바로 그러한 이유 때문이다. 이들에게는 저 부재하는 실재의 표현 불가능한 표상은 다만 세계의 실재와 정신의 이념에 대한 알리바이로서만 작용했을 뿐이다. 부재하는 실재의 표상의 인유라는 시적 방법론의 고안은 그러므로 80년대의 시에는 중요한 것도 아니었고 또 그럴 필요도 없는 것이었다. 그리하여 이 부재하는 실재의 표상은, 80년대 중반에 등장한 한 뛰어난 시인에 의해서 다음과 같은 '안개'의 이미지로 상징되고 있을 뿐이다. 이 안개는, 물론, 자신의 실체 없음을 실체로 삼는, 자신의 부재 자체를 현존으로 삼는 어떤 비실재적 실재의 전형적 상징이긴 할 터이다.

몇 가지 사소한 사건도 있었다.
한밤중에 여직공 하나가 겁탈당했다.
寄宿舍와 가까운 곳이었으나 그녀의 입이 막히자
그것으로 끝이었다. 지난 겨울엔
방죽 위에서 醉客 하나가 얼어 죽었다.
바로 곁을 지난 三輪車는 그것이
쓰레기더미인 줄 알았다고 했다. 그러나 그것은
개인적인 不幸일 뿐, 안개의 탓은 아니다.

— 기형도, 〈안개〉 부분

　80년대를 마감하는 해인 1989년에 나온 시집에 실린, 세계의 상
실감과 시대의 무감각이라는 사태를 저 80년대 원년의 시인보다
한층 음울한 풍경의 분위기로 전달하고 있는 이 시에는, 그러나 80
년대 초의 시들이 지녔던 대사회적 공격성이 현저하게 약화된 대
신 이 칼날의 방향이 개인의 내면적 차원으로 내재화되고 있음을
알 수 있다. 마치 초현실주의적 풍경의 음산한 냉기를 발산하고 있
는 듯한 이 '사실주의적' 시는 저 세계의 상실감과 시대의 무감각
이 "개인적인 不幸일 뿐, 안개의 탓은 아니다"고 말하고 있기 때문
이다. 사실상 이미 고인이 된 이 시인의 시 세계가 내장하고 있는
불안감은 개별적 죽음의 예감만으로는 설명할 수 없는 성질의 것
이다. 그것은 돌아갈 곳 없는, 정처를 상실한 자의 근원적인 존재
론적 상실감에서 기인한다. 다시 말해 그 불안은 신과 실재성을 상
실한 세계에 던져진 존재자가 갖는 근원적 불안이었던 셈이다. 그
리하여 우리 사회가 1987년 민주화 항쟁 이후 개량화의 국면으로
접어들고 연이어 동구 사회주의권의 붕괴로 인해 세계사가 이전
과는 전혀 다른 국면으로 접어든 이후의 상황에서 이제 세계의 실

재 없음과 중심의 부재는 완벽한 하나의 역사적인 사실이 되기에 이른다. 그러니 남은 것은 철저하게 파편화된 이념, 우연에 맡겨진 역사, 중심이 상실된 세계의 '약속 없는 세대'일 뿐이다.

> 우리들은 약속 없는 세대. 노상에서 태어나 노상에서 자라고 결국 노상
> 에서 죽는다. 하므로 우리들은 진실이나 사랑을 안주시킬 집을 짓지 않
> 는다. 우리들은 우리들의 발끝에 끝없는 길을 만들고, 우리가 만든 그 끝
> 없는 길을 간다.
> 우리들은 약속 없는 세대다. 하므로, 만났다 헤어질 때 이별의 말을 하
> 지 않는다. 우리들은 헤어질 때 만나자는 약속을 하지 않는다. 〈거리를
> 헤매다가 다시 보게 될 텐데, 웬 약속이 필요하담!〉 - 그러니까 우리는,
> 100퍼센트, 우연에, 바쳐진, 세대다.
>
> — 장정일, 〈약속 없는 세대〉 부분

3.

우리 시의 90년대는 이 '약속 없는 세대'가 암시하는, 세계의 중심이 상실된 시대의 본질에 대한 처절한 각성과 이러한 자각의 내면화 속에서 형성되었다. 그렇기 때문에 90년대의 시적 지평에서는 80년대의 시가 '안개'의 상징에 의해 암시적으로 드러내고자 했던 이 세계의 실재에 대한 상실감은 비교적 소박하고 추상적이었던 것으로 보인다. 왜냐하면 80년대의 시에 있어서 이 상실감과 무감각은 적어도 새로운 이념적 좌표의 설정이나 문법적 해체에 의해서 전복되거나 회복될 수 있는 것으로 상정되었기 때문이다. 그러나 90년대에 들어 이제 세계의 실재에 대한 상실감은 돌이킬 수 없는 현실이 되었고, 이 부재하는 세계의 실재의 표상을 인유하려는 노력은 90년대 시의 운명적인 과제가 되었다. 그것은 완전히 해체

된 질서, 무너진 중심, 사라진 적들의 세계에서 처음부터 새롭게 시작해야 할 길이었다. "중심이 있었을 땐 敵이 분명했었으나 이제는 활처럼 긴장해도 겨냥할 표적이 없다"(김중식, 〈이탈 이후〉)는 절망적인 인식이 등장하는 것은 바로 이러한 맥락에서이다. 이러한 중심 상실의 의식으로부터 이제 90년대 시에 던져진 유일한 길과 가능성은 모든 이념과 중심이 사라진 자리에서도 여전히 끈질기게 남아 있는 이 현실, 즉 누추한 일상과 피폐한 몸에 대한 탐색의 자리에 있었다.

그리하여 80년대의 시들이 지녔던 대사회적인 이념 지향성과 공격성은 일상화와 내면화의 방향으로 급격하게 전환하게 된다. 사실상 전혀 공격의 의도가 없어 보이는 '안개'의 시인까지만 하더라도 그 시의 배후에는 여전히 대사회적 상황과 부채 의식이 무겁게 자리하고 있었던 터이다. 가령, 위에서 인용된 시의 뒷부분만 하더라도 "女工들의 얼굴은 희고 아름다우며 / 아이들은 무럭무럭 자라 모두들 工場으로 간다"며 사회적 현실에 대한 맥락을 놓치고 있지 않은 것이다. 그러나 90년대의 시에서 우리가 보는 것은 시대에 대응하는 강렬한 역사의식과 정치적 감수성이라기보다는 미세한 일상적인 것들에 대한 감각과 (대중)문화적 감수성이다. 90년대적 일상은 이미 (후기)자본주의적 대중문화에 의해 전면적으로 포위된 영역이기도 했다는 점에서, 저 일상의 감각이란 곧 대중 문화적 감수성을 의미하는 것이기도 했다. '압구정동'과 '세운상가' 같은 하위문화로부터 자양분을 섭취한 일군의 시인들의 등장은 이러한 문화적 맥락 속에 있다. 스스로를 키치적 인간으로 정립해가는 자본주의적 일상의 삶의 과정을 속도감 있는 요설적 어법으로 그려냄으로써 전통적인 서정시의 문법을 타파하고자 했던 시인과 저 세기말의 자본주의적 세계상태의 종말론적 풍경을 음울한 열기를 발산하는 끊임없는 중얼거림과 길고 긴 주석이 달린 장광설로 펼쳐내는 시인의 작업은 이제 돌이킬 수 없게 되어버린 상실된 낙원과 그 부재하는 실재성의 표상을 인유하는 방법론이었던 것이다.

바람부는 날이면, 압구정동에 가야 한다 사과맛 버찌맛
온갖 야리꾸리한 맛, 무쓰 스프레이 웰라폼 향기 흩날리는 거리
웬디스의 소녀들, 부띠끄의 여인들, 까페 상류사회의 문을 나서는
구찌 핸드백을 든 다찌들 오예, 바람불면 전면적으로 드러나는
저 흐벅진 허벅지들이여 시들지 않는 번뇌의 꽃들이여
— 유하, 〈바람부는 날이면… 6〉 부분

역사는 아무것도 기억하지 못한다 너는 나를 뉘우치지 않는다 성전을 승리로 이끈 아프가니스탄의 전사들이 이젠 서로에게 총부리를 겨누고 있다 안녕, 이반! 무슨 소식이든 전해줘 나를 내 과거의 아름다웠던 삶과 연결시켜줘 신촌 로타리에서 문익환 목사가 통곡의 호명을 하고 있다 줄루족의 전사 스파이크 리가 흑인성에 대해서 백인처럼 반성하고 커트 코베인은 결국 자신의 음악에 열광하는 청중들을 이해하지 못하고 죽었다(나는 권총 자살자들을 좋아한다 : 권총은 아름답다 그 환멸의 섹스로부터) 나는 죽어도 이해받지 않으리라 당대여, 부디 나를 비껴가길

나는 이제 성 타즈마할을 건축했다
마약의 길을 따라 모두 이곳에 오라
— 함성호, 〈聖 타즈마할〉 부분

이 같은 경쾌한 요설과 음울한 장광설의 형식은 저 부재하는 세계의 실재성의 표상을 인유하기 위해 방법론적으로 선택한 시학이다. 물론 이러한 방법론적 선택의 정신적 기저에는 일상의 언어가

저 '낯선' 세계와 일상의 현실을 이제는 온전히 담지할 수 없게 되었다는 절망적인 인식과 자각이 자리하고 있다. 세계의 실재성과 중심이 부재한다면, 이 부재하는 세계의 실재성은 도대체 어떤 방식으로 언어적 그물에 포획될 수 있을 것인가? 아마도 최상의 답은 침묵이라고 해야 하리라. 그러나 이 침묵 역시 오로지 언어에 의해서만 성취되어야 할 시의 원초적 운명은 시대에 제약된 자유로운 정신의 고뇌와 절망을 담지하고 있었던 90년대의 시인들로 하여금 위트와 패러디와 블랙유머로 점철된 요설과 장광설의 형식을 선택하도록 했다. 그리하여 80년대의 뛰어난 선배 시인들에 의해 고안된 언어의 방법적 해체와 전복은, 비록 그 목적이 다르다고 할지라도, 이러한 경향의 시인들에게로 전승되었다. 90년대 문학 앞에는 80년대 문학과는 다른 차원의 가능성들이 열려 있었고, 그 가능성들의 모색은 이 같은 요설과 장광설이라는 언어적 형식으로 귀결되었다. 그것은 한편으로는 사회적, 이념적 명령의 과잉에서 벗어나 미학적, 문화적 차원의 다양한 가치의 추구를 가능케 했지만, 다른 한편으로는 자본주의적 문화산업의 팽창과 미디어 환경의 변화로 인한 새로운 위기의 조건을 만들어내기도 했다. 이 위기의 조건은, 시를 대중문화가 전면적으로 포위하고 있는 일상적 삶의 차원과 결합함으로써 빚어지는, 피할 수 없는 사태로부터 발생한다. 실패로 귀결된 과거 역사적 아방가르드 운동은 잘못된 경우 시와 일상의 결합이 오락문학과 상품미학의 희생양이 될 수도 있음을 이미 알려주었던 터이다.

4.

오늘날 시의 전위적 탐색은 이 반복과 새로움의 경계에 대한 성찰을 요구받고 있다. 자본주의의 물질적 재생산 네트워크는 모든 새로운 실험과 도전적 의욕을 그 자체로 하나의 상품으로 전시하여 재빠르게 자본의 이윤증식을 위한 물화의 시스템 속에 흡수해버린다. 보다 새로운 도전일수록 보다 빨리 상업화, 물화된다. 잠깐 고개만 돌리면 어디서나 줄기차게 우리의 눈과 귀를 잡아당기는 광고 카피의 이미지들을 생각해보라. 더 이상 언어적 실험이 불가능한 것이 아닐까 하는 회의가 들 정도로 변화된 이 대중매체의 전위적 환경 속에 오늘날 우리 시는 자리하고 있다. 이 진퇴양난의 곤혹스러움이 21세기의 전위적 시가 처해있는 현재적 상태이다. 그렇다면 저 사물화와 상업화의 위험을 경계하는 시의 전위적 노력이 취할 수 있는 방법은 그리 많아 보이지 않는다. 오늘날 우리 시가 취하는 방법은 대중문화가 지니고 있는 이 단일한 주체/의식 중심적 의사소통 구조의 코드에 구멍을 내는 '탈주'의 방식으로 보인다. 그리고 이 탈주의 욕망이 우리 시에 환상 혹은 환각과 꿈의 자리를 면밀히 탐색하도록 부추긴다. 그 욕망 속에서 현실과 꿈, 성찰과 환상, 의식과 무의식은 뒤엉키고 겹쳐지며 삼투한다. 이제 시의 자리는 의식과 문법의 틀을 고수하려는 말의 관성과 그것을 벗어나려는 글쓰기의 욕망이 빚어내는 전장으로 화한다. 오늘날 우리 시의 언어는 무의식/꿈과 의식/검열이 서로 경계 없이 몸을 섞고 있는 분열증의 그것으로 변했다. 부재하는 실재성의 인유를 위한 이러한 탈주의 방식은 '부재의 글쓰기'라고나 불러야 할 어떤 새로운 언어적 방법론을 도입하고 있는 것처럼 보인다. 가령, 이야기와 시를 분리될 수 없는 연관성 아래 놓음으로써 텍스트의 장르적 정체성을 모호하게 한다거나 텍스트 자체의 통사론적 구조와 의미론적 구조를 의도적으로 분열시킴으로써 '의미의 확인'을 불가능케 하는 방식으로 시적 텍스트를 구성했던 한 시인의 작업이 바로 그렇다. 거기에서 시의 텍스트는 불연속적인 언어의 단편들로 파편화된다.

초록의 고무 괴물이 집필을 하다가 깜박 잠든 사이, 난 우연히 그의 컴퓨터 키보드를 건드리게 되었어 유리를 보았어, 라고 써 있었는데 기분이 우울해서 ←를 세 번 누르고 쏘았어, 라고 고쳐 썼어 우발적인 일어 벌어진 거야 지우개가 옆에 있었지만 그걸 들기가 싫었고 나는 뜨거워졌어 유리가 이상한 눈초리로 나를 쳐다보고 있었고 유리에게 나는 잼 토스트와 커피를 시켜주면서 먹으라고 했어 나는, 쏘아, 버렸어, 너무 우발적으로, 하는 수 없이 난 살인자가 되어버렸지만 초록의 고무 괴물은 여전히 모르고 있어

— 성기완,《유리 이야기》〈39〉 부분

기본적으로 시적 의사소통의 구조에서 의미와 이해는 텍스트 자체의 통사론적 연속성과 의미론적 연속성의 합치에 의해 발생한다. 그것들이 어긋나면 텍스트는 불가해한 상형문자의 화폭이 되어버린다. 이 시인의 작업에서는 어떤 단일한 이야기의 흐름도 존재하지 않고, 메타이야기의 개입에 의해 끊임없는 간섭과 침범이 이루어진다. 이야기와 메타이야기 사이에는 어떤 가시적인 경계도 보이지 않는다. 오히려 텍스트는 두 차원의 이야기 사이의 혼동을 조장하고 양자를 도저히 따로 떼어놓을 수 없을 정도로 융합하고 있다. 결국 장르적 경계의 해체와 구문과 의미의 일치에 대한 독자의 기대의 배반과 차원이 다른 이야기들의 융합을 통해 텍스트는 어떤 하나의 단일한 의사소통적 코드도 확립하지 못하고 그 자체로 파편화된다. 이러한 텍스트의 파편화 혹은 균열은 또한 텍스트

를 쓰는 단일한 주체라는 관념의 해체를 동반한다. 왜냐하면 이 텍스트의 주체는 복수이기 때문이다. 그러니 어떤 단일한 주체가 이 텍스트를 직조하고 있는 것이 아니라 오히려 글쓰기의 욕망과 텍스트 자체가 주체를 새롭게 직조해낸다고 말하는 편이 옳다. 저자의 의도가 글쓰기의 욕망에 의해 분열되고 흔들린다면, 이러한 주체의 균열 혹은 복수의 주체에 의해 직조된 텍스트는 결국 부재의 의미라거나 복수의 의미라고 해야 할 어떤 의미의 불확정성의 공간이 되는 수밖에 없다. 오늘날 우리 시의 지평에서 이러한 의미의 불확정성과 부재의 의미의 현상화는 돌이킬 수 없는 사실이 되고 있는 것처럼 보인다.

물건은 묶여 있다. 나는 줄을 풀고 있다. 누군가 포장된 도로 위를 달린다.

물건은 포장되어 묶여 있다. 나는 포장을 동여맨 줄을 풀고 있다. 누군가 포장된 도로 위를 달린다.

물건은 여러 겹의 비닐로 포장되어 묶여 있다. 나는 비닐을 조르고 있는 줄을 풀고 있다. 누군가 포장된 도로 위를 달린다.

물건은 토막 내져 검은 비닐에 담긴 채 묶여 있다. 나는 풀수록 조여드는 줄을 풀고 있다. 이쪽을 풀면 저쪽이 엉킨다. 이쪽을 풀면 누군가 이쪽을 다시 묶는다. 누군가 포장된 도로 위를 달린다.

물건은 묶여 있다.

— 이수명, 〈포장품〉 전문

이 알레고리적 형식의 작업은 어떠한 방법으로도 탈출할 수 없는 불모의 일상과 단일한 의미의 부재를 텍스트 자체의 존재 형식으로까지 전환시키고 있다. 묶여 있는 물건은 결국 풀 수 없는 물건이다. 물건은 단순히 그냥 묶여 있는 것이 아니라 포장되어 묶여 있고, 포장되어 묶여 있는 물건은 여러 겹의 비닐로 포장되어 묶여 있으며, 여러 겹의 비닐로 포장되어 묶여 있는 물건은 또한 토막 내져 검은 비닐에 담긴 채 묶여 있기 때문이다. 하나의 사태나 상황에 대한 이러한 연관성은 무한히 이어지고 반복될 수 있다. 언어가 하나의 법칙이라는 사실은 자명하지만, 그렇다고 이 법칙이 모든 사태를 남김없이 규명하고 포획할 수 있다고 믿는 것은 어리석다. 언어의 법칙 속에는 어떤 부재와 잉여의 부분이 언제나 똬리 틀고 있어서 흔적을 남긴다는 사실 역시 받아들이지 않으면 안 된다. 언어가 지닌 무한한 반복가능성은 언제나 새로운 의미의 전위를 불러오게 마련이다. 그렇기 때문에 동일한 것을 무한히 반복한다는 것은 불가능하다. 언어는 반복되고 인용될 때마다 이 반복가능성 때문에 언제나 파괴당하는 운명을 감수하지 않을 수 없다. 이제 텍스트의 최종 심급은 어떤 단일한 의미가 아니라 무한히 증식하는 기표들이다. 그리하여 남는 것이라곤 오로지 텍스트와 기표 사이의 미학적 연결망일 뿐이다. 그리고 이 미학적 연결망이 드러내는 것은 어떤 부재의 의미의 현상화이다. 거기에서 꿈과 현실, 무의식과 의식의 경계는 이미 무너져 있다.

5.

글의 서두에서 현대 혹은 현대시의 존재론적 근거가 정신과 자연, 주체와 세계, 의식과 무의식의 분리로부터 연유한 세계의 실재성의 상실 체험과 관련된다고 언급된 바 있다. 약간의 용어상의 해명이 따라야 할 것 같다. 정신과 자연의 분리가 주체와 세계의 분리라는 사태로 이행하는 것은 이해하기 그리 어렵지 않다. 왜냐하면 주체란 자신을 자신으로서 의식하는 정신이고, 세계란 이 주체의 의식 속에 표상된 물질적 – 유기적 실재로서의 자연을 의미하기 때문이다. 남는 것은 이러한 정신과 자연의 분리가 우리 정신 안의 의식과 무의식의 분리와 동일한 의미론적 층위에 있는가라는 문제이다. 라틴어 '나투라natura'에서 유래하는 서양어 '네이처nature'의 우리말 번역이 사연自然인데, 이 서양어는 또한 우리 안에 존재하고 있는 자연, 즉 본성本性을 뜻하기도 한다는 점을 상기하기로 하자. 말하자면 인간이라는 존재/정신은 그 안에 정신과 자연 모두를 구비하고 있다는 뜻일 터이다. 우리는 이 정신 안에 있는 정신을 의식이라고, 또한 이 정신 안에 있는 자연을 본능 혹은 무의식이라고 할 수 있다. 따라서 정신과 자연의 분리는 곧 '나'/의식과 '내 안의 나'/무의식의 분리라는 뜻을 의미론적 차원에서 공유할 수 있다. 결국 세계의 실재성의 상실이라는 현대적 체험은 또한 '나'라는 주체로부터 '내 안의 나'를 타자로서 분리시켜버렸음을 의미하게 된다. 이리하여 세계의 실재성의 부재란 또한 주체의 자기 분열을 의미하는 것 이외의 다른 것일 수가 없게 된다. 보다 정확히 말하자면, 현대인들이 겪는 '실재성의 부재'의 체험은 곧 '정신분열증'의 체험과 다르지 않다는 것이다. 이러한 맥락에서 표상할 수는 있지만 표현으로는 불가능한 저 부재하는 실재성의 인유라는 현대시의 과제는 곧 '타자의 현상학'과 관련된다고 말할 수 있을지도 모른다. 그리고 이러한 인유의 다양한 방법론적 고안은 여전히 오늘날 우리 시의 과제로 남아있다.

의도했던 주제의 바깥에 놓여 있어서 본문에서는 불가피하게 누락되었지만, 오늘날 우리 시의 지형에서 반드시 언급해야 할 두 가지 핵심적인 경향의 시들에 대해 간략히 언급하고 넘어가는 것으로 이 글쓰기를 마무리하기로 하자. 소위 '여성주의적'이라고 불리는 경향의 시들과 '신서정'이라고 불리는 경향의 서정시가 바로 그것이다. 사실상 오늘날 우리 시의 지형에서 빠뜨릴 수 없는, 그렇기는커녕 오히려 가장 새롭고도 대담한 언어적 혁신과 문법적 실험은 이 여성주의적 경향의 시들로부터 나온다. 이 계열의 시들 역시 단일한 중심이 사라진 세계, 실재성이 부재하는 세계에 대응하는 하나의 대안적 문법과 시학을 개발하고자 한 90년대 시의 문제의식을 충분히, 그리고 그 뿌리에서부터 자각하고 있다. 여성, 몸, 욕망은 지난 80년대 시의 지평에서는 거의 존재하지 않는 것으로 치부된 '현존하는 부재'의 영역, 즉 타자의 영역에 속한 주제들이었기 때문이다. 이 경향의 시들은 저 요설과 장광설의 시학을 시대에 대한 방법론적 대응의 문법으로 밀고나간 시인들과는 달리, 오히려 저 현존하는 부재 속에 침묵하고 있는 타자의 몸을 직접 취조하여 입을 열게 하는 다소 '과격한' 방식을 취했던 것으로 보인다. 또 하나의 주체-타자로서의 여성적 언어와 문법의 고안을 위해 분투한 이 경향의 시들은 오늘날 우리 시의 언어적 탐색과 실험적 모색의 최전선에 자리하고 있다. 김혜순의 시에서 잘 드러나고 있듯이, 이질적인 시공간이 하나의 장 안에 배치되고 시원적 혼돈의 목소리가 그대로 토로되는 이 카니발적인 시의 자리는 기존의 서정적 자아의 주체성/내면성을 전복하는 새로운 탈주체적 언어의 탐색을 위한 무한한 가능성을 내재하고 있다.

반면, 오늘날 광범위하게 확산되어 있는 서정성의 과잉은 다소 문제적으로 보인다. 이러한 판단은 아마도 오늘날 우리 시의 지형이 과도하게 서정시 일변도의 경향을 보이고 있는 것은 아닌가 하는 내 개인적인 우려에서 나온다. 물론 '서정시의 르네상스'라고까지 말할 수도 있을 이러한 경향이 가져온 긍정적 측면을 부인할 수는 없다. 오히려 일상의 감각이 세련된 언어의 그물망으로 포획되고 있는 미세하고도 정교한 서정의 결들은 우리 현대시의 소중한 결실로 평가되어야 마땅하다. 분명 오늘날의 우리 서정시들은 진부하기 이를 데 없는 소박한 언어적 형식과 문법을 통해 이미 의식 속에서 관념적으로 선취된 정신과 자연의 주객 동일성을 재귀적으로 되풀이하곤 했던 전통적 서정시의 지평을 확대하고 심화시키고 있다. 그러나 이러한 서정시들이 호황을 누리는 와중에 언어에 대한, 혹은 시에 대한 강렬한 자의식도 없는 '유사 서정시'가 더불어 떠돌게 되면서, 오늘날 우리 시의 지형은 종의 다양성을 확보하지 못한 채 빈혈의 상태로 내몰리고 있는 것처럼 보인다. '서정성의 복구'와 '서정시의 복귀'는 지난 시대 우리 시의 이념 과잉과 정치 과잉의 불균형을 해소하려는 중요한 노력의 결실임에는 분명하지만, 오늘날 빈번하게 목격되는 바와 같이 반복되는 모방적 형식과 자기복제라는 미학적 자살의 상태에까지 이른다면 문제는 전혀 다를 수밖에 없다.

부재하는 실재의
또 다른 인유 방식들
― 김중혁, 한유주의 작품 세계

실재성 부재의 시대

그 원인이 인간 정신의 바깥에 있든 혹은 안에 있든 간에 '중심의 상실'은 지난 세기의 90년대 이래로 우리 문학의 정신적 배경이자 근원으로 자리하고 있는 것처럼 보인다. 인간을 이 세계와 삶에 정박시켜줄 그 어떤 고정된 의미나 진리 혹은 준거점이 더 이상 존재하지 않을지도 모른다는 이 통렬한 자각, 보다 정확히 말하자면, 우리가 몸담고 있는 이 세계가 실재성을 상실했다는 ― 같은 말이 되겠지만, 인간의 언어가 세계의 실재성을 더 이상 담보하지 못한다는 ― 어떤 불모와 황폐의 의식이야말로 오늘날 우리 문학의 일반적인 시대감각에 속하는 듯하기 때문이다. 그리고 언어가 이 세계와 삶의 실재성을 포획하지 못한다면, 세계는 더 이상 인간의 세계에 속하지 않게 될 터이다. 이제 우리는 인간의 세계를 살지 못하게 된 것이다. 탈 ― 중심(주의)이라거나 탈 ― 인간, 혹은 기호와 시뮬라크르, 탈주와 유목, 재현의 위기, 역사의 종말, 기표의 유희 등등 이전

시대에는 낯설었던 언어와 외래어들이 우리 사회의 주류 담론 속으로 들어오게 된 것도 이러한 사정과 무관하지 않을 것이다. 단적으로 말해서, 오늘날 우리는 '실재성 부재의 시대'를 살고 있다는 뜻이겠다.

우리는 실재성이 부재하는 시대, 혹은 중심의 상실이라는 의식의 가장 뚜렷한 징표를 어쩌면 이 시대의 삶 속에 만연하고 있는 온갖 종류의 무감각과 마비 속에서 발견할 수 있을지도 모른다. 아마도 세계의 실재성으로부터 유래했을 것임에 틀림없을 삶과 현실에 대한 싱싱한 감각/실감을 상실한 인간의 촉수가 방향과 좌표를 잃고 무중력의 허공을 떠돌게 될 것임은 분명한 사실이기 때문이다. 그렇다면 오늘날 우리 문학의 화두는 어떻게 이 부재하는 세계의 실재성을 언어로 담보할 수 있는가 하는 문제일 것이다. 언어를 넘어서 있거나 혹은 언어 이전에 존재하는 문학을 우리가 상정할 수는 없기 때문이다. 하지만 무감각과 마비 상태에 빠져있는 인간의 감각이 어떻게 부재하는 세계의 실재성을 포획할 수 있단 말인가? 더 이상 중심과 의미를 담보하지 못하는 인간의 언어가 어떻게 이 실재성의 부재를 표현하고 의미화 할 수 있을 것인가? 그렇기에 나는 문학에 부여된 이 화두를 '불가능과의 싸움'이라고 부르고 싶었다.

내게는 지난 세기의 90년대 이래 우리 문학이 걸어온 길이 바로 이러한 싸움의 과정이었던 것으로 보인다. 누군가 의문을 제기할 수도 있으리라. "불가능과의 싸움이라니! 그런 것이 어찌 가능하겠는가?"라고. 그러나 불가능과의 싸움이 불가능한 싸움은 아님을 입증해주는 젊은 작가들의 등장을 우리는 드물지 않게 목도하고 있다. 최근 첫 소설집을 상자한 김중혁과 한유주라는 젊은 작가들의 이름은 바로 이러한 사실에 대한 강력한 증거로 작용하게 될 성싶다. 이들 작가는 근 10년의 연령차에도 불구하고 공통적으로 실재성 부재의 시대를 치열하게 살아내면서 어떻게 문학이 이 부재하는 실재성의 표상을 인유하고 또 표현할 것인가에 대한 몇몇 의미 있는 방식을 암시해주고 있는 것으로 보이기 때문이다. 물론 이들 두 작가가 자신만의 작품 세계를 구축하는 미적 형식과 문장의 구조 및 소설 구성상의 방식에 있어서의 현격한 차이와 개성을 일단 괄호치고 하는 말이겠지만.

부재하는 실재성의 표상

술에 취하면, 나는 늘 찬기에게 이렇게 묻는다.
― 이제 돌아가야지?
그러면 찬기는 늘 이렇게 대답한다.
― 응, 그래, 돌아가야지. 그런데 어디로 돌아가지?
돌아갈 곳이 없기 때문이 아니다. 어느 곳이든 다 지루하고 재미없기 때문이다.

― 〈펭귄뉴스〉,《펭귄뉴스》, 문학과지성사, 2006. 263쪽

김중혁의 《펭귄뉴스》에 등장하는 다양한 인물들의 의식을 지배하는 세계와 삶의 일상에 대한 정신적 태도 혹은 정조는 따분함과 지루함, 즉 한 마디로 말해서 '권태'라고 말할 수 있다. 이 권태야말로 김중혁의 작품 세계에서는 삶의 유일한 적으로까지 간주된다. 한 인물은 다음과 같이 말하고 있다. "적이라는 건 아무 데도 없어. 만약 적이라는 게 있다면 따분함 속에만 있는 거야"(〈펭귄뉴스〉). 그리고 이 권태로운 세계와 삶의 초상은 아마도

'압축'이라는 말 속에 담겨있을 듯하다. "압축이야말로 지상 최대의 과제"(〈무용지용 박물관〉)라거나 "압축할 줄 모르는 녀석들은 벌받을지니"(〈사백 미터 마라톤〉) 같은 표현에서 자주 드러나듯이, 어쩌면 이 '압축'된 세계, 달리 말하자면 문명화된 세계가 차라리 권태를 불러온다고 말하는 편이 옳을지도 모르겠다. 김중혁의 작품에서 이 문명화된 세계는 무엇보다도 '모든 사물에 칩(chip)을!'(〈명청한 유비쿼터스〉)이라는 모토로 상징되는 컴퓨터와 매스미디어, 즉 네트워크에 의해 포획된 세계이다. 그런데 이 세계는 '언제 어디서나 존재하는' 미디어나 네트워크의 엄청난 진보에 의해 오히려 인간의 모든 '필요'(〈발명가 이눅씨의 설계도〉)가 소진된 세계, 다시 말하자면 인간이 도구의 도구로 전락한 세계이다. "도구의 진보가 인간의 진화를 막는다"(〈바나나 주식회사〉)는 간략한 언급이 바로 이러한 사태를 정확히 지시해줄 것이다. 그러므로 김중혁의 작품 세계가 조심스럽게 탐색하고 있는 것은 이러한 문명화의 과정 속에서 상실되거나 배제된 것, 혹은 퇴화해버린 것들에 대한 재발견과 재음미이다.

단적으로 말해서 김중혁의 작품 세계는 '압축'과 '속도'로 표상되는 이 문명화된 세계 속에서 상실되어 버린 것들에 대해 바치는 애도와 조사(弔詞)라고 할 수 있다. 작품에 등장하는 거의 모든 인물들의 태연을 가장한 권태의 표정 뒤에는 "전진할 수밖에 없는 삶의 비애"(〈바나나 주식회사〉)와 절망이 도사리고 있는 듯하기 때문이다. 이 애도와 조사의 대상으로 올라있는 품목들은, 유비쿼터스를 지향하는 매스미디어의 시대에는 대부분 쓸모없게 된 라디오(〈무용지용 박물관〉)나 타자기(〈회색 괴물〉), 나무 조각 지도(〈에스키모, 여기가 끝이야〉), 자전거와 색연필(〈바나나 주식회사〉), 떠도는 섬(〈발명가 이눅씨의 설계도〉), LP판(〈펭귄뉴스〉) 같은 것들이다. 그리고 이러한 물목들은 곧 퇴화했거나 상실되어버린 세계와 삶에 대한 인간의 싱싱한 감각과 기억과 상상력에 대한 상징으로 작용하게 되는 것처럼 보인다. 작품 속의 한 인물은 "인간의 기억력은 점점 쇠퇴하고 포스트잇의 생산량은 점점 늘어날 것이다"(《멍청한 유비쿼터스》)고 단언하고 있다. 보다 정확하게 말하자면, 라디오나 LP판에 대한 작중 인물들의 남다른 애착은 곧 온통 시각적인 이미지(시각은 오로지 빛에 의존하고, 모든 빛은 또한 이성의 상징이며, 이 이성의 물화가 바로 컴퓨터가 아닐까?)가 지배하는 이 문명화된 세계 속에서 퇴화해버린 청각과 소리에 대한 감각을, 타자기는 상실되었거나 마모되어가는 촉각과 기억력을, 그리고 지도나 자전거 혹은 달리기(《사백 미터 마라톤》)는 세계에 대한 즉물적 상상력과 운동감을 상징하는 것으로 읽힌다는 뜻이다.

이처럼 문명화된 삶 속에서 세계의 실재성이 부재한다면, 혹은 그것이 존재한다고 하더라도 우리의 감각이 그것을 포획할 수 없을 정도로 무감각하거나 마비되어 있다면, 인간의 언어는 이제 세계의 어떤 것도 더 이상 재현할 수 없게 될 터이다. 대상의 실재성과 원본이 부재하거나 그것을 포획할 주체의 감각이 마모되어 있다면, 언어에 의한 세계와 삶의 재현이란 우리가 상상할 수 있는 것이 아니기 때문이다. 그렇기에 김중혁의 소설 작업은 이 재현 불가능한 세계에 대한 엄격하고도 냉정한 하나의 보고서로 읽힌다. '압축'이라는 어사는 바로 이 실재성 부재의 시대, 혹은 재현 불가능한 세계에 대한 가장 간명한 상징이자 뚜렷한 징표로 자리한다. 압축을 통해, 그리고 이 같은 압축 속에서 세계 내의 존재와 사물들은 탈-존재화 내지는 탈-사물화 되는 듯이 보이기 때문이다. 그러므로 김중혁의 소설 작업이 지향하고 또 탐색하고자 하는 것도 바로 이 같은 압축이 풀린 그 어떤 곳을 향한 도달가능성이라고 해야겠다.《펭귄뉴스》에 등장하는 "세상의 끝"(〈에스키도, 여기가 끝이야〉)으로 상정되는 '에스키모'나 또는 어떤 '떠도는 섬'(〈발명가 이눅씨의 설계도〉)과 같은 장소는 바로 그러한 장소의 상징이 될 것이다.

이렇게 상실되거나 퇴화된 인간의 감각과 기억과 상상력을 총칭하는 하나의 상징적 키워드가 '압축'이라면, 이 압축으로부터의 해방을 상징하는 상태는 김중혁의 작품 세계에서 '리듬'이나 '비트'(〈펭귄뉴스〉)라는 어사로 등장한다. 날리 말해서 '비트'는 이 세계와 삶에 대한 인간의 직접적인 어떤 원초적 감각 혹은 심지어는 심장박동이나 호흡과 같은 생체 리듬의 상징이라고 할 수 있다. 결국《펭귄뉴스》가 탐색하고 또 회복하고자 하는 세계에 대한 싱싱한 감각의 회복은 바로 이 '비트'의 회복에 달려있는 셈이다. 물론 김중혁의 작품 세계에서 이 비트의 회복은 요원한 것, 아니 어쩌면 불가능한 것으로 상정되어 있는 듯하다. 〈펭귄 뉴스〉에 등장하는 '그녀'의 죽음이 상징하는 바가 그렇지 않을까 싶다. 그러나 어쩌면 이미 패배가 예정되어 있을지도 모르는 이 불가능과의 싸움 자체야말로 김중혁의 작업이 지니는 매력이라고 할 수 있다. 김중혁의 소설은 이 불가능과의 싸움이 적어도 불가능한 싸움은 아님을 역설적으로 말해주는 듯하다.

부재하는 실재성의 불가능한 표현

(… 전략 …) 달로, 어떤 사람들은, 자신의 먼 옛날이야기로, 이제는 기억나지 않는 최초의 순간들을 문득 저릿하게 그리워하기도 했다. 태초에 말씀이 있었다, 고 혹자들은 말을 시작했다. 인간의 귀에 울리던 음성들은 모체가 숨을 들이쉬는 소리였고, 달로, 달로, 그러나 아무도 그 소리

를 다시 귓가에서 **재현해낼 수는 없었다**. 슬픈 일들, 달로 갔던 사람들은 어느 누구도 달에서 긴긴 안식을 몸에 두를 수 없었다. 그들은 잠시 달의 몸에 취했다가, 다시 일상의 세계로 돌아왔다. 그리고 언제까지나 달의 뒷면에 고여 있을 바다를 그리워했다. 막연한 그리움이었다.

— 〈달로〉,《달로》, 문학과지성사, 2006. 26-7쪽

한유주의《달로》가 "오직 전파만이 영혼의 속도로 직진하고 있을 뿐"(〈그리고 음악〉)인 이 세계의 부재하는 실재성을 인유하는 방식은 단속적으로 이어지는 내적 독백조의 장광설이라는 형식이다. 한유주의 작품 세계에서 '달'(그리고 그 뒷면으로서의 '바다')의 이미지는 바로 이 세계의 부재하는 실재성의 알리바이로 작용하고 있는 것처럼 보인다. 인용된 구절에서처럼 그것은 '재현해낼 수 없는' 세계의 이면으로 상정되고 있기 때문이다. 작가는 이 실재성 부재의 시대를 사는 자신의 세대를 아주 분명하게 '수사학이 선인 세대' 혹은 '레토릭으로 무장된 세대'(〈그리고 음악〉)라고 규정한다. 여기에서 이 수사학이라는 어사는 세계나 삶, 혹은 존재와 사물의 실재성을 담보하지 못한 채 그 표면에서 튕겨나가 버린 일상적 언어의 존재 방식을 의미할 터이다. 한유주의 작품에 등장하는 한 화자는 언어의 이 같은 사태를 "그렇게 모든 말들의 의미가 조금씩 희미해졌다. 꿈결처럼, 그리고 저 건너편의 세계에서처럼 사물과 인간의 어깨 위에 그렇게 희미해진 말들이 걸터앉았다"(〈죽음의 푸가〉)고 보고한다. 결국 한유주의 소설에서 언어는 세계의 뿌리에 닿지 못하고 허공을 떠도는 그 어떤 것으로 상정된다. "우리는 허공에 무덤을 판다. 거기서는 사람이 갇히지 않는다"(〈죽음의 푸가〉)고 앞서의 화자는 말하고 있다.

이처럼 허공을 부유하는 언어를 통해 어떻게 부재하는 세계의 실재성이 포획될 수 있단 말인가? 불가능하다고 말할 수밖에 없을 것이다. 그렇다면 여기에서 언어를, 말을 벼리고 세공하는 일을 업으로 삼는 문학의 존재 자체가 불가능해지는 것은 아닐까 하는 의문이 나올 법하다. 언어가 세계를 재현해낼 수 없다면, 그때 문학은 무엇으로 존재할 수 있을 것인가? 아마도 침묵하기 위한 말로서밖에는 존재할 수 없으리라. 그런 의미에서 한유주의 소설언어는 바로 이 침묵 속의 말, 침묵을 위한 말이라고 해야 할지도 모르겠다. 사실상 내게는 "말하고 싶다. …말하고…싶다"(《암송》)는 작가의 간절한 욕망, 혹은 말할 수 없는 것을 '말하기' 자체의 형식이야말로 바로 한유주의 작품 세계를 관통하는 핵심적인 주제로 보인다. 아니, 어쩌면 이 실재성 부재의 시대의 문학은 말하기 위한 말의 방식 그 자체로 존재할 수밖에 없는 것일지도 모른다. 한유주의 '사라지는 이야기'(《죽음에 이르는 병》)로서의 소설 언어는 말하고 싶어 하는 말의 욕망 그 자체의 자기표현이 되는 셈이다.

그리하여 문학은 이제 더 이상 아무 것도 말할 수 없는 말, 그 자체로는 공허한, 오로지 말을 위한 말로서만 존재하게 될 터이다. 사실상 이러한 존재 방식으로 '미래의 문학'을 기획한 것은 바로 상징주의와 초현실주의라는 '현대문학'으로의 길을 연 선구자들에게 영감을 주었던 독일 초기 낭만주의의 공헌으로 돌려야 마땅하리라. 낭만주의 이래 문학은 더 이상(전통적인 의미에서나, 혹은 헤겔의 고전주의 미학과 그 맥을 이은 루카치 식의 리얼리즘 문학의 의미에서) 문학이 아닌 것으로 존재하게 된다. 문학은 이제 그 자체로는 아무것도 말할 수 없는 부조리한 말, 현실적으로는 재현 불가능한 무용한 말, 오로지 말을 위한 순수한 말의 형식으로만 존재한다. 그러나 문학의 이러한 존재 방식이야말로 오히려 이 실재성 부재의 시대를 인유하는, 아마도 유일한 방식이 될 수 있을 것이다. 역설적으로 말하자면, 아무것도 재현할 수 없는 이 순수한 말의 존재 방식이야말로 어쩌면 이 실재성 부재의 시대에 대한 완벽한 하나의 재현 방식일 수도 있다는 뜻이다.

한유주의 소설은 바로 이 역설적인 문학의 존재 방식 속에 자리하고 있는 것으로 보인다. 사실상《달로》는 전통적인 이야기의 방식이나 이야기의 지배 구조를 탈피하려는 남다른 자의식을 보여주고 있다고 할 수 있다. 종국에는 기억의, 한유주식의 표현을 빌리자면, 그것도 '가짜 기억'의 메커니즘일 수밖에 없는 소설의 전통적인 존재 방식에 의문을 제기하면서 문학의 언어를 세계와 삶의 매 순간을 향해 개방시키는 것, 그리하여 우리의 감각과 기억을 현재화하는 것이야말로 이 중심의 상실을 사는 시대의 문학적 과업이 아닐까? 그런 점에서 한유주의 소설이 무엇보다도 말과 말 사이의 리듬과 이미지와 이미지 사이의 긴장을 근간으로 하는 시의 상태에 거의 도달하고 있는 것은 아닐까 싶다. 빈번한 쉼표와 말줄임표를 통해 밀도 높은 침묵의 틈입을 허용하는 문장 구조 역시 한유주의 소설에서는 '말하기' 방식 자체가 주제화되고 있음을 보여주는 징표가 될 터이다.

표현 불가능성의 표현 방식

대부분 간략한 단문으로 속도감 있게 이어지는 김중혁의 문장에서는 언어적 리듬보다는 그 말들이 확보하고 있는 진폭이 큰 감각적 이미지들의 연쇄가 시적 풍경을 만들어내고 있으며, 자유롭게 구사하는 중문과 복문으로 인해 때로는 십여 행에 이르는 긴 호흡을 생동감 있게 유지하는 한유주의 문장에서는 언어 자체가 말하기의 주체가 됨으로써 시적 상태를 가능케 한다. 결국 김중혁과 한유주의 작품들에서는 대개 시간의 인과적 흐름이 절단된, 마치 우화적이거나 신화적인 사건이나 풍경들이 펼쳐지게 되는 이유도 이와 무관하지 않을 것이다. 우화적 성격이 짙은 김중혁의 소설 세계나 신화적 성격이 강한 한유주의 작품 세계는 모두 전통적인 이야기의 지배 구조에 대한 강력한 이의를 제기하고 있다고 할 수 있다. 이러한 이의제기를 통해 이들 젊은 작가는 소설이, 문학이, 그리고 종국에는 인간의 언어가 어떻게 세계와 더불어 호흡할 수 있을지를 고통스럽게 모색하고 있는 것처럼 보인다. 그리고 저 부재하는 세계의 실재성을 인유하려는 불가능과의 싸움이 마냥 불가능한 싸움만은 아님을 보여주고 있다는 점에서 이들 작업의 소중함과 존재 의의는 더없이 귀하게 여겨진다.

　김중혁과 한유주의 작품 세계가 공통적으로 화두로 삼고 있는 것은 어떻게 저 상실된 중심의 세계, 혹은 세계의 부재하는 실재성에 대한 원초적 감각을 회복할 것인가, 그리고 문학 언어를 통한 그러한 회복은 어떻게 가능한 것인가 하는 문제라고 할 수 있다(사족으로 하는 말이지만, 김중혁의 《펭귄뉴스》에 빈번하게 등장하는 벨벳 언더그라운드나 톰 웨이츠, 잭 케루악 같은 비트 제너레이션 혹은 쇤베르크의 음악은 한유주의 《달로》에 등장하는 라흐마니노프나 짐 모리슨 혹은 말러의 음악과 그 의미론적 층위에서 달라 보이지 않는다. 내게는 이들의 음악이 공통적으로 실재성이 부재하는 세계의 어떤 종말론적 상황을 환기시킨다). 김중혁은 이 원초적 감각의 회복을 위해 '에스키모'나 '지도 바깥'의 어떤 곳을 상정하고 있으며, 한유주는 '달의 뒷면'을 탐색하고 있는 것처럼 보인다. 그러므로 김중혁의 에스키모나 한유주의 달의 뒷면은 세계의 부재하는 실재성에 대한 알리바이로 작용한다고 할 수 있다.

이들 작가에게 있어서는 아마도 현실의 지도 바깥에 위치하고 있을 그러한 장소들은 모두 시원의 감각이 살아 숨 쉬는 곳이자 감각 그 자체의 표현으로서의 언어의 생동성이 확보될 수 있는 곳으로 상정되고 있는 듯하다. 김중혁의 언어로는 '비트'이자 한유주의 표현으로는 '말'이 자유롭게 회복되는 그곳들은 공통적으로 인간의 언어가 세계의 부재하는 실재성을 표상하고 또 그것을 인유할 수 있는, 말하자면 세계와 언어가 비록 일시적으로나마 행복하게 조우할 수 있는 장소들일 것이다. 실재성 부재의 시대를, 재현 불가능한 세계를 사는 오늘의 현실에서는 이들 작가의 그러한 열망이 어쩌면 도달 불가능한 것으로 보일지도 모르겠지만, 그렇다고 그곳을 향한 노력 자체가 불가능하거나 무의미해지는 것은 아닐 터이다. 그곳을 향한 부단한 노력을 통해 이 무감각의 현실로부터 마비를 풀고 단 한 발자국만이라도 내딛을 수 있다면, 문학의 존재 의의는 충분히 입증되고도 남을 것이다. 왜냐하면 무엇보다도 먼저 문학은 세계와 삶에 대한 인간 감각의 마비와 망각에 저항하는 것이기 때문에. 일상이라는 거의 주술적인 감각의 마비로부터 우리를 해방시키는 언어가 바로 문학일 것이기 때문에.

시의 감각과
환각
— 낭만주의적 상상력과 환상의 차원

모든 생물학적 종은 각각의 종에 고유한 감각과 지각을 갖는 것으로 알려져 있다. 가령 생물 심리학에는 시간 지각의 계기를 일컫는 '모멘트moment'라는 개념이 존재하는데, 인간이라는 생물학적 종의 모멘트는 1/18초라고 한다. 이러한 지각 모멘트는 시각이나 청각, 촉각 등 인간의 모든 외부 감각에 적용된다. 시각을 예로 들어 설명하자면, 초당 18번의 단위 자극이 연속적으로 이루어지는 경우 우리 눈은 이 단위 자극들 각각을 분리된 것으로 지각하는 것이 아니라 하나의 연속된 전체로 지각한다는 것이다. 영화가 바로 이런 생물 심리학적 원리 위에서 만들어졌다. 우리 눈은 초당 18컷이 순간적으로 교체되는 개별 스틸 사진의 연속을 '하나의 끊김 없는 동작이나 행위'로 지각하는 것이다. 마찬가지로 초당 18회의 공기 진동을 우리 귀는 따로 떼어서 듣지 못하고 하나의 일관된 저음으로 듣게 된다고 한다.

마냥 굼뜨기로 소문난 달팽이의 모멘트는 1/4초로, '전투어'라고 불리는 한 어족의 모멘트는 1/30초로 보고되어 있다. 그렇다면 '뿔 달린' 기관을 가진 저 달팽이가 자신들의 영화관을 만든다면, 이 영화관에는 초당 4컷의 스틸 사진을 돌리는 영사기가 존재할 것이라고 추론할 수 있겠다. 반면 1/30초를 모멘트로 갖는 전투어는 물속을 재빠르게 유영하는 보다 작은 어족을 먹이로 삼는다고 하는데, 이 종에게 피라미의 수영 솜씨는 서툴기가 그지없어 언제라도 낚아챌 수 있는 것처럼 보인다. 인간의 영화관에 들어간 달팽이에게 있어서는 '너무 빨리' 돌아가는 영사기의 작동 탓에 아무 것도 보이지 않을 것이고, 전투어에게 있어서는 조각조각 난 스틸 사진들이 '너무 느리게' 교체되는 것으로 보일 것이다. 말하자면 1/4초의 모멘트를 갖는 달팽이에게 이 세계는, 우리 눈이 발사된 총알을 볼 수 없듯이, 너무 빨리 지나가 볼 수 없는 것들로 가득 차 있을 테고, 1/30초의 모멘트를 갖는 전투어에게 이 삶은, 우리가 꽃잎의 열림과 성장의 순간을 볼 수 없듯이, 너무 느리게 지나가 보이지 않는 것들로 가득 차 있을 터이다.

비록 어떤 인간도 인간이라는 종의 생물 심리학적 감관 경험과 지각의 한계를 넘어설 수 없다 할지라도, 세계와 삶에 대한 인간 지각의 깊이와 넓이는 단순히 '외적 감각external sense'의 경험으로만 축소되지 않는 것 같다. 고도의 인간 정신활동의 산물인 문학과 예술의 존재가 바로 이러한 점을 증명하고 있는 것으로 내게는 보인다. 문학과 예술은, 물론, 일차적으로는 인간의 외적 감각의 실존적 깊이와 넓이를 보여준다. 그러나 그것은 또한, 18세기 취미론의 미학자들이 '내적 감각internal sense'이라고 불렀던 미적 감수성과 취미의 세련화를 통해서, 더불어 문학적 상상력의 깊이와 넓이를 통해서 인간 지각의 모멘트를 1/18초로 묶어놓지는 않는다. 말할 것도 없이, 풀한 포기 바람 한 줄기의 미세한 떨림에서도 세계와 삶의 우주적 상응 관계를 읽어내는 시인의 직관과 상상력이 바로 이런 생물 심리학적 지각의 한계를 보여주고 있는 터이다. 말하자면 문학과 예술은 저 '내적 감각'에 의해 삶의 시간을 제로에서 무한까지 응축하거나 확장함으로써 세계를 새롭게 창조한다는 뜻이리라[5].

우리의 일상적인 감각을 통해서는 표상되지 않는 저 전혀 낯설고도 새로운 환상의 이미지들을 감각하는 기관을 잠정적으로 환幻의 삼사感覺, 즉 '환각幻覺'이라고 부르기로 하자. 그러니까 환각이란 바로 우리의 외적 감각인 오감 바깥의 감각 혹은 그 내부의 감각이라는 뜻이 될지도 모르겠다. 이 새롭고도 낯선 이미지들을 생산하는 실제적 힘으로서의 환상을 기초하고 있는 우리의 정신적 − 이론적 능력을 낭만주의에서는 이미 상상력이라고 부른 바 있다. 다시 말해서 환상이란 상상력의 실천적 능력 이외에 다른 것일 수가 없다는 뜻이다. 상상력은 감각적인 이미지들의 연쇄를 통해 하나의 존재나 사태를 구성해내는 우리 정신의 능력으로 이해된다. 달리 말해서 상상력의 참된 활동은 이미지들을 생산해내는 능력에 있다는 것이다. 그런데 낭만주의 문학론에 의하면, 이 이미지들의 실제적 생산을 담당하는 정신의 능력은 환상Phantasie이라고 명명된다. 이러한 상상력과 환상의 관계를 보다 간략히 표현하자면, '환상이란 상상력의 자유로운 유희'라는 공식이 성립한다. 그렇다면 이 환상이 실제적으로 행하는 능력이란 무엇인가? 낭만주의자들의 전문 용어를 빌려 말하자면, 실재와 이상의 절대적인 통일성의 이념을 직관적으로 표상

* 위 세 단락의 글은 이인성 홈페이지(http//www.leeinseong.pe.kr)의 '안방 초대 문인'이란 항목 중 119번에 등록되어 있는 글로서, 필자가 2002년 '11월의 칼럼'에 〈감각과 예술에 대한 한 단상〉이라는 제목으로 발표한 것을 재수록한 것이다.

할 수 있는 능력, 즉 순수한 미적 직관의 능력이 환상이라는 것이다. 그리고 이러한 미적 직관의 개념이 낭만주의 문학의 형이상학적 의미를 기초한다는 사실은 이미 널리 알려져 있는 터이다.

물론 모든 새로운 이미지의 생산은 이미 이 상상의 능력을 통해서 우리의 정신에 본질적으로 부여되어 있음을 밝힌 것은 재래 형이상학의 전복을 통해 새로운 비판철학의 길을 마련한 칸트의 작업이라고 할 수 있다. 칸트 철학의 기조를 이루는 것은 딱히 무엇이라고 정의할 수 없는 세계의 불가사의성이다. 감각 세계는 실재하는 세계 자체의 실상을 드러내지 못하며, 오히려 그것을 은폐해 버린다는 것이 칸트 사상의 저변을 이룬다. 말하자면 칸트에게 있어서 세계는 근본적으로 영원히 풀 수 없는 수수께끼라는 것이다. 우리 감각에 표상되는 것은 세계의 표면에 불과하며, 우리 이성은 그러한 세계의 표면을 더듬을 수 있을 뿐 결코 그 진정한 내부에는 들어갈 수 없다. 이런 점에서 볼 때, 모든 낭만주의자들에 앞서서 칸트가 택했던 내면 탐구의 방법만이 다를 뿐이라고 말할 수도 있다. 칸트가 환상만을 세계의 비밀을 해명하는 길이라고 인정했던 것은, 물론, 아니다. 그러나 그는 이성이 이러한 일에 지극히 무력하며, 계몽된 이성적 인간이란 궁극적으로 자신의 감각과 이성을 믿는 맹목성에 사로잡혀 있다고 확신함으로써 간접적으로 환상 탐닉에 박차를 가했던 것은 사실이다.

그리하여 이성에 대한 칸트의 비판은 그때까지 환상을 억압해왔던 속박을 풀어놓은 결과를 가져오게 된다. 《순수이성비판 K.d.r.V.》의 재판 발행에 즈음한 서문에서 믿음의 자리를 마련하기 위하여 지식을 파괴하지 않을 수 없었노라고 술회한 칸트의 저 유명한 한 마디는 일거에 낭만주의에서 차지하는 칸트 철학의 중요성을 갈파한 것이라고 볼 수 있다. 이 경우 낭만주의는 바로 칸트가 이성에 대한 비판을 통하여 길을 열어준, 환상을 향한 신념을 그 토대로 한다고 말할 수 있게 된다. 이러한 측면에서 칸트 철학을 이해한 낭만주의자들에게 있어서 이성에 의한 세계 파악이란 하나의 신기루이거나 정신의 현혹이며, 정신 자체가 조작하는 환영에 불과한 것이 된다. 칸트가 실제로 그런 생각을 했는지는 미해결의 문제로 남겨두기로 하자. 어쨌든 낭만주의자들은 칸트를 그렇게 이해했고, 이러한 해석은 이후 칸트의 과업을 계승하여 완성시킨 철학자들이 주장한 것이다.

칸트의 문제를 계승한 관념론 철학에 있어서 상상력은 감성과 오성의 선험적인 통일성을 매개해주는 역할을 한다. 여기에서 생산적이거나 재생산적인 능력으로서의 상상력은 우리의 정신을 감각적 직관으로부터 오성 개념들의 추상적 보편성으로 이행하게 한다. 즉 상상력은 도식적으로나 상징적으로 오성 개념들을 통각된 다양성들과 매개하고 이념의 순수한 무차별성을 감각화하는 것이다. 그러나 낭만주의는 이러한 칸트적 상상력의 개념을 더욱 확장하여 거기에 훨씬 더 근원적인 형이상학적 의미를 부여하게 된다. 칸트 철학에 있어서 상상력은 이념 자체에는 이를 수 없다. 왜냐하면 형이상학적 통일성으로서의 이념에는 어떠한 규정된 직관도 부여될 수 없기 때문이다. 낭만주의 사상에 의하면, 경험적인 모상들의 다수성 속에서 이러한 선험적인 원상의 실현은, 예술 속에서 감각적으로 표현되듯이, 상상력의 종합적인 실행을 특징짓는다. 이러한 상상력의 실제적인 힘으로서의 환상은, 특수와 이념의 일치라는 점에 있어서 마치 칸트의 이론 이성과 유사하다고 할 수 있다. 그러나 환상의 이미지들은 개념이나 범주가 아니라 선험적인 상(像)이다. 그것은 경험적 상상력이 이념과 연관될 수 있는 조건이거나 혹은 이념이 경험적으로 실현될 수 있는 조건이다. 미적 환상의 이미지들은 미적 상상력 속에서 규정적인 경험적 현상들과 관련되거나, 아니면 그것들로부터 기초될 수 있는 이상들이다. 이러한 환상의 합법칙성은 이성의 그것과는 대립된다. 왜냐하면 낭만주의적 환상의 법칙은 '자의'이고, 그것의 통일성은 '우연'이기 때문이다. 이러한 의미에서 환상은 '신성'에 대한 인간의 기관이 된다고 말할 수도 있다.

낭만주의 정신이 지닌 본질적인 측면 가운데 하나는 바로 이 같은 환상에 대한 탐닉과 몰입이다. 환상은 낭만주의의 정신적 구조에서 결정적인 역할을 담당하여 낭만주의 세계관과 예술의 성격을 지배하게 된다. 이러한 관점은 '낭만적'이라는 말이 지니는 어원사적 함축과도 일치한다. 다시 말해 낭만주의는 환상에 탐닉하는 당대의 역사적 조류가 이른 하나의 완성 단계라고 말할 수 있다. 이러한 낭만주의의 등장을 통해 근대 세계는 환상적 인간과 이성적 인간, 환상의 세계와 현실의 세계가 결정적으로 대립하게 된다. 다시 말해 낭만주의는, 정신사적으로 보자면, 무엇보다도 근대 계몽주의에 대한 반발이라고 할 수 있다. 여기에서 계몽주의란 근대 자연과학을 토대로 발생한 세계관의 표현으로 이해되어야 한다. 자연과학은 감관을 통한 경험과 수학에서 모범적으로 그 면모를 드러내는 순수이성의 공동산물이다. 다시 말해 감관을 통한 경험을 합리적으로 풀이한 것이 자연과학이라는 것이다.

계몽주의의 근본 신념에 의하면, 세계란 우리의 감관에 수용되는 그대로의 사물, 우리의 이성이 인식하는 사실 이상의 아무것도 아니다. 그러므로 계몽주의에서 가장 강조하는 것은 이성을 통한 감각 세계의 인식이다. 계몽주의에 입각한 인간형이란 절대적 현실주의자인 동시에, 오로지 자신의 감각 기관을 통해 감지할 수 있고 자신의 이성이 파악할 수 있는 것만을 믿는 이성적 인간형을 말한다. 낭만주의의 본질에 관한 코르프H. A. Korff의 견해를 빌리자면, 계몽주의는 자연과학의 절대화인 것이다. 이와 반대로 낭만주의 사상의 주축을 이루는 것은 환상을 좇는 인간형과 환상의 형이상학적 의미에 대한 믿음이라고 할 수 있다. 다시 말해, 세계를 진정으로 이해할 수 있는 길을 열어주는 것은 언제나 세계의 불충분한 표면에만 머물게 되는 감관과 이성에 의한 자연과학이 아니라, 이성적 인간에게는 전혀 알려져 있지 않은 '상상력과 환상'의 길을 따라가는 문학과 예술이라는 것이다. 낭만주의에 의하면, 감각과 이성의 착각을 직시해야만 인간은 비로소 사물과 세계의 진정한 본질에 이를 수 있다. 합리주의와 현실주의의 지배를 벗어남으로써 인간은 심오한 세계를 이해할 능력을 지니게 되며, 그것은 계몽된 인간의 이성이 끝나는 데서 비로소 시작된다는 것을 낭만주의는 보여준다.

그러므로 감각과 이성의 능력에 대한 환상의 우위야말로 낭만주의의 구조적 원칙이라고까지 말할 수 있다. 근본적으로 대립하고 있는 계몽주의와 낭만주의 두 사조는 가장 심오한 내면에서부터 가장 단순한 형태에 이르기까지 이성적 세계관과 환상적 세계관을 대표한다. 이러한 측면에서 낭만주의는 칸트 철학의 심연에 놓여 있는 정신과 맞닿아 있다고 할 수 있다. 물론 칸트의 사상 속에서 환상적 세계관의 근원을 본다는 것은, 모든 것을 세부적으로 분리 분석함으로써 일체의 환상적 형이상학을 파괴하여 위대한 역사적 업적을 남긴 칸트에 대한 기존 관념에 전적으로 모순되는 것처럼 보일지도 모른다. 그러나 칸트는 애초부터 기존의 형이상학적 체계를 부정하는 일로 자신의 철학적 사상을 구축했던 터이다. 말하자면 그는 감각과 이성을 통해 파악한 현실 세계에서는 세계의 본질에 대한 확고한 결론을 추출해낼 수 없으며, 세계의 실체는 우리의 감각과 이성이 파악할 수 있는 것과는 전혀 다르다는 인식에서 출발했던 것이다. 이러한 칸트 사상의 토대가 낭만주의 예술관의 핵심적 뿌리로 작용하고 있음은 낭만주의의 용어법에서 흔히 발견되고 있는 터이다.

낭만주의적 환상 개념은 공상에 의한 단순한 자의적 유희를 넘어서 인간 정신의 한층 근원적인 능력으로 간주된다. 말하자면 낭만주의에서 환상은 이성적 사고로는 결코 이를 수 없는 인간과 자연, 의식과 무의식, 자아와 세계의 통일성을 형상적으로 표현할 수 있는 능력인 것이다. 추상적인 원리들에서 근거하는 사고 과정과는 달리 환상은 미적 창조력의 통일성을 보증해준다. 낭만주의는 인식에 대한 합리주의적 이론과는 달리 미적 직관의 자율성과 고유한 가치를 이 환상 개념으로부터 합법화한다. 그것은 이론적 인식의 경계 저편에 있는 주관적인 의식의 통일성을 예술로써 구체화할 수 있는 능력으로 상정되는 것이다. 낭만주의는 자연 현상들의 기계론적 필연성은 사고 속에서 '의식의 메커니즘'으로 형성된다고 보며, 이를 이성이라고 부른다. 의식에 있어서의 자연의 충족으로서 그것에 대립되는 것이 바로 환상이다. 따라서 낭만주의 이론가인 슐레겔F. Schlegel은 "이성은 완전히 부정적이다. 이성에 대립되는 긍정적 계기는 감각, 즉 환상"이라고 말한다. 여기에서 '감각, 즉 환상'이라는 구절에 주목하기로 하자. 이 구절에 쓰인 감각이란 용어는 따라서 우리의 일상적인 외적 감각을 넘어선, 혹은 그 안에 있는 어떤 근원적인 내적 감각을 일컫는 것으로 이해되어야 한다. 이 내적 감각으로서의 환상은 실제적인 힘으로서 사변적인 사고에는 폐쇄되어 있는 제약된 것을 무제약적인 것으로 초월하게 하는 잠재적 능력이다.

낭만주의에서 유한한 것과 무한한 것, 주관과 객관 사이에는 더이상 어떤 질적인 분리도 없다. 낭만주의가 추구하는 절대적인 것이란 그 자신과 가능한 모순의 절대적인 통일을 말한다. 경험적 자아는 감정을 느끼는 한 절대적이다. 그리고 절대적 자아는 사유하는 한 유한하다. 시는 환상의 능력 속에서 유한한 것과 절대적인 것이 긍정적으로 드러나는 통일성의 미적, 이상적 서술 형식이다. 절대적인 이상적 파악은 낭만주의에서 환상의 능력인 '심정Gemüt'으로 특징지어진다. 말하자면 환상은 미적 직관의 이상을 형성한다는 것이다. 상상력과 환상은 특수와 보편, 예술작품과 이념의 관계 속에서 있다. 환상은 이념 속에서 대상과 이념의 미적 통일성의 근거가 된다. 상상력은 이러한 통일성을 특수한 대상 속에서 구체화한다. 환상에서 보편적인 것은 개념이 아니라 직관이다. 환상의 능력이 없다면 시는 더 이상 절대적인 것을 자신의 산물들 속에서 파악할 수가 없다. 환상은 객관적인 세계가 시간 속에서는 이를 수 없는 이상을 의식의 내재성 속에서, 그럼에도 불구하고 가능한 것으로서 드러낼 수 있는 능력으로 유한한 것의 부정성을 극복한다.

의식/이성 중심주의적 사유가 한 시대정신을 지배하던 시절에 환상은 마치 '크레타인의 거짓말'처럼 간주되었던 것으로 보인다. 왜 있잖은가, '모든 크레타인은 거짓말쟁이다'라고 말한 한 '거짓말쟁이의 역설' 말이다. 그렇다면 과연 환상이라는 이 크레타인이 우리에게 말하고 있는 것은 진실인가 아니면 거짓인가? 환각이 감각하는 것은 실재인가 가상인가? 문제는 우리의 소박한 감각 경험주의적 실재론이나 이성 중심주의적 관념론이 한결같이 '모든 환상은 거짓이며 기만'이라고 간주했던 저 전제 속에 있는 것은 아닐까? 그 전제 속에서 환각/환상은 감각과 이성 모두로부터 '비현실'이라는 이유로 저 의식 중심주의적 반쪽 '현실'로부터 억압되고 배제되었던 것은 아닐까? 그런데, 사실상 감각과 이성 모두로부터 버림받은 이 '비현실'이야말로 오히려 저 '현실'을 구성하는 나머지 반쪽은 아닐까? 낭만주의로부터 발화된, 그리고 니체와 프로이트를 통해 재평가된 저 '미적 가상' 혹은 '꿈과 무의식'의 무대로서의 환상야말로 어쩌면 또 하나의 현실이 아닐까? 여기에서 환상은 의식 중심주의적인 단일한 현실과 주체라는 관념에 대해 이 같은 의문을 제기하는 핵심어로 기능하게 될 것이다.

환상이 표현하는 욕망과 무의식의 측면 및 꿈과 신화적 이미지의 차원은 무엇보다도 기존의 의식과 현실에 대한 위반과 전복의 기능을 수행한다. 환상이 의식의 차원에서 지닐 수 있는 이 같은 현실 전복적인 위반의 역할은 그것이 자기동일성의 의식에 의해 구성된 현실과는 다른 차원을 개시할 수 있는 가능성을 자체 내에 지니고 있기 때문이다. 환상이 개시하는 이 다른 차원의 세계를 우리는 좁은 의미에서의 현실과는 대립되는 하나의 이상, 혹은 미적 가상으로 간주할 수 있다. 시에서 환상에 의해 개시되는 이 같은 이상이나 미적 가상은 실재나 진리와 모순되는 것이 아니라, 오히려 그러한 실재나 진리를 구성하기 위한 필요불가결한 수단이 된다. 왜냐하면 근본적으로는 허구를 통해 진실을 드러내고자 하는 시 속에서 진리와 가상은 대립하지 않고 오히려 서로를 짝패로 하여 의존하고 있는 것처럼 보이기 때문이다. 그런 의미에서 시 속의 현실은 이상화된 실재이거나 아니면, 역으로, 시 속의 환상은 그런 이상화된 실재의 차원에서 교정된 현실이라고 말할 수 있을지도 모른다. 미적 가상이 지니고 있는 이 같은 이상적 차원은 언제나 기존의 현실을 혁명적으로 전복하여 새로운 세계를 창조하고자 한다. 이 새로운 세계의 창조에 대한 열정을 우리는 미적 유토피아로 명명하고 있는 것일 터이다.

결론적으로 말하자면, 환상은 의식 – 현실에서는 억압당하거나 배제된 것들을 호출하는 우리의 정신적 – 무의식적 욕구 능력이다. 그것이 양 날을 갖는 칼과 같은 이유도 바로 거기에 있다. 환상은 한편으로는 일상적 감각과 이성적 사유에 의해 구축된 현존하는 현실의 질서를 혁명적으로 전복 해체시키는 데에 이바지할 수도 있고, 다른 한편으로는 고통스럽거나 권태로운 이 현실의 바깥에서 대리 만족과 거짓 화해를 구하는 수단으로 봉사할 수도 있기 때문이다. 그 선택은 전적으로 시 자신의 몫이 될 터이지만, 그 선택에 따라 그 시의 글쓰기는 진정한 문학이 될 수도, 혹은 오락적 문학이 될 수도 있다. 여기에서 내가 오락적 문학이라고 말하는 바의 의미는, 아도르노가 그의 미학 이론에서 이미 말한 바 있듯이, 자본주의적 상품미학에 종속된 문학을 말한다. 환상이 드러내는 불온한 일탈과 전복의 무의식적 욕망은 서구의 전통적 형이상학이 전제하고 있는 단일한 의식 중심주의적 주체와 이 주체에 의해 이성적으로 포착된 현실이 불완전하거나 왜곡된 것임을 폭로한다. 근본적으로 시가 존재와 세계에 대한 성찰이자 탐구라고 한다면, 또한 현존하는 부자유스러운 현실에 대한 근원적인 혁신을 촉구하는 우리 정신의 자유로운 외침이라고 한다면, 환상이야말로 바로 이 같은 시의 고유한 근원이자 장소라고 말해야 하리라.

감각의 사실과
의미
― 오규원의 시세계

　이미 지난 세기의 90년대 초에 쓴 〈은유적 체계와 환유적 체계〉(1991)라는 그리 길지 않은 글에서 오규원은 이후 자신의 시와 시학, 그러니까 시적 언어의 방법론적 작업이 '존재론적 언어체계 속의 의미론적 언어의 운동'[6]을 문제 삼고자 한다는 사실을 분명히 한 바 있다. 이를 위해 시인은 특히 "우리의 사고가 컨텍스트를 형성할 때 작용하는 의식의 운동"(15쪽)을 표현하고 있는 언어의 의미론적 운동 방향을 은유와 환유로 구분한 뒤, 이 두 방향의 의식의 차이를 분명히 하고자 했다. 여기에서 선택과 결합이라는 언술로 구분되는 은유와 환유라는 의식의 각 방향은 '대치관념'에 의한 '관념적 의미'를 수용하는 것과 '연상(되는) 관념'에 의한 '표상적 의미'를 욕망하는 것으로 규정되었다. 그렇다면 관건은 대치관념과 연상관념의 차이, 혹은 관념적 의미와 표상적 의미의 차이가 될 터이다. 시인에 의

---

6) 오규원,《날이미지와 시》, 문학과지성사, 2005. 19쪽. 이하의 인용은 모두 이 책의 쪽수를 가리킨다.

하면, 대치관념은 "어떤 관념(사물)을 밝히는" 것인데 반해 연상관념은 "한 국면의 구조적 산물"(16쪽)이라고 한다. 대치관념에 대해서는 따로 언급할 것도 없이 그 의미론적 맥락이 비교적 명확해 보인다. 그렇다면 연상관념이 대치관념과 구분되는 근거는 무엇인가? 시인 자신은 이에 대해 다음과 같은 주석을 달아놓았다.

> 이때의 '연상되는 관념'은 심상 또는 상징으로 읽어야 하는 어떤 것이다. 즉, 시의 중심구조로 읽어야 하는, 시의 복잡한 구조를 읽어내는 주요 요소이다. 전통적인 비유법의 분류에 익숙한 사람들에게는 상징symbol이 시의 의미를 구성하는 주요 요소 또는 시의 중심구조 central poetic structure로 읽혀지지가 않는다. 비유의 한 방법, 즉 수사법의 하나로 다가오기 때문이다. 그러나 종래의 비유법의 분류에 회의적이거나 비유를 은유와 환유로 대별할 경우에는 심상 image과 마찬가지로 상징을 따로 구분해낼 수 있다. 예를 들면, 《문학의 이론》의 저자는 시의 중심구조로 'image · metaphor · symbol · myth'를 들고 있는 것이다. 이때의 상징은 직유 은유 환유 인유 풍유 모순어법 등등과 같은 비유법의 차원이 아닌 것이다. 그러니까 비유에 의해 발생한 시의 구성요소인 것이다. (16-17쪽)

요약하자면, 은유적 관념(사물)은 말 그대로 대치관념(사물)인 반면 환유적 사물(관념)은 심상화된(연상되는) 사물(관념)이라는 것이다. 그러므로 이 심상화된 사물은 "단순히 사실적인 의미만의 그것이라고 보아서는 안 된다. 리차즈의 표현을 빌면 심상은 감각의 유물이며 감각의 표상이기 때문이다. 오히려 감각적 지각sense perception의 의미를 적극적으로 수용해야 하는 것이다"(18쪽)라고 시인은 설명한다. 이러한 맥락에서 "관념적 의미에 대립되는 개념"(18쪽)으로서의 표상적 의미의 뜻도 자연스레 밝혀진다. 그것은 "대치관념의 무한한 가능성에 포함되어 있는 관념이란 존재의 허망함과 개인화의 시각에 의한 세계의 파편화 현상에 대한 나름의 응전"(19쪽)이라는 것이다. 보다 정확히 말해서, 관념적 의미가 '해석적 지각'을 바탕으로 한 관념적 인식의 산물이라면 표상적 의미란 '감각적 지각'을 바탕으로 심상화된(연상적) 인식의 산물이라는 것이다. 결국 은유적 언어와 환유적 언어의 의미론적 운동 방향의 차이는 관념(해석)적 의식과 표상(감각)적 의식의 운동 방향의 차이로서, 이를 의식의 차원에서 좁혀 말하자면 결국 의식과 지각의 차이 혹은 의식이 구성한 관념idea과 지각이 포착한 이미지image의 차이가 되는 셈이다. 그러한 차이에 대한 인식이 아마도 다음과 같은 노래를 만들었을 것이다.

> 나는 해변의 모래밭에 지금 있다
> 모래는 하나이고 관념은 너무 많다
> 모래는 너무 작고
> 모래는 너무 많다 아니다
> 관념은 너무 작고
> 모래는 너무 크다
> 역사적으로, 문화적으로, 존재적으로,
> 모래(사물)는 사랑, 절망…에
> 복무한다 우리는 이것을 인본주의라는
> 말로 표현한다 오, 빌어먹을 시인들이여
> 그래서 모래는 대체 관념이다 끝없이
> 모래가 아닌 다른 그 무엇을 반짝이고
>   — 〈나와 모래〉 전문, 《길, 골목, 호텔 그리고 강물소리》

그렇다면 이제 정작 문제가 되는 것은 시에 있어서 지각이란 무엇인가, 혹은 이미지란 무엇인가 하는 매우 난감한 질문일 터이다. 이 질문이 난감한 이유는, 지각이나 이미지로 지칭되는 것들이 (객관적) 사실의 영역에도 (주관적) 의식의 영역에도 속해 있지 않다는 사실 때문이다. 오히려 지각과 이미지의 개념은 주관과 객관, 사실과 의식의 관념적 이분법을 부정하면서 그 관계항의 양자를 서로 매개하는 것처럼 보인다. 그런 의미에서 우리는 오규원의 시적-언어적 작업의 목표는 '의식 그 자체'를 드러내는 일은 물론 아니거니와 또한 흔히 알려져 있는 것처럼 '사실 그 자체'를 드러내는 것도 아니라, 사실과 의식이 서로 대면함으로써 발생하는 '사건 그 자체'를 드러내는 데에 있다고 말할 수 있다. 보다 정확히 말하자면, 오규원의 시적 관심은 '사실'이나 '의식'이 아니라 '사실과 의식의 생성적 관계'에 있었다는 뜻이 될 터이다. 시인이 '현상'[7]이라는 말로써 의미하고자 했던 바가 바로 이것이리라.
   이후 시인은 이러한 문제의식을 더욱 정교화하면서 모든 관념의 허구에서 벗어난, 즉 '개념화 이전의 의미'(다음과 같은 시인의 말씀을 참조하자: "이 점에 오해가 없기를 바란다. 나는 인간이 언어에서 의미를 삭제할 수 있다고 믿지 않는다", 〈살아있는 것을 위한 註解〉, 30쪽)인 '날이미지'라는 개념으로써 자신의 시적 작업의 방향과 목표를 생성적인('살아있는') 관점에서 온전히 정초해 놓았다. 왜냐하면 "날이미지시는 '환유'를 인식 코드로 가지"(〈날이미지시와 관련어〉, 92쪽)는, '반주체 중심의 사실적 세계'(〈날이미지시와 무의미시의 차이 그리고 예술〉, 195쪽)의 '투명한 드러남/드러냄'을

---

7) 이 '현상'이 현상학Phänomenologie에서 사용되는 용어와 개념에 부합하고 있다는 사실을 필자는 이미 언급한 바 있다. 졸고, 〈'날이미지시'의 의미론적 차원〉, 《문학과 사회》 71, 2005년 가을. 322-336쪽 참조.

목표로 하기 때문이다. 그러므로 지각과 이미지/기호가 어떻게 이러한 기능을 수행할 수 있는가 하는 문제가 오규원의 환유적 시와 시학을 해명하는 핵심적인 논의의 장이 되어야 하는 이유가 여기에 있다. 지각과 이미지는 오규원 시학의 키워드인 셈이다. 그리고 그 둘은 사실상 '감각'(혹은 감각의 표상)이라는 단일한 문제로 귀결된다고 할 수 있다. 여기에서 지각과 이미지란, 말할 것도 없이, 이성적 관념과 대립되는 한에서의 감각적 표상을 의미하기 때문이다.

오규원의 시와 시학에서 이 감각적 표상이 어떤 기능과 의미를 지니는지를 이해하기 위해 잠시 언어에 대한 기호학적 관점을 검토해 보기로 하자. 왜냐하면 시인에 의한 환유와 은유의 구분이, 어떤 맥락에서는, 기호학적 관점에서의 '기호'와 '상징'의 구분에 필적하는 것으로 보이기 때문이다. 흔히 인간의 유적 본질을 '상징적 동물animal symbolicum'로 규정하는 데에 별다른 이견이 있을 수는 없을 것이다. 그러나 생물학적 관점에 따르면, 원래 인간의 행동에서 소박한 기초적인 방식은 외계의 자극에 대해 완전히 직접적으로 반응하는 기계적 행위이다. 인간 역시 다른 모든 생물과 마찬가지로 외계로부터 끊임없는 자극을 받고 그것에 대하여 특정한 반응을 함으로써 자연에 적응하는 생체 메커니즘을 선천적으로 구비하고 있기 때문이다. 이 최초의 기계적 행위에서 "자극과 반응의 관계는 대뇌를 매개하지 않는 완전히 무의식적인 결합"[8]으로서의 물리적 인과관계를 이룬다. 가령, 무릎 관절을 치면 다리가 움직이는 무조건반사와 같은 반응이 이에 속한다고 할 것이다. 그렇기 때문

---

8) 가와노 히로시, 《예술 · 기호 · 정보》, 진중권 역, 새길, 1992. 20쪽. 이하 기호학적 관점에서의 '기호'와 '상징'의 구분은 전적으로 이 책의 제 1, 2장을 참조, 요약했다.

에 무조건반사는 아직 '인간의 행동'이라는 외관을 갖추고 있다 할 수 없다. 거기에서는 사고하는 뇌라는 행동주체의 자리(대뇌피질의 언어영역)가 없고, 단순히 자극과 반응이라는 물리적 인과 고리로 연결된 생체 내의 일련의 기계적 자연현상만이 있을 뿐이기 때문이다. 그러므로 인간의 행동이 뇌에 매개된 자발성과 능동성을 가지는 것은 조건반사의 단계에서이다. 저 유명한 '파블로프의 개' 실험을 떠올리면 정확히 이 사태를 이해하는 것이 된다. 물론 개에게 고기를 주면 침을 흘리는 것은 이 동물의 선천적인 생체구조에 의한 무조건반사에 속한다. 그러나 고기를 주기 전에 종을 울리는 반복된 실험에 의해 사육된, 다시 말해 후천적 경험을 통해 학습된 개는 이후 고기 없이 종소리만으로도 침을 흘리게 된다. 종소리라는 조건자극이 고기라는 직접적인 무조건자극을 대리하면서 이 동물이 침을 흘리는 조건반사가 이루어지는 것이다. 종소리를 듣고 침을 흘리는 생체기제는 이 동물에게는 애초에 없는 것이었다. 개의 조건반사 기제의 작용은 단순히 다음과 같은 형식논리학의 규칙을 따른다.

1) 고기(A)가 주어지면 침(B)을 흘린다(A-B).
2) 종(C)이 울리면 고기(A)가 주어진다(C-A).
3) 그러므로, 종(C)이 울리면 침(B)을 흘린다(C-B).

결국 가언적 삼단논법의 추론규칙에 의해 1)과 2)의 조건이 주어지면, 그 전제로부터 반드시 3)이라는 결론이 나오게 되는 것이다. 여기에서 문제가 되는 것은 'C-B'라는 조건반사의 성질이다. 1)의 'A-B'라는 무조건반사는 개의 선천적인 생체기제로서 인과관계라는 기계적 필연성을 갖는다. 그러나 'C-B'라는 조건반사는 'A-B'와 같은 의미의 기계적 필연성을 갖는 것이 아니다. 이 필연성을 뒷받침하는 것은 고차원적인 논리의 작용이다. 결국 'C‐A'라는 종‐고기의 반응이 학습을 통해 뇌 속에 제2의 본성으로 체계화됨으로써 이른바 간접적으로 'C-B'라는 조건반사 기제의 필연성이 형성되는 것이다. 거기에는 2)의 뇌 속의 종‐고기의 대응이라는 시스템의 매개가 존재하고 있다. 이 대응은 종소리가 고기를 대리하여 그 존재를 나타내는 것이며, 그런 의미에서 종소리는 고기의 존재를 지시하는 기호sign가 된다. 파블로프는 이 조건자극인 기호를 제1신호계가 불렀는데, 우리는 이것을 보통 '신호signal'라고 부른다. 신호는 무조건자극으로서의 사물이 그 자리에 존재하지 않아도 그것을 대리하여 그 사물을 지시하는 기호이다. 외계의 자극에 직접 반응하는 것으로부터 그것을 대리하는 신호에 반응하는 것으로 반응이 변화하는 것은 동물의 행동에서 능동성이 확립되는 계기를 마련한다. 개는 종소리를 들으면 고기가 주어지는 것을 '알고' 침을 흘린다. 그리고 이 '안다'는 데에 주체의 능동성이 작용하는 것이다. 주체는 소리를 소리 자체로서가 아니라 '그 무엇'의 소리로 들음으로써 눈앞에 직접 나타나지 않는 세계 속의 사건을 알 수 있게 된다.

인간의 활동에서 무조건반사 행위의 영역은 아주 한정된 좁은 범위에 지나지 않는다. 거기에서 인간은 늘 자신의 감각으로 직접 받아들일 수 있는 자극원인 자연의 일부, 그것도 바로 눈앞의 국면과 접촉하여 그것이 제공하는 자극에 반응하면서 기계적으로 행동하는 데 불과하다(따라서 무조건반사에서는 기호가 개입할 여지가 없다는 사실이 분명하다). 그렇기 때문에 이 단계에서는 인간 역시 기계적 자연의 일부에 지나지 않는다고 할 수 있다. 그러나 자연계의 직접 자극을 대리하는 신호를 사용함으로써 인간은 자신이 경험하는 사적인 좁은 국면의 자연 바깥에 있는 광대한 자연과, 비록 간접적이긴 해도, 필연성이 있는 적응 및 접촉을 할 수 있게 된다. 신호의 사용에 의해 조건반사 기제가 형성되면, 이것이 인간의 행동에 능동성을 부여함과 동시에 그 적응의 범위를 현저히 확장시키게 되는 것이다. 신호의 사용을 통한 이 조건반사 행위에 의해 인간은 직접적인 감각적 경험의 바깥 세계, 다시 말해 '지금-여기hic-nunc'가 아닌 다른 시간과 공간을 경험하게 된다. 이처럼 신호에 의한 조건반사 행위가 인간 경험세계의 폭을 획기적으로 확장하는 데 기여하고 있는 것이 사실이라고 하더라도, 물론 인간의 활동은 그것으로 한정되지 않는다. 왜냐하면 그것은 항상 특수한 현상으로 나타나며 또 특수한 자연 대상만을 가리키기 때문이다(조건자극-무조건자극의 연합은 일대일 대응을 이룬다). 파블로프의 개에게 종소리는 고기의 신호이지만, 우리에게는 학교수업의 시작을 알리는 신호일 수도 있다. 신호는 변화하는 자연에 대한 친근성과 의존성 때문에 그 대리기능을 일시적인 경우에 한정되는 것으로 만들어버린다. 결국 그것은 자연현상을 대리한다고는 하지만, 그 자체가 바로 자연현상의 일부이며 영속성이 없는 무상한 일시적인 기호에 지나지 않는다고 할 수 있다.

인간은 자연과 함께 변화하는 일시적 기호인 신호 대신, 자연과 함께 소멸해버려도 여전히 무엇인가를 영속시킬 수 있도록 하는 기호, 즉 '신호의 신호'를 만들어내게 된다. 이처럼 신호를 대리하는 신호를 파블로프는 제2신호계라고 불렀는데, 우리는 이러한 기호를 '상징symbol'이라고 부른다[9]. 상징은, 신호가 그것이 지시하

---

[9] 잘 알려져 있듯이, 카시러E. Cassirer와 같은 예술상징론자는 파블로프의 제1신호계로서의 기호만을 '기호'로 간주하면서 그와는 완전히 이질적인 '상징'과 대립시켰다. 카시러의 관점에 따라 애초 상징을 기호와 엄격하게 구분했던 랭거S. Langer는 이후 행동과학자 모리스Ch. Morris의 용어법을 따라 기호를 신호와 상징을 폭넓게 지시하는 용어로 수정한 바 있다.

는 자연현상과 함께 사라져버린 뒤에도 남아 그 자연현상을 보편적으로 지시하는 작용을 한다. 가령, 이 지상에 존재했던 시인 오규원은 '오규원'이라는 말에 의해 그의 자연적 죽음 이후에도 우리의 마음속에 남아있는데, 그것은 '오규원'이라는 상징적 기호에 의해 존재한다고 할 수 있다. 음식물의 존재를 알리는 '종소리(신호)' 대신 '밥(상징)'이라는 말을 사용하면, 우리는 그 말의 신호로 실제 종이 울리지 않은 경우나 종소리를 듣지 못한 경우에도 식사 종이 실제로 울리는 경우와 마찬가지로 음식물을 마음속에 떠올리고 식탁에 앉는다. 상징은 여기에서 고차원적인 조건자극이라고 할 수 있다. 왜냐하면 신호가 자연의 무조건자극을 직접적으로 대리하는 데 비해 상징은 신호를 직접 대리하므로 상징과 자연의 관계는 말하자면 이중으로 간접화되어 있다고 할 수 있기 때문이다. 이 거리에 의해 상징은 자연에서 독립한 영속성과 보편성을 획득한다. '밥'이라는 상징의 지시기능과 대리기능을 보증하는 것은 결코 '밥'이라는 말의 자연의 성질인 물리적 음성 자체가 아니라 분절화한 언어로서의 문법적 구조이다. 역으로 말하자면, 상징은 이 분절화한 문법적 구조에 의해서만 신호를 대리할 수 있다. 무조건자극과 신호가 일대일대응 관계인데 비해, 같은 무조건자극과 상징은 일대다대응이라는 인위적 성질을 갖는다는 점에 그것의 고유한 특징이 있는 것이다. 조건반사에서 무조건자극이 조건자극으로 변환되는 곳은 물론 동물의 뇌일 텐데, 이 자연적 결합관계에 의한 일대일 변환은 기계적인 것이다. 이에 반해 상징에서 무조건자극의 변환은 인위적 약속에 의한 것으로 거기에는 대뇌피질의 언어 영역에서 이루어지는 고차원적인 사고가 작용하고, 그것이 이러한 상징을 사용하는 우리의 행동에 주체성과 자유를 보증해준다. 달리 말해서, 상징에 의해 지시되는 대상은 자연 속에 실제로 존재하는 특정 대상일 필요가 없다는 뜻이겠다. 이 자유로운 일대다의 변환을 담당하는 뇌의 작용이야말로 우리가 '사고'라고 부르기에 적합한 것일 터이다. 인간의 행동이 눈앞의 자연만을 상대로 하여 단지 동물처럼 신체 운동에너지를 소비하는 것이 아니라, 그것을 둘러싸고 있는 시공간적으로 광범한 가능성의 세계에 효과적으로 적응할 수 있는 것은 바로 이 같은 상징의 작용 때문이다.

오규원의 시와 시학을 관류하는 핵심에는 '언어의 존재론'이라는 문제가 있고, 또 이 언어에 대한 관심을 제외하고서 시인의 시 세계를 논할 수는 없다. 사실상 언어는 시인의 시적 관심의 알파이자 오메가라고까지 말할 수 있을 정도이다. 오규원의 시와 시학에서 은유와 환유라는 날카로운 언어의 존재론적 구분은 비유적이거나 수사학적인 차원에서 설정된 것이 아니라, 우리의 언어/기호가 불가피하게 지니고 있는 신호와 상징의 양 측면에 대한 분명한 인식의 차원에서 설정된 것으로 보인다. 일대일대응 관계로서의 신호와 일대다대응 관계로서의 상징은 모두 넓은 의미에서의 기호이지만 분명하게 구분된다는 점은 앞서 말했다. 여기에서 신호의 해석내용과 상징의 해석내용의 사이에는 중요한 차이가 발생한다. 신호의 지시대상은 현실의 자연 속에 있으며, 신호는 그것과 일대일로 대응하면서 밀접하게 연관되어 있다. 그러므로 신호의 해석내용은 '그 종소리는 그 음식물을 지시한다'는 특수한 일과성을 지니게 된다. 그러나 이러한 일시적 해석내용은 진정한 의미에서의 '의미meaning'라고 할 수 없을 것이다. 왜냐하면 우리의 관념에 있어 의미란 현실의 자연을 초월한 영속적 개념이라는 존재방식을 가져야 하기 때문이다. 따라서 신호의 해석내용은 개념이라기보다는 그것을 만들어내는 소재인 감각적 이미지와 표상들로 이루어지는 지각과 같다고 할 수 있다(물론 이 감각적 이미지와 표상들을 또 다른 차원과 맥락에서 '의미sense'라고 할 수도 있다. 사실상 시인이 '환유'라는 용어로써 지시하고자 했던 사태는 기호학적 관점에서의 이 신호의 차원과 대위법적 평행을 이룬다). 이에 반해 상징은 신호집단을 대리하면서 지시대상의 집합을 지시함으로써 그 집합의 공통의 성질을 나타낸다. 사실상 상징은 집합이 갖는 이 공통성의 구조에 부여되는 이름에 지나지 않는다. 그것은 지시대상과 일대일로 대응하여 이루어지는 신호보다 훨씬 더 복잡한 추상적 해석내용 속에서 성립하며, 또 그렇기 때문에 훨씬 더 강한 관념성을 갖게 되는 것이다. 그리고 이러한 상징의 해석내용이야말로 우리가 의미라고 부르는 것의 본질적 영역을 형성한다. 의미란 무엇보다도 개념, 즉 하나의 관념이어야 하기 때문이다(시인이 '은유'라는 용어로써 지시하고자 했던 것은 기호학적 관점에서의 이 상징의 차원과 평행한다)[10]. 결국 오규원의 시와 시학에 있어서 인간 의식 운동의 한 방향으로서의 환유적 언어체계는 시의 언어를 기호/신호의 해석내용의 차원, 즉 감각적 이미지로 이루어지는 지각의 차원에 귀속시키고자 한다고 말할 수 있다(현상학자라면 이 같은 사태를 '현상학적 환원'이라고 불렀음직하다). 왜냐하면 이와는 다른 의식 운동의 한 방향으로서의 은유적 언어체계는 기호학적 관점에서의 상징의 해석내용의 차원, 즉 추상적인 개념이나 관념을 끌어들임으로써 시의

---

10) 다음과 같은 랭거의 언급을 참조하자. "상징은 직접 대상을 대리하는 것이 아니라 간접적으로 대상에 대한 개념을 표시하는 것이다. 어떤 '사물'을 생각하는 것과 그것에 대해 실제로 반응하는 것은 별개의 문제이다. 어떤 사물에 대해 이야기할 경우 우리는 그 사물이 그 장소에 없어도 그 개념이나 이미지를 생각으로 떠올릴 수 있지만, 이때 사물 자체를 실제로 갖고 있는 것은 아니다. 그리고 상징이 직접적으로 나타내는 것은 이 개념이지 사물이 아니다."

언어를 보편적으로 고정된 의미담지체로 환원하기 때문이다.

　그렇다고는 하더라도 오규원의 시와 시학이 상징을 전적으로 배제했다고 말하기는 어렵다. '상징적 동물'로서의 인간에게 있어서 그것은 배제될 수도 없고, 또 그러한 성질의 것일 수도 없는 것이다. 물론 겉보기로는 시인의 언어적 입장은 철저하게 기호의 차원에 머물면서 상징의 차원을 배제하고 있는 것처럼, 아니 그것에 대해 절대적으로 대립하는 것으로 이해될 수도 있다. 시인 자신의 시론과 시작 노트들이 이러한 사태를 이론적으로 입증할 수 있는 여지를 마련하고 있는 것 또한 분명한 사실이다. 그러나 다른 측면에서 보자면, 오규원의 시와 시학은 상징을 배제하거나 시에 있어서 절대적으로 상징에 맞선 것이 아니었다고 말할 수도 있다. 그렇기는커녕 시인은 오히려 철저하게 상징을 '시의 중심구조'로서 파악하고자 했던 것으로 보인다. 이 같은 주장이 가능한 이유는, 사실상 오규원의 시와 시학이 상징을 비유적 - 수사적 차원에서나 의미론적 층위에서 파악하는 것이 아니라 "비유에 의해 발생한 시의 구성요소"로서, 즉 텍스트의 구조적 층위에서 파악하고 있기 때문이다(기호학적 관점은 상징을 이러한 방식으로 이해할 수 있는 통로를 마련하고 있지 않다). 시인은 상징을 언어의 관념이 아닌 시의 구조로서 이해하고자 했고, 또 이를 자신의 시로서 구체화하려고 했던 것이다. 날이미지시가 즉물시나 순수시 혹은 무의미시와 문제의식의 차원을 달리하는 또 다른 한 대목일 터이다. 그러니 결국 이렇게 말하는 편이 옳다. 시인이 맞선 것은, 가령 기호학적 관점으로 이해되는 것 같은 상징, 혹은 비유적 - 수사학적 차원에서의 상징에 대한 재래의 관념이었지 상징 그 자체는 아니었다고 말이다. 결국 우리는 오규원의 시와 시학이 상징을 단일한 관념으로 굳어진 고정된 의미 – 담지체로서가 아니라 시적 텍스트의 구조 속에서 항상 새롭게 생성되는 하나의 의미 – 작용체로서 이해했다고 말해야 한다.

우리의 지각(현상학자의 견해에 따라 이를 '몸의 사태'로 이해하기로 하자)이 포착한 감각의 이미지와 표상들은 어쩌면 인간 정신이 자연/존재와 대면했던 그 최초의 황홀한 순간을 온전히 각인하고 있을 것이다. 이러한 감각의 사실을 통해서 인간은 무엇보다도 무조건자극의 반응체로서의 순수 자연/사물의 차원과도, 또 '신호의 신호'로서의 상징 속에 머무는 순수 정신/관념의 차원과도 다른 존재방식을 살게 된다. 그러나 저 최초의 황홀한 동거의 순간은 그야말로 순간에 지나고 거기에는 어느새 감당할 수 없을 만큼 무거운 관념의 더께가 씌워진다. 하기야 시간과 중력의 지배를 받는 자연의 운행이란 그런 것일 터이다. 정신은 날 것인 채로의 저 자연/존재와의 우연한, 일회적인 대면을 감당할 수가 없는 것이다. 왜냐하면 거기에는 무엇보다도 주체의 자리가 없는 까닭이다. 정신은 서둘러 자신의 자리로 복귀하고, 그와 동시에 저 자연/존재는 한낱 대상세계로만 환원, 추락하고 만다. 이제 최초의 순간은 상실된 낙원의 추억으로만 남게 될 것이다(서구 형이상학의 원류를 이루는 플라톤은 저 진리의 순간을 '상기anamnesis' 속에 위치시켰다). 그러므로 주체는 무엇보다도 주체로 되어야 하는 것에 붙여진 이름일지도 모른다. 그럼에도 불구하고, 그렇기 때문에, 정신은 저 황홀한 순간을 결코 잊을 수 없다. 그 순간은 돌이킬 수 없는 것이 되었다. 한 번 흘러간 강물은 이미 흘러간 것이다. 그럼에도 불구하고 정신은 저 최초의 순간을 새롭게 살 수는 있을 것이다. 부단히 생성 반복되는 이 세계의 우연성과 일회성을 긍정할 수만 있다면, 그리고 이 정신이 딛고 선 주체의 자리 역시 저 생성과 반복의 한 순간에 불과하다는 사실을 어떻게든 긍정할 수만 있다면 말이다. 내게는 생전의 시인의 치열한 시적 – 언어적 고투가 이 같은 긍정에 이르는 지난한 과정이었던 것으로 보인다. 이제 시인은 생전에 그렇게도 욕망했던 날 것인 채로의 자연/존재와의 저 최초의 황홀한 대면의 순간을 훨씬 초과해서 자연 그 자체의 세계로 돌아갔다. 그가 즐겨 쓰던 용어를 빌려 말하자면, '풍경의 의식'이 마침내 하나의 '풍경'으로 완성된 것이다.

'날이미지시'의
의미론적 차원

　'시문학의 본질을 시작詩作한 횔덜린'이라는 최상의 칭송을 바치고 있는 시인의 작품을 언급하고 있는 한 글(〈횔덜린의 시문학에 대한 해명〉)에서 하이데거는 "인간은 지상에서 시인으로 거주한다"고 적은 바 있다. 여기에서 인간은 무엇보다도 존재를 그 '존재의 빛' 속에서 명명하는 자로 규정될 때만이 우리는 하이데거가 말하는 바의 의미를 정확히 이해할 수 있다. 그에 의하면 인간은 단순히 어떤 한 존재나 사물을 명명하는 자에서 그치는 것이 아니라, 이 인간적 명명 행위는 세계나 자연의 본질로부터 부가된 것으로 규정된다. 왜냐하면 그는 같은 글에서 "시인이 이름 붙인다는 것은 시인에 의하여 명명된 것 자체가 그의 본질로부터 시인이 말을 하도록, 명명하도록 강요하는 것을 뜻한다"고 덧붙여 놓고 있기 때문이다. 그러므로 존재의 진리가 은폐된 '궁핍한 시대'의 시인이 언어를 통해 존재를 명명하기에 앞서 시의 언어는 이미 '존재의 역사 Geschehen'를 간직하고 있으며 그 역사에 속해 있는 것이 되는 셈이다. 언어가 '존재의 집'일 수 있는 까닭 역시 바로 이 존재의 역사 때문이라고 해야 한다. 문제는 이 같은 인간적 명명 행위에 의해 이 지상에서 시인으로 거주하게 된 인간 존재가 과연 《존재와 시간》(1927)에서 하이데거가 말하는 '존재적 우위Vorrang' 혹은 '존재론적 우위'를 가질 수 있는가 어떤가 하는 것이다. 하이데거에게 있어서 인간 존재의 존재적 우위는 인간만이 자기에게 자기가 속한 자가 될 뿐만 아니라 이 세계 내에서 이름 붙여진 모든 것들 역시 인간에게 매여 있는, 말하자면 인간에게 속한 것이라는 사실을 의미하기 때문이다. 달리 말하자면 존재는 오로지 세계-내-존재인 현존재로서의 인간 존재의 언어를 통해서만 현전하게 된다는 뜻이리라. 언어를 통한 이 같은 인간-중심주의적 존재론과 존재-현전적 언어론이 얼마만한 설득력을 가질 수 있는지는 별도의 고찰을 요하는 문제일 것이다.

언어가 존재의 집이라는 이상과 같은 하이데거의 입론은 널리 알려져 있는 사실이지만, 또한 동시에 언어가 존재의 진리를 얼마나 왜곡시킬 수도 있는가 하는 문제, 즉 언어야말로 오히려 하이데거가 말하는 '참존재Wahrsein의 은폐'의 장소나 수단일 수도 있다는 주장 역시 오늘날 만만치 않은 설득력을 지니고 있는 것처럼 보인다. 이 같은 주장을 경청하자면, 언어는 존재를 있는 그대로 반영해내는 투명한 거울이기는커녕 인간적 관심과 욕망으로 덧씌워진 반투명의 일그러진 거울쯤에 불과하거나 그것도 아니라면 하나의 색안경에 지나지 않는 것처럼 보일지도 모른다. 그러나 어쨌든 세계는, 그리고 또한 존재는 이 거울이나 안경 없이는 어떠한 방식으로도 우리 인간에게 주어지지 않는다는 것만은 어김없는 사실에 속할 것이다. 언어의 매개가 없는 인간과 자연, 자아와 세계, 주체와 대상의 대면은 우리가 상상할 수 있는 한계를 넘어서 있다. 세계와 존재는 언어를 통해서만, 그리고 언어와 더불어서만 인간에게 주어지기 때문이다. 따라서 언어를 통하지 않은 세계의 본모습(만약 그런 것이 있다면)은 어쩌면 칸트의 인식론이 인간 이성의 한계로 설정해 놓은 '물자체'와도 같이 우리에게는 영원히 '알 수 없는 그 무엇'으로만 남아 있게 될 것이다. 달리 말하자면 언어의 한계가 곧 인간의 한계(보다 정확히 말하자면, 인간 이성의 한계라고 해야겠지만)라는 뜻이리라. 그러나 불행하게도 또한 인간의 욕망은 이 한계 안에 정주하기를 원하지 않는 것처럼 보인다. 욕망이란 그 본성상 무엇보다도 바로 이 '불가능한 것'에 대한 욕망이기 때문이다. 이런 관점에서라면 욕망은 차라리 인간적인 것의 영역에 속하지 않는다고 말하는 편이 옳을지도 모르겠다.

하이데거에 의하면 존재는 과학적으로 설명될 수 없다. 왜냐하면 과학적 설명은 존재를 인과에 의해 지배되는 물질로서 간주하는데 반해, 존재 자체는 물질이라는 개념으로 설명될 수 없기 때문이다. 또한 철학적 사고는 논리나 이성을 전제로 한, 즉 개념에 의한 사고이다. 그런데 하이데거에 의하면 존재는 개념 이상의 것이어서 개념으로 포착될 수 있는 것이 아니다. 이런 까닭에 논리와 이성을 초월한 사고가 있어야 한다고 하이데거는 말한다. 그래서 그는 참다운 철학적 사고는 서양의 철학적 전통과는 반대로 '시적 사고'여야 한다고 믿는다. "오직 시만이 철학과 그리고 철학적 사고와 같은 차원에 있다"(《형이상학 입문》)는 말이 의미하는 바가 그것일 터이다. 그리고 이때 시적 사고는 능동적으로 존재를 설명하거나 드러내려 하지 않고 수동적으로 존재가 나타나기를 기다리는 소극적인 입장을 취하게 된다. 이 같은 시적 태도로서 "사고는 존재의 목소리를 경청하면서 존재의 진리가 표현될 수 있는 말을 찾는다"(《형이상학이란 무엇인가?》).
'존재의 열림'을 기다리는 데에 시적 사고의 진정한 특징이 있다는
것이다. 그렇다면 존재가 열린다는 것은 무슨 뜻인가? 존재는 그냥
있는 것이지 의식된 것도 아니며 의미화된 것도 아니다. 존재가 의
식되려면 그것은 반드시 언어로써만 표현된다. 왜냐하면 존재는 반
드시 무엇무엇이라는 개념 속에 넣어졌을 때만 의식되었다고 말할
수 있는데, 언어를 떠난 개념은 있을 수 없기 때문이다. 하이데거가
말하는 존재의 집으로서의 언어라는 관점은 따라서 언어화되기 이
전의 언어 혹은 언어로 존립할 수 없는 어떤 불가능한 언어를 뜻하
는지도 모른다. 최근 6년 만에 새로운 시집을 상자한, 우리 현대시사
에 뚜렷한 한 획을 긋고 있는 한 거장 시인의 다음과 같은 발언이 힘
을 얻는 것도 이런 맥락 속에서일 것이다.

실존의 문제를 그 바닥으로부터 다시 생각해보는 사람들은, 언어라는,
피할 수 없는, 이 미끈거리는 존재와 부닥친다. 인간이 세계를 의미화하
고 조직화하는 존재가 언어이기 때문이다. 아니 한 철학자의 말을 빈다
면 언어가 바로 '존재의 집'이기 때문이다. 이 존재의 집을 구조적으로
지난날과 다르게 고쳐 인간인 '나'만이 아닌, 세계와 함께 언어를 '사는'
방법은 없을까? 만약 우리가 명명하는 것이, 즉 정(定)하는 것이 세계를
끊임없이 개념화시키는 것이라면, 명명하는 사고의 근본인 은유적 사고
의 축을 버리고, 그리고 그 언어도 이차적으로 두고, 세계를 '그 세계의
현상'으로 파악하면 어떻게 되는 것일까 – 라는 것이 지금의 나, 나의 세
계이다. 현상은 굳어 있는 개념도 아니며, 추상적인 관념도 아니다. 그것
은 존재의 살아 있는 의미망 – 즉, '날[生]이미지'가 아닌가.
　　　　　　　　　　　　　　　　— 오규원, '살아 있는 것을 위한 註解', 《날이미지와 시》[11)

이 인용문에 등장하고 있는 '현상'이라는 단어의 용어법은 우리로 하여금 곧장 시인의 시적 방법론이 모종의 현상학적 방법에 의해 구축되고 있는 것은 아닌가 하는 데에로 관심을 모으게 한다. 왜냐하면 이 현상이라는 용어에 "굳어 있는 개념도 아니며, 추상적인 관념도 아"닌 '존재의 살아 있는 의미망'을 부여하는 것은 바로 현상학적 방법론의 철학적 기본 전제에 속하는 것이기 때문이다. 사실상 오규원은 우리 현대시사에서 자신의 시적 방법론에 대한 가장 첨예한 자의식을 지닌 시인의 한 사람으로 이미 널리 평가되고 있는 터이다. 그의 시적 행보가 초기의 '절대 관념의 추구와 해체'와 '현상 읽기'를 거쳐 지난 1990년도 초반 이래로는 '날이미지'라는 새로운 시적 방법론에 의한 실험적인 시작을 해왔다는 사실 또한 모르는 이는 없다[12]. 이번에 함께 출간된 시론집《날이미지와 시》, 시집《새와 나무와 새똥 그리고 돌멩이》는 시인이 그동안 줄곧 탐색해왔던 '날이미지시'의 이론적 지형과 실제를 총괄하는 완결판인 것처럼 보인다. 달리 말해서 날이미지시의 전체적인 위상과 지형도를 그려볼 수 있게 한다는 점에서 이번 시론집과 시집 출간의 의의를 찾을 수 있지 않을까 싶다는 것이다.

오규원의 날이미지시는, 시인 자신의 관점에 따라 아주 간략하게 정의하기로 한다면, "개념화되거나 사변화되기 이전의 의미 즉

---

11) 앞으로 이 책을 인용할 경우에는 단순히 숫자 '1'로 표기하기로 한다. 또한 쉼표 다음의 숫자는 쪽수를 표기하는 것으로 한다. 가령, 이 책의 30쪽을 인용한 경우에는 이후 본문 내에서 (1, 30)으로 표기될 것이다. 마찬가지로 다음 시집은 단순히 '2'로 표기된다. 오규원,《새와 나무와 새똥 그리고 돌멩이》, 문학과지성사, 2005.

12) 오규원 시 세계의 변화는, 〈날이미지의 시〉라는 글에 실린 시인 자신의 관점에 따르면, "언어를 믿고 세계를 투명하게 드러내려는 노력을 하던 시기(초기)를 거쳐, 언어와 세계에 대한 불신이 내 나름대로 관념과 현실을 해체하고 재구성하려던 시기(중기)를 지나, 명명하고 해석하는 언어의 축인 은유적 수사법을 중심축에서 주변축으로 돌려버린 지금의 위치에 서 있는"(1, 107) 것으로 규정된다.

'날[生]이미지'로서의 현상, 그 현상으로 이루어진 시"(1, 103)라고 말할 수 있다. 여기에서 날이미지시는 우선 하이데거가 말하는 존재의 집으로서의 언어가 되고자 하는 것처럼 내게는 보인다. 왜냐하면 오규원의 시 세계에서 문제가 되는 것은 '시'가 아니라 '언어' 자체이기 때문이다. 이 점은 〈언어 탐구의 궤적〉이라는 제목을 갖는 글의 대담에서 시인 자신이 다음과 같이 말하고 있는 사실로도 충분히 증명된다. "저는 시가 아닌 언어에서부터 출발하고 있습니다. 다시 말하면 '시의 언어란 무엇인가'에서 시작하고 있는 것입니다"(1, 153). 여기에서 시인이 사용하고 있는 '시의 언어'라는 용어가 상당히 전문적인 철학적, 언어학적 지식과 맥락을 요하는 외연을 갖는다는 점은 다음과 같은 인용문으로도 미루어 짐작할 수 있다.

> 모든 존재가 현상으로 자신을 말한다고 할 때, 그리고 참된 의미에서 모든 존재의 그 현상이 '존재의 언어'라고 할 때, 그 언어는 존재의 시간적 생성과 함께 일어난다. 이 생성의 시간적 언어인 현상을 기록할 수 있다면 그것은 '살아 있는[生] 언어'이며 동시에 굳어 있지 않은 의미로서의 이미지일 것이다. 나는 이 생성의 언어를 '개념적이거나 사변적이 아닌 이미지'로 형상화하기 위해서, 세잔에게 묻고, 조주에게 묻고, 또 다른 사람에게도 물었다. (1, 79).

이 글에서 시인은 시의 언어가 무엇보다도 존재 현상으로서의 언어라는 점을 강조하고 있는 것처럼 보인다. 그리고 시인에게 있어서는 이 존재 현상의 시간적 생성이 곧 '살아 있는 현상'(1, 79)의 구현을 가능케 하는 것으로 간주된다. 그렇다면 결국 시의 언어는 생성의 시간이 구현한 살아 있는 현상으로서의 언어라는 정의가 가능해질 터이다. 언어를 존재 현상으로 보는 이러한 관점은 곧 시인의 언어적 관점이 하이데거의 그것과 그리 먼 거리에 있는 것이 아님을 보여주긴 하지만, 이 언어가 '굳어 있지 않은 의미로서의 이미지'라는 주장은 하이데거의 관점과는 다른 맥락에서 보다 세밀하게 규명되어야 할 것처럼 보인다. 왜냐하면 하이데거의 언어관에서는 언어가 시인의 글에 등장하고 있는 '현상'이나 '의미' 혹은 '이미지'라는 용어들과 어떤 관련을 맺고 있는지가 구체적으로 드러나지 않기 때문이다. 이 같은 문제의 해명을 위해, 의욕에 찬 장문의 시집 해설(〈'어느새'와 '다시' 사이, 존재의 원환적 이행을 위한〉)을 쓴 정과리가 정확하게 지적하고 있듯이, 의심의 여지없이 오규원 시의 방법론적 토대가 되고 있는 것으로 보이는 현상학적 방법론 자체를 다시 거론하지 않을 수 없는 이유도 거기에 있다. 그리고 또한 자신의 방법론을 '엄밀한 학으로서의 철학'이라고 주창했던 후설의 이념만큼 현상학이 엄밀한 하나의 방법론과 단일한 방향을 갖는 것만도 아니라는 사실을 고려할 때, 이 같은 재론이 불필요한 것은 아니기 때문이다.

먼저 우리는 시인의 날이미지시가 추구하고자 하는 목표와 과제에 주의를 돌려보기로 하자. 시인 자신의 시론에 의하면, 날이미지시는 무엇보다도 의미론적 맥락에서 은유와 환유의 날카로운 구분 위에서 씌어진다. 러시아 형식주의자 야콥슨의 용어에 의존하여 시인은 우선 은유를 축으로 하는 언어 체계는 유사성의 원리(선택과 대치)에 의한 문맥을 형성함으로써 '대치적substitutive'인 것으로 규정한다. 반면, 환유를 축으로 하는 언어 체계는 인접성의 원리(결합과 접속)에 의한 문맥을 형성함으로써 '서술적predicative'인 것으로 분류된다. 은유와 환유에 대한 이 같은 의미론적 분류법이 오규원의 후기 시 세계에서 핵심적인 의의를 갖게 되는 것은 날이미지시가 지향하고자 하는 세계나 존재의 현상 방식에 대한 시인의 엄격한 방법론적 태도에 의존해 있다. 보다 분명하게 말하자면, 날이미지시는 세계나 존재 혹은 어떤 사태나 사물의 현상 방식을 환유적 사고에 의해 드러내고자 한다는 것이다. 〈은유적 체계와 환유적 체계〉라는 글에서 행한 시인 자신의 말씀에 따르면 "환유적 사물들은 심상화된 사물들"(1, 18), 달리 말해서 '감각적 지각sense perception'에 의한 어떤 사실적 정황situation이나 이미지(혹은 시인 자신의 용어법으로는 '표상')으로서 포착된 사물들이다. 이에 반해 은유를 축으로 하는 언어체계는 '관념적 의미'를 적극 수용하는 것으로 차별화된다. 결국 의미론적 차원에서 대치적 특성을 갖는 은유는 관념적이라는 것이며, 서술적 특성을 갖는 환유는 사실적이라는 뜻이다. 이러한 관점에서라면 오규원의 시 세계는 철저하게 '사실(주의)적'이라고 말할 수 있다. 물론 이 용어가 '관념적'이라는 말과 짝패를 이루어 대립되는 한에서만 말이다. 따라서 시인의 시 세계가 지향하는 '사실들의 사실성과 사실들의 허위성'(1, 25)은 환상을 배제하지 않는다. 보다 정교하게 분류하자면, 시인의 시 세계에서 사실성은 현실과 환상의 양 측면을 모두 포괄한다고 할 수 있다. 현실과 환상의 양 측면을 모두 포괄하는 이 사실성과 대립되는 것은 오로지 관념성이기 때문이다. 어쨌든 시인의 시 세계에서 사실성이라는 말의 의미론적 차원이 담지하고 있는 위상은 분명하게 드러나고 있는 셈이다. 다시 말하자면 시인이 추구하는 시적 방법론으로서의 환유적 사고는 존재나 세계의 사실성을 '사실 그 자체'로서 드러내려는 과제를 갖는다는 뜻이다. 그리하여 환유적 태도는 '생성의 시간적 언어인 현상', 즉 '날이미지로서의 현상'(1, 47)을 출현시키기 위한 유력한 방법이 된다.

시인이 언급하고 있는 은유적 사고와 환유적 사고의 구분은 시에 있어서 자아와 세계, 주체와 대상 사이의 관계설정을 표현하고 있는 '감정이입empathy'과 '공감sympathy'이라는 상이한 관점의 대비를 통해 보다 분명하게 의미화될 수 있을 것으로 보인다. 감정이입이란 무엇보다도 주체와 대상 사이의 동일성을 전제한다. 그것은 세계를 자아의 관점에서 현상하게 하는 방식, 역으로 말하자면 자아의 '파토스pathos'을 세계 속으로 '밀어 넣는em' 방식을 의미한다. 1858년 이 용어를 처음 예술과 관련시켜서 사용한 로체H. Lotze가 독일어의 표현으로 'Einfühlung'을 선택한 근거도 바로 거기에 있다. 이후 로체의 용어를 수용한 립스Th. Lipps가 정교한 예술의 이론으로 발전시킨 이 용어는 (주관적) 느낌이나 감정Fühlung을 (세계 속으로, 혹은 대상의 바깥에서 안으로) '집어넣는ein' 것을 의미하기 때문이다. 말을 바꾸자면 감정이입이란 주체의 자기동일성의 관점으로 대상을 환원하는 사태를 지시한다는 것이다. 여기에서 세계나 존재, 혹은 하나의 사태나 사물은 그 독자성을 상실하고 온전히 주관 속에 포섭되는 것으로 설정된다. '동일성의 시학'을 고수하는 전통적인 서정시가 이러한 원리 위에서 구성되었음은 주지의 사실이다.

반면, 공감은 애초부터 자아와 세계 사이의 양극성을 전제함으로써 동일성의 원리를 부정하는 것처럼 보인다. 왜냐하면 공감이란 자아의 '파토스pathos'를 세계와 '나란히 세우는sym' 방식을 의미하기 때문이다. 거기에서 세계나 대상, 혹은 존재나 사물은 주체의 자기동일성 속으로 수렴되지 않는다. 관계항의 양자는 대등한 것으로 서로가 서로를 전제한다. 주체와 대상 사이의 해소될 수 없는 양극성으로 인해 공감은 타자를 주체의 동일성 속으로 흡수하지 못한다. 이렇게 볼 때 오규원의 시 세계가 감정이입의 원리에 의해 이루어지지 않고 공감의 원리에 의해 구성되고 있음은 시인 자신이 "새와 나무와 새똥 그리고 돌멩이, 이런 물물(物物)과 나란히 앉고 또 나란히 서서 한 시절을 보낸 인간인 나의 기록이다"고 적은 '시인의 말'에서도 충분히 증명되고 있는 것으로 보인다. 주체와 대상의 상호성을 전제로 하는 현상학적 방법론이 이 같은 공감의 원리에 의해 세계와 존재의 의미를 드러내고자 한다는 점은 의심의 여지가 없다. 그렇다면 이때 개시되는 세계와 존재의 '의미'란 무엇인가? 그것은 존재 자체의 드러남을 의미하는 것인가 아니면 선험적 주관에 의한 존재의 드러냄을 의미하는 것인가? 이 같은 물음은 곧 현상학적 방법론이 의식의 주관적 구성인가 아니면 대상의 자기 - 현전인가 하는 난감한, 그럼에도 불구하고 현상학에서는 본질적인 문제와 같은 맥락에 위치하고 있다. 정과리가 시집의 해설에서 "현상학적 논리는 모순된 두 가지 명제의 동시성에 의해 움직인다"고 정확히 지적하면서, "이 두 동시적 명제에서 모순을 피하는 관건은, 의미화가 아닌 주관적 구성이 가능한가"(1, 95)라는 문제를 제기한 것은 이 같은 사태의 핵심을 관통하는 것이라고 할 수 있다. 이 문제를 해명하기 위해 다음 시를 참조하기로 하자.

> 붉은 양철 지붕의 반쯤 빠진 못과 반쯤 빠질 작정을 하고 있는 못 사이
> 이미 벌겋게 녹슨 자리와 벌써 벌겋게 녹슬 준비를 하고 있는 자리 사이
> 퍼질러진 새똥과 뭉개진 새똥 사이 아침부터 지금까지 또닥 또닥 소리를 내고 있는 봄비와 또닥 또닥 소리를 내지 않고 있는 봄비 사이
>
> ─ 〈양철 지붕과 봄비〉 전문, (2, 11).

정과리는 이 시에 대한 해석에서 다음과 같이 적고 있다. "그렇다. 보이지 않는 데 살아 있는 무언가가 있는 것이다. 즉 풍경 속에

서는 보이지 않는데 시 안에서는 보이는 무언가가 있다. 그것은 바로 언어이고 언어의 실행자인 시인이다. 풍경은 풍경을 바라보는 자를 통해서만 나타나는 것이다. 묘사를 실행하는 언어의 장소에는 묘사자의 존재가 어른거리고 있는 것이고, 그 존재의 움직임이 느껴지지 않는다면 그 풍경은 한갓 장식에 지나지 않는 것이다"(2, 127-8). 말하자면 평론가는 이 작품 속에서 '풍경의 완성에 시선이 참여하는 광경'과 '시의 무대에 언어가 구성적으로 개입하는 방식'(2, 128)을 목격하고 있는 것이다. 결국 평론가는 시인의 날이미지시가 추구하는 '생성의 시간적 언어인 현상' 자체가 시간성을 토대로 '주관의 구성적인 참여'(2, 128)를 허용하고 있다는 점을 강조하고자 하는 것이다. 그리고 이 같은 주관의 구성적 참여에 대한 강조가 마침내 날이미지시와 그것의 방법론적 특징으로 애초부터 자리했던 환유적 태도 사이의 모순과 균열을 불러온다. "아무래도 독자는 '환유적 태도'라는 용어 자체를 폐기하고 싶어하는 것 같다"(2, 132)고 평론가는 말한다.

그렇다면 평론가가 시인의 시에서 탁월하게 분석해내고 있는 '의미화가 아닌 주관적 구성'은 논리적으로 가능한 것일까? 이 물음에 대한 답은 긍정적일 수 없다. 모든 주관적 구성은 이미 어떤 식으로든 대상의 의미화를 전제하는 것이기 때문이다. 후설은 통일된 하나로 인식된 대상Gegenstand, 즉 노에마를 의미Bedeutung라고 부르는데, 그 이유는 의식된 존재는 이미 의미화된 관념적 존재라는 사실 때문이다. 그리하여 평론가는 "존재의 이행은 드러남의 방식으로 ('어느새') 해체가 일어나기 때문에 ('다시')지속된다"(2, 125)라며, 존재 이행의 '원환적 자장'(2, 132)을 강조하기에 이른다. 그렇다면 이 같은 방식 이외에 날이미지시와 그것의 방법론적 특징인 환유적 태도 사이에 나있는 모순과 균열을 해소할 수 있는 길은 없는 것일까? 후설의 초기 사상인 '고전적 현상학'의 입장과는 다른, 후기 사상(학계의 관례에 따라 그렇게 부를 뿐 시기적으로 나중에 이루어졌다는 뜻은 아니다)에 단초를 둔 '생활세계적 현상학'[13]에서 그 해결의 실마리를 찾을 수는 없을까? 여기에서 생활세계란 일상적인, 원초적인 지각 속에서 나타나는 세계를 말한다. 그것은 모든 이론과 논리에 앞서 우리의 감각에 최초로 직접적으로 나타나는 세계이다. 그러므로 생활세계를 끌어들인다는 것은 논리의 세계로부터 그에 앞서는 선논리적 세계로의 귀환을 의미한다. 물론 선험적 관념론의 형태를 취하는 고전적 현상학은 객관적 학문에 대한 판단중지에 의해서 생활세계에 도달하는 것이며, 이것은 다시 선험적 환원에 의해서 선험적 주관에까지 소급되어야 한다고 주장한다. 이 같은 관점에 의하면 생활세계는 주관 작용의 결과로서 형성된 의미적 세계가 된다. 그러나 이에 반해서 생활세계적 현상학은 생활세계를 통과점이 아니라 종착점으로 설정한다.

생활세계라는 이 선술어적 영역이 아직 인식의 단계에까지 이르지 못했다고 해서 물론 아무런 질서도 없는 혼돈의 영역인 것은 아니다. 그것은 문자 그대로 주관 작용에 의해서 물들지 않은 질료와

---

13) 후설 초기의 연구들은 독일 관념론의 합리주의 계보를 잇는 선험적 관념론으로서의 현상학의 성격을 분명하게 보여준다. 그러나 1938년 후설 사후의 유고들(벨기에의 루뱅대학에서 '후설문고'로 정리) 속에서 일군의 젊은 학자들은 후설 생전에 저술된 '고전적 현상학'과는 방향을 달리하는 사상이 커다란 물줄기를 이루고 있음을 알게 된다. 그의 후기작품에 단편적으로 나타나 있는 질료Hyle, 생활세계Lebenswelt, 신체Leib, 운동감각Kinaesthese, 지각Wahrnehmung 등의 개념이 새롭게 주목되면서, 후설 현상학의 관념론적인 체계화와 꼭 같은 비중으로 실질적인 면을 다루는 질료학Hyletik이 주요 관심사로 대두하게 된 것이다. 메를로-퐁티의 사상을 모델로 하여 붙여진 '생활세계적 현상학'이라 불리는 이 질료적 측면의 연구는 후설을 더 이상 이성주의자로 머물게 하지 않는다. 이 질료면은 전통적인 이성주의 철학에서는 억견doxa이라고 일컬어지면서 줄곧 천시되어왔던 것의 영역이다. 후설의 후기사상은 이 억견, 나아가서 생활세계가 갖는 근원적 권리가 객관적, 논리적 명증의 권위에 우선함을 주장한다.

소재의 영역을 지시할 뿐이다. 이 잠재적 질서의 선술어적 영역이 그대로 객관적 사실세계의 질서일 수는 없다. 왜냐하면 그것은 신체적 주관이 외부 세계와 가지는 관계에서 생긴 것, 즉 체험된 것이기 때문이다. 따라서 그것은 분명 외계 자체가 아니다. 그러나 그렇다고 해서 그것은 또한 주관 자체도 아닌 것이다. 한 가지 확실한 것은 이것이 수동적 단계에 있다는 데서 주관의 선천적 기능에 의해서 규정된 그런 것은 아니라는 사실이다. 후설이 칸트의 구성Konstruktion과 구별되는 구성Konstitution을 고집하는 이유가 여기에 있을 성싶다. 칸트의 구성에서 주어지는 질료는 주관의 선험적 기능(시간, 공간, 범주들)에 의해 자의적으로 구성되는 소재인데 반해, 후설의 구성에서 질료는 주관의 능동적인 규제가 임의로 처리할 수 없는 자체적 질서를 미리부터 가지고 있는 소재로 전제된다. 따라서 현상학적 구성은 미리 주어진 것을 밝힌다는 뜻을 함축하고 있다. 물론 이 같은 대립은 후설 자신의 현상학 안에서, 즉 고전적 현상학과 생활세계적 현상학 사이에서도 성립한다. 관념론적인 고전적 현상학에서는 주관의 능동적 구성작용이 핵심을 이루는데, 이때의 구성은 칸트적인 색채가 농후하여 심지어는 칸트를 넘어 물자체를 인정할 수 없다는 데까지 이른다. 이에 비해서 생활세계적 현상학에서는 주관의 능동적인 작용보다는 수동적인 선소여성의 분석이 핵심을 이룬다.

애초 후설의 현상학적 방법론에서는 순수 노에시스학과 순수 질료학은 동등한 자격을 갖는 것으로 설정되었다. 고전적 현상학이 노에시스 작용에 중점을 두는 반면, 생활세계적 현상학은 후설 사상을 전적으로 질료 면에서 해석하고자 한다. 그러므로 이때 중심개념을 이루는 생활세계는 선험적 주관의 노에시스 작용에 의해 구성된 의미 현상으로서의 세계가 아니다. 보다 정확히 말하자면, 그것은 '구성된' 세계가 아니라 메를로-퐁티가 말하는 이른 바 '체험된 세계le monde vécu'이다. 그리고 이 체험의 주체는 이론적 주관이 아니라 신체를 지닌 주관이다. 이 신체적 주관이 직접적으로 체험하는 세계가 바로 생활세계인 것이다. 그리하여 이 체험은 원리상 '내가 지각한다'라기보다는 '내 속에 누군가가 지각한다'라는 어떤 익명적인 주체의 형식으로 존재한다. 이 익명적인 주체가 바로 신체이다. 세계에 대한 의식의 관여는 반드시 이 신체를 매개로 한다. 그러나 이 말은 의식이 먼저 있고 그것이 신체를 도구로 사용한다는 것을 뜻하는 것이 아니라 신체가 바로 의식의 근원적인 존재방식이라는 것을 의미한다. 그런 의미에서 이 (감각적) 지각은 메를로-퐁티에 의해 '발생 중에 있는 로고스nascent logos'라고 불렸음은 이미 잘 알려져 있는 터이다.

　이 같은 생활세계적 현상학의 특징은 세잔의 풍경화를 염두에 두고 있는 오규원의 시적 방법론에서, 다음과 같은 세잔의 언급으로 극명하게 드러나고 있는 것처럼 보인다. "그러므로 풍경은 내 속에서 자기 자신을 사유하고 있는 것이며, 그리고 내 자신은 풍경의 의식이다"(1, 67). 말하자면 시인의 시적 방법론 역시 세잔의 풍경화와 마찬가지로 '내 속에서 자기 자신을 사유하고 있는' 어떤 풍경의 드러남/드러냄이라고 할 수 있다는 것이다. 그렇다면 시의 언어는 시인 이전에 존재하는 풍경의 드러남이며, 이 풍경이 시인의 의식 속에서는 풍경의 의식이 되는 것이리라. 다시 말해서 시의 언어는 시인으로부터가 아니라 존재의 풍경으로부터 자동사적으로 솟아오른다고 해야 한다는 것이다. 결국 시의 언어를 통해서 말하는 것은 시인이 아니라 오히려 시인을 통해서 말하는 것이 시의 언어라고, 혹은 "'그냥 있는' 세계의 내밀한 깊이"(1, 69)라고 해야겠다. 시인은 세잔의 회화에 대해서 결정적으로 다음과 같이 덧붙였다. "그런 그의 그림은 그러므로 당연히 그림을 만들어내는 단순한 재현의 세계가 아닌 '자연의 한 부분을 시도하는' 것이며, '존재 그 자체!'를 시도하는 세계인 것이다. 예술가가 할 수 있는 작업 가운데 이것 이상 더 엄청난 일이 있을까?"(1, 75). 똑같은 맥락에서 시인은 또한 다음과 같이 적었다.

> 나는 내 시가 살아 있는 것이기를 꿈꾼다. 살아 있는[生], 즉 개념화되거나 사변화되기 전 두두물물의 현상인 '날이미지'를 꿈꾸는 것이다. '날이미지'는 그러므로 '나'의 의지에 관계하기보다 세계의 의지에 관계한다. (1, 86)

이 같은 시인의 발언은 현상학에서 말하는 이른 바 '(감각적) 지각의 우위'라는 명제를 떠올리게 한다. 메를로-퐁티에게 있어서 지각의 우위란, 첫째로는 지각이 존재에 대한 첫 통로로서 우리에게 있어서 최초의 실재이며, 둘째로는 그렇기 때문에 상상이나 관념의 세계 등 모든 다른 차원의 세계는 결국 이 지각에 그 기초를 가지고 있다는 뜻이다. 그러나 그렇다고 지각의 우위가 인간의 모든 지식을 감각으로 환원하자는 뜻을 갖는 것은 아니다. 그것은 우리가 이 지식의 탄생에 참여assist하고 있다는 것, 즉 세계가 우리에게 구성되는 그 순간에 우리가 참석presence해 있다는 사실을 의미할 뿐이다. 따라서 우리는 현상학이 말하는 감각적 지각에 의해 체험된 현상으로서의 세계의 '의미'가 뜻하는 바가 정확히 무엇인지를 다시 물어야 한다. 메를로-퐁티에 의하면, 이른바 투명한 의식은 무의식적인 신체적 행동에 뿌리를 박고 있다. 투명한 의식과 신체적 운동감각 사이는 절단의 관계가 아니라 지속의 관계를 갖고 있다는 것이다. 그러므로 사물과 의식을 연결하는 "신체는 물질도 아니고 정신도 아니고 본질도 아니다"(《가시적인 것과 비가시적인 것》). 이 같은 신체의 주체인 '체험된 자아'가 어떤 대상, 즉 사물을 접할 때 그것들 사이에는 이미 어떤 역학이 발생하게 되는데, 그 역학을 현상학자는 '표현'이라고 부른다. 이 표현에 의해서 신체는 대상에게서 받은 산만한 감각을 대상내용sens으로 발전시키고, 그것이 의식화되어 의미signification로서 관념화되어 하나의 개념으로 파악된다. 따라서 생활세계적 현상학에 있어서는 언어와 의미는 분리된다. 의식은 곧 일종의 의미를 뜻한다고 볼 수 있다. 무엇을 의식한다는 말은 곧 무엇을 안다는 말이며, 무엇을 안다는 말은 그것을 의미로서 파악한다는 뜻이다. 그렇지만 현상학은 우리가 언어로 표현하기 이전에 무엇을 알 수 있고, 따라서 무엇인가의 뜻을 이해할 수 있다고 믿는다. 따라서 그것은 의미를 언어 이전의 의미와 언어적 의미로 나눌 것을 요구한다. 저 현상학자가 구분하고자 했던 '행태의미'와 '개념의미'가 바로 그것들이다. 개념의미는 행태의미에 뿌리를 박고 그것이 발전된 것, 아니 그것으로부터 추상된 것에 지나지 않으며, 의식은 잠재의식의 표면화에 불과하다는 것이다. 그래서 철학자는 "개념적 의미는 행태적 의미에서 얻은 징세로 형성되어 있다"(《지각의 현상학》)고 말한다. 어떤 언어도 그것이 뿌리박고 있는, 즉 언어 이전의 의미를 완전히 제거할 수 없다는 것이다.

현상학에서 제기되는 '의미'라는 용어법은 그러므로 다음과 같은 몇 가지 차원을 갖는 것으로 구분될 수 있을 듯하다. 첫째, 행태적-지각적 차원에서 대상내용을 지시하는 것. 둘째, 언어적 차원에서 어떤 의미를 전달코자 하는 발언행위parole 자체를 지시하는 것. 셋째, 개념적 차원에서 어떤 사실을 말하는 언어 혹은 하나의 개념질서로서의 언어language가 지시하는 것. 이 같은 의미의 차원을 구분하지 않는다면, 현상으로서의 세계의 '이미지 - 의미'를 드러내려는 날이미지시의 시도는 오해를 동반할 수밖에 없다. 다시 한번 현상학자의 견해를 따른다면, 언어는 그것이 서술하는 대상과 독립해 있는 의미의 체계가 아니라 그와는 정반대로 그 대상의 연장 혹은 변형에 지나지 않으며, 따라서 한 언어의 의미는 그 대상과 일치하며 그 대상을 가장 구체적으로 전달하는 언어만이 참다운 기술적 언어가 된다. 이처럼 현상학이 제기하는 언어철학의 핵심은 언어를 지각에, 지각을 존재에 종속시키며 언어를 행태의 연장으로, 행태를 존재의 연장으로 간주하면서 언어의 의미를 지각의 단순화로, 지각의 의미를 인간과 대상과의 가장 원초적인 관계로 보는 데 있다. 이 같은 언어관에서 볼 때 의식은 무의식 속에, 언어는 지각 속에 흡수되고, 의미는 존재 속에 흡수된다.《지각의 현상학》의 철학자에게 있어서 예술은 보편적 존재를 개념 없이 제시하는 일이다. 바꿔 말하자면 예술적 기술은 지각과 가깝다는 뜻이다. 그렇지만 그것은 역시 일종의 언어, 즉 대상과의 접촉 그 자체가 아니라 대상의 기술인만큼 절대로 지각과 일치할 수는 없다. 그러므로 어떠한 예술작품도 자신의 이념에 완벽하게 도달할 수 없지만, 이 도달 불가능성이야말로 또한 예술적 창조의 욕망을 끊임없이 부추기는 계기로 작용하게 될 것이다. 시의 언어는 이 불가능성을 자신의 운명으로 산다. 그러나 이 운명이야말로 어쩌면 날이미지시가 추구하는 "세계와 함께 언어를 '사는' 방법"(1, 29)은 아닐까?

(보유)

날이미지,
혹은 복수複數의 의미들의 현상학

1.

인식론의 층위에서 보자면 인간과 세계, 주체와 대상 사이에는 무엇보다도 언어가 존재한다. 그러나 이 말은, 인간은 오로지 언어를 통해서만 세계와 관계한다는 의미를 지니게 될 것이다. 언어라는 매개체를 통하지 않고서 인간이 세계와 직접 얼굴을 맞대고 대면할 수 있는 길은 없어 보인다. 물론 언어 이전에 감각적 이미지의 차원이나 또는 그것보다도 더 앞선 감관 자극의 차원에서 이루어지는 세계와의 대면을 가정할 수는 있지만, 인간의 언어적 사유 습관은 이 감각을 곧장 관념으로 번역함으로써 세계를 인간의 주관 속에 편입시킨다. 단적으로 말하자면, 언어는 세계에 대한 인간적 관념의 주관적 투사이다. 이러한 언어 덕택으로 인간은 세계를 다른 그 무엇도 아닌 인간의 세계로 이해할 수 있게 되었을 것이다. 이 과정을 세계의 인간화라고 하자. 그러나 이 점이 인간의 언어가 지니는 가능성이자 동시에 한계가 된다. 언어는 인간을 세계의 주인으로 만드는, 인간에게 주어진 축복이긴 하지만, 또한 동시에, 존재하는 그대로의 세계를 왜곡하는 저주이기도 하다. 그런 의미에서 바벨탑의 신화는 달리 해석될 수도 있을 것이다. 오규원의 시 세계가 디디고 선 지반은 바로 이러한 언어의 양면성이라는 문제의식인 것처럼 보인다. 이 양날의 칼을 가진 언어에 대한 반성적 인식이 겨냥하는 바는, 물론, 시의 존재론을 전면적으로 재검토하는 일이 될 터이다.

그러나 지루한 동어반복의 연속으로 이루어질 "시란 무엇인가?"라거나 "무엇이 시인가?" 하는 따위의 본질론적 질문을 피하기로 하자. 이러한 질문들에 대한 탐구와 모색의 과정은 기껏해야 누추한 환원법에서 결과 되는 논리적 동일율의 가두리 안을 맴돌 뿐이다. 그러한 질문은 제 물음의 테두리 바깥을 결코 알지 못한 채 언제나 그 질문 속에 이미 선험적으로 존재하는 것으로 가정된 어떤 고정된 하나의 실체를, 의미를, 개념을 마련해 놓고 있기 마련이다. 그러니, 이제 거꾸로 물어보기로 하자. 시는 무엇이 아니고 또 무엇이 시가 아닌가라고 말이다. 험난한 논리적 모순율의 과정을 거치게 될 이러한 질문에 대한 대답의 모색은, 그러나 빈약한 동일율의 바깥을, 비록 부정적인 방식으로이긴 하지만, 드러내게 된다는 점에서 보다 생산적일 수 있다. 오규원의 시 세계에서 이 질문에 대한 답은 아주 자명한 것으로 주어져 있는 것 같다. 거기에서 시는 무엇보다도 하나의 고정된 의미나 실체 또는 개념으로 환원될 수 있는 어떤 관념이 아니다. 이 점을 강조하기로 하자. 왜냐하면 언제나 기꺼이 하나의 정신적 관념이나 논리적 개념, 또는 실체적 의미로 시를 환원시키고자 했던, 그 결과 시를 진리의 매개체나 변증법적 지양의 한 과정으로 밖에는 이해할 수 없었던 헤겔주의적 미학은 이미 낡아서 폐기처분된 박물관 속의 유물이 아니라 아직까지도 관념주의들의 머릿속에서 강력한 생명력을 유지하고 있는 실정이기 때문이다. 그것은 또한 시가 언제나 하나의 고정된 실체나 의미 속에 닻을 내릴 수 있다고 믿는 현실주의자들의 관념 속에도 똬리 틀고 있는 것처럼 보인다. 그 점에 있어서 관념주의와 현실주의의 거리는 멀지 않다.

적어도 오규원의 시 세계에서 있어서 시는, 언어는 하나의 고정된 의미를, 관념을, 실체를 지시하는 것이 아니다. 거기에서 언어의 기호들은 하나의 고정된 기의에 정박해야만 하는 구속된 기표들의 체계가 아니다. 오규원의 시적 언어들은 철저하게 언어의 관념성을 배제하고자 하는 것이다. 추상적인 관념어는, 시인 자신의 비유를 빌리자면, '죽은 언어言語들'(〈겨울 나그네〉,《오규원 시선집 1》, 72쪽)일 뿐이다. 시인의 시 세계는 이러한 추상적인 죽은 언어들을 밟고 넘어선 어떤 새로운 지평을 원하는 것 같다. 1965년 김현승에 의한 《현대문학》 초회 추천작에 이미 이러한 비유가 등장한다는 사실은 어쩌면 시인이 이후 자신의 시 세계의 운명을 애초부터 직감적으로 알고 있었던 것이 아닌가 하는 생각이 들게 한다. 바로 그렇다. 오규원의 시들은 죽은 언어를 딛고 선 언어, 죽은 언어가 새로운 생명을 얻어 부활한 언어로 구축되길 원하는 것이다. 차라리 오규원 시의 언어는 하나의 고정된 의미 속에 정박하고자 하는 유혹을 끊임없이 견디면서 복수의 의미들을 창출하고자 한다고 말하는 편이 옳다. 그렇다면 시는, 시의 언어는 하나의 관념이나 개념, 의미를 전제하는 일상어의 응고된 개념 체계를 그 속박의 고리에서 해방하기 위하여 그것들을 해체하는 어떤 불가능한 작업이 될지도 모른다. 보자 정확히 말하자면, 시는 언어를 통하여 언어를 파괴하는 작업이라는 것이다. 그것은 언어 이전의 존재와 사물에, 언어를 넘어선 세계에 닿고자 하는 불가능한 모험의 시도로 자리한다. 그러나 이러한 모험 속에서야 우리는 어쩌면 시에서 아직 관념이나 개념으로 더께가 앉지 않은 살아 숨 쉬는 존재와 사물들의 생성의 현장과 대면할 수도 있으리라는 희망을 갖게 되는 것이다. 그러므로 시의 장소는 우리가 타자들과 주체 바깥의 주체로서 대면하는 자리이다. 그것은 근대적 이분법의 체계 속에서 분화된, 그리하여 세계와 분리된 창백한 주체의 자리가 아니라 세계와 몸을 섞은, 세계의 중심에 위치하는 주체의 자리가 될 터이다. 그런 점에서 유규원의 '날이미지'의 시 세계는 말의 엄격한 의미에서 시가 온전히 시로서 자리하는 장소가 된다.

2.

오규원의 날이미지 시의 언어는 고정된 하나의 의미를 지향하지 않는다. 다시 말하자면, "개념화되거나 사변화되기 이전의 의미 즉 '날이미지'로서의 현상"과 "그 현상으로 이루어진 시"(〈날이미지의 시〉, 《오규원 깊이 읽기》, 420쪽)의 언어는 단일한 의미의 총체성 속으로 수렴되지 않는다는 것이다. 왜냐하면 여기에서 현상이란 "그 자체로 살아 있는 의미"(같은 책, 425쪽)이기 때문이다. 이는 오규원의 시 세계가 언어라는 기호의 사용에 있어서 기의의 측면보다는 기표의 측면에 훨씬 더 무게를 두고 있다는 사실을 뜻한다. 언어의 의미는, 물론, 기호의 기표적 층위가 기의의 층위를 지시함으로써 (또는 그럴 것이라고 가정함으로써) 발생한다. 그러나 이러한 가정 위에서 탄생하는 언어의 의미는 존재나 사물 그 자체의 살아 있는 의미가 아니라 인간의 의식이 그것들에다 부여한 주관적 관념의 더께라고 할 수 있다. 그렇다면 이 관념의 더께를 벗겨낼 때 무엇이 남게 될 것인가? 시인은 이미 "나는 말(언어)이나 대상의 정체성正體性을 명사로 믿지 않고 동사로 믿는다"(〈구상과 해체〉,《오규원 깊이 읽기》, 411쪽)라거나《조주록》의 한 구절을 빌어 "정定한 것은 정하지 않은 것"(〈날이미지의 시〉,《오규원 깊이 읽기》, 422쪽)이라는 뜻의 언급을 한 적이 있다. 정한 것의 본질이 정하지 않은 것, 말하자면 살아 있는 것이라면 저 사물과 존재들 자체는 이제 어떤 순간적인 생성의 힘과 작용력으로서만 존재할 뿐이겠나. 모든 것이 우연에 맡겨신 이 생성의 힘 속에서 시는 이제 어떤 고정된 의미의 부재나 혹은 과잉으로 흘러넘치는 존재들의 생성의 흔적 혹은 풍경으로 변모된다. 오규원 시 세계의 용어로는 '허공'이라고 불러야 될 이 부재의, 혹은 과잉의 존재들의 풍경은, 그러므로 단일한 의미의 정처를 상실하고 끊임없이 유동하는 복수의 의미들을 창출해 낼 것이다.

허공에서 생긴
새들의 길은
허공의 몸 안으로 다시
들어갑니다.
몸 안으로 들어간
길 밖에서
다른 새가 날기도 하고
뜰에서
천천히 지워질 길을
종종종
만들기도 합니다.
— 〈새 와 길〉 전문(《오규원 시전집 2》, 210쪽)

허공은 물론 하늘이지만, 이 허공으로 인해 모든 존재와 사물들의 생성과 운동이 가능해진다. 그것은 모든 사건이나 의미가 생성되고 발원하는 모태이긴 하지만, 또한 그 자체로는 어떠한 사건도, 존재도, 의미도 아니다. 허공은 모든 것을 살아 움직이게 하지만 그 자체로는 움직이지 않는, 아리스토텔레스의 표현을 빌리자면, '부동不動의 원동자原動者'가 될 것이다. 부재 속에서 존재하는, 동시에 존재 속에서 부재하는 이 허공으로 인해 모든 존재와 사건과 의미는 생겨나고 또 사라진다. 새들과 새들의 모든 길은 이 허공으로부터 생겨나지만, 그러나 '허공의 몸' 안으로 다시 들어간 길은 이미 길이 아닐 '길 밖'으로 존재할 수밖에 없다. 저 "몸 안으로 들어간 / 길 밖"은, 그러나 그것이 길 밖에 있는 까닭에, 동시에 다른 새들의 길이 될 수도 있으리라. 왜냐하면 그 "길 밖에서 / 다른 새가 날기도 하"고 또 "천천히 지워질 길을 / 종종종 / 만들기도 하"니까 말이다. 그러므로 사물과 존재 바깥의 허공은 단순히 빈 허공이 아니라 또 다른 사물과 존재들의 길인 셈이다. 사물과 존재들은 제 의식의 바깥에 나 있는 저 허공을 단순히 '없음無'이라고 인식할 테지만, 저 허공은 이미 또 다른 종류의 길로서 존재하는 것이다. 그렇다면 허공은 온갖 길들로 충만한 공간이다. 그것은 모든 존재들을 가능케 하는 근원적인 장소로서의 '가득 찬 빔'이다. 저 공간 속에서 "물물物物이 허공의 깊이를 / 물물의 높이로 바꾸"(〈물물의 높이〉, 《오규원 시전집 2》, 204쪽)게 되지만, 그렇다고 이 물물의 높이를 '진짜 있는' 실재로 착각하지는 말자. 왜냐하면 저 새들의 길로서의 하늘은 동시에 저 물물의 높이마저도 천천히 지우게 될 것이므로. 모든 사물과 존재들이 서 있는 길은 궁극적으로는 허공에서 나와 허공으로 돌아가는 허공의 길이므로. 하늘은 길이면서 동시에 허공이고, 허공이면서 동시에 길인 어떤 것이다.

> 지상의 모든 담이
> 벽이 끝나는 곳이 하늘이다
> 여기저기 엉겨붙어
> 담의 끝까지 간 담쟁이가
> 불쑥 몸을 드러낸 하늘 앞에
> 전신이 납작해져 있다.
> 하늘에는 담쟁이가
> 엉겨붙을
> 담이나 벽이 없다.

— 〈하늘〉 전문(《오규원 시전집 2》, 214쪽)

지상의 모든 담과 벽이 끝나는 곳에서 시작되는 저 하늘은, 그러므로 지상의 어떤 언어로도 닿을 수 없는 사물과 존재들의 생성의 장소가 된다. 담과 벽은 인간이 이 허공을 분할하고 구획한 인공물이란 점에서 인간의 언어를 닮아 있다. 인간의 눈앞에 펼쳐져 있는 이 사물과 존재들의 공간적 연장延長은 언어의 힘을 빌려 가까스로 제 현존의 모태인 자궁 속으로 되돌아가길 꿈꾸지만, 이 사물과 존재들을 저 자궁 속으로 되돌릴 수 있는 어떤 인간의 언어도 존재하지 않는다. "담의 끝까지 간 담쟁이"는 저 언어가 끝나는 곳에서 시작되는 허공을 마주한 순간 제 전 존재의 현존이 내리누르는 무게로 인해 "전신이 납작해"질 수밖에 없으리라. "지상의 모든 담이 / 벽이 끝나는 곳이 하늘"이기 때문이다. 인간의 관념에 등을 기댄 언어는 저 허공을 대면하면서 제 현존의 무게에 절망할 수밖에 없다. 담과 벽이라는 인간의 관념을 통하지 않고서 저 언어의 담쟁이가 오를 수 있는 공간은 따로 존재하지 않는 것이다. "하늘에는 담쟁이가 엉겨붙을 담이나 벽이 없다". 그러나 이런 사태를 비극으로 인식하는 것은 인간의 의식 속에서일 뿐이다. 왜냐하면 "하늘은 언제나 집의 밖에 있다 / 그러나 집은 / 언제나 하늘 속에 있"(《하늘과 집》,《오규원 시전집 2》, 203쪽)기 때문이다. 그러니 저 집은 곧 하늘이 아니지만 하늘은 곧 저 집일 수도 있다는 뜻이다. 지상의 모든 사물과 존재들은 언어 바깥에서 이미 그 자체로 하늘 속에, 허공 속에 존재하고 있다.

이러한 사태 속에 근원적으로 똬리 틀고 있는 것은 유전流轉의 법칙, 즉 생성의 운동일 것이다. 그리고 모든 생성은 시간을 전제하는 법이다. 따라서 저 허공은 이제 공간적 위상만을 갖는 것이 아니라 동시에 시간적 위상도 확보해야만 한다. 말하자면 하늘은, 허공은 시공 그 자체의 표상이 된다. 오규원의 날이미지 시들이 즉물적인 풍경화나 정물화로 떨어지지 않는 것은 이 생성의 운동 자체를 담지하고 있는 허공의 풍경 때문일 터이다. 생성의 운동이 저 정지한 듯한 시의 풍경에 긴장과 활력을 불어넣는 것이다. 이를테면, 허공에 정지한 듯한 포즈로 꽃부리 속에 제 머리를 처박고 꿀을 빠는 데 열중하고 있는 벌새를 떠올려 보라. 허공에 정지한 듯 멈추어 있는 저 새가 사실은 그 고요한 정지의 풍경을 매 순간 제 존재의 혼신의 힘을 다한 날갯짓으로 만들어내고 있다는 사실을 말이다. 저 정지의 풍경은, 그러므로 매 순간의 생성과 운동의 연속이 만들어낸 절정이자 결정이 된다.

3.
오규원의 시 세계에서 하나하나의 개별 작품은 곧 시인 자신의 시의 이념이자 시론의 실천으로 기능한다. 말하자면 저 세계 속에서는 창작과 이론, 작품과 비평이 일치되고 있는 것처럼 보인다는 것이다. 거기에서 시의 이념은 현실의 작품과 분리되지 않는다. 어떤 이론적인 논리도 미적인 형식과의 괴리를 허용하지 않는 것이다. 시인의 시 세계에서 이론은 작품 그 자체에 내재적이라고 할 수 있다. 현실적으로 존재하는 개별 작품을 작품의 이념과 분리시키지 않고 일치시키려는 시인의 이러한 야심찬 기획은, 비록 현상적으로는 서로 대립되는 것으로 보일지라도, 분명 낭만주의적 예술관의 연장선에 있다. 낭만주의자들에게 있어서 시의 절대적인 이념과 현실적인 개별 작품은 원리적으로 분리되지 않는다. 그러나 저 이념과 현실 사이에는 필연적으로 괴리가 생긴다. 말하자면 '시와 비평의 통일'이라는 이 시학은 작품의 자기 비평과 자기 개시에 대한 모든 종류의 반어적이거나 역설적인 끼워 넣기를 가능케 한다는 것이다. 이러한 괴리에 대한 인식으로부터 유래된 반어적이거나 역설적인 끼워 넣기가 오규원 시 세계의 방법론적 수사들인 위트나 유머, 역설을 동반한 자기 성찰과 아이러니를 형성한다. 자주 언급된, 오규원 시 세계에 특징적으로 드러나는 수사적 기법으로서의 아이러니는, 그러므로 단순한 수사법으로 그치는 것이 아니다. 그것의 시인의 예술관이나 시론 그 자체에서 야기되는 필연적인 귀결로 보인다. 시인의 작품들에 있어서 아이러니는 단순한 수사적 장치에 불과한 것이 아니라 시의 어떤 근본적인 존재 방식을 드러내고 있다는 점에서 중요한 의미를 갖는다. 이러한 아이러니를 통해서 작품은 하나의 단일한 의미의 총체성 속에 닻을 내리는 자기 완결성에서 벗어나 시의 이념 속으로 고양될 수 있으리라. 그러므로 아이러니가 표면적으로 표명하고 있는 '패배의 확인'(김병익, 〈물신 시대의 시와 현실〉, 《오규원 깊이 읽기》, 82쪽)은 작품의 실패를 의미하는 것이 아니라, 블랑쇼가 초기 낭만주의 연구에서 이미 언급한 바 있는 "시적 활동의 순수성, 부재하는 작품의 작품, 지속 없는 확증, 실현 없는 자유, 사라지는 힘 속에서 시를 확증하려는" 순간적인 의식의 드러냄을 의미할 것이다.

이처럼 습관화된 일상의 사유와 언어와의 절망적인 싸움이 오규원의 시 세계에서 눈물겨운 처절함을 불러들인다. 이 싸움이 절망적인 것은, 우리가 어떻게 해서도 이 일상의 사유와 언어를 벗어날 수 없기 때문이며, 또한 이 일상의 사유와 언어 속에서 동시에 그것들을 넘어서야 하기 때문이다. 시는 언어를 통해서 언어를 넘어서는 어떤 불가능한 싸움의 자리이다. 비록 패배할 수밖에 없다 할지라도, 이러한 불가능성과의 싸움 자체를 우리는 시라고 명명할 것이다. 시는 오로지 이 불가능한 싸움 속에서만, 이 불가능성과의 싸움의 패배를 통해서만 존재할 뿐이다. 그런 의미에서 오규원 시는 말의 진정한 의미에서 시라고 말할 수 있다. 시인의 시들은 이러한 불가능한 싸움의 불가피성에 대한 시의 자기 정체성의 확인에서 유래하기 때문이다. 그러므로 시는 어떤 완성에 도달한 승리의 축가로 존재하는 것이 아니라 완성의 불가능성과의 싸움이라는 눈물겹도록 고통스런 과정을 통해서, 그 패배의 흔적을 통해서 언제나 새롭게 생성되는 것이라고 해야 한다. 오규원의 시 세계가 보여주는 것이 바로 이 싸움의 과정이자, 이 과정의 기록이다. 이 험난한 투쟁의 과정을 통해서야 시는, 시의 언어는 하나의 응고된 개념적 의미에서 풀려나 복수의 의미를 출현시키는, 그 불가능한 언어의 삶을 살아내게 될 것이다. 그것은 인간의 주관적 관념이 덧씌운 하나의 고정된 의미 이전의 의미들이, 그 의미들의 감각이 될 것이다.

독일어의 '의미Sinn'를 뜻하는 말이 동시에 '감각'을 뜻하기도 한다는 사실은 우연이 아니다. 그것은 인간의 주관에 의해 윤색된 관념이 곧 의미가 아니라 감각 자체가 이미 의미 생산의 장임을 말해 준다. 시는 이 감각을 관념이 아닌 감각의 현상, 즉 이미지로 그려낸다. 그러나 이 감각의 이미지는 그 자체로 어떤 복수의 의미들을 생성하는 상징의 풍경을 만들어낼 수도 있다. 오규원의 날이미지 시들이 보여주는 풍경의 의미는 무엇보다도 이러한 복수의 의미들의 출현 가능성에 있다고 해야 한다. 거기에서 시의 언어는 단순히 시의 매체나 수단에 불과한 것이 아니라, 또한 시 속에 하나의 정태적인 즉물적 풍경으로 존재하는 어떤 것이 아니라 바로 시그 자체를 살아내는 삶의 과정으로 자리하게 된다. 그러므로 우리는 이제 이렇게 말해야 하리라. '날것'으로서의 언어가 시를 살아낸다고 말이다. 이러한 날이미지의 현상으로서의 언어의 삶은 시를 폐쇄적인 자기 완결성의 구조 속에 가두는 것이 아니라 삶의 우연성과 복잡다단함을 향해 개방된 존재의 다원성과 복수의 의미를 출현시키는 생성의 장이 된다고 말이다. 그렇기에 시의 언어가 어떤 단일한 총체적 관념이나 의미를 부정한다는 것이 곧 무의미를 추구한다는 뜻으로 이해되어선 안 된다. 차라리 단일한 관념과 의미의 부정 속에서 이제 시는 복수의 의미들의 풍요로움과 언어의 축제를 살아내게 될 것이다.

환상,
혹은 타자의 현상학
― 시적 환상의 미학적 의미

환상의 참된 대상은 삶,
영원한 삶이다.
― 프리드리히 슐레겔F. Schlegel

1.

한 시인의 말씀을 빌려 말하자면, 환상Phantasie은 "등기되지 않은 현실"(오규원, 〈등기되지 않은 현실 또는 돈 키호테 略傳〉,《시 전집》, 문학과지성사, 2002. 182쪽)이라고 할 수 있다. 등기登記되지 않았다는 것은 그것이 아직 언어의 몸을 입지 않아 우리 의식의 바깥에 존재한다는 뜻일 터이다. 그러나 시인은 그것이 언어 ‐ 의식의 가두리 바깥에 존재할 뿐이지 이 의식의 현실과 마찬가지로 또 하나의 현실일 수도 있지 않을까라고 생각하는 것 같다. 시인은 다른 한편으로 "환상. 흔들리는 理想의 나무 잎사귀"라고도 노래했다. 그렇다면 환상은 현실인 동시에 하나의 이상인 셈이다. 그것은 아직 언어 ‐ 의식의 현실 속에는 존재하지 않는 또 하나의 현실이자 이상의 형식으로 존재한다는 뜻이겠다. 그렇다면 환상이 왜 '흔들리는 이상'인지가 분명해지는 셈이다. 왜냐하면 그것은 실재와 이상 사이를 진자 운동하고 있는 것이기 때문이다.

그렇다면 현실은 무엇이고 환상은 무엇인가? 언어-의식 중심주의적 관점에 의하면, 현실은 무엇보다도 언어적 실재 혹은 의식된 실재를 의미한다. 그것은 언어/의식/현실의 존재만을 실재라고 간주하게 되는 결과를 불러온다. 독일어의 일상적 표현에서 '현실 Realität'이 철학적 용어로는 '실재'라고도 옮겨진다는 점이 바로 이러한 언어-의식 중심주의적 관점을 대변하고 있는 것일 터이다. 이 관점은 언어화되지 못한 실재나 의식되지 않은 실재를 부재하는 것, 즉 환상이라고 부른다. 그렇다면 환상은 어떤 부재의 출현과 관련되어 있다고 말할 수 있겠다. 결국 의식된 실재만을 현실이라고 주장하는 입장에서 환상은 덧없는 이상과 가상에 지나지 않을 뿐이다. 이처럼 현실만이 실재라고 주장한다면, 환상은 당연히 이상일 수밖에 없을 터이다. 그러나 역으로, 현실만이 실재가 아니라면 환상은 이상이나 가상이 아니라 또 하나의 현실일 수도 있는 것이다.

　그러나 우리가 이러한 언어-의식 중심주의적 관점을 벗어날 수 있다면, 실재는 언어/의식/현실의 존재로만 환원될 수도 없고 또 그래서도 안 된다는 점이 드러나게 될 것이다. 이 관점에서 보자면 실재는 오히려 언어/의식/현실의 지반을 넘어선 훨씬 더 광대한 지평 속에 존재해야만 한다. 보다 정확히 말하자면, 이러한 관점에서의 실재는 무의식과 타자성의 지평을 포괄해야만 한다는 뜻이다. 언어화된 실재 혹은 의식된 실재만을 현실이라고 주장할 때, 그 현실은 언어-의식 중심주의적 주체라는 관념의 테두리 바깥을 결코 알 수 없게 될 것이다. 그런 의미에서 환상 개념은 언어-의식 중심주의적 현실과 주체의 관점을 문제 삼으며 '현실의 현실성'이란 도대체 어떻게 존재하는가를 새삼 되묻는 문제의식 속에 자리할 수 있다. 과연 환상은 단순한 이상이나 가상, 혹은 기만이나 현혹에 불과할 뿐인가?

환상을 화두로 문제 삼는 한, 그러한 논의에서는 필연적으로 무의식과 타자의 타자성에 대한 언급이 등장하지 않을 수 없다. 왜냐하면 환상이야말로 언어 – 의식적 현실과 주체 개념에 심각한 의문을 제기하기 때문이다. 환상은 의식과 주체의 자기동일성으로 환원되지 않는 무의식과 타자의 타자성이 출현하는 자리이다. 그런 의미에서 환상을 화두로 삼는 논의의 장은 실재의 부재와 부재의 현존이 삼투하는 거대한 논쟁의 장이 될 것이다. 그것은 주체와 타자, 의식과 무의식, 실재와 이상, 존재와 무, 진리와 가상 같은 모든 대립하는 짝패들이 서로 대치하고 있는 거대한 심연으로 자리한다.

2.

독일 초기 낭만주의 미학과 예술관의 입장에서는 이렇게 말할 수 있다. 현실 속에서 실재와 이상은 구분되지만, 환상 속에서 그것들은 통일된다고 말이다. 그 미학은 이러한 실재와 이상의 통일성의 이념을 직관적으로 표상할 수 있는 능력이 환상이라고 주장한다. 달리 말해서, 실재와 이상은 현실 속에서는 공존할 수 없지만 환상 속에서는 공존할 수 있다는 뜻이다. 현실은 실재만을 수용하고 이상을 배제한다. 그러나 환상은 이상만을 수용하고 실재를 배제하는 것이 아니라, 현실이 배제한 이상을 수용하는 동시에 실재 역시 수용하는 것이다. 그렇다면 환상은 실재와 이상이 공존하는 하나의 더 큰 현실이라고 말해야 한다. 언제나 유한한 대상에만 관련되는 의식 – 사고의 능력을 넘어서는 순수한 직관 능력으로서의 환상은 낭만주의 시의 모든 형이상학적 의미를 기초한다. 환상 속에서 모든 가능한 것은 실재적으로 형성되고, 모든 이상적인 것은 실재적으로 현상한다. 환상 개념이 지니고 있는 이러한 창조의 특성은 사고하는 의식이 지닌 한계의 무형식적인 초월 속에서가 아니라, 유한한 것에 대한 이념의 순수한 현존 속에 존재한다. 유한한 현실과 무한한 이념의 완전한 통일은 시 속에서는 이상적이지만 환상 속에서는 실재적이라는 뜻이다.

시에 있어서 환상이 갖는 의의는 이 지점에서 발견될 수 있다. 시적 환상은 실재만을 받아들이는 협소한 현실이 아니라 실재와 이상을 아우르는 너 큰 현실을 만들어낸다. 시와 현실의 관계는 바로 이러한 종류의 것이다. 시는 언어화된 실재와 의식된 실재만으로 구축된 이 협소한 현실을 넘어서 이상을 감싸 안는 더 큰 현실 속에 자리하고 있다. 시가 무의식과 타자의 타자성의 출현 장소가 되는 근거가 바로 여기에 있다. 그것은 언어와 의식의 가두리에 갇히지 않고 그것들에 의해 구성된 주체의 자기동일성의 바깥 영역까지도 텍스트 속에 불러들이기 때문이다. 이처럼 시에 있어서 무의식과 타자성의 참여를 보증해주는 것이 환상이다. 그런 의미에서 시는 환상의 현실태이고 환상은 시의 가능태라고도 말할 수 있다. 시는 환상이 뿌리내리고 있는 고유한 영역, 즉 환상의 왕국이자 신화의 장소가 된다. 여기에서 신화란, 낭만주의 미학과 예술관에 의하면, 환상의 현실태로서의 시의 선험적 통일성을 의미한다. 낭만주의자들에게 있어서 그것은 근대시의 발전에 있어서 하나의 이념으로 작용하고 있기 때문이다.

환상의 현실태로서의 시는 타자성의 현상의 장, 즉 타자의 현상학이 된다. 그리고 시가 타자의 현상학으로 자리하게 되는 것은 전적으로 신화 – 형성적인 환상의 능력 때문이라고 할 수 있다. 환상은 실제적인 힘으로서 사변적인 사고에는 폐쇄되어 있는 제약된 것을 무제약적인 것으로 초월하게 하는 잠재적 능력이다. 그것은 정신에 '내재된 자연'으로서 개념들의 규정적인 영향력에서 벗어나는 이미지들Bilder을 산출한다. 말하자면 환상은 정신 속에서 자연의 능력을 재현한다는 것이다. 이렇게 정신 속에서 직관적인 전체성을 산출할 수 있는 능력으로서의 환상이 자신의 현실태를 발견하는 영역인 동시에 그것의 선험적 통일성을 근거하는 신화의 장소가 바로 시이다. 시인은 이 신화의 장소로서의 시에서 환상을 다음과 같이 노래하고 있다.

상상, 힘의 탄소 동화 작용. 늘 신생의 사물 속에서 청색의 물을 퍼올린다. 사방향의 길, 넓은 들판. 어디로 갈까?

그러나 잿더미, 無化시킨 대지 위에서만 타오르는 불빛 – 적색의 환상. 잿더미 위라서 잘 보이는구나 무너지지 않은 벽과 무어지지 않은 길. 그곳에 자리한 외로운 투명과 可視의 나라.

행복한 시대, 행복한 자의 땅, 몽상. 저주 있기를. 황색, 그 권태의 산기슭에 아물아물 자라는 노란 풀잎들.
— 오규원, 〈환상 또는 비전〉, 《시 전집》, 189쪽.

시인은 환상을 "無化시킨 대지 위에서만 타오르는 불빛"이라고 노래한다. 그것은 동시에 "무너지지 않은 벽과 무너지지 않는 길" 위에 자리한 "투명과 可視의 나라"로 은유된다. 다른 한편으로 시인은 "상상, 힘의 탄소 동화 작용"이라고 노래하면서, 이 상상은 "사방향의 길, 넓은 들판"을 마주하고서 "어디로 갈까?"를 망설이고 있는 것으로 묘사되고 있다. 그렇다면 상상력과 환상의 관계는 어떻게 되는 것일까? 텍스트의 문맥에서만 의존해서 말한다면,

"늘 신생의 사물 속에서 청색의 물을 퍼올리"면서도 동시에 저 '사방향의 길'을 앞에 두고 망설이는, 다시 말해서 위치나 방향은 정해진 바 없이 오로지 '힘의 탄소 동화 작용'의 에너지로만 들끓는 이 상상력을 이끌어 '외로운 투명과 可視의 나라'로 인도하는 것이 환상이라고 할 수 있겠다. 그렇다면 상상력은 하나의 가능성으로만 존재하는 어떤 에너지일 테고, 이 에너지에다 구체적인 방향과 목적을 부여해주는 현실적-실천적 동력이 환상이라는 뜻이겠다. 다시 말해 상상력은 환상의 이론적 능력이고 환상은 상상력의 실천적 능력이라는 것이다.

3.
　주지하다시피 상상력에 대한 합리주의적 개념으로부터 관념론적 개념으로 넘어가는 새로운 철학적 기반은 칸트의 비판철학과 더불어 도입되었다. 칸트 이후의 선험적 관념론은 상상력을 인식의 근원적인 원리로 확장함으로써 이후 낭만주의자들은 이 개념을 통해서 미적 직관의 통일성을 합법화할 수 있었던 것으로 평가된다. 선험적 상상력과 미적 환상 개념의 도입으로 주관적 진리 발견에 대한 합리주의적 원리들은 미적 원리들과 대립하게 된다. 낭만주의자들, 특히 초기의 셸링F. W. J. Schelling에게 있어서 무제약적인 것이나 절대적인 것은 모든 사고와 표상을 배제한다. 왜냐하면 사고와 표상의 대상이 되는 것은 이미 '사물Ding'이기 때문이다. 그러니 사물로서 사고될 수 없는 것만이 무제약적인 것일 터이다. 이러한 무제약적인 것을 위해서는 사고가 아니라 직관이 도입된다. 셸링은 직관 안에서는 산출하는 것과 산출된 것이 동일하다고 간주하면서, 바로 이러한 직접적 인식이 학문적 정신 일반의 조건으로서의 '이성 직관' 내지 선험적 사유의 기관으로서 '지적 직관'이라고 말한다. 그러나 지적 직관은 객관적으로 실증될 수 있는 것이 아니기 때문에, 주관적인 것과 객관적인 것의 일치를 실증해줄 수 있는 직관이 따로 요청된다. 이 직관이 바로 미적 직관이다. 그렇다면 미적 직관은 '객관화된 지적 직관'이라고 할 수 있다. 낭만주의 미학과 예술관에 있어서 이러한 미적 직관의 능력이 바로 상상력이다.

낭만주의 미학에서 상상력은 감성과 오성의 근원적인 통일성을 매개할 뿐만 아니라 동시에 이 사유 불가능한 통일성을 예술을 통해 감각화할 수 있는 능력으로 상정된다. 상상력의 참된 활동은, 물론, 이미지들의 생산에 있다. 그 이미지들 안에서 주관은 감각적인 원리로서의 실재적인 것 속에서 지각될 수 있고, 또 그럼으로써 객관들에 대립하여 자유로운 것으로 지각될 수 있는 것이다. 자유의 이미지를 위한 지각 대상의 재생에 있어서 상상력은 주관적인 자유의 근거를 형성하게 된다. 슐레겔은 상상력을, 이미지를 통해서 우리를 사물의 지배로부터 자유롭게 해주는 능력이라고 정의한다. 낭만주의 미학에 있어서 상상력은 더 이상 순수한 종합으로서의 이론적이거나 실천적인 활동을 위한 가능성을 만들어내지 않는다. 왜냐하면 그러한 활동을 요청하는 어떤 대상성도 없기 때문이다. 따라서 상상력은 주관의 절대적인 자유의 이념을 기초할 수 있는 미적 발명품으로 제한된다. 그것의 목적은 내적이고 자유롭고 자의적인 사유와 창작이다. 상상력은 유한한 의식 – 사고로부터 무한한 이념으로 이행할 수 있는 방법론적 원리를 제공한다고 할 수 있다.

이 같은 상상력과 환상 개념의 관계는 특수와 보편, 시작품과 시의 이념의 관계와 동일하다. 환상은 이념 속에서 대상과 이념의 미적 통일성을 근거한다. 상상력은 이러한 통일성을 특수한 대상 속에서 구체화한다. 다시 말해서 낭만주의 시학은 환상의 인식론적 능력을 상상력이라고 부른다는 것이다. 셸링은 상상력과 환상을 구분하여 선험적이거나 경험적인 상상력으로부터 미적 환상을 경계 지음으로써 철학적 의식과 미적 의식을 근본적으로 분리하려고 한다. 슐레겔 역시 "환상이란 이상 속에서 미적 통일성으로서의 선험적 상상력을 의미한다"고 정의함으로써 그 둘을 구분한다. 역으로 말하자면 상상력의 실제적인, 미적으로 작용하는 실천적인 힘이 환상이라는 것일 터이다.

보다 정확히 말하자면, 상상력은 환상의 이론적 – 철학적 능력이고 환상은 상상력의 실천적 – 시적 능력, 즉 상상력의 자유로운 유희라고 할 수 있다. 여기에서 상상력이란 선험적 직관이자 선험적 표상을 의미한다. 표상과 직관의 순수한 종합으로서의 상상력은 선천적으로 내재적인 가상이자 진리이다. 그러나 동시에 그것은 경험적인 의식의 가상 속에서 진리를 드러낼 수 있는 가능성을 근거한다. 달리 말하자면, 그것은 진리가 오직 가상으로서만 실재적일 수 있다는 확실성을 매개한다는 것이다. 왜냐하면 가상이 없다면 주체는 진리로부터 배제되기 때문이다. 진리는 다만 표상과 직관의 종합으로서만 구성된다. "직관 없는 표상은 가상"일 뿐이다. 따라서 우리는 상상력이 진리와 가상이라는 두 종류의 산물을 모두 갖는다고 말해야 한다. 그러나 진리와 가상의 관계에 있어서 하나는 다른 하나를 배제하고 부정한다. 가상이 이상이고 진리가 진리인 한, 양자는 동일하다. 결국 진리는 가상의 형식이고 이상은 실재의 형식이라는 것이다. 이러한 입장에서 직관은 실재와의 관계의 직접성 속에서 진리에 대한 무의식적 표현이 된다.

4.

낭만주의 시학에 지대한 영향을 미친 피히테J. G. Fichte에게 상
상력은 자아와 비아가, 주체와 타자가 만나는 지평을 만든다. 자아
는 어떻게 비아를 알게 되고 또 비아를 비아로서 만나고 인식하게
되는가 하는 물음에 대한 피히테의 대답은, 자아는 그 자체 상상력
을 통해서 스스로를 초월하여 자기 바깥으로 나간다는 것이다. 달
리 말해서, 역으로, 감성과 오성의 순수한 종합으로서의 상상력은
동시에 자아의 급진적인 유한성을 보여주게 된다고도 말할 수 있
다. 상상력 개념은 자아가 결코 총체적으로 결코 도달할 수 없는
어떤 다른 차원이 항상 남아있음에 틀림없다는 사실을 알려준다.
그러나 주관적 관념론자인 피히테에게 있어서 이러한 자아의 급진
적인 유한성이야말로 자아의 필수적인 특성이 된다. 말하자면 상
상력 개념을 통해 주체와 타자 사이의 환원 불가능성이 드러나게
된다는 것이다. 자아와 타자는 서로 환원될 수 없기 때문에 절대적
인 균열 속에 존재한다. 그리고 이 균열로 말미암아 자아는 타자의
타자성 안으로 결코 침투할 수 없게 되는 것이다.

그러므로 오로지 의식의 행위에 지나지 않는 사고는 총체적으
로 타자 그 자체를 체화할 수 없게 된다. 타자의 타자성은 오로지
자아에 의해 존중되어져야만 하는 것으로 남을 뿐이다. 타자와 자
아는 결코 만날 수 없고 또 입장을 교환할 수도 없다. 자아의 내재
성은 항상 타자에 의해 투과될 수 없는 내재성으로만 남는다는 것
이다. 상상력 개념을 통해 개진된 자아의 이러한 급진적 유한성이
야말로 피히테의 철학이 헤겔적인 절대적 관념론으로 이행하는 것
을 방해하게 된다. 왜냐하면 헤겔의 변증법에 있어서 주체는 주관
－객관의 절대적 동일성을 의미하는 것이기 때문이다. 거기에서

타자의 타자성은 언제나 주체의 자기동일성 속으로 수렴되는 변증법적 매개 과정의 한 부분으로 축소된다. 그러나 자아의 의식에는 폐쇄되어 있는 존재와 의식의 근거를 제시하려는 피히테의 노력은 상상력 개념을 통하여 그 고유한 지반을 마련하고 있는 것이다.

　상상력은 대립하는 것들을 지양하여 하나의 종합에 도달하는 변증법적 과정을 매개하는 것이 아니라, 대립을 보존하는 동시에 대립하는 것들을 병존시키는 자아의 본질적인 활동이다. 그것이 대립과 모순을 지양하는 것이 아니라 양가적으로 병존시키는 정신의 활동이라는 점을 강조하기로 하자. 상상력의 역동성은 하나를 다른 하나 속에 침몰시키지 않고 대립하는 것들의 상호 관계를 유지시킨다. 다시 말해, 상상력 속에서 비아나 타자는 주체 속에 흡수되어가 동화되는 것이 아니라 그 자신의 존재를, 말하자면 타자성을 그대로 유지한 채 드러나게 된다는 것이다. 결국 상상력의 실천적 능력으로서의, 시적 실천으로서의 환상은 타자의 타자성이 출현하게 되는 장이 된다고 할 수 있다. 환상은 주체의 자기동일성으로 수렴되지 않는 타자의 타자성, 실재의 실재성이 현현하는 무대이다. 그 점에서 시는 언제나 자기동일성으로 수렴되는 주체의 사라짐이라는 사건으로 존재하게 된다. 시는 저 자기동일성이 해체되는 장소이다. 낭만주의자들에게 있어서 상상력은 의식 – 사고의 법칙에 종속되지만 환상은 그러한 사고로부터도 벗어나 전체 우주에 활력을 불어넣어 줄 수 있고, 또 자연의 무한한 충만을 그 다양성 속에서 파악할 수 있는 능력으로 간주된다. 환상은 주관과 객관의 무의식적인 종합으로서 미적 직관의 능력을 형성한다.

　이 같은 환상의 능력이 고스란히 발현되어 보존되어 있는 가장 전형적인 영역은 신화이다. 그러므로 낭만주의적 관점에서 신화는 전면적으로 환상의 왕국이라고 할 수 있다. 시가 신화의 직접적인 후예라는 신화/원형 비평의 주장은, 전혀 다른 관점에서이긴 하지만, 낭만주의 미학의 관점에서도 타당한 것으로 인정된다. 시 역시 환상이 구체적으로 뿌리내리고 있는 장소라는 점에서 그렇다. 낭만주의자들에게 있어서 환상의 세계는 현실과 이념의 근원적인 통일성의 표상이라는 측면에서 신화가 되고, 미래의 통일성과 관련해서는 보편적인 자유의 선취로서 간주된다. 아주 간략하게 말하자면, 모든 시는 환상의 능력으로 축조되어 있는 신화의 세계를 형성한다. 여기서 환상이라는 용어는, 앞서 언급했듯이 낭만주의 미학의 관점을 따라서, 상상력의 실천적 능력이라는 의미에서 사용된다. 달리 말해 상상력이 시의 인식론적, 이론적, 추상적 능력이라면 환상은 이 상상력의 실제적 사용과 그 실천적, 구체적, 시적 능력을 의미한다는 것이다. 상상력은 어떤 것을 할 수 있는 구체적인 능력이 아니라 능력을 위한 능력, 즉 의도 없는 능력이나 대상 없는 능력으로서의 순수한 가능성을 의미한다. 반면에 환상은 이 순수한 가능성으로서의 상상력을 구체적으로 시와 예술에 적용하는 힘, 또한 의도와 대상을 생산해내는 실천적인 능력을 말하는 것이다.

5.

환상과 상상력의 관계는 실천과 이론의 관계이며, 그것은 또한 현실성과 가능성의 관계와 구조적으로 동일하다. 말하자면 순수한 가능성으로서의 상상력을 구체적으로 실현하는 실천을 환상이라고 한다는 것이다. 환상은 이론적 상상력의 실천적 활동이다. 그런 의미에서 환상은 바로 시의 기관Organ이자 시적 능력이라고 말할 수도 있다. 모든 시가 상상력의 산물이라면, 모든 시는 또한 환상의 왕국을 이룬다. '의식 속에 있는 의식 바깥의 의식'으로서의 환상은 또한 '존재 속에 있는 존재 바깥의 존재'로서의 타자성을 드러낸다. 따라서 환상이 가능하지 않다면 타자의 타자성 역시 가능하지 않게 된다는 결론에 도달할 수 있을 것이다. 달리 말해서 환상이 존재하지 않는다면, 주체는 자기 바깥의 존재 역시 알 수 없고 또 자기 바깥으로 나갈 수도 없게 된다는 것이다. 그런 의미에서 환상은 주체의 자기동일성에 구멍을 내고 그 구멍을 통해 타자를 불러들이는 통로가 된나고 할 수 있다.

이를테면 주체에게 있어서 죽음은 부재하는 것으로만 인식된다. 왜냐하면 주체는 언제나 현재의 사건이고, 죽음은 미래의 사건으로 유예되어 있기 때문이다. 주체가 존재하는 한 죽음은 존재하지 않고, 죽음이 존재하는 한 주체는 존재하지 않는다. 그것들은 동일한 시간의 차원에 공존할 수 없는, 극단적으로 모순된 관계 속에 자리하고 있기 때문이다. 그러나 언제나 자기 현존의 표상 속에만 존재하는 이 유아론적 주체의 자기동일성에 구멍을 내어 죽음을 표상하게 하는 힘이 환상이다. 환상은 주체의 자기동일성에 흠집을 내고 구멍을 뚫는다. 주체에게 있어서 환상은 자신의 정체성을 위협하는 치명적인 방해물로 작용한다. 환상이 서구의 로고스 중심주의적 흐름에서 거의 언제나 처형되고 추방되어야 할 것으로 취급받아 온 맥락도 이러한 관점에서 이해할 수 있다. 언어 – 의식 중심주의적 주체의 관점에서 환상은 용납할 수 없는, 주체의 적대자이기 때문이다. 그러나 낭만주의는 사고 속에 잠재해 있는 무의식의 직접적 실재성을 옹호하면서 그것을 추상으로 지양하지 않는다. 무의식은 의식적 성찰을 위한 동기일 뿐만 아니라 또한 의식적 성찰의 내재적 구성성분으로서 동일한 가치를 지닌다.

환상이 드러내는 무의식과 타자성의 문제는 우리가 '이미지'라고 부르는 표현 속에 이미 함축되어 있다고 할 수 있다. 환상이란 무엇보다도 이미지들로, 그리고 오직 이미지들로만 구성된다. 그것은 무엇보다도 이미지이고 또 이미지로 머문다. 그런데 이 이미지가 무의식과 타자의 타자성의 출현을 불러온다. 왜냐하면 이미지라는 용어의 라틴어 어원 '이마고imago'가 죽은 자의 얼굴을 밀랍으로 주조한 것을 가리키는 말이기 때문이다. 그리고 또한 라틴어 이마고가 희랍어 '에이콘eikon'과 '판타스마phantasma'에 대응하는 말이었다는 사실을 기억하기로 하자. 희랍어 에이콘이 도상을 의미하는 유럽어 '아이콘icon'과 판타스마에서 환영이나 유령을 뜻하는 '판톰fantome'이 각각 유래되었던 것이다. 실제로 라틴어 이마고는 이 두 가지 의미를 모두 포괄한다. 이는 이미지와 유령/환상이 단지 어원적 친족 관계에만 머물지 않고 또한 사실적 함축 관계를 지니고 있음을 암시한다. 그리고 이러한 환상의 이미지는 무의식과 타자의 타자성의 출현을 불러오는 것이다. 유령이라거나 죽은 자의 얼굴과 관련되어 환상은 무의식, 저승, 신성, 죽음과의 매개체로서의 상징의 기능을 지니고 있기 때문이다.

벤야민W. Benjamin은 사진에 대해 논하면서 "이미지는 인간의 본능적 무의식을 드러내듯이 인간의 '시각적 무의식'을 포착하는 것이며 실재 안에서 숨쉬는 '미세한 우연성의 흔적', 그리고 과거 현재 미래가 공존하는 '비가시적 지점'을 담고 있다"고 말한다. 마찬가지로 데리다J. Derrida 역시 환상의 이미지가 지닌 이러한 타자의 타자성의 출현이라는 본성에 대해 "환영들, 이것은 동일자 안에 있는 타자의 개념"이라고, 더 나아가 "내 안에 살아있는 죽은 타자"라고 말하는 것이다. 결국 우리는 하나의 이미지로서 머무는 환상이 근본적으로는 어떤 '부재'와 관련이 되어 있다고 말할 수 있다. 상상력을 논하는 자리에서 이미지가 지닌 본성이 '원칙적인 부재, 본질적인 무'와 연관되어 있음을 밝히는 사르트르의 관점도 이 점을 분명하게 해준다.

환상은 어떤 실재하는 것의 부재를, 동시에 부재하는 것의 현존을 드러낸다. 결국 환상의 고유한 영역으로서의 시는 이 같은 무의식과 타자성이 출현하는 장소이자 타자의 현상학임을 말해준다. 그러므로 시는 주체의 자기동일성에 뚫린 구멍이자 묘혈인 동시에 그 뚫린 구멍과 묘혈을 통해서 타자이며 죽은 유령들이 출몰하는 장소가 된다. 그런 맥락에서 시는 폐쇄된 자기동일성으로서의 주체와 단일한 의미 담지자로서의 언어를 개방시켜 복수의 존재와 복수의 의미를 생산해낸다고 말해야 한다. 그리고 신비라고나 불러야 할 이 복수의 존재와 의미의 출현은 오로지 환상의 능력, 시적 이미지의 능력에 의존할 뿐이다. 언어-의식의 한계와 제약들로부터 자유로운 주관성의 자기 극복을 위한 매개체가 시이며, 이 시의 기관Organ이 환상이다. 결국 우리는 시와 환상의 관계에 대해서 다음과 같이 결론적으로 말할 수 있다. 복수의 의미를 산출하는 언어의 마술적인 힘을 지닌 시는 모든 대상과 더불어 기꺼이 몸을 섞는 순수한 환상의 자의적 유희라고 말이다.

환상 속으로 탈주하는 주체들
— 우리 시의 21세기적 초상

'미학Ästhetik'이라는 용어의 어원이 된 '감각/감성'을 의미하는 그리스어 'aisthesis'는 정신 – 이성적 차원과 육체 – 본능적 차원 모두를 포괄하는, 즉 인간의 전체적 통일성을 표상하는 단어로 이해된다. 영어식 표현으로는 감수성sensibility의 어근 'sense'에 해당할 이 단어의 파생 명사가 서로 차원을 달리 하는 두 영역으로 분화되어 있다는 사실은 오히려 이러한 역사적 이해의 알리바이로 작용하게 될 듯하다. 즉 영어에서는 저 그리스어의 정신 – 이성적 차원을 지시하는 '감각적 인식sensuousness'과 육체 – 본능적 차원을 표현하는 '관능적 쾌락sensuality'이 서로 분리되어 있는 것이다(독일어에서는 감각과 관능 사이의 이러한 분화가 아직 발생하지 않아 이 양 측면 모두는 'Sinnlichkeit'라는 말 속에서 통일성을 이루고 있다). 이러한 역사적 사태를 달리 이해하자면, 이성/인식 지배적 문명의 세계가 감각/감성으로부터 육체/관능을 배제하고 추방했다는 뜻이 되기도 할 터이다. 철학의 역사에서 '미학적/감성적aesthetic'이라는 용어의 의미 변화를 추적한 바 있는 마르쿠제H. Markuse에 의하면, 감각으로부터 이러한 관능의 배제는 정확히 감성에 대한 이성의 억압적 지배 과정, 즉 문명화의 과정에 대응한다. 그리하여 그는 기술적 합리성이 지배하는 문명이라는 것의 질병의 근원을 인간의 전체적 통일성의 강제적 분리, 즉 이성과 감성 혹은 감각과 관능의 분리로 간주할 수 있게 된다.

사실상 인간에게 있어서 감각과 관능, 인식과 쾌락은 구분될 수 없다. 가령, 무엇인가를 '본다'는 시각적 사태를 예로 들어보기로 하자. 누군가가 '꽃을 본다'는 것은 그가 그 꽃을 하나의 대상으로서 인식한다는 것을 의미하는 동시에, 그것을 심미적('관능적'이라는 말이다)으로 향유한다는 뜻이기도 하다. 그의 '눈'은 단순히 꽃을 (의식적으로) 볼 뿐만 아니라 또한 그 꽃을 (무의식적으로) 어루만지고 있기도 한 것이다. 달리 말해서, 그는 '손길'만이 아니라 '눈길'로도 꽃을 애무할 수 있는 것이다! 그리고, 우리의 감각이 지니고 있는 이런 분명한 사실이야말로 미학적/감성적이라는 용어의 의미에 진정 부합한다고 말할 수 있다. 이 사실 속에서 인식은 쾌락과, 감각은 관능과, 의식은 무의식과, 정신은 육체와 분리되지 않는다. 이 같은 진정한 의미에서의 감각 속에서 인간의 전체적 통일성은 상실되지 않고 온전히 보존된다는 뜻이리라. 마르쿠제 식으로 말하자면, 인간의 전체적 통일성의 장소로서의 이 감각으로부터 인식소만을 추출하고 관능적 요소를 배제함으로써 그것을 '반편'으로 만든 것은 그러므로 기술적 합리성이 지배하는 문명 자체라고 할 수 있다. 현실원칙이 지배하는 이 합리적인 문명의 세계는 쾌락원칙이 지배하는 저 관능의 촉수를 감각으로부터 제거함으로써, 그것을 이제 기술적 지배가 가능한 인식과 노동의 도구로만 파악하기에 이른다.

문명(특히 근대) 세계에 있어서 감각은 이제 세계에 대한 합리적 이해의 수단으로만 축소된다. 이 같은 역사적 사실을 입증하기 위해 많은 수고를 기울일 필요는 없다. 잠깐 고개를 뒤로 돌려 다음과 같은 18세기 이후 근대 계몽주의의 근본 신념만을 확인하는 것으로도 족할 것이기 때문이다. 계몽주의의 근본 신념에 의하면, 세계란 우리의 감관에 수용되는 그대로의 사물, 우리의 이성이 인식하는 사실 이상의 것이 아니다. 그러므로 계몽주의에서 가장 강조되는 것은 이성을 통한 감각 세계의 인식이다. 계몽주의에 입각한 인간형이란 절대적 현실주의자인 동시에, 오로지 자신의 감각 기관을 통해 감지할 수 있고 자신의 이성이 파악할 수 있는 것만을 믿는 이성적 인간형을 말한다. 독일의 문예사가인 코르프H. A. Korff의 견해를 빌려 다른 식으로 말하자면, 계몽주의는 '자연과학의 절대화'이다. 근대적 계몽주의의 세계관 속에서 감각의 관능적 측면은 전적으로 배제되는 것이다. 달리 말해서, 쾌락원칙을 따르는 무의식의 영역에 속해 있는 것으로 간주되는 성적 충동과 환상, 꿈과 신화적 상상력 등은 이 감각으로부터 이제 완전히 제거되었다는 뜻이겠다.

이렇게 도구적 – 수동적으로만 이해된 감각은 이제 우리 정신의 내적 – 무의식적 능력인 환상을 그 자체 내에 포괄할 수 있는 능력을 상실한 채 단순히 외부 세계를 우리의 정신 속으로 끌어들이는 수용기관, 즉 외적 감각으로만 축소된다. 이러한 계몽주의적 세계관에 대한 명백한 항거로서 자신의 지향점을 설정했던 낭만주의에 의하면, 인간을 진정으로 이해할 수 있는 길을 열어주는 것은 언제나 세계의 불충분한 표면에 머물게 되는 감각과 이성에 의한 자연과학이 아니라, 이 감각과 이성에게는 전혀 알려져 있지 않은 상상력과 환상의 길을 따라가는 예술과 시이다. 이 정신에 의하면, 감각과 이성의 착각을 직시해야만 우리는 비로소 사물과 세계의 진정한 본질에 이를 수 있다고 한다. 이성에 의한 합리주의적 세계 이해와 감각에 의한 현실주의적 세계 인식의 지배를 벗어남으로써만 인간 정신은 심오한 세계를 이해할 수 있는 능력을 갖게 된다는 것이다. 이러한 맥락에서 환상을 좇는 인간형과 환상의 형이상학적 의미에 대한 낭만주의적 믿음이 존재한다.

그러므로 이성 지배의 논리를 극복하기 위한 대안으로서 감성과 이성을 매개하는 '미적 차원'에서의 예술적 상상력과 미적 문화의 중요성을 마르쿠제가 언급하고 있는 것은 필연적인 논리적 귀결로 보인다. 이미 쉴러F. Schiller에게서 그 고전적 형태를 드러낸 바 있는 이러한 미적 문화에 대한 근대적 요청은 감성과 이성이 서로를 긍정적으로 감싸 안는 '새로운 만족의 합리성'을 제시하기에 이른다. 마르쿠제에 의하면, 예술은 '행복의 약속'이며 예술의 유토피아적 조화는 사회적 모순이 현실에서 화해되기까지 언제나 저항의 요소를 유지하고 있어야 한다. 기존 문화의 한 부분이면서 동시에 기존의 현실을 부정해야만 하는 예술의 제도성과 자율성 사이의 이율배반적 성격은 바로 이러한 그의 관점으로부터 출발한다. 그에게 있어서 예술은 제도화된 억압에 대항하는 '자유로운 주체로서의 인간의 이미지'를 구성하기 때문이다. 미적 차원은 필연적으로 정치적 차원이기도 하다는 마르쿠제의 근본 입장이 《에로스와 문명》(1955) 같은 그의 저서들의 심층 차원을 형성하고 있는 이유도 거기에 있다.

뜬금없이 들릴 수도 있을 '감각'을 얘기하면서 다소 먼 길을 에둘러왔다. 그러나 그럴 만한 이유가 있다. 도식적 추상화의 위험을 무릅쓰고 하는 말이지만, 2005년 현재 우리 시의 지형은 '서정성'을 그 내적 특질로 삼고 있는 서정시와 '환상성'을 특징적 표지로 하는 탈주체적 경향의 시들로 크게 양분될 수 있는 것처럼 내게는 보인다. 그리고 이 서정성과 환상성이라는 시적 정신의 양태는 모두 앞서 언급한 감각의 사용과 모종의 관계가 있는 듯하기 때문이다. 보다 분명히 말하자면, 서정성과 환상성은 감각의 두 차원이 담보하고 정신적 - 인식적 측면과 육체적 - 본능적 측면에서 어느 쪽에 더 무게중심을 두고 있는가에 따라서 구분될 수 있는 감각의 사용방식 혹은 감각의 양태와 무관하지 않다는 것이다. 이런 전제가 가능하다면, 아마도 서정성은 감각의 두 차원에서 전자에, 환상성은 후자에 더 많은 비중을 두고 있을 것이다. 그렇다고 이러한 감각의 두 차원이 서로 분명하게 분리될 수 있다고 생각하는 것은, 물론, 저 그리스어의 어원학적 의미를 배반하는 근대의 합리주의적 사고의 소산에 지나지 않을 터이다. 그러므로 우리는 다만 그 정도의 차이만을 염두에 두어야 한다. 이렇게 얘기하고 보니, 저 고대 그리스인들의 통합적 사유방식과 연관하여, 시가 사용하는 감각의 사용방식 혹은 감각의 양태를 서정성과 환상성이라는 특질로 포괄할 수 있게 하는 어떤 신화적 인물들의 원형적 초상이 떠오른다. 시인의 초상에 대한 인류의 신화적 - 원형적 이미지를 담보하고 있는 오르페우스Orpheus와 나르키소스Narkissos가 바로 그렇다.

시인의 초상에 관한 가장 오래된 고전적 원형의 이미지를 담고 있는 오르페우스는 산천초목뿐 아니라 동물과 인간, 심지어 명계의 왕인 하데스조차 감동시킨 '수금lyra'의 명수로 잘 알려져 있다. 그러므로 이 신화적 인물이 상징하는 바는 곧 서정시lyric라는 장르 자체의 어떤 내적 속성으로 이해될 수 있을지도 모른다. 신화를 통해 우리는 이미 그의 신부가 에우리디케Euridice, 즉 '나무'의 요정이라는 사실도 알고 있다. 여기에서 이 나무의 이미지는 무엇보다도 자연 그 자체의 환유적 표현으로 다가온다. 다시 말해서, 오르페우스와 에우리디케의 사랑과 결혼이라는 저 신화적 사건은 서정시와 자연의 어떤 본질적인 친연성을 말해주고 있다는 것이다. 여기에서 이 자연은, 물론, 우리의 근대적 사유구조 속에서 주관과 이분법적으로 대립된 어떤 객관적인 대상 세계를 말하는 것이 아니라, 끊임없는 생성과 소멸을 반복하는 우주의 생명력 그 자체의 표현으로 이해되어야 할 터이다.

서정시라는 장르 자체에 대한 이러한 문제의식은 또한 니체F. Nietzsche가 고대 그리스의 서정시 속에서 발견했던 그 어떤 특성과도 정확하게 일치하는 듯하다. 니체는 서정시의 언어를 '음악을 모방하는 언어', 즉 디오니소스-아르킬로쿠스-핀다로스적 언어 양식으로 간주하면서 다음과 같이 그 특징을 기술한 바 있다. 《비극의 탄생》 5장에 등장하는 구절이다. "우리의 미학은 우선, 어떻게 서정시인이 예술가가 될 수 있는가 하는 문제를 해결해 놓아야 한다. 서정시인은 어떤 시대에도 '나'를 말하며, 자기의 열정과 열망의 반음계 음 모두를 우리에게 들려주기 때문이다. 호머와는 달리 아르킬로쿠스는 증오와 조소를 통하여, 도취 상태 아래에서 자기 욕망의 분출을 통하여 우리를 경악하게 만든다." 여기서 니체가 말하는 '나'란 것의 의미는, 서정시에 대한 근대 미학의 오해에서 흔히 드러나듯이, 객관 세계와 이분법적으로 분리된 제한된 주관성의 영역을 의미하는 것이 아니다. 그렇기는커녕 오히려 니체는 고대 그리스의 서정시를 주관성의 영역 속에 한정짓는 근대 미학이 어떻게 서정시의 정신을 왜곡하고 있는지를 강력하게 고발하고 있는 터이다. 이 같은 서정시의 정신에 대한 근대 미학의 왜곡을 대변하는 것이, 니체가 그의 저술에서 인용하고 있는, 《의지와 표상으로서의 세계》 1권에 등장하는 다음과 같은 쇼펜하우어A. Schopenhauer의 관점이다.

노래하는 자의 의식이 느끼는 것은 의지의 주체, 자기의 욕구이다. 이것은 때로는 해방된, 충족된 욕구(환희)로 나타나지만, 그보다는 훨씬 자주 억압된 욕구(비애)로 나타난다. 어느 경우에나 정념, 열정, 감동의 심적 상태이다. 그러나 동시에 이 외에도 주위 자연의 관조에 의해 노래하는 자는 자기를 순수하고 욕구 없는 인식의 주체로 의식하게 된다. 이 인식의 흔들리지 않는 행복한 고요는 늘 제약받고 늘 결핍을 느끼는 욕구의 절박한 충동과는 큰 대조를 이루고 있다. 이 대조의, 이 동요의 느낌이 본래 노래 전체 속에서 표현되는 것, 그리고 일반적으로 서정적 상태를 이루고 있는 것이다. 이 서정적 상태 속에서 말하자면 순수한 인식이, 우리를 욕구와 충동에서 구원하기 위해 우리에게 다가온다. 우리는 이에 따른다.

이렇게 근대 미학의 틀 속에서 설정된 서정시의 장르적 특징은 이제 자연을 정신의 자기동일성의 확증을 위한 알리바이로만 전제함으로써 주체의 '자기동일성의 시학'으로 귀결되었음은 익히 잘 알려져 있는 사실이다. 이러한 측면과 관련하여 우리가 오르페우스의 신화에서 주목해야 할 것은 저 가인의 비극적 운명이어야 할 듯하다. 신화에서 오르페우스의 진정한 비극이 시작되는 지점은 에우리디케의 죽음이라는 사건 자체에 있는 것이 아니라, 끝내 자신의 신부를 이 죽음으로부터 구해내지 못한 오르페우스의 실패에 있다고 해야 한다. 오르페우스는 왜 에우리디케를 지상으로 데려오는 데 실패했는가? 잘 아시다시피, 에우리디케를 '되돌아보지 말라'는 하데스의 금기를 어겼기 때문에. 신화가 이러한 금기로써 말하고자 하는 바는 무엇일까? 나는 오르페우스의 이 '되돌아봄'이 이성의 빛, 즉 눈이라는 감각에 의한 대상의 파악 혹은 인식과 모종의 관계가 있는 것이 아닌가 생각하는 편이다(오르페우스의 아비는 '광명의 신' 아폴론으로 알려져 있다!). 다시 말해서, 에우리디케라는 자연으로 상징되는 어떤 무의식적 본능, 혹은 에로스적 욕망이나 죽음을 이성의 빛으로 들여다보지 말라는 뜻이 아니었겠는가 하는 것이다. 서정시가 자연을 다만 정신의 자기동일성의 확증을 위한 알리바이로 삼을 때, 거기에서 죽는 것은 이미 죽음을 살고 있는 에우리디케가 아니라 오르페우스 자신일 뿐이다.

근대 미학이 설정한 이러한 주객의 대립과 분열이라는 전제에 의해 서정시를 주체의 자기동일성의 시학으로 이해하는 데 니체는 분명히 반대한다. 그에 의하면, 서정시는 주객의 분열상태가 아니라 오히려 합일상태의 표현이고, 또 이 합일상태는 근대적 의미의 주관성 너머에 있다. 가령, 아르킬로쿠스의 예를 통해서 니체는 서정시의 디오니소스적 도취와 격정이 가져오는 효과에 대해 다음과 같이 말하고 있다. "그와 세계 사이에는 아무런 벽도 없기 때문에 그는 세계의 중심점으로서의 나를 말할 수 있다. 그는 경험적, 현실적인 나가 아니고 진실로 존재하는, 그리고 사물의 근저에 놓인 유일한 나이다. 그는 주체인 동시에 객체, 그리고 시인, 배우인 동시에 관객이다." 고대 그리스의 문학에서 민요를 시에 도입한 인물로 간주되는 아르킬로쿠스에 대한 니체의 평가는 음악의 정신에서 출발한 서정시가 근본적으로는 디오니소스적 힘을 표현하고 있다는 것으로 정리될 수 있다. 달리 말하자면, 서정시는 주객이 분리된 근대적 의미의 주관성의 양식이 아니라 주객 분리 이전의 세계와 일체가 된 근원적 존재 상태의 표현양식이라는 것이다. 여기에서 서정시는 근대 미학에 의해 규정된 '자기동일성의 시학' 바깥에서 스스로를 규정할 수 있는 여지를 마련할 수 있게 된다. 그렇다면 이제 서정시는 근대적 주체의 자기동일성이 깨어지는 어떤 존재론적 심연의 사건이 될지도 모른다.

오르페우스 외에도 신화는 시인의 초상에 대한 또 다른 원형적 이미지를 간직하고 있다. 이 또 다른 상징적 초상은 일찍이 발레리 P. Valery가 "나는 이제 마법의 물 밖에서는 사랑할 수가 없나니 / 거기서 웃음도 옛날의 장미꽃도 잊어버리고 말았다"고 노래한 나르키소스이다. 그는 강의 신 케피소스와 강의 요정 레이리오페의 자식으로서 '물'의 이미지와는 불가분의 관계에 놓여 있는 인물로 설정되어 있다. 다시 말해서, 그의 비극적 운명은 레이리오페가 그를 낳았을 때 테베의 예언자 테이레시아스가 점지한 '자기 자신의 모습만 보지 않는다면 오래 살 것'이라는 예언 속에 이미 함축되어 있다는 것이다. 그러니 저 물의 이미지가 곧 거울의 상징임도 분명하게 드러나고 있는 터이다. 신화에 의하면, 자식의 불행을 염려하여 어린 나르키소스가 강으로 나갈 때마다 매번 수면을 흔들어버림으로써 물에 비친 제 모습을 보지 못하도록 한 어미의 처절한 노력도, 그러나, 저 비극적 운명의 실현을 다만 지연시킬 수 있을 뿐이었다. 마침내 운명은 자신의 궁극적 의도를 실현할 기회를 포착하고서 나르키소스에게 샘물/거울을 제공하기에 이른다. 그렇다면 이제 우리가 물어야 할 것은 나르키소스가 저 수면을 통해서 본 것이 과연 무엇인가 하는 문제이다. 그는 거울을 통해서 자신의 진짜 얼굴을 보았던 것일까? 신화는 부정적으로 대답하는 듯하다. 왜냐하면 일찍이 자신의 얼굴을 단 한 번도 본 적이 없었던 자가 거울을 통해 드러나는 영상을 자신의 얼굴로 간주할 수는 없기 때문이리라. 그리하여 신화는 나르키소스가 본 것이 샘 속에 사는 어떤 '요정의 얼굴'이었다고 말한다.

우리는 저 장님 테이레시아스의 예언을, 한편으로는, 존재의 본질에 대한 이성적 파악이 지니고 있는 치명적인 위험에 대한 비유로 해석할 수가 있다. 마치 오르페우스에 대한 저 하데스의 금기와 같은 것으로 말이다. 프로이트 S. Freud가 이미 가정한 바 있듯이, 나르키소스로 상징되는 우리의 심리적 기제로서의 나르시시즘은 현실원칙에 대립하는, 즉 쾌락원칙을 따르는 존재의 무의식적 충동이기 때문이다. 이 같은 맥락에서 나르키소스가 들여다본 거울의 이미지는 정확히 세계와 존재에 대한 이성적 반영을 지시한다고 할 수 있다. 그렇다면 나르키소스가 이 거울을 통해서 본 것은 자기존재의 근원적 실체가 아니라 거울/의식에 반영된 주체의 이미지일 뿐이라는 결론이 나온다. 이런 의미에서 나르키소스는 이성이라는 거울을 통해 자신의 환상을 본 셈이다. 그렇다면 나르키소스의 실체는 과연 어디에 있는가? 이 질문과 더불어 테이레시아스의 예언을 다른 방식으로 해석할 수 있는 여지가 생길 듯하다. 즉 나르키소스라는 주체 혹은 존재의 본질은 죽음이나 무일 수도 있다는 해석 말이다. 왜냐하면 나르키소스가 저 거울을 통해서 보게 될 것은 결국 자신의 죽음일 뿐이기 때문이다. 운명적으로 그는 거울을 보면 죽게 되는 자이다. 그러니 그가 거울을 본다는 것은 곧 자신의 죽음과 대면한다는 뜻이겠다. 말을 바꾸면, 나르키소스는 거울 속에서 자신의 죽음, 곧 무의 심연을 보았다는 것이다. 물론 이 죽음이라는 실재 역시 이성/의식의 관점에서는 하나의 환상임에 분명하다. 왜냐하면 거울을 보고 있는 나르키소스의 감각과 이성은 여전히 그 죽음 바깥의 현실을 살 것이기 때문이다. 나르키소스의 거울은 이성적 주체의 자기인식과 타자에 의한 주체의 자기 바깥으로의 탈주가 혼융된 풍경을 보여준다.

프로이트는 나르시시즘이 지니고 있는 메타－심리학적 의미를 자아 발생의 문제와 관련지어 주체와 타자의 구별이 무화된 유아기의 리비도적 상태로 규정함으로써, 그것이 근본적으로는 쾌락원칙을 따르는 무의식적 충동임을 가정한 바 있다. 라캉식으로 말하자면, 대상과 나의 욕망이 완벽하게 일치하는 이 상상적 오인의 구조가 바로 나르시시즘의 어떤 본질적 측면을 형성한다는 것이겠다. 다시 말해서, 나르시시즘 속에서 우리는 어떤 원초적 욕망이 그려내는 '환상Phantasie'의 본질을 발견할 수도 있을 것이라는 뜻이다. 프로이트는 이미 의식의 영역에 속하면서도 현실원칙으로부터 자유로운 정신활동을 이 개념으로 제시한 바 있다. 그에 의하면, 환상은 개인이 현실에 의하여 조직되기 이전 상태의 영혼의 구조와 경향을 보존한다. 《에로스와 문명》의 저자는 프로이트의 이같은 환상 개념을 다음과 같이 평가하고 있다.

> 프로이트의 메타심리학은 환상을 그것의 본래의 자리로 복권시킨다. 근본적으로 독립적인 정신과정으로서 환상은 (… 중략 …) 적대적인 인간의 현실을 극복하는 자신의 진리가치를 소유한다. 환상은 개인과 전체, 욕망과 실현, 행복과 이성의 화해를 마음속에 그린다. 이러한 조화는 기존의 현실원칙에 의해서 유토피아로 추방되었지만, 환상은 그러한 조화가 현실이 되어야 하고 또 현실이 될 수 있다고 주장한다.

마르쿠제는 이 메타심리학의 존재론적 의미에 주목하면서 존재의 본질을 로고스가 아닌 에로스로 규정한다. 그는 프로이트의 현실원칙의 역사적 형태라고 할 수 있을 '수행원칙performance principle' 아래에서 억압적 이성의 지배를 받는 로고스적 세계와 쾌락원칙 아래에서 만족의 논리를 추구하는 에로스적 세계를 대립시킨다. 거기에서 환상을 포함하여 문명 속에서 드러나는 갖가지 '퇴행'의 형태들은 바로 이러한 로고스적 세계의 지배에 대한 '무의식적 항의'를 표현하는 것으로 간주된다. 환상을 유아기적 심리의 퇴행 정도로 간주하는 이들에게 마르쿠제는 앞서 인용한 저서에서 그것이 지니고 있는 긍정적 의미를 다음과 같이 증언하고 있다. "그것 자체로 파괴적인 것처럼 보이나 실제로 그것들은 억압의 파괴성에 대하여 증언하는 것이다. 그것들은 현실원칙에 반대하고 비존재를 목표로 삼을 뿐 아니라 또한 현실원칙을 넘어서 또 하나의 존재양식을 목표로 삼기도 한다. 그것들은 현실원칙의 역사적 특성, 현실원칙의 타당성과 필연성의 한계들을 미리 보여준다." 마르쿠제는 이 과정을 아주 명확하게 '지배하려는 논리와 만족하려는 의지의 투쟁'으로 정리한 바 있다. 이 같은 맥락에서 나르키소스적 환상은 근대적 주체의 억압성과 한계를 보여주는 동시에 그 주체 바깥으로 나 있는 어떤 탈주의 선을 드러낸다고 말해야 하리라.

의심할 바 없이, 2005년 현재 상황에서 우리 시의 우세종을 꼽으라면 단연 서정시라고 말해야 한다. 최근 우리 문학의 현장에서 일어난 주목할 만한 두 가지 예만 들기로 하겠다. 30대 중반의 '젊은' 문태준의 '미당문학상' 수상이 그 하나의 예라면, 그동안 전통 서정시적 경향과는 일정한 문학적 거리를 유지해왔던 '문지'가 주관하는 '이산문학상' 수상자가 나희덕이라는 사실이 그 다른 하나의 예라고 할 수 있다. 이외에도 2000년대에 들어 서정적 색채가 뚜렷한 시집을 상자한 바 있는 함민복 허수경 박형준 장석남 이윤학 박정대 김선우 같은 각기 다른 나름의 고유한 시 세계를 구축하고 있는 시인들의 예를 떠올리면 이 같은 사정은 보다 분명해진다. 사실상 오늘날 우리 시는 '시문학파'와 '청록파' 이래 전례 없는 서정시의 르네상스를 구가하고 있는 것처럼 보이기도 한다. 저 지난 세기의 80년대가 '시의 시대'를 구가하고 있을 무렵에는 오히려 시대의 주류적 흐름에서 밀려나 별다른 제 목소리를 내지 못했던 사실을 떠올린다면, 이 같은 서정시의 르네상스는 다소 기이하게 생각될지도 모르겠다. 그러나 서정시의 이러한 부흥과 갱신에는 분명 당면한 역사적 요청이 있었고, 또 그러한 시대적 요청에 서정시가 잘 부응했다고 말해야 한다.

주지하다시피, 지난 80년대의 문학 공간을 지배했던 정치적 혁명과 시적 해체의 열정은, 한편으로는 87년 민주화 항쟁 이후 우리 사회가 형식적으로 개량된 민주주의 사회로 변모하면서, 다른 한편으로는 80년대 말의 구소련과 동구 사회주의권의 몰락 이후 세계사가 변화를 겪으면서, 급격히 퇴조하는 상황에 처하게 되었다. 말하자면 우리 시의 90년대적 상황에서는 새롭게 추구해야 할 중심과 해체해야 할 적이 역사의 좌표에서 이미 사라져버린 듯이 보였다는 것이다. 그러니, 모든 초월적 이념의 지표들이 사라진 '빈 중심'의 자리에 남은 것은 이제 누추한 일상과 피폐한 육신일 뿐이었다. 이 곤핍한 자본주의적 일상의 현실만이 90년대 시의 과제로 남겨지게 되었다는 뜻이다. 그리하여 초자아의 요구가 사라진 자아의 빈자리를 차지한 욕망과도 같이, 이 시기의 우리 시는 80년대적 상황에서는 별다른 주목을 받지 못했던 일상과 육체의 차원을 구성하는 여러 다양한 미시적 요소들에 새로운 시적 관심을 돌릴 수 있었다. 이 같은 미시적 요소들은 서로 길항과 삼투를 반복하면서 마침내 어떤 구체적인 시적 화두의 형식을 갖추기 시작했는데, 90년대 시가 이 화두의 형식들로 제시한 것이 바로 (대중문화적) 감수성, 일상성, 도시성, 여성성, 자연성, (신)서정성, 정신성 등등의 용어로 포괄될 수 있는 어떤 속성들이었던 듯하다.

그리하여 90년대 우리 시의 지형에는 이처럼 미세하게 분화된 속성을 갖는 다양한 경향의 시들이, 간혹 인접한 경향의 몇몇 요소들과 접합되기도 하면서, 백화제방의 풍경을 연출하기에 이른다. 이 백화제방의 풍경 속에는 도시적 일상시, 여성(주의)시, 생태–환경시, 신서정시, 정신주의 시 등의 범주적 명칭들로 구분되는 시적 경향들이 다채롭게 존재하고 있다. 이 다양한 경향의 시에 대해서는 언급을 생략하기로 하겠지만, 오직 신서정시에 대해서만은 이러한 생략이 온당한 처사로 보이지 않는다. 왜냐하면 그것은 여타의 다른 경향의 시들과는 애초부터 그 범주적 분류의 차원에서 같이 놓일 수 있는 것이 아니었기 때문이다. 다른 경향의 시들을 규정하는 범주적 분류법이 대부분 소재나 제재의 측면과 긴밀하게 결부되어 있었던 반면, 신서정시라는 범주는 소재나 제재의 측면으로는 한정될 수 없는 그 자신의 고유한 시적 감각과 문법적 형식의 측면을 이미 확보하고 있었던 것이다. 이 시적 감각이나 문법적 형식의 측면은, 물론, (전통적) 서정시의 그것을 바탕으로 하고 있다는 데에는 이의가 있을 수 없다. 다시 말해, 신서정시는 서정시와 질적으로 구별될 수 있는 그 나름의 고유한 특징을 따로 갖고 있지 않다는 뜻이겠다. 다만 90년대 당시 그것은 (전통적) 서정시의 감각을 미세하지만 일상의 구체적인 이미지들을 통해서 보다 세련된 현대적인 언어 감각으로 갱신한 시 정도로 이해되었던 듯하다.

그런 점에서 신서정시는 애초부터 가령, 도시적 일상시든 정신주의시든 그 어떤 것이라도 자신의 영역 속에 포괄할 수 있는 그런 범주였다고 말할 수 있다. 그 같은 일이 가능한 것은 이 관계항의 양자가 같은 범주의 차원에 놓여있는 것이 아니어서 서로 충돌하지 않기 때문이다. 이론상으로는 소재나 제재의 측면에서 도시적 일상시로 분류될 수 있는 경향의 시들도 그 미적 구조나 시적형식의 측면에서는 언제든지 서정시에 속할 수 있는 것이다. 물론그 역도 성립하겠지만. 따라서 90년대 시의 지형 속에 등장한 일관성 없는 범주적, 장르적 구분법은 오랜 유효성을 갖기가 어려웠던것으로 보인다. 저 다양한 범주적 용어들 가운데 그나마 아직까지그 유효성을 상실하고 있지 않는 것은 아마도 '여성(주의)시' 정도가 아닐까 싶다. 결론적으로 말해서, 다른 경향의 시들도 마찬가지이지만, 어쨌든 90년대의 서정시는 정치적, 이념적 지향성에 커다란 무게중심을 두었던 80년대 시의 편향성을 극복하려는 우리 시의 자기성찰 과정에서 배태된 것이었다고 해야 한다. 과도하게 이념으로 기울어졌던 추의 균형을 맞추기 위한 시대적 요청이 90년대 시의 다양한 일상의 미시적 풍경을 산출해냈다는 것이다. 2000년대에 들어 우리 시의 우세종이 된 이 서정시의 깊이는 따라서 이90년대적 요청에 대한 부응을 통해 저 미세한 일상의 감각이 포착해낸 삶의 깊이를 말해주는 것이기도 할 터이다.

2005년 현재 우리 시의 지형을 최대로 단순화시키자면, 한편에는 니체적인 의미에서의 주객의 합일상태의 표현인 서정성을 그내적 특질로 하는 서정시가 우세종으로 자리하고 있다. 그리고 다른 한편에는 주체와 타자, 의식과 무의식, 정신과 자연의 방법론적분열을 토대로 하여 그 둘 사이의 긴장과 균열의 지점을 탐색하는,

다시 말해 근대적 주체의 '자기 분열성'을 그 내적 속성으로 하는 탈주체적 경향의 시들이 존재하는 듯싶다. 이 양 방향의 시들에 대해 다른 식으로 말할 수도 있겠다. 서정시가 실제적인 '감각'의 깊이를 담보하는 서정정을 그 내적 토대로 삼고 있다면, 탈주체적 경향의 시들을 규정하는 것은 '관능'의 차원을 담보하고 있는 환상성이라고 말이다. 왜냐하면 환상이야말로 앞서 우리가 나르키소스의 거울을 통해서 확인한 것처럼 주체와 타자, 의식과 무의식, 정신과 자연의 혼융상태가 드러나는 장소이기 때문이다. 이 같은 환상성을 그 내적 특질로 하는 탈주체적 경향의 시들은, 근대적 주체의 관점에서 보자면, 주체의 분열 혹은 심지어는 상실이라고 말할 수도 있는 그런 어떤 존재 상태를 드러내고 있는 것처럼 보인다. 그러나 이러한 탈주체적인 '환상의 시학'이 목표로 하는 것은 오히려 세계와 존재에 대한 심층적 탐구와 이해라고 말해야 한다. 왜냐하면 그것은 근대적 주체의 관념으로 환원되지 않는 존재의 어떤 잉여와 부재의 영역을 탐사하고 있는 듯이 보이기 때문이다. 그리고 이 잉여와 부재의 경험은 불가피하게도 정제된 언어의 형식이 아니라 요설과 장광설의 형식을 취할 수밖에 없을 것으로 보인다. 왜냐하면 그것은 '말할 수 없는 것'을 굳이 말하려는 자가 취할 수 있는 유일한 방법이기 때문이다. 그렇지 않다면 그는 침묵해야만 하리라. 서정시가 빛나는 현실적 감각과 균형 잡힌 자기절제의 언어를 통해 '언어의 경제학'을 실현하고 있다면, 탈주체적인 경향의 시들은 초현실적 환각과 과잉 혹은 부재의 출현을 불러오는 주술적 언어를 통해 '언어의 카니발화'를 실현하고 있는 것처럼 보인다.

이 같은 탈주체적 경향을 띠는 시들의 등장을 통해 21세기를 살고 있는 구체적인 이 시대의 정신적 초상이 그려질 법도 하다. 지난 90년대의 우리 시가 처한 상황이 모든 초월적 이념의 지표들이 사라진 빈 중심의 자리였음은 앞서 언급한 바 있다. 이처럼 우리의 90년대 시가 추구해야할 어떤 중심이나 '세계의 상실'을 경험했다면, 오늘날의 젊은 시인들의 시 세계는 차라리 '주체의 상실'을 체험하고 있는 것처럼 내게는 보인다. 중심과 세계 상실의 경험이 김중식, 유하, 진이정, 차창룡, 함성호 같은 90년대의 시인들로 하여금 요설과 장광설이라는 시적 문법의 형식을 갖게 했다면, 형식상으로는 유사하게 보이는 이 21세기적 '환상의 시학'이 드러내는 요설과 장광설은 그 내적 감각의 측면에서는 오히려 주체의 분열과 상실의 체험을 시화하는 방법론으로 작용하고 있다는 것이다. 또한 90년대의 시가 주로 제도문화에서 배제되어 있던 대중문화로부터 위반의 감수성과 전복적 상상력의 자양분을 공급받았던 반면, 대중문화 자체가 제도문화의 가장 강력한 이데올로기적 장치로 작동하고 있는(가령, '한류' 열풍의 주역들인 가요와 드라마와 영화를 생각해보라!) 상황에서 젊은 시인들은 차라리 '하위문화' 혹은 '마니아mania 문화'라고 할 수 있는 그런 영역들로부터 위반과 전복의 상상력을 길어오고 있다는 점도 우리 시의 21세기적 초상이라고 할 수 있을 것이다. 이 21세기적 초상에는 지난 세기말의 후반기부터 금세기 초에 등장한, 우리 시의 가장 젊은 그룹에 속할 김근, 김민정, 김언, 김행숙, 박진성, 이민하, 황병승 같은 이름들이 거명되어야 할 것이다. 물론, 이 젊은 시인들 각자가 나름대로 지니고 있는 고유한 시적 감각과 방법론에 대해서는 별도의 논의가 있어야겠지만 말이다.

나는 우리 시의 21세기적 초상을 주객의 합일상태의 표현인 서정성을 그 내적 특질로 하는 서정시와 근대적 주체의 자기분열성을 그 내적 속성으로 하는 탈주체적 경향의 시로 구분하여 그려보려고 했다. 이를 통해 우리는 이 양 방향의 시들이 드러내고 있는 언어의 투명성과 불투명성 혹은 공동체적 언어의 의사소통성과 개인적 언어의 내밀성 사이의 간격도 확인할 수 있다. 사실상 언어의 본질적 기능은 공동체적 의사소통성에 있을 것이기에, 서정시가 그렇게 오랜 세월을 두고 존속할 수 있었던 이유도 어쩌면 분명해 보인다. 다시 말해, 그것은 주객합일의 공동체의 노래인 것이다. 그러나 또한, 분명한 것으로 보이는 것들이 사실은 그렇게 투명한 것만도 아니라는 전제에서 시가 이 불투명성마저도 껴안아야 한다면, 그것의 언어가 그리 자명한 것일 수는 없다는 결론도 함께 나온다. 구조주의자라면 랑그와 파롤이라고 말했을, 이 언어의 공공성과 개별성은 그러므로 언어라는 수레의 두 바퀴일지도 모른다. 공공성이 소거된 개별적 언어는 소통의 가능성이 차단된 공허의 나락으로 떨어질 것이고, 개별성이 제거된 공적 언어는 아무런 실체도 없는 무의미한 소통을 반복하는 맹목이 될 것이기 때문이다.

시가, 시의 언어가 더 이상의 아무런 설명도 요구하지 않는, 즉 그 자체로 이해되는 하나의 노래가 되기 위해서는 언어의 공공성과 개별성 사이에 놓인 이 긴장의 끈을 늦추지 말아야 할 것이다. 이 긴장을 상실할 때 서정시에는 맹목적인 노래의 리듬만 남을 것이요, 탈주체적 경향의 시들에는 공허한 장광설의 주문呪文만 남을 것이다. 서정시는 자신의 빛나는 감각과 리듬이 과연 누구를 위한 노래인가를, 탈주체적 경향의 시들은 그것의 전복적인 실험성이 결국 무엇을 위한 발화인가를 진정으로 성찰해야 한다는 것이다. 싱싱한 생명력을 담보하지 못하는 스테레오타입의 리듬과 공동체적 소통의 형식을 갖지 못한 파편화된 해체의 열정은 모두 시의 감각을 불구로 만들 것이기 때문이다. 우리가 이 시의 '감각'을 그것의 어원적 의미에서 정신 - 이성적 차원과 육체 - 본능적 차원 모두를 포괄하는, 즉 인간의 전체적 통일성을 표상하는 단어로 이해할 수 있다면 말이다. 그러니, 기술적 합리성이 지배하는 문명이라는 것의 질병에 의해 분리된 감각과 관능은 이제 다시 시 속에서 진정으로 대화를 시작해야 할 때이다. 시는 이 감각을 통해 현실원칙에 의해 분열된 이성과 감성, 의식과 무의식, 필연과 자유의 영역을 매개해야 하기 때문이다. 그것은 현실의 차원에서는 아직 주어져 있지 않는 어떤 새로운 만족의 합리성과 감수성을 요구할 것이다. 이 요구에 어떻게 부응할 것인가 하는 문제가 우리 시의 21세기적 초상에 부과된 과제이리라.

문학의 진실과
거짓
— 가상의 실행으로서의 예술

　인류의 오랜 철학적 사유의 기원에서부터 문학과 예술은 이미 '거짓'으로 낙인찍히는 운명을 감수할 수밖에 없었던 듯하다. 널리 알려져 있다시피, 스승인 소크라테스의 입을 빌려 자신이 구상한 이상국가로부터 시인을 추방해야 하고 말 없는 그림과 쓰여진 담화를 배척해야 한다는 플라톤Platon의 판결(《국가Republic》 III권)을 형성하는 저 유명한 논거들이야말로 바로 문학과 예술에 내려진 이러한 운명의 결정적 선언이었을 것이다. '예술은 거짓/기만'이라는 간명한 결론으로 귀결될 이 철학자의 논거들은 미학적으로는 다음과 같은 두 개의 상이한 예술적 관점으로부터 제기된다. 첫째, 고대 그리스 시대의 일반적 관념이었던 '예술은 모방'이라는 모방론의 관점으로부터. 둘째, 시를 뮤즈 여신들에 의해 부여받은 일종의 광기나 영감의 소산으로 간주하는 영감론의 관점으로부터.

　먼저, 모방론의 관점으로부터 제기된 '예술은 거짓'이란 판결을 검토해보기로 하자. 철학자에 의하면, 우리가 살고 있는 이 감각적 현실 혹은 자연은 불변하는 진리의 세계라고 부를 수 있을 어떤 초월적인 '이데아계'의 모방에 불과하다. 그런데 문학과 예술은 다시 이 감각적 사물들을 모방한다는 것이다. 모방으로서의 예술에 대한 정의는 이렇듯 존재와 진리의 개념과 관련되어 있다. 플라톤에게 있어서는 오로지 이성logos를 통해서만 파악 가능한 이데아계만이 영원불변하며, 불완전한 우리의 감각aisthesis을 통해 알려지는 이 현상계는 저 영원한 이데아들의 덧없는 그림자에 지나지 않는다. 철학자는 감각에 의한 지식은 한갓 억측doxa에 불과할 뿐, 오직 이성에 의해서만 참다운 지식episteme이 가능하다고 강조한다. 이렇게 감각적 현실/자연 자체가 이미 진리로부터 벗어난 하나의 그림자 혹은 가상에 지나지 않을진대, 이 감각적 현실을 다시 모방하고 재현하는 문학과 예술에 대해서야 달리 말해 무엇 하겠는가? 플라톤은 그림을 거울에 비친 영상에 비유함으로써 그것을 한갓 현상적인 것이요, 따라서 이중으로 '참되지 못한 것'이라고 말한다. 시인이나 화가는 실재를 있는 그대로 모방하는 것이 아니라, 실재가 나타나는 대로 모방한다. 이런 의미에서 그들은 현상, 즉 상상에 기초한 모상을 그릴 뿐만 아니라 더 나아가 우상eidolon을 생산한다. 모방으로서의 문학과 예술은 진리로부터 두 단계나 멀리 떨어진 모방의 모방, 그림자의 그림자일 뿐이다. 따라서 문학과 예술은 우리의 행동을 잘못 인도하게 되는 결과를 초래하게 된다. 호머나 헤시오도스 또는 그 밖의 위대한 작가들의 작품이 지니고 있는 신들의 부적당한 행동의 사례들은 마침내 이 철학자의 '예술 검열론'을 등장시키는 배경이 되는 것이다. 플라톤의 또 다른 대화편 〈파에드로스Phaedrus〉는 결정적으로 다음과 같이 말한다. "색깔도 형체도 없고, 만져볼 수도 없는 실재는 단지 영혼의 선장인 이성에 의해서만 파악되기 때문에, 하늘 저쪽의 장소에 대해 훌륭히 노래한 시인은 이 나라에 없었으며 앞으로도 없을 것이다."

시인추방론의 두 번째 논거는 인간의 영혼에 미치는 시의 비이성적이고 감성적인 부분을 향해 있다. 플라톤에 의하면, 시인은 마치 쇠고리가 자석에 달라붙듯이 뮤즈 여신들Muses에 의한 영감에 사로잡혀 자신이 무슨 말을 하는지도 모르고 떠벌이는 거짓말쟁이라는 것이다. 플라톤의 대화편 〈이온Ion〉에서 소크라테스는 시가 어떻게 만들어지고 그것이 관객들에게 어떤 영향을 주게 되는가를 설명하기 위한 이론을 전개하고 있는데, 그 요점은 시의 제작 과정이 비합리적인 것이기 때문에 시에 연루된 사람들은 모두 '제 정신을 잃게 된다'는 것이다. 보다 정확히 말하자면, 시인의 말은 신들린 무당의 말처럼 제 정신이 아닌 자의 말, 즉 '신적인 광기'에 의한 헛소리나 거짓말이 되는 셈이다. 게다가 이 헛소리는, 마치 자석에 달라붙은 최초의 쇠고리가 다른 쇠고리들을 연이어 끌어당기듯, 폴리스의 젊은이들에게 정서적으로 좋지 못한 영향을 끼치기까지 한다고 철학자는 말한다. 시에 나타난 과도한 슬픔이나 웃음은 영혼의 열등한 부분인 정열과 감정에 호소하여 슬픔을 조장함으로써 영혼의 합리적인 에토스, 즉 이성을 해친다는 것이다. 〈국가〉 X권에 등장하고 있는 다음과 같은 철학자의 말씀을 직접 들어보기로 하자. "호머나 그 밖의 다른 비극시인이 시를 낭송하는 것을 들을 경우, 자기의 슬픔을 무작정 호소하여 흐느끼면서 탄식하는 가련한 주인공을 묘사한 구절을 들을 경우, 아무리 선량한 자라도 동정심에 호소하여 감정을 극도로 고무하는 시인의 교묘한 솜씨에 말려들어가고 만다." 진리로부터 두 단계나 떨어져 있고, 게다가 인간 정신의 열등한 부분인 감각/감성과 관련되는 이러한 문학과 예술은 결국 플라톤의 이상 국가에서 추방되어야 하는 것으로 판정된다.

플라톤의 시인추방론이라는 테제의 모든 논거들은 결국 '문학은 거짓'이라는 하나의 결론을 향해 있다고 말할 수 있다. 보다 정확히 말하자면, 이 결론은 문학과 예술이 인간 정신의 영역에서 이성보다는 감정에 밀착해 있고 또 그 제작Poiesis에 있어서는 합리적이라기보다는 비합리적인 과정으로 이루어진다는 근거에서 도출되었다고 할 수 있다. 문학과 예술은 궁극적으로 지양해야 할 감각적 현상에 대한 모방과 진리에 대한 비합리적 인식에서 벗어나지 못하는 한계를 지니게 된다는 것이다. 이러한 근거 자체의 정당성에 대한 의문은 일단 유보하기로 하자. 여기에서 문제는 이러한 근거를 충분히 인정한다고 하더라도, 그러한 전제들로부터 과연 '문학은 거짓'이라는 결론에 도달할 수밖에 없는가 하는 것이다. 우리는 플라톤의 문학과 예술에 대한 관점이 전적으로 폴리스(공동체)적 삶의 질서를 세우고 유지하고자 하는 정치 – 사회적 목적에서 나온 것이라는 사실을 이미 알고 있다. 따라서 이 철학자의 시에 대한 입장은 이러한 공동체적 시민의 삶과 이익을 위해서 철저하게 도덕적이거나 교육적인 기능과 효용성의 관점에서 조망될 수밖에 없었다. 그렇기에 플라톤을 옹호하는 입장에서라면 그가 모든 문학과 예술을 거부하거나 비난한 것이 아니라 어떤 특정한 시에 대해서만 그렇게 말했다고 할 수도 있을 것이다.

우리는 이 철학자의 관점에서 '올바른 예술'이라고 판정될 수 있는 문학과 예술의 모습을 그려볼 수도 있다. 플라톤에게 있어서 올바른 예술이란 '신을 찬미하고 훌륭한 인물을 찬양하는 노래'나 '인간 영혼의 고귀한 부분을 강조하고 고양시키는 내용' 혹은 '교육적으로 어린이들에게 귀감이 될 수 있는 내용'들이 바로 그것이다. 〈국가〉에 등장하는 다음과 같은 구절을 참조하기로 하자. "우리는 작품 속에 선의 내용만을 그리라고 요구했으며, 만일 이에 응하지 않으면 우리나라에서 추방해야 하네. 만일 우리나라에서 이 규칙을 지키지 않는 자가 있으면, 우리 시민들의 취미가 그들로 말미암아 나쁜 영향을 받지 않도록 그런 기술을 금지하는 것이 옳지 않겠나." 그렇기에 문학과 예술은 다양한 방식으로 이러한 도덕적 이상을 그려내야 할 필요에서 조명된다. 인간의 주요 덕목을 북돋고 고양시켜서 폴리스의 구성원으로서 공동체적 삶의 원리에 이바지하는 인격을 형성케 하는 것이 바로 올바른 예술이기 때문이다. 물론 이 같은 관점은 문학과 예술을 철저하게 공리적인 입장에서 조명할 때에야 가능한 것이다. 플라톤의 시인추방론 역시 예술이 사회에 대해 지니는 공리적인 관점에서는 아무런 이득도 줄 수 없다는 예술무용론에 뿌리를 두고 있는 것처럼 보인다. 호머 이래로 시인들은 진리의 복제에만 관심을 기울였을 뿐 진리 그 자체를 가르치지 못했기 때문에, 결과적으로는 인간의 교육자로서 불충분하다는 것이 철학자의 입장이다. 그러므로 문학과 예술이 플라톤의 이상국가로부터 추방되는 것은 당연한 논리적 귀결일 터이다. 문제는 문학과 예술을 순전히 공동체적 선이라는 공리주의적 관점에서만 바라보아야 하는가, 또 그러한 공리주의적 입장을 존중한다고 하더라도 현존하는 공동체의 기존 질서를 유지하는데 도움이 되는 예술이 진정으로 그 공동체가 추구하는 삶의 이상과 일치할 수 있는가 어떤가 하는 것이다.

가상/기만으로서의 문학과 예술에 대한 추방과 배제라는 철학적 관점의 보다 중요하고도 결정적인 입장은 서구 고전미학의 결정판이라고 할 만한 헤겔에게서 발견된다. 헤겔은 예술이 종교나 철학과 더불어 '절대정신'의 표현임을 분명히 천명하면서 예술을 정신의 최상의 자리에다 올려놓고 있긴 하지만, 결국 그것은 직관을 통해 절대적 진리인 이념을 다만 주관적으로, 혹은 '감각적으로' 파악하거나 표현한 것에 불과하다고 본다. 그렇기에 절대정신의 절대적 표현은 오로지 개념에 의한 진리의 파악인 철학에 양보되어야 한다는 것이다. 그렇다면 헤겔에게 있어서 진리란 무엇인가라고 물어야 한다. 다음과 같은 《정신현상학》의 유명한 한 대목을 참조하기로 하자. "진리는 전체이다. 그러나 전체는 오직 자신의 발전을 통해서 완성되는 본질일 뿐이다. 말하자면 그것은 절대적인 것으로서 본질적으로 결과이며, 마지막에서야 비로소 자신의 참된 모습을 드러내는 것이다. 바로 이 점에 그것의 본성, 즉 현실적인 것, 주체 또는 자기 자신이 되는 것이 존재하는 것이다." 말하자면 절대적인 것 또는 진리는 끝에 가서, 체계가 완성되는 논리적, 현상학적 또는 역사적 과정이 종결된 다음에야 비로소 모습을 드러낸다는 것이다. 그리고 이 진리는 헤겔의 체계에 있어서 절대정신의 절대적 표현인 개념의 형태로만 온전히 파악되거나 표현될 수 있다. 따라서 감각에 의존하거나 호소하는 미적 환상이나 예술적 가상은 단순히 '이념의 감각적 현현'으로 간주됨으로써 이러한 개념에 의한 진리와 대립되는 것으로 상정된다. 절대정신의 내용을 문제 삼는 헤겔의 미학은 문학과 예술을 미리 주어진 이념의 실행 이외에는 아무것도 아닌 것으로 이해하기 때문이다. 결국 헤겔은 그의 《미학강의Vorlesungen der Ästhetik》에서 다음과 같이 판정을 내리고 있다. "예술은 내용이나 형식에 있어서 정신의 진정한 관심을 의식하게 하는 최고의 절대적인 방식이 결코 되지 못한다."

예술에 대한 헤겔의 이러한 관점은 마치 호머의 문학을 겨냥하여 플라톤이 예술을 철학의 지배권 아래에 두려고 했던 것과 마찬가지로 진리의 소유권을 놓고 서로 우위를 다투어 온 예술과 철학 사이의 오래된 분쟁을 상기시킨다. 헤겔의 철학적 관점은 그가 《미학강의》에서 '낭만적 예술'이라는 규정 아래서 포섭하고 있는 문학이라는 장르에 대한 직접적인 공격의 근거가 된다. 헤겔에게 있어서 낭만주의적인 의미에서의 절대적인 것은 오로지 감정과 동경을 통해서만 도달할 수 있는 공허하고도 인식할 수 없는 피안에 불과하다. 헤겔의 관점에 따르면, (낭만적) 문학은 개념을 무시하면서 순전히 '공허한 주관성'의 형식으로만 남게 된다. 이러한 공허한 주관성 속에서 절대적인 것이라는 '즉자대자존재'는 가상으로서, 즉 자아를 통한 순수한 가상으로서 경험된다는 것이다. 일반적으로 헤겔에게 있어서 미적 환상과 예술적 가상은 이념과는 달리 양가적 위치를 갖는다. 즉 그것은 한편으로는 이념이 예술작품 속에서 현상할 수 있는 자유를 위한 조건이지만, 다른 한편으로는 그것이 지니는 주관적 자유는 "자의성과 무규칙적인 것이어서, 이들은 스스로로부터 모든 학문적 근거를 취하는 것"으로 간주된다. 헤겔은 이념의 감각화로서의 미적 환상을 이성으로서의 스스로를 해방하는 정신과의 연관성 속에서 긍정적으로 규정한다. 환상은 자신 안에 들어있는 표상들을 감각적인 형식으로 드러내어 실제적으로 제시하는 한에서만 단지 정신으로서 존재하는 이성적인 것이다. 따라서 환상의 능력은 오성과 이성에 내재해 있다. 스스로의 이념의 지知로서의 이성은 환상이 만들어내는 창조의 척도가 되는 것이다. 이렇듯 헤겔은 환상을 이성 개념과 연관시킨다. 이러한 논리적 귀결은 예술의 가상을 단순히 이념의 감각적 표현으로서 이해할 때만이 가능한 것이다.

그러나 문학과 예술의 가상은 오히려 이러한 이념의 표현을 벗어날 때만이 미와 예술의 자율성을 위한 긍정적 토대로 작용할 수 있게 됨을 보여주었던 것이 바로 역사적 낭만주의의 과업이었다. 낭만주의에 의한 '미적 근대성ästhetische Modernität'의 확보는 이러한 맥락에서 결정적인 중요성을 갖는다. 왜냐하면 여기에서 미적 근대성이란 학문이나 도덕으로 환원되지 않는 고유한 예술의 자리, 말하자면 '예술의 주권성Souveränität'의 확보를 의미하며, 그리고 이 예술의 주권성은 예술의 고유한 자리를 '가상의 실행' 속에서 발견하기 때문이다. 낭만주의 예술론은 예술이란 진리와는 아무런 관련도 없이 오로지 그 자체의 미적 – 예술적 사건이 된다는 점을 강조한다. 그것은 예술을 더 이상 진리의 인식의 문제가 아니라 가상의 실행의 문제로 간주한다. 따라서 낭만주의 예술론이 지니는 미적 근대성의 특징은 정확히 '진리 담론과의 결별'이라고 말할 수 있게 된다. 가령, 아폴리네르로부터 브루통과 아라공을 거쳐 코르타자르에 이르는 초현실주의 운동의 선구자로서의 노발리스와 아르님이 보여주는 낭만주의적 '환상성'에 대한 초현실주의의 수용은 결정적으로 문학은 가상이라는 관점을 적극적으로 평가, 수용한 역사적 결과였음을 우리는 기억해야 한다.

낭만주의에 있어서 환상이란 무엇보다도 상상력의 실천적 – 종합적 행위로 간주된다. 역으로 말하자면, 상상력이란 환상을 실행할 수 있는 이론적 – 선험적 능력인 셈이다. 낭만주의는 문학과 예술을 꿈과 무의식을 포함한 상상력의 소산으로 간주할 수 있게 됨으로써, '인간적 본성'으로서의 상상력이 그려내는 예술의 '가상적 특성'이야말로 오히려 문학과 예술의 고유한 자리임을 적극적으로 평가하게 되는 것이다. 가령, 낭만주의 문학관의 형성에서 결정적인 중요성을 갖고 있는 슐레겔F. Schlegel에게 있어서 가상을 산출하고 실행하는 능력으로서의 상상력이란 이미지를 통해서 우리를 사물의 지배로부터 자유롭게 해주는 능력으로 정의된다. 따라서 그것은 인간의 절대적인 자유의 이념을 기초할 수 있는 미적 발명품으로 간주될 수 있게 되는 것이다. 이렇게 문학과 예술의 고유한 기관으로서의 상상력에 대한 평가와 아울러 예술적 가상에 대한 구원이 이루어질 뿐만 아니라, 거기에서도 더 나아가 오히려 가상이야말로 과거에 진리가 담보했던 자리를 주장할 수 있게까지 된다.

진리가 자유의 이념 속에서 규정되는 낭만주의 문학관에서 가상은 진리의 부정이 아니라 그것의 현상을 위한 필연적인 조건이된다. 왜냐하면 가상이 없다면 인간의 자유는 진리로부터 배제되기 때문이다. 여기에서 자유는 '유동하는 상상력의 상태'를 갖는것으로 특징지어진다. 상상력과 자유의 관계에 대해서는 초기 낭만주의의 작가이자 이론가였던 노발리스Novalis의 다음과 같은 발언을 참조하자. "자유로운 존재는 자아의 경향이다. 자유로울 수있는 능력은 생산적 상상력이다. 조화는 그것의 대립물들 사이에서의 활동의, 유동의 조건이다. 모든 존재, 존재 일반은 자유존재이외에는 아무것도 아니다." 이러한 맥락 속에는 물론 인간의 자유가 배제된 진리란 존재할 수 없으며 의미조차 없을 것이라는 낭만주의의 확고한 신념이 똬리 틀고 있을 것이다. 진리와 가상의 관계에 대해서는 슐레겔의 다음과 같은 발언을 참조하는 것이 도움이되겠다. "상상력은 진리와 가상이라는 두 종류의 산물을 갖는다. 하나는 다른 것을 배제하고 부정한다. 가상이 이상이고 진리가 진리인 한, 양자는 동일하다. 진리는 가상의 형식이다. 가상은 진리의형식이다."

근대적 현상으로서 낭만주의의 이러한 미적 근대성의 특징은,

니체F. Nietzsche에게서 이론적 – 방법적으로 정점에 이르는, 문학 외적인 것이나 종교적인 것, 정치적인 것들로 더 이상 환원되지 않는 문학의 고유한 자리를 확보한다. 모든 가치를 전도시키려 한 니체의 시도는 진리와 허위, 선과 악, 아름다움과 추함이 서로 배제하고 있는 전통적 형이상학에 대한 전면적 회의로 이어질 뿐만 아니라 대립자의 통일이 헤겔의 경우처럼 지양을 통해 체계적인 종합으로 수렴되지도 않는다. '형이상학자들의 기본 신앙은 가치의 대립에 대한 믿음'이라고 말한 니체는 이제 그러한 대립의 양 항이 지니고 있는 '본질의 동일성'을 주장하기에 이른다. 거기에서 진위와 선악은 둘로 분리될 수 없다.《선악의 피안》에 등장하는 다음과 같은 언급을 보도록 하자. "훌륭하고도 고상한 존재들의 가치를 형성하는 본질이 외관상 이와 대립하는 듯이 보이는 조악한 것들과 실은 위험스럽게 관련되고 뒤얽혀 있어서, 이 둘은 본질에 있어 동일한 것인지도 모르는 일이다." 이러한 주장은 결국 진리와 가상의 본질이 동일하다는 결론으로 이어지고, 마침내 형이상학적 철학의 진리 개념이 폐기됨으로써 그것을 가상과 맞바꾸는 결과를 불러오게 된다. 같은 책에서 니체는 결정적으로 "'가상적' 세계가 유일한 세계이다. '참다운' 세계란 단지 허위로 덧붙여진 세계일 따름이다"라고 말한다.

가상에 대한 이 같은 옹호는 물론 문학과 예술의 가치를 평가절상 하는 효과를 낳는다. 거기에서 예술은 '가상을 향한 선의'로 규정된다. 니체는《즐거운 학문》에서 다시 "나에게는 가상이 현재 영향을 미치고 있고 또 살아있는 것 그 자체"라고 말하고 있다. 예술은 모든 진리 추구와 본질 추구의 저편에서 바로 이 '영향을 미치는 것', '살아있는 것'을 표현한다. 그러므로 이제 니체에게 있어서는 문학과 예술을 형성하는 상상력의 가상적 특성은 오히려 적극적으로 진리의 자리를 주장하기에 이른다. 니체에 의한 가상과 진리의 자리바꿈은 다음과 같은 급진전인 결론에 도달하기 때문이다. "그러니 진리란 무엇인가? 은유들, 환유들, 의인화들의 유동적인 집단일 것이다"(《도덕 외적인 의미에서 진리와 허위에 대하여》). 결국 니체에게 있어서 진리란 과학이나 체계적 철학의 개념적 진리가 아니라 문학의 미학적 진리인 셈이다. 왜냐하면 진리란 절대불변의 것이 아니라 새로운 가치의 창조이기 때문이다. 니체는 플라톤이 부정적으로 간주했던 예술의 특성들, 즉 감각적 즐거움이나 현혹 또는 수사적 기만을 예술의 긍정적이고도 근본적인 속성으로 간주한다.

문학과 예술은 그것이 불가피하게 감각적 이미지와 은유/수사에 의존한다는 점에서 가상적 특성을 가질 수밖에 없다. 왜냐하면 이미지란 그 의미론적 맥락에서 이미 어떤 부재하는 것의 출현을 지시하기 때문이다. 이미지의 라틴어 어원 '이마고imago'가 죽은 자의 얼굴, 즉 데드마스크를 의미한다는 사실은 그것이 곧 '유령phantasmata', 즉 부재의 현존과 관련되어 있음을 암시한다. 이미지 자체가 곧 가상인 것이다. 또한 문학과 예술적 은유는 하나의 특정한 현실을 다른 현실, 즉 여기에 존재하지 않는 어떤 다른 것으로 바꿔 말함으로써 가상의 특징을 가질 수밖에 없다. 그럼에도 불구하고 문학의 가상적 특성은 현실과 진리로부터 멀리 떨어져 있지 않다. 그렇기는커녕 예술적 가상은 의식적 현실과 개념적 진리가 배제하거나 은폐할 수밖에 없었던 그것의 이면과 심연을 드러내고자 한다. 달리 말해서 문학과 예술의 가상은 오히려 현실/진리의 현실성/진리성을 목표로 한다는 뜻이겠다. 그것은 진리의 진리를, 현실의 현실을 질문한다. 가상은 진리가 은폐하고 있는 그것의 나머지 반쪽 얼굴을 드러냄으로써 진리의 진리성을 보충한다. 결국 가상이 없으면 진리도 없다는 뜻이리라. 가상은 진리의 감춰진 얼굴이기 때문이다. 진리는 가상의 형식이며, 가상은 진리의 형식이라는 낭만주의자의 말씀이 뜻하는 바가 아마도 이것일 터이다. 그러므로 여기에서 우리는 이 가상을 철학적 진리의 잣대로 잴 수 없다는 사실을 분명히 해야 한다.

사실상 문학과 예술의 진리에 대한 문제는 미적 근대성의 관점에서 보자면 방향이 빗나간 질문이거나 범주의 착오에서 비롯된 '가짜 문제'라고 할 수 있다. 왜냐하면 18세기 후반의 낭만주의 출현 이래로 문학과 예술은 진리(과학)나 규범상의 정당성(도덕)의 문제와는 하등 관련이 없는 자율적인 미의 영역으로 규정되기 때문이다. 벤야민과 초현실주의에 의해 재발견된 낭만주의의 미적 근대성에 대한 논의가 제기했던 바가 정확히 바로 이 점이었던 것이다. 또한 베버M. Weber와 같은 이는 문화적 모더니티가 18세기 이후에는 종교와 형이상학에서 나타나는 실체적 이성과 마찬가지로 하나의 지율적인 국면으로 분화되었다는 점을 분명히 하고 있다. 그는 진리와 도덕, 미의 국면들의 이러한 분화를 이성이 자기 자신을 세분화시키는 '합리화'의 과정이라고 본다. 18세기 계몽주의 철학자들에 의해 표명된 이러한 근대성이라는 계몽주의의 프로젝트가 목적으로 한 것은 객관성을 지향하는 과학과 도덕 및 법의 보편주의적 기반, 그리고 자율적인 예술을 발전시키는 일이었다는 것이다. 물론 미적인 대상 영역의 독자성에 대한 이러한 분명한 표현은 이미 칸트I. Kant에게서 발견된다.

칸트는 《판단력 비판Kritik der Urteilskraft》에서 문학과 예술의 이러한 독자성을 '취미판단'의 분석으로부터 끄집어낸다. 그에 의하면 취미판단으로서의 미적 판단의 필연성은 "객관적 판단도 인식판단도 아니므로, 이 필연성은 일정한 개념으로부터 도출될 수 있는 것이 아니다." 그러므로 취미판단은 개념에 의해서가 아니라 단지 감정에 의해서 규정하는, 그러면서도 보편타당하게 규정하는 하나의 주관적 원리를 가지고 있지 않으면 안 된다. 이 같은 원리를 칸트는 '공통감각sensus communis이라고 부르면서, 이러한 공통감각이 있다는 전제 아래에서만 취미판단은 내려질 수 있는 것이라고 말한다. 결국 취미판단에 있어서 사유뇌는 보편적 동의의 필연성은 주관적 필연성이지만, 공통감각의 전제하에서는 객관적 필연성으로 표상된다는 것이다. 하버마스J. Habermas는 이러한 칸트의 관점에 대하여 〈근대 ─ 미완의 프로젝트〉라는 글에서 다음과 같이 말한 바 있다. "미적 대상은 오성적 범주에 의해서 인식될 수 있는 현상의 분야에 속한 것이 아니며, 실천이성의 법칙에 의거하는 자유로운 행위에 속한 것도 아니다. 그럼에도 불구하고 칸트에게 있어서 예술작품은 객관적 판단이 가능한 것이다. 그리하여 예술과 예술비평의 존재 형식은 진리의 영역 및 당위의 영역과 병행하여 또 하나의 미의 영역을 구성하게 된다."

베버나 하버마스의 논의를 간략히 정리하자면, 18세기 이래 문학과 예술의 영역은 학문적 진리나 도덕적 선의 영역으로부터 분화된 하나의 자율적인 미의 영역을 구성하게 되었다는 것이다. 다시 말해서 문학과 예술의 영역은 더 이상 진리나 도덕적 선의 잣대를 통해 규정될 수 없는 '미의 자율성'의 영역이라는 뜻이다. 그러므로 문학과 예술의 문제에 진실이냐 거짓이냐 하는 진리의 잣대를 끌어들이는 것은 마치 코끼리의 몸무게를 자로 재거나 기린의 키를 저울로 재려는 일과 다름없게 된다. 18세기 낭만주의 이래 문학과 예술은 더 이상 진리의 문제로 환원되거나 축소되지 않는다. 그것은 오히려 진리의 문제와는 하등 관련이 없는 '아름다운 가상의 실행'의 문제가 된다. 그러므로 가령 헤겔의 '문학의 종언' 같은 테제는 범주착오에 의해 잘못 인도된 결론이라고 할 수 있다. 왜냐하면 헤겔은 미적인 것을 이론적인 것(진리)과 도덕적인 것(선)으로부터 분리된 하나의 고유한 독자적 영역으로 파악하고 있지 않기 때문이다. 헤겔은 미적인 것을 현실성/진리 내부에 위치시킴으로써, 미와 예술의 영역을 진리의 잣대로 재려했던 것이다. 그러나 미적 직관과 가상의 자율성에 대한 낭만주의와 니체의 논의 이래로 예술은 더 이상 학문이나 도덕으로 환원되지 않는 예술의 고유한 자리를 확보하게 된다. 그러니, 우리는 옛 철학자들을 향해서 《선악의 피안》에 등장하는 다음과 같은 니체의 말을 되돌려주는 것으로 이 글의 결론을 대신하기로 하자.

우리가 모든 철학자들을 불신과 조소의 눈초리로 바라보게 되는 것은 그들이 얼마나 순진한가, 또는 그들이 얼마나 그릇된 길로 빠져 들어가는가를 깨달아서가 아니라 그들이 자신의 일에 대해 별로 정직하지 않다는 깨달음 때문이다. 그러면서도 그들은 어디선가 진실이라는 문제가 잠깐 언급되기라도 하면, 온통 도덕적 논쟁을 벌이느라 법석을 떤다. 그들은 모두 자신의 견해가 냉정하고 순수하고 아주 초연한 논리의 자기 발전 과정을 거쳐 획득된 참된 것이라고 주장한다. 그러나 그들은 실제로는 진리를 추구한다는 명목 하에서 가정, 예감, 영감 따위를 옹호한다. 그들 모두는 영감의 옹호자이면서도 그 같은 이름으로 불리는 것을 매우 싫어한다.

미토스Mythos적 언어와
로고스Logos적 언어
— 언어적 측면에서 본 신화와 문학의 관계

신화 자체가 노래인 것이지요.
육신의 에너지로부터 부추김을 받는
상상력의 노래, 이것이 신화입니다.
한 선사禪師가 무리 앞에서
설법을 하기 위해 서 있었습니다.
선사가 막 입을 열려는 찰나
새가 한 마리 끼어들어 노래를 부릅니다.
그러자 선사가 말했지요.
"설법은 끝났다"고요.
— 조셉 캠벨,《신화의 힘》에서

1.

신화학자 캠벨이 쓴《세계의 영웅 신화》'에필로그'에 등장하는
하나의 비유를 들어 말하자면, 신화란 '진실만 말하는 고대의 해신
海神' 프로테우스Proteus와 같다. 호머의《오디세이아》에 "땅을 기
는 모든 생물과 물속에 사는 모든 생물, 심지어는 타오르는 불꽃에
게도 말을 시킬 수 있고 또 그와 똑같이 변신할 수도 있다"고 기술
된 이 해신은 또한 천의 얼굴을 지닌 '변신의 신'으로도 우리에게
알려져 있는 터이다. 그렇다면 신화란 천의 얼굴을 지닌 하나의 진
실에 관한 이야기가 되는 셈이다. 그런 의미에서 그것은 하나의 은

유, 즉 표면으로 드러난 문자의 의미를 초월한 어떤 존재나 사태에 관한 진술이 된다. 신화는 가시적인 것의 배후에 있는 하나의 실재를 암시한다. 다시 한 번 캠벨의 비유를 인용하자면, 신화에서 사용되는 "은유는 신의 가면"이며, 이 신의 가면을 통해 우리는 영원을 경험한다는 것이다. 그렇다면 하나의 은유로서의 신화의 자리는 곧장 문학과 시의 모태가 된다고 말할 수도 있다. 왜냐하면 문학과 시야말로 바로 이러한 은유의 자식들이기 때문이다.

사전적인 의미에서 신화Mythologie란 무엇보다도 '신들에 관한 이야기'이다. 좀더 정확히 말하자면, 그것은 세계의 형성이나 신들의 탄생에 관한 이야기로 때에 따라서는 '우주생성신화Kosmogonie' 또는 '신들의 탄생에 관한 신화Theogonie'라고도 불린다. 그렇다면 여기에서 말하는 신들은 무엇을 의미하는가? 캠벨은 《신화의 힘》에서 "신은 인간의 삶과 우주에 기능하는 — 개인의 육신과 자연에 기능하는 — 동기를 부여하는 힘, 혹은 가치체계의 환신"이라고 정의된 바 있다. 대개의 경우 신화에는 초자연적인 힘이나 존재가 포함되어 있기 때문에, 그것은 일찍이 종교의 영역에 속하는 것으로 간주되기도 했다. 그러한 경우 신화는 다소를 막론하고 세계를 해석하는 일관된 체계가 되고, 거기에 등장하는 주인공의 행적은 하나하나가 창조적인 의미를 지니고 있어서 세계 전체에 영향을 미치게 된다. 그러나 이러한 신들에 관한 이야기로서의 고대의 신화와 종교는 이제 더 이상 존재하지 않는다. 사실상 오늘날 올림포스의 신들을 믿는 사람은 없다. 니체의 혁명적인 선언대로 이제 "신들은 모두 죽은" 것이다.

그러나 그럼에도 불구하고 신화 속의 저 신들은 아직 완전히 죽은 것 같지는 않다. 왜냐하면 그 신들의 이미지는 오늘날 문학과 예술 속에 여전히 그림자를 드리우고 있기 때문이다. 말하자면 저 신들은 이제 신학의 영역에 속하지 않고 문학과 예술의 영역으로 거처를 옮겨 왔다는 것이다. 비록 과거와 같은 충분한 영예를 누리지는 못할지라도, 그 신들은 문학과 예술 속에서 여전히 자신들의 권위를 유지하고 있고 또 앞으로도 그럴 것이다. 왜냐하면 그들은 과거의 문학과 예술 중에서도 최고의 걸작이라고 알려져 있는 작품들과 아주 밀접한 관련을 맺고 있어서 인류의 기억으로부터 쉽게 지울 수 없는 것이기 때문이다.

신화는 이제까지 인류의 집단적 상상력이 만들어낸 것들 중에서 가장 흥미로운 이야기로서 우리에게 즐거움을 주고 또 문학과 예술을 이해하려는 사람들에게는 필수불가결한 지식의 원천이 되고 있다. 원형비평의 창시자인 프라이N. Frye는 자신의 저서《문학의 원형》에서 "우리는 성서와 그리스 · 로마 문학의 주요 이야기를 모르고도 여전히 소설과 희곡을 읽을 수 있다. 그러나 구구단을 배우지 않고는 수학 지식을 신장시킬 수 없는 것처럼 문학에 관한 지식을 넓혀 갈 수 없다"고 말한 바 있다. 원형비평의 관점에 의하면, 문명사의 측면에서 문학은 신화의 뒤를 이은 직접적인 후예가 된다. 프라이는 "신화는 인간과 비인간의 세계를 동일시하는 상상력의 단순하고도 원시적인 노력의 결과이고, 그 가장 전형적인 결과가 신에 대한 이야기이다. 나중에 신화체계는 문학 속으로 들어오기 시작한다. 그래서 신화는 이야기의 구조적 원리가 된다"고 말한다. 그런 의미에서 우리는 신화를 시와 예술의 여신 뮤즈의 고향이라고 말할 수 있다. 말하자면 바로 신화가 시와 예술의 영감을 불러일으킨다는 것이다. 가령, 다음과 같은 시를 보자.

강 아래 한 여자가 초록색 양말을 벗고 있어. 양말은 너무 길어 벗어도 벗어도 다 벗을 수 없어. 여자의 머리칼은 모두 타오르는 능수버들잎이야. 갑자기 여자가 고개를 돌려, 갑자기 햇빛도 고개를 돌려. 그러더니 여자가 기나긴 혀로 나를 낼름 삼켜 버렸어. 초록으로 캄캄하게 어지러운 중에 빛으로 만든 알 하나가 눈 속을 빙빙 돌고 있어. 여기가 어디야? 내가 초록 말을 타고 강바닥을 달리고 있어.

— 김혜순, 〈柳花〉 부분

의심할 바 없이, 고구려의 시조 동명왕의 탄생신화를 모티프로 하여 구성된 이 시는 신화적 상상력을 통해 자연의 생명력과 아름다움을 관능적으로 노래하고 있는 듯이 보인다. 《삼국유사》에 의하면, 동명왕의 성은 고高 씨이며 이름은 주몽朱蒙이라고 전한다. 그는 천제의 아들 해모수解慕漱와 하백河伯의 딸 유화柳花 부인 사이에서 '빛의 알'로 태어난 신화적 인물로 기술되어 있다. 여기에서 이 '주몽신화'에 등장하는 해모수가 태양을, 하백은 물을, 그리고 유화 부인은 나무를 상징하는 은유라는 사실을 이해하지 못한다면, 우리는 이 시가 지니고 있는 신화적 상상력의 매력과 상징적인 의미의 상당 부분을 놓치게 될 것이다. 그리하여 이 시에 등장하는 '여자의 머리칼'이 왜 초록 불꽃처럼 타오르는지, 여자가 고개를 돌리자 왜 햇빛도 고개를 돌리는지, "여자가 기나긴 혀로 나를 낼름 삼켜 버렸"다는 것이 무엇을 뜻하는지, '빛으로 만든 알 하나'가 의미하는 것은 무엇인지, "초록 말을 타고 강바닥을 달리"는 것이 어떤 시적 의미망을 형성하게 되는지를 전혀 이해할 수 없게 된다.

신화적 상상력 속에서 자연의 세계, 말하자면 비인간의 세계는 흔히 인간적인 모습이나 성격을 갖는 신의 형상으로 등장한다. 가령, 서구문화의 모태가 되는 그리스로마 신화에 등장하는 여러 신들의 모습은 자연력의 인격화된 상징에 불과하다는 것이다. 또한 어떤 민족은 자신들을 토템totem이라고 불리는 특정한 동물이나 식물과 동일시하고, 어떤 민족은 호랑이나 용처럼 실재하거나 상상적인 동물들을 자연의 힘과 관련짓기도 한다. 또 다른 어떤 민족은 자연을 지배할 수 있는 힘을 흔히 주술가에게, 때로는 왕에게 부여한다. 그러한 경우 이 왕은 신화적 '사제왕priestly king'의 성격을 갖게 됨으로써 자연력의 상징 자체가 되는 것이다. 어떤 이들은 이러한 일들이 문학과 관련이 없고 비교종교학이나 인류학에 속하는 것이라고 말할지도 모른다. 그러나 우리는 여기에서 신화의 이야기들이 모두 인간과 자연의 세계를 동일시하려는 충동의 소산이며, 그것이 더 이상 신앙으로 여겨지지 않게 되자 상상력의 언어로 남아서 순수한 은유가 된다는 사실을 강조하고자 한다.

2.

프라이는 신화를 "인간의 세계와 그것을 둘러싼 자연계를 화해시키고, 그것들 사이에 유사점을 발견하는 것"이라고 정의한다. 그러나 인간 세계와 자연계 사이의 이러한 유사점은 인간이 '보고 있는 세계'에 속하는 것이 아니라 인간이 '만든 세계'에 속한다고 할 수 있다. 왜냐하면 신화적 이미지나 관념이란 인간적 상상력의 소산이기 때문이다. 그러한 점에서 문학 역시 똑같이 인간이 만든 세계에, 말하자면 상상력에 의해 구축된 세계에 속하는 것이다. 여기에서 상상력이란, 간략히 말해서, 전혀 관계가 없어 보이는 것들 사이의 동일성을 파악하는 능력이라고 할 수 있다. 고대의 원시민족들은 이러한 상상력에 의거하여 자연의 모든 사물과 인간을 동일시하는 관념을 자연스럽게 형성할 수 있었다. 오늘날 은유를 만들어 내는 시인이나 작가 역시도 여전히 이러한 고대적 능력을 갖고 살아가는 사람들이라고 원형비평은 강조한다. 이 같은 시인의 능력을 고대 원시 인류의 능력과 비견하고 있는 피코크Th. L. Peacock는 〈시의 네 시대〉라는 논문에서 "오늘날의 시인은 문명사회에 살고 있는 반야만인"이라고 말한 바 있다. 은유에 의한 신화적 상상력이란 조건을 배제한다면, 우리는 이 세상에서 인간과 동일한 존재를 아무것도 발견할 수 없다. 상상력이야말로 인간을 자연의 세계와 동일화시키는 수단이 되는 것이다. 이러한 신화적 상상력으로 말미암아 인류는 이 세계를 인간과 관련된 인간의 세계로 파악하게 된다.

신화의 직접적 후손으로서 문학과 시 역시 우리의 정신을 세계와 연관 짓는 방식으로 언어를 사용한다. 그리고 이 같은 연상적 언어가 바로 문학의 수사법을 형성하게 된다고 말할 수 있다. 가령, 앞서 언급한 은유를 예로 들어보자. 일반적인 언어 사용법에서라면 한 사물과 다른 사물 사이의 유사나 유추 관계는 곤란할 것이다. 왜냐하면 일상적인 언어나 과학의 언어에서는 차이점이 유사성보다 더 중요하기 때문이다. "이것은 저것이다"라고 말하는 은유를 사용하는 문학 언어의 경우에는 이러한 일상어와 과학어의 논리와 이성에는 등을 돌린다. 왜냐하면 논리적으로 두 사물은 어떤 경우에도 결코 같은 사물일 수가 없고 여전히 두 개의 다른 것들로 남아 있기 때문이다. 그러나 문학은 이 두 가지 모순되고 원시적이며 원형적인 사고 형태를 자유자재로 사용한다. 그 까닭은 문학이 자연을 묘사하는 것이 아니라 인간적인 마음으로 완전히 흡수하고 포착한 세계를 우리에게 보여주는 것이기 때문이다. 그리하여 문학은 보들레르가 "주체와 객체, 즉 바깥 세계와 시인 자신을 동시에 내포하며 암시하는 주술"이라고 불렀던 것으로 존재하게 된다.

은유적 표현은 인간의 마음과 외부에서 일어나고 있는 것을 결합시켜 마침내 동일시하려는 욕망에서 생겨난다. 프라이는 "문학의 언어는 인간의 정신과 바깥 세계 사이의 동일성을 제시하기 위해 직유와 은유와 같은 수사법을 사용함으로 그것은 연상적이며, 또 상상력은 주로 동일성의 발견과 관계된다"고 말한다. 원형비평적인 관점에 의하면, 신들에 관한 이야기로서의 신화에 등장하는 "신들은 거짓말쟁이 신, 흉내를 잘 내는 신, 허풍을 떠는 신이 있듯이 일정한 성격을 띠고 있으며, 그와 같은 유형의 인물이 전설이나 민담 속에 들어오고 문학이 발전함에 따라 소설Fiktion 속에 들어오게 된다." 그러나 여기에서도 더 나아가 프라이는 "문학에 있어서 모든 형식은 계통pedigree이 있으며, 우리는 그 유래를 아주 옛시대까지 추적할 수 있다"면서 신화와 문학의 내적인 연관관계를 제시한다. 말하자면 글을 쓰고자 하는 시인이나 작가의 욕망은 그에 앞서 있었던 문학에 대한 어떤 경험에서만 생겨날 수 있으며 무엇이든지 읽은 것을 모방하는 데서 시작된다는 것이다. 그것은 작가에게 관습이라고 불리는 어떤 전형적이고 사회적으로 공인된 글쓰기의 방식을 제공한다. 그리고, 오늘날까지 행해지고 있는 이 글쓰기 방식의 모태가 바로 신화라는 것이다.

현대의 신화비평가들은 신화를 모든 문학이 탄생하는 모체로 본다는 점에서 의견의 일치를 이룬다. 신화에 등장하는 신들에게 부여된 고유한 능력과 힘은 그들에 대한 많은 이야기에 독특한 의미를 주고 또 인간 운명과의 관련성을 지시하게 된다. 그러므로 신화는 하나의 명확한 이야기의 규범으로 확대되는데, 프라이는 이것을 '신화체계Mythologie'라고 부른다. 신화는 그 형식에 있어서 무엇보다도 하나의 이야기이며, 그것이 관련을 맺는 것은 그 자신이 생겨난 특수한 문화가 아니라 같은 모양과 같은 종류의 다른 이야기들이다. 프로이트나 융 같은 정신분석학자들의 대담하고도 획기적인 진술에 의하면, 신화는 그것이 세계의 어느 지역에서 전래된 것이든 그 다양한 이야기의 외투 아래 똑같은 얼굴을 지니고 있다는 것이다. 주술, 제의, 신화 속에 나타난 원시 종교의 기원에 대한 비교 연구를 통해 20세기 문학의 창작과 비평에 지대한 영향을 미친 비교인류학자 프레이저J. G. Frazer 역시 자신의 주저 《황금가지The golden bough》에서 고대의 신화들은 "어느 곳 어느 시대에나 인간의 주된 욕구는 아주 닮았다"는 사실을 보여준다고 말한다. 다시 말해서 신화란 인류의 집단적 꿈의 판테온pantheon이라는 것이다.

그런 의미에서 신화는 마치 꿈과 같은 상징적 형태를 띠게 된다. 그러나 꿈이 인간의 의식적 삶을 지탱시키는 개별적인 체험 혹은 심층의 어두운 체험인 반면, 신화는 사회가 꾸는 집단적인 꿈이라는 점에서 그 둘은 구별될 수 있다. 분석심리학자 융에 의하면 꿈에는 두 가지 종류, 즉 개인적인 꿈과 원형적인 꿈 혹은 신화 차원의 꿈이 있다. 개인적인 꿈은 한 개인의 연상을 통하여 해석될 수 있다. 그러나 때로는 꿈이 신화적 테마를 드러내면서 순수한 신화 세계의 이미지를 전해올 때도 있다고 한다. 이처럼 꿈이 인류 공통의 어떤 이미지나 관념들을 드러내게 될 때, 거기에서 이른바 '무의식의 원형archetype'이라는 것이 생겨난다는 것이다. 여기에서 융이 말하는 원형이란 인류가 공유하는 신화의 관념이라고 간략히 정의할 수 있다. 그것은 인류의 '영원한 꿈'의 상징적 형태이다. 다시 말해서 꿈은 인격화된 신화이고, 신화는 보편화된 꿈이라는 것이다. 이처럼 융이 말하는 무의식의 원형이라는 것은 인간 몸의 각 기관과 그 기관이 지닌 힘의 드러남이라는 생물학적 특성을 지니는 데에 비해, 프로이트의 무의식은 개인적인 것으로서 생리학적 특성을 띠고 있다. 그러나 이 같은 생리학적 원리는 생물학적 원리에 대해 이차적이라고 캠벨은 말한다. 융이 자신의 저서 《심리학과 종교》에서 "신화의 구성물인 동시에 무의식에 기원을 둔 토착적, 개인적 산물로서 세계 도처에서 나타나는 집단적 성격의 형태나 이미지"로 정의한 '원형적 이미지archetypal images'는 바로 신화의 이미지인 것이다. 물론 이러한 원형적 이미지의 꿈에 관한 이론은 융 자신의 독창적인 창안만은 아닌 것으로 보인다. 그는 니체의 《인간적인, 너무나 인간적인》의 한 구절을 다음과 같이 인용하고 있다. "잠잘 때나 꿈속에서 우리는 인간성의 사고를 꿰뚫어 체험한다. 내 말은, 수천 년 전에 인간이 깨어 있는 상태에서 했던 것과 같은 방법으로 꿈속에서 사유한다는 것이다. (…중략…) 꿈은 우리를 인류 문화의 이런 상태로 데려가고, 그때에 관한 우리의 이해를 돕는 것이다."

그 형식의 측면에서 우리가 이야기의 여러 유형들을 생각한다면 신화, 전설, 민담 같은 용어들의 차이는 모호해진다. 신화는 이야기이지만 어떤 진실을 나타내는 것이라고 보거나 또는 그냥 하나의 이야기로서 대하게 되는 그런 이야기의 형식에 속한다. 프라이는 첫 번째 유형의 반응을 풍유적allegorical이라고 부르고, 두 번째의 것을 원형적archetypal이라고 부른다. 그것들은 서로 구별되지만, 상호 배타적인 것이 아니라 공존하며 서로 도와 발전한다. 여기에서 풍유적 반응은, 프라이의 표현을 빌면, "절반쯤만 문학적"이라고 말할 수 있다. 왜냐하면 그것은 이야기로부터 벗어나 이야기에 의해서 설명되는 도덕적 또는 역사적 진리를 향함으로써 자신의 표류를 고정시키는 결과를 가져오기 때문이다. 그에 비해 원형적 성격의 이미지나 이야기는 이와는 분명 구분되어 오로지 순수한 이야기 그 자체로서의 성격만을 유지하게 된다. 그리고 이러한 이야기 그 자체로서의 언어라는 측면이 신화가 지니고 있는 문학과의 직접적인 관련성을 가장 잘 드러낸다고 할 수 있다. 신화적 이야기의 원형적 형식은 곧장 문학과 시의 본질적 특성이기 때문이다.

3.

이야기 그 자체로서의 신화와 문학은 인간 상상력의 산물이고 또 이 상상력을 자극한다. 그렇다면 신화 속에 등장하는 이야기는 도대체 어디에서 유래하는 것일까? 그것은 실제로 근거가 있는 것인가 아니면 단순히 상상력이 지어낸 꿈에 불과한 것인가? 신화 myths의 그리스어 어원 미토스mythos는 말 또는 이야기를 의미하는데, 그것은 무엇보다도 우선 사람이 하는 이야기를 지시한다. 신화와 문학의 본질적 연관성을 암시하는 이 용어는 애초에 어떤 이야기의 플롯이나 또는 이야기체를 의미했던 것이다. 그런 의미에서 미토스는 비극의 소재나 희극의 줄거리가 되는 것은 물론 아이소포스(이솝 우화)의 주제가 되기도 한다. 이 같은 이야기라는 의미에서 미토스는 똑같이 언어와 말씀을 지시하는 용어 로고스logos와 짝패를 이루면서 동시에 그것과 대립된다고 할 수 있다. 왜냐하면 로고스적 말과 언어는 사람의 이야기가 아닌 신적인 말씀, 즉 신의 창조적 이성을 지시하기 때문이다. 언어로서의 미토스와 로고스의 대립은 상상과 이성 또는 이야기하는 말과 논증하는 말의 차이 속에, 즉 이들이 사용하는 언어가 목표로 하는 바와 방식의 차이 속에 존재한다. 그 둘은 언어의 양면이며, 양자 모두 인간 정신 활동의 기본적인 기능에 속한다. 논증으로서 로고스적 언어는 청취자에 대한 설득을 목표로 하며 듣는 이의 이성적 판단을 요구한다. 그러나 이러한 로고스의 언어는 올바르고 논리에 닿을 경우에는 진실이 되지만, 거기에 무언가 속임수sophism가 있을 경우에는 허위가 된다. 그러나 미토스의 언어는 오로지 이야기 자체 외에는 어떠한 이차적 목적도 가지지 않는다는 점에서 '자기-목적적'이라는 특성을 갖는다. 미토스의 이야기는, 그것을 믿고 안 믿고는 듣는 사람의 자유에 속하지만 그것이 아름답거나 사실처럼 생각되기 때문에, 아니면 그저 믿어 보고 싶어서 믿는 그런 종류의 이야기이다. 그리하여 미토스적 언어는 인간 삶의 비합리적인 모든 것을 주위에 끌어 모으는 것으로, 그 성질상 모든 창조적 작용에 있어서 문학과 예술의 지반이 된다고 할 수 있다. 미토스의 이야기가 지니고 있는 이러한 자기-목적적인 언어의 사용이라는 측면에서 신화와 문학은 둘로 나뉠 수 있는 것이 아니다.

근대에 들어 로고스중심주의에 대한 비판과 더불어 미토스에 대한 옹호가 최대의 거점을 확보하게 된 것은 니체의 유미주의 Ästhetismus에 이르러서이다. 니체의 사상은 그의 저작에 따라 크게 세 시기로 구분될 수 있지만, 이들 각 시기가 지니고 있는 공통의 일관된 정신은 '신화로의 회귀'라고 말할 수 있다. 모든 문화의 창조적 자연력으로서의 신화로의 회귀는 니체의 사상적 궤적의 중심을 형성하고 있는 것이다. 니체는 자신의 미학주의를 전개하기 위한 토대로 고대 그리스 신화와 비극에 의존하면서 신화를 현대 문화와 사회를 설명할 수 있는 하나의 장치로 간주하였고, 또 신화야 말로 고통 받고 있는 현대인의 불안감을 떨쳐 버릴 수 있는 유일한 탈출구라고 믿었다. 그렇다면 니체는 어떻게 신화로써 현대인의 불안을 해소할 수 있다고 믿었을까? 그것은 다름 아닌 신화가 지니고 있는 예술적 현상 때문이다. 신화는 니체에게 있어서 창조의 충동과 연결된다. 그리고 이러한 창조의 충동은 무엇보다도 예술적 현상의 가장 근본이 되는 것이다. 그러므로 오로지 예술적 현상으로서만 세계를 정당화하려고 했던 니체에게 있어서 신화는 세계를 설명하고, 그가 위기로 바라본 현대의 문제를 해결할 수 있는 유일한 탈출구가 되는 것이다. 여기에서 니체가 말하는 신화의 의미는 단순히 과거의 이야기를 의미하는 것이 아니다. 신화는 그가 모범으로 여겼던 그리스 문화를 설명하는 단서이고, 그가 위기로 파악한 현대의 문제를 해결해줄 수 있는 실마리를 제공해주는 것이며, 모든 예술의 지반이자 미적 창조의 토대가 되는 것이다.

니체에 의하면 로고스적 언어사용의 가장 분명한 표현은 플라톤이 묘사한 소크라테스의 변증론이 지닌 낙천적 성격으로 드러난다. 이러한 로고스적 언어의 등장이 미토스적 언어의 자살을 불러왔다고 보는 니체는 《비극의 탄생》에서 "변증론의 본질 속에는 하나의 결론이 나올 때마다 요란스럽게 환호를 올리며 차가운 명석성과 의식 속에서만 숨을 쉴 수 있는 낙천주의적 요소"가 있다고 말한다. 그러나 이러한 "낙천주의적 요소는 일단 비극 속에 침투해 들어가면 비극의 디오니소스적 영역을 점차 잠식하여 이것이 필연적으로 자살하도록 만든다." 소크라테스의 논리적 변증법은 신화/비극으로부터 음악정신을 추방하여 비극의 본질을 파괴하였다는 것이 니체의 주장이다. 소크라테스는 "비극 예술을 그다지 머리가 좋지 못한 사람들, 즉 철학자가 아닌 사람들에게 호소하는 것일 뿐" 진리를 설파하는 것이라고 생각하지 않았고, 따라서 "그는 이러한 비철학적 유혹에 대한 절제와 엄격한 거리를 유지하도록 권했다"는 것이다. 여기에서 언급되는 소크라테스라는 인물은 일종의 은유이다. 즉 이 인물은 이후 서구의 문화세계를 지배하게 된 논리적이고 합리적인 이론적 인간의 전형을 상징한다는 것이다. 소크라테스와 니체로 상징되는 이러한 로고스와 미토스 사이의 투쟁의 핵심은 다음과 같이 정리될 수 있다. 소크라테스적 논리주의는 진리에 도달한다는 믿음으로 자신의 주관주의적 해석에 객관적 타당성을 부여하는 반면, 니체적 미학주의는 본질에 접근하고자 하는 노력에도 불구하고 표피적인 현상으로만 남을 수밖에 없다는 비관적 인식이 전제되어 있다. 소크라테스적인 이론적 인간은 "지식에 의한 세계의 개선과 학문에 의해 인도된 삶을 믿는" 사람이다. 이러한 종류의 인간에 대해 니체는 강렬한 비판을 제기하는데, 그것은 이론적 이성을 가진 인간에 의한 자연의 억압에 대한 비판인 동시에 인간에 의한 인간의 억압에 대한 비판이다.

로고스의 언어는 인간의 인식과 경험을 표현하고자 한다. 그러나 미토스의 언어는 이러한 언어의 외연에 갇히지 않고 거기에 어떤 초월적인 상징체계를 도입한다. 사실상 신들에 대한 이야기로서 신화는 시간과 공간을 초월한 어떤 내적 체험을 우리에게 제공한다. 초월자에 대한 이러한 이야기는 시공이라는 선험적 감성의 형식으로 한정되지 않는 감각, 범주라는 틀에 갇히지 않는 사유를 제공함으로써 모든 감각과 사유의 한계를 초월한다. 미토스의 언어는 이와 같은 초월적 세계의 상징체계를 만들어낸다. 거기에서 인식은 더 이상 자신의 능력을 발휘하지 못하고 인간의 본원적인 내적 체험이라는 어떤 낯선 경험이 그 자리를 대신하게 되는 것이다. 신화의 진리는 설명적이거나 논증적인 것으로서의 로고스적 언어가 아니라 인간의 내적 체험의 표현인 이야기 자체 속에 함축되어 있다. 그러므로 이러한 이야기의 후예로서의 문학과 시는 총체적인 신화 창조적 구조의 일부분을 형성한다. 그리고, 신화와 문학이 지니고 있는 관심사는 인간적인 요소들에 관하여 진실을 갖는 통찰력으로 확대된다. 그것들은 무엇보다도 상상력 속에서 구축된 인간의 세계를 표현한다. 우리는 여기에서 신화의 연구가 문학비평의 핵심적인 활동일 뿐만 아니라 사회 구조의 연구에도 핵심적이라는 점을 깨닫게 된다. 문학은 직접적으로 신화의 후예이며, 또 그 자체로 하나의 신화가 된다. 니체의 관점에 의하면, 신화가 하나의 보편적인 역사로 축소되면서 나타난 것이 문학/비극이다. 그렇다면 고대 인류가 지녔던 저 광대한 상상력의 회복, 말하자면 문학의 신화성의 회복이야말로 인간 실존의 회복을 위한 기본전제가 되는 셈이다. 니체는 다음과 같은 비통한 어조로 고대신화의 상실을 탄식한 바 있다. 이 상실된 고대신화를 대치하는 새로운 신화의 창조야말로 오늘날 신화의 직접적 후예로서 문학과 시가 짊어진 임무가 될 터이다.

신화 없는 인간은 영원히 굶주리며, 모든 과거의 사이에 서서 이리저리 땅을 파며 뿌리를 찾고 있다. 비록 그리 멀리 떨어진 고적古蹟 속에서 뿌리를 파헤치고 있음에 틀림없다 하더라도 배고프기는 마찬가지이다. 충족되지 않은 현대 문화의 저 거대한 역사적 욕구, 수많은 이질 문화의 수집, 타는 듯한 인식욕 등이 신화의 상실, 신화적 고향의 상실, 신화라는 어머니 품안의 상실을 의미하는 것이 아니라면 무엇을 의미하겠는가!
— 니체, 《비극의 탄생》 23장.

시의 (탈)정치성의
양상들
— 1990년대 시와 이천 년대 시의 (탈)정치성

'이천 년대 시의 탈정치성'이라고?

꼭 그랬다. 그 때 역시 지금의 편집자들이 제출한 문제지와 한 치의 어긋남도 없는 똑같은 화두를 던졌던 터였다. 물론, 이미 십 년도 더 지난 세기말의 일이어서 시대를 한정하는 하나의 접두어를 바꿔야겠지만 말이다. '특집 좌담'으로 마련된 그 때 그 잡지(《오늘의 詩》 통권 10호, 1993년 상반기)의 화두는 정확히 '90년대 시의 탈정치성'이었다! 그러니, 문제는 이런 것이겠다. 지난 세기의 90년대 이래 우리 사회의 시대적, 문학적 환경이 그다지 변화하지 않았거나 아니면 시대나 환경의 조건은 달라졌는데 우리 시가 여전히 지난 세기말의 문제의식을 살고 있거나. 그러나 두 경우 모두 불합리한 것 같다. 전자의 경우라면 지난 세기말의 문제의식은 여전히 유효하겠지만, 거기에는 변화를 수반하지 않는 역사와 시간의 흐름을 인정할 수밖에 없는 문제점이 뒤따를 것이다. 그리고 후자의 경우라면 지난 90년대 이래 오늘날의 우리 시가 사실상 정체의 길을 걷고 있다는 뜻일 텐데, 거기에는 시대나 환경의 조건과 무관하게 운동하는 문학의 존재를 인정할 수밖에 없는 문제점을 해명해야 할 터이다. 변화를 상정하지 않는 역사라는 관념은 얼마나 비역사적이고, 시대나 사회와 무관한 문학이라는 관념은 또 얼마나 비문학적인가? 그렇다면 진퇴양난의 이 곤경을 피하면서 우리가 취할 수 있는 입장이란 지난 90년대 시와 이천 년대 시가 모두 '탈정치성'이라는 화두를 공통된 문제의식으로 취하면서도 그 문제의식의 양상이나 방향 및 심도에 있어서의 변화 정도일 터이다.

사실상 문학에 대한 인류의 오랜 철학적 사유의 기원에서부터 '시와 정치'의 관계만큼 오래된, 또 그래서 그만큼 진부한 주제는 없다. 어쩌면 문학에 대한 모든 철학적 담론 자체가 이미 시와 정치의 관계에 대한 사유로부터 시작되었다고 말하는 편이 차라리 옳을지도 모르겠다. 호머를 겨냥한 플라톤의 '시인추방론' 이래로 시와 정치(혹은 철학)의 관계는 정치 쪽만이 아니라 문학 쪽에서도 언제나 다시금 반추되는 초미의 관심사였던 것이다. 정치가 요구하는 문학에 대한 제도적–이데올로기적 검열의 문제나 문학이 정치에 대해 제기하는 미와 예술의 자율성의 문제는 바로 이러한 관심의 적극적인 표현에 지나지 않을 것이다. 그만큼 시와 정치의 관계에 대한 문제는 낡고 낡은 주제인 셈이다. 그런데 왜 또 시의 정치성(혹은 탈정치성)이란 말인가? 왜 시의 정치성/탈정치성이라는 (진부한) 주제가 (새롭게) 문제가 된다는 말인가? 결국 '90년대 시의 탈정치성'의 문제와 꼭 마찬가지로 '이천 년대 시의 탈정치성'이라는 문제의식이 유효한 것은 오로지 '이천 년대'라는 수식어가 제한하는 하나의 특정한 시공간 안에서의 특정한 양상일 뿐이다. 그러니, 이 말은 이천 년대의 시와 정치의 관계 양상 혹은 정치성의 차원에서 이천 년대의 시가 갖는,

이전 시대와 구분되는 어떤 변별적인 특징에 대해 논의하자는 뜻이 겠다. 마치 90년대 시의 탈정치성의 문제가 이전 80년대의 시를 그 대타적 논의의 배경으로 삼지 않을 수 없듯이 말이다.

그래서 먼저, 불필요한 오해와 잡음을 없애기 위해 '시의 탈정 치성'이란 용어의 사용범위를 제한해야 할 필요가 있을 성싶다. 이 문제에 대해서는 이미 지난 90년대의 저 '특집 좌담'에 발제문으 로 제출된 바 있는 필자의 글(〈90년대 시의 탈정치성과 그 문제점〉)14)을 요약해서 정리하기로 한다. '시의 (탈)정치성'이란 용어는 두 가지 층위에서 논란의 여지가 있다. 첫째, 원론적으로 말하자면 시의 정 치성/탈정치성이란 시를 창작하는 행위 자체가 지니는 어떤 근본 적인 정치적 함의를 지시하기 위한 개념적 틀이다. 그러나 우리가 여기에서 논의할 문제는 그런 원론적인 의미를 위해서 주어진 것 은 아니다. 그런 의미에서라면 사실상 '탈정치성'이란 용어는 존립 할 수 없을지도 모른다. '인간은 그 본성상 정치적 동물'이기 때문 에, 인간 정신활동의 가장 세련된 산물 가운데 하나인 시 예술도 그 주제나 형상화의 방법이 어떠하든 간에 그 자체로 이미 일종의 정치성을 띠고 있다고 해야 하기 때문이다. 말하자면 이런 관점에 서는 탈정치성마저도 이미 하나의 정치성이라고 말할 수밖에 없다 는 것이다. '시의 (탈)정치성'이라는 화두가 이런 식으로 이해될 수 없으리라는 사실은 분명하다. 그러므로 우리가 논의할 시의 정치 성/탈정치성이란 시의 소재나 주제, 또는 사상이나 그 형상화의 측 면에서 어떤 특정한 정치적인 현상이나 태도, 이데올로기 등을 표

---

14) 《오늘의 詩》 통권 10호, 1993 상반기, 6-15쪽. 이 글은 또한 필자의 평론집에도 수록되어 있다.
《사랑, 그 불가능한 죽음》(문학과지성사, 2000), 22-33쪽 참조.

면적으로 부각시키고 있느냐 그렇지 않느냐의 여부에 따라서 사용되는 것으로 한정지어야 한다. 둘째, 시의 정치성/탈정치성이라는 용어를 이런 식으로 한정하여 이해한다 하더라도 여전히 문제는 남는다. 즉 시의 주제나 사상적인 측면에서 나타나는 정치 또는 정치성을 어디까지로 어떻게 범주화할 것이냐 하는 문제 말이다. 예술에 관한 수많은 미학적 이론이 존재하는 것과 마찬가지로, 아마도 정치학자의 수만큼이나 많은 '정치'와 '정치성'의 개념이 존재할 것이기 때문이다. 정치를 단순히 사전적인 의미로 '권력의 획득, 유지 및 행사를 위한 투쟁이나 조정 따위에 관한 현상'이라고 정의하더라도 그러한 현상의 그물망은 사실상 논자에 따라서 큰 편차를 지닐 수밖에 없다. 이를 테면, 권력의 행사나 그 이데올로기 투쟁이 어떤 단일한 현실적인 정치경제의 층위에서만 이루어지지 않고, 또 그렇게 될 수도 없다는 사실을 우리는 이미 알고 있다. 따라서 정치경제적, 계급적 차원에서의 거시적 권력 투쟁만이 정치적이고, 일상의 문화적 층위에서의 미시적 권력 투쟁은 탈정치적이라고 말할 수는 없는 것이다. 시의 탈정치성이란 화두는 이러한 점에서 또 하나의 논란의 여지를 마련하고 있다 하겠다.

결국 '90년대 시의 탈정치성'의 문제가 '80년대 시의 정치성'이라는 도식화된 이분법적 틀을 그 대타적 배경으로 하여 논의될 수밖에 없듯이, '이천 년대 시의 탈정치성'에 대한 논의 역시 지난 세기의 80년대와 90년대 시들과의 연관성 속에서 전개되어야 할 것이다. 우선 우리는 80년대 시와 구분되는 90년대 시의 탈정치성이라는 문제의 맥락을 다음과 같이 간략히 정리하기로 하자. 즉 80년대의 문학공간에서 주도적인 영향력을 행사했던 '민중시'나 '해체시'가 보여주었던 사회과학적 인식틀에 대한 회의가 광범위하게 90

년대 시의 현상 속에 드러나게 되었다는 사실이다. 여기에서 90년대 시의 '탈정치성'이란 어사는 어쩌면 탈구조주의나 탈현대이론, 탈이데올로기, 가치 다원주의 등의 어휘들 속에 뙈리 틀고 있는 어떤 새로운 인식론적 패러다임과 밀접한 관련을 맺고 있는 것처럼 보인다. 그렇다면 이 새로운 인식론적 틀이 함의하는 바는 무엇인가? 이 질문에 대해서는 저 발제문의 일부를 직접 인용하기로 한다.

> 그 새로운 인식틀은 근본적으로 이성 중심적 총체성 철학의 역사발전 모델에 대한 본질적 회의와 그 맥을 같이하고 있다. 이 인식론의 등장은 80년대의 거시 권력적, 계급 투쟁적 담론으로부터 일상의 미시 권력적 담론의 차원으로 그 인식의 층위가 다원화, 세밀화, 다전선화되었다는 뜻을 함축하고도 있다. 후기자본주의사회, 후기산업사회의 복합적이고 다양한 지배 이데올로기적 장치들 속에는 이제 물적 토대에서 의식의 상부 영역으로 이르는 그 과정 자체가 어떤 단일한 결정론으로 재단될 수 없을 만큼 중층화되어 있는 것이다. 오늘날의 자본주의 사회 속에서 의식의 상부 영역은 그 물적 토대뿐만이 아니라 광범위하게 물화된 일상의 욕망과 무의식에 의해서도 지배받는다는 주장은 이제 더 이상 과장이 아니다. 따라서 현실에 가장 예민한 촉수를 들이대고 있는 시의 응전 역시도 그 전선을 다원화하지 않을 수 없는 현실 상황에 처하게 되었음은 자명한 이치이다. 정치경제적 계급투쟁과 이데올로기 투쟁으로 전선을 단일화한 기존의 인식들에 대한 비판적 자각으로부터 90년대의 시들은 출발하고 있다.[15]

사실상 정치적 의식의 가장 분명한 표현은 근대적 의식의 이분법적 대립 구조의 인식틀 속에서 발견된다. 그것은 항상 (권력의) 주

---

15) 졸저, 《사랑, 그 불가능한 죽음》, 문학과지성사, 2000, 29쪽.

체와 대상을 분리하며, 그 대상 가운데서도 또한 언제나 '내 편'과 '네 편'을 구분한다. 구분과 분리는 정치적 의식의 가장 기본적인 전제에 속하는 것이다. 그리고 이러한 분리의 의식이 가능하지 않다면 정치는 그 원리상 불가능하다. 왜냐하면 궁극적으로 정치는 권력의 문제이고, 또 권력은 언제나 지배와 피지배의 문제이기 때문이다. 그러므로 정치는 무엇보다도 먼저 분명한 주체의 의식을 요구한다. 이런 관점에서라면 정치성은 정확히 근대적 이성 고유의 영역 속에 똬리 틀고 있다고 해야 한다. 거기에서 주체와 대상은 명확하게 분리되는 것으로, 혹은 분리될 수 있는 것으로 전제된다. 이러한 근대적 주체의 관점에서 보자면 80년대 시는 분명 '정치적'이었다고 말할 수 있다. 비록 그 대상 표현의 방법과 시적 전략에 있어서는 서로 다른 방향을 달린다 할지라도, 80년대의 민중시/노동시와 해체시에는 공통적으로 추구해야 할 이념과 해체하거나 파괴해야 할 적의 구분이 분명했던 것으로 보이기 때문이다. 80년대 시의 분명한 주체 의식과 그리고 이에 근거한 이념과 적의 확고한 규정은 이 '시의 시대'를 또한 '시의 정치성'의 시대로 달리 명명할 수 있게 하는 근거가 될 수 있을 것이다.

그렇다면 지난 세기의 90년대와 이천 년대의 우리 시에서 공통적으로 제기되는 '탈정치성'이란 화두는 어쩌면 이 같은 주체와 대상의 분리 의식에 토대를 80년대 '시의 정치성'에, 그리고 더 멀리로는 근대적 주체의 관념에 모종의 변화 내지는 해체가 일어났음을 암시하고 있는지도 모르겠다. 왜냐하면 정치성으로부터 탈정치성으로의 이행에는 주체 의식의 변모 혹은 이념이나 적으로 상정되는 대상의 변화 이외에는 달리 그 논거를 구할 방도가 없기 때문이다. 그리고 이러한 시의 탈정치성의 문제의식 속에는 이성중심주의적인 근대적 주체 관념의 변모 내지 해체라는 보다 근본적인 인식론적 틀의 변화가 그 심연을 요동치고 있다 할 것이다. 따라서 우리는 90년대 이래 이천 년대 시의 탈정치성의 특징을 근대적 의식의 주체 관념의 변화라는 관점에서 조망해 볼 수 있다고 생각하는 편이다. 단적으로 말해서, 근대적 관념에 있어서 주체란 대상(세계)와 분리된 단독자로서 정립된다. 이 같은 근대적 의미에서의 주체의 탄생을 둘러싼 경위에 대해서 나는 이미 다음과 같이 기술한 바 있다.

근대적 사유의 발생론적 기원의 자리에서 보자면, 이성적 존재로서의 주체 즉 자아의 자기 정립은 세계로부터의 분리를 자신의 존재론적 – 필연적 전제로 삼고 있는 것처럼 보인다. 이 말은, 자아의 자기 정립이 단순히 세계와의 분리 이후의 사후적 침전물이라는 사실을 의미할 뿐만 아니라 또한 세계와의 분리 그 자체가 바로 자아라는 관념의 결과물이라는 사실을 뜻한다. 따라서 이 같은 사유하는 자아로서의 근대적 주체의 탄생과 더불어, 자아와 분리될 수 없이 한 몸으로 존재했던 세계는 이제 한낱 인식하는 자아의 대상 세계로 전락할 수밖에 없는 운명을 감당하기에 이른다. 그리고 이 전락한 대상 세계에 붙여진 이름이 자연/죽음, 육체/감각, 무의식/욕망 등의 근대적 '이성의 타자'의 영역을 구성하고 있음은 익히 잘 알려져 있는 사실이다. 결국 자아에 의한 세계의 이러한 분리는 자아와 세계 모두를 반쪽짜리 진실만 소유하는 불구로 만들어놓는 결과를 초래하게 된다. 존재론적 사건의 역사에서 우주적 '빅뱅'에 해당될 이 같은 자아의 자기 정립이라는 근대적 주체 관념의 탄생으로부터 자연세계의 대상성과 정신세계의 주체성은 이제 완벽하게 분리된 것으로, 혹은 분리될 수 있는 것으로 상정된다. 그러나 모든 기원의 관념은 또한 종말의 관념을 자체 내에 포함하는 법. 이러한 분리 속에서 근대적 인간의 탄생이 곧 근대적 인간의 죽음을 상상하게 만드는 것도 그러한 이유와 무관하지 않을 성싶다. 근대의 종언, 인간의 종언, 혹은 역사의 종언 같은 수사학은 이러한 근대적 사유의 기원에 놓인 주체의 탄생이라는 존재론적 사건의 논리적 - 필연적 귀결일 수도 있다.[16)

주체와 대상(세계)의 이러한 분리/정립 의식 속에 존재하는 근대적 의미의 주체 관념에 대한 회의는, 내가 보기에, 지난 90년대 시의 지평에서는 대상(세계)의 상실이라는 측면으로 드러난 듯하다.[17) 보다 정확히 말하자면, 지난 세기의 90년대 우리 시는 '대상의 대상성의 부재'를 경험하게 되었다는 뜻이다. 추구해야 할 이념과 해체해야 할 적이 분명해 보였던 80년대의 시와는 달리 90년대의 시에는 새롭게 추구하거나 파괴해야 할 이념적 지표나 적의 실체가 불분명하거나 아예 사라진 것처럼 보였던 것이다. 그리하여 90년대의 시는 80년대적 문학의 인식틀에서는 배제되거나 소홀히 다루어졌던 다양한 '주변' 문제들, 가령 정치경제학적 생산과 계급 투쟁의 문제가 아닌 일상의 미시적 욕망이나 개인의 실존적 내면의 문제 혹은 성이나 생태학적 환경과 생명, 여성 문제 등으로 자신의 시적 관심의 촉수를 다양화할 수 있게 된다. 신서정시, 도시시, 일상시, 정신주의시, 생태시, 여성시 등으로 호명되는 90년대

---

16) 졸고, 〈표현 불가능한 표상들의 운명 - 근대적 사유의 지평과 한계〉, 《문학·판》, 2006년 겨울. 53-4쪽.

17) 이 문제에 대해서 나는 이미 언급한 바 있다. "우리 시의 90년대는 이 '약속 없는 세대'가 암시하는, 세계의 중심이 상실된 시대의 본질에 대한 처절한 각성과 이러한 자각의 내면화 속에서 형성되었다. 그렇기 때문에 90년대의 시적 지평에서는 80년대의 시가 '안개'의 상징에 의해 암시적으로 드러내고자 했던 이 세계의 실재에 대한 상실감은 비교적 소박하고 추상적이었던 것으로 보인다. 왜냐하면 80년대의 시에 있어서 이 상실감과 무감각은 적어도 새로운 이념적 좌표의 설정이나 문법적 해체에 의해서 전복되거나 해체될 수 있는 것으로 상정되었기 때문이다. 그러나 90년대에 들어 이제 세계의 실재에 대한 상실감은 돌이킬 수 없는 현실이 되었고, 이 부재하는 세계의 실재의 표상을 인유하려는 노력은 90년대 시의 운명적인 과제가 되었다. 그것은 완전히 해체된 질서, 무너진 중심, 사라진 적들의 세계에서 처음부터 새롭게 시작해야 할 길이었다."(〈부재하는 실재의 표상과 인유의 방법들 - 우리 시의 언어적 탐색과 실험의 측면〉, 《파라 21》, 2004년 겨울. 45-58쪽 가운데 50쪽).

의 여러 다양한 시적 흐름들의 지형도가 이러한 사실을 단적으로 입증해 주고 있는 터이다. 그러니 우리는 이 같은 '세계의 상실'과 '대상의 대상성의 부재'라는 90년대 시의 고유한 경험에 붙여진 인식표가 바로 '탈정치성'이었다고 말할 수 있다.

지난 90년대 시의 지평에서는 대상(세계)의 상실이 문제였다면, 이천 년대 시들은 대상의 상실뿐만이 아니라 거기에서도 더 나아가 아예 주체의 분열 내지는 상실을 경험하고 있는 것처럼 내게는 보인다.[18] 보다 정확히 말하자면, 이천 년대 우리 시의 지평에서는 '주체의 주체성의 상실'이 화두가 되고 있다고 할 수 있다. 특히 젊은 시인들(흔히 '미래파'라는 이름으로 불리기도 하는)의 시세계가 공통적으로 보여주는 육체적 차원의 감각이나 환각(혹은 환상) 혹은 무의식이나 꿈 및 성적 욕망의 문제, 하이브리드(혼종성)에 기반한 엽기적 취미나 그로테스크의 미학 등은 모두 근대적 주체의 관념에 대한 반성과 이의를 제기하는 듯하기 때문이다. 그리고 90년대 시의 '대상의 대상성의 부재'의 경험에 붙여진 인식표가 '탈정치성'이었듯이, 이천 년대 시가 겪고 있는 이 같은 '주체의 주체성의 상실'의 경험에 대한 환유가 어쩌면 '탈정치성'이라는 꼬리표인 지도 모른다. 그렇다면 이제 우리가 논의해야 할 문제는 이천 년대 시가 이러한 '대상의 대상성의 부재'와 '주체의 주체성의 상실'의 경험에 대항하는 구체적인 방식이어야겠다. 이 대응의 방식은 곧 오늘날의 우리 시가 근대적 주체의 관념을 해체 내지 파기하면서 어떤 방식으로 주체를 새롭게 구성해낼 것인가 하는 문제와 다르지 않을 것이다.

---

18) 이에 대해서는 다음 글을 보충할 수 있겠다. 졸고, 〈지워지는 주체의 흔적들〉, 《문학 · 판》, 2005년 겨울, 294-305쪽.

다음과 같은 세 가지 측면에서의 논의가 가능할 것으로 보인다.[19] 우선, 대상의 대상성의 부재에 대항해 (이성적) 주체에 의해 분리된 대상(세계)의 실재성의 회복과 복원을 기획하는 이천 년대 시의 전략은 육체적 차원의 감각의 문법을 통해 성취될 수밖에 없을 것으로 보인다. 여기에서 우리는 이 육체적 감각을 대상의 대상성에 직접 뿌리를 둔 어떤 원초적인 것으로 상정해야 한다. 물론 의식하는 주체에게는 이 같은 심연이 결코 알려져 있을 수 없는 것이므로, 그것은 의식에게는 오로지 있을 수 없는 것 혹은 불가능한 것으로 보일 수밖에 없을 것이다. 육체의 감각은 이 불가능한 것을 가능하게 해 준다. 결국 세계의 실재성의 회복은 싱싱한 육체적 감각의 회복과 다르지 않다. 다음으로, 근대적 주체의 주체성의 상실에 대항해 주체를 새롭게 구성하려는 이천 년대 시의 전략은 근대적 의식이 상실한 꿈이나 환상 혹은 성적 충동이나 신화적 상상력 같은 무의식적 욕망의 차원을 통해 성취될 수밖에 없다. 사실상 이러한 무의식적 차원의 욕망의 시학은 상실된 주체성의 시대를 이천 년대 젊은 시인들이 가장 정교하게 공을 들이고 있는 시적 대응전략이라고 할 수 있다.[20] "그 자체로 직접 존재에 바탕을 두고 있는"(사르트르) 욕망은 의식하는 존재의 결핍에 대한 알리바이로 작동하기 때문이다. 무의식적 욕망의 복원이 상실된 주체성의 회복인 까닭이 거기에 있다. 마지막으로, 근대적 주체의 관념으로부터 야기된 대상의 대상성의 부재와 주체의 주체성의 상실은 인간의 정체성의 혼란을 야기할 수밖에 없다. 이 같은 정체성의 혼란의 시대를 사는 이천 년대 시의 전략은 차원과

---

19) 이하의 내용은 앞서 인용한 〈표현 불가능한 표상들의 운명 - 근대적 사유의 지평과 한계〉를 요약 정리한 것이다(57-61쪽). 보다 상세한 논의는 본문을 직접 참조하길 바란다.

20) 보다 자세한 사항은 다음 글을 참조할 것. 졸고, 〈환상 속으로 탈주하는 주체들 - 우리 시의 21세기적 초상〉, 《문예중앙》, 2005년 겨울. 73-88쪽.

층위가 다른 이질적인 표상들의 충돌과 접합을 통한 혼종성의 생산에 있는 것처럼 보인다. 그리고 이러한 혼종성이 직조해내는 어떤 정서적 특질을 우리는 엽기와 그로테스크로 명명할 수 있는데, 따라서 그로테스크는 존재론적 층위에서 보자면 혼종성의 미학이라고 할 수 있을 것이다. 결국 인간의 정체성의 회복은 인간 정신의 내부에 깃든 이질적인 존재의 차원과 층들을 아우르지 않을 수 없는 것이다.

그렇다면 사실상 지난 90년대 이래 이천 년대 시가 갖는 '탈정치성'의 특징은 오히려 성치성의 차원을 확대 심화시킨 것이라고 말해야 한다. 왜냐하면 오늘날 우리 시가 갖는 '탈정치성의 정치성'의 차원은 근대적 주체(그것이 이성적 주체이든 계급적 주체이든간에)의 관념 속에서 정치경제적 이익과 이데올로기적 계급투쟁으로 단일화되었던 종래의 정치와 권력의 차원을 일상의 미시적 욕망이나 생태환경의 문제, 여성이나 사회적 약자 및 소수자의 문제 등으로 확장했기 때문이다. 궁극적으로 정치politics는 공동체polis의 구성을 둘러싼 문제이다. 그리고 모든 공동체의 구성은 당연하게도 정치경제의 차원에서만 설명될 수 있는 것이 아니다. 90년대 이래 이천 년대의 우리 시가 제기하는 (탈)정치성의 차원은 이 공동체를 구성하는 보다 세밀한 문제들까지도 그 성찰과 반성의 대상으로 삼고 있다는 점에서 보다 확장된 정치성을 함의하고 있다고 말하는 편이 옳다. 우리가 보다 더 잘 소통하기 위한 정신적 노력의 일환이 시라면, 시야말로 언제나 보다 정교한 정치성의 차원을 그 자체 내에 함유하고 있다고 해야 한다. 아니, 오히려 이 세계와의 완전하고도 직접적인 소통을 열망하는 시의 꿈이야말로 가장 근원적인 의미에서 정치성을 갖는다고 할 수 있다.

근대적 의미에서의 '문학'이라는 개념은 분명 18세기의 서구 부르주아 계급의 등장과 함께 시작되는 역사적, 사회적으로 조건 지어진 개념이다. 그리고 이러한 문학이라는 개념의 내실은 정치적, 도덕적, 종교적 관심이나 이념들과는 무관한 문학의 독자적인 영역, 즉 미의 자율성 속에서 규정되는 결과로 귀착되었다. 그러므로 근대적 의식의 틀 안에서 문학이란 이미 그 자체로 '탈정치적'이라는 관념 역시 이 개념의 내실 속에 온전히 정립되어 있었다고 해야 한다. 문제는 이처럼 탈정치적인 것으로 가정된 미와 예술의 자율성이라는 테제가 역설적으로 부르주아 계급의 이데올로기에 의해 '제도적으로'(이 말은 또한 '정치적으로'라는 뜻이겠다) 의미 부여되었다는 사실이다. 보다 정확히 말하자면, 문학의 자율성/탈정치성이라는 개념 자체가 이미 정치적, 이데올로기적 관념의 산물이라는 뜻이다. 그러니 우리는 지금 문학의 '탈정치성의 정치성'을 논해야 하는 난감한 입장에 처해 있는 셈이다. 한 시인의 다음과 같은 발언도 아마 이러한 난맥상을 염두에 둔 것일 터이다. "문학과 정치는, 유관한 사이라면, 그 유관은 정치적인가 문학적인가, 정치적 유관과 문학적 유관의 관계는 정치적인가 문학적인가, 그 유관의 유관은 정치적인가 문학적인가. 무관이라면, 정치적으로 무관인가, 문학적 무관인가. '무관한 관계'는 정치적인가 문학적인가. 이런 자폐 회로는 문학은 문학적이며 정치는 정치적(일뿐)이라는 너무도 분명한 상식마저 일그러뜨린다. 정치를 강조하는 쪽뿐 아니라, 문학을 강조하는 쪽에서조차."[21]

18세기 이래 시/문학의 자율성은 현실 사회와의 '거리두기'를

---

21) 김정환, 〈가벼운 농담으로써 형상화〉, 《대산문화》, 2007 봄. 36쪽.

통해 성취되는 것으로 상정되었다. 그 점에서 현실 사회와의 '거리 없애기'를 목표로 하는 시/문학의 정치성은 표면적으로는 시의 자율성과 대척점에 있는 것처럼 보일지도 모른다. 그러나 진정한 의미에서의 문학의 자율성이란 현실 사회와의 '거리두기'와 '거리 없애기'의 긴장 속에서만 성취될 수 있는 것이라고 해야 한다. 왜냐하면 이 '거리두기' 자체가 이미 현실 사회가 제도적으로 승인한 결과이기 때문이다. 그러므로 시의 자율성과 시의 정치성은 한 동전의 양면일 수밖에 없는 문제일 것이다. 거기에서는 한 쪽을 전제하지 않는다면 다른 한 쪽도 그 의미를 상실하지 않을 수 없기 때문이다. 우리는 문학의 자율성 자체가 이미 역사적으로 주어진 일종의 정치적/이데올로기적 개념임을 이해해야 하며, 또 시의 정치성 역시 시의 자율성의 한 측면으로 간주할 수 있어야 한다. 시의 자율성이 근본적으로 (현실 사회와 일정한 거리를 전제로 한) 정신의 반성적 사고에서 확보된다고 할 때, 그 반성과 전복적 사유가 정치의 층위를 배제할 이유는 어디에도 없을 것이기 때문이다.

엽기
혹은 도발과 전복의 상상력
— 엽기적 상상력 서설 序說

1.

　'엽기獵奇'라는 한자의 사전적 정의는 "기괴한 것이나 이상한 일에 강한 흥미를 가지고 찾아다니는 일"이라고 기술되어 있다. 그런 의미에서 그것은 무엇보다도 취미와 욕망의 맥락 속에 위치하고 있는, 미학의 한 중요한 테마가 된다고 말할 수 있다. 미학에서는 이러한 엽기적인 취미와 욕망의 문제를 이미 '그로테스크 grotesque'라는 개념으로 포괄하고 있고, 그 취미와 예술양식의 역사는 최소한 고대 로마의 초기 기독교 시대로까지 거슬러 오르는 터이다. 사실상 오늘날 우리 사회에 유행처럼 번지고 있는 이러한 엽기적 취미와 욕망의 등장은 현대에 고유한 유일의 현상이 아니고 또 현대 문명 특유의 현상은 더더욱 아닌 것이다. 취미와 욕망의 존재를 전제하는 엽기에 대한 사전적 정의에서 문제가 되는 것은 다음과 같은 두 가지 측면일 것이다. 첫째, 어떤 사태나 사건을 '기괴한 것'이나 '이상한 일', 즉 비정상적인 것으로 구분하는 미학적 판단기준의 문제가 등장한다. 여기에는 정상성과 비정상성을 가름하는 어떤 문화인류학적 · 사회학적 기준이 전제될 것이다. 둘째, '강한 흥미를 가지고 찾아다니는' 인간 욕망의 존재론이라는 문제가 제기된다. 여기에는 이러한 흥미를 유발하는 대상에 대한 욕망의 존재론적 · 심리학적 차원의 기술이 요구될지도 모른다. 그러나 여기에서 이 같은 근원적인 문제들에 대한 해명이 우리의 주제는 아니다. 우리는 다만 다음과 같은 두 가지 '엽기적인' 예를 통하여 이러한 취미와 욕망의 구성성분을 추출해 보는 것으로 만족하려고 한다.

첫째, 아직 유아기를 벗어나기 이전의 어린아이(아이들의 반응이야말로 그래도 아직은 자발적이고 복잡하지 않아서 이 실험을 위해서는 썩 좋은 대상이 될 수 있겠다)에게 웃는 얼굴로 다가가 점차로 얼굴을 일그러뜨리기 시작한다면 어떤 결과가 일어날 것인가? 아마도 그 아이는 얼굴이 어느 정도 찡그려질 때까지는 웃다가(친숙한 사람의 얼굴이라는 것이 확실한 동안이겠지만) 일단 그 지점을 지나쳐 표정이 너무 일그러져서 그 낯섦으로부터 오는 어떤 위험을 느끼게 되면 갑자기 겁에 질려 울음을 터뜨리게 될 것이다. 둘째, 된장 냄새를 맡아본 적이 없는 서양인에게 그 냄새를 맡게 하거나 치즈를 먹어본 적이 없는 동양인에게 치즈 냄새를 맡게 한다면 어떤 일이 일어날 것인가? 사실상 그것들에서 나는 '좋지 않은' 냄새는 각자의 편견으로 인해 악취라는 비난을 면하기 어려울 것이다. 당신은 홍어회를 좋아하는가? 코를 쏘는 듯한 저 썩힌 홍어회의 냄새는 그 맛을 아는 사람에게는 그처럼 구미를 당기는 음식 냄새도 없을 것이다. 다른 사람의 배설물 냄새에서 구역질이 나느니 어쩌니 하는 사람들도 누구나 제 것은 특별히 편안하게 맡기 마련이다.

일견 터무니없고 기묘하며 점잖지 못하게 보이는 이러한 예들을 통해 드러나는 반응이 사실상 우리가 엽기라고 칭하는 사태를 둘러싼 전모를 밝히는 데에 도움이 될 수 있다. 첫 번째 예에서 우리가 관심을 갖게 되는 것은 웃음과 울음이라는 그 두 가지 반응이 엇갈리는 가느다란 경계선이다. 보다 엄밀히 말해서 그 경계선은 두 반응이 동시에 불러일으켜지는 상황, 말하자면 비정상적인 것의 희극적 양상과 더불어 두렵고 역겨운 양상이 똑같이 느껴지는 어떤 양면적인 부조화의 상태를 연출한다. 두 번째 예에서 된장이나 치즈의 좋지 않은 냄새는 동시에 가장 기분 좋은 냄새일 수도 있다는, 그리고 사실상 그 둘은 거의 구분되지 않는다는 기묘한 모순을 우리는 발견한다. 이러한 부조화와 모순성이 엽기가 지닌 중요한 특성이라고 말할 수 있다. 엽기는 이처럼 갈등, 충돌, 이질적인 것의 혼합 혹은 본질적으로 다른 것들의 융합 등으로 이루어지는 부조화와 모순의 미학으로 자리하게 된다.

엽기가 지니고 있는 이러한 부조화나 모순성이 문학작품 자체에서만이 아니라 작품이 유발하는 반응 속에서도, 그리고 작가나 시인의 창조적 기질과 심리적 구조 속에서도 발견되어왔다는 점은 중요하다. 그리고 또 하나 빠뜨릴 수 없는 것은 엽기적인 것 속에는 늘 육체적이거나 감각적인 이미지가 강력하게 뿌리내리고 있다는 사실이다. 앞서 든 두 가지 예에서 엽기적인 요소는 시각적이거나 청각적인 이미지와 직접적으로 관련되어 있다. 엽기에 있어서 중요한 것은, 그것이 유발하는 웃음과 그와 뒤섞인 공포 따위의 반대 반응은 둘 다 신체적으로 잔인한 혹은 비정상적이거나 음란한 것에 대한 반응일 수 있다는 가능성이다. 다시 말해 엽기적인 것이 불러일으키는 지적으로 세련된 반응과 나란히 우리 내부 깊숙이 무의식의 어떤 영역에 묻혀 있는 것, 은폐되어 있었으나 분명히 작용하고 있는 어떤 가학적·피학적 충동이 우리로 하여금 그런 것들에 대해 성스럽지 못한 환희와 야만적인 기쁨을 나타내도록 했을 가능성이 있다는 것이다. 엽기적 취미와 욕망의 이러한 측면을 과연 어느 정도까지 정당하게 추구할 수 있을지는 의심스럽지만, 우리는 엽기가 최소한 비정상적인 것에 대한 취미나 욕망과 강한 친화관계를 맺고 있음을 확인할 수 있다.

2.

엽기적 취미와 욕망이 정상상태를 벗어난 것이라면, 그것의 두드러진 표현방식 또한 과장과 극단이라는 데에는 누구나 쉽게 동의할 수 있을 것이다. 이러한 표현방식이 지니는 특성으로 인해 엽기는, 표면적으로만 보자면, 주로 공상적이거나 환상적인 것과 연관된다고 할 수 있다. 그러나 여기에서 유념해야 할 것은 고전적 기질의 작가들이 비난조로 공상적인 것이라고 일컫는 것이 그것에 대한 우리의 현대적 개념과 반드시 일치하지는 않는다는 사실이다. 공상적인 것이 단순히 정상적이고 자연스러운 것으로부터의 뚜렷한 이탈을 의미한다면, 엽기가 공상적이라는 것은 의심의 여지가 없다. 그러나 만약 소재가 공상적으로 표현되느냐 사실적으로 표현되느냐가 기준이 되어야 한다면, 우리는 오히려 다음과 같은 '이상한' 결론에 도달할지도 모른다. 즉 엽기의 세계는 그것이 제아무리 이상스러운 것이라 할지라도 공상적인 것과 친화관계를 가지기는커녕 오히려 너무나 생생한 우리의 현실적인 당면 문제로 와 닿는다는 것이다. 그리고 바로 이 점이야말로 엽기를 그처럼 강력한 정서적 효과를 지닌 것으로 만든다고 확실히 말할 수 있다. 역으로, 만약 어떤 작품이 현실과의 관련을 단연 배격하면서 오로지 작가에 의해 창조된 공상세계로만 취급된다면, 거기에서 엽기란 거의 존재할 수가 없다. 왜냐하면 폐쇄된 공상세계에서는 무슨 일이건 가능하기 때문이다. 우리는 일단 자신이 마주하고 있는 사태가 그러한 폐쇄된 세계라는 것을 인식하면 제 아무리 생경한 것들도 아무런 심정의 동요 없이 받아들일 준비가 되어 있는 것이다. 굳이 그러한 것들을 사실로서 이해해야 할 의무는 우리에게 없기 때문이다.

그러므로 정서적인 불쾌와 반감을 불러일으키는 엽기적 취미와 욕망은 단순히 공상적인 것이거나 공상의 산물로만 치부될 수는 없는 것이다. 그것은 현실 속에서 실제로 엄연한 사실로서 존재하고 있는 것이기도 하다. 이를테면 반감을 야기하는 '엽기적인 현실'은 동물(잡종hybrid), 인간(그릇된 교육, 질병, 죽음), 자연(환경의 파괴), 도덕(야만, 범죄), 사회와 정치(부패와 억압) 등 이 현실세계의 모든 영역에서 발견될 수 있는 것이다. 그렇기 때문에 엽기는 또한 언제나 문학과 예술의 일부였다고 말할 수 있다. 더욱이 리얼리즘 예술의 등장 이래로는 '더 이상 아름답지 않은 예술들'이 지배권을 획득하게 된 터이다. 그러나 우리는 '엽기적 현실'과 '엽기적 문학'을 다른 시각으로 대할 수 있고 또 실제로도 그것들에 대해서는 서로 상이한 정서적 반응을 보이게 된다. 아리스토텔레스의 말대로 현실에서는 추한 것을 보면 혐오와 메스꺼움이 일어나지만, 그와 달리 문학에 있어서 그것은 독특한 매력을 발산할 수 있고 또 만족스럽게 관찰될 수도 있는 것이기 때문이다. 그러한 이유 때문에 독일의 계몽주의 문학가 레싱G. E. Lessing은 추한 것의 묘사를 회화의 대상으로서는 거부한 바 있다. 그의 견해에 따르면, 오로지 시간의 연속적 표현형식을 통해 그 영향력이 완화될 수 있는 문학만이 추한 것의 모방을 허용 받을 수 있다는 것이다.

엽기적 취미와 욕망에 대한 고전적 반응이라고 설명했던 반응은 적어도 부분적으로는 또한 대단히 비정상적인 것에 대한 우리의 일반적인 반응이라는 점은 분명히 해둘 필요가 있다. 왜냐하면 비정상적인 것은 우스울 수가 있으며 또 한편으로는 무섭거나 역겨울 수도 있기 때문이다. 새로운 것에 대한 기쁨과 정상적인 것에서 벗어난 것에서 맛보는 재미는 일단 그 비정상의 정도가 일정한 수준에 이르게 되면 친숙하지 못한 미지의 것에 대한 공포와 전율로 바뀐다. 공인된 기준과 규범에서 벗어난 것에 대해 느끼는 쾌감은 그러한 기준과 규범이 심각하게 위협을 받거나 공격을 당했다고 여겨지면 곧장 공포와 분노가 되는 법이다. 엽기는 이같이 비정상적인 것의 희극적 양상과 더불어 두렵고 역겨운 양상이 똑같이 느껴지는 부조리와 모순의 상황을 연출하는 역설적인 문제가 된다.

무엇보다도 특히 엽기가 지니고 있는 이러한 부조리와 모순의 상황을 만들어내는 근본적인 비정상성과 그 비정상성이 표현되는 직접적이고 종종 과격하기도 한 방식 때문에 그것은 저속하다거나 거칠다는 비난을 받는다. 좀 더 정확히 말하자면, 엽기의 비정상성은 도덕적으로는 예의범절에 대한 모욕이며 '사실'과 '정상'에 대한 모독이라는 비난을, 혹은 도덕적인 색채가 덜 두드러진 심미비평의 언어로 표현하자면 멋없고 쓸데없는 왜곡이라든가 또는 억지스럽고 무의미한 과장이라는 비난을 흔히 받는다. 그러나 비정상적인 것에 대한 우리의 반응은 다양할 수 있다. 보수적이거나 고전적인 취향을 지닌 사람은 앞의 비판이나 비난의 방식으로 그것을 일축해버리는 경향을 보일 것이며, 이상한 것과 새로운 것에서 기쁨을 느끼는 사람은 오히려 넋을 빼앗길지도 모른다. 어떤 사람은 이 같은 사태에 대해 메스껍거나 끔찍할 뿐이라고 느끼는 데 비해 다른 사람은 그저 우습거나 재미있다고 느끼고, 또 다른 사람은 이런 두 가지 느낌을 동시에 받게 될 수도 있다.

엽기에 있어서 이처럼 서로 엇갈리는 반응을 해소하기란 사실 어려운 일처럼 보인다. 우리의 반응은 종잡을 수 없이 복합적이기가 쉽기 때문이다. 엽기적인 것에 대한 우리의 반응에는 분명 공포감도 자리 잡고 있겠지만, 그와 동시에 잔인한 위트를 즐기는 마음과 그 제안의 끔찍한 내용이나 그것이 표현된 지적이고 냉정한 방식 사이의 철저한 불일치를 기꺼워하는 마음 또한 함께 자리하는 것이다. 엽기적인 취미와 욕망에서 야기되는 이러한 이차적 반응은 심리학적으로 매우 흥미로운 반응들로서, 우리는 이 두 가지 이차적 반응이 모두 자기합리화와 방어심리를 포함하고 있음을 알게 된다. 합리화와 방어심리가 개재한다는 것은 엽기적 취미와 욕망이 정상적으로는 받아들이기 힘든 어떤 요소를 지니고 있는 것이며, 따라서 우리는 그것이 불러일으키는 불편함을 피하려는 경향이 있음을 암시한다고 하겠다. 그러나 엽기는 사실상 그것이 발휘하는 이 같은 강력한 정서적 효과에서 그 존재 의의를 갖는다.

3.

비명소리에
일생일대의 수치가 죽다.

여자의 가랑이 사이에서
중량 3kg의 피범벅이 밀려나오다.

3키로짜리 토종이에요.
백숙이요? 도리탕이요?
흰 가운의 정육점 남자가
생닭의 두 다리를 잡아올리다.

축하합니다.
공주예요.

도리탕이요.

　　　　　　　　　　　　　　— 전영주, 〈生〉 전문

　이 시를 읽으면서 우리가 느끼는 반응은 한쪽에서는 웃음이요 다른 쪽에서는 공포와 혐오감이라는 근본적으로 상충되는 어떤 정서적 내용들의 동시적인 충돌이다. 그것들은 서로 모순되는 관계 속에 함께 자리하고 있다. 다시 말해서 기꺼워하는 마음이 공포감에 의해 흐려지거나 그 반대의 경우가 생겨나지는 않는다는 것이다. 그 두 느낌은 긴장 속에서 공존한다. 우리는 이 시에서 오히려 희극적인 요소가 전체의 효과를 한결 충격적으로 만들고 역겹게 느껴지도록 하지 않는가 생각해보아야 한다. 다시 말해 이 시에 등장하는 이미지의 성격 자체가 소름끼치고도 남을 만큼 끔찍한 것이지만, 더욱더 끔찍한 것은 이것을 담담히 차근차근 얘기하는 유희적 어조라고 할 수 있다는 것이다. 이것은 중요한 사실로서 엽기에 수반되는 엄청난 불균형이 그 자체 양면성을 지니고 있어서 희극적이면서 동시에 아연실색할 성질의 것임을 시사한다. 또 하나 흥미로운 것은 우리의 공포감이 이 시가 진담을 말하고 있지 않다는 사실에 의해 줄어들지 않는다는 점이다. 말하자면 엽기의 의도를 우리가 지적으로 잘 이해했다고 해서 그것이 지닌 내용이나 그 제안의 충격성이 쉽사리 해소되지 않는다는 것이다. 희한하게도 복합적인 우리의 반응을 설명해보기 위해 우리는 금방 눈에 띄는 유사한 충돌, 즉 무섭도록 소름끼치는 내용과 희극적 표현양식 사이의 충돌이 있음을 지적할 수 있다. 이와 같은 충돌을 나타낼 수 있는 낱말을 찾는 가운데 우리는 어쩌면 다른 많은 그럴듯한 표현과 함께 그로테스크라는 낱말을 떠올리게 될 것이다. 사실상 그로테스크는 엽기적 취미와 욕망의 예술적 표현양식으로 이해된다.

아이를 묶은 걸 보니, 남편의 결박 솜씨는 이제 전문가의 수준에 도달한 것 같다. 무릎을 꿇린 채로 가죽 개목걸이로 두 손목과 발목을 꼼짝 못하게 해놓았다. 소리를 못 내게 입에까지 개목걸이를 채웠다. 쇠줄과 가죽 개목걸이와 가죽 혁대가, 웅크린 아이의 벌겋게 달아오른 맨살과 멋진 조화를 이루고 있었다. 그 조화가 이렇게까지 예뻐 보였던 적이 있었던가. 바비 인형처럼 말이다. 삼 년 전 아이의 누드를 보고서 느꼈던 것관 또 다른 흥분이었다. 누드에, 폐허가 드리웠다. 부드럽게 휜 아이의 등줄기 아래서 도톰하게 빛을 내는 어린 사내아이의 엉덩이에, 폐허가 드리웠다.
— 백민석, 《목화밭 엽기전》, 107쪽.

아이들을 납치하여 폭력과 강간을 일삼으며 마침내는 살해하여 자신들의 '목화밭'에 '거름'으로 사용하는 한 부부의 이야기를 다룬 '엽기적인' 소설의 한 단락이다. 여기에서 무엇보다도 독자의 시선을 끄는 것은 가죽 개목걸이와 쇠줄로 손발이 묶이고 입이 채워진 아이의 이미지가 만들어내는 가공할 만한 장면이다. 그러나 이 소설이 불러일으키는 진정한 공포와 전율은 이러한 장면 자체로부터 나오는 것이 아니다. 물론 이러한 장면이나 이미지 자체가 두려움과 혐오를 불러일으키는 것은 사실이지만, 그 자체로는 아직도 우리가 느끼는 감정을 충분히 설명해주지는 못한다. 독자는 이 악마적인 풍경의 배후에 있는, 마치 어떤 심미적 대상을 감상이나 하고 있는 듯한 어떤 냉담하고도 지적인 시선과 태도를 동시에 느끼게 된다. 사실상 우리가 느끼는 감정의 진실은 이 끔찍한 장면과 그것을 냉담하게 기술하고 있는 시선의 부조화와 충돌로부터 연유한다고 하는 편이 옳다. 이러한 부조화와 충돌은 우리가 이 소설에서 드러나는 사건이나 사태를 비정상적인 것으로 돌리고 싶어 하는 심리적 방어기제를 만들어낸다. 이 방어기제는 소설의 형식과 내용 사이의 상충적인 괴리로부터 발생하는 부조화와 모순을 해소하고자 하는 어떤 무의식적 심리의 작용일 것이다.

4.

인간의 욕망이라는 것은 마치 신비한 마술과도 같아서 도무지 종잡을 수 없는 힘과 방향을 갖고 있는 것처럼 보인다. 살아 있는 모든 것이 삶의 지속과 자아의 보존을 욕망하는 것은 너무나 자연스러운 일일 테지만, 이 삶의 욕망이라는 것이 또 그렇게 간단한 것은 아닌 듯하니 말이다. 사실상 프로이트S. Freud가 이 삶의 욕망에 대위법적으로 나란히 죽음의 욕망을, 말하자면 삶의 소멸과 자기정체성의 파괴 욕망을 위치시킨 것도 그러한 사정에서 말미암은 것일 터이다. 존재의 이러한 양극적 욕망에 비례하여 인간의 욕구와 감정의 충족도 미학적으로는 근본적으로 두 개의 범주를 갖는 것으로 간주되었다. 미적 범주를 미와 숭고로 구분한 바 있는 칸트J. Kant의 《판단력 비판》에 의하면, 그 둘은 각기 독립된 영역을 소유하고 있다. 이러한 미적 범주론의 역사에서 칸트의 선구자가 될 버크E. Burke는 〈숭고와 미에 대한 우리 관념의 기원에 대한 철학적 탐구〉(1756)라는 논문을 통해 일찍이 인간의 감정을 구분한 바 있다. 그는 이 감정을 두 종류로 나누어 고통 또는 위험의 관념과 결부된 인간의 자기보존의 감정과 인간의 사회성에 중대한 역할을 하는 쾌의 감정으로 구분하여 전자에서 숭고를, 후자에서 미를 도출하였던 것이다. 그는 다음과 같이 숭고와 미를 구분한다.

인간에게 강한 인상을 주는 모든 표상들은 자기보존의 충동에 관련되거나 혹은 사회성의 충동과 관련된다. 자기보존과 관련된 감정은 고통과 위험에 관련되고 그 원인들이 직접 우리에게 작용할 때, 우리의 감정은 불쾌widrig하다. 그러나 고통의 상태에 있지 않으면서도 고통과 위험의 표상을 우리가 가질 때 우리의 감정은 유쾌ergötzend하다. 이 만족감이란 적극적인 즐거움과는 전혀 다른 것으로, 그것을 통하여 일어나는 감정들은 숭고한 것이다. 한편 자기보존의 충동에서 흘러나오지 않은 모든 정열들은 성적 결합과 일반 사회성과의 이중성을 지닌 사뢰적 충동 안에 근거를 갖는다. 정열로서의 사랑은 양자를 혼합한 것이고 그 대상은 아름다움이다.

칸트는 이러한 버크의 입장을 수용하여 미와 독립된 숭고의 분석을 꾀한 바 있다. 즉 그는 미가 대상의 형식Form에 관여되지만 숭고는 몰형식Formlos의 대상에 관여되고, 미는 한정된 오성 개념의 표현이지만 숭고는 한정되지 않은 이성 개념의 표현이며, 미는 대상의 질의 표상과 결부되어 있지만 숭고는 양의 표상에 결부되어 있다고 간주한다. 또한 미는 직접적인 삶의 촉진의 감정인데 반해 숭고는 간접적으로 일어나는 쾌감 내지는 일시적으로 멈추었다가 다시 더욱 거세게 범람하는 감정이고, 미가 유희적 상상력과 결부되어 있다면 숭고는 유희가 아니라 엄숙한 것이라고 구별한다.

그러나 우리가 엽기적 취미와 욕망의 표현형식으로서의 그로테스크를 고려해보면, 엽기 속에는 유희적 상상력과 엄숙한 태도가 아이러니로서 공존하고 있음을 발견하게 된다. 이것이 엽기가 지닌 복합적인 특성의 근간이 된다. 엽기적 취미 혹은 그로테스크의 근본적인 특징은 양립할 수 없는 것들의 해결될 수 없는 충돌과 양면성이 공존하는 비정상성이다. 이러한 엽기의 미학의 구성성분으로서 우리는 부조화나 희극적인 것과 끔찍스러운 것의 결합, 왜곡과 과장, 강렬한 육체적 이미지, 긴장과 풀릴 길 없는 뒤얽힘, 장난기와 유희성 등을 들 수 있다. 엽기의 미학은 그것이 가져오는 돌연한 충격 때문에 현실에 대한 풍자와 비판으로 강력하게 작용할 수 있다. 왜냐하면 그것이 불러일으키는 엄청난 정서적 충격 효과는 우리의 익숙한 관습이나 세계관을 뒤흔들며 전혀 다른 과격한 관점을 제기하기 때문이다. 엽기 속에서는 친숙하고 든든했던 모든 것들이 충돌과 갈등을 야기하면서 혼란의 소용돌이 속으로 던져지는 것이다. 엽기에서 야기되는 웃음 속에는 동시에 공포가 틈입하며, 또 공포를 느끼는 그 순간에 어떤 희극적인 상황이 파고들어온다.

《문학과 예술에서의 그로테스크》(1957)를 쓴 카이저W. Kayser는 그로테스크를 단순히 일종의 과장된 익살이나 우스꽝스러운 공상

정도로 보는 견해를 배격하는데, 그는 이러한 식의 견해를 따르면 괴상한 것, 역겨운 것, 또는 으스스한 것들이 우스꽝스러운 것과 공존하는 경우를 설명하지 못한다는 근거를 내세운다. 엽기적 취미나 욕망을 터무니없는 과장으로만 취급할 경우 스위프트, 블레이크, 호프만 등의 글이나 흔히 유쾌한 것이 보통인 라블레 작품의 난폭한 어떤 장면들에 등장하는 그러한 경우들은 설명될 수도 없고 이해조차 되지 않을 것이다. 오늘날 우리로서는 어쩌면 이러한 비판과 함께 엽기 속에는 공포라든지 그와 흡사한 어떤 요소가 있다고 고집하는 것이 한결 용이하다. 엽기에 대한 우리의 생각은 우스운 것과 기괴한 것이 불가해하게 얽혀 있고 전혀 다른 요소들이 뒤섞여서 이상하고 종종 불쾌하며 뒤숭숭한 감정의 갈등을 빚어내는 근대와 현대문학의 여러 예들에서 영향을 받았을 것이다. 그리고 일찍이 위고V. Hugo가 예견했듯이, 이런 엽기적인 취향과 그로테스크한 상상력은 현대문학의 품질보증서가 되고도 있는 터이다. 가령, 환상적 리얼리즘 계통의 작품들을 상기해보면 이러한 사태가 충분히 납득될 수 있을 것이다.

5.

엽기적 취미와 욕망의 문학적 표현양식으로서의 그로테스크는 이질적인 것들이 혼합된 추의 일종이라고 할 수 있다. 추란 미의 대립 개념으로서 일반적으로 미적 규범에 반하여 미적 관조를 방해하는 것, 즉 반-미적인widerästhetisch 것을 의미한다. 그것은 현실의 자연현상이나 정신생활뿐만 아니라 예술작품에서도 혼합되어 드러난다. 그러나 대개의 경우 고전적 예술은 추와는 무관한 미의 예술로 자리하고 있다. 따라서 고전적 미학은 추를 언제나 미의 부정태로서 간주하게 된다. 가령, 헤겔의 미학에서 추는 악으로서 일반적으로는 부정적인 것이다. 따라서 그것은 이념의 순수한 현현을 저해하는 것으로 배척된다. 그러나 근대와 현대에 이르러 사실주의나 자연주의 문학과 미술에서 추는 점차로 예술의 세계 속으로 편입된다. 현대의 일반적 경향은 미학적으로 추의 미적 의식을 긍정적으로 수용하는 편이다. 헤겔학파의 입장에서 추는 미가 그것을 통하여 자기를 의식하여 실현하는 필요한 계기로만 존재한다. 일찍이 〈주의 미학〉(1853)을 논한 바 있는 로젠크린츠K. Rosenkranz는 예술이 이념의 현상을 그 총체성에서 표현함으로써 현상계에 긍정적인 것이나 부정적인 것을 모두 포괄해야 한다고 주장한 바 있다. 그래서 추를 빼놓고 그 총체성을 논하는 것은 가능하지 않다는 것이다. 감정이입의 미학에서도 추는 '소극적 감정이입'의 대상으로서, 그것은 미를 한층 인상적으로 만드는 배경이 된다고 봄으로써 적극적으로 추의 미적 의의를 확보한 바 있다.

엽기적 취미와 욕망의 표현은 흔히 추의 미학이나 그로테스크의 미학을 만들어낸다. 그리고 이러한 미학은 우리의 감정을 불편하고도 낯설게 만드는 어떤 소외된 세계의 표현으로 자리한다. 이 미학 속에는 익숙한 현실을 전혀 새로운 관점에서 바라보게 함으로써 형식주의가 주장하는 '낯설게 하기'의 방식과는 또 다른 방식으로 이 세계를 낯설게 한다. 물론 엽기가 표출해내는 이 낯선 풍경은 희극적일 수도 있고 공포스러울 수도 있다. 아니, 어쩌면 그 둘 모두가 함께 작용하는 데에서 훨씬 더 강력한 낯선 풍경이 만들어질 것이다. 이러한 엽기적 취미와 욕망은 존재와 세계의 심연에 드리워져 있는 부조리와 모순을 반쯤은 유희적으로, 또 반쯤은 공포스러움으로 응시한다. 그리하여 엽기의 취미와 욕망은 단순한 미적 취미의 범위를 넘어서 존재의 근원적이고도 문제적인 성격을 드러내는 강력한 수단이 되기도 하는 것이다. 사실상 엽기적 취미는 미적으로 조화로운 형식과 내용의 결합을 희생하는 대가로 보다 강력하게 현실의 모순과 갈등을 부각시키는 역할을 한다. 다시 말해서 엽기는 이 부조리하고 모순적인 현실에 대해 일종의 도발과 전복을 수행하는 불온한 상상력을 토대로 하여 강력한 비판과 풍자로서 자리하게 된다는 것이다. 엽기적 취미와 욕망이 지닌 근원적인 힘과 영향은 바로 이러한 불온한 상상력과 비판적인 정신으로부터 나온다.

2

욕망과 부재의
글쓰기

진정한 전위성과
전위적 진정성
— 1960년대부터 1980년대 문학까지

1.

문학이, 문학의 이름으로, '문학성'을 질문한다는 것은 문학적 주체의 자기정체성을 성찰한다는 뜻이다. 이 성찰은, 물론, 그 대상이 문학이라는 이름으로 호명되는 그 어떤 이데올로기적 주체의 외부에 놓여 있지 않은 성찰, 그러니까 바로 주체의 자기성찰이라는 형식으로 자리하게 될 터이다. 모든 주체는 이러한 자기성찰의 단계에 도달해서야만 비로소 자신의 실체를 분명하게 직시할 수 있는 자기비판의 법정에 자신을 세울 자격을 획득하는 법이다. 그러므로 이 비판의 법정에서 무엇보다도 먼저 밝혀져야 할 사실은 저 주체에 덧씌워진 어떤 형이상학적 실체의 이데올로기이다. 자기성찰에 의한 비판의 법정에 서 본 적이 없는 모든 주체는 이미 그 자체로 형이상학적 독단론의 폐쇄회로 속에 감금된 하나의 이데올로기에 불과하기 때문이다. 그 이데올로기는 자신의 본질을 초역사적인 것으로 실체화함으로써 그것이 역사적으로 조건 지워진 시대의 산물임을 은폐한다. 문학의 자기성찰이 이데올로기 비판의 성격을 가질 수밖에 없는 이유도 바로 이런 맥락에서이다. 사실상 오늘날 우리가 문학이라고 부르는 것은 문학성을 규정하는 현재의 관점에 의해 역사적으로 규정된 것에 지나지 않는다. 이 관점은 국가와 교회의 지배 아래에 있던 근대 이전의 문학으로부터 '문학은 문학을 위한 것'이라는 문학의 독자성과 자율성을 기치로 자신의 정체성을 확보하려는 근대적 문학체계로의 역사적 전환이 이루어진 18세기의 서구 사회에 그 뿌리를 두고 있다. 물론 예술의 자율성 개념의 대동은 이미 르네상스 이래 17세기를 통해 형성 중에 있었지만, 그것이 결정적인 결실을 맺게 되는 것은, 달리 말해서 전통적인 문학 담론들을 해체함으로써 자율화되어 스스로를 조직하는 사회체계로서의 문학이라는 제도가 탄생하게 된 것은 18세기 말에 이르러서야 가능해졌기 때문이다.

아리스토텔레스의 《시학》 이래로 문학에 대한 인류의 오랜 성찰은 문학의 자기정체성을 '자연의 모방Mimesis'이라는 재현의 인식론적 틀 속에서 규정해왔음을 보여주고 있다. 리얼리즘의 용어로는 '현실의 반영Wiederspiegelung'으로 정교화된 이 모방론은 문학이 곧 모방이라는 형식을 통한 자연이나 현실의 재현적 인식임을 강조한다. 그리고 이러한 인식의 형식을 구성하는 대상의 실질적인 내용, 즉 그 인식소는 '핍진성Verisimilitude'이라는 용어로 흔히 규정된다. 의미론적 층위에서 보자면, 이 용어는 인식 대상의 객관적 실재성을 전제한다. 그것은 개별성을 의미 있는 방식으로 보편성과 결합시키면서 특수성이 드러나도록 한다는 루카치의 전형이론 속에서 아마도 최상의 미학적 의미를 부여받고 있을 것이다. 이때 문학의 문학성은 이러한 인식의 형식과 대상 사이의 정합성 속에 존재하는 것으로 상정된다. 말하자면 모방이라는 객관적인 인식의 형식 속으로 환원된 자연이나 현실의 실재성이 바로 문학의 문학성을 규정하는 최종심급으로 작용하게 된다는 뜻이다. 그리하여 문학은 이제 객관적 현실의 인식을 위한 기관이 된다. 물론 이 경우 이러한 문학의 모방적 인식이 여타의 과학적 혹은 개념적 인식과는 어떻게 구분되는가 하는 문제를 해명해야 할 과제가 뒤따르긴 하지만 말이다. 희랍어 용어를 빌려 과학이 '탈의인화Desanthropomorphisierung'의 방식으로 현실을 반영하는 데에 비해, 루카치는 문학이 '의인화Anthropomorphisierung'의 방식으로 현실을 반영한다고 규정함으로써 이 문제를 해결하고자 했다.

문학을 모방이라는 객관적 인식의 형식으로 규정하려는 전통적인 이론에 대립하면서 그것을 개인적 독창성과 진실성의 표현으로 전환시키려는 변화는 18세기의 표현론으로부터 생겨난다. 도덕철학적으로 기초된 칸트의 자율성의 공준, 즉 자유의 개념을 미학의 영역으로 전용한 이 이론은 자연 중심적인 모방을 이제 자유로운 인간 정신의 현전과 실현으로 해석한다. 보다 정확히 말하자면, 그것은 문학을 곧 한 주체의 전일적인 자기실현이라는 의미에서 '개성Individualität의 표현'으로 간주하게 된다는 것이다. 피히테적 '자기의식'의 모델에 따라서 설정된 이 정신은 이제 완성된 주관성을 향한 작가-천재를 요청하기에 이른다. 초기 낭만주의에 의해 요청된 이 문학관은 결정적으로 문학을 주관성의 창조적 표현으로 각인하고 있다. 물론 여기에서 말하는 이러한 주체적 개성의 표현이 새로운 문학 형식, 즉 스타일Style의 창조를 의미함은 두 말할 필요가 없다. 그리고 이러한 표현의 형식을 실질적으로 구성하는 그 대상의 내용이 지니는 어떤 속성은 흔히 '진정성Authenticity'이라는 용어로 규정된다. 표현이라는 주관적 실현의 형식으로 귀결된 주체의 개별성Individualität('개성'과 철자가 동일하다는 사실에 주목하라!), 달리 말해 정신이나 주관의 실재성이 여기에서는 바로 문학의 문학성을 규정하는 핵심적인 관건이 된다는 뜻이다. 이제 문학은 한 주체적 개별성의 자기실현의 형식으로 존재하게 된다. 모방론이 대상의 실재성을 그 미학적 규준의 척도로 삼고 있듯이, 표현론은 그 척도를 주관의 실재성으로 대체한다.

문학의 문학성을 재현이라는 인식 형식을 통해 드러나는 어떤 객관적 실새성, 즉 핍진성으로 긴주하는 모방론이나 표현이라는 자기실현의 형식을 통해 드러나는 어떤 주관적 실재성, 즉 진정성으로 이해하는 표현론 모두 공통적으로 어떤 실재의 실재성을 강조하고 있다는 사실에 주목하기로 하자. 이들에게서 문학은 곧, 그것이 객관적이든 주관적이든 혹은 인식이든 표현이든 관계없이, 어떤 실재성의 미적 현현의 방식으로 간주된다. 다만 이 실재성이 객관적 인식에 의해 드러나느냐 아니면 주관적 표현에 의해 드러나느냐 하는 문제 속에 이들의 차이가 존재할 뿐이다. 중요한 것은 이들 관점이 공통적으로 전제하고 있는 저 실재성의 미적 현현이, 문학사회학적 관점에서 보자면, 어떤 현실 초월적인 형이상학적 특성을 띤 것으로 상정된다는 점이다. 그리고 이 같은 미적 현현의 현실 초월적 특성이야말로 바로 문학의 자율성 이론의 지반으로 작용하게 된다. 18세기 이래의 근대문학은 자신이 추구하는 정신적 가치가 진위나 선악의 문제가 아닌 오로지 미와 쾌락의 문제임을 분명히 하고 있다. 과학의 규범성이나 도덕의 정당성으로 환원되지 않는 아름다움과 쾌락이라는 미적 가치의 고유한 영역설정이 문학의 자율성 이론의 토대가 되기 때문이다. 칸트에 의한 지성das Intelletuelle, 도덕das Moralische, 향락das Hedonistische이라는 인간 정신영역의 분화를 통해 설정된 문학과 예술의 영역은 이제 전적으로 심미적인 경험의 자율화라는 틀 속에서 파악됨으로써 근대사회 내에서 기능적으로 분화되기에 이른다.

2.

'문학이란 무엇인가'라는 문학의 자기정체성 문제가 문학 내부에서 심각하게 대두하게 되는 것은 문학이 근대사회의 기능적 분화에 의해 자율성을 획득하게 되면서부터이다. 우리 현대 문학사에 있어서도 문학의 문학성에 대한 진지한 자기성찰이 가능하게 된 것은 이 같은 문학의 자율성의 확보를 위해 이론적으로 뿐만이 아니라 실천적으로도 고투한 1960년대의 '4.19세대'에 의해서였다고 할 수 있다. 왜냐하면 이 시기에 이르러서야 우리 문학은 일체의 문학 외적 지배 이데올로기나 정치적 도구의 역할로부터 벗어나면서 실제적인 사회적 기능 분화를 획득한 것으로 보이기 때문이다. 한글세대로 불리는 이들 4.19세대의 문학인들에게 있어서 문학의 자율성의 확보는 정신적으로나 물질적으로 폐허가 된 전후의 한국 사회를 완전히 새로운 근대적 정신으로 재구성해내기 위한 당면한 현실적 문제로 부각된다. 말하자면 이들 세대에게 있어서 문학의 자율성의 확보는 현실 정치로부터 단순히 문학을 기능 분화시키려는 문학 내적인 문제만이 아니라 또한 전후의 한국 사회를 새로운 근대적 사회 체계로 탈바꿈시키기 위한 문학 외적인 문제이기도 했다는 뜻이다. '문지'와 '창비'로 대변되는 문학의 자율성과 사회성에 대한 양면적인 강조는 바로 이런 맥락에서 이해될 수 있다.

이 같은 사정은 4.19의 혁명적 의미가 현실 정치의 차원에서는 군부 쿠데타에 의해 좌절됨으로써 그 혁명적 에너지의 진정한 개화는 오히려 문학의 영역에서 담보되었다는 사실과 무관하지 않다. 달리 말해서 4.19세대가 공유하고 있었던 자유의 의식은 이데올로기나 정치의 영역에서보다는 오히려 문학과 예술의 영역에서 훨씬 더 커다란 역사적 상징성을 획득하게 되었다는 것이다. 널리 지적되고 있듯이, 이들 4.19세대에 의한 문학의 자율성의 확보를 위한 싸움의 과정에서 한국 사회는 개인의 의미에 대한 자각과 문화적 주체성을 확립하게 되었으며, 이를 통해 봉건사회의 해체 이후 역사적 질곡 속에서 시속적으로 유예되었던 근대적 자아의 내면화를 현실적으로 성취할 수 있게 된다. 한글세대의 문체와 '감수성의 혁명'은 바로 이러한 근대적 자아의 내면화의 결실로서 간주되지 않으면 안 된다. 4.19세대에게 있어서 문학의 자율성의 확보가 얼마나 시급하고도 당면한 문제였는지를 보여주는 대표적인 예를 우리는 '자기세계의 의미'와 개인의식의 탐구를 줄곧 문제 삼았던 김현에게서 발견하게 된다. 1977년에 나온 《한국문학의 위상》은 김현이라는 한 비평가의 개인적 문학관의 집약일 뿐만 아니라 또한 문학의 자율성의 획득을 위해 고투한 4.19세대 문학관의 완결판인 것처럼 내게는 보인다. 그는 문학의 자율성의 구체적 내용을 "문학은 써먹을 수가 없다"는 무효용성의 명제를 통한 비억압적 특성으로 규정한다.

> **문학은 유용한 것이 아니기 때문에 인간을 억압하지 않는다.** 억압하지 않는 문학은 억압하는 모든 것이 인간에게 부정적으로 작용하는 것을 보여 준다. 인간은 문학을 통하여 억압하는 것과 억압당하는 것의 정체를 파악하고, 그 부정적 힘을 인지한다. 그 부정적 힘의 인식은 인간으로 하여금 세계를 개조하지 않으면 안 된다는 당위성을 느끼게 한다.
> — 김현, 《한국문학의 위상》, 문학과지성사, 1977. 21쪽.

문학의 자율성의 이론적 토대가 되고 있는 이 같은 무효용성의 명제를 통한 문학의 비억압적 특성은, 저자에 의하면, 감각적 관능의 차원과 이성적 인식의 차원 모두에 관여하고 있는 것으로 간주된다. 인용된 문장이 등장하고 있는 이 책의 제2장 '문학은 무엇을 할 수 있는가'를 계속 읽어보도록 하자. "문학은 억압하지 않으므로, 그 원초적 느낌의 단계는 감각적 쾌락을 동반한다"는 주장과, 이 주장 바로 다음에 이어지는 문장, 즉 "그 쾌락은 반성을 통해 인간의 총체적 파악에 이른다"는 주장이 바로 그러한 사실을 증명한다. 감각적 쾌락과 이성적 반성 사이에는 분명 쉽게 메울 수 없는 어떤 간극이 존재할 터인데, 따라서 이어지는 논의의 핵심은 곧 이 간극을 메우기 위한 노력이라고 해야 할 것이다. 문면으로는 분명하게 드러나 있지 않지만 저자가 논의하는 전체적인 문맥을 따라가자면, 이 간극은 아마도 '문학을 위한 문학'과 '인간을 위한 문학'의 간극에 상응하는 듯하다. 왜냐하면 김현은 이미 앞서 "우리가 문학을 규정케 하는 문학성이라고 부르고 있는 것도 과감하게 말한다면 작품을 통일적으로 인지시키는 관점"이라고 전제한 뒤, "문학 작품을 통일적으로 인지시키는 것을 방해하는 가짜 주장" 가운데 하나가 "어떻게 쓰느냐가 중요한가 무엇을 쓰느냐가 중요한가, 하는 해괴한 문제"라고 말하고 있기 때문이다. 저자는 일단 어떻게 쓰느냐를 중요시하는 문학을 위한 문학을 주장하는 부류와 무엇을 쓰느냐를 중요시하는 인간을 위한 문학을 주장하는 부류로 나누어 논의를 전개한다. "문학을 위한 문학은 문학의 자율성에 지나치게 중요성을 부여하여 문학 자체의 것만을 지키려고 애를 쓰며, 인간을 위한 문학은 문학의 효율성을 지나치게 중시하여 문학적 형식보다는 내용에 힘을 기울인다"며 '문학을 위한 문학/문학의 자율성'과 '인간을 위한 문학/문학의 효율성'을 구분한 후, 김현은 그러나 "그 두 이론은 다 같이 문학의 어느 한 면에 대한 과도의 경사에 의해 문학을 불구자로 만든다"고 말한다. 극단적인 것에 대한 저자의 혐오가 분명하게 드러나고 있는 다음과 같은 문장을 보라. "문학을 위한 문학은 문학의 주체자를, 인간을 위한 문학은 문학의 自足性을 각각 사상하고 있다. 그 두 이론은 그러나 純粹參與論爭이라는 한국문학의 해묵은 가짜 문제의 이론적 전거를 이룬다." 여기에서 우리는 문학의 비억압적 특성이 지니는 감각적 쾌락과 이성적 반성의 간극을, 문학을 위한 문학과 인간을 위한 문학의 긴극을, 또한 문학의 자율성과 효율성의 간극을 메우고자 한 저자의 열정과 노력을 분명히 보게 된다. 그리하여 마침내 김현의 저 유명한 다음과 같은 문학적 명제가 등장한다. "문학은 그러나 문학만을 위한 문학도 아니며, 인간만을 위한 문학도 아니다. 그것은 존재론적인 차원에서는 無知와 싸움을, 의미론적인 차원에서는 인간의 꿈이 갖고 있는 不可能과의 싸움을 뜻한다." '문학은 (억압 없는 삶을 향한) 꿈'이라는 명제로 축약될 이 같은 문학관은 근대사회 안에서 기능적으로 분화된 문학의 자율성에 대한 신념에 다름 아니다. 왜냐하면 문학이 드러내는 '인간의 꿈'과 현실과의 거리, 다시 말해서 미적 거리에 대한 강조야말로 문학의 현실 비판적 – 초월적 특성을 그 내재적 구성성분으로 하는 문학의 자율성의 핵심적 표지이기 때문이다. 이 같은 문학의 현실 비판적 – 초월적 특성이야말로 4.19세대가 문학의 자율성이라는 표지 아래에서 이해하는 문학의 문학성이다.

3.

문학이 갖는 '인간의 꿈'과 현실과의 거리로부터 확보된 문학의 자율성이라는 제도적 심급이 새삼 문제로 대두되기 시작한 것은 80

년대의 문학을 통해서이다. 유신과 긴급조치의 시대를 살며 또한 '5월 광주'로 상징되는 질곡의 역사적 경험을 갖게 된 이 시기의 문학은 앞선 4.19세대가 확보한 문학의 자율성의 제도적 측면을 보다 분명하게 각인시켜 주는 계기를 마련한다. 80년대의 문학 세대들에겐, 물론, 자율적인 문학이 하나의 모범이었음에도 불구하고, 당면한 현실 정치권력 앞에서 갖는 개인적 의식의 무력함에 대한 절망감과 또 그로 인해 솟아난 일체의 기존 체제에 대한 혁명적인 파괴와 전복의 의지가 문학을 무엇보다도 아방가르드적 실험의 장으로 만들었기 때문이다. 그리하여 80년대의 문학은 사회현실에 대한 직접적인 관심과 더불어 기존 체제의 이데올로기적 규칙인 문법이나 의사소통 구조의 전면적 해체에 관심을 집중하게 된다. 이제 문제는 자유로운 개인의 주체적 자기실현에 의존한 소극적인 저항이 아니라 현존하는 체제의 억압적 구조 자체를 근원적으로 해체하는 일이 되었다. 80년대의 해체적 열정은 바로 이러한 맥락에서 기인한다. 개인의 자율적인 자기실현의 의지를 강조한 앞 세대의 문학 관념에 대한 반성적 인식이 무엇보다도 분명해진 것이다. 80년대 문학에서 저 폭압적인 사회현실은 기존 언어구조의 해체와 시적 문법의 전복에 의해서만 변화될 수 있는 것이었다. 이 같은 체제 전복적인 열정은 또한 다른 한편에서 현실의 물적 토대를 혁명적으로 변화시키려는 운동의 수단으로서의 문학을 생산해 내기도 한다.

  80년대 문학의 공간은 그러므로 현실 전복적인 해체의 열정에 의해 추동된 아방가르드적 운동의 연대로 기록될 수 있다. 그리고 물론 이 아방가르드적 운동의 공간이 지니는 문학사적 위상은,《전위예술의 새로운 이해》의 저자(페터 뷔르거)의 통찰을 빌려온다면, 제도문학이라는 지평을 상정하지 않으면 그 의미의 상당 부분을 상실하게 된다. 문학사의 모든 기록들이 기존의 문학 관념들에 대한 도전과 위반의 행보를 보여주긴 하지만, 우리가 지난 80년대의 문학사적 지각변동에서 읽어내는 것은 보다 근원적인 의미에서 전복이라고 할 수 있기 때문이다. 이러한 전복적 해체의 열정은 문학적 급진성을 드러내는 김정환, 박남철, 이성복, 최승자, 황지우 등의 작업이나 '시운동' 등의 각종 동인지 활동을 통해서, 또한 정치적 급진성을 표방하고 있는 박노해, 백무산 등의 노동시나 민중문학 진영의 벽시, 노래시, 집단창작시 운동에 이르기까지 80년대 문학운동의 전 범위를 포괄한다. '해체시'와 '민중시'로 대별되곤 하는 이 시대의 문학운동은 그 표면적인 이념이나 방법론 상의 차이에도 불구하고, 문학의 생산과 유통과 소비의 전 과정을 포함한, 이전 시대까지의 '문학이라는 관념' 그 자체에 대한 자기비판과 반성이라는 공통점을 갖는다. 달리 말해서 문학 자체에 의한 문학의 자기비판이라는 역사적 아방가르드 운동의 특징을 드러낸다는 뜻이다. 80년대 문학운동이 지니고 있는 이 같은 전복적 성격에 대한 다음과 같은 한 비평가의 언급을 빌려오기로 하자. "우리가 80년대 이후 경험한 것은 단지 문학 장르의 변이도, 문학작품에 구현된 이념형의 변화도, 문학 담당층의 사회적 전이도 아닌, 문학이라는 틀 자체의 변화, 우리가 문학이라고 여겨온 어떤 믿음에 대한 고통스러운 폐기였기 때문이다"(이광호, 〈맥락과 징후〉).

여기에서 말하는 '문학이라는 틀 자체'는 60년대의 4.19세대를 통해서 확립된 근대적 의미의 문학 개념, 즉 문학적 진정성을 그 내실로 하는 문학의 자율성이라는 제도적 틀을 의미한다. 이 같은 80년대 문학운동의 전체적인 성격을 규정할 만한 발언은 "나는 말할 수 없음으로 양식을 파괴한다, 나는 파괴를 양식화한다"(황지우)

는 시적 방법론에서 극명하게 드러난다. 이 발언은 문학 외적으로는 80년 광주 이후의 대사회적 저항의 몸짓인 동시에 문학 내적으로는 기존의 문학 개념에 대한 전면적이고도 근본적인 비판, 즉 문학의 가열 찬 자기비판의 표지로 작동하고 있다. 그의 시에 도입된 '비시적인 것'과 '키치적인 것'들은 기존의 문학 관념에 대한 반어적 위반과 미적 전복을 수행한다. 또한 문법적 해체의 열정을 지닌 다른 시인들에 의해 적극적으로 채택된 '낯설게 하기'의 기법은 시인이나 작가를 개인적 독창성의 창조자로 간주하는 전통 부르주아 문학관의 이데올로기를 조롱한다. 이 같은 해체적 운동의 핵심적 특성은 문학을 현실과 유리된 것으로서 간주하는 문학에 대한 제도화된 성격 규정을 광범위하게 충격하면서 그것을 현실에 근접시키려고 한다는 점이다. 기존의 제도문학에 대한 충격이라는 측면에서 현실 변혁적인 문학운동의 역할도 별 다를 바 없다. 이 운동은 은어와 속어 등 '비시적인 것'을 도입함으로써 기존의 제도 문학적 이데올로기를 조롱한다. 노래시나 집단창작시 운동은 문학이 개인의 주체적 개성의 표현이라거나 개인적 향유라는 부르주아 문학관의 이데올로기와 문학인/일상인에 대한 대립적 인식을 낳는 기존 제도문학적 자율성의 이데올로기를 전복하면서, 문학의 생산과 수용에 있어서 집단적이고도 계급적인 대응을 전면에 표출하고 있다. 이러한 움직임 역시 문학의 자율성이라는 제도적 심급이 지닌 이데올로기 비판적 의의를 지닌다고 할 수 있다.

기능적으로 분화된 근대적 사회체계 안에서 문학의 자율성을 모토로 확립된 제도문학 혹은 문학체계를 문제 삼는 한, 해체시와 민중시의 뿌리는 둘이 아니다. 민중적 대항문화와 문학적 해체의 방법론은 문학의 자율성에 토대한 기존의 제도문학에 대한 전복과 해체라는 동일한 뿌리에서 갈라져 나온 두 개의 가지이다. 마치 저 역사적 아방가르드 운동들이 문학 외적으로는 정치적 목적성을 가지면서도 문학 내적으로 기존의 문법과 구조를 해체했듯이 말이다. 80년대 문학의 공간에서 아방가르드적 운동의 전복과 해체는 단순한 파괴가 아니라 문학을 삶과 세계의 원점으로 되돌리겠다는, 그리고 가능하다면 그 원점으로부터 다시 시작하고 싶다는, 문학과 삶을 재통합시키겠다는 의미를 지닌다. 우리 현대문학사는 문학의 사기비판적인 80년내 문학을 통해 문학의 자율성이라는 제도적 성격을 분명히 인식하게 되었고 또 그 이데올로기적 성격을 이해하게 되었다. 문학이 자기비판의 단계에 접어들 때에야 비로소 문학의 지난 역사에 대한 객관적인 이해가 가능해진다면, 80년대의 아방가르드적 문학 운동은 우리 현대문학사 이해의 한 준거점이 된다. 다시 말해 80년대를 통해 우리 문학사는 문학 이해의 새로운 지평을 마련하게 되었는데, 그 지평이란 재래적인 문학 개념을 구성하고 있는 것들이 절대적인 것이 아니라 역사적인 변화에 따라서 달리 구성될 수도 있는 상대적인 것임을 부각시켰던 것이다. 80년대 문학에서는 실험적 전위성이야말로 곧 문학적 진정성이었던 셈이다. 그러나 그것은 문학의 자율성 안에서 제도의 바깥을 꿈꾸는 진정성이었다.

4.

문학의 자율성은 근대적 문학 개념의 분석의 틀이자 문학이라는 제도의 규범적 심급으로 작용한다. 4.19세대에 의한 60~70년대의 우리 문학에 있어서 진정성이란 이 같은 문학의 자율성의 내재적 표지였다. 달리 말해서 진정성을 확보한 문학이야말로 바로 자율적인 문학이라는 뜻이다. 그러나 그 발생의 기원에서부터 문학의 자율성은 문학의 상품성이라는 어두운 그림자를 동반하고 있다. 문학의 자율성의 관점에서 보자면, 자본주의 사회에 있어서 문학의 생산은 사회의 물질적 생산과 적대적 관계에 놓여 있음이 분명하다. 그러나 동시에 문학은 사회로부터 자율성을 획득한 대가로 또한 자신을 자본주의 상품 시장에 던져 놓을 수밖에 없는 입장에 처한다. 국가나 교회의 후원과 지배로부터 벗어남으로써 자율성을 획득한 문학이 이제는 자신의 운명을 대중의 손에 의탁하지 않을 수 없게 되었기 때문이다. 현실 사회와의 거리와 대립을 제도화시켜준 문학의 자율성은 그 지점에서 바로 자신을 배반하는 모순을 드러낸다. 문학의 대중성이란 사실상 문학의 상품성의 외재적 표현이기 때문이다. 그런 의미에서 80년대 문학의 아방가르드적 해체의 실험은 문학의 자율성의 제도적 성격을 분명하게 인식시켜 준다. 우리는 또한 한편으로 80년대 문학을 통해서 문학의 전위성이야말로 실은 자본주의 체제 안에서 어쩌면 유일한 문학적 진정성일 수도 있지 않을까 하는 생각을 하게 된다. 그러나 현존하는 자본주의 체제는 이 전위성을 숙주로 삼아 그것을 재제도함으로써 상품시장의 회로 속에 던져놓을 것이다. 이 시장은 그 어떤 위대한 해체적 열정도 상품으로서 가공하는 데에 능란하다는 점을 지난 문학사가 증명하고 있다. 위대한 아방가르드적 정신일수록 오히려 보다 빨리 제도화되고 정전화된다. 문학과 사회를 근접시키려 했던 역사적 아방가르드 운동의 시도가 실패로 돌아가면서 후기 산업자본주의사회는 오락문학과 상품미학이라는 그릇된 지양의 방식으로 문학과 사회의 통합을 이루고 있다. 역사적 아방가르드 운동들이 지녔던 의도는, 역으로, 전도된 징후를 보이면서 상품시장 속으로 휩쓸려 들어간 것처럼 보인다. 그러나 오락문학에 있어서 문학은 해방의 도구가 아니라 종속의 도구가 된다. 상품미학 역시 구매자로 하여금 불필요한 상품을 사도록 하는 단순한 자극으로서의 형식만을 자본화한다. 문학의 자율성과 상품성의 관계 속에는 '작품으로서의 상품'과 '상품으로서의 작품' 사이에 가로놓인 심연이 존재한다. 그럼에도 불구하고 역사적 아방가르드 운동의 실패가 곧 문학의 실패를 의미하는 것은 아니다. 문학을 삶의 실천적 차원과 결합시킴으로써 문학적 진위를 기존 체제의 모순을 해체 전복하려는 해방의 수단으로 작용시키고자 했던 역사적 아방가르드 운동의 정신이 소중하게 보존되어야 할 이유도 바로 거기에 있다. 자본주의 체제의 상품시장 속에서 이제 문학은 자신의 실패를 오히려 자기정체성의 알리바이로 삼아야 할지도 모른다. 그러나 그 실패는, 역으로, 오로지 자신의 분열되고 찢긴 상처를 통해서야만 진실을 드러낼 수밖에 없는 실패한 문학적 진실이지 문학적 진실의 실패는 아님을 입증하게 될 것이다. 김현의 다음과 같은 언급이 빛을 발하는 것도 이 지점쯤이다. "그러나 부정적인 고통은 역설적이게도 행복스럽다. 자신이 고통이 됨으로써 그 부정적인 고통은 모든 거짓 화해와 거짓 고통을 뚜렷하게 보여주고, 결국은 인간이 행복스럽게 살지 않으면 안 된다는 것을 보여주기 때문이다."

문학이, 문학의 이름으로, 문학성을 질문한다는 것은 다시 문학의 존재 이유를 성찰한다는 뜻이다. 근대문학의 발생 이래 문학의 존재 이유는 문학의 자율성이라는 표지 아래서 정당화되었다. 그러나 아도르노가 말한 예술의 이중적 성격, 즉 자율적이면서 동시에 '사회적 사실fait social'이라는 발언의 의미, 즉 문학의 자율성 자체가 역사적이고 사회적이라는 사실 자체를 기억하는 것은 중요하다. 그가 말하는 문학의 자율성은 일종의 부정적이고 비판적이며 심지어는 호전적이기까지 한 자율성이다. 그것은 형식의 층위에서 근대문학과 물화된 자본주의 사회 사이의 적대성을 표현한다. 그에 의하면 문학이 자율적인 것은 더 이상 칸트가 제기한 '무관심적 관조'의 대상이 되기 때문이 아니라, 기존의 현실 상황을 부정적으로 묘사함으로써 그것을 거부하기 때문이다. 예술작품의 '수수께끼적 성격' 역시 상업과 이데올로기에 오용된 의사소통으로부터 벗어난 문학의 자율성과 관련된다. 자율성 개념에 대한 아도르노의 해석은 물론 카프카나 베케트 혹은 첼란 같은 근대 작가들의 불운했던 비극적 운명을 고려한 결과이다. 행복을 향한 독자의 욕구를 충격과 구토를 통해 부정하고 있는 카프카에 대한 다음과 같은 아도르노의 언급을 기억해보자. "행복을 위해서 행복을 거부하게 되는 것이다. 그래서 예술 속에서 열망은 살아남는 것이다." 문학과 예술 속에서 살아남는 이 비극적 '열망'을 우리는 진정성으로 이해할 수 있다. 그러나 또한 이 진정성이 역사적으로 동일한 방식으로 드러날 수 없을 것이라는 사실도 분명히 이해하기로 하자. 부단한 문학적 실험과 전위성이 요청되는 것은 이 진정성을 '진정하게 드러내는 방식'이 중요한 까닭인 때문이다. 문학에 있어서 표현 방식의 층위를 배제하는 것이야말로 문학의 자율성에 대한 가장 치명적인 도전이자 반문학적인 폭거이다. 그러니 문학에 있어서 전위적 진정성과 진정한 전위성은 둘이 아닌 셈이다. 《미학의 기본 개념사》를 쓴 다음과 같은 한 미학자(타타르키비츠)의 언급을 곱씹어야 하는 것도 바로 이런 맥락에서이다. "이제는 더 이상 어떠한 아방가르드도 존재하지 않는다. 왜냐하면 지금은 아방가르드밖에 없기 때문이다."

포이에시스Poiesis로서의
시
— 이론과 실천의 접경, 또는 그 너머로 가는

1.

시를 쓴다는 것, 사물과 존재의 비의를 노래한다는 것은 어쨌든 시인이 하는 일이 아닌 것 같다. 시 속에서 시인은 스스로 말하는 것이 아니라 시인으로 하여금 말하게 하는 것은 오히려 시라고 해야 한다. 시인은 다만 저 시의 노래에 자신의 목소리를 하나의 공명하는 악기로 내어준 자에 불과하다. 《문학의 공간》의 저자인 블랑쇼는 발레리를 언급하고 있는 〈작품과 죽음의 공간〉이라는 그 책의 한 부분에서 심지어 시인은 자신이 시인인지도 모른다는 의미로 말하고 있다. 그의 견해에 의하면 또한 시인은 시가 무엇인가, 시란 것이 있는지조차 알지 못한다는 것이다. 시인은 다만 자신의 전 존재를 시에 내맡긴 채 그 존재의 내면으로부터 언어들이 고여 스스로 말하는 것을 수동적으로 지켜볼 따름이다. 시인은 스스로를 말하는 이 언어들에게 자신의 손을 필기구로 빌려줄 수 있을 뿐이다. 말하자면 그는 시를 쓴다는 일에 있어서는 순수한 수동성의 존재에 불과하다는 것이다. 언어들은 존재의 내면으로부터 스스로 솟아올라 고이고, 흐르고, 또 용솟음치면서 스스로를 드러낸다. 시를 쓴다는 것은 이처럼 언어가 스스로를 말한다는 의미와 동격이 된다. 시인은 언어가 말하는 그 순간에 오로지 수동적인 침묵으로써, 그리하여 하나의 악기로서의 자신의 역할을 충실히 수행할 뿐이다. 시 안에서 말하는 언어는 그러므로 시인으로 하여금 그의 주체를, 그의 전 존재를 박탈한다고 할 수 있다. 시인은 시 안에서 언어가 말하는 그 순간부터 자신의 주체를 상실하고 온전히 시의 노래 속으로 편입된다.

　이미 희랍의 철학자 플라톤은 〈이온Ion〉이라는 대화편에서 시에 열중한 사람은 모두 '제 정신이 아니'라는 견해를 제기한 바 있다. 시인은 오로지 자석의 자력에 이끌리는 쇠고리처럼 시에 의해 영감을 부여받을 뿐이고, 따라서 그는 자기 바깥의 힘에 이해 조종되고 있다. 시인은 시 속에서 자신의 행위를 인식하지 못하며 오히려 자기 주체의 상실을 경험할 뿐이다. 저 철학자는 또 다른 대화편 〈파에드루스Phaedrus〉에서 "광기 없이 시에 들어가는 자는 실패하게 마련이며 제 정신이 멀쩡한 시인의 창작은 광기를 지닌 시인의 창작 앞에서 무색하게 되어버린다"고 말하는 것이다. 그렇다면 시는 시인의 주체 바깥에서 자신을 실현한다고 해야겠다. 블랑쇼가 시를 쓴다는 것을 일러 '시간의 부재의 체험'이라거나 '죽음의 경험'이라고 불렀던 것이 바로 이런 의미가 아니었을까? 말하자면 시를 쓴다는 것은 자기 존재의 갱신의 체험, 즉 스스로 주체가 아닌 다른 그 무엇으로 되는 자기 상실의 체험이라는 것이다. 존재는 시 쓰기 속에서 자기 존재의 변화를, 부재의 체험을 획득한다. 이 존재 갱신의 체험 속에 시를 쓴다는 것의 진정한 의미가 놓여 있다. 시 쓰기 속에서 주체는 아무것도 아닌 어떤 다른 존재, 즉 '나'가 아닌 비인칭의 '그'라는 존재로 변모된다. 이러한 주체의 사라짐과 더불어 시의 언어는 사물과 존재를 동시에 사라지게 하고, 또 그 사라짐과 부재 속에서 스스로 부재의 현존을 드러낸다. 언어는 사물과 존재를 지워 없애고 스스로를 드러낼 뿐이다. 언어 속에서 사물과 존재의 세계는 다만 부재하는 것으로만 현존한다. 따라서 언어가 하는 일은 저 순수한 부재의 순간을 시로 실현하는 것이라고 말할 수 있을지 모른다.

시 쓰기에 의해 실현된 순수한 부재의 체험, 즉 시간의 부재와 주체의 죽음의 경험은 일종의 인식이라고 할 수도 있다. 왜냐하면 모든 경험은 반드시 인식이기 때문이다. 그러나 이 부재의 체험은 동시에 인식이 아니다. 왜냐하면 그것은 시간의 부재를 전제하기 때문이다. 칸트는 인식이 시공간이라는 선험적 감성의 형식을 통해서만이 성립될 수 있다고 말한다. 그러니 시간의 부재의 체험이란 하나의 인식이 될 수 없는 경험, 말하자면 하나의 모순어법으로만 존재하는 그런 경험인 것이다. 그것은 어떠한 이미지나 사고를 통해서도 표상되거나 표현될 수 없는 종류의 경험이다. 다시 말해 그것은 하나의 불가능한 체험, 즉 삶 속에서의 죽음의 체험이라고 할 수 있다. 그런 점에서 시를 쓴다는 것은 사랑의 경험에 다름 아니다. 사랑은 타자에 대한 긍정으로 말미암아 주체가 부재하는 순간을, 말하자면 주체가 세계의 중심에 도달하여 세계와 몸을 섞는 순간의 고통과 환희를 만들어낸다. 그것은 고독한 자아의 껍질 속에 웅크리고 있던 주체의 개체성이 부숴지는 자리이며, 그 부숴 진 틈과 간극으로 타자의 모습이 언뜻언뜻 드러나는 자리이다. 그 자리는 그러므로 주체와 타자 사이에 가로놓인 거대한 심연이 순간적으로 메워지는 장소가 된다. 시를 쓴다는 것은 그렇게 시인이 말하는 것이 아니라 언어가 스스로를 말하는 순간을, 오로지 언어가 자신만을 표명하는 순간을 드러내준다.

2.

모든 인간 존재의 유한성과 불완전성은 자신의 존재 근거를 자체 내에 지니고 있지 못하다는 궁극적인 사실로부터 연유한다. 자신의 존재 근거를 자체 내에 지니지 못하는 존재는 필연적으로 자신의 외부 세계, 즉 보편적으로는 자연이라고 불리는 것으로부터 자신의 생존 지반을 확보할 수밖에 없다. 말하자면 세계로부터 무엇인가를 획득하지 않고서 홀로 자족적으로 삶을 영위할 수 있는 존재란 없다는 것이다. 만약 자신의 존재 근거를 자체 내에 지니고 있는 어떤 존재가 있다고 한다면, 우리는 그것을 신이라고 부를 것이다. 신은 자신의 존재를 위해 외부의 어떠한 영향력으로부터도 자유로울 것이고, 따라서 그에게는 운동이라는 것이 불가능하게 된다. 왜냐하면 그는 어떤 과부족도 없는 완전한 평형의 상태에 도달해 있기 때문이다. 운동이란 평형에 도달하고자 하는 욕망의 활동이다. 그러니, 이미 평형에 도달한 존재가 다시 움직일 계기와 이유는 없는 것이다. 신은 일종의 무처럼 영원한 정지의 상태로 존재한다. 일찍이 아리스토텔레스가 이 신의 속성을 일러 '부동의 원동자'라고 명명했듯이, 그의 존재는 스스로는 움직이지 않으면서 다른 모든 것들을 움직이게 하는 동력원이 된다. 그에게는 관념이 곧 노동이어서 세계는 그의 관념과 동일한 형태로 생성되고 만들어진다.

그러나 신이 아닌 유한하고 불완전한 인간 존재로서는 자연의 법칙에 대한 인식으로부터 시작하여 자연 속에 존재하는 사물의 획득과 생산을 담당하는 노동에 이르기까지 자신의 존재 전부를 외부의 세계, 즉 자연에 의존하지 않을 수 없다. 인간이 자연으로부터 자신의 생존 지반을 확보하여 존재를 유지시키는 방식을 '세계의 인간화'라고 부르기로 하자. 인간은 끊임없이 자연을 인간의 세계로 만들면서 살아간다. 이렇게 자연을 인간화함으로써, 즉 세계를 점유함으로써 인간은 비로소 세계 속에서 자신의 존립 지반을 획득하는 것이다. 인간은 이론적으로는 인식이라는 방식을 통해서, 그리고 실천적으로는 노동이라는 방식을 통해서 자연을 인간의 세계로 만든다. 이론과 실천, 인식과 노동은 세계를 인간화하는 방식이며, 또한 대상을 주체 속에 통합시키는 방식이다. 이 두 가지 방식의 인간화가 없다면, 인간은 세계 속에서 자기 존재의 존립과 지속을 꾀할 수가 없다. 자연의 질서에 대한 통찰로부터 세계의 법칙을 인식하고, 자연의 산물로부터 식량과 도구와 생산물을 획득하기 위한 노동을 수행함으로써 인간은 비로소 이 세계 속에서의 생존을 보장받게 되는 것이다. 이러한 인식과 노동, 이론과 실천의 범주는 각각 독자적인 영역을 소유하고 있다. 인간에게는 신처럼 그의 인식이 곧 노동이 아니어서 그 두 영역은 제각기 분리되어 있는 것이다.

이론과 실천은 세계를 인간화하는 두 가지의 방식이다. 인간은 이 두 가지 방식을 통해 저 무의미한 자연의 세계를 의미 있는 인간의 세계로 변화시킨다. 말하자면 인간은 사물과 존재의 세계에다 이름을 붙이고 질서를 부여함으로써, 동시에 인간 육체의 흔적을 각인함으로써 저 자연의 세계를 점유하게 된다는 것이다. 전자의 방식에 의해 인식의 체계가, 후자의 방식에 의해 노동의 산물이 출현하게 된다. 가령, 이제까지 알려져 있지 않았던, 따라서 이름이 부여되지 않은 어떤 나무의 종이 새로 발견되었다고 하자. 인간은 가장 먼저 그 새로운 나무의 종에 이름을 부여함으로써 그것을 자연의 세계로 부터 인간의 세계로 호명하여 편입시킨다. 인간에게 알려져 있지 않은, 따라서 이름이 부여되지 않은 나무란 아직 이 세계 속에 존재하는 것이 아니다. 인간이 사물에, 존재에 이름을 부여한다는 것은 이처럼 자연의 질서를 인간의 관점으로 파악하고 인간의 세계로 이해한다는 일이다. 마찬가지로, 저 새로 발견된 종의 나무가 인간 육체의 흔적을 각인하지 않은 채 자연 속에 그대로 존재하고 있다면, 그것은 단순히 무의미한 하나의 자연물에 불과할 뿐이다. 그러나 인간이 노동에 의해 그 나무를 베어 몇 번의 대패질과 못질을 통해 책상이라는 가구를 만들어냈다면, 저 나무는 이제 자연의 세계로부터 인간의 세계로 편입된 것이다. 이처럼 인간은 인식과 노동을 통해, 다시 말해서 이론과 실천의 두 가지 방식을 통해 자연의 세계를 인간의 세계로 만들게 된다. 이러한 인식과 노동에 의한 세계의 인간화가 가능하지 않다면, 인간은 세계 속에서 자신의 존립 지반을 획득할 수 없다. 이론과 실천은 무의미한 자연의 세계를 의미 있는 인간의 세계로 변모시키는 놀라운 마술의 능력이다.

이론적 방식으로 세계를 점유하는 인간 정신의 대표적인 영역이 과학과 종교와 철학이라고 말할 수 있다. 이것들은 세계를 인간이 이해할 수 있는 질서의 체계로 파악하게 한다. 반면, 실천적 방식으로 세계를 점유하는 인간의 영역은 육체의 사용을 동반하는 기술과 제작이라고 할 수 있다. 기술과 제작은 세계를 인간이 사용할 수 있는 것으로 변화시킨다. 이처럼 이론적 인식과 실천적 노동은 모두 세계를 인간화하는 방식이다. 그렇다면 이제 우리가 예술이라고, 혹은 문학이라거나 시라고 부르는 인간 활동의 영역은 이론적 인식의 영역에 속하는 것인지, 아니면 실천적 노동의 범주에 속하는 것인지를 물을 수 있겠다. 문학과 예술은 과연 이론인가 실천인가? 우리가 오늘날 예술이라고, 특히 문학과 시라고 지칭하는 인간의 활동은 다른 모든 인간의 활동과 달리 그 나름의 독특한 특성을 지니고 있는데, 이러한 특성은 바로 예술이 지닌 세계에 대한 인간의 이론적 실천이자, 실천적 이론이라는 데에서 연유한다. 문학은 세계에 대한 단순한 인식이 아니며 또 자연에 대한 단순한 노동도 아니다. 그것은 이론적 실천인 동시에 실천적 이론으로 지리한다.

3.

'예술art'이라고 부르는 용어의 라틴어 어원은 '아르스ars'인데, 이는 희랍어 '테크네techne'를 번역한 것이라고 알려져 있다. 그리고 희랍어 테크네는 여러 측면에서 '포이에시스poiesis'와 긴밀하게 관련된 용어이다. 오늘날 우리가 '시poesie'라는 용어로써 창조적 인간 정신 활동의 전체를 지시하는 것이 바로 이 포이에시스로부터 유래하고 있는 터이다. 포이에시스의 사전적 의미는 우선 제작, 창작, 생산의 뜻이 있고, 다음으로는 시라는 뜻이 있다. 우리는 이 용어를 통해 시는 곧바로 창작과 제작이라는 뜻을 함께 포괄하고 있음을 알 수 있게 된다. 그러나 오늘날의 관념에서는 별 문제가 없는 듯이 보이는 이 두 가지의 의미가 희랍 시대에는 서로 대립되어 있었다는 사실을 안다면 흥미로울 것이다. 말하자면 제작, 창작의 행위와 기술을 뜻하는 희랍어는 테크네인 반면, 시는 당시의 관념으로는 '무지케mousike'의 범주에 속해 있었던 것이다. 희랍 시대의 테크네라는 용어는 아직 미분화된 고대 언어의 특징을 그대로 보여준다. 말하자면 오늘날의 관념으로는 서로 분리되어야할 것으로 보이는 솜씨, 기술, 예술, 응용과학 등의 범위가 모두 테크네라는 용어 속에 포함되어 있었다는 것이다. 오늘날에는 서로 다른 분야로 취급되고 있는 이러한 것들이 테크네라는 하나의 용어 속에 포함되어 사용될 수 있었던 것은 이들이 서로 어떤 공통된 특징을 지니고 있었기 때문이라고 생각해야 한다. 그 공통점이란 바로 희랍인들이 테크네에 부여했던 보편적, 본질적 성격이 된다. 희랍인들에게 테크네는 (자연이 아닌) 인간이 부리는 모든 솜씨로서 (인지적이 아닌) 제작적 활동이며 (신적 광기나 영감이 아닌) 연마된 기술에 바탕을 둔 보편적인 규칙들에 의해 좌우되는 것이었다. 자연이 제공한 재료를 가지고 제작자가 자신의 노동을 이용해서 대대로 전승되어온 그 작업에 관한 지식을 활용하여 제작할 수 있는 상태, 그것이 테크네이다. 그러나 이러한 테크네의 속성 중에서 가장 중요한다고 여겨진 것은 지식이었다.

이처럼 테크네가 규칙, 법칙, 지식으로부터 비롯된다고 하는 관념으로부터 테크네와 무지케의 대립적 특성을 짐작할 수 있다. 무지케는 '무사이mousai' 여신들의 보호를 받으면서 이들이 이끄는 대로 이루어지는 어떤 특별한 정신적 행위로서 인간의 능력이 아닌 신들로부터 오는 영감에서 비롯되는 것으로 간주된다. 따라서 그것은 규칙이나 지식이 우선하는, 인간의 능력에서 비롯되는 테크네와는 본질적으로 구분되는 행위였던 것이다. 플라톤이 《소크라테스의 변명》에서 "시를 짓는 것은 지혜에 의해서가 아니라 예언자나 점쟁이처럼 타고난 재질과 신으로부터의 영감에 의한 것임을 알았습니다. 이들은 훌륭한 말을 많이 하지만 그 뜻이 무엇인지는 알지 못하지요. 시인들도 마찬가지입니다"라고 했던 것은 바로 무지케로서의 시에 대한 당시의 견해를 드러낸 것이다. 그러면서도 한편으로는 포이에시스라는 용어가 가진 이중의 의미에 대해서도《향연symposion》에서는 소크라테스의 질문에 대한 '미의 여교사' 디오티마의 답변을 빌어 다음과 같이 표현되고 있다. "포이에시스에는 여러 종류가 있다는 것을 당신도 잘 아시죠? 무엇이든지 없던 것이 있는 것으로 옮아갈 때, 그 원인이 되는 것은 언제나 포이에시스지요. 따라서 모든 테크네에 있어서 그 과정이 제작이요, 테크네를 가진 모든 사람이 제작자지요. (…중략…) 그런데 그들은 모두 제작자라고 불리지 않고 다른 이름으로 불리고 있지요. 모든 제작 가운데 일부, 즉 음악과 운율에 관계된 것(시를 지칭함 - 필자)만을 따로 떼어 이것에다가 전체의 이름(포이에시스를 말함 - 필자)을 붙이고 있어서 이것만이 제작이라고 불리며 또 이런 방면의 제작에 종사하는 사람만이 제작자라고 불리고 있는 것이지요." 디오티마의 이 말 속에서 플라톤은 테크네와 포이에시스의 상호관련성을 암시하면서 동시에 포이에시스라는 용어 사용의 문제를 제기함으로써 앞서《소크라테스의 변명》에서 말한 것과는 다른 입장을 보이고 있다. 어쨌든 플라톤은 대화편《고르기아스》에서도 "비이성적인 작업을 테크네라 부르지 않는다"고 했으며, 더 나아가 아리스토텔레스는 이 점을 분명히 하고자 했던 것이다. 그는《니코마코스 윤리학》에서 테크네를 "참된 이치에 따라 제작할 수 있는 상태"라고 명확히 규정한다. 아리스토텔레스는 모든 포이에시스가 이미 테크네라고 말한다. 그는《형이상학》에서 테크네란 경험에서 얻은 많은 생각들로부터 어떤 부류의 대상에 관해서 한 가지 보편적 판단을 내리게 될 때 이루어진다고 말함으로써, 또한《시학》에서는 시라는 특수한 포이에시스에 대한 보편적 지식과 판단을 논술함으로써 테크네로서의 포이에시스 개념을 정립한다. 이처럼 테크네와 무지케라는 두 개념은 오랜 역사의 풍화를 통해 오늘날 우리가 시라고 칭하는 포이에시스의 범주를 함께 형성하기에 이른다. 따라서 오늘날 우리가 넓게는 예술, 그리고 좁게는 시라고 부르는 포이에시스의 범주 속에는 희랍 시대의 테크네 속했던 부류와 무지케에 속했던 부류들이 한데 뒤섞여 있는 것이다.

《니코마코스 윤리학》의 저자는 정신으로 하여금 긍정과 부정을 통하여 진리를 소유케 하는 다섯 가지 방식을 구분한다. 이 다섯 가지 속에 학적 인식episteme, 실천지pronesis, 지혜sophia, 이성nous과 더불어 테크네가 포함된다. 아리스토텔레스는 이처럼 테크네를, 참된 이치를 따라 행동할 수 있는 상태인 행동의 영역으로서의 프로네시스가 아니라 그 자체가 아닌 다른 어떤 것을 목적으로 삼는 제작에 관계된 것으로서의 포이에시스에 속하는 것이라고 말한다. 모든 테크네가 지니고 있는 포이에시스적 성격을 음악과 운율에 관계된 것, 즉 시에다 특별히 적용시키고 그 구성 법칙을 서술한 문헌이《시학》임은 널리 알려져 있다. 이 저작의 원제목은 '제작술에 관하여peri poietikes'라고 붙여져 있는데, 사실상 책자의 대부분은 작시술에 관한 내용인 것이다. 따라서 아리스토텔레스는 포이에시스라는 용어를 제작 일반이라기보다는 시라는 특수한 제작에 전용하였다는 것을 알 수 있다.《시학》은 신적 영감과 광기의 소산으로만 생각되었던 시에 테크네로서의 규칙을 부여함으로써 앞서 구별한 테크네와 무지케를 연결, 통합한다. 플라톤이 시를 무지케로서만 간주하지 않고 일종의 테크네의 성격을 갖는 것으로 설명한 것과 마찬가지로, 아리스토텔레스 역시 플라톤의 방식과는 반대이긴 하지만 시를 테크네로서만 간주하지 않고 또한 무지케로서의 특성을 함께 갖는 것으로 보기 때문이다. 작시술에 관해 이론적으로 설명하던 아리스토텔레스가 《시학》의 17장에서 "작시술은 천재나 광기를 가진 사람을 필요로 한다"고 말한 것이 바로 그렇다. 이렇게 플라톤과 아리스토텔레스를 통해 무지케와 테크네의 성격을 함께 지닌 포이에시스의 이중적 의미가 성립하게 된다. 플라톤과 아리스토텔레스 이래로 포이에시스는 이처럼 테크네와 무지케의 양 특성을 모두 포괄하게 된다고 할 수 있다.

4.

《시학》은 율동과 언어와 해음을 매재로 하는 포이에티케 poietike라고 부르는 모방mimesis 양식의 기술론이다. 이에 의하면, 시를 시일 수 있게 하는 것은 바로 모방이다. 아리스토텔레스는 시의 본질이자 존재 방식이라고 할 수 있는 모방이 인간 본성에 근거하고 있다고 본다. 모방은 인간의 자연적 본성에서 시작되는 것뿐만 아니라 모방된 것에 대하여 모든 인간이 즐거움을 느끼는 것 역시 인간의 본성에서 비롯된다. 인간은 본성적으로 즐겁기 때문에 모방한다는 것이다. 아리스토텔레스는 인간과 동물을 구별하는 기준 또한 이러한 모방의 능력에 두고 있다. 인간은 다른 동물들에 비해 모방을 잘 한다는 것이다. 《영혼론》에서 그는 식물, 동물, 인간의 세 영혼 능력의 차별화된 계열성을 언급하면서 감관적 영혼을 가진 동물에 비해 이성적 영혼으로 사고할 수 있는 인간을 상위에 놓는다. 인간의 본성적 행위인 모방은 동물의 차원을 넘어선 인간적 차원의 행위인 것이다. 그렇다면 모방이 어떻게 즐거움을 산출한단 말인가? 그의 대답은 인간이 모방에 의해 인식을 획득하기 때문이라고 말한다. 이 말은 곧바로 "모든 인간은 본성적으로 알고자 한다"는 《형이상학》의 첫 번째 구절을 상기시킨다. 지식을 얻고자 하는 인간의 본성과 지식을 획득하게 해주는 인간의 본성적인 모방은 자연스럽게 연결된다. 인간의 본성은 알고자 하는 성향을 가지고 있으며 모방은 그러한 본성에 충실하게 지식을 획득할 수 있게 해줌으로 인간은 모방함으로써 즐거움을 얻는다. 그리고 인간은 이러한 모방을 통하여 지식을 얻는다는 점에서 다른 동물과 구별된다. 이처럼 모방으로부터 얻는 즐거움은 바로 모방의 기능이라고 할 수 있다.

아리스토텔레스는 모방으로부터 얻는 즐거움은 지식을 획득하는 데서 비롯된다고 한다. 시의 모방은 배움의 즐거움과 직결되어 있다는 것이다. 그리고 경험으로부터 얻은 많은 생각들로부터 한 가지 보편적인 판단이 산출되면 거기에서 테크네가 생긴다. 이것은 구체적으로 특수에서 보편을 찾아가는 과정을 서술한 것으로서, 지식을 축적하여 시를 산출하는 모방의 과정을 말해준다. 모방은 무엇보다도 특수에서 보편을 찾아가는 학습 과정이다. 《시학》에서 아리스토텔레스가 "보편성이 시가 의도하는 바"라고 한 것도 같은 맥락에서 이해할 수 있다. "시는 역사보다 더 철학적"이라는 유명한 선언도 개별적인 것을 말하는 역사에 비해 시는 보편적인 것을 말한다는 데서 나온 것이다. 결국 그가 의미하는 바의 시적 모방은 구체적 특수에서 시작하여 구성을 거쳐서 보편성이라는 목적을 찾아가는 과정이며, 그 과정에서 모방자든 모방된 것을 보는 자든 보편으로서의 길과 방법을 배우게 됨으로 각각의 모방 양식에 알맞은 고유한 즐거움을 획득하게 된다. 지식의 습득과 거기서 얻는 즐거움이야말로 모방의 기능이자 가치이며 목적인 것이다. 이렇게 시는 자연을 모방하는 방식이 된다.

일반적으로 자연이라고 번역되는 희랍어 '퓌지스physis'는 어형상 낳다, 생산하다라는 뜻을 가진 동사 '퓌에인phyein'이나 생산되다, 생성되다라는 뜻을 가진 수동형 '퓌에스타이phyestai'에서 나온 것이다. 그래서 퓌지스의 원래 의미는 탄생 혹은 기원이 된다. 따라서 이러한 퓌지스는 '게네시스genesis'와 동의어로 생각할 수 있는데, 이 두 단어의 의미가 같다는 것은 아리스토텔레스도 인정한 바 있다. 퓌지스를 라틴어로 옮긴 것이 '나투라natura'이고 이것이 오늘날의 '자연nature'으로 번역되는 것을 보면, 자연이 지닌 다중적인 의미는 퓌지스의 철학적, 문헌적 의미의 다중성에서 비롯되었다고 하겠다. 자연이라는 용어가 지니는 다중적 의미는 크게 두 가지로 나뉜다. 하나는 (생산된) 외적 세계이며, 다른 하나는 그 외적 세계를 생산해내는 내부적 힘 혹은 원리이다. 이렇게 하여 자연은 '능산적 자연natura naturans'과 '소산적 자연natura naturata'의 복합체가 되는 것이다. 이는 호머 이후 퓌지스라는 단어가 우주 전체뿐만이 아니라 단일한 사물이나 종류에 대해서도 사용되었음을 말해준다. 아리스토텔레스는《자연학》에서 "예를 들어 집이 자연에 의해 만들어졌다면, 그것은 지금 예술에 의해서 제작되는 것과 꼭 같은 방식으로 만들어졌을 것이다. 자연에 의해 만들어진 사물들이 예술에 의해서도 만들어진다면, 그것들은 자연과 꼭 같은 방식으로 이루어지게 될 것이다. 일련의 연속 단계들 속에서 각각의 단계는 그 다음 단계를 위해서 존재한다. 일반적으로 예술은 자연이 완성할 수 없는 것을 완성하거나 자연을 모방한다"고 말한다. 여기서 강조되고 있는 것은 '자연의 방식'이라는 구절인데, 이것이 예술에 대해 모범적 모방 대상으로서 작용한다는 뜻으로 읽을 수 있다. 예술은 자연의 방식을 모방하는 것이므로 생산된 외적 세계가 아니라 이 외적 세계를 생산해내는 내적 힘 혹은 원리를 따르는 것이라고 할 수 있다. 그러니까 예술은 외적 세계로서의 자연이 아니라 자연이 작용하는 방식 및 그 과정의 내적 원리를 모방한다는 것이다. 자연이 작용하는 방식과 원리는 "하나의 목적을 향해 작용하는 원리"이다. 자연은 어떤 목적 없이는 아무런 일도 하지 않는다는 진술을 아리스토텔레스의 저작 곳곳에서 읽을 수 있다. 따라서 "예술은 자연을 모방한다"라는 그의 진술을 풀어서 다시 쓴다면, "예술은 목적을 향해 작용하는 자연의 보편적인 방식 및 과정을 모방한다"고 할 수 있다. 자연이 스스로의 산물을 만드는 보편적 방식과 과정을 모방하는 것이 바로 시 제작술이다. 우주 전체로서의 자연이든 단일한 한 개체로서의 자연이든 자연의 보편성이 바로 예술이 목적하는 바로서의 모범이 되는 것이다. 아리스토텔레스에게 있어서 자연이란 창조된 외적 세계가 아니라 창조력 그 자체, 즉 우주의 생산 원리를 말한다. 아리스토텔레스가 시라고 불렀던 것은 제작된 산물 자체뿐만 아니라 제작할 수 있는 능력까지를 포함한다. 시인의 능력은 지식과 제작의 규칙에 대한 숙련에 기반을 두는데, 이 지식 또한 제작의 토대가 됨으로 역시 시라고 부른다. 이처럼 시는 지식과 기술, 즉 이론과 실천의 통합의 장소가 된다.

5.

시 속에서 시의 이름으로 실천을 말한다는 것, 그리하여 시 쓰기를 시 바깥의 다른 무엇인가를 위한 실천의 도구로 사용한다는 것, 그것은 시를 실천하는 것이 아니다. 시를 쓴다는 것이 그러한 실천의 도구가 될 때, 시는 인식의 자리도 노동의 현장도 되지 않으며 다만 공허한 하나의 구호와 포즈에 지나지 않게 된다. 시를 쓴다는 것은 시 바깥에 따로 실천의 자리를 마련하지 않고 그 자체로 시를 실천한다는 뜻이다. 시를 쓴다는 것은 이미 그 자체로 하나의 언어적 실천, 언어적 사건으로 자리한다. 시 속에서 시의 이름으로 실천을 말한다는 것은 시의 이름으로 시 바깥의 것을 주장하는 일이며, 부질없이 시 바깥에서 시의 존재 근거를 찾으려는 일에 불과하다. 포이에시스로서의 시는 이미 그 자체로 실천적 제작의 영역이며 또한 인식적 활동의 영역이다. 또한 그것은 실천적 이론이며 동시에 이론적 실천이다. 그렇다면 시를 또 다시 그 제작적 실천 이외의 어떤 다른 목적, 가령 종교나 정치 및 교육이나 도덕을 위한 실천의 도구로 사용할 때, 이는 포이에시스로서의 시의 지반을 붕괴시키는 결과를 가져오게 될 것이다. 그것은 시의 이름으로 시를 부정하는 일이다. 시를 쓴다는 것, 그것은 이미 존재와 세계의 변화를 수반하는 이론이자 실천의 행위이다. 시를 쓴다는 것은 주체와 대상을 그 부재의 현존의 자리로 변화시키는 노동이며 동시에 자아와 세계를 그 부재의 현존의 자리로 인식하고 있다는 것이다. 시는 노동의 인식이자 인식의 노동이다.

그럼에도 불구하고 시는 또한 인식의 자리도 노동의 장소도 아니다. 보다 정확하게 말하자면 시의 자리는 사랑의 자리이며, 시를 쓴다는 것은 사랑하는 일이다. 사랑은 세계를 주체의 자기동일성으로 환원시키지 않는다. 사랑은 오히려 세계 속에다 주체를 던져버리는 일, 세계 속에서 주체를 상실하는 '죽음의 경험'의 자리인 것이다. 그런 의미에서 시는 인식이나 노동처럼 자연의 세계를 인간의 세계로 점유하지 않는다. 오히려 시를 쓴다는 것은 인식과 노동에 의한 세계의 점유가 부숴지고 해체되는 어떤 지점, 말하자면 순수한 사랑의 행위가 된다. 그리고 이 사랑만이 주체를 자기동일성으로 수렴시키지 않고 타자를 대상화하지도 않는다. 사랑만이 세계를 점유하지 않는다. 왜냐하면 사랑 속에서 존재는 타자를 주체의 동일성 속으로 수렴하지 않고 타자 그 자체를, 죽음조차도 받아들이기 때문이다. 그러므로 시를 쓴다는 것은 인식이나 노동처럼 세계를 주체화, 인간화하는 것이 아니다. 시를 쓴다는 것은 오히려 주체를 타자로서 경험하는 일, 주체의 자기동일성이 파열되는 순간의 고통과 환희를 실천하는 일이다. 시를 실천한다는 것은 존재를 남김없이 세계 속에 던져버리는 일이며, 이러한 존재 갱신의 체험 속에서 타자를 오롯이 긍정하는 일이다. 시를 실천한다는 것은 그러므로 사랑한다는 것이다. 이 사랑만이 시의 영혼이자 육체이며, 시의 이론이자 실천이다. 사랑을 떠나서 시는 아무것도 아니다. 사랑을 떠나서 시를 쓴다는 것은 세계를 주체 속에 점유하고 타자를 주체의 동일성으로 수렴하는 인식의 도구, 실천의 도구로 시를 사용하는 것일 뿐이다. 사랑은 주체를, 또한 타자를 그 어떤 것의 도구로도 사용하지 않는다. 사랑은 이미 그 자체로 존재하는 것의 유일한 목적이기 때문이다. 시를 쓴다는 것은 이 유일한 목적에 대한 헌신을 맹세하는 일에 다름 아니다. 시 속에서 스스로 말하는 언어의 몸짓 이외에 시의 실천이란 어디에도 존재하지 않는다. 그 언어의 몸짓은 자기동일성으로서의 주체를 지우며 크나큰 긍정 속에서 타자를, 이 지상에 존재하는 일체의 것들을 받아들인다. 그렇다면 시를 쓴다는 것은 사랑을, 오로지 사랑만을 실천하는 일인 셈이다.

텍스트의 개방성과 복수의 의미들
— 텍스트의 주체는 누구인가?

> 나는 모든 진리로부터
> 추방당한 몸!
> 그저 바보일 뿐!
> 오직 시인일 뿐!
> — 니체F. Nietzsche

> 그러나 결국 작품은
> 작품을 찾아가도록
> 인도하기 위해서만 존재할 뿐이다.
> — 블랑쇼M. Blanchot

누가 글을 쓰는가?

나는 문학 텍스트와 관련하여 이 텍스트의 주체가 누구인가에 대해 생각해보는 글을 쓰려고 한다. 그렇기에 '텍스트의 주체'에 대한 하나의 글쓰기가 될 이 텍스트(이 난감한 글쓰기의 욕망이 그려낼 어떤 풍경을 하나의 텍스트라고 할 수 있다면 말이다)의 문제 의식은 곧장 "이 글쓰기를 욕망하고 있는 자는 누구인가?"라거나 "(이 텍스트라는 직물을 짜고 있는 저자로서 상정된) 나는 과연 누구인가?"라는 메타 질문의 형식으로 내게 되돌아오는 듯하다. 왜냐하면 분명 이 글쓰기를 욕망하고 또 수행하고 있는 자, 자신의 모국어인 한글로 이 텍스트라는 누더기를 깁고 있는 자는 다름 아닌 '나'이기 때문이다. 그렇다면 나는 이 글쓰기에서 하나의 텍스트를 얽고 있는 저자로서의 나라는 존재의 자기동일성의 윤곽과 경계를 그려내야 할 입장에 처한 셈이다. 그러나 이 작업은 내게, 아니 그 어떤 저자에게도 사실상 불가능한 것처럼 보인다. 왜냐하면 이 글쓰기의 텍스트 바깥에 나는 분명 '현실적으로'(헤겔주의에 의하면, 이 말은 '의식적으로'라는 뜻이겠다) 존재하긴 하겠지만, 이제부터 내가 휩쓸려 들어갈 이 글쓰기의 욕망과 텍스트 자체가 사실상 그런 나의 존재를 온전히 보장해주리라는 확증을 나는 전혀 가지고 있지 못하기 때문이다. 그 어원상의 층위에서 보자면, 텍스트란 다수의 겹과 층이 거미줄처럼 얽혀서 짜여진 하나의 직조물을 의미한다. 이 직조물 속에서 어쩌면 이 글의 저자인 나는 수많은 겹과 층들로 분리, 해체되거나 아니면 새로운 방식으로 재조직화 될지도 모르는 일이다. 그러니, 내가 텍스트를 직조하는 것이 아니라 오히려 이 글쓰기의 욕망과 텍스트 자체가 나를 새롭게 직조해낸다고 말하는 편이 옳다.

그렇다고 내가 이 글에서 하나의 텍스트라는 그물을 엮고 있는 저자로서의 내 자의식을, 말하자면 생각하는 나 자신을 인식의 대상으로 삼아 분석해보고자 한다는 뜻은 아니다. 오히려 나는 내 자의식에 앞서서 혹은 그것과 겹쳐서 지금 이 글쓰기를 욕망하고 있는 나라는 (근대적) 주체의 의식을 조건짓고 형성하는 어떤 그물망들에 대해서 말해보고 싶은 것이다. 그러므로 이 글쓰기 작업은 차라리 '주체의 균열'이라거나 '복수의 주체' 혹은 하나의 텍스트가 내장한 '복수의 의미들'에 대한 성찰로 이끌어질 것이다. 텍스트의 주체에 대한 글쓰기를 욕망하고 있는 지금의 내 의도는 그러하지만, 그럼에도 불구하고, 나는 이 글쓰기의 텍스트가 그러한 내 의도를 얼마나 충실하게 드러낼 수 있을지에 대해서는 전혀 자신할 수 없는 처지에 있음을 잘 알고 있다. "최초의 의도대로 씌어지는 글은 글이 아니라 제품이다"(이인성)라는 한 작가의 명제가 빛을 발하는 것도 아마 이 지점쯤이리라. 소설을 쓰는 작가라는 주체의 자기동일성의 문제가 얼마나 다양한 층위에서 겹으로 얽히고 설켜 있는지를 추적한 바 있는 이 작가는 저 착종된 상태를 일러 '황홀한 반죽'이라고 말했던 것 같다. 바로 그렇다. 나는 이 '황홀한 반죽'의 어떤 존재론적인 풍경을 그려보고 싶은 것이다.

텍스트의 주체에 대한 질문은 무엇보다도 먼저 문학 텍스트의 존재론적 지반인 언어의 층위를 도외시하고는 어떤 바람직한 결론에도 도달할 수 없는 것처럼 보인다. 언어를 떠난 그 어떠한 텍스트도 우리는 문학이라고 하지 않기 때문이다. 따라서 문학 텍스트의 주체를 묻는 일은 또한 언어의 존재와 의미를 둘러싼 문제들을 가장 우선적으로 고려하지 않을 수 없게 만드는 것이다. 그것이 인간의 한계이든 혹은 언어 그 자체의 한계이든 관계없이, 모든 언어는 언어를 통해 드러내지 못한, 드러낼 수 없는 부재와 잉여의 부분을 반드시 지니고 있는 것처럼 보인다. 그리하여 '말은 할수록 꼬인다'는 어처구니없는 사태가 발생하는 것이리라. 그렇다, 말은 할수록 꼬이고 그 의미는 일그러진다! 한 해체주의자의 용어법을 따라서 우리는 이 사태를 언어가 지닌 '반복가능성Iterabilitaet'으로 인해 의미의 전위가 일어나기 때문이라고 말할 수 있을지도 모르겠다. 그러한 관점에 따르자면, 동일한 것을 무한히 반복한다는 것은 불가능하다. 언어는 반복되고 인용될 때마다 이 반복가능성 때문에 파괴당하는 운명을 감수하지 않을 수 없다는 것이다. 언어의 이러한 반복가능성이 곧 '차연'의 과정이라고 말했던 이가 바로 저 해체주의자 데리다J. Derrida였을 것이다.

그렇다면 이 같은 기표의 장인 언어가 매개하는 저 부재와 잉여의 부분이 오히려 언어의 언어됨을, 언어로 직조된 텍스트의 텍스트됨을 말해주는 것일지도 모른다. 여기에서 한 저자로서의 주체(의 욕망)과 언어의 관계, 언어와 텍스트의 관계, 텍스트와 문학 장르의 고유한 특성 및 제도적 규범과의 관계, 텍스트의 이해와 해석과 수용에 관련된 독자의 관계 등등이 우리의 문제를 해명하기 위한 핵심적인 고리들로 등장하게 된다. 결국 텍스트의 주체는 누구인가라는 질문을 둘러싸고 제기될 수 있는 문제는, 미학적으로 보자면, 적어도 다음과 같은 몇 가지 층위에서의 검토를 요구하고 있는 것처럼 내게는 보인다. 첫째, 글쓰기를 욕망하는 주체로서의 저자의 측면에서 발생하는 의식/무의식(혹은 욕망)의 문제. 이 문제는 하나의 텍스트 혹은 문학 작품이란 것이 과연 (근대적 의식의 주체로서의) 어떤 한 저자의 의식의 산물인가라는 오래된 미학 원론의 입장과 결부되어 있다. 가령, 아리스토텔레스의 《시학》은 문학 텍스트를 의식적인 주체의 지성적 산물로서 모방론으로 설명하고 있는 반면에, 플라톤의 대화편들은 문학 텍스트를 주체적 의식 바깥의 산물로서 영감론으로 설명하고 있는 것이다. 둘째, 글쓰기가 수행되는 장인 문학 텍스트의 측면에서 발생하는 언어/텍스트의 문제. 특히 문학 텍스트가 지니는 고유한 언어적 특성에서 기인하는 표현 층위와 내용 층위의 연관성에 대한 근원적인 입장의 차이가 존재한다. 가령, 헤겔의 《미학 강의》는 문학 텍스트의 언어적 표현 층위를 내용 층위로 환원하여 개념화할 수 있다는 입장인데 반해, 칸트의 《판단력 비판》은 문학 텍스트의 '무개념성'을 옹호함으로써 표현 층위의 환원 불가능성을 옹호하고 있는 것이다. 셋째, 텍스트의 이해와 해석의 측면에서 발행하는 텍스트/독자의 문제. 이것은 문학 텍스트가 그 자체로 의미 충족적인 자족적 완성태인가라는 질문을 불러낸다. 가령, 구조주의적 관점이나 기호학적 미학은 이 질문에 긍정적으로 대답할 것으로 예상되는 반면, 현상학적 미학이나 수용미학적 관점에서 텍스트는 언제나 독자의 개입에 의해 구체화되거나 작품으로 이행한다고 주장할 것이다.

이외에도 우리는 또한 글쓰기의 주체의 측면에서 제기되는 저자의 의식/무의식의 문제와는 상관없이 텍스트에 개입하게 되는 문학사적인 전통과 상브적 규범 및 해석학적인 영향 – 수용의 문제, 혹은 문학 제도의 문제 등을 고려하지 않을 수 없을 것이다. 이경우 문학 텍스트를 둘러싼 역사적 축적의 몫과 저자의 독창성의 몫은 그 경계를 제한할 수 없을 정도로 희미해지게 될 것이다. 여기에서 가령 패러디나 패스티쉬, 상호텍스트성, 알레고리, 표절 등의 문제가 야기될 수도 있다. 이 모든 층위의 문제들이 복잡하게 서로 맞물려 얽혀져 있는 텍스트의 어떤 존재론을 하나의 풍경으로 그려내려는 이에겐 아마도 한 권의 책으로도 부족할 것이다. 나는 다만 이 글쓰기에서 문학 텍스트 개념의 탄생과 성장을 추적하면서 그것이 미학적으로 어떤 의미를 지니는가에 대해서만 논의를 한정할 셈이다. 그 결과 텍스트의 존재론은 문학의 자율성 개념의 토대가 되는 문학적 진정성의 최종 심급으로 판정될 것이다.

텍스트의 주체/의미는 존재하는가?

문학 텍스트의 의미와 이 의미의 소유권에 대한 논의는 철학적 미학의 창시자들을 고심케 한 문제로 우리를 되돌아가게 만든다. 즉 그들은 예술작품이나 미적인 것 속에 의미들이 표출되고 있는가, 그리고 그 의미들은 철학적 담론에 의해 개념화될 수 있는가,

다시 말해 개념적으로 정의될 수 있는가 하는 문제들을 제기했던 것이다. 텍스트의 의미를 묻는 이 질문은, 문학이 불가피하게 언어를 그 기반으로 하고 있다는 점에서, 문학 텍스트의 언어–구조적 의미를 묻는 질문과 이형동질의 것이며 동시에 이 언어적 의미의 소유자/주체를 묻는 질문이기도 하다. 여기에서 미학사는 헤겔주의적 이론과 칸트주의적 이론의 극명한 대립을 보여주게 된다. 우리는 이 대립을 언어에 대한 기호학적 모델을 빌려와 텍스트의 내용 층위(기의의 측면)와 표현 층위(기표의 측면)의 대립으로 단순화할 수 있다. 문학에 대한 헤겔주의적 이론은 하나의 예술작품으로서의 문학 텍스트를 개념화시킬 수 있다고 믿고, 또 그러한 특정한 개념성을 통해 텍스트를 특정한 하나의 의미에 고정시킬 수 있다고 믿는다. 말하자면 헤겔주의는 문학 텍스트를, 그것이 어떤 세계관이든 이데올로기든 혹은 어떤 개인적이거나 집단적인 심리적 실체든 간에, 하나의 개념적 등가물이나 심리적 인자와 동일시하여 텍스트의 표현 층위를 내용 층위로 환원시킬 수 있다고 믿는 모든 이론을 의미한다고 할 수 있다. 그에 비해 칸트주의적 이론은 문학 텍스트를 어떤 개념에도 부합되지 않는 미적 형상물로서의 예술작품으로 다룰 수 있게 해준다. 거기에서 텍스트의 표현 층위는 어떠한 개념적 사고에도 동화될 수 없는 것으로 판정된다.

칸트에게 있어서 미학의 문제는 미적인 것에 대한 개념적 인식에서 출발하는 것이 아니라 취미 판단의 문제에서 출발한다. 이 취미 판단에 대한 논의에서 저 유명한 '이율배반Antinomie'의 문제가 등장한다. 이 논의에 의하면 취미 판단은 하나의 개념에 기초하고 있긴 하지만, 그 개념은 객체에 대해 어떠한 인식도 줄 수 없다. 잘 알려져 있다시피, 하나의 개념에 기초하지만 그것이 객체에 대해서는 어떤 인식도 줄 수 없는 그런 개념의 장소를 칸트는 인간이라는 종에게 주어져 있는 '공통 감각communis sensus'의 존재에서 구한 바 있다. 다시 말해서, 이 공통 감각은 특수한 개념성의 형식을 취할 수는 없지만 보편타당성에 대한 요구는 제기할 수 있고 또 그럼으로써 개념적 성격을 띨 수 있을 뿐이라는 것이다. 이 같은 칸트의 입장은 그가 미적 관념과 이성 관념을 서로 구분함으로써 비개념적 서술과 개념적 서술의 긴장 관계를 보여주고 있는 《판단력 비판》의 한 부분에서 다시 한번 드러난다. 거기에서는 어떤 한 관념이 다른 관념의 언어로 번역될 수 없다는 점이 분명하게 지적되고 있다. 말하자면 칸트는 내용 층위에 대한 표현 층위의 우위를, 다시 말해 텍스트의 개방성과 복수의 의미들의 가능성을 열어놓음으로써 예술작품이 개념적 술화 속에 동화될 수 없다는 문학의 자율성 테제를 이론적으로 선취하는 것이다.

이 같은 문학 텍스트의 자율성에 대한 칸트주의적 믿음은, 물론 크로체의 사상도 한 몫을 거들긴 하지만, 가령 영미의 신비평가들에 의해 반복적으로 발견된 텍스트에 대한 세 가지 오류의 지적에서 그 유의미성을 획득하게 된다. 신비평가들이 문학 텍스트의 해석에서 발생적 오류, 의도적 오류, 감정적 오류라고 부르는 것들이 바로 그것이다. 발생적 오류란 하나의 문학 텍스트를 그것이 생성되어 나온 사회적 콘텍스트와 혼동하지 않아야 한다는 것이고, 의도적 오류는 텍스트를 어떻게도 확인할 수 없는 저자의 의도로 환원시켜서는 안 된다는 것이며, 감정적 오류는 텍스트를 그것의 수용, 즉 심리학적으로 분석할 수 있는 독자의 반응과 혼동해서도 안 된다는 것이다. 여기에서는 저자나 독자에 대한 모든 전기주의적, 의도주의적, 심리주의적 경향이 배제됨과 아울러 개별적인 문학 텍스트 역시 추상적인 장르 개념이나 시대 개념으로 환원되지 않음으로써, 문학 텍스트 자체의 구조와 자율성이 고취되어 있다. 물론 텍스트에 대한 이러한 관점은 러시아 형식주의나 체코 구조주의를 통해서도 이미 지지되고 있는 터이다. 문학 텍스트의 형식 개념을 강조하는 러시아 형식주의는 새로운 형식의 발생을 새로운 내용의 표현에서 찾는 것이 아니라, 오히려 예술 형식으로서의 성격을 상실한 낡은 형식의 해체에서 찾는다. 체코 구조주의 역시 문학 언어가 의사소통 언어와는 다른 기능을 갖고 있음을 강조하면서, 의사소통 언어가 우리의 주의를 '무엇이' 표현되는가에 집중시킨다면 문학 언어는 '어떻게' 표현되는가에 집중시킨다고 그 둘을 구분한다.

문학 텍스트의 표현 층위를 강조함으로써 칸트주의적 관점이 문학의 자율성의 토대를 마련하고 있는 반면, 헤겔은 변증법적인 예술사의 발전을 다루는 그의《미학 강의》의 한 장에서 이념을 표현하지 않기 때문에 개념으로 고착화시킬 수 없는 예술작품은 불완전하다고 간주한다. 이 강의에서 상징적 예술형식이 단순히 '전-예술Vorkunst'로 분류되고 있는 까닭이 바로 거기에 있는 것이다. 왜냐하면 이러한 상징적 예술형식은 자신의 기본 모순, 즉 내용과 형식, 개념과 이미지가 서로 분리되어 있는 까닭에 결국 몰락하게 되어 그리스의 고전적 예술형식으로 지양되기 때문이다. 이 고전적 예술형식의 이상은 그것이 예술의 진실된 내용, 곧 본질적 주체성을 파악함으로써 또한 진정한 형태를 얻는다는 사실로써 분명해지는 것으로 설명된다. 말하자면 고전적 예술형식 그 자체는 참된 내용 이외에는 다른 아무것도 스스로 발언하지 않는다는 것이다.《정치경제학 비판 서설》에서 시대를 초월한 그리스 예술의 아름다움을 칭송하고 있는 맑스의 입장도 이러한 헤겔의 관점과 다르지 않다. 결국 헤겔에게 있어서 그러한 고전적 예술은 그 의미와 형태 두 측면이 서로 완벽하게 상응하여, 실제로 외적 형태로 드러난 것이 곧 그것의 의미가 된다고 할 수 있다. 이에 비해 상징적 예술형식, 즉 상징적이거나 비유적인 것에는 언제나 이미지가 나타내고 있는 의미와는 또 다른 무엇이 담겨져 있다고 헤겔에게 비판받는다.

예술이 그 종말을 향해 발길음을 내딛게 되는, 변증법적 예술사의 마지막 단계인 낭만적 예술형식 역시 마찬가지로 그러한 관점에서 부당하게 취급된다. 헤겔이 낭만적 예술형식에서 최상의 위치를 부여한 장르인 시문학에 대한 다음과 같은 논의에서 이러한 관점은 마침내 절정에 도달한다. "시문학은 예술 자체의 해체가 시작되는 지점이다. 동시에 철학적 인식의 측면에서 예술이 종교적 표상 자체로, 또한 과학적 사고를 표현하는 산문으로 이행하게 되는 전이점 역시 시문학이다". 이로써 이제 문학 텍스트는 마침내 스스로 그 속에서 해체되는 학문적, 철학적 성찰의 전-형식으로 규정되기에 이른다. 이러한 헤겔의 대담한 명제는 오직 문학 텍스트에 있어서 언어적 기표들이 구성하는 표현 층위의 자율성을 희생한 채 문학 텍스트의 문제성 전체를 내용 층위, 곧 기의의 층위로 환원시키는 경우에만 옹호될 수 있다. 헤겔의 역사철학적 - 체계적 사유는 논리 중심주의적 유럽 형이상학의 전통 일반이 도달한 정점으로 간주된다. 그러나 동시에 이 정점에서 논리 중심주의는 붕괴하기 시작한다. 왜냐하면 그것은, 변증법 일반의 운명이 그러한 것처럼, 그 체계 자체 내에 이미 붕괴의 싹을 내포하고 있기 때문이다.

그렇다면, 텍스트는 무엇을 말하는가?

논리/개념 중심적인 헤겔주의적 이론에 대해 극단적으로 대립하고 있는 위치에 서 있으면서 동시에 칸트가 이론적으로 선취한 문학의 자율성 테제를 극단으로 밀고 나가 텍스트의 개방성의 토대를 확고하게 마련한 것은, 잘 알려져 있다시피, 니체의 공로로 돌려져야 한다. 니체는 텍스트에 있어서 개념의 지배를, 어쩌면 개념의 전능성이라고 해야 할지도 모르겠지만, 다의적인 기표들의 결합으로 대체함으로써 화해와 통일로 귀결되는 헤겔주의적 긍정의 변증법을 극단적인 양가성의 공존을 주장하는 부정의 변증법으로 변화시킨다. 그에게 있어서 인간 사고의 기반은 이제 더 이상 개념적 심급으로서의 헤겔의 정신이 아니고 '은유를 형성하려는 충동'으로 간주되기에 이른다. 이 충동은 신화와 예술 속에서 자신의 새로운 영역을 발견하게 되는 것으로, 인간이라는 종에게 있어서는 근본적인 것으로 간주된다. 이러한 은유 충동의 결과 진리와 허위의 관계는 마침내 개념적 진리와 예술에 관한 헤겔주의적 관계를 전도시키는 결과를 불러온다. 거기에서 예술은 '가상을 향한 선의'로 규정된다. 니체는 다의적인 기표들을 강조함으로써 보편적, 추상적인 기의를, 그렇기에 치환할 수 있는 기의를 평가 절하한다. 왜냐하면 그에게 있어서 모든 개념은 비동일적인 것을 동일화함으로써 생겨나는 것이기 때문이다. 말하자면 개별적인 것과 현실적인 것을 간과함으로써 개념이 생겨난다는 것이다.

니체는 거듭해서 진리 추구와 개념적 정의보다는 현실과 언어의 다의성을 주장한다. 헤겔주의적인 '비동일적인 것의 동일화'가 불법적인 것으로 간주되고 진리가 다의적인 형상들에서 비롯된 환상임이 폭로될 때, 기의가 기표에 비해 급격히 약화되는 현상이 초래된다. 언어의 내용 층위는 표현 층위의 한 파생물로 전락하는 운명에 처하게 되는 것이다. 그러므로 표현 층위에서는 진리도 없고 개념적 동일성도 존재하지 않게 된다. 단지 다의적인 형상들로 개념들 간의 운동과 추이들만이 있을 뿐이며, 따라서 기표는 어떤 기의에도 고정될 수 없고 그것의 다형적인 성격 자체는 기표와 기의 사이의 대립을 의심스러운 것으로 만든다. 데리다가 비동일적인 것의 동일화에 대한 니체의 비판을 해체론의 출발점으로 삼고 있다는 것은 이러한 점과 관련하여 주목힐 민한 사실이다. 결국 니체는, 기호학적으로 표현하자면, 문학 텍스트의 내용 층위로부터 표현 층위로, 개념적 일의성으로부터 기표의 다의성으로 강세를 옮기고 있는 셈이다. 니체의 언어관을 따르고 있는 데리다에게 있어서 역시 언어는, 그리고 이 언어의 통사론으로 구축되는 문장은 절대적으로 규정할 수 있는 의미를 결코 갖지 못한다. 문장은 텍스트로 둘러싸여 있으며 텍스트에 의해 고양된다. 문장은 이러한 텍스트와 관련된 표제나 단어가 설정해주는 상황 속에서만 존재한다. 그것은 열려진 컨텍스트로서 문장에 항상 새로운 의미를 더해준다. 그러니까 전체적인 맥락은 결코 완결될 수 없는 것이다. 마찬가지로 의미의 생성과정도 어느 지점에서 중단되지 않는다. 데리다는 이런 의미에서 차연을 '하나의 현재 속에서 포착될 수 없는 흔적trace'이라고 말할 수 있었던 것이다. 그러니까 차연과 흔적이란 것은 반복가능성의 제약을 받는 비 - 현존, 말하자면 포착할 수 없는 그 무엇인 셈이다.

　니체의 언어관을 보다 정확하고도 분명하게 현대적인 텍스트의 이론으로 정초시킨 이는 바르트R. Barthes이다. 바르트에게 있어서 언어는 다양한 의미를 지닌 기표와의 유희, 즉 기표의 장에 불과하게 된다. 그는 체계로서의 언어가 지니고 있는 추상성과 보편성의 굴레를 벗어나 문학은 마땅히 그 상태로부터 탈출해야 한다고 지적한다. "문학은 마땅히 자기를 낳은 자를 죽여야만 한다"고 그가 말했을 때, 이는 문학 텍스트가 언어의 보편적인, 따라서 도덕적인 굴레를 벗어나야 한다는 의미로 우리는 받아들일 수 있다. 텍스트의 고정된 의미들은 이후의 경쟁적인 의미들에 의해서 추방당할 운명을 타고난다. 이처럼 기의의 권력욕이 철저히 의문시되는 자리에서 작품, 작가, 주체와 같은 명칭들은 이념소라는 이유에서 비판받는다. 그렇다면 과연 텍스트란 무엇인가? 바르트는 텍스트에 대한 명확한 정의보다는 사실상 무수한 경계를 제시하고 있을 뿐이다. 거기에서 텍스트는 근본적으로 문학 '작품'과 구별되는 그 무엇이다. 우리는 다만 그것이 작품과는 달리 의미가 고정되어 있는 폐쇄된 통일체가 아니라 위치가 바뀌는 어떤 '흔적들의 더미'라고 말할 수 있을 뿐이다.

여기에서 본질적인 것은 텍스트와 기표 사이의 미학적 연결망이다. 《기호학적 모험Das semiologische Abenteuer》(독일어판, 1985)에서 바르트는 "텍스트의 심급은 의미가 아니라 기호학적, 정신분석학적 의미에서의 기표"라고 말한 바 있다. 또한 《S/Z》(독일어판, 1987)에서는 보충적으로 다음과 같이 덧붙여져 있다. 이상적인, 글쓰기 가능한 텍스트는 "기표의 은하수이지 기의의 구조가 아니다". 바르트는 기표라는 개념을 비록 은유적으로 빈번하게 사용하곤 하지만, 그것은 소쉬르적 의미에서의 기표signifiant와 동의어로 간주될 수 없다는 점은 분명하다. 왜냐하면 바르트에게 있어서 기표의 개념은 개념 속에 동화되지 않는 다의적 기호를 가리킨다고 할 수 있기 때문이다. 말하자면 바르트는 서구의 경험주의적이고 합리주의적인 전통 속에서는 벗어날 수 없었던 의사소통의 강제로부터 문자의 해방을 주장한 셈이 되는 것이다. 그리하여 그는 마침내 기호를 더 이상 단순한 의사소통의 도구가 아니라 어떤 열망과 욕구를 불러일으키는 것으로 간주하기에 이른다. 이제 '기표의 은하수'인 텍스트는 그 자체로 의미를 담지한 것이 아니라 다만 의미작용·signifiance의 모태로서만 존재하게 된다. 한 시인의 작업으로부터 추출해낸, 다의적인 기호가 상상력의 자유를 보장해주는 영역이 바로 문학 텍스트이다. 바르트에 의하면, 말라르메야말로 더 이상 그릇된 기의의 검열에 통제받지 않는 자유로운 기표라는 관념을 만들어낸 최초의 시인이 된다.

아방가르드적 텍스트 개념을 채택하고 있는 바르트는 기의의 지배와 더불어, 완결된 작품을 만들어낸 단일한 주체라는 표상에 대해 의문을 제기한다. 저자에 의해 의도된 최종적인 고유한 의미가 사라지면서 작가라는 주체도 사라지게 된다. 《S/Z》는 "작가는 항상 기의로부터 기표로, 내용으로부터 형식으로, 구상으로부터 텍스트로 나아갈 것을 요구받는다"고 말한다. 따라서 이제 문학 텍스트는 열려 있는 기표들의 합주곡이 되는 셈이다. 또한 텍스트는 의미작용, 즉 개방된 의미 과정으로서 종결을 허용하지 않기 때문에, 아무리 철저한 해석이라도 이 과정을 최종적으로 종결지을 수는 없게 된다. 그렇다면 의미작용이란 '기표의 우세'를 통해서 성립되는 텍스트의 개방성과 비종결성이라고 정의될 수 있을지도 모르겠다. '읽을 수 있는 lisible' 텍스트와 '쓸 수 있는 scriptible' 텍스트가 구분되는 것도 이러한 맥락 속에 있다. 쓸 수 있는 텍스트는 계속 이어서나 고쳐 쓸 수 있는 반면, 읽을 수 있는 텍스트는 단지 수용될 수 있을 뿐 글쓰기를 위한 모델로서 사용될 수 없는 것이다. 그렇다면 쓸 수 있는 텍스트야말로 바로 글쓰기 자체의 실천이라고 할 수 있겠다. 결국 우리는 바르트에게서 문제가 되는 것은 글쓰기를 모든 이데올로기나 장르적 규범 혹은 구조의 그물로부터 해방시키는 일이었다고 말할 수 있다.

텍스트는 언제 완성되는가?

이제 우리는 텍스트가 구축해내는 '문학의 공간'도, 또한 그 텍스트를 조직해내는 언어의 근원도 어떤 존재/주체나 사물도 현전시키지 못한다고 말해야 하리라. 블랑쇼가 《미래의 책》에서 바르트의 '글쓰기'를 언급하면서 "언어는 말을 하는 것이 아니라 존재하는 것이다. 그때 언어는 존재의 한가로운 깊이가 되고, 명사는 스스로를 존재로 만든다. 그리고 아무것도 의미하지도, 밝히지도 않는다"고 말했을 때의 의도가 바로 그러한 것이 아니었을까? 베케트S. Beckett와 쥬네J. Genet의 텍스트를 다루고 있는 그 책의 다른 장소에서 다음과 같이 언급하고 있는 것도 같은 맥락에 있는 것이 아닐까? "그러므로 여기에서 말을 하는 것은 누구인가? '작가'인가? 그러나, 어쨌든 글을 쓰는 것은 이제 이미 베케트가 아니라, 그를 그의 바깥으로 끌고 나갔으며, 그를 몰아내고 빼앗아버리며, 바깥에다가 넘겨버리고, 그로 하여금 이름 없는 존재로, 이름 붙일 수 없는 것, 죽을 수도 살 수도 없으며 그만둘 수도 시작할 수도 없는 존재 없는 존재, 텅 빈 말의 한가로움이 말을 하는 비어 있는 장소, 고통에 시달리는 구멍 많은 나를 그럭저럭 덮어주는 것이 되게 만들려는 욕구라면 이 이름은 무엇을 가리킬 수 있는 것인가?"

그렇다면 존재나 사물들은 텍스트 속에서 사라짐으로써, 그리고 스스로를 지움으로써만 현존할 수 있을 뿐이라고 해야 한다. 그리하여 텍스트는 이제 오직 부재로서만 현존하는 사물과 존재들의 장소가 되는 셈이다. 거기에서 모든 존재는, 또한 그것이 저자이든 독자이든 관계없이, 자신의 자기 - 주인됨/주체의 지위를 상실하고 다만 텍스트가 직조해내는 풍경의 배후로 물러앉을 뿐이다. 어떤 존재나 사물도 텍스트의 주체로 자리할 수 없게 되는 것이다. 언어 역시 텍스트 속에서는 사물과 존재에 대한 자신의 주도권을 상실하여 오로지 말로서 존재하기 위한 말, 말의 존재만을 드러내줄 뿐이겠다. 텍스트를 소유하고 지배하려는 모든 단일한 의미의 기획은, 말하자면 어떤 저자도, 어떤 독자도, 또한 어떤 문학사와 장르도, 어떤 언어도 자신의 실패를, 자신의 사라짐 속에서의 부재를 확인할 수 있을 뿐이리라. 거기에서 텍스트는 그 자체로 하나의 사건, 다시 말해 하나의 존재의 사건, 하나의 신화의 사건으로 존재하게 된다. 그리하여 마침내 텍스트는, 자신을 소유하고 그 의미를 난수화하여 독점하려는 어떤 지배권에도 대항함으로써, 아니 그 대항 자체를 자신의 존재 근거로 삼음으로써, 어떠한 단일한 주체나 의미로도 환원되지 않는 복수의 의미들, 복수의 존재들을 드러낼 것이다. 텍스트는 이 복수의 존재들, 복수의 의미들이 서로 삼투하거나 길항하는 열린 담론의 장, 끝없는 대화의 장소가 된다. 그런 의미에서 모든 텍스트는 이미 존재하고 있는 동시에, 그러나 오로지 불가능한 존재의 방식으로만 존재한다고 말할 수 있을지도 모른다. 왜냐하면 그것은 아직 완성되지 않은 과거에, 현재의 사라짐 속에, 그리고 또한 아직 도래하지 않은 미래에 속해 있는 것이기 때문이다.

그럼에도 불구하고 이 모든 복수의 존재들과 의미들이 텍스트를 둘러싸고, 개입하고, 분산시키고, 일시적으로 결합시키며 또 어떤 하나의 정박지를 모색하고 있을지도 모른다. 그러나 저 불행했던, 종국에는 자신의 고향에 당도할 수 있었던, 그래서 어쩌면 행복했던 오디세우스의 여정과는 달리 모든 글쓰기는, 그리고 모든 텍스트는 예술이라는 이념, 문학이라는 아포리아에 도달하려는 하나의 끊임없는 고투의 과정, 그 흔적으로만 남을 수 있을 뿐이다. 모든 의미들, 그러나 유일한, 하나의 빛나는 의미의 고향을 향해 정처를 구하는 이 영원히 도달 불가능한, 오로지 도달에의 욕망으로만 처절하게 앞을 향해 더듬어 나아가는 글쓰기의 행로는, 그러므로 이미 그 자체로 하나의 어떤 존재론적 풍경을 만들어낼 것이다. 그래서 어쩌면 초기 낭만주의자들이 자신들의 글쓰기의 단 한 순간에도 결코 포기할 수 없었던 '예술의 무한성'과 '유일한 책'이라는 테제 사이에 난 저 길고도 험한 여정이 텍스트의 운명을 가름하게 될 것이다. 거기에서 텍스트는 모든 것을 받아들이지만, 어떤 것으로도 환원되지 않는 자신만의 독자적인 운명을 만들어갈 것이다. 어떤 존재나 사물도 자신이 텍스트의 소유자/주체라고 주장할 수 없는 그런 운명 말이다.

글쓰기는, 그리고 이 글쓰기의 지난한 과정 자체이자 육체인 텍스트는 그렇게 저자를, 독자를, 문학사를, 장르를 분산시키고 해체하면서 또 탈주하면서 자신의 운명을 개척해나간다. 그 운명의 도정은 모든 장르들의 장르, 모든 작품들의 작품을 넘어 하나의 '절대적이고도 유일한 책'이 될 때까지 자기 갱신의 역사를 거듭할 것이다. 글쓰기는 완성되지 않고, 텍스트는 언제나 새로운 이해와 해석을 향해, 즉 미래를 향해 무한히 열려 있다. 그렇다면 글쓰기는 미래를 향해 무한히 열려 있는 항구적인 텍스트의 개방성 속에 내던져져 있는 하나의 우연한, 그럼에도 불구하고 너무나도 진지한 유희에 지나지 않을 뿐이겠다. 그리하여 저 절대적이고도 유일한 책은, 초기 낭만주의자들의 문학관에 대한 블랑쇼의 견해를 따르자면, 모든 '책의 이상'이자 '절대적인 책', 곧 '미래의 책'이 될 것이다. 아무도 그것의 의미를 전유할 수 없는, 그럼에도 불구하고 모든 의미들의 의미를 지니게 될 그런 텍스트로서 말이다. 그 텍스트는 모든 문학적 생성의 지반으로서 그 자체의 사라짐 속에서, 이러한 사라짐의 생성 속에서만 긍정되는 무한한 복수의 의미를 산출하는 그런 책으로 존재하게 될 것이다. 그것은 저자 혹은 독자라는 주체들에게나 우리의 언어에게는 어떤 낯선 바깥, 그 속에서 내가 나 바깥으로 내던져질 그런 장소가 될 것이다. 그리하여 모든 글쓰기와 그것의 육체인 텍스트는 언제나 새로운 문학과 예술을, 그리하여 아직 도래하지 않은 어떤 문학과 예술의 이념을, 그리고 문학과 예술로서의 미래를 개시할 것이다. 그러니, 내가 이 글쓰기를 어기에서 마무리하려 한다고 해서 텍스트가 닫히는 것은 아니리라. 이 글쓰기를 욕망했던 나라는 저자 역시 다만 글쓰기라는 유희의 우연 속에, 그리고 텍스트의 무한한 개방성 속에 내맡겨져 있는 하나의 요소에 불과할 뿐이니.

결국, 저 수많은 복수의 의미와 복수의 존재를 전제하면서 이 텍스트는 다음과 같은 몇 개의 테제를 구상하는 것으로, 일단, 닫힌다. 1) 문학의 진정성은 문학의 자율성 테제의 최종 심급으로 작용하는 토대이다. 2) 문학의 자율성은 문학 텍스트의 다의성과 무개념성, 즉 개방성으로부터 획득된다. 3) 텍스트의 개방성은 고정된 하나의 진리나 의미를 추구하는 것이 아니라 유희를 즐기는 기표들의 실천으로부터 발생한다. 4) 기표들의 유희와 실천은 언어의 보편적, 추상적 체계로부터 이탈하거나 그것을 깨트린다. 5) 이러한 텍스트 개념은 문학에서 진리 개념을 축출하고 유희와 우연을 긍정함으로써 복수의 의미들을 산출한다. 결국, 6) 문학의 진정성이란 언어의 보편적 추상적인 의미 연관성과 체계를 깨트리고 기표들의 유희를 즐기는 텍스트의 개방성 속에 존재한다.

말의 욕망과
거울의 풍경

이 길은 돌아나올 수 없는 길,

시는 스스로 만든 뱀이니

어서 시의 독이 온몸에 퍼졌으면 좋겠다.

— 이성복, 〈시인의 말〉부분, 《아, 입이 없는 것들》

1. 시 속에 시인은 없다

10년 세월의 공백 끝에 자신의 생애 다섯 번째 시집 《아, 입이 없는 것들》(문학과지성사)을 펴내면서, 시인은 그 오랜 세월의 침묵 속에 똬리 틀고 있던 말씀의 첫 마디를 그렇게 풀어놓았다. 그러니, 어쨌든 시는 치명적이다. 그것이 하나의 길이라면 그 길은 "돌아나올 수 없는 길"이고, 그것이 어떤 생물이라면 그 생물은 독을 가진 뱀이니 말이다. 그렇다면 시인은 자신이 만든 미궁Labyrinthos 속에 갇혀버렸다는 저 신화 속의 명장 다이달로스Daedalos인 셈이다. 이 명장의 작품은 다른 그 무엇도 아닌 바로 다이달로스 자신의 무덤이며, 그의 노래는 시인 자신의 장송곡이다. 자신이 만든 '시의 독'에 마비되어 죽어가면서 부르는 치명적인 죽음의 노래 말이다. 그리하여 시 속에서 시인이 발견하는 것은 오직 자신의 죽음의 얼굴일 뿐. 시는 오로지 시인 자신의 부재의 현존을 증명하는 알리바이에 지나지 않는 것. 그러니 시 속에 시인은 존재하지 않는다.

《아, 입이 없는 것들》과 거의 동일한 의미와 뉘앙스로, 그 4개월 뒤에 나온 여섯 번째 시집 《달의 이마에는 물결무늬 자국》(열림원)의 머리말에서 이성복은 이 시집의 주된 관심사가 "대체 나 자신이 무엇을 말하고 싶어하는지 확인하는 것이었다"고 적는다. 놀랄 만하지 않은가? 당대를 웃고 울렸던, 또 그 한 시대를 넘어 앞으로도 오랜 세월 후대의 독자들에 의해 무덤에서 불려 나올 이 빼어난 절창의 가인이 그동안 자신노 무엇을 말하는시 알시 못한 채 노래 불러왔다는 고백 아니겠는가. 그렇다면 이 가인이 부르는 노래는 누구의 노래란 말인가? 《뒹구는 돌은 언제 잠깨는가》(1980)로부터 시작하여 《남해금산》(1986), 《그 여름의 끝》(1990), 《호랑가시나무의 기억》(1993)을 거쳐 지금 내 책상 위에 놓여 있는 《아, 입이 없는 것들》과 《달의 이마에는 물결무늬 자국》에까지 이르는 지난 20여 년의 노래들은 다 무엇이란 말인가? 한 명민한 희랍 철학자의 말씀대로 시인은 뮤즈 여신들과의 접신에서 오는 어떤 광기mania에 사로잡혀 자신이 무슨 말을 하는지도 모른 채 다만 '헛소리'를 지껄였을 뿐이라는 것일까? 아니면, 저 '시의 독'에 마비당한 채 어떤 방언 같은 것이라도 했다는 뜻일까? 그렇다면 시인의 노래 속에서 참으로 노래하는 자는 도대체 누구란 말인가? 《달의 이마에는 물결무늬 자국》은 바로 이러한 의문들에 대한 시인 자신의 답변들로 이루어져 있는 것처럼 보인다. "오, 이것은 존재치 않는 짐승 / 사람들은 알지 못했으면서도 그것을 사랑했다"는 유명한 릴케의 시 한 구절을 음미하면서 시작되는 이 시집의 첫 시에서 시인이 덧붙여 놓은 주석은 다음과 같다.

시의 첫 구절에 무엇이 들었는지 우리는 모른다. 무심코 지나가는 말이거나 심심풀이로 해본 말, 우리가 말하기 전에 말은 제 빛깔과 소리를 지니고 있었다. 시의 둘째 구절은 無染受胎, 교미도 없이 첫 구절에서 나왔지만 빛깔과 소리는 전혀 다른 것. 시의 셋째 구절은 근친상간, 첫 구절과 둘째 구절 사이에 태어났으니, 아들이면서 손자, 딸이면서 손녀. 눈먼 외디푸스를 끌고 가는 효녀 안티고네. 말들의 혼례가 끝나는 시의 마지막 구절에서도, 우리는 정말 무엇을 말하고 싶었는지 모른다.

　　　　　　　　　　　　— 〈무엇을 말하고 싶었는지 모른다〉 전문

　시 속에서 말은 무성생식을 통해 스스로를 자기복제하며 증식하는 어떤 생물체와 같다. 그것은 "우리가 말하기 전에" 이미 제 나름의 '빛깔과 소리'를 갖추고 있는 '완벽한 자족체'이다. 그렇기 때문에 이 말은, 마치 저 우주생성의 모태이자 모든 존재들의 어미인 대지모신이 처녀성을 그대로 간직한 채 자신의 남편이자 아들인 어떤 신을 잉태하여 그 신과의 근친상간을 통해 일체의 존재를 있게 했다는 저 신통기Theogonie의 기록처럼, 자가증식을 위해 어떠한 교미도 필요치 않는 '무염수태'를 하는 것처럼 보인다. 이 처녀의 무염수태를 통해서 말은 "빛깔과 소리는 전혀 다른" 어떤 새로운 종류의 말을 낳는다. 그리고 자신이 낳은 아들이자 남편인 이 말과의 근친상간을 통해서 말은 또 다른 자식들을 낳는다. 말은 스스로를 낳고, 말을 통해서 말을 낳는 셈이다. 그러니 저 말의 바깥에 존재하는, 보다 정확하게 말하자면 "내가 들어갈 수 없는" '말의 배꼽'(《언니라는 말의 배꼽》)으로부터 떨어져 나온 시인이 자기복제와 근친상간으로 이루어지는 이 '말들의 혼례'와 그 가계家系가 도대체 무엇을 의미하는지 알지 못함은 당연한 것이리라. 시는 그저 시인의 몸과 목소리를 악기 삼아 스스로를 공명하는 저 말의 어떤 울림들일 뿐.

시인은 "시가 날 찾아왔다. 난 모른다, 어디서 왔는지"라는 네루다의 〈시〉에 화답하면서 시 속에서 이루어지는 말의 이러한 자기 복제 현상을 두고 "내가 부르지 않아도 노래는 흐르고 있었다"(〈비에 젖어, 슬픔에 젖어〉)고 적는다. 그렇다면 시인의 노래는 오로지 제 스스로 증식하며 운동하는 말들의 노래에 지나지 않는 셈이다. 그런 의미에서 이 말의 존재와 운동은 아마도 욕망이나 무의식의 구조 자체라고 말할 수 있을지도 모르겠다. 왜냐하면 "무의식은 언어처럼 구조뇌어 있나"(라캉)는 한 철학자의 보고를 우리는 이미 접하고 있기 때문이다. 그리하여 이제 시인의 노래는 다만 저 말의 욕망의 자기 개시이자, 또 꼭 그만큼 시인 자신의 부재의 현존을 증거하는 알리바이에 지나지 않는다. "아, 우리가 장미를 찾아온 것은 아니었지만 / 우리가 왔을 때, 장미는 거기에 피어 있었다"는 브레히트 시 속의 저 장미처럼 시는 어제나 '이미 거기에' 있었던 것이다. 시인이 이 시 구절의 주석으로 붙여 놓은 저 "호랑가시나무 화분에 [핀] 흰 버섯 하나"처럼, 혹은 "아내와 나 사이[의] 딸아이"처럼 이미 그렇게 말이다.

하루 만에 다 자랐다. 방 안에 들여놓은 호랑가시나무 화분에 희니 버섯 하나. 나도 아내도 눈 동그랗게 뜨고, 딸아이는 손뼉까지 쳤다. 언제 누가 오지 말란 적 없지만, 언제 누가 오라 한 것도 아니다. 잎 전체가 가시인 호랑가시나무 아래 흰 우산 받쳐들고, 오래 전에 우리도 그렇게 왔을 것이다. 아내와 나 사이 딸아이가 찾아왔듯이, 언젠가 목이 메는 딸아이 앞에서 우리도 그렇게 떠날 것이다. 잎 전체가 가시인 호랑가시나무 아래 살 없는 우산을 접고, 언젠가 한번 온 적도 없었다는 듯이.

— 〈한번 온 적도 없었다는 듯이〉 전문

2. 시는 말의 욕망이다

시 속에 시인이 존재하지 않는다면, 시는 이제 온전히 자기복제와 증식을 거듭하는 말의 욕망의 자리에 불과한 것이 된다. 그렇기에 시는 또한 말이 꾸는 꿈 혹은 말의 꿈이라고 할 수도 있다.《달의 이마에는 물결무늬 자국》의 시인을 통해서 드러나는 이 말의 꿈의 풍경은, 그러나 말을 통해서, 말 속에 존재하는 우리 삶의 실존적 조건들을 규정하는 생로병사의 드라마와 꼭 마찬가지로 처연하도록 슬프고도 아름다운 장관들을 연출해낸다. 사실상 저 말의 욕망의 구조가 또한 생로병사로 직조된 이 실존적 삶이라는 텍스트 자체의 구조라고 말해야 할지도 모르겠다. 왜냐하면, 순환론적 동어반복에 불과한 말이 되겠지만, 말을 통해서 말 속에 존재하는 이 삶의 텍스트야말로 바로 저 욕망의 뿌리로부터 연유하는 것이기 때문이다. 이렇게 저 말의 욕망의 풍경과 이 실존적 삶의 풍경은 하나로 자리하게 된다. 그러니《달의 이마에는 물결무늬 자국》이 그려내는 이 삶의 풍경 속에는 저 말의 욕망으로부터의 어떠한 초월이나 구원도 존재하지 않는 셈이다. 삶은 저 말들의 풍경을 통해 그냥 제 스스로 "울다가 웃다가"(〈짓던 옷 마저 못 짓고〉) 그렇게 저물어갈 뿐인 것 같다. 이 무상한 삶의 실존적 풍경을 시인은 "떡갈나무 대문이여, 누가 너를 부수었는가? / 내 온화한 어머님은 돌아오실 수 없다"는 첼란의 〈백양목〉이라는 시의 한 구절에 화답하면서 다음과 같은 절창의 노래를 토해내고 있다.

하늘의 무서운 새가 내 어머니 물고 간다. 울다가 웃다가 짓던 옷 마저 못 짓고, 내 어머니 신발도 못 신고 간다. 어쩔꼬, 하늘 깊은 둠벙에 내 어머니 빠지신다. 차갑게 푸르던 하늘 둠벙에 어머니 잿빛 머리카락 가득한데, 어머니 꺾인 목은 누가 세우나, 비틀려 굳은 다리 누가 펴주나.
어쩔꼬, 정짓간 돌절구 같은 하늘 둠벙에 내 어머니 안 보이신다. 비름박
마른 씨레기 같은 어머니 이제 안 보이신다.

— 〈짓던 옷 마저 못 짓고〉 전문

"비름박 마른 씨레기 같은" 가난과 누추의 삶을 사시다 "짓던
옷 마저 못 짓고" 신발마저 갖춰 신지 못한 채 '하늘 둠벙'에 빠지
신 어머니의 죽음을 모티프로 하여 이 무상한 생성과 소멸의 삶을
신화적 풍경의 경지로까지 승화시키고 있는 이 눈물겹도록 아름나
운 사모곡의 핵심어는 '어쩔꼬'이다. 그리고 사실상 내게는 이 짧
은 간투사 한 마디 속에 이 시만이 아니라 《달의 이마에는 물결무
늬 자국》이라는 한 권의 시집 전체가 압축될 수 있을 것으로 보인
다. 이 감탄사 속에 들어 있는 시적 정조는 역설적인 양면을 갖는
다. 그것은 우선 "삶은 어쩔 수 없다"는 일종의 체념과 달관의 정
서를 포함한다. 그러나 동시에 그것은 이 '어쩔 수 없는 삶'에 대한
애끊는 슬픔과 그리움의 표현이기도 하다. 그러니 삶은 아이러니
인 셈이다. 체념 속에도 사무치는 슬픔이 있고, 달관 속에도 미칠
듯한 그리움은 앙금처럼 남는다. 그리하여 끊임없는 생성과 소멸
이 거듭되는 무상한 삶에 대한 이 양가적인 감정이 시집 전반을 지
배하게 된다. 가령 "우리 숨쉴 때마다, 안 보이는 강물처럼 죽음은
/ 희미한 탄식 소리 지르며 허파 속으로 내려간다"는 보들레르 시
의 한 구절에 대한 음미에서 시인이 "아 미치겠다 보들레르야, 보
채지 좀 마라. 네 헛소리가 자갈밭 구르는 수레바퀴 소리보다 크구
나. 어째 그리 넌 말귀를 못 알아듣냐"(〈보채지 좀 마라〉)며 면박을 줄
때의 심사도 이와 무관하지 않은 것으로 보인다. "평소에 좋아하던
다른 나라 시에 말 붙이는"(〈시집을 펴내며〉) 작업으로 이루어진 이

시집이 때로운 자신이 텍스트로 삼고 있는 시를 비틀고 전복하려는 열망을 드러내는 것도 이 무상한 삶에 대한 애증의 양가감정 때문일 것이다. 이 양가성 속에서 드러나는 삶의 역설적 아이러니가 그렇다면 말의 욕망의 풍경이라고 말해도 좋을 것이다. 말의 욕망은 이 처연한 삶의 현실이 되고, 이 덧없는 삶은 또한 말의 꿈에 불과한 것이 된다. "꿈 깨기 전에는 꿈이 삶이고, 삶 깨기 전에는 삶은 꿈"(〈그렇게 소중했던가〉)이기 때문이다. 그렇기에 말의 욕망은 존재의 몸이 되고, 존재의 몸은 말 그 자체의 다른 표현이 된다. 삶은 덧없고(諸行無常) 존재는 실체 없는 것(諸法無我)이다.

미치면 할말이 많다. 없는 것보다 낫다. 아주 많이 미치면 할말이 없다고 한다. 말이 입 속으로 들어갔기 때문이다. 그러니 화장실에서 오줌 눌 때 제 물건을 보는 듯이, 안 보는 듯이 그렇게 할 일이다. 실은 제 물건이 온통 다 보고 있는 것이다. 그러니 지그시 눈 내리깔고 흘러나오는 것을 견디는 것뿐이다. 아차, 딴 생각 하면 벌써 바깥으로 튀겨 나오고, 바짓가랑이 적시고도 감각이 없다. 그래도 뭐 대단한 일은 아니다. 그러나 한 물건이란 무엇인가. 그것이 과연 제 물건인지 어디 한번 생각해보자.

― 〈어디 한번 생각해보자〉 전문

그리하여 "우리는 이렇게 산다. 오를 수 없는 벼랑의 붉은 꽃처럼, 절해고도의 섬처럼, 파도 많이 치는 밤에는 섬도 보이지 않는, 절해처럼"(〈달의 이마에는 물결무늬 자국〉) 같은 아득한 삶의 경계를 드러내는 구절이나, "우리는 모른다, 누가 이 수레를 어디로, 언제까지 끌고 가는지. 영원한 수레는 나아가고 헛되이 바퀴는 돌고 도는 것"(〈보채지 좀 마라〉) 같은 심원한 구절이 나오게 된다.《아, 입이 없는 것들》은 이 같은 삶의 흔적을 "끝내 터지지 않는 물집"(〈불길이 스쳐지나간〉)이라고(시집 1부의 제목 또한 '물집'이다), 이 물집 같은 흔적의 삶을 '진흙 천국'(시집 3부의 제목이기도 하다)이라고 노래한 바 있다. 우리 존재가 그토록 애타는 열망과 그리움으로 잡으려 했던 그 모든 것들은 결국 "손가락 오므리면, / 또 한번 주먹 속에 들어오는 無"(〈미친 바람 내려온다〉)에 불과할 뿐이니. 그렇다면, 시는? "아차, 딴 생각 하면 벌써 바깥으로 튀겨 나오고, 바짓가랑이 적시고도 감각이 없"는 저 말의 욕망은? 그것은 이 덧없는 삶과 실체 없는 존재의 무상성 가운데로 흐르는 텅 빈 노래, 제 빛깔과 소리마저 비우고 흐를 끝없는 생성과 소멸의 노래일 뿐. 그리하여 종국에는 모든 존재들이 그 속에서 살다 죽어가는 영원한 사랑의 노래 한 자락일 뿐. 왜냐하면 저 말의 욕망은 또한 언제나 사랑의 욕망이기에.《아, 입이 없는 것들》의 시인은 이미 "사랑은 사랑하는 / 사람 속에 있지 않다 / 사람이 사랑 속에서 / 사랑하는 것이다"(〈꽃은 어제의 하늘 속에〉)라고 노래한 바 있다. 말의 자기복제 욕망이 사랑의 자기복제 욕망과 동일한 것임을, 아니 말의 자기복제가 바로 사랑의 자기반영임을 이제《달의 이마에는 물결무늬 자국》의 시인은 다음과 같이 노래하고 있다.

> 사랑은 자기반영과 자기복제. 입은 비뚤어져도 바로 말하자. 내가 너를 통해 사랑하는 건 내가 이미 알았고, 사랑했던 것들이다. 내가 너를 사랑한다 해서, 시든 꽃과 딱딱한 빵과 더럽혀진 눈[雪]을 사랑할 수 없다. 내가 너를 사랑한다 해서, 썩어가는 생선 비린내와 섬뜩한 청거북의 모가지를 사랑할 수는 없다. 사랑은 사랑스러운 것을 사랑할 뿐, 사랑은 사랑만을 사랑할 뿐, 아장거리는 애기 청거북의 모가지가 제 어미에게 얼마나 예쁜지를 너는 알지 못한다.
>
> — 〈사랑은 사랑만을 사랑할 뿐〉 전문

3. 시는 또한 거울의 풍경이다

말/사랑의 욕망에 추동되는 이 삶의 덧없음과 존재의 실체 없음을 고통과 황홀로써 노래하는 시인의 다른 한편에서, 또 한 시인은 마치 저 욕망이 거세된 듯한 초연한 순교자적인 태도로 저 욕망의 운동이 만들어낸 이 덧없는 삶의 풍경들을 고요하게 응시하고 있다. 전자의 시인이 저 말의 '빛깔과 소리' 중에서 특히 그 소리 쪽에, 즉 말의 음악성을 중시하는 노래를 만들어낸다면, 후자의 시인은 그 빛깔 쪽에, 즉 말의 회화성을 중시하는 그림을 만들어내는 것처럼 보인다. 낭만적 취향의 노래하는 시인이 저 말의 욕망이 분출해낸 에너지의 동역학에 관심을 갖고 있다면, 고전적 취향의 시선의 시인은 저 운동이 궤적이 그려낸 에너지의 위상학에 관심이 있다는 뜻이리라. 그리하여 노래하는 시인에게는 시가 곧 존재 내면의 주관적 성찰의 장이 되는 반면, 응시하는 시인에게 시는 곧 외부 세계에 대한 객관적 관찰의 장이 된다. 전자의 시인이 외부 세계의 풍경을 말의 욕망으로 환원하고자 한다면, 후자의 시인은 역으로 말의 욕망을 외부 세계의 풍경으로 귀납하고자 한다는 뜻이겠다. 두 시인의 시들은 공통적으로 말과 세계 혹은 욕망과 풍경의 관계 속에 자리하고 있지만, 그것들은 또한 시적 방법론에 있어서는 선명한 대위법을 형성하고 있는 듯하다. 그러나 이러한 방법론적 차이가 중요한 것은 아니다. 중요한 것은, 두 시인 모두에게 시는 주체와 세계 혹은 존재와 삶 이전에 '이미 거기 있는 것'으로 이해되고 있다는 사실이다. "아, 우리가 장미를 찾아온 것은 아니었지만 / 우리가 왔을 때, 장미는 거기에 피어 있었다"는 브레히트의 시 구절에 주목하여 〈한번 온 적도 없었다는 듯이"를 썼던 앞의 시인과 꼭 마찬가지로, 이번 가을에 시집《아무것도 아니면서 모든 것인 나》(열림원)를 내놓은 뒤의 시인 역시 "들장미라는 말이 떠오르기 전에 / 들장미가 있었다"(《재 위의 들장미》)고 노래한다. 우연은 아니리라. 시인들에게 있어서 시는 무엇보다도 새롭게 발견되어야 하는 어떤 것으로 보이기 때문이다.

첫 시집 《대설주의보》(1982) 이후 20년 만에, 그리고 《세속도시의 즐거움》(1990)과 《회저의 밤》(1993), 《눈사람》(1996) 등을 거쳐 《모래인간》(2000) 이후 3년 만에 내는 최승호의 열한 번째 시집 《아무것도 아니면서 모든 것인 나》는 '물의 시집'이나 '거울의 시집'이라고 불러도 좋을 만큼 이 맑은 이미지들의 압도적인 연쇄로 직조된 빼어난 하나의 풍경화를 완성해낸다. 미세한 일상의 관찰과 선불교적인 생태학적 상상력이 그로테스크한 자본주의적 현실의 묘사와 맞물리는 곳에서 뛰어난 상징성을 획득했던 이 시인의 견고한 이미지들의 시는 이번 시집에 이르러 한층 더 세밀한 일상의 풍경화로 자리하게 될 뿐만 아니라, 게다가 안정적인 물의 리듬감까지 확보하게 되는 듯하다. 이 시집의 시들이 지닌 잔잔한 물의 리듬이나 고요한 거울의 응시라는 탈속적인 분위기가 그러나 결코 어떤 실제적인 탈속이나 초월로 이행하지 않는 것은, "적멸은 지금 적멸궁뿐만 아니라 / 멸치 대가리와 말라빠진 똥 속에도 있을 것이다"(《멸치와 고행자》) 같은, 이 덧없는 삶과 실체 없는 일상의 존재에 대한 냉엄한 탐구와 긴장에 찬 시선 때문이다. 그러니 물과 거울로부터 시작해보자.

발바닥에 미끌미끌한 자갈들
다리가죽을 휘감으며 후려치는 물살
출렁거리는 거울 속으로 걸어가는 것처럼

눈부신 여울을 건너가는 대낮에

흘러가는 것은 나
나를 건너가는 것은 여울물인가

— 〈여울에서〉 부분

　삶의 무상함과 존재의 실체 없음을 상징하는 '여울물' 혹은 거울/물의 이미지는 이 시집에서 이제 시의 운율에까지 스며들어, 물이나 구름 혹은 뱀(그것도 그냥 뱀이 아닌 '물뱀') 같은 유동적인 이미지들로 변주되면서 저 맑고 고요한 응시의 시선을 마치 거울의 표면 같은 풍경으로 만든다. 가령 반복되는 이미지의 변주로부터 생성된 〈백만년이 넘도록 맺힌 이슬〉 같은 시가 보여주는 뛰어난 리듬감을 보라! 그 리듬은 마치 "물뱀의 율동과 물풀들이 율동하고 / 율동은 물결은 일으키며 늪 전체로 퍼져나가"(〈물뱀〉)듯이 시집 전체에 하나의 일관된 흐름을 주고 있는 것처럼 보인다. 이처럼 《아무것도 아니면서 모든 것인 나》에서 삶의 무상함은 한편으로는 저 여울물의 흐름처럼 자연스럽고도 유장한 리듬을 만들면서, 다른 한편으로는 또 그 자체로 저 무상한 삶을 응시하는 거울 같은 시선으로 존재의 실체 없음을 반추하고 있다. 그러니 이 물의 이미지는 동시에 저 거울 이미지의 자기반영이기도 한 셈이다.

아무것도 아니면서
모든 것이
나인
空王처럼

고요한 투명성의 來歷은 오래된 것이다
눈꺼풀을 떼어낸 눈처럼
거울은 눈을 감지 못하고 있다

— 〈거울과 눈〉 전문

이 시에 덧붙여놓은 시인 자신의 주석을 보자. "허공은 얼마나 큰 거울이며 無邊眼인가. 안과 밖, 앞과 뒤가 없는, 통째로 맑고 고요한 눈알이 허공이다. 변화무쌍하게 흘러가는 것들과 절대로 흘러가지 않는 것을 명상하기 위해 인간은 거울을 만든 것이 아닐까? 영원히 눈을 감지 못하는 거울을." 여기에서 이 거울은 '변화무쌍하게 흘러가는 것'과 '절대로 흘러가지 않는 것'의 공분모를 형성하고 있는 것처럼 보인다. 그렇기에 이 거울은 "아무것도 아니면서 모든 것이 나인 空王"으로 은유될 수 있는 것이다. 그것은 제 자신의 얼굴을 갖지 못한다는 점에서 빈 것이지만, 그러나 동시에 모든 것의 얼굴을 할 수 있다는 점에서 또한 가득 찬 것이기도 하다. 거울 이미지의 이러한 특성은 마치 저 앞의 시인이 말하는 '말의 욕망'을 닮아 있는 것처럼 보인다. 저 말의 욕망이 이 덧없는 삶과 실체 없는 존재의 무상성 가운데로 흐르는 텅 빈 노래, 제 빛깔과 소리마저 비우고 흐를 끝없는 생성과 소멸의 노래일 뿐이듯이, 이 거울의 풍경 또한 저 말의 욕망의 회화적 표현일 뿐이겠다. 《아무것도 아니면서 모든 것인 나》인 거울 이미지 속에서 표상되는 이 덧없는 삶의 풍경은, 아래의 빼어난 시에서처럼 '텔레비전'으로 대변되는 모든 기계문명 이미지들의 원근법적 배경을 이루게 된다. '무한화면'을 배경으로 생성과 소멸을 반복하는 저 '구름의 드라마'를 보라.

하늘이라는 無限화면에는

구름의 드라마,

늘 실시간으로 생방송으로 진행되네

연출자가 누구인지는 모르겠으나

그는 수줍은지

모습 드러내지 않네

— 〈텔레비전〉 부분

4. 그러니, 말의 욕망과 거울의 풍경은 하나다

'변화무쌍하게 흘러가는 것'과 '절대로 흘러가지 않는 것'을 명상하는 이 거울의 이미지를 시인은 이미 "흘러가는 것은 나 / 나를 건너가는 것은 여울물인가"(〈여울에서〉)라고 노래했다. 그러므로 시 속에서 거주하는 자, 시 속에서 노래하는 자 또한 시인은 아닌 셈이다. 그는 다만 흘러갈 뿐이고, 이 흘러가는 시인의 목소리를 통해 노래하는 것은 저 여울물로 상징되는 듯한 우주의 어떤 흐름 혹은 말의 자가증식일 뿐이다. 인용시의 첫 연에서 시인은 "물 아래 꾸물거리는 / 물여우는 늙어서 / 물 위의 물여우나비가 되지만 / 나는 詩의 허물이나 되는 것일까"라고 회의한 적이 있다. 시의 허물에 불과한, 혹은 시의 허물도 되지 못하는 시인으로서의 자기 인식, 이것은 물론 자조도 회한도 아니다. 왜냐하면 이러한 인식이야말로 오히려 역설적으로 시인 자신이 하나의 악기로서 봉사하고 있는 저 시의 위대함을 웅변하는 것이기 때문에. 시인은 다만 저 여울의 노래에 자신의 목소리를 빌려준 악기에 불과할 뿐이다. 그러니 이 여울이야말로 가왕歌王일 수밖에!

왜가리는

반가사유상도 아니면서

고개를 숙이고 물가에 서 있었다

천 개의 손가락들이 쉬지 않고

줄 없는 거문고를 뜯듯이

여울 물소리 들려오고 있었다

나는 물의 관객이었다

뜨거운 청중이었다

눈은 눈부신 여울을 보고 있었고

귀는 여울의 노래를 듣고 있었다

여울가에는 큼직한 음표 같은 돌들이 많다

조약돌들, 자갈들

하늘 밖에서 굴러온 무슨 은하계의 돌 조각이든

늘 귀머거리 늙은이인 돌들에게

들을 테면 들으라고 나는 말한다

여울이 가왕이다 그침이 없다

그렇지 않다면 온몸을 게우듯 왝왝거리는

왜가리가 가왕이랴

— 〈여울이 歌王〉 전문

　　시인은 저 여울이 탄주하는 노래의 관객이며 '뜨거운 청중'에
불과할 뿐이다. 그의 노래는 오로지 저 여울의 노래에 공명하는 또
하나의 울림에 지나지 않는다. "온몸을 게우듯 왝왝거리는 / 왜가
리가 가왕이랴"는 이 시의 역설적 표현과 마찬가지로, 우리는 "천
개의 손가락들이 쉬지 않고 / 줄 없는 거문고를 뜯듯이" 들려오는
저 여울의 노래에 자신을 악기로 내어준 자에 불과할 뿐인 시인에
게도 "시인이 가왕이랴"는 역설적 어법을 똑같이 되돌려줄 수 있

으리라. 노래하는 것은 말의 욕망 그 자체 혹은 여울의 노래나 거울의 풍경 그 자체일 뿐. 시인의 노래는 다만 자가증식하는 저 말의 욕망 혹은 거울의 풍경을 위한 숙주에 지나지 않을 뿐. 그리하여 남는 것은 저 무한히 펼쳐진 어떤 불사신의 시선 같은 '수평선'일 뿐. 이 불사신의 시선을 갖는 수평선에 비해 "무한을 누리다 한계 속에 죽을" 이 삶의 덧없음과 존재의 실체 없음을 시인은 아래와 같이 냉담한 어조로 노래하고 있다. 그러니 이 삶의 덧없음이, 당신 존재의 실체 없음이 억울한가? 그러나, 어쩔꼬, 그건 우리로서는 어쩔 수 없는 일 아닌가.

> 우리가 태어나기 전에 있고
> 우리가 사라진 뒤에 존재하는 것
> 수평선은 하나의 불사신의 시선이다
>
> 우리는 한계 속에 살다 무한 속에 죽을 것이다
> 그러면 좀 억울하지 않은가
> 우리는 무한을 누리다 한계 속에 죽을 것이다
>
> ― 〈수평선〉 부분

말과 사랑의 욕망 속에서 태어나 또 그 속에서 죽을 운명을 지닌 이 삶의 황홀과 존재의 고통을 《아, 입이 없는 것들》의 시인은 "짝짓는 일의 고단함이여, 짝짓는 일의 삼엄함이여! 허공에 침 발라 닦아낼 수 없는 창피함이여!"(〈짝짓는 일의 고단함이여〉)라고 노래했다. 그러나 "사랑은 사랑하는 / 사람 속에 있지 않"는 것이라면, 다만 "사람이 사랑 속에서 / 사랑하는 것"(〈꽃은 어제의 하늘 속에〉)이라면? 우리는 "다만 삭은 빨래집게의 풀어진 / 힘으로 우리를 이곳

에 묶어두는 / 삶, 여러 번 살아도 다시 그리운"(《삼월의 바람은》) 이
눈물겨운 삶과 존재들을 크나큰 슬픔과 사랑으로 껴안을 수밖에.
그밖에는 우리가 알 수 있고 또 할 수 있는 것은 없기 때문에. 그리
하여 《달의 이마에는 물결무늬 자국》의 시인이 "말들의 혼례가 끝
나는 시의 마지막 구절에서도, 우리는 정말 무엇을 말하고 싶었는
지 모른다"고 노래하자, 《아무것도 아니면서 모든 것인 나》의 시
인은 "시는 흘러가고 / 독자는 건너가는가"라며 응답하고 있는 것
이리라. "彼岸이 기대한 이파트단지뿐인" 이 삶의 저막과 가혹함
이라니. 그럼에도 불구하고 이 삶의 적막과 가혹함을 노래하는, 저
말의 욕망이자 거울의 풍경인 시의 누추함과 위대함이라니!

　　彼岸이 거대한 아파트단지뿐인
　　한강
　　철교를 지하철이 건너가는 밤에
　　텅 빈 욕조에 들어앉아
　　홀로 노 젓는 시늉하는 사람이여,
　　시는 흘러가고
　　독자는 건너가는가

　　　　　　　　　　　　　　　　　　― 〈櫓〉 부분

모순어법,
혹은 시의 어떤 존재방식

(…… (그리고 보면 내가 정말 하고
싶은 말은 괄호 밖에 다 있었다(괄호
밖에 있을 때는 안에 다 있는 줄 알았
었다(끊임없이 들어가는데도(개입하는데도
내가 내 글을 닫지 못한다(는 사실을
어떻게 마무리지어야 할까(처음부터
나는 이 말을 하고 싶었는지도 모른다
(모른다? 이보다 더 분명한 말이 있을
까(나는 썼다가 계속 지운다(지우는
버릇이 있다)
　　　　　　　　　　　— 김언, 〈방명록〉 부분

　끊임없이 출현하는 '괄호 열기' 부호로 글쓰기가 이어지긴 하지
만, 결코 그 부호를 폐쇄시켜 텍스트를 종결지을 수는 없었던 한
시인은, 마침내 더없이 난감한 심정으로, "내가 정말 하고 싶은 말
은 괄호 밖에 다 있었다"고 고백한다. 그러니, '정말로 하고 싶은
말'은 시의 텍스트 속에 자신의 거처를 마련할 수 없었다는 것이리
라. 역으로 말하자면, 시의 텍스트는 '정말로 하고 싶은 말'이 현존
하지 않는, 혹은 현존할 수 없는 어떤 부재의 장소가 된다는 뜻이
기도 하겠다. 그렇다고는 하더라도 항구적인 현존을 열망하는('정
말로 하고 싶은') 저 말의 존재가 아예 무화될리는 없을 터이다. 이제
저 말은 시의 텍스트 배후에서 텍스트의 의미를 끊임없이 유예시

키고 미끄러뜨리는 어떤 욕망의 기표들로 자신의 알리바이를 입증할 수밖에 없을 것이다. "(끊임없이 들어가는데도(개입하는데도 내가 내 글을 닫지 못한다(는 사실을 어떻게 마무리지어야 할까"라는 어처구니없는 사태가 발생하는 것도 바로 그런 연유 때문이다. 진퇴양난에 처한 시인이 기껏 할 수 있는 일이라고는 "썼다가 계속 지"우는 작업일 뿐! 무의미한 듯이 보이는, 그러나 눈물겹도록 처절한 이 반복적인 글쓰기의 작업은, 시의 텍스트를 주체의 확고한 자기동일싱이 딤보하는 '존재의 기치'로 간주했던, 기존 시의 관념을 무색하게 만들어버린다.

그리하여 이제 시의 텍스트는 '정말로 하고 싶은 말'의 욕망과 '내가 내 글을 닫지 못한다'는 좌절된 욕망의 말이 서로 모순 대립된 채 투쟁하며 공존하는 역학적인 장으로 변하는 듯하다. 다시 말하자면, 저 시의 텍스트는 '정말로 하고 싶은 말'의 '소리 없는 아우성'과 "아아, 님은 갔지마는 나는 님을 보내지 아니하얏습니다"라는, 어떤 모순어법Oxymoron의 공간으로 존재하게 된다는 것이다. 사전적인 의미에서 모순어법이란 역설의 일종으로, 양립될 수 없는 말을 서로 짜맞추는 문학적 표현 기교에 지나지 않는다. 그러나 이제 '말의 욕망'과 '욕망의 말'의 모순 충돌의 공간으로서 시의 텍스트라는 관점은 이 같은 모순어법을 단순히 문학적 표현 기법으로만 한정하지 않고 시의 구조적 원리로까지 격상시키게 되는 것처럼 보인다. 모순어법은 어떤 존재나 사태를 하나의 단일한 관점이나 의미로 해석하는 것이 아니라 다양한, 심지어는 모순 대립되는 해석조차도 허용하는 복수적인 의미화의 작용이다. 그것은 '이것 아니면 저것'이라는 이분법적 논리의 단순화를 붕괴시킴으로써, '이것과 동시에 저것도'나 '이것도 아니고 저것도 아닌'이라는 양극성Polaritaet의 사유에 기반한 복수의 의미들을 산출할 터이다. 여기서 다뤄질 젊은 시인들의 노래는 이러한 모순어법의 시학이 우리 문학의 현장을 얼마나 풍성하게 해줄 수 있는가를 입증하는 하나의 징표가 되리라.

전복과 역설의 상상력 - 권영준

권영준의 두 번째 시집 《불의 폭우가 쏟아진다》는 아예 그 제목부터 모순어법으로 이루어져 있다. 우리의 인식이나 이미지의 관념 체계에서 '불'은 언제나 '물/폭우'와 상극성을 갖는 것으로 표상되는데, 시인은 저 상극적인 물과 불의 이원성을 시적 은유를 통해 하나의 일원론적 관점에서 형상화한다. 이 일원론적 관점은 모순과 대립의 상극성을 부정하여 하나의 동일성으로 환원하는 것이 아니라 오히려 모순과 대립의 상극성에서 드러나는 차이 자체를 하나의 '일치'로서 규정하게 될 터이다. 거기에서 대립하는 것들의 차이는 동일성이라는 단의화의 권력욕에 의해 지워지거나 희생되지 않고 상호 모순된 채로 공존함으로써 저 대립물들의 결핍과 부재를 서로 보완하는 역할을 하게 된다. "귀청에서 악다구니 쓰는 / 적막 한 톨"(〈소리로 만든 집〉)이나 "폐허가 없는 땅은 죽은 땅이다"(〈매립장에서〉) 같은, 권영준의 텍스트에 자주 출현하는 모순어법은 이처럼 사물이나 존재의 복합적인 사태를 하나의 유일한 의미로 귀결되지 않게 만든다. 따라서 그것은 사물이나 존재들의 내적 차이를 보존한 채 상호 공존시키는 복수의 의미화 작용을 가능케 한다.

꽃나무의 나라에서는
꽃이 지기 전날
조등을 내건다

봄밤
문상 온 나

화사한 시포(屍布)에 싸여
등을 활짝 켜놓은
목련 꽃잎

소멸이 환하다

      ― 〈아름나운 문상〉 전문

 제 생의 절정을 노래하듯이, 목련이 '화사한' 꽃잎을 활짝 터트
린 봄밤의 풍경을 '조등'과 '문상'과 '시포'의 이미지로 포착하는
시인의 역설적 시선에서 삶과 죽음은, 생성과 소멸은 동전의 양면
처럼 포개지고 또 겹쳐진다. 저 생성의 찬란한 극점을 웅변하고 있
는 목련의 만개를 "소멸이 환하다"고 노래하는 이 시선은 사물과
존재의 삶을 모순어법적으로 포착하고 있음을 말해주는 것이리라.
시인은 죽음 속에 뿌리를 내린, 동시에 죽음을 향해 뻗어있는 삶의
실상을 "얼마나 오랜 세월 / 저 타오르는 화구로의 축제를 기다리
며 / 차운 생을 견뎌왔나"(《火夫》)라고 노래하고, 또 삶과 맞닿아 있
는, 삶을 향해 요동치는 죽음의 모습을 "화장 뒤 한 줌 치어가 되어
/ 월악산 계곡으로 행방불명되었던 / 증조부, 햇살의 물살에 알을
슬어 놓았다"(《먼지의 소리를 엿듣다》)고 노래하는 것이다. 이 같은 모
순어법의 시학 속에서 삶과 죽음은 서로를 배제하는 것이 아니라
제 각각의 존재 이유를 강력하고도 팽팽하게 주장함으로써 서로
공존하게 되는 것처럼 보인다. 거기에서는 삶도, 죽음도 어느 한편
이 결코 일방적인 승리를 거두지 못한다. 오히려 삶은 죽음 속에서

제 존재 근거를 보장받고, 죽음은 삶 속에서 자신의 입지를 확보한다고 말하는 편이 옳다. "타오르는 독을 모르는 자는 / 꽃의 속살을 보지 못한다"(《타오르는 독》) 같은 구절에서 드러나듯이, 권영준의 텍스트에서 '꽃'의 이미지는 언제나 '독'의 이미지와 동반한다는 사실도 같은 맥락에서 이해되어야 하리라. 시인은 심지어 '미라꽃'이라는 그로테스크한 이미지조차 만들어냈던 터이다. 이 같은 삶과 죽음의 길항, 생성과 소멸의 삼투는 시인의 텍스트를 흔히 에로티시즘의 영역으로 뿌리를 뻗어가게 하는 것 같다.

> 두터운 땅을 헤치고
> 꼬물거리는 초록들과
> 저 보드라운 고사리손이 세상에 나와
> 가장 투명한 화엄(華嚴)을 보여주기까지
> 누군가의 사정(射精)이 있었으리
> 한 생의 황홀에 이르는 태동(胎動)이
> 깊은 흙 속에 뿌려졌으리
> 육덕 좋은 땅은 온몸으로
> 뜨거운 정액(精液)을 받았으리
> 오래 곪았던 상처가 터지듯
> 대지의 자궁을 열고 나와
> 울음을 터뜨리는, 죽음
> 비로소 힘차게 눈뜨는, 삶
>
> ― 〈下棺〉 전문

삶은 죽음과 동거하고 죽음은 삶을 동반한다는 이 양극성의 사유는 시의 텍스트를 모순어법의 시학 속에 자리하게 하면서, 그것을 자기동일성으로서 주체의 권력의 장으로 만드는 데 항거하게 한다. 시인의 시 세계에서 복수의 주체나 분열된 주체의 모습이 자주 등장하는 것도 이러한 사정과 무관하지 않을 것이다. 시인은 "매일 밤 야성의 울에 들어가 / 가장 포악한 놈을 골라 먹을 따며 / 내 생이 간다"(〈내 속의 야생동물〉)거나, "얼굴에 배음(背音)의 웃음을 붙이고 / 누군가를 감금해 둔 / 나"(〈나는 아이를 감금해 놓았다〉)라고, 주체 속에 내재한 타자의 모습을 그려놓은 터이다. 이 구체적인 실존의 사태를 형성화하는 토대는 양극성의 사유이며, 이 양극성의 사유가 그 구체적인 표현을 얻는 방식이 모순어법이다. 그리고, 이 모순어법은 시적 텍스트의 자리를 유아론적 주체의 독백의 장으로 만들길 거부하는 것처럼 보인다. 그러나 정작 시적 텍스트에서의 문제는 죽음과 삶이 하나라는 어떤 추상적이거나 신비적인 관념이 아니라 이러한 관념을 지탱시키는 구체적인 실존의 상황과 사태를 어떻게 감각적으로 형상화할 수 있는가 하는 데 있을 것이다. 그런 점에서《불의 폭우가 쏟아진다》는 일정한 정도의 신뢰를 확보하고 있는 셈이다.

팽팽한 긴장과 성찰의 시학 – 손택수

《호랑이 발자국》은 밀도 높은 내성과 성찰의 시학을 보여주는 손택수의 첫 시집이다. 이 시학은 간결하면서도 역동적인 이미지를 구사하면서 저 내성과 성찰의 관념에 피와 살을 입혀 오롯이 살아있는 하나의 풍경으로 만들어내는 미덕을 갖는다. 시집은 이 성찰의 시학 안에서 두 개의 방향을 갖는 시들로 양분되어 있는 것처럼 보인다. 하나의 방향에는 사물과 존재들의 꼼꼼한 관찰로부터 길어올린 삶의 통찰이 자리하고, 또 다른 방향에는 설화적인 세계라고나 해야 할, 가난으로 누추하긴 하지만 어떤 핍진한 풍경을 거느린 고향의 노래가 자리한다(이 설화적 세계의 압축적인 풍경이 시집의 제목으로 선택된 〈호랑이 발자국〉이다). 시집의 첫 자리를 차지하는 〈화살나무〉라는 시는 이 시인의 내성과 성찰의 시학이 가 닿은 한 절정의 풍경을 다음과 같이 노래하고 있다.

언뜻 내민 촉들은 바깥을 향해
기세 좋게 뻗어가고 있는 것 같지만
실은 제 살을 관통하여, 자신을 명중시키기 위해
일사불란하게 모여들고 있는 가지들

자신의 몸 속에 과녁을 갖고 산다
살아갈수록 중심으로부터 점점 더
멀어지는 동심원, 나이테를 품고 산다
가장 먼 목표물은 언제나 내 안에 있었으니

어디로도 날아가지 못하는, 시윗줄처럼
팽팽하게 당겨진
산길 위에서

— 〈화살나무〉 전문

"가장 먼 목표물은 언제나 내 안에 있었"다는 저 깨달음이 이 시의 관념적 뼈대를 형성할 터이다. 여기에서 삶은, 외형적으로만 보자면, 원심력을 갖는 것으로 상정되어 "살아갈수록 중심으로부터 점점 더 / 멀어지는 동심원"의 파장을 그린다. 이 파장은 가장 멀리 있는 어떤 바깥의 목표물을 향해 파문을 일으키는 것처럼 보인다. 그러나 삶은, 그 이면으로부터 성찰하자면, 저 원심력의 배후에서 자신의 중심을 향해 역으로 움직이는 어떤 구심력이 작용하고 있다고 시인은 노래한다. 그래서 '화살나무'의 촉들은 "바깥을 향해 / 기세 좋게 뻗어가고 있는 것 같지만 / 실은 제 살을 관통하여, 자신을 명중시키기 위해" 제 중심을 겨누고 있는 것에 불과하다. 그렇다면 과녁의 중심을 관통시키기 위한 저 원심력의 파장은 동시에 자기 내면의 중심에 도달하기 위한 구심력의 운동과 일치하는 셈이다. 그 둘의 힘은 방향에 있어서는 대립되어 있지만, 그 크기에 있어서는 동일할 것이다.

이 같은 '화살나무'의 이미지는 시집에서 끊임없이 변주되면서, 가령 "모래밭 위에 무수한 화살표들 / 앞으로 걸어간 것 같은데 / 끝없이 뒤쪽을 향하여 있다"(〈물새 발자국 따라가다〉) 같은 표현들을 낳게 된다. 같은 힘의 크기로 대립된 방향을 향해 질주하는 이 원심력과 구심력의 동시적인 작용과 길항이 시인의 노래에 "시윗줄처럼 / 팽팽하게 당겨진" 긴장을 불러오는 것이리라. 그렇다면 이 시인의 텍스트에 강력한 힘을 불어넣는 것은 바로 삶의 모순과 역설이라고 말해야 한다. 《호랑이 발자국》은 이 같은 삶의 역설과 아이러니의 통찰을 통해, "한방에선 해열제로 쓴다고 했던가 / 열 먹고 죽어 열을 푸는 약이 된다고 했던가"(〈지렁이〉) 같은 인식을 얻게 된다. 잠깐 스쳐가는 소낙비인 줄 모르고 아스팔트로 나왔다가 이내 햇볕의 열기에 말라 죽은 '지렁이' 이미지를 통해 시인은 '열 먹고 죽어 열을 푸는 약'이 되는 삶의 아이러니와 역설을 포착했던 것이다. 이 역설적인 삶의 진풍경은 다음과 같은 절창의 노래를 낳는다.

가시 끝에 탱글탱글 빗방울이 열렸다
나무는 빗방울 속에 들어가
물장구치며 노는 햇살과 구름,
터질 것처럼 부풀어오른 새울음 소리까지를
고동 속처럼 알뜰히 빼어 먹는다

— 〈탱자나무 울타리 속의 설법〉 부분

상처를 껴안고 그 상처와 한 몸으로 살아가는 이 처절한 존재의 삶이 어찌 눈물겹지 않겠는가? 상처와 한 몸으로 살기가 곧 '탱탱한 탱자알'의 존재 조건일 터이다. 삶의 처절함과 눈물겨움을 시인은 햇살과 구름, 새울음 소리까지를 "고동 속처럼 알뜰히 빼어 먹"는 탱자 가시와 이 가시에 의해 "살속을 파고든 비수를 품고 / 둥그래지"는 물방울로 형상화하고 있는 것이다. 그렇다면 삶은 저 가시와 상처로 인해, 그 상처와 아픔을 궁글림으로 인해 '탱탱한 탱자알'이 되는 것이리라. 이 엄정한 삶의 법칙은 "햇빛에 돌돌 말려 몸속의 수액이 빨려 올라가는 소리를 가만히 듣고 있는, 듣고 있어야 하는, 붉은 거미의 줄에 걸린 생"(〈붉은 거미〉)이라는 섬뜩한 이미지를 낳기도 한다. 거기에서 모든 삶은 상처와 한 몸이며, 그렇기에 또한 죽음과 한 몸이기도 하다. 이러한 역설적 인식 자체는 낡은 것일지 모르나, 시인이 이 성찰을 행하는 치열한 내성의 언어는 새로운 것이라고 해야 한다. 그 언어들은 서로 팽팽하게 밀고 당기는 긴장을 확보하고 있어서 시의 텍스트로 하여금 선명하고도 힘찬 이미지들로 이 삶을 하나의 풍경화로 완성해내게 한다. 그리고 이 긴장된 이미지의 조형술과 역동적인 상상력이야말로 삶과 죽음에 대한 관념적 인식들을 생생한 감각의 현실로 바꿔놓는다.

미시적 일상과 존재의 역설적 해체 – 김언

"한 발만 내밀어도 낭떠러지인 지금"이라고, 시인은 생애 첫 시집의 '自書'에서 자신이 서 있는 현재의 정신적 상황을 사뭇 결연한 어투로 규정한다. 이 결연함이 독자들에게 어떤 비장함마저 불러일으키는 것이리라. 《숨쉬는 무덤》은 이 결연함의 정신적 내면풍경의 기록이다. 시집의 첫 자리를 차지하고 있는 것도 '각서'라는 형식을 갖는 어떤 결연한 입장의 표명이다. 그것도 다른 어떤 종류의 각서가 아닌 바로 〈신체포기각서〉라니, 저 결연함의 징도를 능히 짐작할 수 있을 터이다. 시집의 도처에서 출몰하는 이 같은 '당신 몸밖의 나'라는 이미지는 '내 몸뚱아리'의 또 다른 주체를 필연적으로 상정하게 한다. 그러니, 내 몸의 주인은 나이면서 나 바깥의 나라는 복수의 주체, 혹은 주체의 분열이라는 문제가 발생하는 것이겠다. 사실상 이 복수의 주체라는 존재론적 탐구가 김언 시 세계의 주제라고 할 만한 것을 구성한다. 〈신체포기각서〉의 다음 자리를 잇는 시의 제목은 아예 〈나는 밖이다〉이다.

나는 밖이다
이렇게 말하는 나는 밖이다
속에서 나를 끄집어내는 순간
이 순간에도 나는 밖이다
속의 당신이
속의 나를 후벼파는
이 순간에도 나는 밖이다
속의 당신이 속의 나를 밀어내는
먼저 밀어내는 이 순간에도
나는 밖이다

속에서 우는 당신을

속에서 속에서 찢어버리는

이 순간에도 나는 밖이다

증오가 자라고 독이 자라고

속에 죽음이 가득 차는 순간

이 순간에도 나는 밖이다

이미 밖이다

— 〈나는 밖이다〉 전문

　《숨쉬는 무덤》에서 '묘지'와 '무덤'의 이미지가 압도적인 것도 다름 아닌 자기동일성으로서 단일한 주체라는 표상의 죽음과 무관하지 않다. 이 단일한 주체의 죽음 이후에 등장하는 것이 복수의 주체성 혹은 주체의 복수성이라고나 해야 할 어떤 표상들일 테다. 이 시집에 등장하는 '자두' '어니' '곰치씨' '제니' 같은 낯선 인물 표상들은 이러한 주체의 복수성과 분열성을 보여주는 증거로 작용하는 듯하다. 하기야 그것이 꼭 '자두'나 '곰치씨'여야 할 이유가 굳이 있을까? 그러니, '자두나무 당신'은 또한 '초록나무 당신' '물구나무 당신' '불구나무 당신' '배꼽나무 당신' '제니꽃 당신' 등등의 온갖 이름으로 불릴 수도 있을 것이다. "그 시각에 나는 통증을 제거하는 수술을 받는다고 우리가 들었다"(《이 문장이 다시 씌어지는 예문 하나》)라는, 한 문장에서의 이중 주어의 사용은 이러한 복수의 주체 혹은 주체의 분열이라는 사태의 아주 극단적인 경우에 속할 것이다. 왜냐하면 언어와 문법에 의해 탄생한 단일한 주체의 죽음을 이러한 이중 주어의 사용보다 더 극명하게 드러내는 경우는 아마도 없을 것이기 때문이다. 〈환청, 허클베리 핀〉은 복수의 주체 혹은 주체의 분열이라는 사태가 시적 텍스트로 구체화된 하나의 좋은 예가 될 것이다.

하루는 당신이 왔다 하루는 당신이 와서 내게 없는 바다를 꺼내어 당신
에게 주었다 그게 사랑이었다(데리다) 아니다, 나는 내 사랑이 좀더 난
해해질 것을 요구한다(수영) 아니다, 재능은 주어진 것이고 변하는 것은
문학이다(춘수) 아니다, 주어보니 또 정오였다(랭보) 아니다, 해탈하고
싶다 해탈하고 싶은 마음조차 해탈하고 싶다(싯다르타) 아니다, 살고 봐
야겠다(발레리) 아니다, 모든 새로운 밤은 능숙한 아내보다도 서투른 애
인에게 훨씬 더 가능성이 있다(바흐친) 아니다, 원래 제목은 그게 아니
고 곱슬머리 앤이다(허클베리) 아니다, 빨간 것은 나무다(상순) 아니다,
나는 단지 콩사탕이 싫다고 했을 뿐이다(승복) 아니다, 태초에 환청이
있었다 아니다,

— 〈환청, 허클베리 핀〉 전문

이 같은 김언의 패러디적 텍스트들은 대개의 경우 완성되지 않
는다. 아니, 완성되지 못한다. 왜냐하면 하나의 텍스트를 매듭짓고
완성시켜야 할 어떤 단일한 주체도, 그 주체의 단일한 의도도 존
재하지 않기 때문이다. 그렇다면 이제 시의 텍스트는 다수 주체들
의 목소리가 길항하고 삼투하면서 공존하는 대화의 장으로 자리하
게 될 터이다. 유일한 주체와 그 의도의 죽음은 김언의 텍스트들을
고전적인 '완결성'의 미학에 등을 돌리고 무한한 생성의 사건 자
체를 긍정하는 '순간성'의 미학에 몰입하게 만든다. 이 '순간' 속에
서 과거와 현재와 미래라는 단선적인 목적론적, 종말론적 시간관
은 그 시제의 계기들이 파기됨으로써 유효성을 상실하게 된다. 이
시집에서 일종의 '시제 착오' 혹은 '시제 혼합'이 자주 등장하는 계
기도 이와 무관하지 않다. 가령, "조금 있으면 눈이 내린다"(〈밤에 오
는 사람〉)라거나 "내일은 계절의 여왕 오월에 걸맞게 전국에 함박눈
이 내렸다", 혹은 "돌아가신 아버지가 내일은 다시 돌아와 유언을

274

번복하시고 나는 다시는 제사 같은 건 지내지 않아도 되었다"(《내일은》) 같은 구절들에서 과거 현재 미래의 시제들은 뒤섞이고 혼융된다. 이러한 시제의 혼합 역시 언어적 문법의 파기를 통한 주체의 자기동일성의 해체를 겨냥한 것임에는 분명해보인다.

　시의 언어는 현실을 반영하는 동시에 창조한다. 현실을 '참으로 존재하는 것'이라는 철학적 의미의 '실재實在'로 이해할 경우, 술부의 전자는 언어관에 있어서 객관적 실재론자의 입장을 대변하고 후자는 주관적 관념론자의 관점을 드러낼 터이다. 그러나 현실은 이미 존재하는 동시에 아직 생성 중인 그 어떤 복수태라고 한다면, 현실주의자나 관념론자 모두 언어가 현실의 어느 한쪽 층위에만 관여하는 것으로 간주한다는 점에서 한계를 드러내는 셈이다. 왜냐하면 현실은 정신과 자연이 상호 작용한 소산인 동시에 저 창조적인 정신과 자연의 능산적인 작용력 자체이기도 하기 때문이다. 현실주의자는 '참으로 존재하는 것'으로서의 현실을 '이미 있는 것'으로 축소시키며, 관념론자는 그것을 '있어야만 할 것'으로 바꿔치기 한다. 그러나 현실은 이미 있는 것으로 환원되지 않으며, 또한 있어야만 할 것으로 귀결되지도 않는다. 여기에서 시적 언어와 텍스트는 이 같은 현실의 중층적인 복합성과 어떤 구조적 상동성을 갖는 것으로 표상된다. 그렇다면 시의 텍스트는 저 현실과 이념이 상호 투쟁하는 긴장과 갈등의 장이자 또한 그것들이 서로 길항하고 삼투하는 역동적인 관계의 장이 된다고 말해야 하리라.
　시의 구조적 원리로서의 모순어법이란 관점은 모순 대립되는 존재나 사태들을 변증법적 지양을 거쳐 하나의 동일성으로 수렴 종합하지 못함을 드러내는 시학의 구조를 갖게 될 것이다. 그것은

'동일성과 비동일성의 동일성'이라는 변증법적 지양과 종합에 의해 하나의 전체성에 이를 수 없는 사태를 지시하는 양극성의 사유를 토대로 삼는다. 왜냐하면 양극성의 사유야말로 모순 대립되는 사태들을 하나의 종합으로 환원시키지 않고 오히려 그 대립 자체를 '모순의 일치'로 성찰하는 인식틀이기 때문이다. 거기에서 동일성과 비동일성은 하나의 더 큰 동일성으로 지양되지 않는다. 그러므로 모순어법의 시학은 시의 텍스트를 단일한 의미나 개념의 체계로 환원시키지 않는다. 그렇기는커녕 이 시학은, 비록 존재와 삶에 대한 명민한 개념적 도식과 체계는 포기할지언정, 시의 텍스트를 그러한 추상적 단의화의 권력욕에 희생시키지는 않을 것이다. 오히려 이 시학은 텍스트를 그러한 권력욕에 대한 항거와 비판으로 작용케 함으로써 존재와 삶의 복합적인 실상을 그 구체적인 세목 속에서 살아있는 그대로 포착하는 열린 대화의 장으로 존재하게 할 터이다.

지워지는 주체의
흔적들
— 이기인, 신해욱, 황병승의 시세계

인류의 오랜 관념의 역사가 증명하고 있듯이, 시는 애초부터 인간의 이성적 활동 영역 바깥에 위치해 있는 그 어떤 것으로 간주되어 왔다. 다시 말하자면, 그것은 근대적 사유가 분리해내고자 했던 주체와 대상, 정신과 자연, 의식과 무의식의 이분법적 도식 이후에나 가능하게 된 근대적 주체의 개념 속으로 온전히 환원되지 않는다는 뜻이겠다. 고대 희랍인들이 공식화한 '예술techne' 개념 속에는 시를 위한 어떠한 자리도 마련되어 있지 않았다는 사실을 상기해보기로 하자. 희랍인들은 심지어 시가 지식과 규칙에 입각한 (이성적인) 예술과는 정반대의 것이라는 관념을 가지고 있었던 듯하다. 플라톤의 저 유명한 '시인 추방론'의 유력한 근거 가운데 하나도 바로 정확히 이러한 관념에서 연유한 것이었다고 말할 수 있다. 희랍인들은 시가 예술이 지니고 있는 두 가지 핵심적인 특징을 갖추지 못했다고 생각했다. 보다 정확히 말하자면, 첫째, 시는 물질적 의미에서의 제작이 아니며, 둘째, 또한 완전히 (이성적) 법칙의 지배를 받는 것도 아니라는 것이 그들의 관념이었다. 결국 시는 틀에 박힌 것이 아니라 자유로운 창조력의 소산인 동시에, 기술이 아닌 영감의 소산이었던 것이다. 고대인들에게 있어서 시란 차라리 일종의 (비이성적인) 직관이나 예언력이라고나 할 수 있을 그런 영역에 속한 어떤 것이었다. 그러니 그것은 사실상 근대적 주체의 영역 바깥에다 자신의 뿌리를 내리고 있었던 셈이다.

서구 최초의 문학이론서로 자리하게 된《시학》의 저자가 비록 그의 스승이 제기했던 영감에 의한 시적 창조의 가능성에 반대함으로써 시를 인간 이성의 활동 영역 속에 온전히 포섭하려는 야심찬 시도를 기획했었음에도 불구하고, 그 역시 시가 지닐 수밖에 없는 비이성적 측면을 완전히 배제할 수는 없었음을 입증하는 여러 단서들이 드물지 않게 발견되고 있는 터이다. 가령, 시에 대한 이 저자의 미메시스 이론과 카타르시스 이론은 전혀 다른 맥락과 차원에 있는 것들을 결합시킨 것이었음을 지적하기로 하자. 미메시스는 근본적으로 인간의 인식적인 이성의 활동에 속하는 것이지만, 카타르시스는 오히려 미학적 감정이나 본능('연민'과 '공포')에 연관된 것이기 때문이다. 또한 이 저자 역시 그의 또 다른 저술인《수사학》에서는 "시는 영감을 받은 것"이라는 사실을 부분적으로 인정하지 않을 수 없었다는 사실도 기억하기로 하자. 결국 시는 이성적 법칙에 온전히 포섭되지 않는, 그러니 또한 근대적 주체의 개념으로 환원될 수 없는 어떤 잉여 혹은 부재의 영역을 가지고 있다고 말하는 편이 옳다.

시가 뿌리를 내리고 있는 이 이성 바깥의 잉여와 부재의 영역은 인간의 주체에 대한 전래된 형이상학적 규정에 이의를 제기할 수도 있다. 즉 시는 단일한 이성적 주체라는 인간의 관념에 치명적인 반론을 제기하고 있다는 뜻이 될 터이다. 이 같은 시를 통해 개시되는 인간 정신은 단일한 이성적 주체로 환원되지 않고, 오히려 그러한 근대적 주체에 대한 관념의 허구성을 고발할 수도 있기 때문이다. 시의 존재론적 토대와 관련된 이러한 문제의식은, 내가 보기에, 오늘날 우리 젊은 시인들의 시 세계에서 보다 분명하고도 의식적인 시적 프로그램으로 개진되고 있는 듯하다. 이제 막 공통적으로 첫 시집을 상자한 이기인과 신해욱과 황병승의 시 세계가 독자들에게 던지고 있는 화두도 바로 이러한 근대적 주체에 대한 회의의 문제 틀 속에 존재하는 것처럼 보인다.

이성적 주체로서의 인간은 또한 노동하는 주체로서의 인간이기도 하다. 사실상 근대적 주체란 이론적 층위에서는 이성적 인간인 동시에, 실천적 층위에서는 노동하는 인간인 것이다. 인식과 더불어 노동이야말로 이성적 법칙이 가장 철저하게 관철되는 영역이고, 또한 모든 노동은 인간 주체의 자기실현의 과정으로 이해되기 때문이다. 그러므로 노동하는 주체는 자연의 대상 세계를 철저하게 합법칙적으로 이해할 수 있어야 하고, 또 이 합법칙적 질서를 통해 자연의 세계를 인간의 세계로 이행시킬 수 있어야 한다. 말하자면 노동은 자연을 인간화 혹은 정신화하는 일이라는 것이다. 인간은, 인식과 더불어, 노동을 통해서야만 자신을 주체로 정립할 수 있다는 뜻이겠다. 이기인의 《알쏭달쏭 소녀백과사전》(창작과비평사)는 이 같은 전통적인 노동하는 주체로서의 인간이라는 관념에 대해 이의를 제기하고 있는 것처럼 보인다. 보다 정확히 말하자면, 노동을 주체의 자기실현 과정이라거나 세계의 인간화 과정이라고 간주하는 재래적인 주체의 관념을 파기하거나 해체한다는 것이다. 다음과 같은 우울한 풍경을 보도록 하자.

잔업이 끝나고 처음 만난 기계와 잠을 잤다
기계의 몸은 수천개의 부품들로 이뤄진 성감대를 갖고 있었다

기계가 나를 핥아주었다, 나도 기계를 핥아먹었다, 쇳가루가 혀에 묻어
서 참지 못하고 뱉어냈다,
기계가 나에게 야만스럽게 사정을 한다고, 볼트와 너트를 조여달라고 했다

공장 후문에 모인 소녀들
붉은 떡볶이를 자주 사먹는 것은 뜨거운 눈물이 흐를까 싶어서이다
아니다, 새로 들어온 기계와 사귀면서부터이다
— 〈알쏭달쏭 소녀백과사전, 흰벽〉 부분

　　이기인의 '소녀백과사전'에 등장하는 소녀들의 초상을 그려보
기 위해서는 시인의 등단작 〈ㅎ방직공장의 소녀들〉로 돌아갈 필
요가 있다. 이 소녀들은 열일곱 혹은 열여덟 살쯤 되는 방직공장
의 여공들로서, 공장의 기계가 만들어내는 소음 속에서 잔업과 야
근을 하며 '기계'로 상징되는 자본주의적 체제의 부품 역할을 담당
하고 있는 여성들이다. 자본주의적 기계 - 체제 속에서 이 소녀들
이 감당해내야 할 착취와 억압의 기제는 시집에서 흔히 '섹스'라는
제유적 표현으로 등장하고 있다. 위의 인용 시에 등장하는 "수천개
의 부품들로 이뤄진 성감대를 갖고 있"는 기계 이미지나 "나와 함
께 잠을 자고 싶어하는 곰 같은 사람"(《알쏭달쏭 소녀백과사전, 꿀단지》)
혹은 "이상한 체위를 강요하는 아저씨"(《알쏭달쏭 소녀백과사전, 걸레》)
등의 인물들 모두는 이 소녀들의 노동을 억압하거나 착취하는 가
부장적 자본주의 체제 자체의 상징이라고 할 수 있다. 이 이미지들
의 결정판은 아마도 "입김을 불고 있는 ㅎ방직공장의 굴뚝이, / 건

장한 남자의 그것처럼 보였네"(《ㅎ방직공장의 소녀들》)라는 진술 속에 놓여 있을 것이다. '자본의 성기'라고나 할 수 있을 '건장한 남자의 그것처럼 보이는' 이 굴뚝 이미지는 사실상 《알쏭달쏭 소녀백과사전》을 관류하는 핵심적인 모티프로 작용한다. 노동을 착취하는 자본주의 체제와 성을 억압하는 가부장적 남근 중심주의는 이기인의 시에서 분리되지 않는다. 그 둘은 한 동전의 양면을 이룬다. 이기인의 시에서 '섹스' 이미지가 과도하게 등장하고 있는 것처럼 보이는 것도 이러한 사태와 무관하지 않다.

노동과 자본, 성과 욕망의 문제에 대해 이렇게만 말하면, 이기인의 시 세계가 드러내는 '지워지는 주체'의 문제는 사실상 제기되지 않는다. 왜냐하면 이 관계에서 노동하는 주체는, 그것이 비록 자본에 의해 억압받고 착취당하는 처지에 있긴 하지만, 여전히 굳건한 (집단적) 주체의 자리를 고수할 수 있기 때문이다. 이 굳건한 주체가 흔들리고 파산당하는 것은 그러므로 이제 주체 내부의 문제여야 한다. 바로 그렇다! 이기인의 노동하는 소녀 - 주체들은 그 주체 내부로부터 자발적으로 소외되고 파편화되어 있는 것이다. 자본의 억압과 강요에 대한 노동이나 성의 순응의 방식으로 말이다. 섹스(혹은 욕망)은 이제 이 방직공장의 노동하는 소녀 - 주체들의 삶을 그 주체 내부에서부터 규정하는 가장 강력한 기제로 작동한다. 따라서 '소녀백과사전'의 소녀들은 전통적인 의미로는 더 이상 노동하는 집단적 주체 혹은 이성적 주체의 자리에 있지 않게 된다. 이 소녀 - 주체들은 이제 분열된 노동과 성을 통해 오로지 욕망을 소비하는 파편화된 주체들이다. 노동은 더 이상 이성적 주체의 자기실현의 장이되지 못하고 오히려 자기분열과 소비의 장이 된다. 전통적인 의미에서의 노동하는 주체는 이 자기분열의 장 속에서 해체되고 만다.

달빛은 나의 근육, 허벅질 계속 움직여라 하였네
철없는 사랑, 이별을 용접할 수 없었던 사내들 배가 정박하였던 곳
학익동은 그렇게 붉어도 좋았네

좀더 머물러야 할지 떠나야 할지 모르는 별들, 무참히 반짝였네
　　　　　　　　　　　　　　　　　　　—〈달의 근육〉 부분

　　"좀더 머물러야 할지 떠나야 할지 모르는 별들"의 '반짝임'은 단순히 상실된 세계의 좌표만을 지시하는 것이 아니다. 그것은 오히려 지워져가는, 혹은 이미 상실된 주체가 발하는 마지막 빛의 산란에 지나지 않는다. 저 반짝임은 응집된 에너지의 분출이 아니라 오히려 파편화된 에너지의 산포라고 해야 한다. 시인이 시집의 말미를 장식하는 〈시인의 말〉에다 다음과 같이 '말'과 '시'에 대해 적어 놓은 것은 이제 똑같이 노동의 영역에도 적용되어야 할 것처럼 보인다. "말[言]을 좇아가면 내게로 돌아오는 길이 멀어진다, 시를 좇아가면 내게로 돌아오는 길이 멀어진다". 그래, 하기야 시란 그런 것이다. 그 속에서 글 쓰는 자의 주체를 상실해버리는 것, 어쩌면 세이렌의 노래 같은 것 말이다. 이기인의 시에서는 노동하는 주체 역시 전적으로 이와 비슷한 상황에 처하게 된다. 문제는 인간을 이 세계의 주체로 구성해줄 수단이었던 노동이 오히려 그를 이 세계의 노예로 전락시키는 수단이 되었다는 점이겠지만.
　　신해욱의 《간결한 배치》(민음사)는 지워져가는 어떤 얼굴 혹은 주체의 초상에 관한 '간결한' 소묘집이라고 말할 수 있다. 이 시집에 실린 시들은 과거와 현재, 현재와 미래 사이의 매순간마다 변모해가는, 혹은 시인 자신의 표현대로라면, '지워져가는' 존재의 흔적과 풍경을 꼼꼼한 터치로 기록해낸다. 카프카의 〈변신〉

모티프가 심층에서 작동하고 있는 것으로 보이는 이 초상화의 얼굴/주체는 무언가에 의해 끊임없이 지워지고 바래져가는 중이다. 그 무언가는 시집에서 주로 '바람'의 이미지를 갖는 어떤 불연속적인 시간의 흐름과 관계된다고 말할 수 있을지도 모르겠다. 그러니 《간결한 배치》의 시들을 관류하고 있는 시적 방법론의 핵심은 지워지는 존재의 흔적과 풍경의 묘사에 있는 것이 아니라, 오히려 시간의 기록으로서의 서술에 있다고 말하는 편이 옳다. 달리 말해서, 이 시집의 주체는 표면에 드러나고 있는 지워지는 얼굴이 아니라 오히려 바람의 이미지로서의 시간이라고 말해야 한다는 뜻이겠다.

> 시간은 참으로 무르고 부드러워
> 마른 물감 밑으로
> 아득하게 깊어지고 있지만
> 무어라
> 이름 붙일 수 없는 이 차가운 웃음.
> 가파르다.
> 얼굴이 입속으로 무너진다.
>
> 지워진 얼굴 위로
> 무엇인가 머뭇거린다.
> 너무 많은 것들이 그에게
> 금을 긋고 갔지만
> 정말로 그에게 있었던 건
> 불기 전의 바람과 어쩌면 지나간 바람.
>
> ― 〈초상〉 부분

시집에서 바람/시간의 이미지는 '지우다'라는 동사의 형태로 존재나 세계에 자신의 흔적을 남긴다. 그러나 우리는 이 바람이 그려 놓은 상형문자와도 같은 존재의 흔적과 풍경을 해독할 수가 없다. 지워지고 바래져가는 존재의 흔적들은 다만 이 바람이 흐르는 세월 속에서 겹으로 쌓아놓은 어떤 부재의 퇴적물로만 남는 듯하기 때문이다. 부재를 해독할 방법이 언어에는 없는 것이다. 신해욱의 시들에 등장하는 얼굴/주체의 초상이 '간결한 배치'와 구도를 갖는 것도 바로 이 부재의 해독 불가능성에 대한 고백에 다름 아니다. 그러나 이 '간결한 배치'의 시들이 또한, 비록 부재의 흔적들이긴 하지만, 몇 개의 겹으로 이루어져 있다는 사실 역시 간과되어선 안 된다. 그렇기는커녕 저 바람/시간이 존재들에게 남긴 흔적과 풍경은 사실상 층층의 겹으로 이루어져 있는 터이다. "두 겹의 겨울이 내게는 있었다"(《이중의 방》)라거나 "빌린 시간에 몸을 맡긴 당신은 또 다른 당신"(《초입》), "내가 거기에 없는데 / 내 눈이 거기에 있다"(《남는 것과 사라지는 것》)라거나 "하얀 얼굴이 너를 빌어 / 살고 있다"(《가부키》) 같은 구절은 모두 겹으로 이루어진 얼굴/주체의 흔적을 지시한다고 할 수 있다. 물론, 아래의 시가 노래하고 있듯이, 그 존재의 의미가 매순간마다 지워지는 얼굴을 갖는 주체이긴 하지만 말이다.

> 당신의 손에만 닿으면
> 이름도 색깔도 전부 가라앉죠.
> 가볍게 나를 지우며
> 당신은 더욱더 하얀 사람.
> 이대로 오래도록
> 나를 대신해 주세요.
>
> ─ 〈제3병동〉 부분

이런 식의 시간이란
이제 다시는 없을 것이다.
내가 먼저 움직이고 싶었지만
그는 모든 것을 알고 있어
쓱 웃으며 나를
나의 의미를 미리 지워버렸다.

— 〈느린 여름〉 전문

어떠한 배경 설명도 없이 시에 등장하고 있는 '당신'이나 '그'
가 누군지는 중요하지 않다. 사실상 신해욱의 시에서 이 같은 '그'
의 이미지는 언제나, 불현듯, 출현하곤 한다. '간결한 배치'의 시들
을 해독하는데 독자가 어려움을 느끼는 것은 이처럼 최소한의 배
경 설명이나 단서도 없이 불쑥 출현하는 저 수 많은 '그'의 이미지
때문이다. 중요한 것은 '그'가 '나'에 대해서라면 "모든 것을 알고
있"다는 것이며, "나를 / 나의 의미를 미리 지워버렸다"는 사실 뿐
이다. 결국 '나'는 '그'의 그림자 혹은 환영에 불과한 것일지도 모
른다. 그것은 언제든, 어디서든 불현듯 출현하여 '나'를, '나의 의
미'를 지운다. 다시 말해, 신해욱의 시에서 시적 자아라는 하나의
주체는 유일한 주체의 자리를 고수하지 못한다는 뜻이다. 그 주체
는 그에 선행하는 그 무언가에 의해 '미리 지워져버린', 지워진 얼
굴을 하고 있는 주체이기 때문이다. 그러니 '나'라는 이 주체의 자
리를 미리 차지하고 있는 것은 사실상 '나'가 아닌 셈이다. 시인은
이미 다음과 같은 자서自序를 시집의 모두에 적어둔 바 있다. "이제
나는 뒤를 돌아본다. / 바깥이 보일 것이다". 여기에서 이 '뒤'가 지
시하는 바는 '나'라는 주체의 바깥, 혹은 주체 내부에 깃든 어떤 타
자나 부재의 출현을 의미하는 것일 수밖에 없음은 분명하다. 그 타

자(들)에 의해 주체는 매순간 지워지고 바래져간다. 아니, 거꾸로 말해야 한다. 주체는 자신의 내부에 깃든 저 타자와 부재의 흔적에 의해 끊임없이 새롭게 생성되고 있는 중이라고 말이다. '뒤'를 '바깥'으로 의식하는 이 정신이 드러내는 풍경은 근대적 주체에 대한 관념을 매우 낯선 것으로 만든다.

근대적 주체의 관념에 대한 '낯설게 하기'라면 황병승의 《여장남자 시코쿠》(랜덤하우스 송앙)에 필적할 만한 시집을 우리 현대시사에서 찾기란 쉽지 않을 듯하다. '여장남자 시코쿠'의 세계에 등장하는 인물들은 특정한 자기정체성을 갖지 못한, 말하자면 고정된 주체가 상실되었거나 아니면 부단히 유동하는 주체를 갖는 인물들이라고 할 수 있다. 물론 시집에서 이 상실된 (근대적) 주체의 초상은 무엇보다도 먼저 성적 정체성의 측면에서 주로 부각되고 있는 것처럼 보인다. "친구여 자네를 누나라 불러도 좋을까"(《불쌍한 처남들의 세계》)라거나 "괜찮아요 매니큐어를 처음 바를 땐 누구나 어색하죠 여자들도 그런걸요"(《셀프 프트레이트-스물》) 같은 구절, 혹은 "저팔계 여자는 순돈육 자지를 달고 불 속을 걸었다"(《에로틱파괴어린빌리지의 겨울》) 같은 표현에서 드러나는 것이 바로 이러한 성적 정체성의 혼란일 터이다. '여장남자'나 '핑크트라이앵글'로 상징되는 이 주체들의 초상은 대부분 "소년도 소녀도 아"(《너무 작은 처녀들》)닌 어떤 제3의 성, 혹은 '혼종'이라고나 해야 할 그런 존재들의 풍경을 그려낸다.

그러나 《여장남자 시코쿠》의 '낯선' 세계를 단순히 이러한 성적 정체성의 측면에서만 바라볼 수는 없다. 이 부단히 유동하는 혼종적 주체(들)은 "백 년 전에 죽은 할아버지도 됐다가 고모할머니도 됐다가"(《커밍아웃》) 하기 때문이다. 그 혼종적 주체의 세계 속에서는 "북향이던 집이 남향이 되고"(《존재의 세 가지 얼룩말》) "6은 9도 되"(《시코쿠》)기도 하는 것이다. 말하자면 이 유동적인 주체의 세계에서는 어떠한 고정된 방향이나 흐름도 존재하지 않는다는 것이다. 모든 것은 부단히 변전, 생성, 전복될 뿐이다. 시인의 표현을 빌려, 우리는 이 혼종적 주체의 세계('시코쿠'의 세계 말이다!)를 '이름'이 지워진 세계라 불러도 좋겠다. "우리는 그것들을 그냥 나무 숲 호수라고 불렀다 이름을 지우고"(《비의 조지아》)라는 구절에서 드러나는 것처럼, 그 세계는 모든 이름이 지워진 그냥 그대로의 세계, 즉 카오스적 자연과 본능의 세계이다. 그러므로 이 '시코쿠'의 세계를 지배하는 "하나의 무서운 법칙"(《세븐틴》) 혹은 유일한 질서란 끊임없는 생성과 전복과 탈주일 뿐이다. 다시 말해 그 세계는 진짜와 가짜, 정상과 비정상, 현실과 환상 등 모든 견고한 이분법으로 구성된 이 근대적 주체의 세계로부터 추방된 어린이와 정신병자와 죄수들의 세계, 즉 카니발의 공간이라고 할 수 있겠다.

> 지난밤 우리는 나쁜 마음 못생긴 얼굴로 엑스를 했지
> 파아악 냄새를 풍겼어 아줌마 아저씨들 인사를 기다리는 눈치였지만
> 우리는 아침부터 오를 죽이고 더럽게 아름다워졌어 아름다워지기 시작했지
> 이 이야기에서 저 이야기로
> 결국 모두 한 이웃이라고 아줌마 아저씨들 입을 모았지만
> 우리는 오를 살해하고 구체적으로 타지(他地) 사람이 되어갔어
>
> — 〈세븐틴〉 부분

'엑스x'와 '오o'라는 이분법적 구조에 의해 유지되는 일상/정상 세계의 바깥에 있는 이 카니발의 공간은 따라서 일상의 질서와 언

어로는 "아무것도 발음할 수 없"(《니노셋게르미타바샤 제르니고코티카》)
는 세계라고 할 수 있다. 이 카니발의 공간에서는 오히려 현실원칙
의 층위에서 위계질서로 작용했던 '엑스'와 '오'의 관계는 역전될
수도 있기 때문이다. '오'를 죽이고 '엑스'를 하는 이 '거꾸로 선'
세계에서 오로지 문제가 되는 것은 쾌락원칙의 지배에 의한 어떤
미적 순간의 현현인 것처럼 보인다. 그러니, 이제 거꾸로 말하기로
하자. 시코쿠의 관점에서 보자면, 우리가 살고 있는 이 정상/현실
의 세계야말로 오히려 의미가 전도된 세계라고 말이다. 왜냐하면
혼종적 주체를 지닌 시코쿠의 눈에는 이 고정된 (근대적) 주체야말
로 거짓과 기만의 관념이기 때문이다. 시코쿠의 관점에서는 이 현
실의 질서야말로 없는 것으로 지어진 관념의 질서인 것이다. 이 세
계는 "다를 그렇게 하는 것이다 / 다들 그렇게 한다는 것은 그것이
머리의 차가움을 유지하는 데 / 도움을 주기 때문"(《부드럽고 딱딱한
토슈즈》)에 '그렇게' 존재할 뿐인 세계이다. 달리 말해서 이 고정된
주체와 현실의 세계는, 시인의 용어를 빌려 말하자면, '페르나'라
고 할 수 있다. 페르나가 뭐냐고? 시인이 대답한다. "페르나 페르나
사전을 뒤져보지만, 페르나라는 단어는 없다"(《시코쿠 만자이》). 보다
정확히 말하자면, 이 현실의 세계는 "진실을 말하려고 할수록 나의
거짓은 점점 더 강렬해지"(《여장남자 시코쿠》)는 역설과 아이러니의
세계인 것이다.

　　태양남자 애인 하나 없이 46억년 동안 하루도 빼놓지 않고 지구를 비췄
　　다 왜, 무엇 때문에, 무슨 영화(榮華)를 누리겠다고. 여름, 일 년에 한 번
　　나 자신을 강렬하게 책망했다

늙은 나무들 과수원 바닥에 사과 배 대추 감, 열매들이 떨어질 땐 너희들
이 먹어도 좋다는 게 아니고 우리들이 또 한번 포기했다는 뜻이다, 가을
— 〈에로틱파괴어린빌리지의 겨울〉 부분

　그렇다, 태양마저 제 빛을 책망하는 세계, 나무 열매들마저 제
생을 포기하는 세계가 바로 근대적 주체라는 관념이 지어낸 이 거
짓과 기만의 현실 세계이다. 그러나 시코쿠의 세계에서는 주체는
더 이상 단일한 술어를 갖는 하나의 고정된 실체로 존재하지 않는
다. 그것은 분화, 혼종, 산포되면서 무한히 생성 중에 있는 그 어떤
것이다. 물론 이 혼란스러운 주체의 흔적들이 이 삶의 의미를 투명
하게 밝히는 유려한 가락의 '노래'로 불리어지길 기대할 수는 없
다. 황병승의 시들이 장광설의 형식을 갖는 것도 그것이 "이제 비
유 없이는 한 발짝도 전진할 수 없는 계절"(〈에로틱파괴어린빌리지의 겨
울〉)을 살고 있기 때문이다. 그러나 "노래가 되지 못한 시와 철학이
무슨 의미가 있을까"(〈버찌의 계절〉)를 고통스럽게 자문하는 이 정신
은 최소한 '가짜 노래'는 더 이상 부르지 않을 것이라는 분명한 믿
음을 우리에게 준다. 그리고 사실상 이제 우리가 시에 요구할 것은
투명하고도 유려한 가성의 노래가 아니라, 불투명하긴 하지만 그
심연으로부터 영혼을 울리는 어떤 육성의 외침일 것이다. 비록 이
외침이 지금은 노래로 존재하는 것은 아니지만, 오로지 그것만이
장차 참된 노래가 될 수 있을 것이기에. 시가 그런 것이 아니라면
또 무엇이란 말인가?

부재의 글쓰기와
탈존의 텍스트
— 김종호 소설집《검은 소설이 보내다》

1.

　김종호의 첫 작품집《검은 소설이 보내다》는 이제껏 우리가 익히 보아온 그 어떤 소설보다도 낯설고 충격적이다. 이 신인 작가의 텍스트가 드러내고 있는 소설 미학적 풍경의 뿌리는, 굳이 꼽자면, 우리 현대 문학사에서는 박상륭과 이인성이 구축한 어떤 '낯선' 세계들로부터 발원하고 있는 것처럼 보인다. 끝없는 쉼표의 연쇄 속에서 이루어지는 그 형이상학적 사변과 장대한 신화적 상상력의 결은 박상륭의 작품 세계에 젖줄을 대고 있는 듯하며, 한없는 의미의 지연과 서사적 구조의 완결성을 스스로 거부하는 듯한 스타일과 구조적 측면에서는 이인성의 작품 세계에 영향을 받은 듯하기 때문이다. 그리고 잘 알려져 있다시피, 박상륭과 이인성이라는 두 작가의 이름은 우리 문학사에서는 그 낯섬이 가져다주는 난해함과 유례를 찾을 수 없을 정도로 독특한 새로운 소설 문법의 창시자라는 점에서 일종의 공통성을 갖는다고 할 수도 있다. 그러나 이 작가들의 작품 세계를 이루는 그 구체적인 소설적 질료와 감성들은 어떻게도 섞일 수 없는 나름의 독자적인 표지를 갖고 있는 터이긴 하다. 김종호의 텍스트들은 이렇게 전혀 섞일 수 없는 이 뛰어난 작가들의 각기 다른 혈통을 이어받은 적자처럼 보인다. 그 점에서 이 신인 작가의 등장은 전혀 새롭지 않을 수도 있고, 또 완전히 새로울 수도 있다. 이 글쓰기가 무엇보다도 먼저 해명해야 할 것이 바로 김종호의 텍스트들이 그 스승의 그것들에 비해 어떤 점에서 새롭고 또 어떤 점에서 그렇지 않은가 하는 정도일 것이다.

　분명 《검은 소설이 보내다》는 '충격의 미학'을 구성하는 현대의 낯선 소설적 전통 속에 위치해 있다. 이 낯섦을 불러오는 원인은, 내가 보기에, 대략 세 가지 정도로 분류되어 설명될 수 있을 것 같다. 첫째, 김종호 소설들의 지반은 욕망과 무의식이라고 불리는 미지의 인간 정신 영역에 대한 탐사이다. 이 욕망과 무의식의 영역에 대한 우리 의식의 낯섦이 김종호의 작품들에 대한 낯섦을 불러오는 한 원인이 된다. 〈루푸스〉나 〈온몸이 눈인 나의 온몸〉 〈안티즌〉 같은 단편들이 특히 이 계열에 속한다. 둘째, 김종호의 소설들은 주로 죽음에 대한 신화적이거나 심리학적인 모티프와 사건들을 배경으로 하여 전개된다. 죽음에 대한 우리 관념의 낯섦 역시 이 신인 작가의 텍스트들에 대한 낯섦의 유력한 원인이 될 것이다. 소설집의 표제작인 중편 〈검은 소설이 보내다〉나 〈메멘토 모리 1〉 〈메멘토 모리 2〉 같은 작품들이 여기에 속한다. 셋째, 김종호의 소설들은 전통적인 서사 형식의 파괴와 문법적 해체를 수행한다. 그리고 이러한 형식파괴의 작업은 김종호의 텍스트들에서는 특히 동화나 설화 같은 형식을 취하거나 아예 연극적 형식을 취하기도 한다. 그러한 텍스트의 구조 속에서는 사건의 진행이 시간의 인과율에 의해 지배되지 않거나 문법적으로 완전한 문장을 만들지도 않으며, 또한 저자와 화자, 화자와 텍스트, 텍스트와 저자의 관계가 흔히 뒤섞이기도 한다. 대표적으로는 중편인 〈섞어가다, 말〉과 단편 〈헨젤과 그레텔〉 같은 작품이 이 계열에 속한다고 할 수 있다. 물론 이러한 원인들은 긴밀한 연관성 아래 서로 겹치거나 포개져 있어 어떤 한 작품을 특정한 하나의 원인으로만 소급해서 설명하기가 불가능함은 물론이겠다.

그러나 이러한 원인들을 통괄하는 보다 근원적인 압도적 경향은 아무래도 욕망이나 무의식의 동역학과 위상학을 글쓰기와 텍스트의 관계 속에서 조명하고자 하는 존재론적 탐구의 열정이라고 해야 한다. 이 열정은 위의 세 가지 원인들에 공통적으로 내재해 있어서 이 신인 작가의 첫 작품집에 실린 모든 작품들을 관통하고 있는 것처럼 보인다. 역으로 말하자면, 김종호의 텍스트들이 보여주는 존재론적 탐구의 구체적인 질료들은 어떤 특정한 심리학적 - 신화적 모티프들로 환원될 수 있다는 것이리라. 《검은 소설이 보내다》에 등장하고 있는 이러한 다양한 심리학적 - 신화적 모티프들은 고대 게르만족과 북유럽 국가들의 신화나 전설로부터 이를 기독교적 정신과 결합하고자 했던 앵글로 색슨족의 전설 및 인도와 티벳의 신화에 이르기까지 폭넓은 스펙트럼을 보여준다. 이 신인 작가의 야심에 찬 존재론적 탐구의 열정에 의해 저 신화와 전설들은 완전히 새로운 맥락에서 재해석되어 하나의 '새로운 신화'로 부활된다. 상징적인 비유를 들어 말하자면, '태초에 말씀Logos이 있었다'는 성경의 구절을 전래된 의미와는 전혀 달리 해석하고자 했던 괴테의 파우스트 박사처럼 이 신인 작가는 저 태초의 말씀의 존재와 그 욕망의 구조를 존재 - 심리학적으로 재해석하고자 하는 것이다. 사실상 '말씀'과 '욕망'의 관계야말로 《검은 소설이 보내다》의 참된 화두라고 말할 수 있다. 글쓰기의 욕망과 텍스트의 위상학의 관계 속에서 조명되고 있는 이 화두는, 물론 존재/주체의 자기동일성의 문제를 근원적으로 야기시킨다. 존재의 자기동일성의 욕망 혹은 무의식이 말씀/언어에 의해 확정될 수 있는가 어떤가 하는 문제 말이다. 그런 점에서 이 소설집은 프로이트 - 라캉주의가 제기했던 문제의식의 소설적 적용이거나 혹은 '소설화된 프로이트 - 라캉주의'라고 말해도 무방할 듯하다. 물론 파괴적이고도 해체적인 그 탈 - 서사적 형식에 대해서는 또 다른 설명이 부가되어야 하겠지만 말이다.

《검은 소설이 보내다》는 우리에게 익숙한 문장의 패턴이나 서사적 구조를 보여주지 않는다. 작가 자신의 표현을 빌리자면, 대단히 잦은 쉼표의 '할큄'과 흔히 도치나 생략에 의해 이루어지는 그 문장들은 전통적인 통사론의 구조를 '낯설게 한다'. 통사론의 구조가 낯설다는 것은 그러한 문장들에 의해 드러날 것으로 기대되는 의미론의 층위에 충격이 가해졌다는 사실을 뜻할 것이다. 이러한 전통적인 통사론의 낯설게 하기와 의미론의 충격을 통해서 작가는 기존의 언어와 욕망, 기억과 망각, 존재와 무, 글쓰기와 텍스트의 이분법적 관계를 해체하거나 전복시키고자 한다. 《검은 소설이 보내다》의 낯섬은 이러한 전통적인 통사론의 해체와 의미론의 전복을 통해 이루어진다. 그러나 김종호 텍스트의 낯섬은 비단 문장의 차원에만 머물지 않는다. 이 소설집에서 아주 분명하게 드러나는 소설 미학적 특징, 보다 정확히 말하자면 탈 - 서사적 구조의 특징은 이 작품집에 실린 대부분의 작품들이 주로 동화적인 이야기의 방식을 취하고 있다는 사실로부터 나온다. 그렇다면 동화란 무엇인가? 단적으로 말해서 그것은 '무시간성의 장르'라고 말할 수 있다. 전통적으로 소설은 시간의 인과적 흐름에 의해 서사가 구성되는 '시간성의 장르'이다. 그러나 '옛날에 - 있었다'라는 '응고된 과거'의 형식을 취하는 동화의 구조는 시간의 인과적 흐름에 의한 계기적 사건들의 배치에 의존하지 않는다. 그것은 과거의 특정한 한 시점을 시간이 무화된 영원한 정지의 순간, 즉 '절대적 현재'의 시간으로 돌려놓는다. 왜냐하면 저 영원히 정지된 순간 속에 응고된 과거는 또한 그 자체로 영원한 현재의 모습이기도 하기 때문이다. 그런 점에서 동화는 정확히 신화의 후예에 속한다. 신화야말로 그 자체 일회적인 동시에 무한히 반복되는 절대적 현재의 이야기들이기 때문이나. 그렇기에 동화 속에서는 미래가 불가능하게 된다. 시간이 멈춰있기 때문에 서사의 전개는 근원적으로 불가능한 것이다. 모든 동화나 옛날이야기의 구조가 흔히 "그래서 잘 먹고 잘 살았다"는 투의 결말을 갖는 이유가 바로 그 때문이다.

동화라는 무시간성의 장르 속에서 시간의 계기적 인과율을 따르는 전통적인 서사적 구조가 파괴된다는 것은 글쓰기의 주체 문제와 관련하여 또 다른 중요한 소설 미학적 특징을 제기한다. 즉 글쓰기의 행위와 텍스트의 의미가 전적으로 '저자의 의도'로 환원 가능했던 소설적 서사의 구조는 동화적 장르의 구조 속에서는 더 이상 가능하지 않게 된다는 것이다. 왜냐하면 동화란 무엇보다도 근원을 알 수 없는 이야기 혹은 이야기를 위한 이야기일 뿐이기 때문이다. 동화 속에서 말하는 자는 주체로서의 저자가 아니라 바로 이야기 그 자체이다. 그리하여 동화적 글쓰기는 저자라는 주체가 지워진 어떤 무의식적인 텍스트 그 자체의 풍경을 드러내게 된다. 김종호의 동화적 글쓰기와 텍스트가 과녁으로 삼고자 하는 바가 바로 그것이라고 나는 생각한다. 이 젊은 작가의 작품 세계는 시간적 계기의 인과율에 지배받는 이야기의 주체로서의 저자를 해체하고 그의 의도를 전복함으로써 동화적 글쓰기와 텍스트를 말씀 그 자체의 무대로 만들고자 하는 것이다. 문장의 주술관계에 의존하는 전통적인 통사론의 해체와 계기적 인과율에 의존하는 전통적인 서사 구조의 전복으로부터 초래된 김종호 소설의 낯섦은 이처럼 글쓰기와 텍스트의 관계 속에서 종국적으로는 주체의 자기동일성의 문제를 전면적으로 야기시키는 것이다. 주체가 사라진, 저자가 해체된 그런 글쓰기와 텍스트를 우리는 '부재의 글쓰기' 혹은 '탈존의 텍스트'라고 밖에는 달리 말할 수 없으리라. '검은 소설'이라는 낯선 텍스트 속에 무의식적인 인간 욕망의 풍경들인 신화적 모티프들과 아울러 죽음의 모티프들이 자주 출현한다고 해서 하는 말이 아니다.《검은 소설이 보내다》는 그러한 표면적인 사태들을 넘어서 훨씬 더 깊은 차원에서 글쓰기와 텍스트의 관계를 숙고하게 한다.

2.

　"낮잠에서 깨어났을 때 가슴 가득 뭔가가 들어찬 느낌이 들었다. 나는 한 동안 보지 않았던 거울 앞에 섰을 때 제일 먼저 눈에 띈 것은 머리에 솟은 작은 '뿔'이었다"(1쪽)고, 마치 카프카의 변신 모티프를 연상시키는 듯한 문장으로 시작되고 있는 단편 〈루푸스 Lupus〉로부터 논의를 시작하는 것이 좋겠다. 이 작품은 '머리에 뿔이 돋는 꿈' 혹은 그러한 수화망상증(獸化妄想症, Lycanthropy)에 걸린 한 인물의 심리학적 사건을 통해서 존재의 자기동일성의 문제를 탐색하고 있다. 텍스트의 표면에 드러나고 있듯이, "불필요한 기억들을 만들거나 삭제하는 망각의 자가면역항체로 인한 병"(2쪽)이라고 설명되고 있는 루푸스는 또한 프로이트적 심리학으로는 "늑대가 물어뜯은 상처"(7쪽) 혹은 원초적 트라우마의 상징이라고 할 수 있기 때문이다(사실상 프로이트의 '늑대 인간' 모티프와 심리적 '전이'

현상은 이 작품에서 중요한 상징성을 획득하고 있다). 기억/망각의 모티프로 환유되고 있는 이러한 원초적인 심리학적 사태를 통해서 작가는 무엇보다도 존재의 자기동일성의 경계에 대한 문제를 제기하고자 하는 것처럼 보인다. 존재의 자기동일성의 탐구는 김종호의 작품 세계를 전체적으로 관통하는 근원적인 문제의식이다. 보다 정확히 말하자면, 존재의 자기동일성의 경계에 대한 지형도와 위상학을 그려보는 것은 이 작가의 핵심적인 관심사에 속한다는 것이다. 존재의 자기동일성은 무엇보나도 먼저 기억이라는 심리학적 기제에 의존해 있고, 또 이러한 기제는 시간의 운동과 질서화를 통해서만 가능하다는 점에서 필연적으로 시간 관념과 결부되어 있다. 여기에서 시간은 무엇보다도 모든 계기들의 인과적 연쇄를 이루는 배경이자 또 그 자체 인과의 연쇄이기도 하다. 말하자면 시간의 지속이라는 관념은 인과율의 기원이자 모태이며, 이 모태는 또한 기억을 매개로 하여 존재의 연속성이라는 자기동일성의 지반이 된다는 뜻이다.

기억은 이러한 존재의 자기동일성의 의식이라는 심리학적 사태의 근원적인 기제로 작용한다. 기억의 상실과 착오 혹은 망각과 망상으로 특징지어지는 '루푸스'가 존재의 자기동일성의 지형도와 위상학의 탐구를 위한 질료가 되는 이유가 여기에 있다. 그리고 이 질료로서의 망각의 모티프는 또한 무의식이라는 존재의 심연으로 우리의 관심을 끌어간다. 왜냐하면 망각과 망상 속에서는 인과의 연쇄에 의해 구성된 시간의 축 위에서나 가능한 의식의 지반이 붕괴되기 때문이다. 망각은 무엇보다도 먼저 기억이라는 의식의 사태를 전제로 한다. 사전에 기억으로 주어지지 않는 것에 대해서 망각이라는 용어를 사용할 수는 없기 때문이다. 이처럼 기억/의식이 곧 존재의 자기동일성의 심리학적 기제라면, 망각/무의식은 이러한 자기동일성의 파괴와 해체의 사태에 대한 은유라고 할 수 있다. 달리 말해서 〈루푸스〉가 전체적으로 문제 삼고자 하는 것은 기억/의식에 의해 유지되는 우리 존재의 자기동일성이라는 것이 얼마나 허약한 지반 위에 기초해 있는가라는 점이다. 그러나 존재의 자기동일성은 기억이라는 심리학적 기제 외에도 또 다른 한편으로는 각각의 종에 고유하게 부과된 연장된 신체 감각에 의존하기도 한다. 소설 속에서 '망각의 자가면역항체'로 인해 야기된 루푸스가 또한 머리에 작은 '뿔'을 돋게 하거나 '도드라진 눈'(2쪽)을 솟아나게 하는 증상을 가져오는 것도 존재의 자기동일성의 또 다른 지반인 신체 감각에 대한 해체나 분열의 상징으로 읽힐 수 있는 것이다.

이렇게 기억과 신체 감각에 의해 유지되는 존재의 자기동일성이 해체된 모습을 작가는 "나와 똑같은 – 다른 자"(3쪽)라고 말한다. 그것은 나이면서 동시에 나가 아닌 자, 즉 분열된 주체 속의 타자일 것이다. 망각과 신체 감각의 변형을 통해 등장한 이 분열된 존재 상태 속에서는 따라서 모든 인과적 시간의 질서가 파괴된다. 이 존재에게는 과거 현재 미래라는 시간의 계기들이 인과율에 의해 고리를 만들지 못하기 때문이다. 소설 속에서 "아직 시작도 되지 않은 미래의 기억들"이 끊임없이 섞여드는 것도, "드러난 시간과 이면의 시간이 서로 다른 방향으로 움직"(3쪽)이는 것도 모두 이러한 망각과 신체 감각의 변형을 통해 초래된 존재의 자기동일성의 해체라는 사태와 관련된다. 존재의 자기동일성이 기억이라는 의식의 연속성에 의존해 있고 또 이 연속성이 시간의 인과적 질서에 의존한다면, 결국 무의식이라는 존재의 심연은 질서화되지 않은 시간 그 자체라고 말할 수 있을지도 모른다. 비교적 소설의 뒷부분에 의사로 등장하고 있는 인물의 입을 빌려 작가가 이 무의식의 토대를 '시간의 덩어리'(6쪽)라고 언급한 것도 이러한 맥락에서 이해될 수 있다. 이 시간의 덩어리는 아직 계기적 시간들로 분화되지 않은 원초적 시간 그 자체의 모습, 어쩌면 카오스일 터이다. 그리하여 〈루푸스〉는 존재의 근원적 심연인 어떤 혼돈 속으로 독자를 이끌어간다. 그 혼돈은 가령 라캉이 말하는 주체 형성에 있어서 '거울단계'라는 사태에 대한 탐색을 요구한다.

작가의 뛰어난 상상력을 보여주는 단편 〈온몸이 눈인 나의 온몸〉은 바로 이 거울 이미지를 모티프로 하여 존재의 자기동일성의 문제를 인식론적 측면에서 탐구하고 있는 작품이다. 놀랍게도 이 소설의 화자는 보여지는 대상으로서의 거울이 아니라 스스로가 보는 주체로서의 거울이다. 말하자면 '거울이라는 눈'이 바로 주인공인 것이다. 여기에서 거울은 무엇보다도 '온몸이 눈'인 존재의 이미지를 갖는다. 그것은 동시에 그 '온몸인 눈 자체가 또한 자신의 온몸'을 이루는 그런 별난 존재, 즉 '이중체'(8쪽)의 이미지를 갖고 있다. 이 거울은 한편으로는 자신 이외의 모든 존재들을 주체의 시선 속에 가둔다는 점에서 인간의 의식 혹은 이성의 은유이기도 하다. 왜냐하면 이분법적인 의식/이성이야말로 타자를 대상으로서 자신의 시선 속에 가두는 주체의 역할 그 자체의 다른 이름이기 때문이다. 그 점에서 이성은 '온몸이 눈'인 거울이라고 할 수 있다. 그러나 거울 이미지는 또한 주체의 시선에 의해 보여지는 대상이 단순히 수동적인 입장에만 머물러 있는 것이 아닐 뿐만 아니라, 오히려 '눈'이라는 상징적인 주체의 역할이 오인의 구조에 의해 성립된 것임을 입증하는 강력한 증거가 되기도 한다. 그 점에서 거울 이미지는 주객의 이분법을 무화시킨다고 할 수도 있다. 왜냐하면 거울 이미지에서는 이성에 대립하는 욕망이나 육체 혹은 의식에 맞서있는 무의식, 보는 자/

주체에 대립하는 보여지는 자/대상의 존재를 구분할 수가 없기 때문이다. 거울 속에서 우리가 보는 것은 바로 우리 자신의 얼굴이기 때문이다. 거울 이미지 속에서 우리는 거울을 바라보는 주체이면서 동시에 거울 속에서 보여지는 대상이다. 거울은 그 자체로 '온몸이 눈'인 이성/의식의 상징이지만 또한 그것은 '온몸이 눈인 온몸'으로서의 육체/무의식의 상징이기도 하다. '온몸이 눈인 나의 온몸'으로서의 거울은 바로 이 같은 특성으로 인해 주체와 타자, 자아와 세계, 의식과 무의식, 이성과 욕망, 봄과 보여짐이라는 모든 종류의 형이상학적 이분법을 무화시키는 상징적 장치의 역할을 하게 된다. 그런 의미에서 이 거울의 이미지는 '부재하는 존재'(4쪽) 혹은 '현존하는 부재'라고 말할 수 있다. 왜냐하면 거울을 통해서 우리가 인식하는 것은 거울이 아니라 바로 우리 자신이기 때문이다. 그렇기에 거울은 존재하는 동시에 존재하지 않는 어떤 것이다.

존재의 자기동일성은 언제나 세계에 대립하는 자아를, 무의식에 대립하는 의식을, 욕망과 대립하는 이성을 상정할 때만, 달리 말해 주체가 대상과의 거리를 유지할 때만이 가능한 것이다. 그러나 거울 앞에 서 있는 주체는 대상과 전혀 거리를 유지할 수가 없다. 왜냐하면 "거울 안에 서 있는 너는, 네가 거울과 떨어져 있는 만큼 거울 안쪽으로 더 들어가 있"(5쪽)기 때문이다. 거울 앞에서는 그 거울로부터 거리를 두면 둘수록 주체는 대상인 거울 속으로 더 깊이 들어가게 된다. 이처럼 주체와 타자 사이의 구분과 대립이 무화된다면, 존재의 자기동일성 자체도 무효화될 수밖에 없는 사태가 발생하게 될 것이다. 바로 그렇다! 〈온몸이 눈인 나의 온몸〉은 주체와 타자 사이의 경계가 해체된, 다시 말해 존재의 자기동일성이 깨어진 어떤 사태의 풍경을 드러내고자 했던 것이다. 그러나 그럼에도 불구하고 거울은, 오인의 구조에 의해 성립된 주체의 깨어진 조각일지언정, 또한 동시에 존재의 자기동일성의 확인의 자리이기도 하다. 왜냐하면 거울이 없다면 우리는 어떻게든 우리 자신의 모습을 볼 수 없기 때문이다. 주체는 거울이라는 대상 없이는 자신의 존재를 확인할 도리가 없다. 그런 의미에서 거울은 또한 주체와 타자 사이의 경계를 확인하는 도구이다. 거울 이미지는 주체와 타자, 안과 바깥의 경계를 무화시키는 동시에 그 경계를 다시금 확인케 한다. 덱스드의 표현을 빌리자면, "거울 안쪽에서 끊임없이, '나는 너를 원해'라고 발화되는, 감정들은 바깥과 정확히 제로Zero로 경계지어진 그 표면에 부딪혀 돌아온다"(7쪽). 바깥과 정확히 제로로 경계지어졌다는 것은 안과 바깥의 구분, 즉 주체와 타자의 구분이 있으면서도 없는 어떤 상태의 표현일 것이다. 그러나 이 안과 바깥의 경계를 만드는 동시에 무화시키는, 그 경계를 지우면서도 다시 확인케 하는 저 거울의 '표면'이야말로 존재의 자기동일성이라는 사태가 지니고 있는 양면성을 보여주게 된다. 그 표면은 한 주체의 자기동일성의 보존과 해체의 임계점이다. 그리고 존재의 가능성과 한계의 그 임계점이야말로 어쩌면 존재 그 자체의 진정한 모습일지도 모른다. 왜냐하면 "그 경계야말로 바로 나 자신이기 때문이다"(8쪽). 그런 의미에서 거울 이미지는 또한 모든 것을 제 속에 끌어들여 소유하고자 하지만 그 어떤 대상에도 안주하지 못하고 끊임없이 미끄러지는 욕망의 상징이 된다. 이 욕망의 대상은, 작가가 인용한 슬라보예 지젝의 표현대로, "거울로 반사할 수 없는 무시무시한 잉여"(8쪽)로만 남는다. 그러므로 한낱 이 욕망의 무대에 불과한 존재의 자기동일성이란 사실상 어떤 고정된 실체도 지니지 못하게 될 것이다.

거울로도 반사할 수 없는, 주체의 욕망 속에 자리하고 있는 저 무시무시한 잉여의 지대는 곧바로 주체에게 어떤 부재의 자리를, 즉 죽음의 이미지를 환기시킨다. 우리는 이 죽음의 이미지를 '부재의 현존'의 풍경이라고 부르기로 하자. 〈메멘토 모리 : 무덤 속의 이미지〉와 〈메멘토 모리 : 이미지의 무덤〉 연작은 바로 이 부재의 현존의 풍경을 보여준다. 이미 거울 이미지를 통해 인식론적 차원에서 탐구된 바 있는 '이중화된 주체' 혹은 '이중체'의 문제는 이 작품들에 이르러 존재론적 차원에서 다시 해석되는 것이다. 따라서 이 연작들은 거울 속의 이미지를 존재와 죽음의 모티프로 삼아 주체의 자기동일성의 문제를 천착하고 있다고 할 수 있다. 이 텍스트들 역시 〈온몸이 눈인 나의 온몸〉의 거울 이미지의 그것처럼 존재의 '표면'과 '심연' 사이의 긴장을 주제로 하고 있다. 이들 소설은 죽음을 당한 그/나와 그 죽음을 바라보는 나/그의 관계 속에서 이중화된 주체의 문제를 반복한다. 현재로부터 과거로, 혹은 미래로부터 현재로 시간을 거슬러 오르면서 서술되는 방식을 취하고 있는 이 소설들의 화자는 공통적으로 죽어서 관 속에 누워있는 시체이다. 그런 의미에서 이들 텍스트는 사자의 텍스트이며, 그 이야기는 죽음의 말씀이라고 해야 한다.

연작의 첫 편에서 작가는 이 죽음 속에 든 존재의 관념이 행하는 49일간의 행적을 서술하고 있다. 49일이라는 기간은 불교나 무속에서 망자가 이승을 떠나 또 다른 존재로 재생하기까지 머무는 과도기적인 존재 상태나 혹은 그 기간을 상징한다. 그러므로 그것은 이미 죽은 한 존재와 아직 태어나지 않은 다른 한 존재 사이에 끼인 '이중적인 존재 상태'(모든 존재의 지반인 현재라는 시간성이 상실된 그런 상태에 굳이 '존재'라는 어사를 사용할 수 있을까라는 의문을 배제하기로 한다면)라고 할 수 있다. 그렇기에 이 이중적인 존재의 상태는 현세에 속해 있는 것도 아니고, 그렇다고 내세에 속해 있는 것도 아니다. 달리 말해서 그 것은, 마치 거울 이미지 속의 존재처럼, 주체도 타자도 아닌 어떤 이 중체의 특성을 갖는다는 것이다. 그리하여 작가는 이 '무덤 속의 이 미지'를 다음과 같이 정확하게 '거울 속의 이미지'와 겹쳐놓을 수 있 었던 것이리라. "깊이와 심연이 현실세계에 재현되는 것은 '거울'에 서 뿐이다. 거울의 매끈한 표면. 깊이 없는 깊이. 닿을 수 없는 거리. 그리고 나와 정확히 대칭으로, 저 깊이, 저 심연 안에 갇힌 나"(2쪽) 라고 말이다. 그러니까 저 거울 속의 이미지가 이중화된 주체의 문 제를 인식론적으로 반영하고 있다면, 이 무덤 속의 이미지는 그것을 존재론적으로 번역하고 있다는 뜻이리라. "나와 정확히 대칭으로" 존재하는, 저 '닿을 수 없는 거리'를 만들어내는 거울 속의 이미지는 또한 살아있는 주체로서의 나와 정확히 대칭으로 존재하는 어떤 무 의 상태이거나 죽음 같은 것일 수밖에 없을 것이다.

3.
　이제 우리가 확인해야 할 것은 이 같은 거울 이미지를 통해서 형 성된 주체가 언어적 현실이라는 상징적 구조 속에서 차지하고 있는 위치와 그 운동의 궤적이다. 왜냐하면 저 '거울단계'를 거친 주체는 이제 전적으로 언어에 의한 상징적 체계 속으로 편입되었을 것이 기 때문이다. 라캉은 이미 주체가 언어를 통해 상징적 질서를 구성 함을 보여주었다. 그러나 그는 동시에 이러한 상징적 통일체의 구 성에는 필연적으로 언어화가 불가능한 그 무엇은 배제될 수밖에 없 음을 또한 보여주었다. 이는 언어적 기표의 자기-지시적 순환운 동의 닫히지 않은 어떤 틈을 상징한다고 할 수 있다. 언어/말과 상 상/욕망의 문제가 《검은 소설이 보내다》에서 주요한 관심사로 대두되는 것은 바로 이러한 맥락 때문이다. 이 욕망과 말씀의 관계를 글쓰기와 텍스트의 운명 속에서 탐구하고 있는 작품으로 〈안티즌 Antizen〉이 있다. 이 소설에 등장하는 '나'와 '너'의 관계는 글쓰기와 텍스트의 관계 혹은 작가와 작품의 관계와 구조적 상동성을 이룬다. 이 구조적 상동 관계는 또한 말과 욕망, 현실과 꿈, 주체와 타자의 관계에 상응한다. 이러한 상응 관계 속에서 '글쓰기의 욕망'과 '텍스트의 현실'이라는 양 항은 서로가 서로의 뿌리가 된다.

그럼에도 불구하고 이 소설의 진정한 주인공은 텍스트 그 자체라고 해야 한다. 왜냐하면 이 작품에서 화자인 '나'는 텍스트 자체이며 저자인 '너'는 오히려 이 글쓰기의 대상으로 설정되어 있기 때문이다. 보다 정확히 말하자면 나/텍스트와 너/글쓰기(혹은 작가의 욕망)의 관계는 앞서 언급한 바 있는 거울 이미지를 통한 주체와 대상의 관계에 또한 상응하고 있는 것이다. 여기에서 "현실과 대칭적으로 존재하는 '비현실-꿈'의 공간"(6쪽)이 오히려 텍스트 속의 현실/'나'가 되고, 글쓰기를 수행하는 저자의 욕망은 오히려 꿈의 이미지/'너'로 역전되어 있는 것이다. 작가는 이러한 텍스트의 위상과 글쓰기의 욕망의 관계가, "네가 뿌리박은 곳과 정확히 대칭을 이룬 곳에 나 역시 뿌리를 박고 있다"(6쪽)고 말한다. 이렇게 주객이 전도된 이 둘의 관계는, 마치 거울 속의 이미지에서처럼, "너와 나의 거리를 좁힐수록, 이상한 일이지. 너와 나는 더 멀어지"(1쪽)는 형국을 만들어낸다. 글쓰기의 욕망은, 모든 욕망이 그러한 것처럼, 끊임없이 스스로를 증식시켜간다. 작가는 "글쓰기(혹은 글쓰기의 욕망-필자)는 끝없이 자신의 '몸'을 만들어낸다"(4쪽)고 적었다. 그러나 이 글쓰기의 욕망의 결과가 항상 주체의 자기동일성 안으로 수렴되는 것은 아니다. "너는 너를 만들고, 모든 것은 너다. 단지, 그 안에서 네가 만들어낸 나만이 오직, 나만이 네가 아니다"(2쪽)라는 언급은 글쓰기의 욕망과 그에 의해 출현한 텍스트의 위상과의 관계를 극명하게 드러내고 있다. 달리 말해서 〈안티즌〉은 주체/저자로 환원될 수 없는 타자의 흔적을, 혹은 말씀으로 드러나지 않는 어떤 부재와 잉여의 현존을 드러내기 위해서 글쓰기의 욕망과 텍스트의 현실 사이에 게재해 있는 메울 수 없는 간극을 보여주고자 했던 것이다.

그런 의미에서 텍스트는 무엇보다도 부재의 현존의 장소라고 말할 수 있다. 그것은 서사에 의해 확정된 고정된 의미가 현상하는 장소가 아니라 매순간 새로운 글쓰기에 의해 언제나 새롭게 생성될 어떤 개방성의 공간이 된다. 그리하여 텍스트는 주체/저자가 그 안에서 자신의 다른 얼굴을 새롭게 발견해야 할 하나의 거울이기도 하다. 〈안티즌〉의 화자는 이러한 텍스트의 개방성에 대해 다음과 같이 설명하고 있다. "저 씨줄과 날줄로 고르게 엮인 텍스트는, 전면에 부각된 자신의 부재를 증명하기 위해, 하나의 거울을 독자들에게 내민다. 자 여기 안에 비친 것이 나다. 너의 찡그린 얼굴. 너의 화면에 뜬, 고르지 못한 파장 탓에 얇게 흔들리는, 모니터"(4쪽)라고 말이다. 그런 의미에서 텍스트 안에서는 '씌어진 자'가 오히려 '쓰는 자'를 규정하게 된다고 말할 수 있다. 그 둘의 관계는 정확히 욕망과 말씀의 관계에 상응한다. 텍스트 속에서 "내가 꾼 꿈"은 저자의 현실에서는 "네가 쓴 말"과 동일한 것이기 때문이다. 그러나 텍스트 속에서는 오히려 "내가 꾼 꿈"이 현실이고, "네가 쓴 말"은 하나의 꿈에 불과한 것으로 전복된다. 〈안티즌〉은 거울 이미지가 작용하는 것과 똑같은 방식으로 텍스트 바깥의 저자가 텍스트 속의 주인공에 의해 역으로 기술되는 전도된 방식으로 이러한 꿈과 현실의 전복을 전경화한다. 희곡의 형식을 빌려 저자/글쓰기의 욕망과 화자/텍스트의 관계를 천착하고 있는 단편 〈헨젤과 그레텔〉은 이러한 〈안티즌〉의 문제의식의 연장선상에 존재하고 있다. 프롤로그와 에필로그를 제외하고 전4막의 연극적 장면들로 구성되어 있는 이 소설 역시 저자와 텍스트의 관계 속에서 텍스트의 개방적 구조를 다음과 같이 강조한다. "대체 '이미 쓰여진 텍스트'에까지 작가에게 책임을 씌우는 것은 너무 하잖아? 쓰는 동안이라면, 얼마든지 비난해도 좋지만…"(11쪽). 이 작품에서 작가 – 연출가 – 배우의 관계는 저자 – 글쓰기 – 텍스트의 관계에 상응함은 물론이다.

욕망과 말씀, 글쓰기와 텍스트의 운명이 보다 정교하고도 종합적으로 탐구되고 있는 작품은 〈섞어가다, 말〉이라는 중편이다. 여기에서 《검은 소설이 보내다》의 작가는 글쓰기의 주체가 꿈이자 욕망 그 자체인 그런 불가능한 텍스트의 존재를 탐색함으로써 욕망과 말씀의 관계를 한층 집요하게 해부하고자 한다. '말(言語)에 대한 집착이 만들어낸 환상'을 좇아가는 행적이 동화적 장르를 통해 상징적으로 그려져 있는 이 소설은 "모든 상상과 꿈들은 그 주체를 잃고 마는데, 결국 내가 찾고 있던 것은 그 주체인 것이다"(3쪽)라고 제 스스로의 화두를 작품 속에서 이미 밝히고 있다. 상상 속에서 상실된 이 '주체 찾기'를 위해 작가는 우선 시간과 공간의 좌표 외에도 언어/말씀이 필요하다고 다음과 같이 말한다. "존재는 시간과 공간의 좌표에서만 그 존재를 인정받을 수 있는 것 아닐까. 아니, 시공뿐 아니다. 말이 있어야 한다. 좌표에 꽂힌 허수아비가 아니라면, 말이 있어야 한다"(4쪽). 주체 찾기 혹은 존재의 자기 동일성의 좌표를 확인하기 위해 이미 작가는 기억/망각의 문제에 대한 탐색을 통해 그 시간의 좌표를 탐색한 바 있고, 거울 이미지인 꿈/현실의 문제에 대한 탐색을 통해 그 공간의 좌표를 탐색한 바 있다. 그렇다면 존재의 자기동일성의 탐구에서 이제 마지막으로 남는 요소는 오직 언어/말씀의 문제일 터이다. 앞서 언급한 〈안티즌〉 및 〈헨젤과 그레텔〉을 포함하여 〈섞어가다, 말〉은 이 말씀의 존재를 통해 작가가 제기한 존재의 자기동일성이라는 화두의 최종 심급을 확인하는 장소가 된다.

그러나 이 말씀은 또한 언제나 무의식적 욕망의 알리바이에 불과할 뿐이다. 왜냐하면 "말로 표현되지 못하는 것은 무의식의 심층으로 내려가, 커다란 난로(丹爐)에서, 욕망이라는 금단(金丹)으로 만들어지"(4쪽)기 때문이다. 여기에서 욕망은 말씀으로 언어화되지 못한 잉여와 부재의 영역을 의미한다. 그리하여 작가는 종국적으로 이 말씀과 욕망의 길항 관계 속에서 존재의 자기동일성의 지형도를 그려보고자 하는 것이다. '그녀'를 찾아가는 '그'의 행적을 쫓아서 동화적인 구성을 취하고 있는 〈섞어가다, 말〉의 화자는 욕망과 말씀의 이러한 길항과 삼투 작용을 "손가락이 유일한 발성기관인 한 사내의 말"(5쪽)을 통해서 조명한다. 마치 글쓰기와 텍스트에 관해 언급하면서 롤랑 바르트가 '글쓰기'는 '자동사'라고 규정했던 사실을 떠올리게도 하는 이 구절을 통해서 존재의 자기동일성의 지형도와 위상학을 탐구하고자 했던 《검은 소설이 보내다》라는 텍스트는 그 문제의식의 최종적인 지평에 당도한다. 사실상 이 소설집은 전체적으로 손가락이 유일한 발성기관인 한 사내의 '몸/손가락이 쓰는 말'인 동시에 '말 그 자체가 스스로를 쓰는 말'이며, 또한 글쓰기를 욕망하는 '마음이 쓰는 말'의 텍스트가 되고자 한 것처럼 보인다. 〈섞어가다, 말〉은 이 같은 사정을 다음과 같이 적고 있다. "몸은 몸이 아니고, 말은 말이 아니고, 마음은 마음이 아니도록 섞이고, 그래서 묽어진 액체로 변해서는, 거기서부터 다시 새로운 몸, 말, 마음을 가지고 싶다"(5쪽). 그리하여 마침내 우리는 몸과 말과 마음이 하나로 뒤섞인 어떤 완전히 새로운 텍스트의 출현을 예기하게 된다. 이 새로운 텍스트는, 물론, 존재의 자기동일성의 지형도가 완전하게 그려진 모습을 갖게 되리라. 그리하여 〈섞어가다, 말〉의 진정한 의미는 바로 이 같은 몸, 말, 마음이 혼연일체가 된 그런 어떤 완전히 새로운 텍스트의 생산, 새로운 존재의 탄생, 참된 말씀의 구현을 향한 시도에 있다고 할 것이다.

4.

《검은 소설이 보내다》는 무의식과 욕망, 타자, 죽음 같은 것들이 끊임없이 개입함으로써 이루어지는 글쓰기의 과정을 통해 존재의 자기동일성의 경계를 보여주고자 한다. 그렇기에 글쓰기의 욕망과 텍스트의 현실은 스스로를 끊임없이 자기동일성 속에서 정립하고자 하는 존재의 기억과 시간 의식 속에 뚫린 거대한 구멍을 통해 그 의식의 표면으로부터 배제된 망각된 타자들이 출현하는 '낯선' 무대가 된다. 여기에서 텍스트 자체는 의식과 무의식, 욕구와 욕망, 주체와 타자, 상징계와 상상계가 벌이는 거대한 전투장으로 자리한다. 그런 의미에서 김종호의 텍스트들이야말로 글쓰기의 욕망과 욕망의 글쓰기 사이에서 벌어지는 참혹한 전투의 현장 자체라고 말해야 한다. 이 전투의 현장을 작가는 '검은 소설'이라는 용어를 빌려 적시하고 있는데, 《검은 소설이 보내다》라는 텍스트는 바로 이러한 글쓰기의 욕망과 욕망의 글쓰기가 벌이는 전투의 보고서라고 할 수 있을 것이다. 여기에서 글쓰기의 욕망과 무의식은 작가 자신의 주체에 난 거대한 틈으로부터 솟아오르고 있다는 점에서 검은 소설은 또한 어떤 부재하는 것의 현존의 장소가 된다. 그러므로 검은 소설은 또한 '현실 속에 부재하는 나'와 '상상 속에 현존하는 나'라는 존재의 자기동일성을 찾아가는 탐색의 공간이라고 할 수 있다. 역으로 말하자면, 검은 소설은 현실의 주체가 부재하는 어떤 탈존의 공간에 대한 탐색이라는 의미를 함께 갖는다는 것이다. 이 소설집은 "나의 상상에 의해서만"(4쪽) 살아있는, 그러므로 현실 속에서는 부재하는 존재의 자기동일성에 뚫린 구멍을 통해 저 무시무시한 잉여의 지대에 속해 있는 타자들이 출현하는 장소가 되기도 한다. 그런 의미에서 검은 소설은 또한 '꿈의 텍스트'인 셈이다.

> 너를 찾는 것이 곧 글로 이어져 만들어진, **검은 소설**을 나는 꿈에서 어렴풋이 봤다. 내가 쓴 그 소설은 놀랍게도 나의 기억에 없는 작품이었다. (…중략…) 나는 이미 '검은 소설'이 '내가 쓴 것'이라는 사실을 알고 있었다, 비록 기억에는 없다하더라도 그것은 내가 쓴 것이었고, 그것은 두 겹의 하나였다. 그러니까… '검은 소설'은, 잊혀졌거나, 의식의 저 너머로 축출되었던, 어떤 것이 아니었을까…
>
> — 〈검은 소설이 보내다〉, 3쪽

그리하여 《검은 소설이 보내다》는 글쓰기라는 자동사의 행위 자체가 소설의 주인공인, 저자는 오히려 그 글쓰기에 의해 구성되는 대상인, 그런 텍스트를 만들어낸다. 말하자면 글쓰기 자체가 저자를 쓰는, 죽음이 존재를 쓰는, 욕망과 무의식이 주체를 쓰는, 상상이 현실을 쓰는 그런 불가능한 텍스트 말이다. 이렇게 검은 소설은 글쓰기의 욕망이 욕망의 글쓰기에 의해 다시 씌어진 소설이다. 그렇다면 검은 소설은 '욕망이라는 텍스트에 의해 씌어진 주체의 이야기'라는 뜻이 되기도 할 터이다. 그것은 상상이 현실을 능가하는 또 다른 현실의 이야기이다. 그 다른 현실 속에서는 그렇기에 이미지와 상상이 실재를 구성한다. 그야말로 이미지와 상상들이 실재를 구성하는 '상상력의 왕국'이 바로 검은 소설이라고 할 수 있다는 것이다. 거기에서 소설은 더 이상 존재의 자기동일성의 심리학적 기제인 기억에 의해 기록되지 않고, 오히려 타자에 의해 존재의 자기동일성이 파열된 망각의 흔적들로 주체를 산개시킨다. 그런 의미에서 검은 소설은 전통적인 의미의 '존재Existence의 미학'의 차원을 구성하는 것이 아니라 오히려 '탈존Ex-sistence의 미학'을 드러내는 구조를 된다. 간략히 말하자면, 부재의 글쓰기가 만들어낸 탈존의 텍스트, 그것이 바로 검은 소설이다.

라캉에게 있어서 실재는 상징화에 저항하는 단단한 핵으로서, 존재하지는 않으나 일련의 속성을 지니고 있는 역설적인 가공물이다. 라캉의 해석자인 지젝에 의하면 이러한 실재는 두 가지 측면을 동시에 지니고 있는 모순적 결합물이다. 첫째, 실재는 상징화 과정의 출발점이자 기반으로서 상징계에 선행하면 상징화 과정에 의해서 고갈되는 것이다. 이러한 의미에서 실재는 충만하며 결여가 없다. 따라서 이러한 실재의 속성은 '비존재' 혹은 '비전체'로 지칭될 수 있다. 이때 존재의 의미는 상징적 질서와의 통합을 뜻한다. 둘째, 실재는 상징화 과정의 잔여와 잉여, 초과이다. 즉 그것은 상징계에 의해서 사후적으로 구성되는 것이다. 실재는 상징적 구조의 빈 곳으로서 부정될 수가 없다. 왜냐하면 실재계 자체가 이미 완전한 부정성, 순수한 텅 빔의 구현 외에는 다른 것이 아니기 때문이다. 그것은 '탈존'의 존재로서, 불가능한 쾌락의 체현으로서의 사물의 상태를 뜻한다. 존재하는 것, 상징화에 저항하면서 의미를 뛰어넘어 쾌락의 잔여로서 존속하는 것은 바로 '탈존'의 영역이다. 일찍이 하이데거는 존재란 그 어떤 개별적 존재자도 아니기에 무이며, 그것의 근거는 더 이상 질문될 수 없기 때문에 곧 심연Abgrund과도 같은 것이라고 말한 바 있다. 그에게 있어서 존재는 존재자가 아니다. 존재는 우리가 존재자와 존재자성에만 매달릴 때에도 의연히 남아있는 그런 '있는 그대로의 있음' 자체이다. 그러나 이 존재는 존재자의 비은폐성 속에 은폐되어 있다. 이렇게 존재와 존재자 사이의 은폐와 비은폐라는 이중성의 사건은 우리가 존재자에게만 매달릴 때에는 망각된다. 여기에서 탈존의 고유한 의미가 확보된다. 즉 존재자를 존재하게 하는 것이 존재의 비은폐적 진리인 이상, 현존재의 본질은 존재의 진리 속으로 '나가 서 있음Hinausstellen' 속에 있다고 할 수 있다. 이렇게 현존재가 존재의 진리 속에 설정되는 것을 하이데거는 탈존이라고 불렀다.

　김종호의 텍스트는 이러한 현존재의 탈존을 드러내는 소설적 미학 위에 구축되어 있다. 여기에서 인간은 이미 자신의 개별적 존재자를 넘어 존재의 개방성 속에서 그 열림을 마중하고 있는, 존재 자체를 향하고 있는 초월자라는 뜻이 담겨 있다. 고독한 자기동일성 속에 웅크리고 있는 개별 주체가 자신의 개별성을 넘어서 이미 타자와 몸을 섞고 있는 이 탈존의 풍경을 드러내는 작업을 작가는 검은 소설이라고 이름 붙였다. 이 검은 소설은 글쓰기와 텍스트 속에서 타자와 세계를 향해 개방된 존재의 심연을 풍경으로 삼고 있다. 김종호의 텍스트들은 기억/망각, 현실/환상, 글쓰기/텍스트의 모티프들을 통하여 '존재의 좌표'를 그려내는 데에 그 목적을 두고, 이러한 존재의 좌표를 통해 존재의 자기동일성의 경계를 형성하는 에너지의 동역학과 위상학을 탐구함으로써 그 경계가 이 삶에 대해 어떤 가능성과 한계를 갖고 있는지를 밝히고자 한다. 더욱 중요한 것은 이러한 존재의 자기동일성을 글쓰기의 행위와 텍스트의 구조 사이의 관계 속에서 찾고자 한다는 사실이다. 텍스트 자체가 화자가 되어 자신을 쓰고 있는 저자를 주인공으로 하는 소설적 글쓰기, 그것이 검은 소설이다. 이 검은 소설 속에서 글쓰기와 텍스트는 서로 마주 선 거울들처럼 그렇게 서로가 서로를 무한 반사하고 있다. 이 무한 반사의 과정이 '부재의 글쓰기'이며, 이 글쓰기라는 자동사의 행위가 만들어낸 공간이 '탈존의 텍스트'이다.

이야기를 욕망하는,
욕망의 이야기
― 이명행의《마치 계시처럼》

> 이것은 이야기를 욕망하는 우리 안의
> 어떤 성질에 관한 이야기이다.
> 그때 우리는 한 줄기 이야기 속에 있었다.
> 내게는 그것이 인계철선 같은 끈이었고,
> 당겼을 때 운명인 것처럼 느껴졌다.
> 그 끈 끝에 다시 욕망하는 이야기가 매달려 있었다.
> ― 〈완전한 그림〉 가운데서

이제까지 발표된 총 9편의 장편소설을 제외하고, 중단편 소설집
으로는 첫 작품집이 될 이명행의《마치 계시처럼》에 실린 작품들
은 무엇보다도 먼저 '설화적'이라고 해야겠다. 하기야 모든 문학과
소설이 신화와 설화와 민담의 직접적인 후예이긴 하지만, 이 소설
집에 실린 작품들은 그런 원론적인 의미에서가 아니라 각별히 설
화적이라고 해야만 할 어떤 특징들이 도드라져 있다는 점에서 그
러하다. 소설적 방법론에 있어서나 작가의 문학적 태도와 지향점
에 있어서《마치 계시처럼》에 실린 7편의 작품들은 공통적으로 설
화적 이야기의 원형들을 풍부하게 함축하고 있어서 마치 그러한
원형들의 다양한 변주처럼 보이기도 하기 때문이다. 방금 언급된
'작가의 문학적 태도와 지향점'에 대해서는 이 소설집에 실린 다음
과 같은 '작가의 말'을 참조하기로 하자.

'관계'와 '이야기'에 관심을 가지고 썼습니다. 세상의 그 어떤 이야기도 '관계'에서 벗어날 수는 없겠습니다만, 그 중에서도 제가 관심을 가졌던 것은 프랙탈이니 엔트로피니 엔텔레키 같은 것으로 설명되어질 '운명적 관계'입니다. 관계에서 시간은 '엔트로피적'이며, 이야기에서 혈연은 '엔텔레키적 신뢰' 속에 있다는 식의 관점이지요. 그리고 보니 이것들은 모두 '질서'에 관한 이야기가 되는군요.

— '작가의 말'에서

　신화와 설화와 민담은 모든 문학적 이야기들의 원형적 구조를 형성한다. 세계의 곳곳에서 전해지는 다양한 민족들의 신과 영웅들에 대한 이야기는 인류 공통의 원형적 이미지, 그러니까 다시 말해 어떤 특정한 구조로 이루어져 있음을 우리는 이미 알고 있다. 그러나 '설화적'이란 용어의 또 다른 사용은 우리의 삶 속에 게재된 어떤 운명이라거나 인연의 신비 혹은 신비스러운 삶의 운행을 전제한다. 모든 설화에는 피할 수 없는 인연과 운명 혹은 우연을 가장한 어떤 필연의 질서가 작동하고 있는 것처럼 보인다. 그리하여 이 같은 우연적 필연 혹은 필연적 우연에 의해 우리의 삶은 이성의 논리로써 올곧게 풀어낼 수 없는 '신비스러운 어떤 것'으로 드러난다. 모든 삶과 생명이 그렇듯이, 설화적 이야기는 이 해결할 수 없는 신비에 대한 인간적 이해의 소산일 터이다.

　설화적 이야기에서 모든 사건들은 우리가 이해할 수 없는, 그러나 이야기의 전개 상 마땅히 그렇게 되어야 할 것처럼 보이는 어떤 필연적인 방향으로 전개된다. 우연과 필연, 모험과 운명, 표면 상의 단절과 심연의 내속 관계들은 이러한 이야기 속에서 상호 모순된 채 결합된다. 그러한 이야기 속에서 삶은, 그리고 실제 우리 삶이 그렇듯이, 그 자체로 모순된 채 통일성을 획득한다. 모순 대립된 것들의 통일로서의 삶은 변증법적인 상호 지양과 종합을 알지 못하는 것처럼 보인다. 삶은 그저 모순된 채로 통일되어 있을 뿐이다. 이 '모순의 통일'이 바로 설화적 이야기가 지닌 신비스러운 속성의 뿌리가 된다. 설화에서 신비는 제거될 수 없으며, 오히려 이 이야기의 필연적인 구성 성분이 된다. 그리하여 이 설화적 - 미토스적 세계는 논리적 - 로고스적 체계로 환원 불가능하게 되며, 역으로 저 논리적 체계는 이 설화적 세계와 맞부딪히는 자리에서 자신의 무력함을 인정하지 않을 수 없다. 그런 의미에서 이명행의 작품세계 전반을 휘장처럼 두르고 있는 저 도저한 '신비'의 아우라는 이성적 체계로 환원 불가능한, 그리하여 마침내는 해독이 불가능한 것처럼 보이는 이 세계와 삶에 대한 경외감의 표현으로 이해되어야 한다.《마치 계시처럼》에 실린 작품들을 각별히 설화적이라고 하는 근거가 여기에 있다.

소설집에 등장하는 한 화자는 다음과 같이 말하고 있다. "이렇게 되짚어나가다 보면 운명이란 것이 얼마나 보잘 것이 없는지 금방 들통이 난다. 우리가 운명이라고 부르는 것들은 대부분 이렇게 시시하게 시작되는 것이다. 시시하게 시작되지만 그 결과적 필연성에 이르면 겸손해지지 않을 수 없는 것이다"(《완전한 그림》, 61쪽). 하기야 그렇다. 결과에서 원인을 추론하면, 세계와 삶의 모든 사건들은 필연과 운명의 그늘을 벗어나기 어렵다. 그러나 역으로 원인에서 결과를 추론하고자 한다면, 삶은 언제나 우연과 자의의 소산일 뿐이다. 하나의 샘에서 솟아오른 물줄기가 어떤 계곡을 흘러 어느 바다에 닿을지는 그 누구도 알 수 없는 것이기 때문이다. "카오스에 내재된 질서는 참 알 수 없다. 알 수 없지만 그것은 아주 정교한 의미를 가지고 일을 한다"(《완전한 그림》, 61쪽). 그렇기에 삶은 신비이자 또한 이 신비의 '질서'이기도 하다.

《마치 계시처럼》의 첫 자리를 차지하고 있는 〈숨결〉은 그런 의미에서 대단히 시사적이다. "수면은 뇌에서 이루어지는 것이기 때문에 뇌의 여러 가지 기능 장애로 인해 불면증이 생기는 수가 있습니다"로 시작되는 이 소설의 구조적 모티프는 '잠'이라고 할 수 있다. 인용된 소설의 첫 문장은 잠/불면이 '뇌'와 모종의 관련이 있음을 명시한다. 여기에서 뇌는 '의식'의 환유로 읽힌다. 그렇다면 잠과 의식은 어떤 관련을 맺고 있는 것일까? 다음 구절들을 살펴보기로 하자(이하 모든 강조는 필자에 의한 것임).

> 밤이 깊었다. 그러나 **잠**은 저 멀리에 있다. 그것은 아지랑이처럼 깊고 허전하다. 내가 가 닿을 수 없을 만큼 저만치서 감미로운 유혹으로만 존재한다. **의식**은 혼돈 속에서 그 유혹을 향해 허우적거리고, **숨**이 가빠온다. 이럴 때는 '**내가 살아 있음**'에 집착하게 된다. 놓치면 안 될 것 같은 강박이 짓누른다. 순간 **몸**이 깃털처럼 가벼워진다. 그것은 해방이 아니라 소멸의 전조이다. 소멸이며 상상할 수 없었던 저주이다. 숨이 더욱 가빠진다. 숨골이 경련을 일으킨다.
>
> ― 〈숨결〉, 10쪽

여기에서 '잠'은 곧 '숨', 다시 말해 '내가 살아 있음'이라는 '몸'의 문제와 직결되고 있다. 치과의사인 소설의 주인공이나 새벽 2시에 잘못 걸려온 전화기 저편의 목소리의 여자 또한 불면을 앓고 있다는 점에서 이 두 인물의 처지는 동일하다(또한 '치주염' 환자로서 주인공을 찾아오는 약사인 '그녀' 또한 불면증 환자라는 점에서는 다를 바 없다). 이 작품에서 불면은 상실과 외로움과 공포, 말하자면 '정적과 어둠의 틈'(18쪽)의 상징적 징후이다. 소설의 제목이기도 한 '숨(결)'은 이와 반대로 살아 있음/목숨의 가장 직접적인 징표이다. 그렇다면 이제 불면의 의미가 보다 분명해진다. 그것은 곧 (목)숨이 건강하게 활동하고 있지 못하다는 사실, 즉 영혼이 병들었다는 사실을 의미한다(희랍 신화에서 프시케는 '숨'이자 '영혼'이다). 이 영혼의 병이란 그렇다면 소설 속에서 구체적으로 무엇을 의미하는 것일까? 화자인 주인공이 신경정신과 상담을 통해 들었던 다음 이야기를 상기하기로 하자. "의사는 불면증보다 더 심각한 것은 그것으로 인한 기억의 손상이 더 큰 문제라고 말했었다"(38쪽). 다시 말해 불면이 인간 정신(의식)에 가하는 치명적인 영향은 바로 '기억의 손상'에 있다는 뜻이다. 결국 '불면 – 기억(의식)의 손상 – 존재의 상실(소멸)'로 이어지는 다음과 같은 메커니즘이 중요한 것이겠다.

> 내가 기억해내지 못한 만큼 무엇인가가 조금씩 내 몸에서 허물어져 나가고 있었다. 끝내는 모든 기억이 빠져나가버린 가죽 주머니로 남을 것이었다. 약속을 잊거나 물건을 찾지 못하는 것은 그것의 시작이었다. 언젠가 나는 내 자신에게 물을 것이다. 너는 누구인가.
>
> — 〈숨결〉, 31쪽

그러니, 불면이야말로 모든 '사라지는 것들'의 원인인 셈이다. 결국에는 자신을 향해 '너는 누구인가'라고 묻게 될, 자신에게서 자신마저도 상실하게 될 그런 치명적인 원인 말이다. 그렇다면 이 '사라지는 것들 – 존재의 상실'에 대해 인간 정신이 취할 수 있는 최상의 방어기제는 기억의 보존과 복원일 수밖에 없다. 그리고 이 같은 기억의 질료들은 이 소설집에서 그리움이라든가 향수, 혹은 추억이라는 이름으로 우리의 정신 속에 뿌리내리고 있다. 그렇기에 다음의 사실이 특히 중요하다는 점을 분명히 하기로 하자. 즉

《마치 계시처럼》에 실린 작품들이 기억의 보존과 복원이라는 점에 소설적 관심을 두고 있다면, '이야기/설화'야말로 바로 이러한 기억의 저장소 역할을 하게 된다는 사실 말이다. 왜냐하면 기억은 언제나 이야기로 구조화되며, 이야기는 또한 기억이 세월의 풍화에 의해 와해되거나 소멸되지 않도록 방부 처리하여 보존하는 장소이기 때문이다. 그러므로 모든 이야기는 또한 '사라지는 것들'에 맞선 존재의 지속과 갱신을 향한 욕망의 이야기라고 말해야 한다.

〈완전한 그림〉은 치밀하게 계획된 욕망의 이야기에 대한 소설이다. 작가는 아예 이 소설의 서두에 "이것은 이야기를 욕망하는 우리 안의 어떤 성질에 관한 이야기"(45쪽)라고 적시해두고 있는 터이다. '불발된 연인'이 될 수밖에 없었던 과거의 어떤 인연/관계를 소재로 하여 해명할 수 없는 삶의 신비를 탐색하고 있는 듯이 보이는 이 작품의 핵심적인 모티프는 다음과 같은 '홀로그램'의 이미지이다.

> 홀로그램은 완전한 그림이라는 뜻을 가졌다. 앞뒤 좌우 360도, 입체로서 완전하다는 의미이겠지. 하지만 실제로는 다른 의미일지도 모른다. 홀로그램의 큰 특징은 홀로그램의 어느 작은 일부를 떼어낸다고 해도, 그 작은 일부가 완전한 전체의 정보를 모두 가지고 있는 것이다. 닐스 봄이라는 사람이 처음 발견했다. 사과를 찍은 홀로그래픽 필름을 수십 분의 일로 잘라 영사해도 영상은 사과 전체를 다 보여준다.
>
> ─ 〈완전한 그림〉, 55쪽

소설에서 이 같은 홀로그램의 이미지들은 도처에서 출연한다. '불발된 연인' 형란과 사랑에 빠졌던 그 짧았던 어느 하루 저녁 무렵의 '그토록 아름다운 노을'(56쪽)이나, 형란이 문득 자신의 귀에서 뺀 이어폰 한 쪽을 화자의 귀에 넣어주었을 때 울려나오던 '한

줄기 음악'이야말로 모두 이 같은 홀로그램의 이미지들이다. 이 홀
로그램들은 그 자체로 완결된 삶의 한 순간을, 그러나 또한 삶의
모든 전체를 응축하고 있다는 점에서 소설 속의 가장 핵심적인 이
미지, 즉 '하늘하늘 레이스가 달린 분홍 꽃무늬 양산'(49쪽)의 이미
지 계열체에 속한다. 이 이미지는 화자인 주인공이 어렸을 때 죽
은, 젊은 어머니의 환유이다. 환유란 부분으로 전체를 보여주는 수
사이다. 홀로그램 역시 부분이 전체를 담고 있다. 그렇기에 홀로그
램은 정확히 다음과 같은 환유 이미지의 의미를 온전히 획득하게
된다. "이 홀로그램은 내 의식의 저 깊은 곳에서 채취한 한 조각의
DNA처럼 완벽하다. 그것은 아주 작지만 필요한 정보를 모두 담고
있다는 점에서 완벽하다. 내 의식의 깊은 곳이란, 중첩되고 또 중
첩된 이야기의 지층이다"(《완전한 그림》, 55쪽).

　그렇기에 홀로그램은 결국 부분이자 전체인 것, 즉 의식의 '중첩
되고 또 충첩된' 지층의 한 단면이자 그 자체로 의식의 완전한 전
체를 형성하는 '이야기'이기도 하다. 그렇기에 이명행의 작품에서
이야기는 바로 그 자체로 부분이자 전체의 상징인 하나의 홀로그
램, 즉 '완전한 그림'의 상징이기도 하다. 그렇다면 대체 이야기가
무엇이기에 그 자체로 하나의 부분인 채로 전체를 모두 드러낸다
는 것일까? 마침내 우리는 '욕망의 이야기'가 아니라 '이야기의 욕
망'에 대해서도 말해야 할 자리에 당도한 듯싶다.

　어떤 이야기도 그저 단순히 심심풀이 이야기에 머무는 경우는
없다. 우리는 앞서 모든 이야기는 욕망의 이야기라는 사실을 확인
한 바 있다. 그러나 저 욕망의 이야기는 이제 세포 분열을 통해 자
가 증식을 도모하기에 이른다. 욕망의 이야기를 넘어 이야기의 욕
망에 대해서 말해야 하는 이유이다. "이야기가 십 수 년을 두고 여

전히 생명력을 가지고 반복될 수 있었던 것은 그 이야기에 끊임없이 재생산될 어떤 끈이 있기 때문"(72쪽)이라거나 "이제 네가 내 이야기 속에서 분홍 양산을 들거라. 그리하여 지금부터 너는 내 인생의 완전한 그림이며 새 이야기이다"(78쪽) 같은 작가의 언급을 참조하기로 하자. 단적으로 말해《마치 계시처럼》에서 자가 증식하는 이야기의 욕망, 그것은 존재의 상실과 결핍의 파편화된 현재적 조건을 넘어서 전체와의 통일성을 향한 욕망이라고 할 수 있다. 그리고이 통일성을 향한 운동의 토대로 작용하는 것이 이명행의 작품들에서는 또한 '기억'의 모티프이다. 그렇기에 기억은 동시에 양면적 방향을 갖는다고 말하는 편이 옳다. 한편에서는 존재의 결핍과 상실을 알지 못했던 유토피아적 과거로 회귀하여 그것을 보존하려는 구심적 방향을 갖고, 다른 한편에서는 현재적 결핍과 상실로부터 새롭게 존재를 회복하고 갱신하려는 원심적 방향을 갖는다는 것이다.

《마치 계시처럼》의 소설적 세계에서 현재는 언제나 이미 '사라져버린 것들'의 흔적에 지나지 않는다. 여기에서 상실되었다는 것은 또한 망각되었다는 뜻이기도 하다. 그렇기에 이 상실과 망각으로부터 사라져버린 것들을 회복하거나 복원하기 위한 조건은 또한 마땅히 기억이어야만 한다. 소설집에 빈번하게 등장하는 '여행' 모티프들은 언제나 이러한 '기억의 복원'과 관련되어 있다고 할 수 있다. 여기에서 여행이란 일차적으로는 상실되었거나 망각된 일상과 현실로부터의 탈출을 의미한다. 그런 의미에서 그것은 삶의 통일성이 깨어진 바로 그 원초의 지점, 즉 존재와 삶의 시원(고향)으로의 회귀이며 우리의 무의식 속에 똬리 틀고 있는 트라우마와의 조우이다. 《마치 계시처럼》에 등장하는 많은 인물들의 여행이 언제나 고향의 이미지를 동반한다는 사실은 우연이 아니다. 삶과 존재의 시원을 향한 이 여행을 통해서 현재적 상실과 결핍된 존재로서의 '나'는 어떻게든 새롭게 회복되거나 (재)구축되어야 하기 때문이다. 이야기의 욕망은 바로 이러한 기억의 복원 – 존재의 갱신을 욕망하는 듯하다.

그런 의미에서 소설집의 표제작인 〈마치 계시처럼〉에 등장하는 '소복한 기차'의 이미지 역시 현재적 상실과 망각으로부터의 탈출에 대한 이야기의 욕망이 그려낸 것이라고 말해야 한다. 이 탈출 역시 화자의 고향인 '고막원'을 향한, 그러니까 심리힉적으로는 원초적 트라우마를 향한 여행이란 점에서 작가의 소설적 지향점을 그대로 보여주고 있다. 작가는 다음과 같이 썼다.

> 문제는 가출을 하는 이유다. 이유는 허전했기 때문이다. 세상에 이렇게 무책임한 가출 이유가 또 있을까. 그러나 그 허전함의 깊이는 죽음에 닿아 있었다. 하지만 서른여덟 살의 감성이 죽음에 이르는 외로움의 덫에 걸려 있었다면 이 또한 이해해 줄 사람이 있겠는가. 하지만 그것은 사실이었다. 허전했다. 가슴은 비어 있었고, 비어 있는 가슴에는 한 줄기 시린 바람이 휘돌고 있었다.
>
> ― 〈마치 계시처럼〉, 82쪽

여기서 우리는 이 여행이 단순한 외유가 아니라 '죽음에 닿아 있'는, 어떤 실존적 결단을 동반한 존재론적 외출임을 알게 된다. 저 인물의 가출이 실존적이라는 근거는 이 작품에 등장하는 또 다른 구절 "사실 나는 나에 관해 아는 것이 많지 않다"(91쪽)라는 진술과 결합해 본다면 보다 분명해진다. 정확히 말하자면, 저 가출은 '나'를 향한, '나'를 찾기 위한 여행이었던 것이다. 그렇기에 '보물상자'와 더불어 "25년 전 내 기억 속에서 지워버렸던 철민이의 죽음"(110쪽)의 비밀이 담겨 있는 이 여행의 의미 또한 '기억의 복원 - 존재의 갱신'이라는 작가의 소설적 화두로 수렴되는 것이다. 이 명행의 작품들에서 이 같은 기억의 복원은 거시적으로 보자면 역사/이야기의 회복이며, 미시적으로 보자면 삶/존재의 갱신을 뜻한다. 다시 말해 기억의 복원이란 언제나 동시에 자기동일성의 회복이라는 존재론적 갱신을 의미한다는 것이다.

〈마치 계시처럼〉에는 이 같은 존재론적 갱신을 상징하는 참으로 따뜻한 풍경의 에피소드 하나가 들어 있다. 명절이나 조상 제사를 맞아 온 가족이 '목욕탕'을 다녀오는 기억 속의 풍경이 바로 그것인데, 소설 속의 화자는 이 풍경에 다음과 같이 덧붙여놓았다. "그러나 더러 그곳은 나를 부끄럽게 하는 곳이었다. 나를 들여다보게 하는 것이었다. 언젠가 실제로 그곳에서 내 죄를 사함 받는 세례식이 열린 적도 있었다"(112쪽). 이처럼 존재의 시원(고향)을 향한 여행은 기억의 복원 - 존재의 회복과 갱신이라는 상징적인 '세례식'의 의미를 갖게 된다. 고향집 부엌문 앞에 자라고 있는 '편백나무'의 이미지야말로 바로 이러한 영혼의 속죄와 세례의 상징이 될 터이다. 소설의 마지막 장면에서 늦가을의 샘물을 퍼 올려 뒤집어쓰는 주인공의 행위는 이러한 속죄와 세례 의식의 단적인 예가 될 것이다.

〈통증〉에 등장하는 '한 쌍의 금가락지'(128쪽) 이미지 역시 앞서 언급된 홀로그램의 의미를 갖는다고 할 수 있다. 그것은 소설의 주인공에게 있어서 삶에 대한 '최초의 기억'(137쪽), 즉 '까까머리 다섯 살 아이'(139쪽) 때 죽은 생모의 환유가 된다. 작가는 "손금처럼 선명한 물건, 그에게서는 기억의 저편으로 사라져버린 5년이 채 안될 그 시간이 고스란히 흔적으로 남아 있는 물건이었다"(146-7쪽)고 썼다. 결국 〈통증〉은 상실된 고향 - 부재하는 어미에 대한 기억을 환기시키고 회복하려는 이야기의 욕망으로 읽힌다. 왜냐하면 여기에서 "기억은 정신의 문지기"(134쪽) 역할을 담당하고 있기 때문이다. 그 점에서는 결핍된 존재와 상실된 고향의 이미지가 부재하는 어미 대신 아비로 변주되고 있는 〈변신의 끼〉도 예외는 아니다. 이 작품에서는 주인공인 '현식'과 그 어미인 '경자' 모두 아비의 부재라는 '출생의 비극성'(182쪽)을 가진 인물들이기 때문이다. 다시 말해 이 인물들은 작가가 '의미'라고 부르는 것이 결핍된 존재들인 셈이다. 아비 없는 현식의 처지에 대해 작가는 다음과 같이 언급했던 것이다. "내게 아버지란 어떤 존재인가? 태어났을 때 없었으니 그를 알 도리가 없었다. 하지만 아버지라는 존재는 세상에 존재하는 모든 것에게 의미가 있다. 그가 존재하든 이미 없든 그것과 상관없는 의미가 있는 것이다"(170쪽).

어쨌든 〈통증〉이나 〈변신의 끼〉 모두 삶의 비극성과 존재/의미의 결핍이라는 현재적 조건을 넘어 인간의 원초적 고향에 대한 그리움과 존재의 갱신의 대한 이야기의 욕망을 드러내고 있다는 점에서는 다를 바 없다 할 것이다. 〈변신의 끼〉에서 주인공 현식의 '알렉스' 연기 행위는 '내 속의 이야기'(192쪽)를 찾는 과정으로 이해되기 때문이다. 알렉스를 연기하는 현식은 스스로에게 다음과 같이 말했던 것이다. "누구에게나 이야기가 있다. 그것이 그 자신을 삶 속에서 변조하는 것이다. 그러니 내가 하는 것은 연기가 아니다. 내 안의 알렉스를 찾는 것일 뿐"(192쪽). 《마치 계시처럼》에 실린 작품들에서 이야기란 모든 인간들 속에 편재해 있는 어떤 '존재의 역사'를 의미하는 것일지도 모르겠다.

존재의 갱신을 위한 역사 – 기억을 탐색하는 이야기의 욕망 속에는 어찌할 수 없는 존재의 결핍과 상실의 흔적이 여실히 드러나 있게 마련이다. "도대체 이 길들은 어디서 어떻게 만난 것이지?"(225쪽)라는 화두를 던지고 있는 〈푸른 여로〉는 지극히 서정적인 필치로 오래된 사랑의 흔적을 더듬고 있다. 이 이야기는 삶의 어떤 우연들로 인해 이루지 못한 사랑의 슬픔과 그리움의 정조를, 여자의 '눈물'로 날실을 삼고 남자의 '한탄'으로 씨실을 삼아 직조한 하나의 아름다운 설화적 풍경을 만들어낸다. '여름에 자색 꽃이 피는 여러해살이 풀'이라는 작가의 주석이 붙은 '푸른 여로'의 이미지는 소설 속에 다시 액자 형식으로 등장하는, 배롱나무의 꽃인 자미화에 관련된 설화와 중첩되면서, 중의적으로 '나그네 길旅路'을 의미하는 것으로 해독된다. 작품에 등장하는 '길'이나 '교차로'의 이미지 역시 중의적이긴 마찬가지이다. 그 '길'은 '푸른 여로'가 피어 있는 밀애의 장소를 의미하기도 하지만, 동시에 존재의 터전을 잃고 떠도는 모든 인간 삶의 상징이기도 하다. 소설의 화자는 자신의 현재적 상황을 다음과 같이 자문하고 있기 때문이다. "고향에서 와서도 여전히 나그네일 수밖에 없다. 도무지 이 길부터가 익숙하지 않으니, 도로가 새로 나고 옛길이 숲 속에 버려지면서 나 역시 이곳에서 버려진 느낌이었다. 도대체 어디쯤에서 길을 잃었으며 나는 지금 어디에 있는가?"(225쪽). '나는 지금 어디에 있는가?'를 자문하는 정신은, 〈숨결〉에서 불면을 앓고 있는 정신과 마찬가지로, 이미 결핍과 상실에 처해 있는 정신이다. 그렇다면 〈푸른 여로〉에서 '길'의 이미지는 어떤 운명에 의해 잘못 들어선 삶의 여정이자 동시에 상실된 원초적 사랑과 고향의 상징이기도 할 터이다.

이야기의 욕망은 이 존재의 결핍과 기억의 상실에 대한 복원이자 갱신의 드라마를 만들어낸다. 〈푸른 여로〉와 마찬가지로 슬픈 사랑의 이야기를 각인하고 있는 〈국경, 취우령 이야기〉는 아예 하나의 설화를 직접적(적극적)으로 차용한 소설이다. 여기에서 설화란 시대적 – 역사적 조건에 따라 언제나 새로운 모습으로 반복하여 변주되는 어떤 원형적 이야기의 구조로 이해되어야 한다. 이 설화의 원형적 이야기는 인간 욕망의 구조와 정확히 일치한다고 할 수 있다. 보다 정확히 말하자면, 모든 설화적 이야기의 구조는 인간 욕망의 구조에 불과하다는 뜻이겠다. "직업적으로 이야기를 쫓아다니는 일"(231쪽)을 업으로 삼고 있는 이 소설의 화자인 '스토리텔러'는 바로 이러한 욕망의 구조의 객관적 상관물로 이해된다. 3중의 이야기가 중첩되고 있는 배경이 되는, 설화 속 '선화공주'가 죽은 곳으로 설정된 '취우령'은 이 모든 원형적 인물과 이야기들을 통합하는 상징적 공간을 만들어낸다. '선화공주 – 무왕, 달래 – 술, 달래 – 나'의 욕망의 이야기들이 서로 중첩되면서 어우러지는 저 설화적 공간은 '이야기에 의한 이야기'의 난장을 형성한다. 이 난장에서 욕망의 이야기와 이야기의 욕망은 이제 더 이상 분리되지 않는 것처럼 보인다. 세상에 욕망이 존재하는 한 이야기는 결코 소멸되지 않을 것이며, 또한 이야기가 존재하는 한 욕망 역시 세월에 패하는 법은 없을 것이다. 작가는 "이것이 이야기가 모든 것을 이기게 된 이유이며, 그것이 가진 힘이다"라고 말한다.

> 모든 이야기는 평면의 기억에서 오며 입체의 기억을 향해 나아간다. 세상에 기억만큼 이야기를 지켜줄 완강한 성채는 없다. 따라서 이야기는 결코 소멸하지 않는다. 작은 기회라도 그 생존 확률은 매우 높으며, 강한 활성화 능력을 가지고 있다. 이것이 이야기가 모든 것을 이기게 된 이유이며, 그것이 가진 힘이다.
>
> ― 〈국경, 취우령 이야기〉, 269쪽

소설이라는 장르, 더 나아가 문학 일반의 모태가 인류의 집단적, 원형적 기억을 담보하고 있는 신화 속에 뙤리를 틀고 있음은 이미 언급한 바 있다. 신화는 뮤즈 여신들Muses의 어미를 '기억의 여신' 므네모시네Mnemosine로 설정함으로써 이러한 사실을 정당화한다. 인류의 집단적 '기억의 장치'로서 신화와 전설과 설화의 성립 과정은 곧 무차별적 가치가 지배하는 물리적인 자연의 세계에 인류의 정신적 가치를 낙인찍어 인간의 세계로 전환시키는 과정이었다. 신화나 설화 속에서 인류는 무엇보다도 이 세계를 자연의 세계가 아닌 인간의 세계로 전유한다. 인류의 집단적 기억이 응축되어 있는 모든 설화적 이야기들은 바로 인간의 자기정체성의 확보를 위한 유용한 도구가 되는 셈이다. 그런 의미에서 신화나 설화는 성스러운 신이나 영웅들의 이야기가 아니라 신성의 외피를 두른 인간적 욕망의 무대, 다시 말해 인간들 자신의 욕망의 이야기로 화한다. 그러나 《마치 계시처럼》은 이 욕망의 이야기가 또한 이야기의 욕망과 다른 것이 아님을 보여준다. 모든 욕망은 이야기로 구조되어 있고, 또 모든 이야기는 동시에 욕망의 구조를 보여준다는 뜻이리라. 그것은 결국 존재의 결핍과 상실에 맞선 존재 회복과 갱신의 드라마였던 것이다. 그리고 이 드라마의 화두가 바로 '나는 누구인가'라는 인간의 자기정체성에 대한 근원적인 질문이었던 셈이다.

욕망과 글쓰기의
대위법
― 이평재의《마녀물고기》

1.

> 그가 지난 일 년 동안 나에게 주입한 것은 소설이 아니라 이야기였다. 하
> 지만 내가 소설을 쓰는 동안 항시 내 등뒤에서 묵묵히 서 있던 그에게
> 나는 아무런 저항도 할 수 없었다. 그가 섬세한 거미줄을 뿜어내어 내 온
> 몸을 휘감는 듯한 기이한 느낌 때문이었다. 나는 그가 내 뒤에 서 있는
> 동안 알 수 없는 환각에 빠진 사람처럼 황홀한 상태로 소설을 썼고, 소설
> 을 쓰고 난 뒤에는 견딜 수 없는 혐오감에 시달리곤 했다. 소설이 아니라
> 그의 이야기를 대필한 것 같다는 심정이 되었던 것이다.
>
> ― 〈거미인간 아난시〉, 73쪽

그와 함께 소설을 쓸 때마다 나는 말로 설명할 수 없는 묘한 상태에 빠
지곤 했다. 그것을 자아 실종이라고 해야 할지, 또 다른 자아의 출현이라
고 해야 할지는 나도 알 수 없었다. 아무튼, 그의 곁에서 자판을 두드리
고 있노라면 내 영혼은 어느새 내 몸을 빠져나가 내가 엮고 있는 소설의

이야기 속으로 들어가버리는 것이었다. 오직 소설 속에서만 살아 숨쉬는 나. 그 순간의 나에게는 어떤 현실감각도 존재하지 않았다.

— 〈거미인간 아난시〉, 79쪽

《마녀물고기》에 실린 단편 〈거미인간 아난시〉라는 작품에서 작가는 주인공인 한 여성 소설가의 입을 빌려 아마도 문학이라는 이름으로 행해지는 모든 글쓰기 행위에 해당될 듯싶은, 그 쓰는 자의 순수한 수동성과 자기 소멸의 경험에 대해 고백하고 있다. 그렇다. 문학의 이름으로 글을 쓰고 작품을 한다는 것, 그것은 글 쓰는 자가 자기 존재의 근원적인 고독 속으로 침잠한다는 것이고, 나아가 이 고독 속에서 자신의 침묵을 완성한다는 것이며, 따라서 종국에는 고독이 스스로를 말한다는 것을 의미한다. 그러니, 이 고독의 자리는 주체의 자기동일성의 확보라는 존재론적 공간의 의미를 갖는 것이 아니겠다. 그렇기는커녕 그것은, 역으로, 주체라는 존재자의 바깥에서 행해지는, 말하자면 주체의 자기동일성이 깨어지고 부서지는 보다 근원적인 어떤 존재의 사태가 될 듯싶다. 블랑쇼M. Blanchot는 작가의 본질적 고독과 침묵에 관해서 말하고 있는《문학의 공간》의 한 장소에서 "글을 쓴다는 것은 지금 끝나지 않는, 끊임없는 그 무엇"이라고 말한 바 있다. 그에 따르면, 작가에게 글쓰기는 영원히 완성되지 않는 어떤 작업인 것 같다. 아니, 작가 자신은 심지어 글쓰기를 시작조차 할 수 없는 것처럼 보이기도 한다. 글쓰기는 시작도 끝도 없이 영원히 이어지는 언어의, 이야기의 자기 운동일 뿐이라는 것이다. 작가에게는 글쓰기를 시작하거나 중단할 수 있는 선택권이 애초부터 주어져 있지 않다. 왜냐하면 "작가는 어느 누구도 말하지 않으며 어느 누구를 향하지도 않는 언어, 중심도 없고 아무것도 드러내주는 것이 없는 언어에 속해 있"
기 때문이다. 그리하여 블랑쇼는 "글을 쓴다는 것은 끊임없이 말하
지 않을 수 없는 그 무엇의 메아리가 되는 것이다. 그리고 이 때문
에, 즉 그 메아리가 되기 위하여, 나는 어떤 식으로든 그것을 침묵
하게 하여야 한다"고 말한다. 이 저자는 글 쓰는 자가 종국에 이르
게 되는 이 침묵의 근원 상태를 '자기 소멸'이라고 불렀던 것 같다.
다시 말하자면 글쓰기라는 행위 속에서 말하는 것은 작가 자신이
아니라는 것이고, 이 글쓰기 작업 속에서 주체는 자기동일성의 상
실을 경험한다는 것이다. 이러한 자기 소멸의 존재론적 상태를 블
랑쇼는 '근원적 고독'이라고 명명한다. 존재의 지반을 형성하고 있
는 이 고독과 자기 소멸로 인해 모든 글쓰기는 완성되지 않는다.

　라캉 식으로 말하자면, 주체의 이 본질적인 고독은 욕망이라는
운동의 한 극점, 즉 주체의 사라짐이라는 의미를 갖는 '아파니시스
Aphanisis' 상태라고 할 수 있다. 라캉에게 기표에 의해 대리되는 주
체는 소타자, 즉 상상계 속에서 안식을 찾는 주체다. 그 주체는 대상
에 관심을 갖는다. 왜냐하면 그는 언어라는 타자 속에서 스스로가
경험하는 자신의 결핍을 대상이 덮어준다고 믿기 때문이다. 완벽한
충족에 대한 바람과 결핍의 경험 사이에서 주체는 자기의 욕망과 더
불어 방황한다. 이같이 방황하는 존재로서의 주체는 기표들의 사이
영역과 대상의 장소에 위치해 있다고 할 수 있다. 주체는 대상이라
는 장소에 자신을 정박시키고자 한다. 그러나 주체가 대상의 장소에
더 확고하게 자신을 고정시킬수록 그의 욕망은 더욱더 사라지게 된
다. 라캉은 이같이 주체가 대상 속에서 자신을 망각하는 사태를 일
러 아파니시스라고 불렀던 것이다. 그는 이 용어의 의미를, 모든 존
재자가 지니고 있는 실존적인 것에 대한 표현으로 본다는 점에서,

존재론적으로 이해한다. 다시 말해 주체는 대상과 자신을 동일시하는 동안에는 욕망의 상실을 피할 수 없다는 것이다. 그러므로 이러한 욕망의 상실과 더불어 주체의 사라짐이라는 사태가 아파니시스라고 말할 수 있겠다. 라캉에 따르면 존재는 상징계 외부의 것에, 사고는 상징계에 상응한다. 말하자면 주체는 사고할 때 자신의 존재를 상실해버리고 존재할 때는 사고하지 않는다는 것이다. "내가 존재하는 곳에서 나는 사고하지 않으며 내가 사고하는 곳에 나는 존재하지 않는다"라는 명료한 문장으로 라캉은 자기 자신에게 현존하는 의식에 관한 이론으로서의 데카르트적 코기토를 뒤집는다.

이러한 관점에서 글쓰기는 욕망의 구조적 상동체라고 말할 수 있다. 모든 욕망이 완성되지 않고 끊임없이 유예되듯이 글쓰기 또한 완성을 알지 못한다는 것이다. 기표에 의해 대리되는 주체는 잃어버린 자시 자신과의 합일을 끊임없이 추구한다. 그러나 주체가 거기서 만나는 것은 어떤 부재하는 실재의 현존일 뿐이다. 이 빈 공간을 그 어떤 대상도 결코 충족시킬 수가 없다. 또한 욕망의 운동 속에서 주체가 종국에는 자기 소멸에 이르듯이(라캉은 죽음 충동이 인간 조건conditio humama에 속한다는 프로이트의 견해를 따른다) 글쓰기 속에서 주체는 동일한 사태를 경험하는 것 같다. 모든 욕망과 글쓰기는 주체를 순수한 수동성의 존재로 변화시키기 때문이다. 욕망이라는 운동의 근원 역시 글쓰기의 그것처럼 고독과 존재의 결핍 속에 있다. 모든 글쓰기는, 욕망이 그러하듯이, 이러한 존재의 결핍 속에 무엇인가를 채워 넣으려는 운동이자 고독이 스스로를 말하는 과정이다. 욕망의 완전한 충족이 욕망의 완전한 종말을 의미하듯이, 모든 글쓰기 역시 영원히 완성되지 않는다는 이유 때문에 그 자체 영원한 운동으로만 존재할 수밖에 없다.

2.

《마녀물고기》에 실린 작품들의 일관된 관심은 이러한 욕망과 글쓰기의 대위법적 자장 속에 놓여 있는 것처럼 보인다. 작가는 욕망의 운동이 바로 글쓰기의 구조임을 시종일관 설득력 있게 보여주고 있는 것이다. 여기에서 글쓰기의 욕망은 욕망의 글쓰기와 동일한 의미를 획득하게 된다. 다시 말해 주체는 욕망에 종속된다는 것이다. 욕망은 주체의 이전 혹은 이후에 있는 어떤 존재의 운동이다. 작가에게 글쓰기 역시 주체 바깥의 어떤 사건이 된다. 《마녀물고기》에 등장하는 대부분의 인물들이 자아 분열 상태에 있거나 혹은 그와 비슷한 상태를 경험하는 순간에 있는 것은 그러므로 우연이 아니다. 그렇다면 자아 분열이란 어떠한 존재의 사태를 지시하는가? 그것은 자아에게 자아가 하나의 타자로서 경험된다는 것을 의미한다. 마치 의식 상태에서의 주체와 타자 사이의 관계처럼 의식 분열의 상태에서 자아와 자아의 관계는 주체와 타자의 관계로 체험된다는 뜻이다. 말하자면 자아 분열이라는 존재론적 상황은 주체의 자기동일성이 깨어지는 사태를 만들어낸다는 것이다. 라캉에 따르면 주체라는 장에는 실재, 상징계, 상상계의 세 질서가 함께 모여 작용한다. 이 질서들은 자신의 이질성을 그대로 간직한 채 주체의 장에서 서로 만난다. 주체는 이들의 영향으로 인해 분열되지만, 그렇다고 각각의 차원들이 완전히 붕괴되는 것은 아니다. 주체의 내부와 외부가 서로 분리될 수 없게 묶여 있다는 사실은 이 세 질서들이 서로 공고하게 결속되어 있음을 보여준다.

《마녀물고기》에 실린 거의 모든 작품들이 꿈이나 환상, 마술적인 몽환이나 무의식의 상태를 직간접적으로 드러내고 있다는 것은 작가의 일관된 관심사가 욕망과 이 욕망의 구조에 있다는 점을 말해준다. 프로이트 학파의 이론에 의하면, 욕망은 의식에 의해 억압된 무의식을 자신의 주된 활동무대로 삼고 있기 때문이다. 프로이트는 이 무의식을 '내부에 있는 타국'이라고 표현한 바 있다. 의식하는 주체로서의 자아는 자기 존재의 또 다른 얼굴일지도 모르는 욕망을 억압하여 타국 속으로 추방함으로써 자신의 자기동일성을 확보하고자 한다. 그렇기에 욕망이 거주하는 무의식의 장소는 주체에게는 타자의 영역인 셈이다. 작가는 이러한 욕망이 비교적 자유롭게 활동하는 꿈이나 환상 등의 사태를 통해서 의식과 무의식, 이성과 광기의 경계가 지워지고 삼투되는 그 지점을 탐구의 대상으로 삼는다. 거기에서 주체와 타자의 관계는 그 경계가 흔들리고 해체됨으로써 주체의 자기동일성이 문제시되는 상황이 발생한다. 자아는 자아에게 타자로서 경험될 뿐만 아니라 타자 역시 또 하나의 자아로 체험되는 것이다. 의식이 구성한 현실을 포괄하는 훨씬 더 큰 현실/실재로서의 이 무의식의 세계는 바로 억압된 욕망이 거주하는 장소인 것이다. 따라서 작가의 소설적 관심은 당연히 이 욕망의 구조와 운동의 동역학에 초점이 맞추어져 있다고 할 수 있다.

작가는 이 무의식적 욕망을 의식과의 대조를 통해 해부하고 성찰함으로써 궁극적으로는 주체란 무엇인가를, '나는 누구인가'를 묻고자 하는 듯하다. 욕망은 의식, 주체, 현실의 밑자리를 관류하는 이성의 타자이다. 그렇기에 이 욕망은 이성과 현실로부터 억압된 주체의 어두운 밤의 측면이라고 해야 할지도 모른다. 주체의 이 어두운 밤의 측면이 현실 속에 스스로를 드러내는 경우란 꿈이나 환상, 자아 분열 등의 사태에 의하지 않을 수 없다. 작가는 주체의 이 어두운 밤의 측면을 탐구의 대상으로 삼는다. 그리하여 종국적으로 작가가 이 소설집 전체를 통해 던지고 있는 질문은 "나는 어디에 있는가?"라는, 소설집의 표제작 〈마녀물고기〉의 한 구절로 압축될 수 있을 것으로 보인다. 이러한 질문을 통하여 작가가 제기하고자 한 것은 우리가 현실이라고 부르는, 이성과 의식하는 주체에 의해 구성된 세계에 대한 엄정한 실사와 그에 따른 비판과 반성의 태도이다. 이러한 반성의 태도는 주체라고 하는 자아의 존재를 의식과 무의식, 이성과 욕망이 투쟁하는 하나의 무대로서 간주하게 만든다. 결국 이 모든 관심사는 '나는 누구인가'라는 질문으로 응축될 수 있다. 작가는 이 물음을 《마녀물고기》의 화두로 삼아 잃어버린 자아를 찾아 머나먼 탐구와 모험의 여정을 시작한다. 그러니, 이 모험의 여정은 아마도 주체와 욕망의 관계 및 그 지형도를 그려보는 작업이 될 듯하다.

작가에게 첫 소설집이 될 《마녀물고기》는 우선 그 소재와 제재가 상당히 매혹적이고도 신비스런 모티프들로 이루어져 있다. 소설집에 실린 아홉 개의 중단편소설들의 제목 자체가 이미 그러한 점을 어느 정도 제시하고 있다. 그중에서도 특히 표제작 〈마녀물고기〉는 이 소설집의 모티프 전체를 총괄할 만한, 욕망과 주체의 관계에 대한 폭넓은 구조도를 제시하고 있는 것처럼 보인다. 이 소설의 첫 장에는 다음과 같은 문장이 등장한다. "나는 여자의 쇄골에 입술을 갖다 대고 깊은 숨을 들이마셨다. 그러다가 소스라치게 놀라 머리를 들어올렸다. 여자의 몸에서 그동안 나를 미치도록 유혹하던 신비스런 바다 냄새가 사라지고, 코를 찌르듯 역한 냄새가 풍겨나온 때문이었다." 이 '신비스런 바다 냄새'와 '역한 냄새' 사이에 우리가 욕망이라고 부르는 것의 마술이 존재할 성싶다. 주체는 자신이 욕망하는 대상을 신비화한다. 왜냐하면 주체는 대상을 소유하거나 장악함으로써 스스로 완전한 충족에 이를 수 있으리라고 상상하기 때문이다. 불완전한 주체를 충족시켜줄 수 있는 대상이란 완전한 대상이다. 그렇기에 이 대상은 주체에게 '신비스런 바다 냄새'를 지닌 것으로 신비화된다. 그러나 욕망은 어떠한 대상을 통해서도 완전한 충족을 얻지 못하고 그 대상으로부터 미끄러지게 된다. 이렇게 밀려난 대상은 이제 '역한 냄새'를 풍기는 대상일 수밖에 없을 것이다. 그래서 욕망은 다시 또 다른 대상으로 자신의 목표를 옮겨가게 됨으로써 그것의 완전한 충족은 끊임없이 유예될 뿐이다. 왜냐하면 애초부터 욕망을 완전한 충족에 도달하게 할 대상은 오로지 부재로서만 존재하고 있는 것, 라캉의 용어를 빌리자면 대타자일 뿐이기 때문이다. 이 대타자는 주체가 결핍을 경험하고 있는 언어라는 타자로 구성된 상징계에서는 경험될 수 없는 것이다.

프로이트는 상징계로 들어가기를 거부하는 그 무엇의 존재를 심리적 외상, 즉 트라우마Trauma라고 명명한 바 있다. 상징계를 구성하고 있는 언어는 자기가 말할 수 없는 것을 배제한다는 것이다. 프로이트는 언어로 구조화된 상징계가 외상이라고 불릴 수 있는 것, 말하자면 성이나 죽음 또는 폭력이나 비의미 등을 항상 배척한다는 사실을 깨달았다. 이것들은 상징계로 포섭될 없는 한계를 지시한다. 그런데 언어로부터 배제되는 것, 이것을 라캉은 실재라고 부른다. 언어는 그것에 도달하지 못한다. 그러나 모든 표상과 언어적 접근을 벗어나는 것으로서의 기표는 모든 존재자 속에서 자신을 드러낸다. 상징계란 엄격히 말하자면 기표의 상징계일 뿐이다. 기표의 의미화는 상징계 내에서 이루어진다. 따라서 상징계야말로 현실을 구성하는 심급이 된다고 말할 수 있다. 그렇다면 현실 속에서 비존재자는 어떻게 존재하는가? 기표는 끊임없이 자기를 세상으로 보내면서 동시에 다른 모습으로 자신을 은폐한다. 욕망은 충족되지 않은 것, 그리고 영원히 충족되지 않을 것으로 나타난다. 왜 냐하면 상징계 내에서의 틈이나 상징계와 상상계 사이의 차이는 메워질 수 없는 것이기 때문이다. 욕망하는 주체에게는 그 어떤 대상도 충족을 주지 못한다. 이러한 끊임없는 부재의 체험 속에 주체의 좌절이 존재하지만, 동시에 이 좌절로 말미암아 욕망은 자신의 끊임없는 운동을 지속할 수 있게 된다. 그러므로 애초부터 주체가 욕망했던 대상은 부재의 상태로밖에는 존재할 수 없는 것이었다고 할 수 있다. 왜냐하면 현실적으로 그 욕망을 완전히 충족시킬 수 있는 대상이란 주체의 영원한 타자, 말하자면 욕망의 운동을 영원히 종식시킬 어떤 것이기 때문이다. 욕망의 완전한 충족이란 욕망의 소멸을 의미한다. 달리 말해 주체가 욕망하는 것은 욕망의 소멸이라는 것이다. 그러나 욕망은 자기 소멸에 이르지 못한다. 주체가 욕망하는 것은 부재하는 어떤 것으로만 현존하기 때문이다.

3.

　존재 속에 침투해 있는 이러한 부재의 현존으로 말미암아 욕망의 운동은 영원히 지속될 수밖에 없는 운명을 지니게 된다. 〈불가사리 냄새〉라는 단편은 이러한 욕망의 운동을 구조적으로 파악할 수 있게 하면서, 이 운동의 속성을 '불가사리'의 생명력으로 제시해 보인다. 이 소설에서 '별을 가장한 해적'으로서의 불가사리는 "재생력이 강해 다리가 잘려도 자시 자라"는, 말하자면 영원히 죽지 않는 욕망의 상징으로 읽을 수 있다. "이 세상 어느 구석엔가 세상을 멸망으로 몰고 가는 문이 열려 있다"고 의식하는 주체의 입장에서는 이 욕망이야말로 멸망의 문이 될 것이다. 왜냐하면 이 욕망은 주체가 도무지 파악할 수 없는 것이고 따라서 주체의 자기동일성으로 환원될 수 있는 것이 아니기 때문이다. 〈마녀물고기〉에서 주인공이 몽환적인 상태에서 듣게 되는 "아직도 내가 누구인지 모르겠어?"라는 물음은 존재의 심연에 자리하고 있는 이 욕망이 주체에게 던지는 질문이라고 할 수 있다. 의식하는 주체로서는 이 욕망의 정체를 도무지 알 도리가 없다. 욕망은 저 주체를 구성하고 있는 의식의 빛으로서는 조명할 수 있는 운동이 아니기 때문이다. 주체는 욕망의 자신의 이성의 빛 속으로 끌어들일 수 없다는 것이다. 끌어들이기는커녕 오히려 이성에게는 이 욕망의 주체의 자기동일성을 훼손하고 깨뜨리려는 크나큰 위협일 수밖에 없다. 그러므로 주체에게는 이 욕망이야말로 바로 악마와의 계약도 마다않는 어떤 것, 그 자체로 악마적인 어떤 것으로 보인다.

주체는 자기동일성의 바깥에 존재하는 이 악마적인 것의 존재를 부정할 수밖에 없다. 〈마녀물고기〉에서 다음과 같은 주체의 변명이 등장하는 것은 이런 연유에서이다. "날 믿어주게. 이건 정말 내가 그런 게 아냐. 마녀가 내 몸 속에 들어와서 나를 조정한 거라고." 이처럼 이성으로서의 주체는 욕망을 자신의 자기동일성을 위협하는 마녀/악마로 간주하는 것이다. "이를테면 종교적인 직분을 앞세워 도덕적인 생활을 하는 척하며 온갖 방탕한 행동을 일삼는 자들이 자신들의 죄의식을 희석시키기 위해 만들어낸 희생양이 바로 서큐버스 같은 악가"라는 구절이 말해주는 것처럼, 욕망은 주체에게 악마의 모습으로 등장한다. "관능적인 욕구가 너무 지나쳐 타락한 천마 몽마夢魔, 인간 남성을 유혹해 몸을 섞고 끝내 상대를 파멸시킬 목적으로 존재한다는 '서큐버스'라는 마녀는 이렇듯 욕망 그 자체의 상징으로 자리하게 된다.《마녀물고기》에서 마녀/악마 모티프의 작은 출현은 이러한 욕망의 운동과 주체의 관계라는 자장 속에서 이해되어야 한다. 욕망의 악마적 속성은 소설집에서 다양한 형태로 상징화되어 있다. 마녀물고기(《마녀물고기》), 검은 과부 거미(《거미인간 아난시》), 푸른고리문어(《푸른고리문어와의 섹스》), 불가사리(《불가사리 냄새》), 만다라케(《만다라케 언덕에 서다》), 녹색 깃털이 달린 두 마리 뱀의 이미지를 갖는 구쿠마츠(《마야》) 등은 모두 이러한 욕망의 악마성을 상징하는 것들이라고 할 수 있다. 그러나 이 모든 모티프들을 관류하는 욕망의 속성은 이 소설집에서 먹장어, 즉 마녀물고기hagfish의 이미지로 다음과 같이 각인되어 있다.

> 먹장어는 제 몸으로 매듭을 지어 다른 물고기를 죽인다는 거였다. 미끈거리는 다갈색 장어 모양의 이 동물은 다른 물고기를 공격할 때 우선 제 몸뚱이로 매듭을 만든 뒤, 이빨로 상대방의 아가미 속을 파고들어 집요하게 물고늘어지면서 몸의 매듭을 마치 나사못처럼 이용해 회전시키기 시작한다는 거였다. 그리고 마침내 자신의 몸을 상대의 몸 안으로 송두리째 박아넣은 뒤, 죽어버렸거나 죽어가는 먹이를 안에서부터 먹기 시작한다는 거였다. 결국 먹이는 껍질과 뼈만 앙상하게 남게 된다는 섬뜩한 이야기였다.
> — 〈마녀물고기〉, 16쪽

마녀/악마는 무엇보다도 마술을 부리는 존재이다. 말하자면 악마의 고유한 본질은 마술의 능력 속에 존재한다는 것이다. 이 마술은 이성적 주체로서는 이해할 수 없는 신비의 매커니즘으로 존재한다는 점에서 욕망의 속성에 대한 은유로 작용한다. 마술은 이성으로서 이해할 수 있는 매커니즘의 바깥에 위치해 있는 영역이다. 그렇다면 욕망이라는 악마가 부리는 마술의 존재론적 의미는 무엇일까? 잉태한 아이를 낙태시키려고 하는 한 여성의 욕망과 내면 풍경을 그리고 있는 〈마술에 걸린 방〉, 그리고 이 작품과는 대조적으로 불임 여성의 아이를 잉태하려는 욕망과 내면 심리를 다루고 있는 〈만다라케 언덕에 서다〉는 공통적으로 욕망의 초상을 그리고 있다는 점에서 주목할 만하다. 말하자면 이 두 작품의 배경이 되는 '마술에 걸린 방'과 '만다라케 언덕'은 두 얼굴을 갖는 욕망의 공간적 은유라는 것이다. 〈마술에 걸린 방〉의 첫 단락은 다음과 같이 시작된다. "그 틈새에서 빠져나오자, 나는 어찌할 바를 모르고 우두커니 방 한가운데 서 있는 처지가 되어버렸다. 정말 어떻게 된 일인지 모르겠다. 누가 이 사실을 믿어줄 것인가. 내가 저 조그마한 틈을 통해 벽 속으로 들어갔다 나왔다고 하면 모두들 무슨 소리를 하느냐고, 이 여자가 미쳤냐는 표정을 지으며 나를 바라볼 것이다." 그렇다, 이 '마술에 걸린 방'은 주체가 이해할 수 있는 공간이 아니다. 그러니 이러한 마술을 부리는 악마의 존재는 주체의 자기동일성에 흠집을 내는 역할을 한다고 볼 수 있다. 여기에 마술이 갖는 존재론적 의미가 있다. 다시 말해 마술은 주체의 자기동일성에 구멍을 내고 주체를 해체할지도 모르는 치명적인 위험이 된다는 것이다. '만다라케 언덕' 역시 '마술에 걸린 방'과 마찬가지로 하나의 마술적 공간이다. 비록 저 언덕이 주체의 꿈과 환상 속에 있는 장소이긴 하지만, 이 꿈과 환상의 장소 역시 이성이 이해할 수 있는 영역이 아니라는 점에서 그것 역시 마술의 공간이라고 할 수 있다. 사실상 '만다라케의 보랏빛 언덕'이란 바로 '욕망의 성채'의 상징인 셈이다. 그리고 이 마술의 공간 역시 주체의 자기동일성을 해체하려는 위협이 된다는 점에서 그것의 존재론적 의미를 지니게 된다.

마술은 이성이라는 의식의 빛이 당도할 수 있는 한계 바깥에 있는 매커니즘의 영역이다. "나는 어찌할 바를 모르고 방 한가운데 서 있는 처지가 되어버렸다"는 문장을 보라. 여기에서 나는 주체의 통제를 벗어나 있기 때문에 "어찌할 바를 모르고" 순전히 수동적인 상태로 "방 한가운데 서 있는 처지가 되어버렸다." 모든 가능성과 전능성으로서의 주체는 이러한 사태에 대해 "정말 어떻게 된 일인지 모르겠다"고 말할 수밖에 없다. 이 같은 마술의 신비를 주체 스스로도 납득할 수 없는데 "누가 이 사실을 믿어줄 것인가" 말이다. 아마도 주체는 스스로에게 자문할 것이다. "내가 미친 것이 아닌가"라고. 이렇게 마술에 빠진 주체란 '정신이상'이나 '다중인격'의 상태, 말하자면 자기동일성이 깨어신 존새의 사태를 보여주게 된다. 따라서 '마술에 걸린 방'과 '만다라케 언덕'은 주체의 영역으로 배제된 공간, 달리 말해 무의식과 욕망의 공간을 상징한다. 그것은 곧 꿈의 영역이기도 하지만, 동시에 욕망은 단순히 꿈에 불과한 것이 아니다. 꿈은 욕망의 현상이지만, 그러나 욕망 자체는 꿈이 아니다. 욕망이 지배하는 공간에서는 과거와 현재, 미래가 서로 혼융되어 있고 또 현실과 가상의 경계도 무너진다. 거기에서 주체의 자기동일성은 치명적인 해체의 위협에 직면하는 것이다.

4.

무엇보다도 욕망의 전제 조건은 결핍이다. 욕망은 언어에 의해 제약받는 인간 존재를, 라캉의 표현을 빌리자면 존재의 결핍을, 존재하는 것 속에 있는 부재자를, 부재의 현존을, 그리고 실존의 개방성을 지시하는 개념이다. 현실은 언어로 구성된다. 그리고 인간 존재는 무엇보다도 말하는 존재이다. 라캉에 의하면 주체subject는 '아래에 놓여 있는 것sub-jectum', 보다 정확히 말하자면 언어에 종속된 존재이다. 주체는 하나의 실체가 아니라 그 자체로 상징계와 그것의 효과들에 의해 구조지어져 있다는 것이다. 그러므로 주체는 은유와 환유로 성립되며, 이러한 이유 때문에 그것은 언제나 자신을 드러내는 동시에 왜곡한다. 주체의 핵심은 상징계를 벗어난다는 것이다. 라캉은 주체를 대리하는 상징적 질서가 본질적으로 환유적이며 은유적일 수밖에 없는 것은 거기에 어떤 부재하는 장소가 있기 때문이라고 본다. 환유적 차원은 주체로 하여금 자기동일성에 도달할 수 없게 하는 결핍을 항상 반복적으로 도입한다. 그것은 따라서 은유 그 자체라고도 할 수 있다. 〈거울 앞에 선 아나스타시아〉라는 작품은 이 부재의 현존의 장소로서의 주체에 관한 초상을 그리고 있다. 스스로 "러시아 황제의 막내딸"로 자청하지만, 사실은 "자기가 황녀라고 주장한 거지"에 불과했던 아나스타시아라는 인물은 부재의 현존이 자리하는 주체의 운명을 암시한다. 꿈과 최면술을 통해(꿈, 최면술 역시 주체에게서 자기동일성의 기제인 의식을 앗아가는, 말하자면 주체의 자기동일성의 바깥의 사태를 초래한다. 그런 점에서 최면술 역시 악마의 마술이라고 할 수 있다) 자신의 어두운 밤의 측면을 보게 된 이 소설의 주인공을 통해 작가는 주체라는 것이 하나의 가면이자 욕망의 무대에 불과하다는 사실을 보여준다. 거기에서 주체란 무엇인가, 즉 '나는 누구인가'라는 문제가 직접적으로 돌출된다.

과연 아나스타시아는 황녀인가, 거지인가라는 주체의 자기동일성 문제는 소설의 주인공인 화자가 과연 진짜 백혈병 환자였던가 아닌가라는 문제와 동궤에 놓여 있다. 병에서 회복되어 전 국민의 희망으로 여겨지는 이 인물이 "전 국민을 우롱한 사기꾼"인지는 그의 의식의 부면에서는 알 수 없는 사태다. 그러나 꿈과 최면술을 통해 암시되는 이 인물의 본 모습은 다만 황녀를 연기해온 거지 아나스타시아에 불과할 뿐이다. 우리는 이 연기된 황녀의 측면을 주체라고 한다. 이러한 주체의 측면에서 아나스타시아의 실재, 즉 거지의 측면은 은폐되어 있다. 그러나 주체의 자기동일성 바깥에 있는 이 은폐된 측면이야말로 어쩌면 존재의 진짜 얼굴일지도 모른다. 그런 의미에서 욕망의 구조는 부재의 현존을 드러낸다. 라캉이 말하는 거울 단계의 예에서 보듯이 자아는 결코 자율적인 심급이 아니다. 차아란 착각의 본거지이고, 주체는 오인의 구조로 이루어져 있는 것이다. 주체는 실체가 아니다. 그것은 무언가에 의해 대리되어야 하는 속성을 지니고 있는 것이기 때문이다. 라캉은 이곳을 하나의 빈틈, 말하자면 '실재 속에 있는 불연속'으로 파악한다. 현존하지 않는 것으로서 그것은 현존재, 존재자에 속하지 않는다. 어떤 의미에서 그것은 세계 밖에 있으며 따라서 이상적이라고 할 수도 있다. 그것은 아직 실현되지 않은 것이며, 따라서 주체는 '되어감'과 관련을 맺고 있는 하나의 과정이 된다. 그것은 존재하는 것이 아니라 생성 중에 있는 것이다.

소설집의 유일한 중편인 〈마야〉라는 작품은 "지금은 열대밀림 속으로 사라져버린 마야 문명"의 흥망사를 통해 욕망의 구조를 한층 심층적으로 해부하고 있다. 이 소설에서 마야 문명은 '깃털 달린 뱀'의 이미지를 통해 욕망의 두 얼굴을 상징적으로 보여주는 역할을 한다. 작품에 등장하는 마야라는 여성 인물은 사라진 마야 문명의 상징이다. 그러나 동시에, 음운학적으로 동일한 형태를 지니고 있는 동음이의어로서의 마야Maya는 힌두교에서는 환영幻影이라는 의미를 지니고 있다. 사실상 마야라는 별칭으로 불리는 소설 속의 여성 인물은 주체의 욕망의 대상이라는 점에서 하나의 환영임에 분명하다. 왜냐하면 욕망은 대상 속에서 언제나 완전한 충족을 얻지 못하고 또 다른 대상으로 옮겨가기 때문이다. 이 인물이 "마야 문명에 대한 무지와 신비와 환멸을 거의 동시에 경험한 뒤부터 화가의 길을 접고 장신구 디자이너가 된" 화자로서의 주체의 욕망의 대상임은 마야의 누드를 처음 그리고 난 후 "나는 혼이 빠진 느낌이었다"는 진술을 통해서도 알 수 있다. 그런 의미에서 소설에 등장하는 녹색 깃털이 달린 두 마리의 뱀은 욕망 그 자체의 상징이며, 이 욕망의 두 얼굴을 암시하고 있는 것이다.

작품에 의하면, 이 두 마리의 뱀은 '구쿠마츠'라고 지칭되는 마야인들의 성서에 나오는 창조자의 상징이다. 이 창조자의 모습을 작가는 다음과 같이 서술하고 있다. "아직 검은 어둠만이 흐르고 태양이 없던 태초에 세상을 만든 몇몇의 신, 그 중의 하나가 구쿠마츠였던 것이다. 빛에 싸여 물속에 살며 천지를 창조하고 녹색의 깃털 밑에 숨어 세상을 돌보았다는 마야인들의 조상신." 사실상 이러한 창조자의 모습은 고대 희랍 신화의 에로스를 연상시킨다. 아직 태초의 혼돈으로서의 카오스만이 지배하던 시절에 대지의 신 가이아와 더불어 등장한 욕망과 사랑의 신 에로스야말로 바로 이 구쿠마츠의 그리스적 번안이라 할 만하다. 다시 말해 생성 및 구원을 상징하는 창조신으로서 이 구쿠마츠라는 깃털 달린 두 마리 뱀은 삶과 죽음의 중개자로서의 에로스를 상징한다는 것이다. 신화적 원형 상징에서 뱀의 이미지는 생과 사를 매개하는, 그 자체로 영원한 윤회의 상징인 터이다. 게다가 이 창조신이 사는 장소가 '물' 속이라는 것은, 이러한 원형 상징의 의미를 더욱 확고하게 한다. 왜냐하면 물의 이미지 역시 죽음이자 재생의 상징이기 때문이다. 원시 민족들에게 뱀은 긴 겨울 동안 동면하는 짐승이라는 점에서 지상의 세계와 지하의 세계 모두에 연관된 것으로, 게다가 그둘을 매개하는 것으로 간주되었던 것이다. 말하자면 뱀으로 상징된 이 욕망이야말로 삶과 죽음의, 이승과 저승의 매개체라는 것이다. 여기에 욕망이라는 운동의 두 얼굴이 존재한다.

소설에 등장하는 "해골에서 떨어진 침이 소녀를 임신시킨다" 같은 표현은 이러한 욕망이 지니고 있는 삶과 죽음의, 창조와 파괴의 양면을 동시에 지시하고 있는 것으로 읽힌다. 그러나 이 욕망의 대상은 하나의 환상일 뿐이다. 마야라는 인물은 화자에게 "나는 당신이 생각하는 마야가 아냐. 당신이 생각하는 마야는 이미 지상에서 사라져버렸어. 그러니까 사라져버린 마야를 나에게서 찾으려 하지마. 나는 그런 인간들 때문에 상처받은 마야… 문명이 아니라 욕망의 그늘에서 태어난 기형아란 말야"라고 토로한다. 말하자면 욕망의 대상으로서의 마야란 환상에 불과하다는 것이다. 그것은 욕망의 완전한 충족은 불가능하다는 사실로부터, 주체는 언제나 결핍된 존재라는 사실로부터 기인한다. 욕망은 어떤 대상에도 안주하지 못하기 때문이다. 작가는 소설에서 "마야 문명에 관해 내가 알고 있던 모든 것이 한낱 환상으로 태를 바꾸는 것 같았다"고 적었다. 불 속에서 죽은 줄 알았던 과거 스승으로부터 화자가 듣게 되는 다음과 같은 말, 즉 "문명을 만드는 것도 욕망이고, 그것을 파괴하는 것도 또한 욕망일세. 그 아이러니 사이에서 내 운명은 숨바꼭질을 하고 있었던 셈이지"라는 말은 이러한 욕망의 두 얼굴을 극명하게 표현하고 있는 것이라고 할 수 있다. 욕망은 창조이자 동시에 파괴이다.

5.
〈거미인간 아난시〉에 등장하는 소설가는 다음과 같이 말한다. "나는 현실과 가상의 경계를 무너뜨리는 소설을 쓰고 싶었다. 상상력을 무궁무진하게 증폭시켜 과거와 현재, 삶과 죽음의 경계까지 무너뜨림으로써 소설의 공간을 무한대로 확장시키고 싶어 한 것이었다. 고리타분한 이야기의 틀에 얽매인 소설이 아니라 상상의 속도를 자유자재로 반영할 수 있는 새로운 무엇인가를 쓰고 싶었던 것이다. 그것이 사이버소설이면 어떻고 판타지소설이면 또 어떻단 말인가." 이 말은 단순히 소설 속 한 인물의 관점만이 아니라《마녀물고기》의 작가의 관점으로도 읽을 수 있다. 왜냐하면《마녀물고기》야말로 바로 '과거와 현재, 삶과 죽음의 경계'를 넘나드는 소설적 공간을 확보하고 있기 때문이다. 사실상《마녀물고기》는 작가의 글쓰기 행위가 욕망의 구조적 상동체임을 보여주고 있다. 그리고 이 소설집의 주제는 바로 이 욕망의 구조와 글쓰기의 욕망에 대한 탐구라고도 말할 수 있는 것이다. 작가는 '거미인간 아난시'의 말을 빌려 글쓰기 행위가 또한 욕망의 운동이라는 사실을 다음과 같이 표현하고 있기 때문이다. "내가 떠나면 당신은 내가 했던 모든 이야기들을 환상으로 돌리고 싶어 할 거야. 하지만 이야기의 씨앗은 환상의 그늘에서도 싹을 틔워. 그때가 되면 당신은 내가 했던 이야기가 아니라 나의 존재에 대해 궁금해 할 거야. 그리고 어째서 내가 당신의 몸 안에 집을 짓고 싶어했는지…" 여기에서 "내가 했던 이야기가 아니라 나의 존재에 대해 궁금해 할 거야"라는 문장은 '이야기의 본질'에 대한 근원적인 물음으로 읽을 수 있다. 이 의문에 대한 대답은 다음과 같은 단락 속에 암시되어 있는 것처럼 보인다.

이야기는 존재를 확인할 수 있는 가장 확실한 방법이야. 뿐만 아니라 인간과 인간을 연결해주는 유일한 수단이기도 해. 이야기가 없는 세상을 상상해본 적 있어? 그런 의미에서 이야기를 만들어내는 당신 같은 소설가들은 불행하면서도 행복한 사람들이지. 자시 인생을 썩히고 삭히고 부화시키는 고통이 있지만, 그래서도 자기가 퍼뜨리는 이야기가 이 세상

어딘가로 날아가서 또 다른 이야기의 씨앗이 된다는 보람이 있잖아. 하지만 지금은 모든 것이 너무 위태로워. 세상을 몰고 가는 무자비한 가속력 때문에 인류를 지탱시켜온 이야기의 뿌리가 썩어가고 있단 말야. 이야기를 퍼뜨려야 할 당신 같은 소설가들까지 자기 인생을 썩히고 삭히고 부화시키는 고통을 기피하면서 이야기를 말라비틀어지게 하고 있어. 아니라고 부정할 텐가?

— 〈거미인간 아난시〉, 72쪽

《마녀물고기》는 욕망의 문제를 이같이 인간과 인간을 연결해주는 수단인 글쓰기와 관련지어 글쓰기의 욕망은 결국 욕망의 글쓰기일 수밖에 없음을, 즉 글쓰기의 행위는 욕망의 구조적 상동체라는 점을 설득력 있게 제시하고 있다. 이야기를 거미줄 풀듯 들려주는 '거미인간 아난시'는 바로 이러한 욕망의 은유이자 글쓰기의 은유로 자리한다. 그는 다음과 같이 말하고 있다. "예전엔 거미줄이 하늘의 신과 지상의 인간을 연결하는 생명줄이었어. 내가 그 줄을 타고 올라가 하늘의 신에게 얻어온 이야기들, 다시 말해 그 줄을 타고 내려온 이야기들은 세상 구석구석으로 흘러들어가 세상에 존재하는 모든 것들에 나름대로의 이야기 집을 짓기 시작했지. 따지고 보면 처음부터 세상은 모두 이야기로 이루어져 있는 거야." 이야기하기, 나아가 글쓰기는 존재를 확인하는 유일한 방법으로 간주된다. 여기에서 이야기의 속성은 욕망의 은유가 된다. 〈푸른고리문어와의 섹스〉는 이러한 욕망과 글쓰기의 관계를 더욱 분명하게 보여준다.

게다가 이번 소설을 구상하기 시작하면서부터 낸 성기가 푸른고리문어의 그 뾰족한 입 속으로 빨려들어가는 악몽에 두 번씩이나 시달린 터였다. 아니, 해괴망측하게도 푸른고리문어 입 속의 표피 점막에 싸여 있는 내 성기는 점점 부풀어올라 내 기억 속 어느 여자의 질 안에서보다 강렬하게 반응했다. 온몸에 독이 퍼져 죽어가면서도 극단적인 쾌감에 몸을 떨고, 그러다가 문득 꿈에서 깨어날 때의 속깊은 허망함을 어떻게 말로 설명할 수 있을까.

— 〈푸른고리문어와의 섹스〉, 93쪽

이 소설에 등장하는 '푸른고리문어'는 이미 다른 작품들에서 등장한 바 있는 마녀물고기나 검은 과부거미와 동일한 상징적 이미지의 계열을 형성하고 있다. 말하자면 그것은 욕망이 지니고 있는 치명적인 자기동일성의 해체라는 사태를 드러내고 또 지시한다는 것이다. 〈거미인간 아난시〉와 마찬가지로 이 작품에서도 욕망의 문제는 글쓰기의 문제와 대위법을 이루고 있다. 말하자면 글쓰기는 일종의 성욕과 동일시되고 있다는 것이다. 인용문에서 암시하고 있는 바와 같이 글쓰기는 죽음에 이를 정도로 격렬한 고통과 환희와 절망의 과정을 동반하는 성행위에 비유된다. 여기에서 글쓰기의 고통과 환희와 절망은 그대로 욕망의 구조와 일치하는 것처럼 보인다. 글쓰기 행위 속에서의 자기 소멸의 경험과, 바타이유G. Bataille가 말하는 에로티즘에서의 자아의 죽음의 경험은 구조적 동일성을 갖는다. 주체의 측면에서 보자면, 금기가 없다면 위반의 쾌락도 존재하지 않는 것이다. 말하자면 금기란 '경계(자아)를 지키라'는 원칙에 의해 지탱되는 주체의 자기동일성의 표지이고, 이에 대한 위반이란 '경계(자아)를 넘어서라'는 원칙에 의해 지탱되는 주체의 자기동일성이 깨어지는 해체의 표지가 된다. 욕망과 글쓰기는 이 금기와 위반의 자장 속에서 운동한다. 여기에서 글쓰기의 구조는 바로 욕망의 구조라는 등식이 성립된다. 욕망이 그러한 것처럼 이야기는, 글쓰기는 끝나지 않는다. 그것들은 세계를 향해 질문을 던지는 근원적인 텍스트로서 개방되어 있다. 그 열려진 텍스트를 해독해나가는 지난한 작업이 바로 앞으로 작가에게 부여된 과제가 될 것이다. 그리고 그 욕망이, 그 이야기가 다시 묻는다. '나는 누구인가'라고. 이 질문에 대한 답을 모색해가는 기나긴 과정은 바로 우리들 각자의 삶을 이루게 될 것이다.

잡귀를 몰아내고 사악함을 물리친다는 벽사辟邪의 상징적 의미를 지니고 있는 아가위나무를 모티프로 하여 쓰인 〈아가위나무의 우울〉에서 작가는 이 시대의 초상을 "본래의 흰 꽃을 피우지 못하고 세상에 시달려 붉은 꽃을 피워낸 의정부의 아가위나무"로 그려 넣었다. 그렇다, 우리는 '느린 이야기'를 대체하여 '초고속 인터넷 광케이블'로 전해지는 '빠른 광고 문안'이 지배하는 시대를 살고 있다. 이 간극 속에 아마도 작가가 말하는 '인간의 집'으로서의 이야기의 운명이 자리하고 있을 것이다. 그러나 작가에 따르면 이야기의 운명은 이미 욕망의 구조 속에 담겨 있는 듯하다. 그 욕망의 구조를 탐사한 한 젊은 작가의 작업으로 인해 우리는 글쓰기라는 문학적 행위 속에 담긴 보다 심층적인 의미에 한 발 더 가까이 가게 되었다. 이 작품에서《마녀물고기》의 작가는 "사람들은 왜 좀더 자연스럽게 살아가지 못하는 것일까"라고 주인공의 입을 빌려 자문한 바 있다. 작가는 자연 속에서도, 예술 속에서도 모든 것이 진정한 가치를 잃어버린 이 과잉 욕망의 시대의 우울한 상징이 될 저 아가위나무가 "다시 하얀 꽃을 피울 수 있는 그런 세상이 있다면 얼마나 좋을까"라고 체념 섞인 어조로 탄식한다. '그런 세상'을 꿈꾸는 욕망은 죽지 않는다. 그리고 이야기도, 글쓰기도 종결되지 않는다. 아직도 여전히 꿈꾸는 이 욕망의 운동 속에서 이야기는, 글쓰기는 이제 막 생성 중에 있다.

생명과 기억의 존재론,
혹은 알레고리
― 원종국의 작품 세계

나는 누구지? 어디서 왔을까?
― 〈욕망의 수수께끼, 어머니, 어머니, 어머니〉

원종국의 작품 세계를 관통하는 하나의 일관되고도 핵심적인 모티프 혹은 주제가 있다면, 그것은 바로 모든 철학적 – 존재론적 지평의 근원에 놓여 있는 화두, 즉 '나는 누구인가'라는 주체의 자기동일성 혹은 인간의 정체성에 대한 질문이라고 할 수 있다. 근대적 사유의 침전물인 주체의 관념은 이 질문에 대해 이성적 인간이라는 아주 모범적이고도 합리적인(?) 답변을 제출한 바 있음을 우리는 이미 알고 있다. 그러나 이 같은 근대적인 사유가 내장하고 있는 보다 중요한 현실적 결과는, 주체와 인간에 대한 이러한 이성주의적 관점이 대상 세계와 자연에 대한 해석에서는 무엇보다도 과학적 합리주의의 세계관과 평행한다는 사실이다. 이 관점에 따르면, 무엇보다도 인간은 만물의 척도인 것처럼 보인다. 그러니 인간이 이성적이라면 세계는 마땅히 합리적이어야 한다! 인간은 축소된 세계이고, 세계는 확대된 인간이라는 뜻이겠다. 이처럼 이성주의적 인간관과 과학적 합리주의의 세계관은 하나의 모태를 갖는

쌍생아라고 말할 수도 있다. 이러한 논지를 보충하기 위해 다소 길지만 다음과 같은 필자의 문장들을 인용하기로 하자.

근대적 인간 의식의 진화는 그러나 그 비극적인 결과로서 자아라는 자기 정립의 의식의 출처였던 자연이나 육체, 혹은 무의식의 세계를 망각하고 부정하기에 이른다. 이 같은 사태를 우리는 '대상성이 부재하는 대상' 혹은 '대상의 대상성의 부재'라 불러도 좋으리라. 왜냐하면 사유하는 이성적 주체의 대상으로만 전락 혹은 축소된 세계는 그 자체로는 자신의 본질을 소유할 수 없는, 따라서 실체 없는 부정성Negativität으로만 현상 혹은 표상될 수 있을 뿐이기 때문이다. 간단히 말하자면, 의식 속에서 대상의 대상성은 부정된다는 뜻이겠다. 자신의 본질, 즉 대상성을 지닌 대상의 존재란 비의식적이며 그 자체로 존재의 충만 상태인 존재의 일반적 양식으로서의 즉자존재An-sich-Sein의 상태라고 할 수 있다. 이러한 본질을 소유한 세계의 존재는 '다만 거기에 있는 존재' 혹은 '그것Es'이라고 말할 수밖에 없는 존재 상태일 터이다. 그러나 사유를 자기 존재의 본질로 삼은 근대적 인간 의식은 이 대상 세계 일반(대상성)을 부재하는 것으로밖에는 표상할 수 없다. 왜냐하면 의식하는 자아가 맞닥뜨리게 되는 대상 세계의 존재는 이미 의식을 마주하고 선 세계 혹은 오로지 의식에 대해서만 존재하는 세계로 환원된 것이기 때문이다. 달리 말하자면, 의식의 대상으로서의 세계는 자신의 비의식적 존재의 충만 상태가 파괴된 세계, 즉 대상성이 부재하는 대상일 뿐이라는 뜻이다. 그리하여 즉자존재의 세계는 이제 그것의 본질 혹은 실체를 상실한 채 인간의 반쪽짜리 불구의 의식과의 관련성 속에서만 가까스로 자신의 존재를 허용받기에 이른다. 이 같은 사태를 근대적 인간 의식에 의한 세계상실의 체험이라고 말할 수도 있다.
　　—표현 불가능한 표상들의 운명 - 근대적 사유의 지평과 한계〉,《문학 판》,
2006년 겨울, 제21호, 54-55쪽.

    결국 근대적 주체의 관념으로부터 귀결된 과학적 합리주의의 세계관은 인간을 포함한 자연이라는 세계의 보편적인 운행질서의 핵이라 할 수 있을 '생명' 역시 이성에 의한 관찰과 실험과 해부가 가능한 것으로 간주하게 되는 결과를 초래한다. "문제는 이러한 합리적-과학적 근대의 세계관 아래에서는 정신과 자연의 유기적 통일성이 상실된다는 것, 따라서 자연은 단순히 정신의 한 대상으로서만 격하되어버린다는 사실이다. 이러한 정신과 자연, 자아와 세계, 주체와 타자, 의식과 무의식, 몸과 마음의 분리는 결국 전일적인 생명과 삶의 총체성을 불가피하게 파괴하는 결과를 초래하게 된다는 뜻이겠다. 그러므로 오늘날 전지구적으로 만연하고 있는 물질만능주의와 이로 인한 생태계의 위기 및 환경의 파괴, 단적으로 말해서 총체적인 '생명의 파괴'는 바로 이 같은 계몽주의의 근대성 기획 속에 똬리 틀고 있는 저 자연과학적 세계관과 무관하지 않다고 말할 수 있다"(졸문, 〈시, 혹은 본원적 생명의 노래〉, 《문학 판》, 2006년 여름, 제19호, 108쪽). 생명의 창조와 조작이라는 전래된 신의 고유한 영역은 이제 전적으로 인간의 '순수 이성'이 관장하는 영역 속으로 편입된 것이다. 인간을 신과 같은 이성적 존재로 드높인 근대적 사유가 또한 그 인간의 생명/자연을 과학적 실험과 관찰이 가능한 하나의 물질로 격하시킬 수밖에 없는 이 모순과 불균형이야말로 사실상 근대적 주체의 관념에 내장된 역설 혹은 아이러니라고 해야 한다.

    그러므로 원종국의 작품 세계가 주체의 자기동일성 혹은 인간의 정체성이라는 이 '오래된' 화두를 새삼 문제 삼는다는 것은 근대의 사유가 제출한 답변에 어떤 미진한 점이나 결정적인 오류가 있음을 깨닫고 있다는 사실을 반증해주는 것일지도 모른다. 과연, 작가의 소설에 등장하는 인물이나 사건들이 그려 보이는 주체의 자기동일성 혹은 인간의 정체성은 단순히 그러한 근대적 주체의 관념으로만 환원될 수도 없고, 또 환원되어서도 안 된다는 사실을 분명히 말해주고 있는 것처럼 보인다. 원종국의 작품 세계가 이러한 근대적 주체의 관념과 합리적 – 과학적 근대의 세계관에 대해 근본적인 회의와 비판의 시선을 보내고 있다는 사실은 작가가 즐겨 모티프로 삼는 살바도르 달리의 작품들이 무엇보다도 잘 입증하고 있다 할 것이다. 왜냐하면 달리야말로 흔히 역설적인 '이중 이미지'의 창조를 통해서 현대 회화의 화폭에 최초로 무의식을 도입함으로써 근대적 이성과 합리성의 추구를 넘어 비이성적인 것, 비합리적인 것으로의 문을 연 화가였기 때문이다. 이 스페인 화가의 작품 세계야말로 이성적으로 사유하는 존재로서 규정된 근대적 주체의 관념에 대한 급진적인 저항과 해체의 장이었던 것이다. 그러니 '나는 누구인가'라는 주체의 자기동일성의 문제를 자신의 작품 세계 전체의 화두로 삼고 있는 작가에게 있어서 달리의 세계는 매혹적인 공간이었음에 분명하다.

이 같은 주체의 자기동일성에 대한 문제의식의 자장 속에서 작가의 이 첫 소설집에 실린 작품들은 대략 다음과 같은 세 가지 경향으로 구분될 수 있을 듯하다. 근대적 주체의 관념에 대한 회의와 비판의 맥락에서 문제의 전체 지형을 제시하고 있는 것처럼 보이는 '믹스언매치' 연작 시리즈 〈믹스언매치〉, 〈욕망의 수수께끼, 어머니, 어머니, 어머니〉(이하 〈욕망의 수수께끼〉로 약칭), 〈슬픈 아열대〉 같은 작품들이 주체의 자기동일성 혹은 인간의 정체성의 문제를 '생명'이라는 생물 – 존재론적 관점에서 조명하고 있다면, 〈소멸의 기억〉이나 〈연〉 같은 작품은 존재의 소멸 혹은 부재의 실재성을 '기억'이라는 존재 – 인식론적 문제의 틀 속에서 탐색하고 있으며, 소설집의 표제작 〈용꿈〉이나 〈K 지하상가 사람들〉은 알레고리적 기법에 의해 근대적 주체의 관념으로부터 파생된 현대 사회의 불모성과 반생명성의 실존적 풍경을 정치 - 사회학적 관점에서 톺아내고 있다(소설집에 실린 작품 가운데에서 아직 언급되지 않은 〈기둥〉은 이러한 두 번째 경향과 세 번째 경향 모두에 속할 수 있다). 그러나 문학/소설을 문제 삼고 있는 우리에게 있어서 보다 중요한 것은, 이 같은 근대적 주체라는 관념의 해체와 파기가 원종국의 작품 세계에 구체적으로 어떤 영향을 미치고 있는가 혹은 그것이 어떤 양상으로 드러나고 있는가 하는 문제여야 한다. 이러한 측면과 관련하여 우리는 작가의 소설에서 나타나는 전통적인 서사 구조의 위반과 전복이라는 '불온한' 사태를 지적할 수 있으며, 또 이러한 사태는 계기적으로 연속되는 시간성의 해체와 서술적 시점視點의 다중화 혹은 복합화라는 다소 복잡한 논의의 장을 마련한다.

미래소설이라고나 해야 할 '믹스언매치' 연작의 배경은 인간 생명의 조작가능성이 완전히 현실화된 미래의 어느 시점으로 설정되어 있다. 이 미래 사회는 인공수정이나 체세포복제 같은 생명공학 혹은 유전공학의 발전에 힘입어 실험실 속에서 인간이나 여타 동식물의 생명을 자유롭게 복제해낼 수 있는, 심지어 "동물 유전자를 식물세포에 섞어 넣"(〈믹스언매치〉)어 생명을 복제해낼 수도 있는 사회로 상정된다. 물론 이 같은 생명의 조작가능성의 근거는 이미 근대적 주체 관념의 논리적 - 필연적 귀결인 자연/생명의 대상화 혹은 물질화 속에 똬리 틀고 있었다고 해야 한다. 가령, 사유적 실체와 연장적 실체를 구분한 바 있는 데카르트에게 있어서 연장적 실체로서의 자연/생명은 정교한 기계장치에 불과한 것으로 간주되었다. 그리고 이러한 생물 - 기계론의 관점은 언제나 생물을 무생물인 물질계의 연장으로 환원함으로써 그것의 조작가능성을 허용하기 때문이다. 현대 분자생물학이나 유전공학의 비약적인 발전은 이러한 기계적 생명관의 토양으로부터 발아된 것이라고 할 수 있다. 작가의 소설이 배경으로 삼고 있는 미래는 따라서, 근대적 주체의 관념으로부터 발아된, 인간(이성)에 의해 인간(생명)과 세계가 재창조되는 하나의 인공낙원, 즉 유토피아의 표상을 제공할 수도 있다. 이 인공낙원의 현실적 풍경을 들여다보기 위해 잠시 소설 속으로 들어갈 필요가 있겠다.

먼저 삼부작 〈믹스언매치〉〈욕망의 수수께끼〉〈슬픈 아열대〉에 산포되어 있는 '달리'라고 불리는 한 인물의 가계도를 간략히 재구성해봄으로써 생명의 조작가능성이 지닌 몇몇 문제적 측면들을 검토해보기로 하자. '복제 전문점 키스캠벨'의 신촌점에 근무하는, "살바도르 달리가 너무 좋아서 이름까지 달리라고 바꾼"(《슬픈 아열대》) '명주'는 사실상 열네 살 어린 나이에 죽어서 이제는 더 이상 이 지상에 존재하지 않는 '명주 형'으로부터 복제된 인물이다. 물론 이 복제는 불완전한 것일 수밖에 없는데, 왜냐하면 "복제를 하더라도 기억이나 취향 같은 건 복제가 되지 않"기 때문이다. 어쨌든 달리에게는 '명주 형'의 어머니가 그의 현실적인 어머니의 자리를 차지하고 있다. 그렇다면 복제인간 달리를 위해서 난자를 제공한 여성이나 자궁을 빌려준 대리모 여성은 달리와 어떤 관계에 있다고 해야 할까? 이들 가운데 과연 누가 달리의 '진짜' 어머니인가? 결국 달리에게는 세 명의 어머니가 동시에 존재한다고 말해야 하는 것은 아닐까? 달리의 복제 원본인 '명주 형'의 어머니와 '과배란 유도'를 통해 난자를 제공한 '임미란'이라는 어머니, 그리고 "누군가의 복제아기를 열 달 동안 키워 출산한"(《욕망의 수수께끼》)

'김박민주'라는 어머니 말이다. 살바도르 달리의 작품 제목을 차용한 〈욕망의 수수께끼, 어머니, 어머니, 어머니〉에서 '어머니'가 세 번이나 반복되는 이유도 바로 거기에 있는 것은 아닐까?

'믹스언매치' 연작은 이 같은 주체의 자기동일성의 해체와 인간의 정체성의 혼란을 야기하는 생명복제의 문제에는 존재론적, 윤리적 맥락 외에도 또 다른 정치 - 경제적 차원과 생리 - 의학적 차원의 문제가 덧붙여질 수밖에 없음을 보여준다. 평생 모은 전 재산을 들여 죽은 아들의 복제를 의뢰한 '명주 형'의 아버지(그러니 또한 '달리'의 아버지가 되겠지만)의 경우나 유학생활의 경비를 마련하기 위해 난자 제공을 한 미란의 경우를 통해서 보자면, 이 같은 문제에는 무엇보다도 '돈'이 중요한 변수로 개입되고 있기 때문이다. 인간복제 중단 항의시위를 위해 키스캠벨 복제사 건물 앞에 서 있던 김박민주가 이 복제회사의 주가를 실시간 자막으로 전해주고 있는 전광판을 보며 달리에게 건네는 다음과 같은 말은 이러한 사태를 보다 분명히 보여줄 듯하다. "세상을 사는 건 사람이 아니구, 돈 같지 않수? 자본 말이야…"(《욕망의 수수께끼》). 어쩌면 이 말 속에 생명복제의 문제가 지니고 있는 또 다른 어떤 실체가 존재하는 것은 아닐까? 또한 다음과 같은 서술을 보기로 하자. "미란이 선택한 길은 아주 잠깐 동안만 두 눈 꼭 감고 멧새가 되어주는 거였다. 자신의 알 몇 개를 버려 뻐꾸기를 만들어주는 일. 기나긴 예술가의 여정을 위해서라면 그만한 고난은 충분히 감수해야 한다고 미란은 자위했다"(《욕망의 수수께끼》). 그러나 이러한 고난의 감수가 불러온 결과는 그리 단순하지 않다는 사실을 소설은 말해준다. "키스캠벨 복제사와 계약을 한 뒤, 미란은 '과배란 호르몬제'를 맞아가며 반 년 동안 열일곱 개의 난자를 만들어냈다. 평소보다 세 배나 많은 난자를 만들어내는 동안 미란의 몸에서는 복수가 차올랐고 골반농양이 생겼다. 의사는 '난소 과자극 증후군'이라고 설명했지만 부작용에 대한 위험은 계약할 때부터 들어서 알고 있었다". 결국 이러한 난자 제공의 후유증으로 인해 미란은 조기폐경을 맞게 되고 또 아이를 낳지 못한다는 사실로 인해 이혼까지 당하게 되는 것이다. 〈슬픈 아열대〉에 등장하는 다음의 인용은 어쩌면 이 같은 유전공학 혹은 생명공학에 의한 복제인간의 문제를 상징적으로 보여줄 듯도 하다.

암컷 진디는 말이야, 수컷 없이도 새끼를 낳을 수 있는데, 재밌는 건 어미 자궁 속에 있는 새끼 진디 역시 외부의 도움 없이 자신의 자궁 속에 새끼를 가질 수도 있다는 점이야. 진디 암컷은 딸과 손녀를 동시에 임신할 수도 있다는 말이지. 어때? 재밌지? 호기심이 마구 발동하지 않나? 지도교수는 새로운 연구 주제를 던져주면서 내 어깨를 탁, 쳤다. 재밌긴… 끔찍하구만. 딸을 개미의 노예로 바치는 것도 억울한데, 그 안에 든 손녀까지 노예로 바쳐야 하는 게 숙명이라니!

결국 근대적 주체의 관념과 짝패를 이루는 합리적 – 과학적 세계관이 제시하는 자연/생명의 조작가능성을 통한 새로운 유토피아의 건설이라는 장밋빛 꿈은 이 연작의 대미를 장식하는 하나의 사건, 즉 달비의 애인이었던 '유리'가 입원한 병원 로비의 3D비전을 통해 전해지는 다음과 같은 자막을 통해 그 실체가 드러난다. '복제인간, 패륜범죄 시도. 노부모 의식불명'. 본문에 특별히 강조체로 쓰여 있는 이 패륜의 사건 속에서 격심한 정체성의 혼란을 감당할 수 없었던 한 복제인간의 자기파괴적 행각을 읽어낸다면 그리 지나친 일로 보이지는 않을 듯하다. 그리고 이 복제인간의 행각 속에서 또한 달리의 그림자를 발견한다면 그것도 과도한 일은 아닐 것이다. 그렇다면 '당신의 사랑을 더 오래 간직하세요'라는 복제회사 키스캠벨의 구호는 매혹적인 유토피아로의 초대가 아니라 궁극에는 인간의 자기파멸에 이르는 디스토피아로의 초대였단 말인가? 〈욕망의 수수께끼〉에 등장하는 다음과 같은 장면은 바로 이러한 질문에 대한 작가의 답변을 대신해주는 것으로 읽힌다. "달리는 캡슐 속에서 태아처럼 둥글게 말고 누워 벌거벗은 몸 여기저기로 뿜어져 나오는 생체활성화 물질을 음미한다. 태어나기 전, 대리모의 뱃속에 있을 때도 이런 기분이었을까? 아무것도 걱정할 게 없는 상태. 달리는 지금의 상황에서 기억만을 온전히 삭제했으면 참 좋겠다는 생각을 한다". 그렇다, 원종국의 작품 세계가 흘러가는 다른 한 방향의 물줄기는 바로 이 같은 기억의 문제와 결부되어 있다. 달리라는 이 복제인간의 운명 속에서 저 스페인 화가가 그려낸 나르시스라는 인물의 이미지를 떠올리게 되는 것은 이 인물이야말로 바로 자기사랑과 자기파멸이 역설적으로 결합된 전형적 이미지이기 때문이다.

공명이 풍부한 서정적인 언어로 직조된 〈소멸의 흔적〉과 〈연〉은 원종국의 작품 세계를 구성하는 주요 경향들 가운데 하나인 '기억'이라는 존재 – 인식론적 문제의 틀 속에서 존재의 소멸과 부재의 흔적을 더듬고 있는 작품들이다. "길은 기억을 되뇌인다"라는 문장으로 시작되는, 이제는 "더 이상 이 세상 사람이 아닌" 옛 아내 '희연'의 자취를 쫓고 있는 〈소멸의 흔적〉에서 이 '소멸의 흔적'을 사실상 '기억의 흔적'이라고 바꿔 말해도 무방한 것은, 모든 존재들이 남긴 소멸의 자취가 인간의 기억 속에 여전히 현전하고 있기 때문이다. 역으로 말하자면, 기억의 흔적이야말로 바로 소멸의 흔적이기도 하다는 사실은 원종국의 소설에서 대단히 중요한 맥락을 형성한다. 눈

내리는 서정적인 밤을 배경으로 하여 남녀 간의 사랑과 인연이라는 문제를 분단된 한반도의 현실과 관련지어 통일의 장 속으로까지 확장하고 있는 작가의 놀라운 상상력의 진폭을 보여주는 〈연〉 역시 이러한 기억의 문제를 존재의 소멸과 부재의 실재성을 통한 주체의 자기동일성의 확증을 위한 핵심적인 기제로 삼고 있는 것처럼 보인다. 첫사랑 '그녀'와의 이별의 상처를 잊기 위해 '여전'으로 이주하고자 했던 소설의 화자가 결국 이주를 단념하고 다시 '정전'으로 되돌아오는 결말이 암시하는 바도 그녀에 대한 '기억'이야말로 바로 '나'라는 현존재의 자기동일성의 확증을 위한 필요불가결한 요소임을 말해주는 것일 터이다(이 점은 죽은 남편에 대한 기억을 현재의 삶으로 살고 있는 여전의 '림정숙'에게도 해당된다). 이처럼 원종국의 작품 세계에서 기억이라는 모티프는 생물-기계론으로 환원될 수 없는 생명 혹은 주체의 자기동일성의 확증을 위한 알리바이로 작용한다.

보다 정확히 말하자면, 원종국의 소설에서 기억이란 과거의 존재나 사건 그 자체를 시간의 인과적 지속 속에서 보존하는 것이 아니라 오히려 그러한 인과적 시간의 단절 혹은 소멸과 관련된다는 뜻이다. 기억에 대한 이 같은 규정은 분명 그것에 대한 우리의 일상적인 관념과는 모순되는 것처럼 보인다. 그러나 이 모순 속에 바로 원종국의 작품 세계가 지니고 있는 독특한 시간관이 존재한다. 작가의 소설에서 기억은 단순히 현재로부터 과거의 존재나 사건 속으로 회귀하여 그것들을 재현하는 것이 아니라, 오히려 현재와 과거가 조우하고 대화하는 하나의 통로, 혹은 더 나아가 오히려 과거가 현재를 호명하는 하나의 사건이 된다고 해야 한다('믹스언매치' 연작의 세 번째 작품 〈슬픈 아열대〉의 제사는 '현재는 과거의 열쇠이다'라고 말했다). 아래 인용된 두 단락은 기억의 입구에 서 있는 현재의 시간과 그 기억의 출구를 통해 빠져나온 과거의 시간이 서로 조우하는, 한국 문학사에서는 그 유례를 찾기 힘든, 대단히 기묘한 장면을 연출해내고 있다.

두 장의 엽서를 살피고 있을 때 내가 이 년 남짓 기거했던 방문이 벌쭉 열렸다. 그리고 한 사내가 빨래 바구니와 가루세제를 들고 마당으로 내려섰다. 그가 대문 앞에 서 있는 나를 의아하게 쳐다보고 있는 사이, 나는 정강이께가 가려워 두 손으로 긁어대기 시작했다. 고양이 알레르기 탓이었다.

빨래 바구니와 가루세제를 들고 마당으로 나섰다. 대문간에 한 사내가 두 장의 엽서를 들여다보고 서 있다가 나를 의식했는지 이쪽을 멀뚱멀뚱 쳐다보았다. 등에는 아이를 업고 있었는데, 갑자기 구부정하게 허리를 굽혀 정강이를 긁어대는 모양새가 누군가를 많이 닮아 있었다. 우리는 홀린 듯 서로의 눈동자를 바라보기만 했다.

현재의 시간과 과거의 시간, '나'의 시점과 '그'의 시점이 하나의 공간 속에서 동시에 출현하며 겹쳐지는 이 같은 사태는 분명 놀라운 것이다. 여기에서 과거는 계기적으로 연속되는 인과적 시간성 속에서 이미 완결되어 응고된 '역사'가 아니라, 오히려 현재를 응시하며 또한 개시하는 살아있는 '사건 그 자체'가 된다. 그러므로 정작 소멸되는 것은 비가역적인 인과적 시간성 속에 저당 잡힌 근대적인 사유이지 존재 그 자체는 아닌 셈이다. 존재는 역설적으로 이러한 인과적 시간의 소멸을 딛고 끊임없는 생성과 변모의 계기를 마련한다. 이러한 점은 방송국 취재 차 떠났던 강원도의 숯막에서 돌아오는 길에 보낸 희연의 휴대폰 문자 메시지 속에 분명하게 드러나고 있다. "불은사라진걸까나무에스며든걸까"라는 희연의 메시지에 대해 "불은 처음부터 나무속에 있었는지도 몰라"라는 '나'의 답변에 희연은 다시 다음과 같은 메시지를 보낸다. "기이한 인연이네제몸을태울걸알면서도불을품고있다니". 필경 모든 존재의 생명을 상징할 것임에 분명한 이 '불'의 이미지를 통해서만 자신의 죽음과 딸의 출산을 맞바꾼 희연의 행동은 정당화될 수 있다. 다음과 같은 희연의 말은 바로 이러한 점을 입증한다. "숯가마 속을 들여다보면서 언뜻 내가 생겨나던 순간을 기억한 기 같아요. 불꽃이 이 나무에서 저 나무로 옮겨 붙는 것처럼. 참, 모질구나, 생명이란. 그게 어디든, 불붙을 나무만 있으면 '훅' 하고 옮겨 붙는구나. 망설임도 없이. 그리고, 그 나무가 다 탈 때까지, 정말 열심히 뜨겁구나. 다 타고 나면 흔적도 없이 사라질 텐데. 그런 생각이 들었어요"(강조는 필자). 그러니 원종국의 소설에서 기억은 원초적인 생명과 맞닿아 있는 것이라고 말해야 한다. 이제 기억은 근대적 사유와 의식의 영역으로부터 현존재와 감각의 영역으로 전이된다고 말할 수 있을지도 모르겠다. 그리고 이러한 기억 속에서 시간은 계기적 인과성을 벗어나 항구적인 변형과 생성의 토대로 작용한다. 마치 말랑말랑해진 세 개의 시계 이미지와 개미가 잔뜩 달라붙어 있는 한 개의 실제 시계 이미지의 충돌을 통해 단선적으로 진행되는 계기적, 인과적 시간관념에 이의를 제기하고 있는 것처럼 보이는 달리의 〈기억의 영속〉 속의 시간처럼 말이다. 결국 기억이라는 존재-인식론적 문제의 틀 속에서 조명된 이 같은 인과적 시간성의 전복과 해체는 그것에 의존하고 있는 전통적인 서사의 구조를 그 근본에서부터 의문시하고 있다 할 것이다.

인과적 시간성의 해체와 결부되어 원종국의 소설을 조형하는 또 하나의 뚜렷한 특징적 요소, 즉 '시점의 복합화'라고 부를 수 있을 사태는 하나의 작품 안에서 서로 교차되거나 중층적으로 겹쳐지는 이질적인 시점들의 공존을 허용한다. 그리하여 작가의 소설에서는 한 작품 안에 일인칭 주인공 시점과 관찰자 시점이, 혹은 일인칭 관찰자 시점과 삼인칭 관찰자 시점이 혼합되어 출현하는 사태를 드물지 않게 목격할 수 있다. 사실상 전통적인 서사의 구조는 하나의 작품 안에서는 단일한 주체와 단일한 시선에 의한 사건의 서술을 요구한다. 그리고 이 단일한 주체/서술자의 시점에 의해서 서사의 구조는 완결성과 통일성을 획득하게 되는 것으로 상정된다. 그렇다면 이러한 시점의 복합화는 시간의 인과성과 서술 주체의 단일성에 의해 확보되는 전통적 서사 구조의 통일성을 파괴한다고 말해야 하리라. 그리고 이러한 사태는 사실상 근대적 주체의 관념에 대한 해체와 파기의 필연적 귀결이라고 해야 한다. 왜냐하면 근대적 주체란 시간의 인과성과 그리고 이 인과성에 토대를 둔 기억의 메커니즘에 의해 자신의 정체성을 확보하며, 또한 전통적 서사 구조의 통일성과 완결성은 바로 이러한 근대적 사유에 의해 확보된 단일한 주체에 의해서만 그 성취를 보장받기 때문이다. 결국 원종국의 작품 세계에서는 시간의 인과성과 주체의 단일성이 파괴되거나 해체됨으로써 시점時點과 시점視點은 이질적인 겹과 층으로 복합화된다고 말할 수 있다.

근대적 주체의 관념으로부터 야기된 인간의 정체성의 문제가 이제까지는 '생명'이라는 생물 – 존재론적 관점이나 '기억'이라는 존재 – 인식론적 관점에서 조명되었다면, 표제작 〈용꿈〉이나 〈K 지하상가 사람들〉 혹은 〈기둥〉 같은 작품들은 이 근대성의 문제를 정치 – 사회학적 층위에서 탐구하고 있는 것처럼 보인다. 여기에서는 근대적 주체의 관념으로부터 파생된 근대 혹은 현대사회의 불모성과 반생명성의 실존적 풍경이 중요한 이슈로 다뤄지고 있기 때문이다. 컴퓨터 게임과 현실 정치를 알레고리적으로 연결 짓고 있는 〈용꿈〉은 겉보기로는 컴퓨터라는 가상공간을 통해 맺어지는 관계의 허망함, 즉 현대 정보사회 속에서 인간이 느끼는 의사소통의 단절과 그에 따른 사회적 고립감 및 소외를 알레고리화 하고 있는 것처럼 보인다. 또한 '고백수'라는 인물의 실종사건을 추적하는 추리소설적 형식을 빌려 전개되는 〈K 지하상가 사람들〉은 훨씬 더 강력하고도 직접적인 정치적 알레고리로 구성되어 있다. 이 소설에 등장하는 지하상가의 경비원 전씨(전동원)와 노씨(노대훈) 그리고 사장 이씨(이효천)라는 인물의 말씀과 행태를 통해 전해지는 내용들은 모두 이들이 한때는 한국의 현실정치를 이끈 실존하는 인물들의 알레고리임을, 또 이 '지하상가'가 여전히 현존하고 있는 어떤 정당의 알레고리임을 어렵지 않게 읽을 수 있다. 중요한 것은 이러한 정치적 알레고리야말로 근대성 혹은 근대적 주체의 관념에 대한 비판이라는 작가의 문제의식이 사회학적 차원으로 확대된 것이라는 사실이다. 이데올로기 비판적 성격을 갖는 이러한 알레고리적 기법은 원종국의 작품 세계가 근원적인 화두로 삼고 있는 주체의 자기동일성의 문제를 정치 – 사회학적 맥락에서 탐구할 수 있도록 해주는 셈이다.

〈용꿈〉에 등장하는 청소년들은 근대적 주체라는 관념의 산물인 근대화된 사회 속에서 대두되는 의사소통의 단절과 그에 의한 사회적 고립감이라는 사태에 대응하기 위하여 혹은 그러한 사태로부터의 망각과 도피를 위하여 더욱 더 컴퓨터의 가상공간 속으로 탈주하거나 아니면 현실적으로는 가출이나 본드 흡입, 혹은 성적 탐닉 같은 탈주를 선택한다. 그러나 보다 중요한 사실은, 이러한 일탈과 탈주가 어린 청소년들만의 문제가 아니라 정체성을 상실한 이 시대 전체의 초상이라는 데 있다. 사실상 '놈'과 '년'의 부모들로 환유될 수 있는 이 시대의 기성세대들 역시 이러한 고립의 상황에 직면해 있을 뿐만 아니라 거기에서도 더 나아가 어쩌면 이들 기성세대가 어린 청소년들을 그러한 상황으로 내몰았을 수도 있다는 것이다. 소설에 등장하는 이들 부모의 행태들이야말로 바로 이들 청소년들의 행동과 전혀 다를 바 없기 때문이다. 가령, 놈의 어머니가 결혼 전에 사귄 옛 애인을 버리고 놈의 아버지와 결혼함으로써 놈을 혼외자식으로 만들게 된 상황("아무튼 놈은 '존나게 복잡한 콩가루 관계'라는 한마디로 모든 사건을 요약했다")이나 놈의 아버지가 지역적 분파주의에 의해 겨우 유지되는 한국의 현실 정치에 목매달면서 국회의원에 출마하여 낙선하는 등의 상황은 이들 청소년들이 행하고 있는 일탈이나 가출, 혹은 성적 탐닉이나 게임중독과 하등 다를 바 없기 때문이다. 다음 장면을 보기로 하자.

> 천장에 커다란 한반도 지도를 그려놓자 세 개 분파로 나뉜 후보들이 각축을 벌이기 시작했다. 그 놀음은 년과 침대에 엉켜서 하는 말놀음만큼이나 박진감이 있었다. 처음부터 각 진영에서는 뛰어난 전사들을 내보내 서로 먼저 깃발을 꽂기 위한 혈투를 벌였고, 꽂아놓은 깃발을 가로채 자기 깃발을 꽂는 일도 많았다. 그래도 각 분파는 자기 영역만큼은 끝까지 고수하고 있었다. 영남은 영남대로, 호남은 호남대로 영역을 차지하곤 한 치의 양보도 없이 야금야금 깃발을 꽂아 나갔다.

기성세대의 정치(권력)과 청소년들의 가상공간의 게임은 이렇게 알레고리적으로 결합된다. 결국 〈용꿈〉은 현대 사회를 그 내부에서부터 규정하고 있는 주체의 자기동일성의 상실이 곧 정신의 황폐화/불모성과 반생명화/무생명성으로 이어지는 필연적인 귀결의 과정에 대한 통렬한 비판으로 자리하는 셈이다. 놈과 년이 가상공간의 게임(스타크래프트)에서 늘 같은 종족을 선택하는 이유가 모두 '인간적인 것'에 대한 향수와 그리움 때문이라는 사실은 그러므로 대단히 시사적이라고 할 수 있다. 작가는 다음과 같이 쓰고 있다. "놈은 여선히 테란족이었고, 년은 항상 저그족을 선택했다. 놈이 늘 테란족을 선택하는 건 인간하고 가장 닮은 종족이라는 단순한 이유 때문이었고, 년이 저그족을 고르는 건 모성본능을 자극하기 때문이라고 했다." 그런데 이러한 인간적인 것을 넘어서 이들 청소년들이 희구하는 것은 사실상 생명 그 자체의 느낌이라는 사실은 항상 '저그족'을 선택하는 년의 다음과 같은 말 속에서 분명하게 드러난다. "테란이나 프로토스는 건물이나 기계장치에서 전사를 만들어내지만, 저그는 스스로 알을 품어서 전사로 길러내. 저그족이 오히려 인간적인 건 스스로가 하나의 생명체라는 사실이야. 그리구 저그족 캐릭터를 봐. 용처럼 생긴 게 짱이잖아". 스스로가 하나의 생명체인, 용처럼 생긴 저그족에 대한 이 같은 애호를 감안한다면, 이 소설의 제목이 왜 '용꿈'인지는 자명해진다. 말하자면 이 '용꿈'은 비인간적이고도 반생명적인 현대 문명사회 혹은 정보사회가 상실한 인간적인 것과 생명에 대한 간절한 희구이자 향수를 상징한다는 것이다. 그러나 이 '용꿈'은 놈의 죽음을 암시하고 있는 비극적인 소설의 결말처럼 어쩌면 합리화-근대화된 이 현실에서는 성취될 수 없는, 그야말로 하나의 '개꿈'에 불과한 것일지도 모른다. 결국 이 소설에서 사용되는 알레고리적 기법은 근대적 주체의 관념에 의해 합리화 혹은 근대화된 현실에 대한 강력한 비판의 도구로 작용하게 된다고 말할 수 있다.

전통적 가치관과 근대의 자본주의적 가치관의 충돌과 대립이라는 대단히 무거운 문제의식을 배면에 깔고 있는 〈기둥〉은 역사와 시대에 대한 작가의 깊은 내면의식을 잘 보여주고 있는 것처럼 보인다. 그리고 이 작가의 내면의식은 곧 세대와 연령, 계급과 계층을 넘어서 '기둥'으로 상징되는 어떤 전통적인 가치의 보존 내지 재창조는 어떻게 정초될 수 있을까를 고심하는 이 시대의 초상이라고 말할 수도 있다. 전통적 가치관과 근대의 자본주의적 가치관의 대립적 관계는 이 소설에 등장하는 '소'에 대한 다음과 같은 두 가지 관념들의 충돌에 다름 아니다. 앞의 것은 이혼한 전 남편의 아이를 낙태하기 위해 수술실로 들어가기 전에 '유리'가 한 말이고, 뒤의 것은 소에 얽힌 화자 '나'의 어린 시절의 기억과 관련된 것이다.

인도 사람들은 소가 세계의 창조자고, 또 양육을 하는 존재라고 생각하니까.
소를 돈으로 생각하는 나를 보면 저 사람들이 뭐라고 할까. 악마? 사탄?

한참만에야 용기를 쥐어 짠 나는 소를 묶어놓았던 밧줄을 끌러낼 수 있었다. 하지만 정작 어둠 속에서 혼자 있었던 소는 아무 일도 없었다는 듯이 '음머' 울며 나를 끌고 앞장서 집을 찾아가는 것이었다. 덩치만 컸지 순하기 그지없는 동물을 앞세워 걸으며, 그날 나는 세상이 그다지 적대적이지만은 않다는 걸 배웠다. (강조는 필자).

결국 이 소설에서 전통과 자본주의의 대립 관계는 소라는 동물을 생명으로 간주하는 관점과 돈으로 간주하려는 관점의 충돌로 분명하게 드러나고 있는 셈이다. 이 말은 작가가 근대/현대 자본주의의 핵심적 특징을 그것이 지닌 비인간성과 반생명성으로 파악하고 있다는 사실을 뜻하기도 한다. 그리고 근대적 주체의 관념에 의해 형성된 근대/현대 세계의 이 불모성과 반생명성이야말로 바로 원종국의 작품 세계가 끊임없이 문제로 삼고 또 전복하고자 하는 대상이자 목표라고 말할 수 있다. "누구라고 할 것도 없이, 기둥을 바로잡겠다고, 아니 지금은 기둥 놓을 자리를 딴딴히게 디지겠다고 나무달구를 들어올리는, 저 많은 사람들의 노랫소리. 저들은 대체 저 자리에 뭘 세우고자 하는 걸까?"라는 의문과 실소를 금치 못하는 화자의 태도 속에는 근대적 주체의 관념으로부터 추동된 근대성 혹은 근대화에 대한 작가의 문제의식이 반영되어 있다고 할 수 있다. 그리고 이 지점에서 원종국의 소설이 지니는 정치-사회학적 층위의 알레고리는 이데올로기적 현실 비판의 기제로 작동하게 된다.

시,
혹은 본원적 생명의 노래

1. 들어가며 – '생명'의 근대적 파편화

우화 하나가 떠오른다. 이 우화 속에는 세 명의 선승이 어느 사원의 깃발이 흔들리는 것을 바라보고 있는 중이다. 첫 번째 승려가 말한다. "깃발이 흔들린다". 그러자 두 번째 승려가 말한다. "아니다, 바람이 흔들린다". 마지막으로 세 번째 승려가 말한다. "아니다, 흔들리는 것은 마음일 뿐이다". 자, 그렇다면 정녕 흔들리는 것은 깃발인가, 바람인가, 마음인가? 지금 이 글이 화두로 삼고 있는 '생명'의 문제에 대해서도 똑 같이 이러한 관점들이 서로 다투게 될 듯싶다.

사회학자 베버M. Weber나 철학자 하버마스J. Habermas 같은 이들에 의하면, 근대란 무엇보다도 다양한 가치들의 분리와 분화로 특징지어지는 합리화의 시대로 규정된다. 보다 정확히 말하자면, 합리화란 이성이 자기 자신을 세분화시키는 과정으로서 이 과정 자체는 18세기 계몽주의 철학자들에 의해 표명된 '모더니티 프로젝트'의 일환으로 간주된다는 것이다. 여기서 주목해야 할 점은 이 같은 이성의 분화, 즉 합리화를 지향하는 계몽주의의 근대성 기획이 근대 자연과학을 토대로 발생한 세계관의 한 표현이라는 것이다. 그렇기에 이 계몽주의적 세계관의 핵심적 지반에는 이성을 통한 감각 세계의 인식에 대한 확고한 믿음이 존재한다. 문제는 이러한 합리적 - 과학적 근대의 세계관 아래에서는 정신과 자연의 유기적 통일성이 상실된다는 것, 따라서 자연은 단순히 정신의 한 대상으로서만 격하되어버린다는 사실이다. 이러한 정신과 자연, 자아와 세계, 주제와 타자, 의식과 무의식, 몸과 마음의 분리는 결국 전일적인 생명과 삶의 총체성을 불가피하게 파괴하는 결과를 초래하게 된다는 뜻이겠다. 그러므로 오늘날 전지구적으로 만연하고 있는 물질만능주의와 이로 인한 생태계의 위기 및 환경의 파괴, 단적으로 말해서 총체적인 '생명의 파괴'는 바로 이 같은 계몽주의의 근대성 기획 속에 똬리 틀고 있는 저 자연과학적 세계관과 무관하지 않다고 말할 수 있다 이 같은 사고의 출발점은 사실상 데카르트 R. Descartes의 '생물 - 기계론'으로까지 소급될 수 있을 듯하다. 왜냐하면 '연장적 실체'로서의 자연/생명을 정교한 기계장치로 파악하는 관점은 바로 그로부터 출발하기 때문이다. 데카르트 이후 현재까지 생물 - 기계론의 모델은 역학적 기계론으로부터 역동적 기계론과 20세기의 사이버네틱 기계론, 분자기계론 등으로 다양한 변화를 거치긴 했지만, 그 본질은 언제나 생물을 무생물인 물질계의 연장으로 환원하는 것이었다고 할 수 있다.[22]

---

22) 이 같은 사고의 출발점은 사실상 데카르트R. Descartes의 '생물-기계론'으로까지 소급될 수 있을 듯하다. 왜냐하면 '연장적 실체'로서의 자연/생명을 정교한 기계장치로 파악하는 관점은 바로 그로부터 출발하기 때문이다. 데카르트 이후 현재까지 생물-기계론의 모델은 역학적 기계론으로부터 역동적 기계론과 20세기의 사이버네틱 기계론, 분자기계론 등으로 다양한 변화를 거치긴 했지만, 그 본질은 언제나 생물을 무생물인 물질계의 연장으로 환원하는 것이었다고 할 수 있다.

사전적 의미에서 생물과 그 생물의 활동으로서의 생명현상 전반을 연구하는 학문분과가 생물학 또한 생명과학이라고 불린다는 것은 주지의 사실이다. 그러나 생물학이나 생명과학의 고유한 연구 대상으로서의 '생물'과 '생명'이라는 용어는 '생물학적으로' 제한된 의미에서만 통용되는 정의에 속할 수 있다는 사실에 주목하기로 하자. 달리 말해서 생명이라는 용어의 정의와 이해의 방식에 따라서 이러한 대상의 연구는 물리학이나 화학과 같은 물질과학의 연구 영역에 속할 수도, 또 심리학이나 인류학 및 철학 같은 정신과학의 연구 영역에 속할 수도 있다는 뜻이겠다. 사실상 생물과 생명현상 전반에 대한 학문으로서 현대 생물학의 연구 분야가 물질과학의 연구 영역과 겹친다는 사실은 세포 이하의 수준에서 DNA와 유전자가 갖는 비밀을 파헤치고자 하는 분자생물학이나 유전공학으로 대변되는 마이크로 생물학의 분과학문들의 존재가 증명하고 있을 뿐만 아니라, 또한 생물적 개체의 수준을 넘어선 무생물과 생물종들 사이의 관계나 그 주변 환경과의 관계를 모두 통합하여 설명하려는 생태학이나 진화생물학으로 대변되는 매크로 생물학의 분과학문들은 정신과학이나 사회과학의 일부 연구 영역과 포개진다는 사실이 이같은 생명현상의 복잡성과 복합성을 잘 설명하고 있다 하겠다.

　그럼에도 불구하고 생물학적 접근 방식에는 일정한 한계가 따를 수밖에 없는데, 왜냐하면 그것은 근본적으로 '생물의 개체적 속성'으로서 생명현상의 외적인 물리적 사태에만 주목할 뿐 그것의 내적인 정신적 차원을 도외시하기 때문이다. 그러나 생명에는 생물학이 대상으로 삼고 있는 것처럼 인식의 대상이 될 수 있는 측면도 있지만, 동시에 인식의 대상이 될 수 없는 측면 또한 존재하고 있는 것이 사실이다. 만약 무생물인 물질 속에도 생명과 정신이 내

재하고 있다거나 우주나 자연 자체가 이미 하나의 전일적인 생명
이라거나 혹은 생명은 고정된 실체가 아니라 끊임없는 생성의 과
정 자체라는 다양한 관점들이 존재할 수 있다면(그리고 사실상 이러한
물활론hylozoism적이거나 범신론적인 우주적 신비주의의 관점은 토테미즘 등과
더불어 인류의 역사와 기원을 같이 하고 있다), 생물학은 이러한 관점들에
대해서 답변할 수 있는 어떠한 수단도 마련하고 있지 못한 것으로
보인다. 과연 인간의 삶이란 것이, 생명이란 것이 정신과 자연, 몸
과 마음, 혹은 의식과 무의식의 분리를 선제하고서도 가능한 것일
까? 어쨌든 현재의 입장에서는 생명이란 단순히 물리학의 대상으
로서의 물질현상만도 아니고, 그렇다고 또 생물학의 대상으로서의
생명현상만도 아니며, 또한 심리학이나 인간학의 대상으로서의 정
신현상만도 아니라고 말하는 편이 옳을지도 모른다. 생명은 그 모
든 것을 아우르면서 동시에 그것들을 넘어서 있는 그 어떤 총체적
인 우주적 현상, 즉 물질과 영혼과 정신의 분리를 넘어서 있는 보
다 근원적이고도 보편적인 자연현상이라고밖에는 말할 수 없다는
뜻이겠다. 그러니, 저 선승들이 바라보고 있는 깃발의 흔들림은 깃
발과 바람과 마음의 관계들의 합작품이라고 말해야 할 터이다.

2. 본원적 생명의 노래로서의 시

오늘날의 물리학자나 진화생물학자들의 견해를 따르면, 지금으로
부터 약 150억 년 전에 있었던 빅뱅이라는 단 한 번의 사건을 통해서
물질적 우주material universe의 개벽이 이루어졌다고 한다. 이 물질적
우주의 생성으로부터 45억 년 전에 지구라는 행성이 생겨났으며, 이
지구에서 35억 년 전에 마침내 처음으로 원시적 생명체가 출현하게
됨으로써 물질 우주로부터 생명 우주로의 진화라는 아주 특별한 사

건이 발생했다는 것이다. 그리고 이 초기의 원시 생명체로부터 다세포 생물로의 진화를 거쳐서 이윽고 250만 년 전에는 인류가 처음으로 이 생명의 우주 속에 등장하게 된다. 이 같은 진화의 역사에서 놀라운 것은 생명체가 단순히 자신을 번식시킬 수 있다는 것만이 아니라, 궁극적으로는 "그 자신을 대변할 수 있는 실체, 즉 기호와 상징과 개념을 생성할 수 있는 마음과 의식을 발전시켰다"[23]는 사실이다. 달리 말하자면, 이 우주적–생물학적 생명 진화의 궁극에는 언어의 사용이라는 핵심적인 문제가 자리하고 있다는 뜻일 터이다. 언어는 존재와 생명의 가장 정교한 도구이다. 그리고 이 도구의 가장 정교한 사용은, 물론, 우리가 시라고 부르는 것의 고유 영역을 형성한다.

그러나 현대 과학과 생물학은 생명이 설령 이 같은 마음이나 정신으로 존재한다고 하더라도 이 정신을 다시 두뇌 속에 있는 어떤 일련의 신경생리학적 메커니즘으로 설명하려 한다. 가령, 현대의 신경과학은 두뇌의 뉴런 구조와 그것이 빚어내는 신비한 정신활동 사이의 관계를 제대로 파악하지 못하고 있을 뿐, 두뇌의 실체 속에 정신이 내재해 있다고 믿는 데에는 의심의 여지가 없는 듯하다. 달리 말해서 두뇌라는 하드웨어와 그 속에 내재하는 마음이라는 소프

---

23) 생물학자인 윌버K. Wilber에 의하면, 진화의 과정은 이처럼 물질에서 생명으로, 그리고 생명에서 다시 정신으로 이어진다. 이 같은 진화의 연속선상에 놓여 있는 물질과 생명과 마음의 영역을 라즐로E. Lazlo는 물질적material, 생물적biological, 역사적historical이라는 3계three great realm로 구분하였으며, 얀쉬E. Jansch는 물리적physical, 생물적biological, 심리적psychological 실체로 이를 구분한 바 있다. 윌버는 이 3계를 다시 물리권physiosphere, 생물권biosphere, 정신권noosphere이라는 용어를 사용하여 정리한다. 윌버를 필두로 하는 일단의 생물학자들에 의하면, 우주의 모든 실체와 현상은 모두 위의 3개 영역에 귀속된다. 그렇지만 이런 영역들이 서로 격리되어 있는 것은 결코 아니다. 물리권과 생물권 그리고 정신권은 진화의 연속선상에서 서로 겹쳐지는 불가분의 관계를 맺으며 하나의 단일 시스템을 이룩하여 지금 이 순간에도 진화를 거듭하고 있다고 한다. 생물학은 이러한 3대 영역 가운데에서 물론 생물권에 대한 연구를 중점적으로 수행하는 학문분과이다. 그러나 그렇다고 해서 생물학 분야가 물리권과 정신권에 대한 연구를 전적으로 도외시하는 것은 아니다. 현대 생물학의 위치는 아마도 물리학과 인간과학의 가운데쯤일 듯하다. 홍욱희,《생물학의 시대》, 범양사출판부, 1998. 103-4쪽 참조.

트웨어의 관계를 아직 제대로 규명하지 못하고 있을 뿐이라는 뜻이다. 또 다른 한편 인지과학자들 역시 두뇌를 컴퓨터와 비교하는 데 능숙하지만, 두뇌란 결코 컴퓨터에 비유될 수 없는 존재라는 데에 어느 정도 의견의 일치를 보이고 있다. 과연 뇌의 신비 속에 우리가 마음이라거나 혹은 영혼psyche이라고 부르는 생명의 본질이 들어 있을까? 영혼의 그리스어 어원이 '숨'이나 '목숨', 즉 생명을 의미한다는 점을 상기한다면, 그것을 뇌의 문제로 환원한다는 것은 근대적 인간의 이성/의식 중심주의적 사고의 결과 때문은 아닐까?

우리는 실제로 이 같은 생명의 깊은 뜻을 은유적이거나 상징적인 표현을 통하여 문학적, 예술적으로 또는 종교적으로 이해할 수 있을 뿐이다. 생명의 의미는 단순히 자연과학적인 인식의 대상이 아니기 때문이다. 그리고 문학적, 예술적으로 이해되는 생명관 속에는 모든 생명체는 따로따로 독립해 있는 무관한 것이 아니라 서로 교류하면서 응답하는 관계에 있는 것으로 흔히 상정된다. 달리 말해서 문학과 예술은 모든 생명체와 자연을 하나의 연대공동체Solidärgemeinschaft 이자 운명공동체로 파악하고 있다는 것이겠다. 사실상 시는 그 장르의 발생에서부터 이미 생명구현의 절실함과 생명의 찬가로서 존재해왔다고 할 수 있다. 보다 정확히 말하자면, 시에서 생명의 문제는 시가 취급하는 이러저러한 여러 주제들 가운데 하나가 아니라 생명의 찬가 바로 그 자체가 시의 존재근거를 이루고 있다는 뜻이다.

잘 알려져 있다시피, 서정시는 인간의 정신과 자연이라는 물질의 정서적 동일성의 바탕 위에서 성립된다. 달리 말하자면, 시는 물리적 자연을 언제나 정신적 존재로 환원하여 이해한다는 뜻이다. 신화비평가인 프라이N. Frey의 《문학의 원형》에 의하면, 문학의 세계에서 "으뜸가는 사실은 원자나 전자가 아니라 인간(육체)이고, 으뜸가는 힘은 에너지나 중력이 아니라 사랑과 죽음과 정열과 기쁨"이기 때문이다. 그리고 사실상 시의 상상력 자체가 바로 이러한 동일성의 확증을 담보하는 기제가 된다고 말할 수도 있다. 왜냐하면 상상력이란, 단순히 말하자면, 전혀 관계가 없어 보이는 사태나 존재들 사이의 동일성을 파악하는 능력이기 때문이다. 원시 인류는 바로 이러한 상상력을 토대로 자연의 모든 사물과 인간을 동일시할 수 있었는데, 시의 모태로서의 신화야말로 바로 이러한 인류의 원형적 상상력의 보고가 될 터이다. 시는 우리의 지성에는 모순되고 불합리하게 보이는 이러한 신화적 상상력을 자유자재로 사용한다. 왜냐하면 시란 우리가 지성으로 파악할 수 있는 존재하는 그대로의 자연을 묘사하는 것이 아니라 인간적인 마음으로 완전히 흡수하고 포착한 세계를 보여주는 것이기 때문이다. 결국 시의 세계에서 물질적 자연은 인간 정신의 객관적 상관물로서만 존재한다고 말할 수 있다. 시에서 자연은 언제나 생명과 정신을 지닌 것으로만 상정된다는 것이다. 시인의 신화적 초상이 된 오르페우스가 수금lyra을 켜면 온갖 산천초목과 동물들이 같이 소리 내어 울고 웃었다는 이야기는 시와 자연의, 시와 생명의 원초적 친화성을 상징하는 것이리라. 다시 한 번 프라이의 견해를 빌리자면, 시야말로 "우리의 정신을 세계와 연관짓는 방식으로 언어를 사용한다"는 것이다. 결국 시는 인간의 정신과 자연을 유기적 전체로, 즉 하나의 공동운명체로 노래한다는 뜻이겠다.

3. '생명-문학'으로서 90년대 생태시의 의의

우리의 현대시사에서 '생명'과 '자연'은 언제나 시의 가장 중요한 소재이자 모티프였다. 1930년대의 유치환과 서정주 등에 의한 '생명파'의 출현과 조지훈 박목월 등 '청록파'의 등장 이래 우리 현대시사는 사실상 자연과 생명에 대한 지속적인 관심사 속에서 이어져왔기 때문이다. 이 같은 생명과 자연에 대한 우리 시의 관심은 산업자본주의에 의한 물질만능주의로 인해 초래된 전지구적인 생태계의 위기나 환경의 파괴와 더불어 1990년대로 접어들면서 한층 고조되었던 것으로 보인다. 그리고 이러한 시적 관심의 결실이 '생태시eco-poetry'의 등장으로 귀결된다. 물론 생태와 환경에 대한 관심이 시 작품의 경우에는 이미 도시산업화가 한창 진행되고 있던 1970년대부터 등장하기 시작한 것이 사실이지만, 이론적 관심과 더불어 본격적이고도 의식적으로 생태담론이 활발하게 생성되기 시작한 것은 아무래도 이념-지향적 성격이 강했던 1980년대의 '시의 시대'를 통과하면서야 가능하게 되었기 때문이다. 이러한 맥락에서는 물론 김지하의 '생명사상'의 등장이나 '신사회운동' 같은 사회적 흐름도 간과할 수 없는 시대적 초상으로 자리하게 될 터이다.

그렇다면 지난 90년대에 있어서 생태시의 의의는 무엇인가? 그리고 생태시란 어떤 시를 말하는가? 그것은, 단적으로 말하자면, 생태학적이거나 생태주의적 관점에 의하여 생겨났거나 혹은 생태학적 인식과 환경 운동의 이념들에 대한 적극적인 지향을 표방하는 시적 실천이나 작품들을 말한다. 달리 말해서, 생태시는 생태학ecology이라는 학문[24]과 생태주의ecologism라는 이념으로부터 자기 존립의 근거를 취하면서 이들의 방법론과 이념을 작품 속에서 구현하고자 하는 시, 즉 이 지구상의 생명체가 그 존재의 항상성을 도모하는데 기여하는 시라고 간략히 정의할 수 있는 것이다. 여기에는 물론 생태를 규명하는 시, 생태를 보존 혹은 복원하는 시, 생태의 이상을 노래하는 시 등의 다양한 경향들이 모두 포함될 수 있다. 지난 90년대의 생태시의 흐름에서 가장 중요한 자리를 차지하고 있는 한 시인의 다음과 같은 시는 물론 이 같은 생태주의의 이념으로부터 파악된 근대 사회의 실상에 대한 고발의 성격을 띄고 있을 터이다.

무뇌아를 낳고 보니 산모는
몸 안에 공장 지대가 들어 선 느낌이다.
젖을 짜면 흘러내리는 허연 폐수와
아이 배꼽에 매달린 비닐 끈들.
저 굴뚝들과 나는 간통한 게 분명해!
자궁 속에 고무인형 키워온 듯
무뇌아를 낳고 산모는
머릿속에 뇌가 있는지 의심스러워
정수리 털들을 하루 종일 뽑아댄다.

— 최승호 〈공장지대〉 전문

---

24) 생태학이란 용어가 처음 사용된 것은 1869년 미국의 동물학자 핵켈E. Haeckel에 의해서이다. 이후 그것은 '표층 생태학shallow ecology'과 '심층 생태학deep ecology'으로 구분되기도 한다. 기왕의 생태학을 보다 철학적으로 심화시키는 작업을 수행한 바 있는 노르웨이의 철학자 네스A. Naess는 환경오염이나 자원의 고갈을 막고자 서구 국가들이 그동안 벌여왔던 녹색운동이나 환경운동 같은 움직임을 표층 생태학의 관점에 서 있는 것으로 판단하면서, 이러한 관점의 생태학은 여전히 인간의 건강과 풍요가 그 사고의 중심에 있는 인간중심주의적 사고임을 천명한 바 있다. 반면에 심층 생태학은 개체와 공동체, 자연과 만물 사이의 새로운 균형과 조화를 모색하는 범생명주의적 생명 평등주의라고 천명한다. 이는 모든 생명체를 유기적 전체로 보고 각종의 생명체들은 이 전체와의 상호보완 관계 속에 존재한다고 간주한다. 그러므로 생명 평등주의는 생태계의 모든 유기체들과 존재는 모두 동등한 내재적 가치를 지닌다고 주장한다. 이 심층 생태학의 전점에서는 기존의 자연을 통제하려는 지배적인 세계관이 비판되며 자연과 조화를 모색하고자 한다. 이러한 생명 평등주의와 자연과의 조화라는 목표를 위해 이 관점이 내세우는 실천적 전략은 인간의 욕구를 자아의 보존과 실현에 필요한 최소한의 것으로 제한하자는 것이다. 결과적으로 표층 생태학으로부터 심층 생태학으로의 전환은 인간중심주의적 생태학으로부터 생면 평등주의적 생태학으로의 전환이라고 할 수 있다. 심층 생태학에 대한 사회적 확장과 비판은 '사회 생태학social ceology'의 길을 열게 된다. 즉 미국의 북친M. Bookchin은 생물중심주의biocentrism가 주장하는 반인본주의적 생명 평등주의는 결국 '에코파시즘ecofascism'으로 전락할 수 있음을 경고하면서, 오늘날 생태계의 위기는 인간의 자연에 대한 지배보다는 인간이 다른 인간을 지배하고 억압하는 사회적 불평등에 그 원인이 있다고 본다. 여성에 대한 남성의 억압, 한 계급에 대한 다른 계급의 지배와 억압 등 인간의 불평등한 지배 구조가 자연에 대한 지배와 착취로 이어졌다는 것이다. 따라서 사회 생태학은 먼저 계급질서를 토대로 한 사회구조를 변혁시켜 평등사회를 구현하는 것이 생태 위기를 극복할 수 있는 선결과제로 본다. 사회 생태학의 핵심이 남녀의 성차별과 인간의 불평등이라고 할 때, 당연히 제기될 수 있는 것이 '생태 여성주의eco-feminism'이다.

생태는 본질적으로 자연 환경과 관련되어 있다. 모든 생명체는 자연의 일부이며 또한 이 자연의 혜택으로 생존하기 때문이다. 그러나 오늘날의 인류 문명 - 특히 서구의 근대 물질문명이 야기한 산업 자원의 습득, 환경오염, 공해, 인구의 증가, 농업 생산성의 증대 등은 역사적으로 일관되게 인간이 자연을 정복 혹은 훼손하는 과정이었다고 할 수 있다. 그러한 관점에서 90년대 생태시의 일차적 과제는 생명을 존중하고 훼손된 자연을 복원하는 일이었던 것으로 보인다. 왜냐하면 생태시의 존재근거는 생명과 환경, 생명과 생명 사이의 관계인식에 있으며, 이러한 '관계'의 총체를 우리는 자연이라고 부르기 때문이다. 달리 말해서, 생태라는 말의 핵심은 자연과 생명에 있다는 뜻이겠다. 넓은 의미에서는 인간 정신도 자연의 일부에 지나지 않는다. 그러므로 인간을 포함한 지구 상의 모든 존재는 생태의 자장 속에 있다고 할 수 있다. 생태시의 의미는 인간과 자연의 유기적 전체를 지향하는 생태학적 세계관의 핵심에 있는 생명의 개념, 즉 생태계의 생명들 사이의 관계에 대한 새로운 인식을 보여주는 데 있다. 생태시를 '생명시'라고 불러도 무방한 이유가 거기에 있다.

90년대의 생태시가 산업화사회로 인한 생명의 훼손 및 비인간화의 문제에 관심을 갖는다는 점에서 그것은 문명비판적인 도시시나 일상시의 형태를 가질 수도 있는 반면, 또한 일정한 정도에서는 잠언과 비유의 형식을 빌려 자연이나 영성으로의 순응과 회귀를 노래하는 자연시나 정신주의시의 경향을 가질 수도 있다. 그것은 전통적인 상투적 서정성을 거부하면서 보다 절실한 현실 문제를 시에 수용함으로써 서정시의 지평을 확장하고자 하는 장점을 지니게 된다. 그러나 90년대의 생태시나 자연시가 갖는 문제점으로는 생태라든가 자연 혹은 생명의 문제가 단순히 소재주의의 차원에 머물면서 그 이론에 합당한 미학적 형식을 산출하지 못했다는 점에 있을 듯하다. 달리 말해서 생태시, 일상시, 도시시, 신서정시, 정신주의시라고 불리는 다양한 경향의 시들은 그 용어에 부합하는 자기정체성의 형식과 자신만의 장르적 – 미학적 특질을 담보할 수 있는 시적 형식의 창조에는 도달하지 못한 채, 일부의 특징들이 서로 접합되거나 삼투되는 혼융의 양상을 보였다는 것이다. 사실상 생태시는 신서정시와는 형식상의 구조에서, 문명비판적 도시시와는 사상적 배경에서, 여성주의시와는 이념적 지향에서, 정신주의시와는 서정적 부정성의 극복이라는 측면에서 시적 지반을 공유하고 있었던 것으로 보인다.

4. 21세기적 '생명'의 한 풍경 – 환상시의 경우

오늘날 우리 젊은 시인들의 시적 관심을 염두에 두고 말하자면, 지난 90년대에 두드러졌던 생태시의 흐름은 다소 주춤하고 있는 것으로 보일지도 모르겠다. 그러나 지난 시대의 생태시들이 대부분 생태환경과 생명의 문제에 소재적 – 외형적으로 대응하고자 했다면, 오늘날의 젊은 시인들의 시 세계는 보다 공명이 풍부한 생명의 내적 형식을 확보하려는 노력을 보여주고 있는 것처럼 내게는 보인다. 가령, 생명이라거나 생태라는 문제의식과는 거리가 먼 듯한 일군의 젊은 시인들에게서 두드러지는 환상성이 풍부한 '환상 – 시'의 경우에도 이 생명의 문제는 표면적으로 담론화되고 있진 않지만, 이들 시의 궁극적인 지향점을 염두에 둔다면 생명의 문제에 대한 보다 깊이 있는 천착을 보여준다고 말할 수 있다. 왜냐하면 이들 젊은 시인들이 관심을 집중하고 있는 무의식, 환상, 꿈의 영역은 바로 자연과 생명의 본원적 자리이기도 하기 때문이다.

생명이란 근본적으로 인간 본성의 자연적 측면, 즉 무의식적 측면을 의미한다고 말할 수 있다. 생명의 본성은 자연의 본성이며, 자연의 본성은 또한 무의식적이기 때문이다. 그것은 우리의 의식이 이해할 수 있는 영역이 아니다. 우리의 정신은 다만 창조된 자연 natura naturata의 결과물만을 의식할 수 있을 뿐, 창조력 그 자체로서의 자연natura naturans을 의식할 수는 없다. 생명에 대한 시적 탐구가 곧 자연에 대한 탐구이며 또한 무의식에 대한 탐구인 이유도 바로 거기에 있다. 자연과 무의식은 사실상 오늘날 우리 시의 양대 흐름인 서정시와 환상시의 고유한 토대를 이룬다. 서정시는 물질적 자연과의 친화력을 그것의 본질로 삼으며, 환상시는 물질적 몸을 통한 무의식의 드러냄을 그 본질로 삼기 때문이다. 그렇다면 새로운 세기에 들어 뚜렷하게 드러나고 있는 서정적 경향의 시들이나 환상적 경향의 시들 모두가 공통적으로 '생명'에 토대를 둔 자연에 대한 강력한 친화력과 지향성을 갖고 있다고 말할 수도 있을 터이다.

서정시의 존재론적 입지는 자연을 근원적으로 인간 정신이라는 주체의 자기동일성의 유비로 파악한다는 점에서 그것을 정신의 객관적 상관물로 간주한다. 환상시 역시 인간 정신을 무의식적 생명 활동으로서의 자연으로 간주한다는 점에서 자연과 정신의 동일성을 주장한다고 할 수 있다. 그러나 서정시는 인간 정신/의식의 층위에서 자연을 파악하는 반면, 환상시는 무의식/자연의 층위에서 인간 정신을 파악한다는 점에서 차이를 갖는다. 자연과 정신의 동일성을 의식의 층위에서 포착하려는 서정시는 자연 역시 정신을 갖는다는 관점을 취하고, 그것을 무의식의 층위에서 파악하는 환상시는 정신 역시 무의식으로서 자연의 일부라는 관점을 취한다는 것이다. 다시 말해 서정시는 생명 혹은 영혼을 정신/의식의 현상으로, 환상시는 그것을 자연/무의식의 현상으로 파악한다는 뜻이겠다. 이러한 관점의 차이에서 가령, 정신과 자연을 공통적으로 일원론적으로 파악하면서도 물질적 현상과 정신적 현상은 평행한다는 라이프니츠G. W. v. Leibniz의 평행이론과 물질적 – 심리적 현상은 동일한 것의 다른 표현이라는 스피노자B. d. Spinoza의 동일성이론의 차이가 존재한다. 라이프니츠에게 있어서 자연은 예정조화에 의해 정신과 일치하는 반면, 스피노자에게 있어서 자연은 그 자체로 정신의 다른 표현이 된다. 그 둘의 차이가 오늘날 우리의 서정시와 환상시의 자연혹은 생명 파악에 있어 인식론적 근거가 되고 있는 것은 아닐까?

> 원형 탁자 위로 물 한 컵을 갖다 놓는다. 나는 오늘도 밤새울 모양이다. 창백한 몸뚱이가 한쪽 벽을 부여잡은 채 놓여 있다. 몸뚱이에서 관절들이 풀려 공중으로 추락한다. 지나가던 사람이 전화선을 타고 방으로 들어온다. 소금알처럼 버석거리는 웃음기가 작동되는지 확인하고는 연기가 되어 창틈으로 새어나간다. 강을 건너간 사람이 잠시 돌아와 추억을 벗어 말리고 바다로 간다. 몸뚱이에 묻은 발자국들을 기록하던 나는 의자에서 일어난다. 바람의 링거액을 체크하고 천천히 물을 마신다. 그리고는 벽 쪽으로 가 몸뚱이에 묻은 발자국들을 물걸레로 훔치는 사이 몸뚱이는 꿈을 꾼다. 비단실 꿈을 방 안 가득 풀어 헤친다. 나는 쪼그리고 앉아 실타래를 감는다. 가느다란 실 끝을 따라 아침이 온다. 몸뚱이를 아침에게 인계하고 나는 그 자리에 한쪽 벽을 부여잡은 채 누에처럼 눕는다. 누군가 원형 탁자 위로 물 한 컵을 갖다 놓는다. 하늘이 들어오려고 창문을 잡아 뜯는다. 커튼이 찢겨져 낭자하게 붉은 빛을 뿌린다. 창문으로 빠져나가려고 벽이 약간 기운다.
>
> — 이민하, 〈나비잠〉 전문

사람의 신체가 뒤틀리고 절단되거나 마모되는 '엽기적인' 상황을 꿈이나 환상의 장치에 실어 표현하는 것은 이즈음 젊은 '환상파' 시인들의 공통된 특징들 가운데 하나이다. 인용된 시인의 경우 외에도 황병승, 김행숙, 김민정, 김근 등 많은 젊은 시인들의 시의 무대는 악몽과도 같은 무의식 혹은 상상계의 풍경들이다. 그렇기에 거기에서는 의식/주체가 구성하는 현실 세계와는 달리, 라캉식의 주체 형성모델인 거울단계 이전의 꿈이나 욕망 같은 의식/주체의 타자들이 발언권을 행사한다. 인용된 시에서처럼 자신의 신체를 파편화된 조각들로 받아들이는 것은 이 시의 무대가 바로 거울단계 이전의 상상계임을 알려주고 있는 것이다. 프로이트나 라캉에게 있어서 자아가 자신의 몸을 유기적으로 통일된 전체로 지각하는 것은 이러한 거울단계를 통과하고 나서의 일이다. 달리 말해서 이들 젊은 시인들의 시 세계에 있어서 '생명'은 의식이 구성하는 현실의 차원에 있다기보다는 그 아래, 즉 무의식이 구성하는 꿈과 환상이라는 본능적인 욕망의 차원과 밀접하게 관련되어 있다는 뜻이겠다.

5. 나가며 – 생성으로서의 생명

근대는 생명이라는 현상을 일반적으로 이성/의식에 의해 관찰, 실험, 해부가 가능한 것으로 간주한다. 계몽주의의 근대성 기획 이래 현대 과학과 생물학의 비약적인 발전은 이제 인간으로 하여금 이러한 생명의 조작마저 가능한 것으로 만들고 있다. 물론 유사 이래로 인간 지성에 의한 과학과 기술의 발달은 아주 소박한 수준에서는 농작물이나 가축의 품종 개량으로부터 오늘날의 인공수정과 유전자 변형과 체세포 복제에 이르기까지 생명의 조작을 끊임없이 실험해왔던 것도 사실이다. 과학과 기술의 발전에 따른 인류 역사의 억압으로부터의 해방을 믿는 낙관론자들은 분자생물학이나 유전공학의 발전이 인류의 식량문제나 자원과 에너지 부족문제를 해결할 수 있으며, 대부분의 유전적 질환을 예방하고 치료할 수 있을 것이라고 믿는 듯하다. 그리고 또한 생태학적으로는 이미 멸종된 생물종을 복원시키는 등의 장점을 거론하기도 한다. 그러나 근대는 또한 생명현상을 자연이나 정신 혹은 무의식과 분리되는 것으로 간주함으로써 총체적인 생명의 파괴를 자초한 시대이기도 하다. 생물학 전공자였던 한 시인의 다음과 같은 시 구절이 절실하게 다가오는 것도 바로 이런 역사적 맥락 때문일 터이다. "神은 시골을 만들었고 / 인간은 도회를 건설했다 // 神은 망했다"(이갑수, 〈신은 망했다〉).

생명조작의 기술이 분자생물학이나 유전공학이라는 학문의 이름으로 만연할 때, 거기에는 한편으로는 생명에 대한 종교적 윤리적 가치들과의 갈등으로 인한 심각한 문제들이 제기될 수 있으며, 다른 한편으로는 가령 유전자 변형종들로부터 발생할 수 있는 자연 생태계의 파괴가능성의 문제가 제기될 수도 있다. 이처럼 현대 과학과 생물학의 발전은 자연과 인류 사회에 축복이 될 수도, 또한 저주가 될 수도 있다. 그 선택은 전적으로 인류 자신에게 달려 있는 것처럼 보인다. 종교와 윤리가 생명의 문제에 개입하지 않을 수 없는 이유도 바로 이 '선택' 때문이라고 해야 한다. 생명은 과학적 사실과 윤리적 가치라는 양 측면을 동시에 갖는다. 생명의 물리적-인식적 측면은 필연적 사실의 영역에 속할 테지만, 그것의 정신적-영적 측면은 인류가 선택하고 추구해야 할 가치의 영역에 속하기 때문이다. 그렇기 때문에 도덕적 규범의 윤리적 정당성이 학문과 과학의 합법칙적 진리 추구를 억압해서도 안 되지만, 그렇다고 학문의 합법칙성이 도덕의 정당성을 떠나 따로 존재할 수 있다고 믿는 것도 어리석은 일일 것이다.

일찍이 칸트 I. Kant는 윤리의 절대적 필요조건으로서 인간의 자유의지, 영혼불멸, 신의 존재라는 세 가지 이념을 상정하지 않을 수 없다고 말한 바 있다. 그러므로 생명을, 그리고 인간의 삶을 자유 의지를 갖는 윤리적 존재로 정립하려는 철학과 윤리학의 논리에서는 생명에 대한 자연과학적 개념과 인식은 자연과 인간의 존엄성을 고려하지 않은 맹목적인 것으로 보일 수도 있다. 인간은 한편으로는 자연과학이 상정하고 있는 그대로 물리적 자연에 속한 존재이긴 하지만, 동시에 철학과 종교가 상정하고 있는 도덕성과 영혼을 가진 자유로운 존재이기도 하다. 어쩌면 중요한 것은 생명을 어떤 고정된 실체로 이해하는 것이 아니라 끊임없는 생성의 과정 그 자체로 이해하는 일일지도 모른다. 생명이 그러하다면, 마땅히 이 같은 본원적 생명의 노래로서의 시 역시 끊임없는 생성의 과정 한가운데 있는 것이리라.

어머니 몸으로서의
세계
— 신화 비평적 측면에서 본 어머니

1. 아버지 부재 시대의 어머니

흔히 '시의 시대'라고 일컬어졌던 지난 80년대 시의 주된 특징들 가운데 하나를 우리는 어쩌면 '아버지 죽이기'라는 말로 요약할 수 있을지도 모른다. 왜냐하면 그 시대는, 사회심리학적 측면에서 보자면, '아버지의 법'이라고 부를 수 있을 기존의 현실과 언어가 구성하고 있는 지배 권력에 대한 강력한 반항의 의지와 해체의 실천을 보여주었다고 판단되기 때문이다. 별다른 논거 없이도 우리는 황지우, 이성복, 박남철, 최승자, 김혜순 같은 시인들의 행보를 돌이켜보는 것으로 그 점을 충분히 인정할 수 있을 것이다. 그리하여 과연 저 아버지는 죽거나 아니면 적어도 이 땅에서는 추방된 것인지, 80년대가 저물어 가는 시점에 이르러 한 평자는 그 시대 후반기 시들이 지니고 있는 내면적 특징을 〈편모슬하에서의 시 쓰기〉라는 명제로 제출함으로써 '아버지 죽이기' 운동이 이미 '아버지 부재' 상태로 이행했음을 명확히 한 바 있다. 기형도, 장정일, 김영승 같은 시인들의 작업이 이러한 상태를 입증하기 위한 알리바이로 작용할 수 있을 것이다. 다음과 같은 발언에 별다른 유보 조항 없이 우리가 동의할 수 있는 것도 바로 그러한 점 때문이다.

> 80년대 전반의 시인들은 어쨌든 아버지를 만나 처절한 싸움을 치렀고, 그 결과 그들 스스로 아버지가 되었다. 그들에게는 타도해야 할 대상이긴 했지만 그래도 아버지가 있었다. 다시 말해 나름대로의 세계의 질서를 공유하고 있었던 것이다. 그래서 그들은 분명한 적과 명분을 지니고 있었고, 세계에 대하여 무거운 책임의식을 보여주었던 것이다. 그러나 80년대 후반의 시인들에게는 아버지가 없다. 그들은 모든 가치와 질서가 해체되고 중심이 비어버린 세계에 던져진 세대이다.
> — 이남호, 〈편모슬하에서의 시 쓰기〉,《문학의 위족》, 105-6쪽.

그리고 이제 강산도 변한다는 10여 년의 세월을 사이에 두고 우리는 새로운 세기의 들목에 서 있다. 여기에서 우리의 관심은 저 아버지 부재의, '중심이 비어버린 세계에 던져진 세대'가 이후 어떠한 시적 도정을 겪어왔는지 '어머니'의 이미지를 화두로 삼아 제시해보고자 함에 있다. 그러니 이 글에서 문제 삼고자 하는 것은 저 부재하거나 죽은 아버지가 아니라, 아버지가 없는 상황에서 천둥벌거숭이 자식들을 홀로 떠맡게 된 저 가련한 어머니의 행적이다. 우리는 이 어머니의 행방을 좇아가도록 할 것인데, 이 탐색의 과정은, 물론, 어머니는 어떤 존재인가라는 그 존재론적 위치를 확인하는 작업이 될 것으로 보인다.

사실상 어머니라는 존재의 탐색은 세계의 영웅 신화로부터 오늘날의 시적 도정에 이르기까지 문학적 모티프로서 별다른 주목을 받아본 적이 없는 듯하다. 신화학자 조셉 캠벨은《신화의 힘》에서 그 이유를 "어머니는 '여기' 있으니까"라고 간략히 대답한 바 있다. 그렇다, 어머니는 무엇보다도 우선 '여기에 나와 함께 있음'의 존재이다. 이렇듯 어머니의 존재는 언제나 현재성이자 편재성의 특징을 갖는다. 어머니에게 자식이란 복수複數로 존재하겠지만, 자식들에게 어머니는 그 각각에 대해 언제나 지금 함께 하는 존재라는 말이다. 그녀는 생명을 몸소 낳는 출산자이자 기르는 양육자이며 감싸는 보호자이다. 새삼 강조할 필요가 없는 사실이지만, 신화에 의하면, 모든 존재는 그 아비로부터가 아니라 어미로부터 생겨나는 듯하다. 말하자면 아비 없는 자식은 있어도 어미 없는 자식은 없는 법이라는 뜻이다. 하기야 신화를 끌어들일 필요도 없이 근대에는 체세포 복제란 것을 통해서 생겨난 '돌리'라는 어떤 양은 아비 없이도 그 어미의 난자와 자궁만으로도 생명이 출현할 수 있음을 '과학적으로' 입증해주었던 터이다. 그러니 아비를 필요로 하지 않는 저 어미는 신화 속의 처녀 여신을 닮아 있는 것처럼 보인다. 신화가 모든 존재의 출현을 알리는 저 우주의 자궁이 처녀의 그것이었음을 말해주는 것은 그러므로 우연이 아니다. 신화는 인간의 삶을 상징적으로 표현한다. 그것은 베일 속에 깊숙이 감추어져 있는 인간의 마음과 행동양식, 즉 자연과 인간과의 관계에 대한 심리적인 상황을 상징적으로 압축해 놓은 이야기이다. 이러한 점에서 신화 속에는 인간의 모든 것이 투사되어 있다고 할 수 있다. 그러나 이제 과학이 저 신화의 상징을 현실로 만들고 있는 세계를 우리는 살고 있다.

2. 어머니 몸으로서의 세계

신들의 계보학이랄 수 있는 헤시오도스의 《신통기Theogonie》가 전하는 바에 의하면, 우주 최초의 신, 그러니까 모든 존재들의 모태는 바로 태고적 혼돈으로서의 카오스Chaos라고 한다. 이 카오스야말로 만신과 만물의 어미라는 것이다. 그리고 이 카오스로부터 비로소 우리가 오늘날 '어미의 신화적 상징'이라고 알고 있는 저 대지의 신 가이아Gaia가 탄생하는데, 헤시오도스는 이 가이아 탄생의 배후에 에로스Eros가 있다고 생각한다. 말하자면 태초에 모든 존재들의 모태로서의 카오스가 있었고, 그 다음에 만물을 생성하는 가이아와 혼돈을 이 생성의 대지 위에 질서 있게 배치할 원리인 에로스가 생겨났나는 것이다. 그러니 카오스와 가이아로서의 이 세계의 어미인 우주적 여성은 처녀 어미인 셈이다. 신화학자는 이 처녀 어미를 다음과 같이 설명하고 있다.

> 다소 추상적으로 이해하자면 그녀는 세계의 경계를 이루는 틀, 곧 우주적 알의 껍질인 '공간, 시간, 그리고 인과'이다. 조금 더 추상적으로 말하면, 그녀는 자가 번식하는 절대자를 움직여 창조의 행위를 유발하는 유혹자인 것이다.
> 창조자인 부성적 측면보다는 모성적 측면을 강조하는 신화 체계에서 이 원초적 여성은 태초의 세계를 지배하면서, 남성에게 맡겨졌을 법한 역할을 수행한다. 그리고 이 원초적 여성은, 배우자가 눈에 보이지 않는 미지의 존재이기 때문에 처녀다.
> — 조셉 캠벨,《세계의 영웅 신화》, 대원사, 1989. 290쪽.

이 같은 여신이라는 관념은 우리는 모두 어미에게서 태어났다는, 아비는 우리에게 생소할지도 모르고 또 오래 전에 세상을 떠났다는 관념과 관계가 있다고 한다. 그러니 저 어미는 언제나 지금 여기에 나와 함께 있는 존재인 것이다. 이러한 의미에서 나와 함께, 내가 그 속에 있음으로서의 어미의 존재란 바로 세계 그 자체의 상징이라고 말할 수 있다. 주로 농경문화와 밀접한 관련을 맺고 있는 이러한 신화적 여신의 이미지는 그 자체 대지의 상징으로 자리하게 된다. 대지가 식물을 낳듯이 저 원초의 여신은 인간을 낳는다. 대지가 그 식물을 기르듯이 저 원초의 여신도 인간을 기른다. 여신으로서의 이 어미가 지니는 마력은 대지가 지니는 마력과 똑같은 것이다. 따라서 만물을 낳고 기르는 에너지의 화신은 당연히 여신의 모습을 지니게 된다고 하겠다. 그리고 여신이 창조신일 때, 이 여신의 몸은 곧 우주가 된다. 이런 여신은 바로 우주와 동일시되는 것이다. 캠벨은 칸트 철학의 입장에서 이 여성은 우리가 '감각의 형상'이라고 부르는 것을 표상한다고 말한다.

> 여성은 시공 그 자체인 것인데, 이 여성 너머에 있는 신비는 곧 한 쌍의 대극을 초월하는 신비인 것입니다. 이 신비의 형상에 이르면 남성도 아니요, 여성도 아닙니다. 존재하는 것도 아니고 존재하지 않는 것도 아닙니다. 그런데도 '만물'은 이 안에 있지요. 그래서 여성은 그 여성이 낳는 자식이기도 한 겁니다. 그러니까 우리가 생각할 수 있는 모든 것, 우리가 볼 수 있는 모든 것은 여신이 낳은 것입니다.
> ― 조셉 캠벨, 《신화의 힘》, 고려원, 1992. 318쪽.

그렇다면 이 세상 만물의 모태인 이 어미라는 존재는 남성과 여성이 분화되지 않은 곳, 그러니까 성별의 차이 너머에 있는 어떤 장소라고 하겠다. 그곳은 존재와 비존재를 초월해 있으며 존재하는 곳인 동시에 존재하지 않는 곳이다. 태초의 어미는 바로 존재와 비존재, 남성과 여성의 구분을 넘어서 존재한다. 그러므로 자식에게 본성을 부여할 수 있는 존재는 이 어미뿐인 것이다. 아비는 기껏해야 자식에게 사회적인 성격을 부여할 수 있을 뿐이다. 따라서 근본으로 돌아가는 경향을 보인다는 것은 곧 어미의 원리로 돌아가는 경향을 드러내고 있다는 뜻이다. 그렇게 어미의 이미지는 언제나 고향의 이미지와 겹쳐진다. 우주의 어미인 위대한 여신은 곧 이 땅이 여신의 몸이니만치 이 땅 자체의 신성도 섬겨주기를 요구한다. 여신은 우리 안에도 있고 밖에도 있다. 우리의 몸은 곧 여신의 몸이기도 하기 때문이다. 우주와 우리가 별개가 아니라 결국은 하나라는 인식을 가능하게 해주는 것, 이것이 바로 창조주로서의 처녀 어미의 신화인 셈이다. 그 신화는 나의 존재 자체가 어미의 몸이며, 어미의 몸이 결국 이 세계임을 말해준다.

어미가 바로 이러한 생명의 터전으로서의 카오스나 가이아의 다른 이름이라면, 이 어미는 동시에 혼돈과 죽음의 상태를 의미하기도 한다. 이 혼돈과 죽음의 상태는 그러나 다른 모든 것들이 그것으로부터 재탄생되어야 할 질서와 삶의 모태이기도 하다. 결국엔 그렇다. 어미는 무덤이자 자궁, 일체의 혼돈이자 질서, 삶과 죽음이 얽혀 있는 시공간의 상징으로 자리한다. 생명의 어미는 동시에 죽음의 어미이다. 그녀는 죽은 자들의 대지이며 또한 산 자들의 터전이다. 이렇듯 어미는 삶과 죽음이 길항하는 하나의 장소, 하나의 표지를 의미한다. 우리는 이 어미의 몸으로부터 나와 어미의 몸으로 되돌아간다. 그리고 나의 몸 자체가 이미 이 어미의 몸인 것이다. 하이데거 같은 철학자는 이러한 '세계 - 내 - 존재'의 방식을 일러 '현존재'라고 규정한 바 있지만, 이 현존재는 본래부터 세계 속에 있다는 방식으로만 존재하며 따라서 세계 없이 현존재만 있다는 것을 생각할 수 없는 것이라고 말한다.

3. 어머니 노래로서의 시

모든 시인은 자신만의 고유한 체험과 환경으로부터 구성된 독특한 이미지 조직을 사용한다. 그러나 수많은 시인들이 수많은 동일한 이미지를 사용할 때, 거기에는 분명 개별 시인들의 전기적 체험이나 환경의 문제보다는 훨씬 더 큰 비평적 문제가 얽혀 있다. 가령, '바다'와 같은 중요한 상징은 문학의 한 원형적 상징으로서 많은 시인들에게 무의식적인 영향을 미치게 마련이다. 신화비평의 정초자인 프라이N. Frey는 〈문학의 원시성〉이란 글에서 "시는 항상 우리는 시간적 의미에서가 아니라 사회적 의미에서 원시상태로 데려간다"고 말한 바 있다. 그러면서 그는 이 '원시적'이란 수식어를 다음과 같이 규정한다: "원시적인 사람이란 그의 인간성이 처한 존재적 상황에 깊은 관심을 갖고 있으면서 그런 상황과 관계된 감정, 사색, 희망, 절망, 욕망에 사로잡혀 있는 사람을 말한다." 말하자면 시간에 지배되는 삶의 기계화에의 항거가 시와 시인이라는 존재의 심리적 근거라는 것이다. 시는 그러한 원시적 상태의 환기를 통하여 인간의 본성과 자연의 본성이 근본적으로 동일하다는 사실을 강조한다. 이러한 의미에서 우리는 문명의 발달에 의한 인간 스스로의 노예화에 항거하는 시의 힘이 바로 신화창조적인 상상력이라고 말할 수 있다. 사고의 습관이 여전히 원시적이었던 시기에 시는 일찍이 개화기와 황금기를 경험했다. 그렇다면 오늘날의 시는 이미 지나간 시대의 기억 속에서나 살고 있는 것처럼 보일지도 모른다.

사실상 시라는 형식은 저 영원한 존재의 근원으로서의 어머니에 대한 기억과 향수를 각인하고 있는 장르이다. 낭만주의 시학 속에 개진되어 있는 모든 견해들의 뿌리에는 이 고향에 대한 기억과 향수가 항존하고 있음을 분명히해준다. 말하자면 시는 이제는 인류가 상실해버린 '황금시대'로서의 고향에 대한 기억에 의해 저 실낙원으로 되돌아가고자 하는 귀소 본능의 작업이라는 것이다. 이러한 점이 시라는 형식의 운명이 되고 있음은 시의 원-형식이라고 할 수 있는 서정시가 근본적으로 기억에 의존하는 장르라는 사실이 말해주고 있는 터이다. 이 기억과 회상은 오르페우스 신화에서부터 프루스트의 소설에 이르기까지 시간의 탈환, 즉 다시 찾은 시간과 관계되어 있다. 기억은 만족과 충족의 시간이었던 '잃어버린 시간'을 되찾는다. 시는 기억 속에서 마모되어 가는 시간의 질서에 반항한다. 시는 시간에 의하여 지배되는 세계 속에서 시간을 이겨내려는 노력에 기억을 사용하는 것이다. 물론 시간이 저 귀소 본능을 압도하는 힘을 유지하는 한, 행복은 본질적으로 과거의 것일 뿐이다. 그럼에도 불구하고 시는 이 기억에 의존하여 노동과 경제성이라는 아비의 원리에 대립되는 쾌락과 아름다움이라는 어미의 원리에 봉사한다. 시는 아이를 대하는 어미처럼 명령하지 않고 노래한다. 따라서 시의 말은 어미의 노래를 흉내 내는 일일지도 모른다. 그리고 시의 말을 통해서 불리어지는 저 어미의 노래는 우주의 울림 그 자체일 것이다.

존재를 근원적인 결여의 상태로 인식한 플라톤의 사고는 프로이트의 심리주의와 대립하지 않는다. 모든 존재는 어머니의 신체에서 분리된 자신을 근원적인 결여로서 경험하기 때문이다. 프로이트는 이러한 결여로 인해서 어린아이의 삶은 회복할 수 없는 불완전성의 드라마를 구성하게 된다고 말한다. 왜냐하면 아이는 스스로 만족을 느낄 만한 대상을 이 지상에서 영원히 찾을 수 없기 때문이다. 그러나 이 불완전성의 드라마는, 미학적으로 보자면, 낭만주의 예술관의 심리학적 번역일 뿐이다. 낭만주의자들에게 시는, 예술은 잃어버린 황금시대를 향한 동경의 형식으로 존재하기 때문이다. 그러나 시간을 거슬러 기억과 향수에 의해 추동되는 저 동경은 결코 도달하거나 완성될 수 없는, 무한한 추구의 운동으로서만 가능한 그런 통로를 마련해준다. 동경의 형식으로서의 시는, 황금시대로 상징되는 저 어미의 자궁은 그로부터 분리됨으로써 우리의 모든 고통과 고독과 불안이 시작된 실낙원의 상징이며, 그리고 저 상실된 낙원이 바로 우리 존재의 근원적인 자리임을 말해준다.

신화비평이나 원형비평의 관점에서 창조의 신비의 모체로서 어머니는 언제나 물의 이미지와 겹쳐진다. 이 물은 구체적으로는 바다나 강의 이미지로 나타난다. 그리하여 바다나 강은 언제나 탄생, 죽음, 부활, 정화와 속죄, 풍요와 성장의 상징이 된다. 바다는 또한 영혼의 신비와 무한성의 상징이며, 강은 시간의 영원한 흐름과 생명 주기의 변화상을 상징한다. 분석심리학자 융C. G. Jung에 의하면, 물은 가장 일반적으로 무의식을 상징한다. 이를 프로이트의 심층심리학의 관점으로 번역하면, 물과 어머니는 현실원칙에 의해 억압된 것으로서의 쾌락원칙이 지배하는 욕망의 상징이기도 하다. 무의식 속에서는 모든 것이 원하기만 하면 즉각적으로 이루어지고 획득되는 쾌락원칙이 지배하는 곳이다. 거기에는 강제나 억압이 존재하지 않는다. 현실원칙의 수행이 명령과 강제에 의해 이루어진다면, 이러한 쾌락원칙의 수행은 노래에 의해 이루어진다고 할 수 있다. 말하자면 쾌락원칙은 어머니의 원리인 것이다. 그 어머니는 명령하지 않고 노래할 뿐이다. 시는 저 어머니의 노래이다.

4. 어머니 상실의 시대

남성적인 힘과 역동적인 상상력의 세계를 펼쳐 보이고 있는 한 젊은 시인의 경우를 참조하여 우리는 이제 이 시대에 있어서 저 원형적 어머니의 행적을 탐색해 볼 수 있다. 시인의 시 세계는 겉보기로는 여성적인 것, 어머니 같은 부드러운 이미지들이 도무지 어울릴 성싶지 않을 정도로 압도적인 힘이 넘치고 있는 것으로 널리 알려져 있다. 그러나 시인의 이 남성적인 상상력의 세계가 어머니로 상징되는 세계와 필연적으로 관계되어 있음을 안다면, 그것은 하나의 역설이 아니라 어쩌면 당연한 귀결로 보일 것이다. 왜냐하면 저 남성적인 힘과 역동성 자체가 이미 세계의 몸으로서의 어머니의 작용력에 다름 아님을 우리는 확인할 수 있기 때문이다. 우선, 시인의 시 세계에서 저 어머니는 다음과 같은 은유로 등장하고 있다. 시인은 같은 제목의 시집을 갖고 있는 〈영혼의 북쪽〉이라는 시에서 "내가 북쪽으로 간다고 했을 때 / 그것은 추억에 닿으려는 연어가 / 밴쿠버로 간다는 말과 같다"고 노래했다. 그렇다면 이 북쪽이 가 닿는 곳이 비로 연어의 모천에 해당하는, 말하자면 어머니의 은유적 이미지를 형성하게 된다고 말할 수 있겠다. 이러한 점은 시인이 또 다른 시에서 자신의 가계를 다음과 같이 소개하고 있는 것으로도 충분히 입증되고 있는 터이다.

> 1970년대 초였다. 어머니와 아버지는 동해안 속초를 비롯해 속초에서 더 북쪽으로 올라간 간성 거진 대진 같은 햇빛과 폭설의 고장을 내 바로 밑의 남동생과 함께 옮겨 다니며 살고 있었다. (…중략…) 조부 밑에서 자랐던 兄과 나는 방학이 오면 동해안 은어천을 따라 어머니에게 가곤 했다.
> — 박용하, 〈천국의 시냇가〉 부분

여기에서 동해안의 지명들로 지시되고 있는 어머니의 이미지는 무엇보다도 '바다'와 관련되어 있음을 알 수 있다. 게다가 이 시에 등장하는 '7번 국도'가 의미하는 바를 시인은 또 라는 시에서 "7번 국도는 영혼의 도로다 / (…중략…) / 내 인생은 7번 국도를 출발해 7번 국도로 돌아가는 거대한 추억의 궁륭이다"라고 노래한 적이 있다. 말하자면 이 7번 국도가 이르는 곳으로 상징되는 어떤 장소야말로 어머니 그 자체의 이미지를 구성한다는 것이다. 간략히 말하자면, 7번 국도는 바다에 이르는 도로이다. 시인에게는 이 바다야말로 어머니의 상징인 셈이다. 이렇게 시인의 북방적인 상상력의 모태는 바로 바다로 상징되는 어머니 이미지와 관계되는 것이다. 그리고 '불을 물 뿜는' 이 바다는 동시에 '물을 불 뿜는' 나무와 이형동질로 알려져 있다. 원형상징에서 나무는 가장 일반적인 의미로 우주의 삶, 즉 우주의 조화, 성장, 증식과 재생의 과정을 상징적으로 의미한다. 그것은 끝없는 삶을 뜻함으로 동시에 불멸의 상징이기도 하다. 이러한 측면에서 나무는 곧 바다로 상징되는 대지모신의 이미지와 동일한 상징의 계열체를 거느리고 있음을 알 수 있다. 바다의 원형상징이 삶과 죽음과 그 순환의 상징이듯이 나무의 원형상징 역시 우주의 생성, 성장, 소멸, 재생이라는 자연력의 순환 그 자체를 의미한다는 것이다. 말하자면 나무나 바다의 이미지는 똑같이 세계의 몸으로서의 어머니의 상징으로서 그 자체 생명의 영원한 순환을 표상하는 것이며, 그것은 다시 융의 분류에 따르면 무의식을 상징한다고 하겠다. 그것은 그 자체 음양의 대립을 넘어서 여성성과 남성성을 통합하는 원리로 작용한다. 어머니는 한 몸 속에 작용하는 물과 불의 상호순환 작용이자 남성성과 여성성이 한 몸으로 공존하는 자연의 세계와 동일시되고 있다는 것이다.

그러나 시인의 시 세계에서 저 어머니는 이제 추억 속에만 존재하는, 말하자면 이미 부재하는 존재이지 '여기에 나와 함께 있음'의 존재가 아님은 분명해보인다. 저 어머니는 시인이 언제나 돌아가고자 하는 '천국의 시냇가', 즉 상실된 황금시대의 이미지로만 남아 있을 뿐이다. 저 은어천이 상징하는 어머니는 "지금은 사라진, 곧 사라질 천국의 시냇가"에 지나지 않기 때문이다. 어머니로부터의 이러한 절연감이 시인을 길과 도로에 '미치게' 만든다. 왜냐하면 저 길과 도로를 통해서야만 그는 추억 속의 어머니에게로 돌아갈 수 있기 때문이다. 시인이 도로광인 것은 어머니에 대한 이 미칠 듯한 그리움 탓이다. 여기에서 우리는 이 어머니의 이미지가 더 이상 현재성과 편재성의 특징을 지니지 못하게 된다는 사실을 확인할 수 있다. 과거 속에만 존재하게 됨으로써 현재에는 부재하는, 그리하여 저 먼 길을 돌아 굳이 찾아가야 할 어떤 장소의 기호가 되어버린 것이다. 그리하여 시인은 "언젠가 살았던 곳에 / 다시 가 살아야 할 땐 / 聖者가 아니면 폐인일 것이다"(《노스텔지어》)고 노래한다. 아마도 그럴 것이다. 어머니가 부재하는 이 시대에 저 어머니의 품에 이른 자는 아마도 성자 아니면 폐인이어야 마땅할 것이다.

평론가 황현산은 시인에 대한 해설에서 "나무를 사는 사람이 아니라 보는 사람일 때 박용하는 늘 어딘가를 떠돌고 있다"고 평했다. 그렇다, 시인은 이제 어머니의 대지에서 추방당한 세계를 살면서 늘 '어딘가를 떠돌고 있다'. 그는 그 떠돎의 길이 종국적으로는 어머니에게로 다다르는, 시인의 표현대로라면 '영혼의 북쪽'에 이르는 '7번 국도'이길 바란다. 그에게 길은 곧 어머니에게로 이르는 길이다. 시인이 길에 미치는 것은 바로 그 길이 자신을 어머니에게로 인도해줄 것이라고 믿기 때문이다. 그러나 이 어머니는 더 이상 이 지상에 존재하지 않는 것 같다. 그렇다면 우리는 이제 '아버지의 부재'의 시대만을 살고 있는 것이 아니라 어쩌면 '어머니 부재'의 시대도 동시에 살고 있는 것인지도 모르겠다.

5. 어머니를 찾아서

어머니는 무엇보다도 생명을 창조하는 존재이다. 이 어머니는 생명 출산의 모체로서의 자궁을 통해서 흔히 둥근 원의 이미지로 상징된다. 원은 하나의 전체와 통합을 상징하는 것이다. 그것은 완전과 성취의 원형이다. 엘리아데M. Eliade는《신화와 진실》에서 불멸의 신화에서 가장 널리 보급되어 있는 모티프 중의 하나는 창조의 '근원으로의 회귀' 혹은 상징적 생명의 자궁으로의 회귀라고 말한다. 이러한 원 - 이미지의 대표적인 상징은 자신의 꼬리를 물고 있는 뱀의 고대적 상징인 우로보로스Ouroboros이다. 이 뱀의 상징 역시 바다의 상징과 마찬가지로 생명의 영원한 순환을 상징한다. 그것은 또한 원초적 무의식의 상징이기도 하다. 이러한 통합과 전체의 이미지는 음양과 같은 대립 세력을 통합하는 모티프가 된다. 앞서 언급했듯이, 신화적으로 보자면, 어머니는 남녀 양성의 전체를 통괄하는 통합의 이미지이다. 사실상 대지모신으로서의 어머니의 상징은 창조력만을 의미하는 것이 아니라 동시에 파괴력을 의미하기도 한다. 파괴를 동반하지 않는 창조가 없듯이 창조 역시도 파괴의 이면인 것이다. 따라서 처녀 어미로서의 저 원형적 여성은 여성이 아니라 차라리 중성이라고 말해야 한다. 신화에서 원형적 여신이나 대지모신이 언제나 처녀 어미로 등장하는 것이 바로 이러한 사정을 말해준다. 그것은 생성, 성장, 소멸, 재생하는 자연의 순환적 생명력과 파괴력 그 자체의 상징이다.

저 우주적 여성에 대한 광대한 원시민족의 상상력은 현대에 오면서 남성 위주의 질서체계로 축소된 듯하다. 말하자면 저 우주적 여신은 가부장제 사회 속에서 남성과 대비되는 한낱 여성으로서 지위가 격하되었다는 뜻이다. 그러나 어머니는 여성을 넘어선다.

그 존재는 남성과 여성의 모태이자 삶과 죽음이 만나는 하나의 접점이자 융해점이다. 따라서 현대의 사고들이 보여주는 여성으로서의 어미라는 사고는 여성성으로 축소된 허약한 어머니의 측면만을 강조하는 데 이바지할 뿐인 것 같다. 어머니는 여성으로 축소되지 않는다. 그것은 남성과 여성을 감싸는 더 큰 하나의 원리, 즉 파괴와 생성을, 죽음과 삶을 포괄하는 자연과 우주의 원리 그 자체이다. 어머니를 여성으로서 격하시킴으로써 이 어머니가 지니는 '모순의 일치'의 원리, 말하자면 저 불가능한 대립물들의 공존의 원리는 훼손될 수밖에 없을 것이다. 물론 이 어머니의 존재를 여성의 상위 차원에 놓음으로써 그것이 지닐 수 있는 불가피한 여성성의 측면이 희생당할 위험에 처하는 것도 사실일 것이다. 어머니로서의 여성을 강조하면서 남성 위주의 지배 질서가 행해온 여성에 대한 헌신과 굴종의 정당화를 여성주의가 비판하는 것은 그러므로 정당한 일이다. 그러나 어머니가 남성과 대립되는 여성으로 격하될 때, 그것은 완고한 분리주의만을 만들어낼 수 있을 뿐이다. 어머니는 남성성과 여성성이 공존하는 더 큰 포괄적 원리이다.

우리의 시대는 지난 80년대를 경유하면서 '아버지 죽이기'를 시도했고, 그 결과 90년대는 아비 없는 '편모슬하'의 지경에 처했음을 앞서 지적한 바 있다. 그러나 90년대 후반 이후 오늘날의 시에서 발견되는 '어머니 부재'의 사정은 그리 주목을 받지 못했던 것 같다. 아버지의 부재보다 훨씬 더 비극적인 이러한 '어머니 부재의 시대'가 던져주는 전언은 무엇일까? 심리적인 층위에서 아버지가 사회적 삶의 규율과 질서를 의미한다면 어머니는 본능적 삶의 자유와 균형을 의미한다. 따라서 그 어느 쪽의 상실이 삶에서 더 큰 상실일 수 있겠는가를 따진다는 것은 부질없는 짓이겠지만, 그럼에도 불구하고 그 경중을 재어보고자 한다면, 우리는 당연히 어머니의 부재가 아버지의 그것과는 비교할 수 없을 정도로 치명적인 상실이라고 간주할 수밖에 없다. 왜냐하면 아버지의 부재란, 달리 말하면, 새로운 아버지의 출현을 예고하는 전주곡일 수도 있기 때문이다. 아비의 상실은 그 자식으로 하여금 스스로 아비 – 되기라는 과제를 부여함으로써 새로운 아비의 출현을 촉구할 수도 있다는 것이다. 그러나 어미의 상실이라면 문제는 전혀 달라진다고 볼 수밖에 없다. 그것은 모든 존재의 생성과 파괴의 지반의 붕괴, 곧 세계 자체의 붕괴와 맞물려 있기 때문이다. 이 어미 상실의 상태에서는 그 어떤 아비의 출현도 원천적으로 불가능할 것이다. 아직까지는 이 어미의 상실이 근원에까지는 이르지 않았다고 말할 수 있을지 모른다. 그러나 한 젊은 시인이 전하는 바에 의하면, 우리의 시대는 이미 상당한 정도로 어미 상실의 징후를 맞고 있는 것처럼 보인다. 사실상 90년대에 들어서부터 이미 본격적으로 시작된, 우리 시에 있어서 페미니즘과 생태환경에 대한 관심은 이러한 어미 상실의 징후에 대한 알리바이일지도 모른다. 그렇다면 세계의 몸으로서의 이 어미의 활력을 기원하고 재생을 도와야 할 임무가 우리 시의 중요한 과제로 대두되어 있는 셈이다.

서정시의 지평과
새로운 모색

1. 장르의 운명과 작품의 역사

시poesie는 단순히 사물을 모방하거나 시인의 자아를 표현하는
작업이 아니다. 그것은 또한 사물이나 존재에 대한 인식과 사유의
작업도 아니다. 시는 먼지를 뽀얗게 뒤집어쓴 채 사전이라는 지하
창고 속에 처박혀 있는 낡고 너덜너덜한 언어들을 수리하거나 세
공하는 작업은 더더욱 아니다. 시는 언어나 그 언어를 부리는 시인
이전에 이미 존재하며 또 개별적인 사물과 세계 이전에도 존재할
수 있다. 사물과 세계는 오히려 시에 의해 비로소 하나의 연속적
인 전체로서 존재할 수 있는 그 어떤 것이라고 해야 한다. 일찍이
하이데거M. Heidegger는 〈언어〉라는 제목이 붙은 한 글에서 "언
어가 없는 곳에 사물은 존재하지 않으리라"는 슈테판 게오르게S.
George의 시 한 구절을 해석하면서 "언어가 부족한 곳에 사물은 존
재하지 않는다"라거나 "언어는 처음으로 사물을 사물로서 존재하게
한다"고, 심지어는 "언어가 사물을 사물로서 조건짓는다"고 말한 바

있다. 이러한 사고의 연장선에서 그는 결정적으로 "언어는 존재의 집"이라고 분명히 천명할 수 있었던 것으로 보인다. 그러나 이 명제로써 하이데거는 단순히 언어가 사물의 존재를 호명하거나 사유하게 한다는 것을 의미한 것이 아니다. 사실상 이 명제는 근원적인 의미에서는 시에만 유효한 표명이라고 해야 한다. 말하자면 여기에서 '언어'는 '시'의 제유적 표현이라는 것이다. 시는 언어에 의한 사물의 호명을 넘어서 존재 자체의 드러냄을 고지하는, 존재 자체가 스스로를 노래하는 언어이다. 그런 의미에서 시는 오히려 언어의 구축이 아니라 언어의 파열이라고 말하는 편이 옳다. 서정시lyric라고 불리는 문학의 장르는 바로 이러한 맥락 속에서야 비로소 자신의 존재 근거를 갖는다. 그것은 시의 한 범주가 아니라 바로 시 그 자체이다.

장르는 작품의 기원이자 이념이다. 그것은 모든 개별 작품들이 탄생하는 근원적인 장소인 동시에 궁극적으로 도달해야 할 일종의 유토피아적 이념의 선취로 존재한다. "작품은 예술의 이념에 대한 절대적인 종속성의 표현"이라고 말한 것은 아마도 발터 벤야민W. Benjamin이었으리라. 그런 의미에서 장르는 이미 존재하는 것인 동시에 아직 존재하지 않는 어떤 것이다. 그러니 그것은 차라리 작품의 운명이라고 해야 할지도 모른다. 사실상 운명이란 그런 것이 아니겠는가? 장르가 지닌 이 현실적 우연성과 미래적 필연성의 간극 속에서 작품은 생성되고 또 소멸한다. 작품은 이러한 장르의 우연성과 필연성 사이에서 부단히 운동하는 하나의 가능성의 다른 이름이다. 그러나 장르는 또한 작품의 역사이다. 그것은 작품을 운명 짓는 동시에 작품의 역사로서 언제나 새롭게 구성되는 그 어떤 것이다. 그런 의미에서 장르는 작품의 형식이고 작품은 장르의 내용이라고 할 수 있다. 장르는 작품에 형식을 부여하는 동시에 작품이라는 내용에 의해 역사적으로 규정된다는 것이다. 그렇다면 이제 작품 역시 장르의 운명과 역사에 동참하고 있다고 말해야겠다. 개별 작품들의 역사가 장르의 내용을 형성하고 또 장르의 내용이 개별 작품들의 형식을 규정한다. 작품은 장르가 부여한 운명에 종속되는 동시에 장르의 운명을 되돌려놓기도 하는 것이다. 장르는 작품의 가능성이며 작품은 장르의 현실성이다. 이 형식과 내용, 가능성과 현실성으로서 장르와 작품은 상호적으로 서로의 운명이자 역사로 자리한다.

　장르의 이념에 비해서 볼 때 현실적으로 존재하는 작품은 언제나 상대적이며 우연한 것에 지나지 않는다. 작품은 장르라는 이념을 향한 일련의 연속적인 매개체로서 존재한다. 말하자면 작품은 장르의 이념에 비해 언제나 단편적이고 일회적으로만 존재한다는 것이다. 이 이념의 단편으로서의 작품은 그러나 언제나 유일한 방식의 새로운 글쓰기를 가능케 하는 장소가 되기도 한다. 이 유일한 글쓰기는, 물론, 의사소통의 방해를 목적으로 하는 것이 아니라 오히려 의사소통의 절대화에 대한 추구라고 해야 한다. 작품의 단편성은 현실에 있어서의 불연속이나 차이를 그 자체 속에 받아들이면서 장르의 이념이라는 어떤 전체성을 배제하는 것이 아니라 오히려 그것을 넘어설 것을 요구한다. 작품의 유일한 글쓰기는 따라서 단일한 장르의 이념이나 의미에 대해서 복수적plural 글쓰기의 방식을 생산하는 기제가 된다고 할 수도 있다. 작품은 이념의 단일한 의미 체계망 속으로 환원되지 않고, 역으로 단일한 장르의 이념과 의미에 대해 복수의 의미를 만들어낸다. 그리고 이 복수의 의미의 가능성이야말로 또한 언제나 새로운 작품의 존재 가능성을 허용한다. 그러므로 이념의 단편으로서의 작품은 그 자체 내에 중심을 갖는 하나의 집중된 텍스트가 아니다. 그럼에도 불구하고 그것은 장르 전체의 통일적 연관성을 약화시키는 것이 아니라 오히려 통일적인 것에서 배제되어 있는, 따라서 전체를 넘어서 있는 새로운 연관을 만들어낸다.

그렇다면 만약 작품이 장르 그 자체가 될 때, 다시 말해 장르가 작품 속에서 자신의 모든 가능성과 한계를 완벽하게 구현했을 때를 상정할 수 있을지도 모른다. 일찍이 블랑쇼M. Blanchot가 "시적 활동의 순수성, 부재하는 작품의 작품, 지속 없는 확증, 실현 없는 자유, 사라지는 힘 속에서 시를 확증하는 것"이라고 불렀던 이 이상적 상태는 바로 이러한 장르와 작품의 통일로서의 시의 이념을 지시한 것이었으리라. 이렇게 '장르로서의 작품' 내지는 '작품이 된 장르'를 낭만주의 시학은 '작품들의 작품'이라고 불렀던 것 같다. 이 작품들의 작품은 낭만주의자들이 추구했던 어떤 유일한 작품, 곧 '무한한 책'으로 존재하게 될 터이다. 우리는 이 무한한 책이 곧 장르의 이념이자 작품의 절대성이라고 말할 수 있다. 그리고 이 무한한 책 속에서 구현된 장르의 이념과 작품의 절대성이야말로 우리가 오늘날 '시'라고 부르는 그 어떤 것의 실체를 비로소 완전히 드러내게 될 것이다. 낭만주의자들이 '바이블'이라고 불렀던 이 무한한 책의 이념은 장르와 작품의 통일 속에 비로소 존재한다. 그러므로 시는 장르의 이념과 작품의 현실의 통일성 이외에 다른 어떤 것이 아니다. 또한 장르와 작품의 이러한 통일성에 대한 추구야말로 모든 개별 작품의 현실적 토대가 된다. 그리고 장르와 작품의 통일성을 향한 부단한 운동의 궤적이 바로 문학사라고 부르는 것의 내용을 형성할 것이다. 새로운 세기를 살고 있는 오늘날 우리 서정시의 온갖 다양한 양태와 운동들 역시 결국엔 장르와 작품의 일치라는 시의 이념을 향한 노력 이외에는 다른 것이 아닐 터이다. 이 노력의 지형도를 그리는 것이 이 글의 목표이다.

2. 미시적 일상과 내면의 풍경화: 장석남과 이윤학의 시세계

지난 1990년대에 들어 소위 '신서정'이라고 불리는 경향을 보여주는 일군의 시들의 등장은 1980년대의 우리 시가 물려준 유산을 수습하는 과정에서 분화된 어떤 지향적 운동들 중의 하나로 평가될 수 있다. 시에서 시 이외의 과잉과 잉여를 요구했던 1980년대라는 '시의 시대'를 통과하면서, 이 과잉과 잉여에 대한 우리 시의 자기 반성과 새로운 모색으로부터 이러한 경향의 대두에 의미를 부여할 수 있을지도 모른다는 뜻이다. 오늘날에는 심지어 연극과 대중음악의 영역에까지 사용되고 있는, 형태와 기법 면에서 새로움을 추구하며 도시적 일상의 정서를 담아내려고 한 이 경향은, 그러나 뚜렷한 자기 인식의 표지를 드러내지 못한 채 도시시나 생태시 또는 정신주의적 경향의 시들과 희미한 경계선을 두고 넘나들 수 있는 것처럼 보이기도 한다.

사실상 신저정의 자기정체성을 파악하기란 쉽지 않다. 왜냐하면 이러한 경향의 시들에서 전통적인 서정시 장르가 걸어왔던 행로로부터의 어떤 장르적 이탈을 확인하기는 어렵기 때문이다. 그렇기는커녕 오히려 이 신서정적 경향의 시들은 전통적인 서정시 정신으로의 복귀 내지는 회복의 경향을 보여주었다는 것이 사실일 터이다. 그리고 이러한 사정은 여타 경향의 시들에 있어서도 크게 다르지 않는 것처럼 보인다. 서사적 이야기나 행위 자체에 무게 중심을 두지 않는 한, 사실상 모든 시는 서정시에게 마련이다. 시라는 말 앞에 민중, 해체, 도시, 정신주의, 생태, 여성주의 등등의 모든 어사를 빼놓을 때, 비로소 우리는 서정시 본연의 모습을, 오로지 시 자체이기만 한 시를 만나게 된다고 할 수 있다. 왜냐하면 시라는 말 앞에 붙은 온갖 수식어들은, 정확히 말하자면, 시의 소재나 제재 또는 내용상의 분류에 불과할 뿐 그 자체 서정시의 장르적 형식으로부터 벗어난 것이 아니기 때문이다.

이미 1990년대 초반에 낸 첫 시집《새떼들에게로의 망명》을 통해 자신의 시적 지향성을 분명하게 드러낸 바 있는 장석남의 시세계는 일상의 정서를 새로운 감각과 어법에 의해 노래함으로써 이후 신서정적 경향의 지반을 마련한 것으로 평가된다. 시인의 마음은 마치 예민한 악기와도 같아서 바람과 별과 꽃과 나무들의 어떤 작은 움직임도 곧바로 이 악기의 현을 스치게 되면 하나의 노래로 변모하고 만다. 전통적인 서정시의 자연친화적 경향은 이 시인의 시세계를 통해 대단히 투명하고도 세련된 도시적 감성의 세례를 받음으로써 새로운 감각의 깊이를 획득하게 된다. 그러나 이 신선한 감각의 촉수는 이미 상실되어버린 과거의 추억을 일상의 실존에 덧씌워진 곤핍과 누추함에 대비시킬 때 가장 빛나는 흔적을 남기는 것 같다. 말하자면 저 과거의 기억과 현재의 일상 사이에는 넘을 수 없는 벽이 존재한다는 것이다.

시인에게 있어서 자연이나 별빛은 일상의 세계로부터 완전히 차단되어 있다. 누추한 일상과 곤핍한 육신을 넘어서는 초월의 길이 이제 끊겨 있음을 시인은 이미 알고 있지만, 그 길은 언제나 황금시대의 추억으로 남아 현실의 일상을 자극하고 동요시킨다. 그러므로 시인의 아픔은 저 기억으로만 남아 있는 초월의 빛이 일상 속에 드리운 어두운 그림자가 된다. 그리고 역으로, 이 아픔만이 일상에 있어서 저 초월의 빛의 부재를 입증해줄 유일한 알리바이로 작용한다. 다시 말해서 시인은 저 황금시대의 빛을 기억 속에 내면화함으로써 자신의 실존이 누추한 일상의 마비 속에 잠겨드는 것을 방어케 하는 방부제 역할을 하도록 만든다는 것이다. 그렇다면 이 아픔은 곧 초월과 일상의 간극이 만들어낸 거리의 확인에서 오는 어떤 상실감의 표현에 지나지 않는다고 할 수 있겠다. 올해 나온 시인의 네 번째 시집《왼쪽 가슴 아래께에 온 통증》에 실려 있는 시들은 저 상실의 아픔을 주된 모티프로 삼는다.

> 죽은 꽃나무를 뽑아낸 일뿐인데
> 그리고 꽃나무가 있던 자리를 바라본 일뿐인데
> 목이 말라 사이다를 한 컵 마시고는
> 다시 그 자리를 바라본 일뿐인데
> 잘못 꾼 꿈이 있었나?
>
> ─〈왼쪽 가슴 아래께에 온 통증〉 부분

이 같은 장석남의 시세계보다 훨씬 더 이상의 실존적 고통에 침윤되어 있는 것이 이윤학의 시세계이다. 이윤학은 남루한 일상 속에서 이 삶을 무늬 짓는, 생의 에너지가 고갈되어가는 어떤 미세한 움직임들을 현미경을 통해서 들여다보듯 세밀하게 그려낸다.《붉은 열매를 가진 적이 있다》와《나를 위해 울어주는 버드나무》등의 시집에서 이 세밀한 눈과 섬세한 감각의 힘으로부터 이윤학의 시세계는 한결같이 삶의 누추함을 쓸쓸하게 반추하는 비애의 정조를 만들어낸다. 이러한 미시적 시선에 의해 포착된 일상은 그야말로 소멸과 죽음을 향해 직행하고 있는 것처럼 보인다. 거기에서 닳아지고 소멸해가는 실존의 고통이 등장하지만, 시인은 놀랍게도 이 고통을 날것 그대로의 상태로 생생하게 포착해낸다. 말하자면 시인은 가장 생생한 죽음을 노래한다는 것이다. 이윤학의 시세계에서 일상의 한결같은 산문성에 리듬과 율동을 부여하는 것은 고통을 회피하지 않고 온몸으로 받아들이는 이 비극적 실존성이라고 해야겠다. 시인은 지난해 상자한 시집《아픈 곳에 자꾸 손이 간다》에서 이 념과 전망이 상실된 이 내면의 고통을 한층 더 극단적으로 풍경화 한다. 아래 시에 등장하는, 삽날에 목이 찍혀 머리통이 떨어진 뱀의 이미지는 곧바로 일상이라는 칼날에 의해 제거된 이념과 전망 부재 의 시대를 사는 실존의 고통 그 자체의 이미지가 될 것이다.

삽날에 목이 찍히자
뱀은
떨어진 머리통을
금방 버린다

피가 떨어지는 호스가
방향도 없이 내둘러진다
고통을 잠글 수도꼭지는
어디에도 보이지 않는다

— 〈이미지〉 부분

그러나 인용된 시의 결구에 등장하는 "잊으러 가야 한다"는 다 짐은 끔찍한 고통이 불어온 비명에 불과할 뿐이다. 머리가 떨어진 뱀에게는 고통스런 몸뚱이만 남아 있을 뿐 잊을 수 있는 머리통 은 이미 상실되어 있기 때문이다. 그렇기에 고통은 고통으로만 온 전히 남게 될 것이다. 이념과 전망이 제거된 일상의 길이 당도할 수 있는 곳이라곤 이 지상에 더 이상 존재하지 않는다. 〈눈보라〉라 는 시에서 시인은 이 이념의 상실에 대해 "상상은 끝났다 / 버림받 는 순간, / 그걸 깨닫기 무섭게 / 끝없는 벼랑만 남았다"며 이 고통 스런 일상을 '끝없는 벼랑'에 비유한다. 그러니, 어쩌겠는가? 우리에게 남아 있는 유일한 길은 이 벼랑 끝에서 고통을 껴안고 뒹구는 일뿐이리라. 이윤학의 시세계는 고통이 지르는 비명의 소리들로 가득 차 있다. 그 소리들은 일상의 피로와 누추함이 불러온 이 시대의 우울한 내면 풍경을 만들어낸다.

3. 일상 속으로의, 또는 일상 속에서의 초월: 허수경과 황인숙의 시세계

그러니, 이제 남은 것은 태도의 문제이겠다. 우리 시는 지난 1990년대를 거치면서 이 고통스런 일상의 조건들을 온전히 내면화하기에 이른 듯하다. 그리고 어떤 사태를 내면화했다는 것은 동시에 그것과 얼굴을 맞대고 대면할 수 있는 역량을 갖추기 시작했다는 뜻이기도 하다. 이 시대의 서정시는 미시적인 일상을 넘어서 있는 하나의 분명하고도 희망적인 이념의 별을 더 이상 노래하지 않는다. 오늘날의 시인들에게 있어서 저 별은 이미 사라진 것이거나 아니면 최소한의 유효성도 상실한 어떤 희미한 빛의 흔적, 어쩌면 별똥별에 지나지 않을 뿐이다. 그러므로 이들의 작업은 그러한 이념의 빛을 좇아 어떤 초월 세계를 이 일상의 바깥에다 따로 설정할 수는 없지만, 그럼에도 불구하고 이 일상의 고통스런 삶의 조건을 수락하고 또 그것들을 반추하며 도약을 꿈꾼다는 점에서 새로운 시대적 초월의 형식을 만들어내게 될 터이다.

일상이 어떻게도 벗어날 수 없는 운명으로 주어져 있다면, 이 초월의 방식은 오로지 두 가지뿐이겠다. '일상 속으로의 초월'이라는 방식에 허수경의 시세계가, '일상 속에서의 초월'이라는 방식에 황인숙의 시세계가 자리할 성싶다. 말하자면 일상 속에서 일상을 넘어서기라는 어떤 불가능에 가까운 모험적인 시도가 이들의 과제가 된다는 것이다. 사실상 이러한 초월의 방식은 또한 이중의 어려움을 감내해야 할 것으로 보인다. 끊임없이 초월을 불가능하게 만드는 일상의 물질성과 사람살이의 난감함을 어떻게 시로 껴안을 수 있을까 하는 점이 그 하나라면, 이 일상의 수용이 다시 그것과의 타협이 되지 않도록 끊임없이 의식을 마비시키는 일상의 물질성 앞에서 어떻게 비판의 정신을 유지할 것인가가 다른 그 하나이다.

허수경의 시세계는 일찍부터 전통적인 사설조의 가락과 관능적인 리듬감을 탁월한 솜씨로 되살려내면서 연민과 슬픔의 마음으로 이 일상의 누추함과 누추한 일상의 고통을 다독이는 한없이 둥근 여성성의 세계를 보여주었다. 《슬픔만한 거름이 어디 있으랴》와 《혼자 가는 먼 집》 등에 실린 초기의 시들에는 또한 삶과 역사의 가혹한 세월에 상처받은 이 시대 젊음의 아픔이 오롯이 한 풍경을 마련하고 있는 것처럼 보이는데, 그러나 그 아픔은 자기 연민에 빠지지 않고 스스로를 토닥거리며 껴안으려는 의지를 이미 넘어서, 같은 상처와 고통을 앓고 있는 타인들까지 감싸 안으려는 속 깊음과 여유를 지니고 있다. 시인은 자신의 불우를 노래함으로써 그것을 다독이고 또 타인들의 상처마저도 감싸안으며 이 낯선 일상을 있는 그대로 수용하고자 한다.

올해 나온 시인의 세 번째 시집 《내 영혼은 오래되었으나》에 실린 시들 역시 누추한 일상의 삶에 대한 보듬기와 감싸기, 상처 입고 고통 받는 타자들에 대한 연민과 비극적인 유대감으로 직조되어 있다. 초기의 시들보다 훨씬 더 어두운 색채와 이미지로 표현된 이 비극적 유대감의 정서는 우선 이 일상과 세계의 '전망 없음'이라는 시인의 절망적인 시선으로 인해 일종의 지적 성찰의 태도와 새롭게 결합되는 듯하다. 시집의 표제시 〈내 영혼은 오래되었으나〉 같은 작품은 우선 "아이들의 썩어가는 시체"에 대해 노래하고 있고 또 〈아이가 달아난다〉는 제목의 시는 "불쑥 아이 앞으로 검은 그림자 하나가 선다"며 이 전망 없는 일상의 삶에 드리운 어떤 불길한 징조를 예견하고 있다. 시인은 또 다른 시에서 이 이념과 전망 부재의 시대를 일러 "장님인 시절 장님의 시절"이라는 별칭을 부여한 바 있다. 이 이념과 전망 부재의 일상 속에서는 이제 반추할 추억조차도 소멸해버린 듯하다. 물론 시인은 추억이 소멸된 것이 아니라 과거의 시간을 추억할 수 있는 시인 자신이 이미 소멸되었다고 역설적으로 노래하긴 하지만 말이다.

고향 언저리에서 나지 않는 열매들이 추억을 채우네
이국의 푸성귀들이 내 살을 어루네
사랑은 뜻대로 되지 않았으며
입술은 사랑의 노래로 헤어졌네
과거는 소멸되지 않았으나 우리는 소멸했네

오오 나는 추억을 수치처럼 버리네
내 추억에서 나는 공중 변소 냄새
— 〈그날의 사랑은 뜻대로 되지 않았네〉 전문

이 같은 낯선 일상 속으로의 침윤은 달리 말해서 일상 속으로의 초월의 한 방식이라고 말할 수도 있다. 왜냐하면 이 시인에게서 그것은 수동적인 몰락이 아니라 적극적인 지향의 방식으로 선택된 것이기 때문이다. 그 태도에 있어서 허수경의 시세계는 황인숙의 시세계와 그리 먼 거리에 존재하지 않는다. 말하자면 일상과 초월의 어떤 한 극에 황인숙의 발랄한 상상력이 존재한다면, 다른 한 극에는 또한 일상을 껴안고 다독거리는 허수경의 연민과 슬픔의 눈길이 존재한다고 할 수 있다는 것이다. 그러나 황인숙의 시세계의 매력과 놀라움은 약동하는 감각과 상상력의 발랄함 그 자체 속에 자리하고 있다. 이러한 경쾌한 비산과 도약의 상상력은 이미 첫 시집《새는 하늘을 자유롭게 풀어 놓고》에서부터 분명히 드러나고 있다. 이 비상의 상상력은 세계를 완전히 주관성의 힘으로만 파악하고 장악한 어떤 경지에서 나오는 것일 터이다. 그러나 이 주관성은 사물이나 세계와의 이분법적인 분리 속에 존재하는 자의적인 개별적 주관성이 아니라 사물과 세계에 몸을 섞은, 니체의 표현을 빌려 말하자면 '세계의 중심에 선' 주관이라고 말해야 할 것이다.

아, 저, 하얀, 무수한, 맨종아리들,
찰박거리는 맨발들.
찰박 찰박 찰박 맨발들.
맨발들, 맨발들, 맨발들.
쉬지 않고 찰박 걷는
티눈 하나 없는 작은 발들.
맨발로 끼어들고 싶게 하는.

— 〈비〉 전문

황인숙은 아예 삶의 리듬감을 구어적 표현의 생생한 어조 속에서 실현한다. 그 언어의 리듬감은, 가령 〈말의 힘〉이라는 시에서처럼 말과 사물이 서로 한몸으로 뒤엉켜 있어서 "밟아보자, 만져보자, 핥아보자, 깨물어보자, 맞아보자, 터뜨려보자!"고 할 만큼 세계와 자아의 일체감으로부터 나온다고 할 수 있다. 아니, 황인숙의 시세계에서 말은 차라리 사물이나 존재 그 자체라고 해야 한다. 이 시인의 시들은 애초부터 사물과 세계에 너무나 점착적이어서 그 어떤 초월의 포즈도 드러내지 않는다. 말하자면 황인숙의 시세계가 갖는 매력은 철저하게 사물과 세계의 현실에 달라붙어 있어서 그 어떤 관념도 일체 허용하지 않는다는 것이다. 말의 진정한 의미에서 이 시인의 노래야말로 시의 정신에 대단히 근접해 있다고 할 수 있다. 왜냐하면 관념이야말로 시가 가장 배격하는 것이기 때문이다. 일상 속에서 세계와의 일체감을 이처럼 경쾌하고 가볍게 드러낸 경우는 우리 시의 역사에서 대단히 예외적인 경우에 속한다. 《나의 침울한, 소중한 이여》라는 시집에 실려 있는 시들은 이 경쾌한 감각과 상상력의 약동을 유감없이 보여준다. 이제 일상은 이 경쾌한 비상을 방해하는 족쇄가 더 이상 되지 않는다. 그렇기에 이 비상은 그 자체로 일상 속에서의 초월이라고 말해야 한다.

4. 서정시의 새로운 모색을 위하여

서정시는 무엇보다도 시간을 기억하고 탄주하는 노래의 형식이다. 시신詩神 뮤즈Muse가 기억의 여신 므네모시네Mnemosyne의 딸이라는 것은 우연이 아니다. 우리의 삶에서 이미 누수 되어버린 과거의 시간과 아직 도래하지 않은 미래의 시간, 그리고 움켜쥔 주먹 사이로 끊임없이 빠져 달아나는 모래알처럼 순간적으로 명멸해가는 현재의 시간은 모두 하나의 전체적인 의미의 연쇄 고리를 형성하지 못하고 제각기 파편화되어 존재할 뿐이다. 시는 이 파편화된 시간의 조각들을 기워 하나의 의미를 창조함으로써 사물과 세계 속에 인간의 자리를 마련하고자 한다. 말하자면 시는 자아를 세계의 연속적인 흐름 속에 위치시킴으로써, 또 그것의 불연속적인 개별성에 연속적인 전체성을 부여함으로써 삶에다 고유한 의미를 부여해준다는 것이다. 이러한 시간의 직조술로서의 시가 존재하지 않는다면, 언어는 사물과 영원히 분리되고 자아는 세계와의 단절 속에 머물게 될 것이다.

　시는 사물과 자아의 불연속성을 세계의 연속성에 참여시킨다. 여기에서 한 개체의 불연속적 자아는 자신의 파열과 해체라는 어떤 부재의 체험을 통해 연속적인 시간성에의 참여를, 말하자면 무시간성이라고나 해야 할 하나의 불가능한 체험을 수행케 한다.《문학의 공간》의 저자 블랑쇼가 "작품이 존재하는 순간부터 작가는 죽는 것이 아닐까"라며 은근한 의문을 제기하거나 글쓰기 작업을 일러 '시간 부재의 체험'이라고 말한 바의 의미가 아마도 그것이리라. 왜냐하면 과거와 현재와 미래로 분할되지 않는, 즉 부분으로 나누어지지 않는 연속적인 시간은 이미 계기적 시간을 초월해 있기 때문이다. 그런 의미에서 파편화되어 조각난 시간들이 시간성을 지니고 있으며, 이 시간의 조각들이 하나의 전체적 연관 속에서 응축될 때 그것은 하나의 무시간성의 형식을 획득하게 된다고 말할 수 있을지도 모른다. 그래서 시는 이러한 무시간성의 체험, 말하자면 주체 부재와 부재 현존의 체험으로 자리한다. 개별 자아의 입장에서라면 시의 자리는 그러므로 죽음이자 신생의 장소가 된다. 그러나 만약 우리가 어떤 전제적인 세계 자아를 상정할 수 있다면, 시의 자리는 모든 불연속적인 파편화된 부분과 시간들이 하나의 전체적인 연속성 속으로 흘러드는 융해의 용광로가 될 터이다. 이 파열과 융해의 순간 속에 시는 자리한다.

　개별 작품의 단편성은 우리의 언어가 지닌 필연적인 숙명으로부터 유래한다. 불행하게도 우리의 의식과 그 의식의 숙주인 언어는 무한히 생성 중인 사물과 세계 전체를 포괄하지 못하는 듯하기 때문이다. 말하자면 의식과 언어에 의해 포착된 사물과 존재의 세계는 필연적으로 인간의 내면에 의한 주관화를 겪음으로써 언제나 관념화된다는 것이다. 그러므로 무한히 생성 중인 저 전체로서의 세계는 우리에게는 마치 무의식과도 같이 '알 수 없는 그 무엇'으로만 남아 있을 뿐이다. 이 무의식이라는 어둠의 심연으로 인해 인간과 세계는 서로 분리되어 있는 것처럼 보인다는 것이다. 그러나 역으로, 어쩌면 이 의식과 언어가 그물질해내지 못하는 저 알 수 없는 심연만이 이 세계와 인간의 전체성을 하나로 연결하는 유일하는 끈이 될지도 모른다. 그렇기에 우리는 저 심연만이 자아와 세계의 전체성을 그 자체로 드러내줄 수 있을 것이라는 희망을 가져볼 수도 있다. 그러나 이 심연의 어둠과 어둠의 심연은 우리의 의식과 언어에 의해서는 영원히 포착될 수 없는 운명을 지니고 있는 듯이 보인다. 이 심연의 어둠을 순간적으로 밝히는 직관과 사유의 불꽃같은 섬광을 어쩌면 우리는 오늘날 시라고 부르는지도 모른다. 시는, 말라르메가 그 극한까지 추구하고자 했던, 언어와 세계의 근원적인 일치의 상태를 드러내고자 한다. 말과 사물의 근원적인 일치라는 어떤 불가능한 모험을 수행하는, 저 순간적으로 명멸하는 불꽃과 그 불꽃이 사그라진 자리에 남는 어떤 부재의 흔적이 그렇다면 시이겠다. 따라서 말과 사물의 근원저거 일치를 드러내는, 즉 주관과 객관, 자아와 세계, 인간과 자연의 일치를 표명하는 '절대적인 시'는 순간적으로 자기 자신을 의식하고 스스로를 표명하며, 또 이러한 표명 속에서 스스로를 해명하는 것 이외의 어떤 다른 과제나 특성도 갖지 않는다고 말해야 한다.

그러므로 시는 오로지 스스로를 표명할 뿐이다. 시인은 저 섬광과도 같은 순간 속에서 존재의 근원을 드러내는데, 그는 자신의 창작에 관한 의식이 소유하고 있는 것 이상의 존재가 아니다. 그는 자신이 내면적으로 응답하는 이러한 의식 속에서 더 이상 만족스럽고 아름답고 능가할 수 없는 작품을 산출하는 것이 아니라, 아무런 목적과 규정도 없이 시가 그 스스로를 순간적으로 드러내는 어떤 장소를 제공할 뿐이다. 그러므로 시는 오로지 스스로를 천명하는 것 이외에는 아무것도 하지 않는다. 그러나 시는 이러한 순간 속에서 모든 현상 속에 나타나는 모든 것을, 전체를 받아들인다. 거기에서 복수의 의미가 출현하게 된다. 시는 세계 속에도 세계 바깥에도 없는 것, 전제는 공허하다는 조건 아래서 모든 것의 지배자로 존재하는 것, 내용 없는 순수한 의식으로서 존재하는 것, 아무것도 말할 수 없는 순전한 말로 존재한다.

"시적으로 말한다는 것은 자동적인 언어의 가능성의 조건"이라고 말한 것은 블랑쇼였다. 시의 언어는 사물이나 존재를 말하는 것이 아니라 그 스스로를 말한다. 시에 있어서는 말하기 자체가 주체라는 것이다. 말하기가 진정한 주체라면, 그러한 주체는 오로지 한 시인의 개별적인 자아의 부재 속에서만 출현하게 될 것이다. 이 주체 부재의 상태 속에서 그럼에도 불구하고 순수한 자아는 스스로를 긍정하면서 그것은 '나'라고 의기양양하게 말한다. 이 '나'는 이제 세계의 중심에서 스스로를 천명하는 주관성의 표현이 될 것이다. 엄밀히 말하자면 그것은 불가능한 주체의 자리, 타자와 몸을 섞는 주체의 자리가 될 것이다. 거기에서 주체는 이제 더 이상 타자의 배제를 허용하지 않는다. 이 불꽃같은 섬광의 순간을 통해 의식과 무의식은, 인간과 자연은, 자아와 세계는 하나의 분리되지 않은 전체로서 언뜻 드러날 뿐이다. 그러므로 이 직관과 사유의 섬광은 하나의 인식인 동시에 인식 너머에 있는 것이라고 할 수 있다. 왜냐하면 모든 인식은 또한 개념적인 연역 속에서만, 하나의 경험으로서만 가능하기 때문이다.

새로운 세기를 살고 있는 오늘날의 서정시 역시 장르 자체가 부여한 운명으로부터 자유로울 수는 없다. 그럼에도 불구하고 작품은 또한 장르의 운명을 바꿔놓을 수 있다. 왜냐하면 장르는 언제나 또한 작품의 역사이기 때문이다. 시는 그 자체로 하나의 완벽하고도 인상적인 이미지를 완성한다. 시는 언어 조직의 세목을 음미하고 실감하면서 그 언어가 어떻게 개별적 주관성을 파열하여 타자성을 드러낼 수 있는지, 그 언어가 어떻게 일상의 언어 체계가 요구하는 의미의 단일성과 총체성을 해체하면서 복수의 의미를 만들어내는지를 주목할 때만이 온전히 음미될 수 있다. 이것을 인지하는 것만으로 시에 대한 이해가 완결된다고 하기는 어렵지만, 또한 그러한 인지 없이 시는 이해될 수 없는 것이기도 하다. 그렇기에 다시, 시에서 중요한 것은 독자적인 언어의 구사에 있다. 서정시의 진실은 이러한 주체성의 파열과 총체성의 해체 속에서 복수의 의미를 창조함으로써 그 총체성을 넘어서는 잉여와 부재의 부분을 텍스트 속에서 구현하는 데 존재한다. 시는 개념적인 자아의 주관성이 파열되고 해체된 지점에서 언어가 스스로를 말하는 자리이다. 그것은 그런 의미에서 주체 부재의 장소인 동시에 타자의 현현의 자리이다. 오늘날의 서정시 역시 이러한 시의 이념 아래, 이 시대의 고유한 감각의 형식을 각인하면서 부단히 복수의 의미를 창출해낼 때만이 그 존립의 지반을 확보할 수 있다. 그러므로 서정시의 새로운 모색이란 오직 이 복수의 의미의 출현 가능성의 다른 이름에 지나지 않는다.